W0237333

MIRA®

Alle Rechte, einschließlich das des vollständigen oder
auszugsweisen Nachdrucks in jeglicher Form, sind vorbehalten.

Der Preis dieses Bandes versteht sich einschließlich
der gesetzlichen Mehrwertsteuer.

Umwelthinweis:
Dieses Buch wurde auf chlor- und säurefreiem Papier gedruckt.

Ein perfektes Paar

Victoria kann es nicht lassen: Sie ist sicher, dass der Anwalt Neil Hersey und die blonde Aerobiclehrerin Deirdre das perfekte Paar abgeben. Und so stellt sie beiden gern ihr romantisches Cottage auf einer einsamen Insel zur Verfügung. Zur selben Zeit – und ohne dass sie bis zu ihrer Ankunft etwas voneinander wissen …

Aus heiterem Himmel

Hütte abgebrannt – und nun? Wenn Leah nicht in ihrem Wagen tief in den Wäldern New Hampshires übernachten will, muss sie sich an den einzigen Nachbarn weit und breit wenden: den gut aussehenden Garrick Cooper. Eigentlich sucht er die Einsamkeit. Aber wenn aus heiterem Himmel eine schöne Frau bei ihm auftaucht, macht er gern eine Ausnahme …

Gesucht – Gefunden?

Zuerst kann von Liebe gar keine Rede sein: Sheila findet das Boot, auf dem sie Victoria in die Karibik begleitet, viel zu wenig luxuriös, während Alex Van Baar, der Neffe des Besitzers, sich über ihre Arroganz ärgert. Aber je näher sie ihrem Ziel – einem verborgenen Piratenschatz – kommen, desto sinnlicher werden ihre Gefühle füreinander …

MIRA® TASCHENBUCH
Band 25047
1. Auflage: Mai 2003

MIRA® TASCHENBÜCHER
erscheinen in der Cora Verlag GmbH & Co. KG,
Axel-Springer-Platz 1, 20350 Hamburg
Deutsche Taschenbucherstausgabe

Titel der nordamerikanischen Originalausgaben:
The Real Thing/Twelve Across/A Single Rose
Copyright © 1986, 1987, 1987 by Barbara Delinsky
erschienen bei: Harlequin Enterprises Ltd., Toronto
Published by arrangement with
Harlequin Enterprises II B.V., Amsterdam

Konzeption/Reihengestaltung: fredeboldpartner.network, Köln
Umschlaggestaltung: pecher und soiron, Köln
Titelabbildung: © by taxi, München
Autorenfoto: © by Harlequin Enterprise S.A., Schweiz
Satz: Berger Grafikpartner, Köln
Druck und Bindearbeiten: Ebner & Spiegel, Ulm
Printed in Germany
ISBN 3-89941-058-0

www.mira-taschenbuch.de

Barbara Delinsky

Schätze der Liebe

MIRA®

Barbara Delinsky

Ein perfektes Paar

Roman

Aus dem Amerikanischen von
Charlotte Corber

MIRA®

1. KAPITEL

Es war kein Weltuntergang und kam nicht einmal unerwartet. Doch nach sechs Wochen unerfreulicher Erlebnisse war es der Tropfen, der das Fass zum Überlaufen brachte.

Neil Hersey blickte mit finsterer Miene aus dem Fenster seines Anwaltsbüros, das im Zentrum von Hartford im Bundesstaat Connecticut lag.

„Raus mit der Sprache, Bob. Wir sind zu lange miteinander befreundet, als dass ich erst auf den Busch klopfen müsste." Neil hatte die Hände tief in die Hosentaschen geschoben. „Wir wissen beide, dass ich für den Job gut geeignet bin. Ryoden hat sich seit einem Jahr um mich bemüht. Wenn sie jetzt plötzlich absagen, muss etwas dahinterstecken." Er drehte sich langsam um. „Ich habe da so einen Verdacht. Also, sag etwas!"

Robert Balkan, einer der Vizepräsidenten des Ryoden-Konzerns, musterte den hoch gewachsenen Mann, der ihm so grimmig gegenüberstand. Sie kannten sich seit vielen Jahren und mochten einander aufrichtig. Bob respektierte Neil viel zu sehr, als dass er ihn anlügen könnte.

„Wir haben die Information direkt von Wittnauer-Douglass", erklärte er. „Dass man die Beziehungen zu dir als anwaltlicher Berater der Firma gekündigt hat, war ein Akt reinen Mitleids. Die Alternative wäre gewesen, gegen dich Strafanzeige zu erstatten."

Neil schimpfte leise vor sich hin. „Rede weiter."

„Sie behaupten, du seist für einige Geschäfte verantwortlich, die gegen die guten Sitten verstießen und zum Teil regelrecht kriminell waren. Einzelheiten wollte man nicht mitteilen, um dich zu schützen. Die Firma trifft interne Maßnahmen, um den Schaden in Grenzen zu halten."

„Darauf hätte ich gewettet."

„Was soll ich dazu sagen, Neil? Die Vorwürfe sind nicht näher begründet worden, aber es reichte, um den Vorsitzenden unseres Aufsichtsrats zu erzürnen. Wer auch immer von Wittnauer-Douglass angerufen hat, er muss genau gewusst haben, was er damit anrichten würde. Dann wurde Ned Fallenworth unterrichtet, und damit war die Sache gelaufen."

Fallenworth war der Präsident von Ryoden. Bob hatte ihn noch nie geschätzt und hatte jetzt weniger Grund dazu als je zuvor. „Ich habe ihm sehr zugesetzt, aber mit dem Mann war überhaupt nicht zu reden. Er ist ein engstirniger Bursche, Neil, ein kleiner Geist."

„Ja, ein kleiner Geist – aber mit sehr viel Macht", fügte Neil hinzu, während er im Zimmer auf und ab ging. Schließlich lehnte er sich gegen seinen Mahagonischreibtisch und verschränkte die Arme vor der Brust. „Sechs Wochen, Bob. Seit sechs Wochen ist diese Hölle nun schon im Gange. Man setzt mich unter Druck und verleumdet mich. Das wirkt sich inzwischen sogar auf mein Privatleben aus. Ich muss etwas dagegen unternehmen."

„Brauchst du Geld? Wenn es eine Frage der Finanzen ist, wäre ich froh ..."

„Nein, nein", wehrte Neil ab. Dann zwang er sich zu einem freundlichen Lächeln. „Geld ist für mich kein Problem, jedenfalls noch nicht." Er holte tief Luft, seine Miene wurde wieder ernst. „Aber als Rechtsanwalt sehe ich in dieser Stadt keine Zukunft mehr. Und das ist genau das, was Wittnauer-Douglass beabsichtigten."

„Ich finde, du solltest sie verklagen."

„Soll das ein Witz sein? Es ist zwar richtig, dass du mir vertraust, aber du kennst diese Leute nicht so gut wie ich. Zuerst werden sie alle möglichen Behauptungen über mich aufstellen. Dann werden sie den Prozess so lange hinziehen, bis mir das Geld ausgeht. Und schließlich würde auf jeden Fall etwas an mir hängen bleiben, ganz gleich, wie der Prozess endet. Wir reden hier über Piranhas, Bob."

„Aber warum hast du dann für sie gearbeitet?“

„Weil ich das lange Zeit nicht gewusst habe.“ Er wirkte niedergeschlagen. „Das ist wohl das Schlimmste an der Sache. Ich habe es einfach nicht gewusst.“ Neil schaute bedrückt zu Boden.

„Irren ist menschlich, Neil.“

„Ein schöner Trost ist das.“

Bob stand auf. „Ich wollte, ich könnte mehr für dich tun.“

„Du hast deine Pflicht getan, und nun ist es Zeit zu gehen.“ Neil wusste, wie verbittert seine Worte klangen.

„Ich habe für drei Uhr eine Verabredung“, erwiderte Bob entschuldigend.

Neil wurde sofort misstrauisch. Er hatte sechs Wochen voller Enttäuschungen hinter sich und es wiederholt erlebt, dass so genannte Freunde ihn plötzlich fallen ließen.

Um die Lage zu prüfen, streckte er die Hand aus. „Ich habe Julie schon seit Monaten nicht mehr gesehen. Wollen wir uns nicht demnächst einmal zum Abendessen treffen?“

„Aber natürlich.“ Bob lächelte etwas zu strahlend, wie Neil fand, und schüttelte ihm die Hand.

Bob ist erleichtert, dachte Neil. Die Schmutzarbeit war erledigt. Und ein „Aber natürlich“ war genauso unverbindlich, wie er es befürchtet hatte.

Gleich darauf war Neil mit seinem Zorn allein. Er ließ sich in den Sessel fallen, in dem Bob gesessen hatte, und rieb sich die Stirn. Er hatte heftige Kopfschmerzen. War das ein Wunder? Wie konnte man gesund bleiben, wenn ringsum alles zusammenbrach? Wo blieb da die Gerechtigkeit?

Neil konnte verstehen, dass die geschäftlichen Beziehungen zwischen ihm und Wittnauer-Douglass nach der Auseinandersetzung vor sechs Wochen beendet waren. Nach heftigen Meinungsverschiedenheiten hatte er nicht mehr den Wunsch gehabt, als Berater für die Firma zu arbeiten, ebenso wenig hatte man ihn weiter beauftragen wollen. Aber warum musste man ihn noch zusätzlich bestrafen? Das war einfach nicht gerecht.

Gut, er hatte nun auch noch Ryoden als Mandanten verloren. Das hätte er jedoch verschmerzen können, wenn nicht in den vergangenen Wochen drei weitere wichtige Firmen die Beziehungen zu ihm abgebrochen hätten. Man verleumdete ihn im Geschäftsleben. Wie konnte er sich dagegen wehren, wo doch seine Gegner so sehr viel größer und mächtiger waren?

Neil blickte auf und sah sich in seinem Büro um. An den Wänden standen Mahagonischränke, bis zur Decke mit juristischer Literatur gefüllt. Eine aufwändige Telefonanlage war auf seinem großzügigen Schreibtisch installiert. Ein weiterer Schrank war mit Vertragsentwürfen und Akten gefüllt. Doch was wirklich zählte, sein Wissen, das hatte er im Kopf. Wenn er nicht mehr als Jurist tätig sein konnte, war alles Übrige wertlos.

Noch nie in seinem ganzen Leben hatte Neil Hersey sich so hilflos gefühlt. Etwas musste geschehen, und er selbst musste jetzt die Initiative ergreifen. Aber er hatte nicht die geringste Ahnung, was er nun unternehmen sollte. Zorn und Verdruss beherrschten seine Gedanken und ließen ihn nicht klar denken.

Wütend stand er auf. Er brauchte eine Pause, einen Tapetenwechsel, musste von hier fort. Neil ging um den Schreibtisch herum, zog sein persönliches Telefonverzeichnis aus der Schublade und schlug es unter dem Buchstaben L auf. Lesser – Victoria Lesser. Innerhalb weniger Sekunden hatte er die Nummer gewählt, die ihn mit der eleganten Wohnung an der Park Avenue von Manhattan verband.

Eine weibliche Stimme meldete sich. „Hier bei Lesser."

„Neil Hersey. Ist Mrs. Lesser zu sprechen?"

„Bitte bleiben Sie am Apparat."

Neil rieb sich ungeduldig die Stirn, wartete und schloss die Augen. Als er sich vorstellte, wie Victoria zwischen ihren eleganten Möbeln in Jeans und Arbeitshemd zum Telefon eilte, musste er einen Moment lächeln.

Victoria Lesser war eine einmalige Frau. Dank ihres Ehemanns, den sie sehr geliebt hatte, bis er vor sechs Jahren starb, war sie sehr wohlhabend und einflussreich. Sie tat, was ihr gefiel, reiste, gab Partys, nahm trotz ihrer zweiundfünfzig Jahre Ballettunterricht, malte und war äußerst großzügig.

Auf diese Großzügigkeit zählte Neil jetzt.

„Neil Hersey ... du bist mir ein schöner Freund." Victorias Stimme klang fröhlich. „Weißt du, wie lange ich nichts von dir gehört habe? Das sind Monate."

„Ich weiß, Victoria. Es tut mir Leid. Wie geht es dir?"

„Wie es mir geht, ist im Moment unwichtig. Die Frage ist vielmehr, wie es dir geht."

Natürlich hatte Victoria bereits gehört, was passiert war. Kein Wunder, denn der gemeinsame Freund, durch den sie und Neil sich kennen gelernt hatten, arbeitete als leitender Angestellter bei Wittnauer-Douglass.

„Du sprichst mit mir, Victoria, da geht es mir schon besser", erwiderte Neil vorsichtig.

„Ich weiß, was geschehen ist, Neil. Ich kenne diese Schlangen, die im Vorstand von Wittnauer-Douglass sitzen, und ich kenne dich. Ich habe nicht vergessen, was du für meine Nichte getan hast. Du sitzt in der Patsche, nicht wahr?"

„Ja, und ich muss für einige Zeit von hier fort." Neil war nicht in der Stimmung, lange um die Sache herumzureden. „Ich kann hier nicht denken, brauche Ruhe und Abgeschiedenheit."

„Eine abgelegene und unbewohnte Insel vor der Küste von Maine?"

„Etwas in der Art."

„Sie gehört dir."

„Ist niemand dort?"

„Im Oktober? Die Leute sind heutzutage verweichlicht, wer fährt schon im Herbst in den Norden? Du kannst die Insel haben, Neil, solange du willst."

„Zwei Wochen sollten genügen. Wenn ich bis dahin keine Lösung gefunden habe ...“ Er schwieg.

„Wie ich dich kenne, willst du mit der Situation allein fertig werden. Aber wenn ich dir irgendwie helfen kann, dann sag es mir.“

Neil empfand bei diesen Worten Trost. „Dass ich die Insel haben kann, ist schon mehr als genug.“

„Wann willst du hinfahren?“

„So bald wie möglich, wahrscheinlich morgen. Du musst mir nur den Weg erklären.“

„Nun, wenn du in Spruce Head bist, frag nach Thomas Nye. Er ist groß und breit, hat einen buschigen roten Bart. Er fängt dort Hummer. Ich werde ihn anrufen und ihm Bescheid sagen. Dann setzt er dich zur Insel über.“

Neil bedankte sich sehr herzlich. Den Rest des Nachmittags verbrachte er damit, die verbliebene Arbeit den beiden jungen Rechtsanwälten zu übertragen, die mit ihm gemeinsam die Sozietät bildeten. Als er abends ging, ließ er zum ersten Mal in seinem Leben die Aktentasche im Büro. Er nahm nichts außer einigen Havannazigarren mit.

Deirdre Joyce betrachtete verärgert den weißen Gipsverband, der ihr linkes Bein vom Oberschenkel bis zu den Zehen einhüllte. Dieser Blick war ein Ablenkungsversuch. Wenn sie in die Gesichter derjenigen aufgeschaut hätte, die sich um ihr Krankenbett versammelt hatten, hätte sie sich noch mehr geärgert.

„Das war ein Wink des Himmels“, sagte ihre Mutter. „Seit Monaten versuche ich schon, es dir klarzumachen. Dein Platz ist in der Firma, neben deiner Schwester, statt Gymnastik zu unterrichten.“

„Der Unterricht hat hiermit überhaupt nichts zu tun“, widersprach Deirdre. „Ich bin in meinem eigenen Haus auf der Treppe ausgerutscht, hinuntergefallen und habe mir dabei das Bein gebrochen.“

„Der Wink“, fuhr Maria Joyce unbeeindruckt fort, „soll dir zeigen, dass es dich nicht weiterbringt, wenn du deinen Körper überstrapazierst. Für die nächsten Wochen bist du lahm gelegt. Wäre es da nicht wirklich besser, du würdest Sandra helfen?“

Deirdre sah ihre Schwester an. Früher einmal hatte sie Mitleid mit ihr gehabt. Doch das war ihr nach sechs Monaten unaufhörlichen Drucks inzwischen vergangen. „Es tut mir Leid, Sandra, aber ich kann es nicht.“

„Warum nicht?“ Sandra sah ihrer Mutter ähnlich, sie war groß und dunkelhaarig, während Deirdre eher zierlich wirkte und dunkelblonde Haare hatte. Die beiden Schwestern waren sich auch sonst nicht ähnlich. „Du hast die gleiche Ausbildung gehabt wie ich.“

„Aber ich habe nicht das richtige Temperament für diese Arbeit.“

Ihre Mutter runzelte die Stirn. „Mit Temperament hat das überhaupt nichts zu tun. Du hast dich schon früh dafür entschieden, den einfacheren Weg zu gehen. Nun siehst du ja, wohin das führt.“

„Mutter ...“ Deirdre schloss erschöpft die Augen. Vier Tage strenger Bettruhe hatten an ihren Kräften gezehrt. Sie war sehr gereizt. Entschieden erklärte sie: „Wir haben das schon hundert Mal erörtert. Du und Vater mögt von einer Familienfirma geträumt haben, aber das war nie mein Traum. Ich bin nicht dafür geeignet, eine Firma zu leiten. Ich habe es einmal versucht, und es war ein Reinfall.“

„Für ganze acht Monate hast du es versucht“, warf ihre Mutter ein, „vor einigen Jahren.“

„Deine Mutter hat Recht.“ Das war die tiefe Stimme ihres Onkels. „Du hast damals gute Ansätze gezeigt. Du bist der Typ des Machers wie dein Vater. Allerdings warst du wohl noch zu jung. Du hast viel zu früh aufgegeben.“

Deirdre schüttelte den Kopf. „Ich kenne mich doch, für diese Art von Geschäftsleben bin ich nicht geeignet. Dass ich es vom Wissen her schaffen könnte, reicht nicht. Es widerstrebt mir einfach."

„Aber wir brauchen dich, Deirdre", sagte Sandra. „Glaubst du denn, ich sei für diesen Job besser geeignet als du?"

„Dir macht es jedenfalls Spaß."

„Das ist nicht entscheidend. Vaters Tod hat vieles durcheinander gebracht."

Seit Vaters Tod – das war der springende Punkt. Sechs Monate war es jetzt her, dass Allan Joyce völlig unerwartet im Schlaf gestorben war. Deirdre schloss wieder die Augen. „Diese Diskussion führt zu nichts. Dass die Dinge seit Vaters Tod nicht mehr in Ordnung sind, liegt ganz einfach daran, dass keiner von euch – von uns – den notwendigen Überblick hat, um ein so großes Unternehmen zu leiten. Was Joyce Enterprises braucht, ist Hilfe von außen."

„Wir sind ein Familienunternehmen ...", begann Maria, wurde aber sofort durch Deirdre unterbrochen.

„Leider ist uns die Familie ausgegangen, Mutter. Du kannst die Firma nicht leiten, Sandra auch nicht. Onkel Peter ist ebenso hilflos wie Onkel Max. Aber ich bin offenbar die einzige Person, die erkennt, dass ein Wechsel nötig ist." Deirdre seufzte resigniert. „Was mich am meisten wundert, ist der Umstand, dass die Firma überhaupt noch läuft. Verkauf den Laden, Mutter. Und wenn du das nicht willst, dann engagiere ein paar tüchtige Geschäftsführer ..."

„Die haben wir doch", entgegnete ihre Mutter. „Wir brauchen jemanden, der alles koordiniert. Dafür wärst du gut geeignet. Du kannst doch auch sonst alles so gut organisieren."

„Du meinst die Wohltätigkeitsveranstaltungen, oder nicht? Aber das ist nur wenige Male im Jahr und etwas völlig anderes. Wir reden jetzt vom echten, harten Geschäft."

„Du bist deines Vaters Tochter."

„Ich bin aber nicht mein Vater."

„Trotzdem ..."

„Bitte, Mutter, ich habe schreckliche Kopfschmerzen. Du verstärkst sie noch. Onkel Peter, kannst du meine Mutter nicht nach Hause fahren?"

Maria blieb unbeirrt. „Moment mal, Deirdre, so leicht bin ich nicht zu vertreiben. Du bist selbstsüchtig. Schon immer hast du zuerst deine eigenen Wünsche berücksichtigt. Verspürst du denn gar kein Verantwortungsgefühl gegenüber deiner Familie?"

Jetzt kam die Schuldmasche. Das war unvermeidbar gewesen. „Ich bin im Moment nicht dazu aufgelegt, darüber zu diskutieren." Deirdre stöhnte.

„Gut." Maria richtete sich auf. „Dann werden wir das morgen tun. Du wirst morgen früh aus dem Krankenhaus entlassen. Wir werden dich abholen und dich zu uns bringen ..."

„Ich will nicht zu euch. Ich will in mein Haus."

„Mit einem gebrochenen Bein? Das ist doch töricht, Kind. Du kannst nicht einmal Treppen steigen."

„Wenn ich das nicht kann, wie soll ich dann wohl eine Millionenfirma vom Büro im siebzehnten Stock aus leiten können?"

„Es gibt Fahrstühle."

„Das ist nicht der entscheidende Punkt." Deirdre verdeckte die Augen. Sie war müde und unendlich frustriert. „Wenn ich hier morgen früh entlassen werde, fahre ich sofort in mein Haus. Und wohin ich danach auch gehen mag: bestimmt nicht in die Firma."

„Darüber reden wir morgen."

„Es gibt nichts zu reden. Mein Entschluss steht fest."

Maria zuckte leicht mit dem Kinn. Das war eine nervöse Bewegung, die sie immer dann zeigte, wenn etwas nicht nach ihrem Willen lief. Deirdre war schon oft die Ursache dafür gewesen. „Du bist jetzt aufgebracht, Deirdre. Kein Wunder nach dem, was du durchgemacht hast." Maria tätschelte ihrer Tochter die Wange. „Bis morgen, dann besprechen wir alles in Ruhe."

Deirdre erwiderte nichts. Mit zusammengekniffenen Lippen sah sie zu, wie ihre Besucher sie verließen. Als die Tür sich endlich hinter ihnen geschlossen hatte, legte sie sich völlig erschöpft in die Kissen zurück.

Die Zukunft sah düster aus. Ihr Beinbruch war kompliziert, und es war fraglich, ob das Bein jemals die frühere Beweglichkeit wiedererlangen würde. Musste sie dann vielleicht ihren Beruf aufgeben? Für die nächsten sechs Wochen musste sie den Gips tragen, dann würden mehrere Wochen mit heilgymnastischen Übungen folgen, und erst danach würde sie Klarheit über ihren Zustand haben.

Und bei alldem auch noch der Ärger mit der Familie! Es ging dabei ausschließlich nur um die Firma. Seitdem es mit dem Unternehmen nicht recht lief, hatte sich der Druck auf sie verstärkt. Was sollte sie nur tun? War sie ihrer Familie ausgeliefert, wenn sie aus dem Krankenhaus entlassen wurde? Eine schreckliche Vorstellung. Wenn es nur irgendwo einen ruhigen, abgeschiedenen Ort gäbe, an dem sie keiner behelligen konnte ...

Aus einer plötzlichen Eingebung heraus griff sie zum Telefonhörer und ließ sich mit New York verbinden. Eine Mädchenstimme meldete sich. „Hier bei Lesser."

„Deirdre Joyce. Ist Mrs. Lesser zu sprechen?"

„Bitte bleiben Sie am Apparat."

Deirdre wartete ungeduldig und schloss die Augen. Sie stellte sich vor, wie Victoria in Jeans und Arbeitshemd durch ihre elegante Wohnung zum Telefon ging. Von allen Freunden der Familie, die Deirdre in den vierundzwanzig Jahren ihres Lebens kennen gelernt hatte, verehrte sie Victoria am meisten. Sie war ein völlig unabhängiger Mensch. Statt Trübsal zu blasen, nachdem ihr Mann gestorben war, hatte sie ihr Leben selbst in die Hand genommen und große Aktivität entwickelt. Sie tat, was sie wollte – aber alles innerhalb der Grenzen des guten Geschmacks.

„Hallo, Deirdre“, erklang Victorias Stimme durch die Leitung. „Wo steckst du?“

„In Providence, wie immer. Wie geht es dir?“

„Nicht schlecht. Und dir? Warum rufst du an, hast du Sorgen?“

„Ach, Victoria ...“

„Nun komm schon, erzähl es mir. Kann ich dir helfen? Bedrängt dich die Familie schon wieder?“

„Ja, das auch. Und diesmal bin ich in einer ziemlich schwachen Position. Ich habe mir das Bein gebrochen und liege im Bett. Kannst du dir das vorstellen? Die Gymnastiklehrerin bricht sich ein Bein.“

Victoria schwieg.

„Falls du mich jetzt auslachen solltest, liebe Victoria: Hilf mir lieber.“

„Ich lache nicht über dich, aber eigenartig ist es schon. Was hast du nun vor?“

„Ich weiß auch nicht. Ob ich jemals wieder in meinem Beruf arbeiten kann, steht in den Sternen. Die Verwandtschaft lässt mir jetzt keine Ruhe mehr. Ich muss einfach von hier fort. Man wird mir keine Zeit lassen, ich komme nicht zum Nachdenken, aber das muss ich tun, oder ...“ Sie brauchte ihren Satz nicht zu beenden, Victoria verstand sie schon.

„Du denkst an Maine?“

„Ja, wenn es dir recht ist. Du hast es mir gegenüber so oft erwähnt, aber nie hatte ich Zeit. Es ist vielleicht genau das, was ich jetzt brauche. Es liegt weit genug entfernt und ist ruhig.“

„Und es gibt dort kein Telefon.“

„Du verstehst mich.“

„Natürlich.“ Victoria schwieg einen Moment. „Maine könnte gut für dich sein. Wann willst du losfahren?“

Zum ersten Mal seit ihrem Sturz auf der Treppe empfand Deirdre etwas Hoffnung. „So bald wie möglich, vielleicht morgen. Aber du musst mir sagen, wie ich dorthin komme.“

Das tat Victoria. „Hast du jemanden, der dich fahren kann?"

„Ich werde selbst fahren."

„Mit dem gebrochenen Bein?"

„Es ist das linke."

„Welch glücklicher Zufall."

„Was soll ich tun, wenn ich in Spruce Head bin?"

„Frag nach Thomas Nye. Er ist groß und breit, hat einen buschigen roten Bart. Er fängt dort Hummer. Ich werde ihn anrufen und vorwarnen. Er wird dich zur Insel übersetzen."

Deirdre lächelte. „Du bist eine wirkliche Freundin, Victoria, ein richtiger Engel."

„Das hoffe ich. Rufst du mich an, sobald du wieder hier bist, damit ich erfahre, wie es dir ergangen ist?"

„Natürlich." Deirdre bedankte sich sehr und legte auf. Victoria rief zum zweiten Mal an diesem Tag Thomas Nye an. Und nachdem sie das Gespräch beendet hatte, sah sie sehr zufrieden aus.

Es goss immer noch in Strömen. Neil blickte angestrengt auf die Fahrbahn. Das Unwetter war ihm augenscheinlich nach Norden gefolgt, von Connecticut durch Massachusetts und New Hampshire bis nach Maine. Mehr als vier Stunden hatte es pausenlos geregnet. Der bleigraue Himmel sah nicht verheißungsvoll aus.

Obwohl die Scheibenwischer sich mit der größten Geschwindigkeit bewegten, erkannte man die Landschaft draußen nur verschwommen. Alles wirkte grau und braun, und in der Mitte verlief die Straße, die die ganze Aufmerksamkeit des Fahrers beanspruchte. Das Geräusch der Scheibenwischer vermischte sich mit dem Dröhnen des Motors und dem Prasseln des Regens.

Neil hatte keine Lust mehr zu fahren, und seine Stimmung verschlechterte sich immer mehr. Kurz vor drei Uhr nachmittags hielt er schließlich den schwarzen Sportwagen auf dem verwitterten Kai von Spruce Head an.

Er hätte erleichtert sein sollen, dass die anstrengende Fahrt endlich vorüber war, und sich auf das nahe Ziel seiner Reise freuen sollen. Doch stattdessen empfand er Enttäuschung. Die Bootsstege sahen schmutzig aus. Mehr als die vertäuten, wild auf und ab tanzenden Boote war praktisch nicht zu sehen. In der Luft lag ein unangenehmer Geruch, der jetzt auch in das Innere des Wagens drang.

Mit gerümpfter Nase betrachtete Neil die großen Hummerbehälter, die längs des Kais aufgestellt waren, und die Fässer mit verrottenden toten Fischen, die als Köder für die Hummer benutzt werden sollten. Seine Vorliebe für Hummerfleisch machte den üblen Geruch nicht erträglicher.

Ein heftiger Windstoß traf den Wagen. Neil lehnte sich auf dem Sitz zurück und fluchte leise. Ihm fehlte jetzt Ölzeug, so wie es die Fischer trugen. Kein Mensch war bei diesem Unwetter draußen.

Er hingegen musste hinaus und Thomas Nye suchen. Neil griff nach der Windjacke, die auf dem Rücksitz lag, und mühte sich, sie im Sitzen anzuziehen. Dann holte er tief Luft, öffnete die Wagentür, stürzte hinaus und schlug die Tür wieder zu. Er lief auf das nächste Gebäude zu.

Die erste Tür, die er aufstieß, quietschte laut in den Angeln. Drei Männer saßen in einer Art Büroraum, waren allerdings wohl kaum mit ernsthafter Arbeit beschäftigt. Jeder hatte einen dampfenden Becher vor sich stehen. Zwei Stühle waren auf die hinteren Beine gekippt, auf dem dritten saß rücklings ein Mann.

Die Männer schauten überrascht auf. Neil fühlte sich erleichtert, dass er so lässig gekleidet war. Das Haar war nass und zerzaust. Die Windjacke und die abgewetzten Jeans waren nass, die Turnschuhe schmutzig. Er passte in diese Umgebung.

„Ich suche Thomas Nye“, erklärte er ohne Umschweife. Fischer waren wortkarg, das passte ihm gut. Er war jetzt nicht in der Stimmung, höflich zu plaudern. „Ein großer Bursche mit einem buschigen roten Bart.“

Einer der Stühle bewegte sich und stand nun mit vier Beinen auf dem Boden. Der Mann, der auf ihm saß, machte eine Handbewegung. „Den Kai hinunter, die erste links, das zweite Haus auf der rechten Seite."

Neil nickte und ging. Mit eingezogenem Kopf lief er zu seinem Wagen und stieg hastig ein. Er achtete nicht darauf, dass das Wasser von seiner Windjacke auf die Ledersitze tropfte. Ihm war jetzt nur noch eines wichtig: auf Victorias Insel zu kommen. Er wollte sich im Haus einschließen, sich in das breite Doppelbett im Schlafzimmer legen und durch die großen Fenster nach draußen schauen. Er freute sich schon auf ein prasselndes Kaminfeuer.

Neil ließ den Motor an und fuhr in die beschriebene Richtung. Das Haus, das er suchte, stand in einer Reihe von anderen kleinen Anwesen. Wenn er in besserer Stimmung gewesen wäre, hätte er vielleicht gesagt, es besitze Charme. Es war klein und weiß gestrichen, mit grauen Fensterläden aus Holz. Die Farbe blätterte überall ab, und das Haus schien sehr alt zu sein.

Neil lief darauf zu. Da er keine Klingel sah, klopfte er laut. Gleich darauf wurde die Tür geöffnet. Ein großer Mann mit buschigem roten Bart erschien.

Neil seufzte erleichtert. „Thomas Nye?"

Der Mann nickte, öffnete die Tür weiter und machte eine Kopfbewegung zum Inneren des Hauses hin. Neil nahm die wortlose Einladung dankend an.

Eine knappe Stunde später hielt Deirdre vor demselben Haus. Sie musterte erst das bescheidene Bauwerk, dann den schwarzen Sportwagen, der davor parkte. Selbst wenn sie das Kennzeichen von Connecticut nicht gesehen hätte, wäre sie jede Wette eingegangen, dass es nicht das Fahrzeug des Hummerfischers war.

Thomas Nye hatte offenbar Gäste. Das gefiel ihr gar nicht. Sie selbst bot nicht gerade den vorteilhaftesten Anblick.

Bisher hatte sie Glück gehabt. Ein Mann auf dem Kai hatte

ihr den Weg gezeigt und es ihr so erspart, aus dem Wagen zu steigen, was für sie mit dem Gipsbein sehr mühsam gewesen wäre.

Doch jetzt war es anders. Wenn sie mit Thomas Nye reden wollte, musste sie den sicheren Hort verlassen. Das bedeutete, dass sie die Krücken herausziehen, das eingegipste Bein aus dem Wagen schieben und sich in eine stehende Position bringen musste. Und sie würde dabei ziemlich nass werden.

Aber was machte das jetzt noch aus? Der ganze Tag war wie ein Albtraum für sie gewesen. Sie nahm den Parka vom Rücksitz und zog ihn mühsam an. Mindestens eine Minute brauchte sie, bis sie mit Gipsbein und Krücken zurechtgekommen war. Dann öffnete sie die Tür und stieg aus.

Als sie die Haustür erreichte, biss sie erschöpft die Zähne zusammen. Was sonst allenfalls zehn Sekunden gedauert hätte, hatte eine kleine Ewigkeit in Anspruch genommen – Zeit genug, um vom Regen völlig durchnässt zu werden. Das nasse Haar hing ihr in die Augen. Ihre Trainingshose war durchweicht, die Griffe der Krücken waren gefährlich schlüpfrig, und sie hatte Schmerzen unter den Armen.

Deirdre legte das Gewicht auf eine Krücke und klopfte. Ein kleines Vordach über der Tür bot ihr ein wenig Schutz. Es stank hier nicht ganz so entsetzlich wie auf dem Kai, sondern roch mehr nach salziger Luft und nach Regen. Ihr war kalt. Ungeduldig klopfte sie noch einmal. Gleich darauf öffnete ein großer Mann mit buschigem roten Bart die Tür. Deirdre seufzte erleichtert. „Thomas Nye?"

Der Mann nickte, hielt die Tür weit offen und machte eine Kopfbewegung zum Inneren des Hauses hin. Deirdre humpelte den schmalen Flur entlang und – nach einer weiteren stummen Geste des Mannes – in das kleine Wohnzimmer.

In der Mitte des Zimmers stand ein niedriger Tisch, ganz mit Papieren, Tabellen und Rechnungen bedeckt. Daneben war ein Fernsehgerät eingeschaltet, es lief gerade eine beliebte Ratesendung, bei der es Preise zu gewinnen gab. In der Ecke, auf einem Sessel, saß ein dunkelhaariger Mann mit finsterer Miene.

Thomas Nye hatte sich inzwischen wieder an den Tisch gesetzt und war zu der Arbeit zurückgekehrt, bei der sie ihn offensichtlich unterbrochen hatte.

Sie räusperte sich. „Sie haben mich erwartet."

„Das stimmt." Der Mann hatte verschiedene Papiere in die Hand genommen und schaute nicht auf. „Möchten Sie sitzen?"

„Gehen wir nicht gleich?"

„Nicht sofort."

Obwohl ihr jetzt nichts verhasster war als ein Aufschub, nahm sie diese Auskunft gefasst entgegen. „Es liegt am Wetter, wie?" Sie hatte damit bereits gerechnet.

Der Mann in der Ecke seufzte. Thomas Nye nickte.

„Haben Sie eine Ahnung, wann wir fahren können?" fragte Deirdre entmutigt. Sie fühlte sich müde und erschöpft. Dass sie sich noch am Tag ihrer Entlassung auf den Weg gemacht hatte, war vielleicht ein Fehler gewesen. Doch nun konnte sie daran nichts mehr ändern.

Der bärtige Mann zuckte mit den Schultern. „Sobald das Wetter sich bessert."

„Aber es kann noch Tage so weiterregnen." Der Mann in der Ecke seufzte ein zweites Mal. Deirdre blickte ihn abweisend an. Sie wünschte sich jetzt nichts sehnlicher, als in dem breiten Doppelbett in dem Haus auf Victorias Insel zu liegen – allein. Niemand sollte sie in ihrem jetzigen traurigen Zustand sehen, keiner sollte irgendwelche Schuldgefühle in ihr erzeugen. Sie konzentrierte sich wieder ganz auf Nye. „Ich dachte, Sie fingen Hummer auch bei Regen."

„Der Wind ist das Problem." Wie um diese Worte zu bekräftigen, rüttelte eine kräftige Bö an den Fensterläden.

Deirdre fröstelte. „Ich verstehe." Sie schwieg einen Moment. „Was sagt der Wetterbericht? Wann wird es besser?"

Nye zuckte wieder mit den Schultern. „In einer Stunde, in zwei Stunden – oder in zwölf."

Deirdre stützte sich auf ihre Krücken. Ein oder zwei Stunden, damit konnte sie leben. Aber zwölf? Sie bezweifelte es sehr, dass sie weitere zwölf Stunden ohne das erträumte warme Bett überleben könnte. Und wo sollte sie bis dahin warten? Sie musterte den Mann, der in der Ecke saß. Er war tief in den Sessel gesunken, hatte ein Bein ausgestreckt, das andere quer über das Knie gelegt. Die Ellbogen hatte er auf die Armlehnen des Sessels gestützt, das Kinn gegen die Fäuste gedrückt. Seine Augenbrauen waren dunkel, die Augen noch dunkler. Auch er wartete. Sie spürte seine Enttäuschung ganz deutlich.

„Hören Sie, Mr. Nye", begann sie. „Ich muss hier wirklich fort. Wenn ich dieses Bein nicht bald zur Ruhe bringe, könnte ich in ernste Schwierigkeiten geraten."

Nye schrieb etwas auf das Blatt Papier, das vor ihm lag. Dann schaute er zum Fernseher und wies dabei mit dem Bleistift auf ein abgewetztes Sofa. „Bitte, setzen Sie sich."

Deirdre sah zu, wie er sich wieder an seine Arbeit machte. Einen Moment überlegte sie, ob sie ihn noch einmal ansprechen sollte, doch sie spürte, dass das keinen Erfolg haben würde. Der Mann sah gelassen, zufrieden und sehr beschäftigt aus. Sie verzog das Gesicht und humpelte zum Sofa. Sie zog den nassen Parka aus, hängte ihn über die Rückenlehne eines Stuhls, setzte sich vorsichtig auf das Sofa und zog die Krücken neben sich.

Als sie den Kopf hob, stellte sie fest, dass der Mann in der Ecke sie anstarrte. Gereizt erwiderte sie seinen Blick. „Ist etwas nicht in Ordnung?"

Er hob eine Augenbraue und verzog den Mund. „Das ist eine tolle Aufmachung." Als Kompliment war diese Äußerung nicht gedacht.

„Vielen Dank", entgegnete Deirdre, „mir gefällt sie auch." Die bauschige rosa Trainingshose war die bequemste, die sie hatte – wenn sie trocken war. Bequemlichkeit bedeutete für sie jetzt alles – mit dem unförmigen Gips am Bein. Deshalb hatte sie auch ein Sweatshirt in Übergröße angezogen, das allerdings in der Farbe – es war grünlich blau – nicht zu der Hose passte. Ihre Beinwärmer waren orangefarben. Der Turnschuh, den sie am gesunden rechten Fuß trug, war durch und durch nass.

Wenn dem Mann das alles nicht gefiel, war das ganz allein sein Problem. Dass sie jetzt nicht wie auf einem Werbefoto für Sportkleidung aussah, störte Deirdre nicht. Sehr bald würde sie allein auf der Insel sein. Niemand würde sie sehen, und keiner würde sich dafür interessieren, was sie anzog.

Auf dem Fernsehschirm brach ein freudiger Jubel aus, als ein Mitspieler einen glänzenden roten Mercedes gewonnen hatte. Thomas blickte auf und lachte. Deirdre hingegen senkte den Blick und rieb sich die Nase mit klammen Fingern. Sie verabscheute solche Fernsehsendungen.

Was sollte sie jetzt machen? Sie saß hier fest und musste alles über sich ergehen lassen. Mit großem Missvergnügen schob sie sich die nassen Haare aus der Stirn und betrachtete Thomas Ney.

Er hatte den Kopf wieder über den Tisch gebeugt und sich in die Arbeit vertieft. Deirdre fand, dass er eigentlich nicht wie ein Fischer aussah. Er trug eine Cordhose, ein Sporthemd und darüber einen bequemen Pullover. Die wenigen Worte, die er bisher von sich gegeben hatte, verrieten einen New Yorker Akzent. Offenbar stammte er nicht aus dieser Gegend. War er aus dem bürgerlichen Leben ausgebrochen? Vielleicht war seine Schweigsamkeit nur Schüchternheit. Er konnte ihrem Blick immer nur für kurze Zeit standhalten. Obwohl er nicht unfreundlich wirkte, machte er keinen Versuch, ein Gespräch zu beginnen. Er hatte ihr auch den anderen Mann nicht vorgestellt.

Aber das machte nichts. Deirdre musterte den Besucher. Er sah nicht aus wie jemand, dessen Bekanntschaft sie sich wünschen könnte. Mit gerunzelter Stirn schaute er aus dem Fenster. Er machte einen unzufriedenen, verdrossenen Eindruck.

Plötzlich drehte der Mann sich um und blickte sie an, bis sie sich abwandte. Nein, sie legte keinen Wert darauf, ihn kennen zu lernen. Er schien Kummer zu haben, genau wie sie, und in ihrer Situation hatte sie für Anteilnahme keinen Raum.

Neil Herseys Gedanken folgten in diesem Moment einem ähnlichen Gang. Es war lange her, dass er eine Frau gesehen hatte, die einen solch Mitleid erregenden Eindruck machte. Natürlich, das Wetter hatte sie mitgenommen, ihre Kleidung und ihr kurzes dunkelblondes Haar waren durchnässt. Aber das Wetter hatte nichts damit zu tun, dass sie ein dickes Bein und eine unförmige Figur besaß. Sie wirkte blass und mürrisch. Wahrscheinlich sollte Nye sie zu irgendeiner der vielen Inseln im Golf von Maine übersetzen. Doch das ging ihn zum Glück nichts an.

Er hatte seine eigenen Sorgen. Er saß hier fest, und die Zeit verstrich nutzlos, ohne dass er etwas unternehmen konnte. Alles hing von Thomas Nye ab. Das war eine Situation, die seine schlechte Laune nur noch verschlimmern konnte.

Unruhig rutschte er auf dem Sessel hin und her und strich sich mit der Hand über seinen Pullover. Bekam er Herzstiche? Entwickelte sich ein Magengeschwür? Er holte tief Luft und wollte gerade auf die Armbanduhr schauen, als er sah, dass die Frau das bereits tat.

„Mr. Nye?“ fragte sie.

„Thomas“, erwiderte er, ohne aufzublicken.

„Thomas, wie lange wird die Überfahrt dauern?“

„Etwa zwei Stunden.“

Deirdre schaute wieder auf die Uhr und stellte die gleiche bedrückende Rechnung an wie Neil. „Dann werden wir es vor Anbruch der Dunkelheit nicht schaffen, wenn wir noch länger warten.“ Es war für sie schon schwer genug, bei Tageslicht mit den Krücken zurechtzukommen. Aber in der Nacht?

„Es gibt keine andere Wahl, wir müssen warten, bis der Wind nachlässt“, erklärte Thomas. „Das kann bis morgen früh dauern.“

„Bis morgen? Aber wo soll ich denn übernachten?“

Thomas blickte nach oben. „Ich habe Platz genug.“

Deirdre schüttelte entsetzt den Kopf. Sie wollte hier auf keinen Fall übernachten. Sie wollte auf Victorias Insel sein und es sich in dem fantastischen Schlafzimmer gemütlich machen, von dem sie so viel gehört hatte: hohe Fenster, ein elegantes Messingbett, weiche Kissen und eine warme Decke. Stille, Einsamkeit – niemand würde sie stören.

Sie war müde und abgespannt, ihr Bein schmerzte. Am liebsten hätte sie jetzt geweint, wenn nicht diese beiden Fremden bei ihr gewesen wären.

Neil schaute wieder nach draußen. Was er dort sah, erfreute ihn nicht, ebenso wenig wie die Vorstellung, im Haus von Thomas Nye übernachten zu müssen. Er wollte auf die Insel.

Er fühlte sich erschöpft. Die lange Fahrt im Regen war ein anstrengender Abschluss von sechs unangenehmen Wochen gewesen. Er wollte allein sein, keinen Menschen mehr sehen. Er wollte sich endlich auf dem bequemen Doppelbett ausstrecken. In letzter Zeit war in seinem Leben alles schief gelaufen.

„Hat das Boot Radar?“ fragte er.

„Ja.“

„Dann sind wir nicht auf das Tageslicht angewiesen?“

„Nein.“

„Also gibt es eine Chance, dass wir noch heute übersetzen können?“

„Natürlich gibt es eine Chance“, warf Deirdre in gereiztem Ton ein. „Es gibt immer eine Chance.“

Neil blickte sie feindselig an. „Berechnen wir es nach der Wahrscheinlichkeit, Thomas. Wo würden Sie auf einer Skala von eins bis zehn die Chance einordnen, dass wir es heute noch schaffen?“

Deirdre sah ihn strafend an. „Wie soll er das wohl beantworten können?“

„Er ist Fischer. Ich frage nach seiner beruflichen Einschätzung, die sich auf eine Reihe von Jahren stützt, die er auf dem Meer verbracht hat."

„Drei", sagte Thomas.

Deirdre war entgeistert. „Auf einer Skala von eins bis zehn bekommen wir nur eine Drei?"

Neil sah sie geringschätzig an. „Er sagt, dass er erst seit drei Jahren Hummer fängt."

„Ach so." Deirdre wandte sich an Thomas. „Wie groß sind die Chancen?"

Thomas schob die Papiere zusammen und stand auf. „Ich würde ihnen jetzt eine Zwei geben."

„Eine Zwei? Das ist ja noch schlimmer. Wonach entscheidet sich, ob wir fahren können?"

„Nach dem Seewetterbericht."

„Wie oft ändert der sich?"

„So oft wie das Wetter."

Der Mann in der Ecke lachte. Deirdre beachtete ihn nicht. „Ich meine, wird er zu bestimmten Zeiten durchgegeben? Wie können Sie beurteilen, ob der Wind über dem Meer nachlässt, wenn Sie hier im Haus sitzen?"

Thomas verließ das Haus und sagte dabei, dass er gleich zurückkommen werde.

Deirdre sah den Mann in der Ecke an. „Wohin geht er?" Als der Fremde ihren Blick nur stumm erwiderte, fuhr sie fort: „Sie warten doch auch darauf, von hier wegzukommen. Sind Sie gar nicht neugierig?"

Neil seufzte. „Er will den Wetterbericht hören."

„Woher wollen Sie das wissen?"

„Hören Sie nicht das Radio?"

„Bei dem Lärm dieser dummen Fernsehshow kann ich überhaupt nichts hören." Sie erhob sich mühsam, humpelte zum Fernseher und stellte ihn leiser.

Dann quälte sie sich zum Sofa zurück. Sie war so müde, dass es ihr im Moment völlig gleichgültig war, wie sie aussah. Deirdre setzte sich in eine Ecke des Sofas, legte das Gipsbein hoch, stützte den Kopf gegen die Lehne und schloss die Augen.

Kurze Zeit später kehrte Thomas zurück. „Jetzt stehen die Chancen bei sieben. Der Wind flaut ab."

Neil und Deirdre wurden munter. „Dann können wir es schaffen?" fragte Deirdre.

„Ich werde in einer halben Stunde noch einmal den Wetterbericht hören." Der Hummerfischer sagte nichts mehr, sondern beschäftigte sich wieder mit seinen Papieren.

Die nächste halbe Stunde kam Deirdre endlos vor. Sie dachte an ihre Mutter, an die Familie. Mehr denn je verlangte sie danach, allein zu sein. Wenn sie auf der Insel war, würde sie wohl die nächsten Tage im Bett bleiben.

Neil ging es nicht besser. Er war es nicht gewöhnt, untätig herumzusitzen. Alles machte ihn nervös: die Gelassenheit des Fischers, das Flackern des Fernsehschirms, der Anblick der Frau auf dem Sofa, das Geräusch des Regens. Sein Leben hing zu sehr von äußeren Einflüssen ab, die er nicht kontrollieren konnte. Er wollte allein sein.

Schließlich verließ Thomas wieder das Zimmer. Deirdre hob den Kopf und hielt den Atem an. Neil wartete gespannt.

Als Thomas zurückkehrte, verzog er keine Miene. Wortlos stellte er den Fernseher aus.

Deirdre merkte, dass der Mann in der Ecke sich im Sessel aufrichtete. Sie fragte: „Thomas?"

Er sagte nichts darauf, sondern machte nur eine weit ausholende Armbewegung. Deirdre und Neil brauchten auch keine weitere Einladung. Innerhalb weniger Sekunden waren sie aufgestanden und griffen nach ihren Jacken.

2. KAPITEL

Der Sturm mochte über dem Meer nachgelassen haben. Aber hier an der Küste war nichts davon zu spüren. Auf dem Weg zu ihrem Wagen wurde Deirdre wieder vom Regen durchnässt. Mit großer Mühe schleppte sie ihre Reisetasche zu Thomas' Kleinlaster. Thomas half ihr auf den letzten Metern. Er war damit beschäftigt, die Vorräte in den Wagen zu verstauen. Der andere Mann kümmerte sich um sein eigenes Gepäck.

Deirdre biss die Zähne zusammen und kletterte auf den Beifahrersitz. Kaum saß sie, als die beiden Männer ebenfalls einstiegen. Die Fahrt zum Kai verlief ungemütlich. Es war kalt und nass.

Auf Thomas' Boot ging Deirdre sofort in das Ruderhaus und setzte sich auf eine Holzbank. Sie war durchgefroren, völlig durchnässt und hatte furchtbare Schmerzen. Der einzige Trost für Deirdre war die Vorstellung, dass sie bald auf Victorias Insel sein würde, allein und in völliger Ruhe.

Thomas warf den Motor an. Gleich darauf legte das Boot vom Kai ab und fuhr auf das Meer hinaus. Spruce Head verschwand allmählich hinter ihnen in der regenschweren Luft. Deirdre hüllte sich fester in ihre Jacke und schaute nach vorn. Sie stellte sich die Insel vor, die Kiefern, an deren Stämmen Moos wuchs, das Meer und den Himmel und den Sonnenschein. Dort würde sie sich erholen können.

Ähnlichen Träumen hing auch Neil nach. Er war müde, der Stress der vergangenen Wochen und die anstrengende Fahrt hatten ihn mitgenommen. Zugleich war er unzufrieden mit sich selbst. Er befand sich hier nicht im Urlaub, er hatte einfach seine Arbeit unterbrochen. Musste es nicht so aussehen, als sei er weggelaufen? Vielleicht war es tatsächlich so, vielleicht war er dabei, seine Niederlage einzugestehen. Vielleicht ... Es war alles sehr bedrückend.

Seine angespannten Nerven brauchten Erleichterung, er musste etwas von dem Druck loswerden, der auf ihm lastete. Missmutig blickte er zu der Frau, die auf der Bank saß. „Finden Sie es nicht auch ziemlich albern, in einem solchen Aufzug auf Reisen zu gehen?" Er zeigte auf das Bein, das Deirdre auf der Bank ausgestreckt hatte.

Deirdre hatte gerade überlegt, ob die rhythmischen Bewegungen des Bootes sich verstärken würden, sobald sie weiter auf die See hinausgekommen waren.

Sie sah den Mann ungläubig an. „Wie bitte?"

„Ich sagte: Finden Sie es nicht auch ziemlich albern, in einem solchen Aufzug auf Reisen zu gehen?" Es befriedigte Neil, seine Frage wörtlich zu wiederholen.

„Das glaubte ich gehört zu haben, aber ich konnte mir nicht vorstellen, dass Sie tatsächlich so unhöflich sein würden." Deirdre besaß keine Geduld, nicht jetzt und nicht hier. „Hat Ihre Mutter Ihnen nicht beigebracht, wie man sich benimmt?"

„Doch, aber sie ist jetzt nicht hier. Deshalb kann ich sagen, was ich möchte." Es tat ihm richtig gut, so unverblümt zu reden. „Sie haben meine Frage nicht beantwortet."

„Die ist einer Antwort auch nicht wert." Deirdre schaute zu Thomas, der am Ruder stand und das Rad fest umklammert hielt. Sein Körper schwankte leicht gegen die Bewegungen des Schiffes. Bei diesem Anblick war Deirdre froh, dass sie in den letzten Stunden nichts gegessen hatte.

Die Zeit verging, ohne dass jemand etwas sagte. Das Boot war ganz allein auf dem Meer. Es roch nach Fisch und Salz. Deirdre konzentrierte sich darauf, sich zu entspannen. Sie durfte jetzt nicht schwach oder gar seekrank werden.

Sie schob schließlich das Bein von der Bank, stand auf und hüpfte zu Thomas. Mit leiser Stimme, damit der Mann in der Ecke sie nicht verstehen konnte, fragte sie: „Wie lange noch?"

Leider verstand sie Thomas nicht. Als er sich ihr zuwandte, musste sie die Frage wiederholen.

„Die Hälfte haben wir geschafft."

Das war teils ermutigend – die Hälfte war besser als gar nichts –, teils aber auch bedrückend. Eine ganze Stunde musste sie noch ausharren.

„Ist seine Insel in der Nähe von Martinicus?" Die leichte Betonung des Wortes „seine" sagte Thomas, wen sie meinte.

„Es gibt dort mehrere kleine Inseln."

Deirdre rückte noch näher und fragte leise: „Werden Sie mich zuerst absetzen? Ich glaube, ich halte nicht mehr lange durch."

„Ich fahre direkt zu Victorias Insel."

Deirdre bedankte sich und hüpfte zu ihrer Bank zurück. Sie vermied es, den Mann in der Ecke anzuschauen. Er war ihr unangenehm und ging ihr auf die Nerven. Nach dem Ärger der vergangenen Tage konnte sie auf eine zusätzliche Auseinandersetzung gern verzichten.

Neil brütete finster vor sich hin. Er dachte darüber nach, wann er das letzte Mal auf einem Boot gewesen war. Nancy besaß eines, sie liebte Boote. Wahrscheinlich hatte sie auch ihn geliebt. Doch das war zu einer Zeit gewesen, als die Welt noch in Ordnung schien. Beim ersten Anzeichen von Schwierigkeiten hatte sie sich von ihm zurückgezogen. Man musste ihr zugute halten, dass ihr Bruder im Vorstand von Wittnauer-Douglass saß. Sie war also in einer unangenehmen Lage gewesen, als Neil so plötzlich verstoßen wurde. Aber trotzdem, Liebe war Liebe ... oder etwa nicht?

Er hatte Nancy nicht geliebt. Das hatte er schon seit Monaten gewusst. Immer, wenn sie ihm versicherte, dass sie ihn liebte, hatte er Schuldgefühle bekommen.

Doch jetzt wusste er, dass ihre Worte nicht ehrlich gewesen waren. Sie hatte nicht ihn geliebt, sondern seine berufliche Position. Das Bild eines erfolgreichen Anwalts, der bedeutende Firmen vertrat, hatte sie fasziniert. Nachdem dieses Image Risse bekommen hatte, war sie vorsichtig geworden. Im Grunde genommen konnte er diese Entwicklung begrüßen. Eine Frau, die ihn nur bei schönem Wetter liebte, wollte er nicht.

Er schaute zu der Frau auf der Bank hinüber. Sie war völlig anders als Nancy, klein, unförmig und unansehnlich, ungesellig und unweiblich.

„Was haben Sie mit Ihrem Bein angestellt?"

Deirdre hob den Kopf. „Reden Sie mit mir?"

Er schaute sich um. „Ich kann hier sonst niemanden mit Krücken sehen. Haben Sie es sich gebrochen?"

„Offensichtlich."

„Das ist überhaupt nicht offensichtlich. Es könnte ja auch sein, dass ein angeborener Fehler durch eine Operation ausgeglichen wurde oder dass Sie einen Sportunfall hatten."

Ein Sportunfall – wenn es doch wenigstens das gewesen wäre. Dessen hätte sie sich nicht zu schämen brauchen. Aber ein Sturz auf der Treppe? „Ich habe es mir gebrochen", erklärte sie.

„Wie?"

„Das ist doch egal."

„Wann?"

Deirdre runzelte die Stirn. „Was geht Sic das an?"

„Meine Güte, und Sie haben mich als unhöflich bezeichnet."

Sie seufzte. „Ich habe jetzt wirklich keine Lust zum Reden, das ist alles."

„Sie sehen ganz grün im Gesicht aus. Ist Ihnen schlecht?"

„Mit meinem Magen ist alles in bester Ordnung", widersprach Deirdre empört. „Und ich bin nicht grün, sondern nur blass. Das ist die Farbe, die man gewöhnlich annimmt, wenn man einige Tage im Krankenhaus war."

„Soll das heißen, dass Sie erst kürzlich entlassen worden sind?" Neil war ehrlich überrascht.

„Heute Morgen."

„Und nun flüchten Sie durch den Regen auf eine einsame Insel?"

„Warum nicht? Nur mein Bein ist gebrochen, aber sonst fehlt mir nichts. Und was den Regen angeht – ich habe ihn nicht bestellt, der kam von selbst."

„Es ist doch verrückt von Ihnen, bei diesem Wetter hier herauszufahren. Hat Ihre Mutter nicht versucht, Sie zurückzuhalten?"

Damit hatte Neil den empfindlichen Nerv bei Deirdre getroffen. „Natürlich hat sie das, aber ich bin erwachsen und brauche nicht auf sie zu hören." Sie wandte sich von dem Mann ab, aber das war leider vergeblich.

„Sie sehen gar nicht erwachsen aus, sondern eher wie ein schmollendes Kind."

Deirdre blickte Neil zornig an. „Lieber ein schmollendes Kind als eine unerträgliche Nervensäge. Hören Sie, warum kümmern Sie sich nicht um Ihre eigenen Angelegenheiten? Sie kennen mich nicht, ich kenne Sie nicht, und die Fahrt wird zum Glück bald vorbei sein. Sie brauchen Ihre schlechte Laune nicht an mir auszulassen. Bleiben Sie in Ihrer Ecke, und halten Sie den Mund."

„Aber es macht mir Spaß, Sie zu necken. Sie reagieren so heftig darauf."

Das stimmte leider. Sie ließ sich von ihm ärgern. Am besten kam man mit einem solchen Typ aus, wenn man ihn völlig übersah. Das tat Deirdre nun auch. Ob sie damit Erfolg hatte, konnte sie allerdings nicht entscheiden.

Es schien so, als habe der Mann von sich aus die Lust verloren, mit ihr zu reden. Aber er sah sie immer noch an. Sie spürte seinen Blick, erwiderte ihn aber nicht. Der Mann war frech, aber nicht rücksichtslos, wie Seth es gewesen war ...

Ja, der liebe Seth. Er war ein richtiger Parasit gewesen. Er hatte sich in ihr Leben geschlichen, die Vorteile genutzt, die ihr Haus, ihr Beruf, ihre Zuneigung ihm boten, und war dann Hals über Kopf davongelaufen, als der Druck ihrer Familie auf ihn begonnen hatte. Er hatte keine Bindung gewollt, Verantwortung hatte er gescheut. Es war, so sah sie im Nachhinein ein, besser für sie, dass sie mit Seth nichts mehr zu tun hatte.

Deirdre wurde aus ihren Gedanken gerissen, als der Mann in der Ecke aufstand und sich dicht neben Thomas stellte. Er sprach leise mit ihm, so dass Deirdre ihn nicht verstehen konnte.

„Wie lange dauert es noch?“ fragte Neil.

Thomas schaute auf das Armaturenbrett. „Eine halbe Stunde.“

„Wohin will sie?“

„In die Nähe von Martinicus.“

„Da gibt es eine Menge Inseln, nicht wahr?“

„Einige.“

„Wen setzen Sie zuerst ab?“

„Ich fahre direkt zu Victorias Insel.“

Neil überlegte einen Moment. „Ich habe bestimmt nichts dagegen, wenn Sie sie zuerst absetzen. Sie macht einen ziemlich erbärmlichen Eindruck.“

Thomas schaute unverwandt nach vorn auf das Meer. „Ich hatte den Eindruck, dass Sie sie nicht mögen.“

„Das stimmt, sie geht mir auf die Nerven. Aber wenn ich ehrlich sein soll, das könnte jetzt jeder schaffen.“ Er hatte Schuldgefühle, aber auch das störte ihn. Einerseits erleichterte es ihn, sich mit der Frau anzulegen. Er musste Dampf ablassen, und sie war ein geeignetes Objekt dafür. Andererseits hatte sie Recht. Er war unhöflich gewesen. Das war eigentlich nicht seine Art. Mit gebeugtem Kopf ging Neil in seine Ecke zurück.

Deirdre hatte gerade daran gedacht, wie sehr sie sich nach einem Bad sehnte und wie schwierig es sein würde, das Gipsbein aus der Wanne zu halten.

Sie war jetzt besonders gereizt und sagte zu Neil: „Glauben Sie ja nicht, Sie könnten Thomas dazu überreden, Sie zuerst abzusetzen. Er hat bereits Kurs auf meine Insel genommen.“

„Was Sie nicht alles wissen", erwiderte Neil und verschränkte die Arme vor der Brust.

Wenig später wandte Thomas den Kopf und rief über die Schulter: „Da ist Victorias Insel."

Beide Fahrgäste spähten erleichtert nach vorn. Eine kleine, von Kiefern bewachsene Insel war zu sehen. In einer Lichtung am Wasser stand das geräumige Holzhaus. Davor ragte ein Anleger ins Wasser.

Selbst im Regen und unter den grauen Wolken war es ein erfrischender Anblick.

„Wie schön", rief Deirdre.

Neil, der ebenfalls zufrieden war, blickte sie nachsichtig an. „Ja, ich stimme Ihnen zu."

„Welch ein Wunder. Ich hatte mich schon gefragt, ob Sie überhaupt einen Geschmack haben."

Neils Nachsicht verflog. „Einen guten Geschmack habe ich schon. Nur habe ich heute den ganzen Tag nichts gesehen, das ihn hätte ansprechen können."

Das war eine Beleidigung, die Deirdre nicht hinnehmen konnte. „Das geht mir genauso. Ich ..."

„Entschuldigung", unterbrach Thomas die beiden Streithähne. „Ich brauche Ihre Hilfe. Und da es immer noch in Strömen gießt, sollten wir schnell machen." Er hatte bereits den Motor abgestellt. Das Boot glitt an den Anleger. „Neil, Sie gehen nach draußen und werfen die Leinen auf den Steg, eine vorn, eine hinten. Dann springen Sie hinüber und binden uns an den Pfählen fest. Ich reiche Ihnen und Deirdre die Vorräte zu. Deirdre, seien Sie auf dem Anleger vorsichtig, er wird sehr glatt sein."

Deirdre nickte und zog den Reißverschluss ihres Parkas zu. Zum Schluss zeigte Neil doch noch einen netten Zug. Sie hatte halb damit gerechnet, dass er sitzen bleiben würde, während Thomas sie an Land setzte. Doch nun half er bereitwillig.

Neil war ebenfalls überrascht, dass Deirdre mit anfasste. Aber Thomas hatte ihr ja auch keine andere Wahl gelassen.

„Die Leinen, Neil. Jetzt“, rief Thomas, und Neil sprang gewandt auf den klitschnassen Anleger, wo er sich sogleich daranmachte, das Boot zu vertäuen.

Deirdre gelangte mit Thomas’ Hilfe auf den Anleger. Thomas begann, eilig die Sachen auszuladen, die für die Insel bestimmt waren. Er reichte sie zuerst Deirdre und dann Neil.

„In einer Woche komme ich mit frischem Proviant“, erklärte er. „Diese Vorräte werden bis dahin reichen. Die Schlüssel zur Haustür sind in dem Umschlag, der im Eierkarton steckt. Wenn es ein Problem gibt oder einen Notfall, können Sie mich über das Funksprechgerät in der Diele erreichen. Die Gebrauchsanweisung liegt daneben.“

Deirdre nickte. Sie war damit beschäftigt, ihre Reisetasche über die Schulter zu hängen, und kämpfte dabei mit den Krücken.

Neil stapelte eilig die Kartons mit den Vorräten aufeinander, damit sie möglichst wenig nass wurden. Einen Karton klemmte er unter den Arm, mit dem anderen nahm er den Seesack, den er mitgebracht hatte. Er drehte sich um, um sich bei Thomas zu bedanken.

Das Boot hatte bereits wieder abgelegt, was Neil nicht überraschte, denn Thomas hatte ja gesagt, dass alles schnell gehen solle. Aber etwas erstaunte ihn doch ...

Deirdre blickte erschreckt auf. „Thomas!“

Das Boot hatte gewendet, sein Abstand vom Anleger nahm zu.

Jetzt rief Neil: „Thomas Nye, Sie haben jemanden vergessen, kommen Sie zurück!“

Das Boot hatte die Spitze des Anlegers erreicht und fuhr auf das offene Meer hinaus. „Thomas, das ist ein Irrtum“, rief Deirdre und zeigte auf Neil. „Er ist noch hier.“

Neil sah sie zornig an. „Natürlich bin ich noch hier. Dies ist die Insel meiner Freundin.“

„Das ist Victorias Insel, und Victoria ist meine Freundin."

„Meine Freundin, und von Ihnen hat sie nichts gesagt. Sie hat erklärt, ich werde die Insel für mich allein haben."

„Das hat sie mir auch versprochen."

Sie starrten sich an, während der Regen ihnen über die Gesichter lief.

„Welche Victoria?" fragte Neil.

„Victoria Lesser. Und welche ist Ihre Victoria?"

„Dieselbe."

„Das glaube ich Ihnen nicht. Sagen Sie mir, wo sie wohnt."

„In Manhattan in der Park Avenue."

„Der Mann heißt Arthur. Was wissen Sie über ihn?"

„Er ist tot. Sie ist Witwe, eine wunderbare Frau ..."

Deirdre und Neil kamen gleichzeitig zu demselben Schluss. „Wir sind hereingelegt worden", sagte Neil voller Ärger.

„Ich kann es einfach nicht glauben. Und er ist weg." Deirdre zeigte auf das Meer hinaus, wo Thomas mit seinem Boot bereits außer Hörweite war.

„Dieser Schuft!" schimpfte Neil. „Er war in alles eingeweiht. Victoria muss genau gewusst haben, was sie tat. Er hat mitgemacht."

Noch nie in ihrem Leben hatte Deirdre sich so elend gefühlt. Alles, wovor sie von zu Haus geflohen war, bedeutete nichts im Vergleich damit, dass sie so aufs Kreuz gelegt worden war. „Sie können hier nicht bleiben!" fuhr sie Neil an.

„Was soll das heißen? Ich weiß nicht, was Sie hierher gebracht hat, aber auf jeden Fall brauche ich die Insel hier, und ich habe nicht die Absicht, sie mit einem scharfzüngigen, unansehnlichen und behinderten ... Frechdachs zu teilen."

Sie schüttelte den Kopf. Träumte sie das alles nur? „Das muss ich mir nicht gefallen lassen." Deirdre nahm die Krücken und begann, über den feuchten Anleger auf dem noch glitschigeren Weg zum Haus zu gehen.

Neil blieb neben ihr. „Sie haben Recht, das brauchen Sie sich nicht gefallen zu lassen. Ich werde Thomas anrufen und dafür sorgen, dass er Sie morgen wieder abholt."

Deirdre blickte mit gespannter Aufmerksamkeit auf den Weg vor sich, um nicht zu fallen. „Ich habe nicht vor, mich hier abholen zu lassen, bevor ich mich nicht wieder erholt habe. Rufen Sie Thomas gern an, und sagen Sie ihm, dass er Sie abholen soll."

„Auf keinen Fall. Ich bin hierher gekommen, um Ruhe und Frieden zu finden, und genau das werde ich auch haben."

„Suchen Sie sich Ruhe und Frieden woanders. Mit mir werden Sie das nicht haben, genauso wenig wie ich mit Ihnen. Ich weiß nicht, wie gut Sie Victoria kennen, aber sie ist seit vielen Jahren eine Freundin unserer Familie. Sie wird mir bestimmt das Recht geben, dieses Haus allein ..."

„Ein Recht auf dieses Haus? Sehen Sie sich doch an. Sie schaffen es ja kaum bis zur Haustür."

Mit dieser Bemerkung lag er gar nicht so falsch. Deirdre musste sich große Mühe geben, dass sie nicht ausglitt. „Ich werde es schon schaffen. Und wenn ich erst im Haus bin, werde ich nicht mehr weggehen."

Sie erreichten die Stufen, die zur Veranda führten. Deirdre stieg sie mühsam empor, während Neil sie mit zwei Schritten nahm. Missmutig blieb er vor der Haustür stehen.

„Sie sollen im Eierkarton stecken ..." Er stellte seinen Seesack ab, setzte den Karton, den er unter dem Arm hatte, auf den Boden und schaute hinein. Dann drehte er sich um, sprang von der Veranda und lief den Weg zum Anleger zurück.

Erschöpft lehnte Deirdre sich gegen die Holzwand neben der Tür. Ihr Kopf war heiß, aber sonst fühlte sie sich kalt und klamm. Sie zitterte und war dicht davor zu weinen. Wie konnte sich das, was sie als vollkommene Lösung ihrer Probleme angesehen hatte, nur als so fataler Irrtum herausstellen? Es war nichts daran zu ändern, jedenfalls nicht vor dem nächsten Tag.

Ungeachtet der Tatsache, dass ihre Armbanduhr erst sieben Uhr zeigte, wollte Deirdre gleich ins Bett gehen. Ihr war kalt, vielleicht hatte sie Fieber. Dieser Neil konnte tun, was er wollte. Sie jedenfalls würde die ganze Nacht hindurch schlafen. Am nächsten Morgen musste sie wieder klar denken können.

Neil kam die Stufen heraufgestürmt, die Arme voller Kartons.

Deirdre sah ihm ungeduldig entgegen. „Die Schlüssel ... können Sie sie finden?"

Er stellte die Kartons ab und wühlte in ihnen herum. „Nur nicht so ungeduldig, ich schaue ja schon nach", erwiderte er mürrisch. Gleich darauf hielt er einen Umschlag in der Hand. Er öffnete ihn, zog die Schlüssel heraus und schloss die Haustür auf.

Deirdre, die sich kaum noch auf den Beinen halten konnte, humpelte sofort ins Haus. Nach einigem Suchen hatte sie den Lichtschalter gefunden und knipste das Licht an. Sie standen in einem geräumigen Wohnzimmer, an das sich nach hinten eine offene Küche anschloss. Nach links ging ein kurzer, nach rechts ein längerer Flur.

Der rechte Flur musste zum Schlafzimmer führen, dachte Deirdre und humpelte ihn entlang. Drei Türen gingen von ihm ab, alle standen offen. Die beiden ersten gehörten zu den kleineren Gästezimmern. Die dritte ... Deirdre schaltete das Licht ein. Ja, sie hatte Recht gehabt. Dies war das große Schlafzimmer und genauso schön, wie sie es sich vorgestellt hatte.

Sie betrat das Zimmer, schob die Tür mit der Krücke hinter sich zu und ging zum Bett. Erleichtert setzte sie sich auf die Kante und ließ die Krücken auf den Boden gleiten. Sie atmete erst einige Male tief durch, dann begann sie, mit klammen Fingern den Reißverschluss ihres Parkas zu öffnen. Sie zog das nasse Kleidungsstück aus und ließ es einfach neben das Bett fallen. Für die Unordnung würde sie sich bei Victoria entschuldigen müssen ... doch nein! Nach dem, was Victoria ihr angetan hatte, schuldete sie ihr gar nichts.

Sie zog den feuchten Turnschuh aus und streifte den ebenso feuchten Strumpf vom Beingips. Der Gips war glücklicherweise nicht beschädigt. Deirdre bückte sich, öffnete die Reisetasche und holte ihren Schlafanzug heraus.

In diesem Moment wurde die Tür aufgestoßen, und Neil kam herein. Er hatte bereits Jacke, Schuhe und Strümpfe ausgezogen. Seine Jeans waren bis zu den Oberschenkeln nass. Er warf seinen Seesack an das Fußende des Bettes und stemmte die Hände in die Hüften. „Was machen Sie hier? Dies ist mein Zimmer."

Deirdre hielt sich erschreckt den Schlafanzug vor die Brust. „Ihr Name stand nicht an der Tür", erwiderte sie.

„Dies ist das größte Schlafzimmer." Er zeigte auf das Bett. „Das ist das größte Bett. Und ich bin zufällig der größte Mensch in diesem Haus."

„Na und?"

„Und deshalb brauche ich dieses Zimmer."

„Aber es ist bereits besetzt."

„Dann heben Sie die Besetzung wieder auf. Die beiden anderen Zimmer sind auch sehr gemütlich."

„Wie schön. Suchen Sie sich doch eines davon aus."

„Ich will aber dieses."

Deirdre sah sich zum ersten Mal, seitdem sie den Raum betreten hatte, richtig um. Zwei Wände bestanden fast ausschließlich aus doppelwandigem Glas. Der Blick nach draußen musste bei Tageslicht überwältigend sein. Das große Messingbett stand an der dritten Wand. In der vierten war die Tür, rechts von zwei niedrigen Kommoden, links von einem großen gemauerten Kamin flankiert. Alles war vom warmen Licht der Nachttischlampe erhellt.

Deirdre sah Neil an. „Ich auch." Ihre Stimme klang ruhig und entschieden.

Neil hatte sich noch nie in einer solchen Situation befunden und war für einen Moment sprachlos. Wenn Deirdre geschimpft hätte, wäre es anders gewesen. Diese Frau war offenbar jemand, der genau wusste, was er wollte. Leider hatte er denselben Wunsch. „Hören Sie", begann er mühsam beherrscht, „das ist doch Unsinn. Ich brauche dieses Bett schon allein wegen seiner Länge. Die Betten in den anderen Zimmern sind für mich zu kurz."

„Ich bin zwar nicht so lang wie Sie, aber ich habe ein gebrochenes Bein. Dafür brauche ich viel Platz. Außerdem gehört nur zu diesem Schlafzimmer ein Bad mit Wanne. Ich kann nicht duschen. Es wird mir schon schwer genug fallen, ein Bad zu nehmen. Und genau das werde ich jetzt tun. Es war ein langer Tag für mich." Deirdre stützte sich auf den Bettrand, stand langsam auf und hüpfte auf dem gesunden Bein ins Badezimmer.

Neil sah Deirdre nach, bis sie die Tür hinter sich geschlossen hatte. Für einen Moment empfand er Mitleid für sie. Sie machte einen sehr erschöpften Eindruck. Aber ihm ging es schließlich nicht besser. Er nahm Deirdres nasse Jacke und ihre Reisetasche und trug beides in eines der Gästezimmer. Sie würde den Wink wohl verstehen. Wenn er Glück hatte, war sie zu müde, um sich länger mit ihm zu streiten.

Er verspürte Hunger. Auf dem Weg in die Küche stellte er den Thermostat für die Heizung hoch, dann machte er sich daran, die Vorräte auszupacken. Es war mehr als genug für zwei. Er hätte schon auf dem Anleger Verdacht schöpfen sollen, als Thomas ihm die Sachen anreichte.

Die Küche war gemütlich. Neil erhitzte eine Dosensuppe und bereitete einige Brote zu. Während er aß, dachte er darüber nach, was wohl in Victoria gefahren sein mochte. Er hatte ihr ausdrücklich gesagt, dass er Ruhe brauche und allein sein wolle. Doch so ganz unverständlich war ihr Verhalten nicht. Schon seit

Jahren versuchte sie, ihn mit einer Frau zusammenzubringen. Dies war allerdings nicht der richtige Augenblick dafür.

Nachdem er gegessen hatte, fühlte er sich ein wenig wohler. Deirdre würde wahrscheinlich inzwischen in ihrem Zimmer sein, jedenfalls schien alles ruhig. Zufrieden machte er sich auf den Weg in sein Schlafzimmer.

Doch als er die Tür geöffnet hatte, blieb er wie erstarrt stehen. Sie lag in seinem Bett! Zornig eilte er an das Bett. „He, Sie, was machen Sie hier?“

Deirdre hatte sich unter der Decke zusammengerollt, kaum mehr als die Haare und die Stirn waren von ihr zu sehen.

„Sie können hier nicht schlafen! Das habe ich Ihnen doch bereits gesagt.“

Sie stöhnte nur leise.

„Stehen Sie auf, Deirdre. Ich habe Ihre Sachen in das andere Zimmer gebracht.“

„Ich kann nicht.“ Ihre Antwort war kaum zu hören. „Ich bin ... zu müde, und mir ist so kalt.“

Neil blickte hilflos zur Zimmerdecke auf. „Ich kann in keinem der anderen Betten schlafen. Das habe ich Ihnen doch bereits erklärt. Stehen Sie auf!“

Eine Pause trat ein. War Deirdre etwa eingeschlafen? Doch schließlich hörte Neil ein schwaches „Nein“.

Wütend und völlig frustriert verließ Neil das Zimmer. Im Wohnzimmer warf er sich in den nächsten Sessel und brütete vor sich hin. Er verfluchte Victoria, Thomas und schließlich die Frau in seinem Bett. Doch das änderte natürlich nichts. Er war müde, ärgerte sich jetzt aber so sehr, dass er bestimmt keinen Schlaf finden würde. Irgendetwas musste er tun. Er entzündete das Feuer im Kamin und holte sich eine Flasche Whisky von der Bar. Nach einigen kräftigen Schlucken fühlte er sich schon wohler.

Zwei Stunden später hatte sich Neils Stimmung wesentlich gebessert, sein Zorn war beinahe verraucht. Gemächlich ging er in das große Schlafzimmer und zog sich aus. Er war ziemlich beschwipst, und es war ihm gleich, was die Frau in seinem Bett sagen würde. Nur die Shorts behielt er an. Dann löschte er das Licht, stieg auf der unbesetzten Seite ins Bett und streckte sich wohlig aus.

Es war so angenehm wie zu Hause in seinem eigenen Bett. Ein schwacher Geruch vom Kaminfeuer kam durch die Tür. Draußen prasselte immer noch der Regen auf das Dach.

Er war auf einer entlegenen Insel, sehr weit weg von der Stadt und ihren Aufregungen. Neil holte tief Luft, lächelte zufrieden und schlief gleich darauf fest ein.

3. KAPITEL

Einige Stunden später wurde Neils Schlaf gestört. Die Matratze hatte geschwankt, obwohl sich Neil gar nicht bewegt hatte. Er drehte den Kopf zur Seite und öffnete ein Auge. Es war stockdunkel.

Als die Matratze sich wieder bewegte, öffnete er auch das andere Auge. War das Nancy? Nein, sie blieb nie über Nacht, und außerdem traf er sich mit ihr nicht mehr.

Er brauchte fast eine Minute, bis er sich wieder orientieren konnte. Gleichzeitig begann sein Kopf zu schmerzen. Neil rollte sich auf die Seite. Er würde jetzt die Augen schließen, tief und gleichmäßig atmen und wieder einschlafen.

Ein leises Stöhnen ertönte von der anderen Seite des Bettes, dann schwankte die Matratze wieder. Neil öffnete erneut die Augen. Dann biss er die Zähne zusammen und legte sich näher an die Kante seines Bettes. Für kurze Zeit trat Stille ein. Neil war beinahe eingeschlafen, als er wieder ein Stöhnen hörte. Seine Kopfschmerzen wurden stärker. Er warf die Bettdecke zur Seite, ging ins Badezimmer und schaltete das Licht ein. Blinzelnd öffnete er den Wandschrank und suchte nach einer Tablette.

Er fand eine Schachtel mit Kopfschmerztabletten, nahm eine Tablette heraus, schluckte sie und trank ein wenig Wasser. Nachdem er das Licht ausgeschaltet hatte, ging er wieder ins Bett.

Die Tabletten hatten kaum Zeit zu wirken, als Deirdre sich erneut bewegte. Neil fuhr auf und saß kerzengerade im Bett. Verärgert schaute er zu Deirdre hinüber. So ging das nicht weiter. Er machte Licht. Deirdre lag zwar noch unter ihrer Bettdecke, hatte sich aber völlig in sie verwickelt.

„Deirdre!“ Neil fasste sie an der Schulter und schüttelte sie sanft. „Wachen Sie auf! Ich kann nicht schlafen, wenn Sie sich dauernd herumwerfen.“

Eine Hand tauchte unter der Bettdecke auf, zog sie etwas herunter, bis zwei verschlafene Augen verwirrt hervorschauten. „Hmm?“

„Sie müssen sich beruhigen. Es ist schon schlimm genug, dass ich das Bett mit Ihnen teilen muss. Aber es ist mir unmöglich, neben einer Frau zu schlafen, die nicht still liegen kann.“

„Es tut mir Leid“, flüsterte Deirdre. Die Aufrichtigkeit, mit der diese Worte gesprochen wurden, verdutzte Neil für einen Moment.

„Hatten Sie einen Albtraum?“

„Nein. Das Bein schmerzt.“

„Kann man dagegen nichts tun? Hat der Arzt Ihnen nicht gesagt, wie Sie sich verhalten sollen? Wäre es nicht besser, das Bein hochzulegen?“

Deirdre war noch sehr benommen und fühlte sich unbehaglich. „Im Krankenhaus hatten sie es hochgehängt, um ein Anschwellen zu verhindern. Ich dachte, das sei nun vorbei.“

„Toll.“ Neil warf die Decke zurück und eilte zur Tür. „Ich liege hier neben einem Dummchen, dessen Bein jeden Augenblick auf die doppelte Dicke anschwellen kann.“ Im Flur sprach er so laut, dass Deirdre ihn auch hören konnte. „Wenn das geschieht, wird Ihr Blutkreislauf vom Gipsverband abgeschnürt werden, und das kann zu Wundbrand führen. Eine schöne Vorstellung."

Neil kam mit mehreren Kissen ins Schlafzimmer zurück, blieb neben Deirdre stehen und schlug ohne jede weitere Vorrede die Decke zurück.

„Was haben Sie vor?" rief Deirdre erschreckt.

„Ich will Ihr Bein hochlegen. Können Sie das gesunde Bein bewegen?"

„Ja."

Neil hob das Bein im Gipsverband an, schob zwei Kissen darunter und legte es vorsichtig auf.

„Wundbrand werde ich nicht bekommen", wandte Deirdre schüchtern ein. „Sie wissen gar nicht, wovon Sie reden."

„Wenigstens weiß ich genug, um Ihr Bein hochzulegen." Er zog die Decke hoch und kehrte zur anderen Seite des Bettes zurück. „So ist es besser, nicht wahr?"

„Es ist noch genauso wie vorher."

„Warten Sie einige Minuten, dann werden Sie es merken." Neil machte das Licht aus, stieg ins Bett, ließ den Kopf auf das Kissen sinken und massierte sich die Schläfen. Wenige Sekunden später sprang er wieder auf, lief ins Badezimmer und kam mit einem Glas Wasser und zwei Tabletten zurück. „Können Sie sich hinsetzen?"

„Warum?"

„Sie sollten diese Tabletten schlucken."

„Was ist das?"

„Schmerztabletten."

Das Schlafzimmer war nur schwach durch den Lichtschein erhellt, der vom Badezimmer kam. Deirdre sah den Mann, der sich über sie gebeugt hatte. Er war groß und hatte kaum etwas an. Was wollte er? „Ich nehme keine Pillen."

„Diese sind harmlos."

„Warum sollte ich sie dann nehmen? Wer weiß, was Sie mir

da geben wollen. Ich kenne Sie doch gar nicht. Warum soll ich Ihnen vertrauen?"

„Hören Sie, denken Sie doch einmal nach. Ich bin Victorias Freund. Deshalb können Sie davon ausgehen, dass ich vertrauenswürdig bin. Das gilt übrigens auch umgekehrt. Victoria hat uns beide hier zusammengebracht. Das hätte sie nicht getan, wenn einer von uns einen schlechten Charakter hätte. Also, was ist nun, wollen Sie die Pillen?"

„Ja."

„Schön. Das hätten wir auch eher haben können. Können Sie sich hinsetzen?"

Deirdre versuchte, sich auf die Ellbogen zu stützen. Mit dem hochgelegten Bein fiel ihr das sehr schwer.

Neil wartete nicht, bis sie wieder in die Kissen zurückfiel. Er legte einen Arm um ihren Rücken und schob sie hoch. „Die Pillen sind in meiner rechten Hand. Können Sie sie erreichen?"

Seine rechte Hand stützte ihre Taille, die linke hielt das Glas. Deirdre nahm die Tabletten, steckte sie in den Mund und spülte sie mit einigen Schlucken Wasser hinunter.

Keiner von beiden sagte etwas. Neil ließ Deirdre behutsam wieder auf die Kissen sinken, deckte sie zu und brachte das Glas ins Badezimmer zurück. Er schaltete das Licht aus und stieg wieder ins Bett.

Deirdre lag still, eine friedliche Stimmung hatte sie erfasst. Das Bein schmerzte kaum noch, sie fühlte sich insgesamt wesentlich wohler. Sie schloss die Augen, atmete tief und ruhig und war bald fest eingeschlafen.

Als Deirdre aufwachte, war es bereits heller Tag. Es regnete zwar immer noch, aber es war wenigstens Tag geworden. Sie lag reglos da und dachte darüber nach, wo sie war und was sie hier tat. Erst langsam wurde ihr bewusst, dass sie sich nicht allein im Bett befand. Auf der anderen Seite atmete jemand ruhig und gleichmäßig. Sie drehte langsam den Kopf zur Seite und sah die von der Bettdecke verhüllte Gestalt des Mannes, der Victorias Freund war.

Im Nu wurde ihr klar, in welchem Dilemma sie sich befand. Sie war aus Rhode Island geflüchtet, mehrere Stunden durch strömenden Regen gefahren, hatte es auf sich genommen durchnässt, schlammbespritzt, beinahe seekrank zu sein, nur, um sich endlich zu erholen. Und nun war sie hier auf einer Insel etwa dreißig Kilometer vor der Küste mit einem fremden Mann zusammengesperrt. Was sollte sie nur tun?

Neil stellte sich zur gleichen Zeit dieselbe Frage. Er lag mit geöffneten Augen auf der Seite und hörte Deirdre atmen. Von Minute zu Minute wurde er ärgerlicher. Zwar glaubte er an das, was er in der vergangenen Nacht gesagt hatte – wenn sie Victorias Freundin war, konnte sie nicht allzu schlecht sein. Aber sie schien ihm nicht ganz geheuer, und er wollte auch lieber allein sein.

Er schob die Decke zur Seite und setzte sich auf den Rand des Bettes. Sein Kopf schmerzte, und er war geneigt, dafür ebenso sehr Deirdre wie den Whisky verantwortlich zu machen, den er am Abend zuvor getrunken hatte.

„Könnten Sie sich nicht anstandshalber etwas überziehen?“ fragte Deirdre mit verstörter Stimme.

Neil drehte den Kopf herum. „Wieso? An meiner Haut ist nichts unanständig.“

„Haben Sie einen Schlafanzug?“

„Einen wie Ihren?“

„Was haben Sie an dem auszusetzen?“

„Es ist ein Männerschlafanzug.“ Ein leichtes Kribbeln lief durch seinen rechten Arm, mit dem er Deirdre in der Nacht gestützt hatte. Neil erinnerte sich an einen schlanken Rücken, eine schmale Taille und die Andeutung einer runden Hüfte.

„Er ist gemütlich und warm.“

„Ich brauche keine Wärme.“

„Es ist kalt hier drinnen. Funktioniert die Heizung nicht?“

„Ich habe es im Schlafzimmer gern kalt."

„Großartig." Darüber würde sie später noch mit ihm streiten können. Jetzt störte sie etwas anderes mehr. Es war der Anblick seiner breiten, von schwarzen Haaren bedeckten Brust, der kräftigen Muskeln. „Es wäre rücksichtsvoll von Ihnen, sich etwas anzuziehen, wenn Sie sich entschließen, zu mir ins Bett zu kriechen."

„Sie sollten meine Rücksichtnahme anerkennen. Normalerweise schlafe ich nackt."

„Damit wollen Sie wohl Ihre Männlichkeit beweisen, wie?"

„Haben Sie an Männlichkeit etwas auszusetzen? Können Sie mit ihr nicht fertig werden?"

„Sie hat mich nie beeindruckt."

„Sie sind wohl nicht genug Frau?"

Das war eine Beleidigung, die Deirdre so nicht hinnehmen wollte. „Zu sehr Frau. Ich möchte Ihnen nicht Ihre Illusionen rauben, aber übertriebene Männlichkeit hat mich noch nie beeindruckt."

„Aha, da spricht die Expertin."

„Nein, nur eine moderne Frau."

Neil stand auf. „Sparen Sie sich das für Thomas auf, wenn er Sie nachher abholt. Ich werde jetzt erst einmal duschen."

„Lassen Sie mich zuerst baden."

„Das können Sie tun, wenn ich fertig bin."

„Was ist aus der Ritterlichkeit geworden?"

„Ritterlichkeit? Und das aus dem Mund einer modernen Frau." Mit diesen Worten schloss Neil die Tür des Badezimmers hinter sich.

Erst jetzt wagte Deirdre aufzublicken. Er hatte das letzte Wort gehabt ... das glaubte er jedenfalls. Sie rollte sich auf die Seite und nahm die Krücken vom Fußboden. Dann erhob sie sich langsam und humpelte aus dem Schlafzimmer, durch das Wohnzimmer und in den kurzen Flur auf der anderen Seite. Dort stand das Funksprechgerät.

Ihre Armbanduhr zeigte kurz vor elf. Das war kaum zu glauben. Sie hatte rund um die Uhr geschlafen. Aber sie hatte die Ruhe auch nötig gehabt – bei ihrer Erschöpfung. Und sie hatte gut geschlafen, nachdem ihr Bein hochgelagert worden war und die Pillen ihre Schmerzen beendet hatten.

Hoffentlich erreichte sie Thomas. Vielleicht war er ja mit dem Boot unterwegs. Deirdre studierte die Gebrauchsanweisung des Funkgeräts, und nach mehreren Versuchen gelang es ihr, eine Verbindung herzustellen. Ein junger Mann antwortete.

„Ich muss ganz dringend mit Thomas sprechen", sagte sie.

„Haben Sie einen Notfall?"

„Nicht im üblichen Sinne des Wortes, aber ..."

„Geht es Ihnen gut?"

„Ja, mir geht es gut."

„Und Mr. Hersey?"

So lautete also sein Nachname. „Neil? Dem geht es auch gut. Aber es ist wirklich sehr wichtig, dass ich mit Thomas spreche."

„Ich werde es ihm ausrichten. Er ruft Sie dann so schnell wie möglich an."

„Wann wird das sein?"

„Keine Ahnung."

„Ist er mit dem Boot unterwegs?"

„Er ist geschäftlich in Augusta."

„Ach so. Kommt er heute zurück?"

„Wahrscheinlich."

Welche Enttäuschung. Deirdre seufzte. „Gut, dann richten Sie es ihm bitte aus."

Nachdem der junge Mann ihr sein Versprechen gegeben hatte, legte Deirdre den Hörer auf und stellte das Gerät ab. Ob Thomas wirklich in Augusta war? Er würde wissen, weshalb sie mit ihm reden wollte. Er wusste genau, was er am Tag vorher getan hatte.

Sie erinnerte sich an seine Worte. Er war vorsichtig gewesen, hatte sich nur allgemein geäußert. Er hatte nie gelogen, sondern nur wohl überlegte Antworten gegeben, die man beliebig auslegen konnte. Deirdre war sich keineswegs sicher, dass er zurückrufen würde.

Sie hörte Schritte. Neil musste also mit dem Duschen fertig sein. Was hatte er nun vor? Deirdre lauschte. Die Tür des Kühlschranks wurde geöffnet und wieder geschlossen. Er war also in der Küche. Gut, dann konnte sie jetzt in aller Ruhe ein Bad nehmen.

Selbst wenn Deirdre es gewollt hätte, hätte sie sich mit dem Bad nicht beeilen können. Es war sehr schwierig für sie, sich in die Wanne zu setzen und das Gipsbein über Wasser zu halten. Die Wanne stand an der Wand, und sie musste sich mit dem Rücken zu den Wasserhähnen setzen. Ihr Entschluss, erst in die Wanne zu steigen und dann das Wasser einzulassen, hatte zur Folge, dass sie sich sehr verrenken musste. Und wenn sie sich zurücklehnte, stieß sie mit dem Rücken gegen die Wasserhähne. Schließlich gelang es ihr, sich schräg in die Wanne zu legen.

Entspannend war das Bad auf diese Weise nicht, aber wenigstens konnte sie sich waschen. Allerdings brachte auch das erhebliche Schwierigkeiten mit sich. Während sie mit beiden Händen damit beschäftigt war, sich einzuseifen und abzureiben, rutschte sie immer wieder gefährlich tief ins Wasser.

Wenn es schon nicht zu vermeiden war, dass ihr Haar nass wurde, konnte sie es gleich mitwaschen. Deirdre bog den Kopf nach hinten, bis das Haar ganz ins Wasser tauchte, rieb es mit Shampoo ein und wusch es. Leider hatte sie zu viel Shampoo genommen. Sooft sie das Haar auch ins Wasser tauchte, sie konnte den Seifenschaum nicht vollständig herausspülen. Es war sehr entmutigend.

Schließlich ließ sie das Wasser ab und drehte den Hahn auf, wobei sie sich möglichst weit nach hinten bog und den Kopf unter den Wasserhahn hielt. Mit Mühe und Not gelang es ihr, das Haar auszuspülen. Als sie schließlich aus der Wanne stieg, fühlte sie sich völlig verspannt. Das sollte nun ein erfrischendes Bad gewesen sein! Sie rieb den ganzen Körper mit Feuchtigkeitslotion ein. Dieses tägliche Ritual hatte sie nur während des Aufenthalts im Krankenhaus unterbrechen müssen. Ein zarter vertrauter Duft umgab sie. Wenn sie die Augen schloss, konnte sie sich einbilden, bei sich zu Haus zu sein, heil und gesund und voller Vorfreude auf den kommenden Tag.

Doch sie konnte die Augen nicht für immer schließen. Die Wahrheit sah anders aus. Sie befand sich nicht zu Hause, ihr Bein war gebrochen, und auf den Tag konnte sie sich auch nicht freuen. Vielmehr saß sie in ihrem selbstgewählten Exil auf Victorias Insel. Ihr linkes Bein steckte in einem Gipsverband, das Gesicht war blass, sie fühlte sich Mitleid erregend schwach. Und sie freute sich nicht auf den Tag, weil „er" hier war.

Verärgert zog sie einen lindgrünen Trainingsanzug an. Er war übergroß und saß locker und bequem, entsprach aber der neuesten Mode. Neil konnte sich an diesem Tag nicht über ihre Kleidung beschweren.

Deirdre streifte mühsam einen weißen Beinwärmer über den Gipsverband und einen zweiten über das gesunde Bein, zog eine weiße Socke über den heilen Fuß und dann einen Turnschuh an. Anschließend rieb sie das Haar mit dem Handtuch trocken. Dann bürstete sie es, bis es glänzte.

Kritisch musterte sie ihr Gesicht. Es war blass und wirkte fast kindlich. Sie hatte schon immer jünger ausgesehen. Ein schmollendes Kind? Vielleicht, aber nicht seinetwegen.

Deirdre holte tief Luft, wandte sich vom Spiegel ab und säuberte das Bad. Der Mann war unangenehm, die Situation unerfreulich. Was konnte sie dagegen tun? Gar nichts, es sei denn, sie erreichte Thomas und überzeugte ihn davon, dass Neil Hersey die Insel verlassen musste.

Als Deirdre einige Minuten später in die Küche kam, schwebte der Dunst von gebratenem Schinkenspeck in der Luft. Zwei schmutzige Pfannen standen auf dem Herd, aufgerissene Kartons mit Saft und Milch auf dem Küchentresen, daneben eine Packung Eier, ein Topf Margarine, eine angebrochene Packung Zwieback, und überall lagen Krümel. Neil Hersey saß gelassen am Tisch und beendete gerade sein Frühstück.

„Sie sind mir ja ein schöner Koch", bemerkte Deirdre spitz. „Erstreckt sich Ihre Geschicklichkeit auch darauf, dass Sie wieder aufräumen, oder warten Sie darauf, dass das Hausmädchen hereinkommt und alles erledigt?"

Neil legte die Gabel auf den Tisch und musterte Deirdre. „Deshalb also hat Victoria Sie hergeschickt. Ich wusste doch, dass es einen Grund dafür geben musste."

Deirdre musste lachen. „Wenn Sie glauben, dass ich diese Unordnung beseitige, dann irren Sie sich gewaltig. Sie haben sie verursacht, Sie räumen auch wieder auf."

„Und wenn nicht?"

„Dann werden Sie beim nächsten Mal, wenn Sie zum Frühstück kommen, vor einem ähnlichen Chaos stehen." Deirdre blickte auf die Pfannen. „Was haben Sie da eigentlich gemacht?"

„Schinken und Eier. Das klingt gut, nicht wahr?"

Deirdre lief das Wasser im Mund zusammen. „Das täte es, wenn Sie nicht so viel Fett verwendet hätten. Ich dachte, in Ihrem Alter müsse man mehr darauf achten. Wie viele Eier haben Sie eigentlich gegessen? Sie wissen wohl auch nicht, dass man auf seinen Cholesterinspiegel achten soll!"

„Es waren nur vier. Ich hatte Hunger. Sie nicht? Sie hatten doch auch kein Abendbrot."

„Gestern Abend gingen mir andere Dinge im Kopf herum als das Essen." Sie lächelte ihn spöttisch an. „Es tut mir wirklich

Leid. Haben Sie gestern mit dem Abendessen auf mich gewartet?"

„Eigentlich nicht. Ich hatte eine bessere Gesellschaft, als Sie es jemals sein könnten."

„Eine Flasche Whisky?" Als Neil sie mit leichter Verwunderung ansah, erklärte sie: „Die Flasche steht im Wohnzimmer mit einem halb leeren Glas daneben. Das war wirklich eine gute Idee von Ihnen. Ertränken Sie Ihre Sorgen immer im Schnaps?"

Neil straffte die Schultern. „Ich bin kein Trinker."

„Dann müssen wir ein kleines Wichtelmännchen hier haben, das sich über die Getränke hermacht."

Neils Nacken rötete sich. „Ich habe einige Gläser getrunken, aber ich bin kein Alkoholiker. Und was geht Sie das eigentlich an? Ich bin hierher gekommen, um zu tun, was mir gefällt. Ich wollte allein sein; allein, ohne Aufsicht und ohne jede Art von Einmischung. Wenn ich mich jeden Abend betrinke, dann ist das in Ordnung und geht Sie nichts an."

Er versuchte, sich zu verteidigen. Das gefiel Deirdre, und zwar nicht nur, weil sie gerade einmal die Oberhand hatte. Es war etwas anderes, das mit dem leichten Erröten seines Nackens zu tun hatte. „Wissen Sie, so übel sehen Sie eigentlich gar nicht aus." Sie musterte sein blaues Sporthemd und die engen Jeans. „Abgesehen von der hohen Stirn und den Bartstoppeln ..."

Sie schien einen empfindlichen Punkt getroffen zu haben, jedenfalls reagierte Neil sofort. „Mein Haaransatz ist schon seit vielen Jahren so hoch."

„Aber Sie hätten sich rasieren können."

„Warum?"

„Weil ich hier bin, zum Beispiel."

„Was kann ich dafür? Dies ist mein Urlaub, in den Sie sich hineindrängen. Sie haben nicht das Recht, mir vorzuhalten, ob ich gut aussehe oder nicht. Ist das klar?"

Deirdre erwiderte seinen Blick ungerührt.

„Ist das klar?“ wiederholte Neil.

„Ich bin nicht schwerhörig.“

Er verdrehte die Augen. „Es ist wirklich beruhigend, dass Sie nicht nur Fehler haben.“

„Sie sehen die Lage völlig falsch. Sie haben sich in meinen Urlaub gedrängt. Ich wäre Ihnen dankbar, wenn Sie sich möglichst unsichtbar machen, bis Thomas kommt und Sie abholt.“

Neil stand auf und ging langsam auf Deirdre zu. „Ich soll mich unsichtbar machen? Wie stellen Sie sich das vor?“

Er kam immer näher. Deirdre bog den Kopf zurück und schaute Neil an. Er sollte nicht glauben, dass er sie einschüchtern könnte. „Zum Beispiel so, dass Sie die Küche aufräumen, wenn Sie hier fertig sind.“

„Das hätte ich auch von selbst getan, ohne dass Sie mich dazu auffordern.“

„Dann schlage ich Ihnen vor, dass Sie die Insel erforschen.“

„In dem Regen?“

„Und schließlich können Sie mit Ihren Sachen in eines der anderen Schlafzimmer ziehen.“

Seine Stimme wurde plötzlich leiser. „Hat es Ihnen nicht gefallen, dass ich mich letzte Nacht um Sie gekümmert habe?“

Die Frage blieb unbeantwortet. Es war zwar nicht so, als hätten seine Worte sie erschreckt, aber seine Nähe ließ Deirdre plötzlich den Atem anhalten. Er war groß und lächelte spitzbübisch, er sah aus ... ihr fielen die richtigen Worte nicht ein – warmherzig, zärtlich ...

Auch Neil war für einen Moment verblüfft. Als er ihr so nahe kam, hatte er nicht damit gerechnet, dass sie ... ja, was eigentlich? Dass sie so frisch, so weiblich duftete? Dass die wenigen, kaum sichtbaren Sommersprossen auf ihrer Nase sein Interesse weckten? Dass sie so schöne Augen hatte, die Augen einer sensiblen, klugen Frau?

Er räusperte sich, trat einen Schritt zurück und schaute zur

Seite. Sein Blick fiel auf den unaufgeräumten Küchentresen. Im nächsten Moment begann er damit, die Behälter zu schließen und sie wieder in den Kühlschrank zu stellen. „Was macht Ihr Bein?"

„Es geht", erwiderte Deirdre vorsichtig.

„Ist es schlimmer als gestern?"

„Nein."

Neil nickte und setzte seine Arbeit fort.

Deirdre holte tief Luft. Sie stellte zu ihrer Überraschung fest, dass sie unsicher geworden war. „Übrigens, ich habe versucht, Thomas zu erreichen. Er war nicht da."

„Ich weiß."

Dann hatte er es also auch versucht. Das hätte sie sich denken können. Sie humpelte auf ihren Krücken zum Küchentresen und setzte sich auf einen Hocker. „Wir müssen eine Lösung finden."

„Stimmt."

„Haben Sie einen Vorschlag?"

„Den kennen Sie ja bereits."

Natürlich, den kannte sie. „Dann sitzen wir eindeutig in der Sackgasse."

„Es sieht ganz so aus."

„Wahrscheinlich gibt es nur eine Lösung: Wir müssen Victoria die Entscheidung überlassen. Sie hat uns in diese Klemme gebracht. Soll sie doch sehen, wie wir herauskommen."

Neil schloss die Tür des Kühlschranks und richtete sich wieder auf. „Eine tolle Idee. Aber wenn wir Thomas nicht erreichen können, wie sollen wir uns dann mit Victoria in Verbindung setzen?"

„Wir müssen es einfach immer wieder versuchen."

„Und inzwischen?"

Deirdre lächelte. „Inzwischen werden wir uns weiter bekämpfen."

Neil blickte sie aufmerksam an. Er war beeindruckt. Zum

ersten Mal bemerkte er einen Anflug von Heiterkeit an ihr. Sie hatte kleine weiße, ebenmäßige Zähne. Ihre Lippen waren voll und weich.

„Mögen Sie das?"

„Irgendwie ja." Deirdre neigte den Kopf zur Seite und sah Neil herausfordernd an. „Es macht Spaß."

„Sie sind ein eigenartiges Mädchen." Neil stellte die schmutzigen Pfannen in die Spüle. „Wirklich eigenartig."

„Mehr als Sie?"

„An mir ist nichts eigenartig."

„Wollen Sie mich auf den Arm nehmen? Schließlich könnte ich mich allein nicht streiten. Sie haben sogar zugegeben, dass es Ihnen Spaß macht, sich auseinander zu setzen. Wo liegt da nun der Unterschied zwischen uns?"

Neil begann mit dem Abwaschen. „Können Sie mir nicht einmal eine Pause gönnen?"

„Eine Pause? Sie sollten sich lieber beeilen, damit ich die Küche benutzen kann. Ich habe seit vierundzwanzig Stunden nichts mehr gegessen ..."

„Ist das etwa meine Schuld? Wenn Sie zu Hause geblieben wären, wohin Sie gehören, dann hätten Sie keine Mahlzeiten versäumt."

„Vielleicht nicht. Aber wenn ich zu Hause geblieben wäre, wäre ich verrückt geworden."

Neil drehte sich halb herum und sah sie an. Deirdre erwiderte seinen Blick. Er war dicht davor, die Frage nach dem Grund zu stellen. Deirdre wartete schon darauf. Sie würde ihm mit Vergnügen die Antwort verweigern.

Schließlich fragte er doch nicht. Er war sich nicht sicher, ob er wissen wollte, wovor sie davongelaufen war. Er hatte genug mit seinen eigenen Problemen zu tun, er brauchte sich nicht auch noch mit denen anderer Menschen zu befassen. Neil war sich auch nicht sicher, ob er Mitleid für diese seltsame Kindfrau empfinden sollte.

Sein Schweigen enttäuschte Deirdre. Sie rutschte vom Hocker, nahm die Krücken und bewegte sich ins Wohnzimmer. Obwohl es der größte Raum des Hauses war, fand sie es gemütlich. Die Wände waren mit Kiefernholz verkleidet. Weich gepolsterte Sofas und Sessel umgaben einen winzigen, niedrigen Tisch. Ein großer Kamin beherrschte den Raum. Es musste schön sein, wenn ein Feuer brannte.

Deirdre lehnte sich gegen einen Sessel. Das Wohnzimmer, das Haus, die ganze Insel – alles war wie geschaffen für eine Romanze. Meilenweit von allen Orten entfernt, eine einsame Zuflucht, mit glühenden Scheiten im Kamin, während draußen der Regen prasselte.

Zur richtigen Zeit, mit dem richtigen Mann wäre das wunderbar. Sie konnte verstehen, weshalb so viele Freunde Victorias von diesem Haus schwärmten.

„Sie gehört Ihnen", sagte Neil. Deirdre sah ihn verständnislos an. „Die Küche. Ich dachte, Sie seien am Verhungern."

„Das bin ich."

„Dann gehört sie Ihnen."

„Vielen Dank."

„In der Kanne ist heißer Kaffee. Bedienen Sie sich."

„Danke."

Als Deirdre an ihm vorbeiging, sagte Neil: „Ich mache ihn stark. Ist Ihnen das recht?"

Sie blieb stehen. „Was glauben Sie?"

„Ich glaube, nein."

„Sie haben Recht. Ich trinke den Kaffee schwach."

„Gießen Sie Wasser zu."

„Dann schmeckt er nicht mehr."

„Nun, dann müssen Sie sich eben frischen kochen."

„Das werde ich tun. Und wenn Sie mich jetzt bitte vorbeilassen ..."

Neil trat zur Seite und machte Platz. Deirdre ging in die Küche und begann zum ersten Mal in dieser Woche damit, eine

Mahlzeit zuzubereiten. Dabei musste sie feststellen, dass sie nicht gleichzeitig etwas aus dem Kühlschrank holen und dabei ihre Krücken halten konnte. So lehnte sie sich gegen den offenen Kühlschrank, nahm alles einzeln heraus und reihte es auf dem Küchentresen auf. Nachdem sie hatte, was sie brauchte, stützte sie sich auf den Tresen und schob die Sachen zum Herd. Eine Krücke fiel zu Boden. Mit großer Mühe gelang es Deirdre, sich zu bücken und sie aufzuheben. Doch im nächsten Moment glitt sie ihr wieder aus der Hand.

Für eine Frau, die auf ihre körperliche Geschicklichkeit immer stolz gewesen war, war das ein bedrückendes Erlebnis. Schließlich gab Deirdre es völlig auf, sich der Hilfsstöcke zu bedienen, und hüpfte so herum. Jeder Schritt wurde zur Qual. Als das Käseomelett schließlich in der Pfanne lag, war Deirdre den Tränen nahe.

Neil hatte es sich im Wohnzimmer auf dem Sofa bequem gemacht. Er hörte, wie Deirdre in der Küche arbeitete. Sie hätte lieber zu Hause bleiben sollen. Wo das wohl war? Und was hatte sie hierher getrieben? Doch warum machte er sich darüber überhaupt Gedanken?

Er dachte an seine eigenen Sorgen, die ihn bedrückten. Dadurch, dass er hierher gekommen war, hatte sich nichts gebessert. Die Situation in Hartford würde unverändert bleiben, ganz gleich, wie lange er blieb. Er musste nachdenken, die Chancen seiner Karriere abwägen, die Möglichkeiten untersuchen. Bisher hatte er noch keine Vorstellung, wie es mit ihm weitergehen sollte.

Das Geräusch zersplitternden Glases riss ihn aus seinen Gedanken. „Was ...“ Er sprang auf und war im nächsten Moment in der Küche.

Deirdre hielt sich mit einer Hand am Herd fest und berührte mit der anderen ihre Stirn. Vor ihr auf dem Boden lagen die Splitter eines Trinkglases, in das sie Orangensaft gefüllt hatte.

„Setzen Sie sich, ich räume das schon weg“, sagte Neil, sammelte die Scherben auf und wischte den verschütteten Saft mit einem Tuch auf.

Deirdre setzte sich erschöpft auf den Hocker am Küchentresen. Sie war am Ende ihrer Kräfte.

Nachdem Neil den Fußboden gesäubert hatte, schenkte er Deirdre ein frisches Glas Saft ein, toastete das Brot, das sie bereitgelegt hatte, strich Marmelade darauf und stellte alles vor sie auf den Tresen. „Möchten Sie hier essen?“ fragte er und lächelte sie an.

Deirdre schüttelte den Kopf. Es dauerte einige Zeit, bis sie ein Stück Toast aß. Neil hatte sich neben ihr an den Tresen gelehnt und sah ihr zu. „Leben Sie bei Ihrer Familie?“

„Zum Glück nicht.“

„Aber in der Nähe.“

„Ja. Das war ein riesiger Fehler. Ich hätte lieber nach Kalifornien ziehen sollen, oder nach Alaska – nach Nordalaska.“

„Ist es so schlimm?“

Sie nickte. „Warum sind Sie plötzlich so nett zu mir?“

„Vielleicht bin ich im Grunde ein netter Bursche.“

„Das stimmt nicht. Sie sind launisch und missmutig.“

„Wie Sie meinen.“ Neil verließ die Küche und setzte sich wieder ins Wohnzimmer, wo er in den kalten Kamin schaute, während Deirdre frühstückte. Er hörte, wie sie danach aufräumte.

Was für ein Mensch sie wohl war? Sich selbst kannte er. Er wusste, dass er in Wirklichkeit nicht mürrisch war. Nur die Umstände hatten ihn jetzt dazu gemacht. Ging es ihr vielleicht ähnlich?

4. KAPITEL

Nachdem Deirdre aufgeräumt hatte, saß sie noch eine Weile in der Küche und dachte nach. Es war ungewiss, ob Neil von der Insel abgeholt wurde. Vielleicht ließ Thomas sich verleugnen. Wenn sie aber länger unter einem Dach leben mussten, war es besser, wenn sie sich nicht dauernd stritten. Neil hatte von sich behauptet, er sei im Grunde ein netter Bursche. Das glaubte sie zwar nicht, aber sie kannte ihn ja so gut wie gar nicht. Vielleicht hatte er ebenso wie sie tief greifende Probleme, die ihn so verdrossen machten. Sie wollte versuchen, mehr auf ihn zuzugehen.

Deirdre zündete die Flamme der Gasplatte an, setzte einen Topf auf und schüttete den Rest des Kaffees hinein, den Neil gekocht hatte. Für sie war er zu stark, aber es wäre schade gewesen, ihn wegzuschütten.

Inzwischen stand Neil im Wohnzimmer am Fenster und schaute hinaus in den Regen. Er versuchte, sich selbst zu verstehen, seine Gedanken, die sich mit der jungen Frau beschäftigten. Natürlich störte sie ihn, er wollte viel lieber allein sein. Aber es war nicht nur das. Er dachte an einen schlanken Rücken, eine schmale Taille, den frischen angenehmen Duft. Ihr Haar war dunkelblond, nicht mausbraun, wie er zuerst geglaubt hatte. Sie hatte sehr hübsche Augen, eine kleine gerade Nase und Lippen, die viel versprechend lächeln konnten.

Sie lächelte allerdings nur selten. Es war ihr anzusehen, dass sie ein Problem hatte. Doch das hatte er auch, und er wollte allein sein. Weshalb also beschäftigte er sich so intensiv mit Deirdre? Faszinierte sie ihn?

Von der Tür des Wohnzimmers her kam ein Räuspern. „Entschuldigung ..."

Neil drehte sich um. Deirdres Trainingsanzug wirkte modisch und fröhlich. Aber natürlich sah sie mit ihrem Gipsbein immer noch unbeholfen aus. „Ja?"

„Ich habe den Rest des Kaffees aufgewärmt, aber er ist mir zu stark. Ich dachte, Sie würden ihn vielleicht trinken wollen." Sie hielt ihm die Tasse entgegen.

Neil wurde sofort argwöhnisch. Es war ihr erster Versuch, freundlich zu ihm zu sein. Das musste doch einen Grund haben. Was wollte sie von ihm? „Warum?"

„Warum was?"

„Warum haben Sie ihn aufgewärmt?"

„Das habe ich Ihnen doch gesagt. Ich dachte, Sie würden ihn gern trinken."

„Bisher hat es Sie nicht interessiert, was ich will."

„Das tue ich auch jetzt nicht. Ich dachte nur, es sei zu schade, ihn wegzugießen."

„Aha. Sie haben sich frischen Kaffee gekocht, und ich soll den aufgewärmten trinken."

„Das ist ja unglaublich." Mit solcher Feindseligkeit hatte Deirdre nicht gerechnet, und schon gar nicht jetzt. „Mir haben Sie es zugetraut, aufgewärmten Kaffee zu trinken, und für Sie ist er plötzlich nicht gut genug, wie?"

„Das habe ich nicht gesagt. Ich trinke oft aufgewärmten Kaffee, weil das Zeit spart, und ich fände es auch schade, ihn wegzuschütten. Ich wundere mich nur über Ihre unerwartete Freundlichkeit. Sie müssen damit etwas bezwecken."

„Mein lieber Junge", sagte Deirdre und verzog spöttisch den Mund. „Was müssen Sie sich verbrannt haben."

„Was soll denn das heißen?"

„Wenn ein Mann gegenüber einer Frau so misstrauisch ist, dann muss ihn eine andere sehr verletzt oder ausgenutzt haben."

Neil dachte über ihre Worte nach. Eigenartig, dass ihm das bisher nie bewusst geworden war. Aber er war tatsächlich ausgenutzt worden. Nancy hatte einen ziemlich gerissenen Charakter. Und wenn er jetzt zurückdachte, dann erinnerte er sich daran, dass sie ihm oft kleine Gefallen getan hatte, wenn sie etwas von ihm wollte. Das passte zu der Art, wie sie die Liebe auffasste. Nur hatte er das damals nicht so gesehen.

„Mein bisheriges Leben geht Sie nichts an", brauste er auf.

„In Ordnung. Sie sollten aber wissen, dass es mich gewaltige Mühe gekostet hat, diesen Kaffee herzubringen, ohne ihn zu verschütten. Und wenn Sie die Wahrheit wissen wollen, werde ich Ihnen auch verraten, weshalb ich das getan habe. Ich wollte nur wissen, ob Sie hier im Wohnzimmer sind, damit ich diesen Raum meiden kann." Sie stellte die Tasse auf ein Bücherregal. „Sie können ihn trinken oder nicht. Mir ist es gleich." Deirdre wollte das Zimmer wieder verlassen und drehte sich um, aber nicht schnell genug: Neil konnte sehen, wie verletzt sie war.

„Warten Sie."

Deirdre blieb stehen. „Weshalb? Haben Sie noch mehr Beleidigungen auf Lager?"

Neil kam auf sie zu. „Ich wollte Sie nicht verletzen. Sic haben Recht, ich bin ein gebranntes Kind. Und es war nicht fair von mir, das an Ihnen auszulassen."

„Ich habe den Eindruck, dass Sie eine Menge an mir auslassen."

„Und umgekehrt", erwiderte Neil und stellte zufrieden fest, dass Deirdre sich zu ihm umdrehte. „Sie müssen zugeben, dass Sie sich auch nicht gerade als der angenehmste Hausgenosse gezeigt haben."

„Ich hatte ... andere Dinge im Kopf."

„Ich auch. Ich musste Dampf ablassen. Es tat mir gut, auf Sie loszugehen. Es war zwar vielleicht nicht richtig, aber es tat wirklich gut."

„Reden Sie nur weiter."

„Mir scheint, dass mein ganzes Leben durch Vernunft und Zurückhaltung geprägt war. Ich habe mich nie über Dinge aufgeregt, die eigentlich ziemlich unbedeutend sind."

Deirdre blickte Neil skeptisch an. „Wie zum Beispiel der Umstand, dass ich das große Schlafzimmer benutze?"

„Nein, das ist keine Kleinigkeit. Das hat einen sehr praktischen Grund."

„Und was ist mit der Heizung? Das Schlafzimmer ist eiskalt, während man es im übrigen Haus vor Wärme kaum aushalten kann. Sie haben den Thermostat im Schlafzimmer absichtlich heruntergestellt, nicht wahr?"

„Das sagte ich Ihnen doch. Ich schlafe lieber im kalten Zimmer."

„Und ich im warmen. Sagen Sie nun bloß nicht, dann sollte ich in eines der anderen Schlafzimmer ziehen. Das werde ich nämlich nicht tun. Sie werden von der Insel verschwinden ..."

„Nein, Sie", unterbrach Neil sie laut. Dann sprach er mit leiserer Stimme weiter. „Das Problem ist nur, dass wir Thomas noch nicht erreichen können. Heute wird es also nichts mehr."

„Er geht uns aus dem Weg."

„Das ist Ihnen auch schon aufgefallen?"

„Natürlich. Und das bedeutet, dass wir hier gestrandet sind." Sie schaute sich um. „An dem Haus ist nichts auszusetzen, ganz im Gegenteil. Schauen Sie nur." Deirdre zeigte erst auf die eine und dann auf die andere Wand. „Wir haben Hunderte von Büchern, eine Stereoanlage, einen Videorekorder, ein Fernsehgerät ..."

„Der Fernsehempfang ist sehr schlecht, ich habe es bereits ausprobiert."

„Das macht nichts. Ich hasse Fernsehen. Es gibt nur langweilige Shows, Werbung oder blutige Abenteuerfilme."

„Sie haben Ihre Vorurteile, wie?"

„Ja, die habe ich, und ich bin jetzt gerade in der richtigen Stimmung, sie Ihnen einzeln aufzuzählen."

Neil hatte nicht vor, Deirdre zu bremsen. Er nahm die Kaffeetasse und lehnte sich neben das Bücherregal. Er war Deirdre nahe genug, um den Duft von Frische zu spüren, den er an ihr zu mögen begann.

Sie war sich seiner Nähe bewusst. Neil hatte breite Schultern, lange kräftige Beine und wirkte sehr männlich – mehr als jeder Mann, dem sie in den letzten Jahren begegnet war. Sie spürte ein eigenartiges Prickeln.

Verwirrt bewegte Deirdre sich auf das großzügige Ledersofa zu und ließ sich vorsichtig darauf nieder. Dann schaute sie zu Neil auf. „Was wollte ich gerade sagen?"

„Sie wollten mir Ihre Meinung über das moderne Fernsehen darlegen."

„Ach ja." Deirdre dachte nach. „Ich hasse Miniserien."

„Warum?"

„Sie werden den Büchern nicht gerecht, nach denen sie gedreht worden sind."

„Nicht immer."

„Aber häufig genug. Und sie sind doppelt so lang, wie sie sein sollten. Nehmen Sie nur den Beginn der einzelnen Folgen. Es dauert fast fünfzehn Minuten, bis der Vorspann gelaufen ist. Dann kommt eine Zusammenfassung dessen, was sich in den vorangegangenen Folgen abgespielt hat. Die meisten Zuschauer wissen das doch bereits. Es ist reine Zeitverschwendung. Und was die Liste der Darsteller angeht, so finde ich sie völlig überflüssig. Die meisten Schauspieler verdienen überhaupt keine Beachtung."

Je länger Deirdre redete, umso mehr erwärmte sie sich für ihr Thema. „Am schlimmsten aber sind die Nachrichtensendungen."

„Wieso? Mir gefallen sie", widersprach Neil.

„Mir auch, solange es wirklich Nachrichten sind. Aber die Sender haben jeden Abend zwei Stunden damit zu füllen, und die Folge davon ist, dass sie einen Haufen Belanglosigkeiten bringen. Und der Wetterbericht wird in die Länge gezogen, so dass ich immer schon abgestellt habe, bevor gesagt wird, ob es regnet oder die Sonne scheint."

„Vielleicht sollten Sie sich lieber an die Zeitungen halten."

„Das tue ich normalerweise auch."

„Wo wohnen Sie eigentlich?"

„In Providence."

„Das kenne ich. Eine kleine Provinzstadt, in der nichts los ist. Dort habe ich vor zwei Jahren einen Mandanten vertreten."

Deirdre ging auf seine kritische Bemerkung nicht ein. „Was für einen Mandanten?"

„Ich bin Rechtsanwalt."

„Rechtsanwalt? Dann verteidigen Sie Kriminelle?"

„Ich bin kein Strafverteidiger. Ich vertrete Firmen."

„Das ist ja noch schlimmer. Ich hasse Firmen."

„Sie hassen wohl fast alles."

Deirdre schwieg einen Moment. Das war offensichtlich eine Frage, die auf ihre Persönlichkeit zielte. „Nein, im Moment macht es mir nur Spaß, über alles herzuziehen. Dazu habe ich nur selten Gelegenheit."

„Haben Sie einen Beruf? Alle modernen Frauen arbeiten."

Deirdre zog ihre Krücken heran. Über ihren Beruf wollte sie nicht sprechen. Sie stand langsam auf. „Das geht Sie nichts an."

„Das ist unfair. Ich habe Ihnen auch meinen Beruf verraten."

„Und ich habe Ihnen gesagt, wo ich wohne. Wir sind also quitt."

„Ich wette, Sie tun gar nichts. Sie sind einfach die verwöhnte Verwandte eines von Victorias wohlhabenden Freunden."

„Wenn Sie das gern glauben wollen ..."

„Sie wären jetzt am liebsten nach Monte Carlo gereist. Aber der liebe Papi hat Ihnen das Taschengeld gekürzt, und nun nutzen Sie Victorias Großzügigkeit aus."

„Taschengeld? Zahlen Väter ihren vierundzwanzigjährigen Töchtern Taschengeld?"

„Wollen Sie sich über mich lustig machen? Sie sind doch noch nicht vierundzwanzig. Aber das bringt mich auf eine andere Idee. In dem Alter sind die Frauen gewöhnlich schon verheiratet. Laufen Sie vor einem Ehemann weg, der Sie quält? Hat er Ihnen das Bein gebrochen?“

„Nein.“

„Aber Sie haben einen Ehemann?“

Deirdre blickte Neil ungeduldig an. „Sie scheinen Victoria nicht gut zu kennen. Sie hätte uns hier nie zusammengebracht, wenn einer von uns bereits verheiratet wäre.“

Neil kannte Victoria und musste zugeben, dass Deirdre Recht hatte. „Gut. Sind Sie jemals verheiratet gewesen?“

„Nein.“

„Leben Sie mit einem Mann zusammen?“ Als Deirdre ihn mit einem zweiten, noch ungeduldigeren Blick bedachte, lenkte er ein. „Es wäre doch möglich gewesen. Es hätte ja sein können, dass er ein Schuft ist und dass Victoria Sie hierher geschickt hat, damit Sie ihn vergessen. Aber ich verstehe schon, Sie leben mit niemandem zusammen. Sie haben nur mit ihm gebrochen und sind gekommen, um in Ruhe Ihre Wunden zu heilen.“

„Sie reden lauter Unsinn.“ Deirdre humpelte zum Küchenschrank. Sie wollte sich einen frischen Kaffee kochen.

Neil stand ganz in der Nähe und sah zu, wie sie die Kaffeemaschine füllte. Ihre Hände waren schlank und wohlgeformt. Die Art, den Löffel anzufassen, hatte etwas Anmutiges an sich. Er beobachtete ihren Arm, die Schulter, den Nacken ... auch er war anmutig. Seltsam, dass ihm das bisher nicht aufgefallen war.

Deirdre hielt für einen Moment in ihrer Tätigkeit inne und sah Neil an. Ihr Herzschlag beschleunigte sich. Noch nie hatte sie so viele Einzelheiten an einem Mann wahrgenommen: sein volles Haar, den Schwung der Nase, die Augenbrauen. Sie verspürte den Wunsch, ihn zu berühren. Deirdre hielt den Löffel fester. „Neil?“

Er sah ihr in die Augen.

„Ich brauche Platz. Ich bin es nicht gewohnt, jemanden im Haus zu haben.“

„Ja, natürlich." Er trat einen Schritt zurück. „Ich glaube, ich werde jetzt etwas spazieren gehen."

Deirdre wartete, bis Neil gegangen war. Dann wandte sie sich wieder der Kaffeemaschine zu. Wollte er im Regen spazieren gehen? Sie hörte nicht, dass die Haustür geöffnet und geschlossen wurde. Er schien also im Haus herumzuwandern. Wann würde der Regen wohl aufhören? Wenn die Sonne schien, musste die Insel sehr schön sein. Sie wäre gern nach draußen gegangen, hätte sich auf einen Felsen gesetzt und sich ein wenig entspannt.

Es war erstaunlich, aber wenn sie jetzt darüber nachdachte, war sie längst nicht mehr so angespannt wie vor ihrer Abreise aus Providence. Trotz der anstrengenden Fahrt und des Ärgers, den sie gehabt hatte: Der Wechsel der Umgebung tat ihr gut.

Natürlich würde sich nichts ändern. Wenn sie nach Providence zurückkam, würden ihre Mutter, Sandra und ihre Onkel sie wieder bedrängen. Sie musste sich etwas ausdenken, um sie loszuwerden. Doch dazu war sie bisher noch nicht gekommen.

Deirdre nahm einen Becher mit Kaffee in die Hand und bewegte sich vorsichtig, mit Hilfe nur einer Krücke, den Flur entlang. Erleichtert stellte sie fest, dass sie ganz gut vorwärts kam.

Deirdre setzte sich auf das Sofa und trank den Kaffee. In ihrer Reisetasche hatte sie einige Bücher, Stricknadeln und Garn, außerdem ihren CD-Rekorder und zahlreiche CDs. Doch nichts davon reizte sie jetzt. Sie wollte ihre Sachen erst auspacken und sich häuslich einrichten, wenn Neil abgefahren war. Aber würde er die Insel verlassen? Nein, freiwillig bestimmt nicht. Er würde es nur tun, wenn Victoria ihn ausdrücklich dazu aufforderte. Aber das hatte diese bestimmt nicht vor.

Victoria war ganz schön gerissen. Sie wusste, dass sie es mit zwei eigenwilligen Menschen zu tun hatte. Ihr musste auch klar gewesen sein, dass Deirdre und Neil festsaßen, wenn sie sich erst einmal auf der Insel befanden. Thomas Nye, sofern er erreichbar war, bedeutete ihre einzige Verbindung zum Festland.

Aus einem plötzlichen Impuls heraus stellte Deirdre die Kaffeetasse ab und verließ das Wohnzimmer. Im ganzen Haus herrschte Stille. Wo Neil wohl steckte? Deirdre fand ihn ausgestreckt auf dem Bett im Schlafzimmer. Einen Arm hatte er über die Augen gelegt.

Deirdre wollte sich gerade vorsichtig wieder zurückziehen, als sie ein leises Geräusch hörte: Neil schlief und atmete dabei ruhig und gleichmäßig.

Sie konnte ihrer Neugier nicht widerstehen und humpelte zum Bett. Neils Brust hob und senkte sich regelmäßig. Der Anblick des schlafenden Mannes rührte Deirdre.

Neil war müde, und zwar offensichtlich nicht nur körperlich, sondern auch seelisch. Vor welchen unangenehmen Dingen war er wohl davongelaufen? Er arbeitete als Rechtsanwalt, das war immerhin ein Beruf, in dem man es zu etwas bringen konnte. Hatte er berufliche Schwierigkeiten, oder stand eine Frau dahinter? Vielleicht war er unglücklich geschieden und grämte sich um Kinder, die ihm nicht zugesprochen waren.

Deirdre wusste so gut wie gar nichts über Neil. Seit ihrer Ankunft in Spruce Head waren sie sich alles andere als näher gekommen. Bisher hatte sie ihn benutzt, um ihre schlechte Laune abzureagieren. Wenn sie sich mit ihm stritt, dachte sie nicht an ihr gebrochenes Bein, ihren Beruf, die Familie und die Firma. Seine Anwesenheit war vielleicht doch ganz nützlich.

So unangenehm, wie sie ihn zuerst empfunden hatte, war er eigentlich gar nicht. In kurzen Momenten hatte sie Neil sogar gemocht und sich zu ihm hingezogen gefühlt. Noch nie zuvor hatte die Nähe eines Mannes ihr den Atem genommen, doch bei Neil war das bereits mehrere Male geschehen. Für jemanden wie sie, die ihre Gefühle sonst stets unter Kontrolle hielt, war das eine bestürzende Erfahrung. Es war auch irgendwie aufregend.

Deirdre verließ das Schlafzimmer wieder. Sie kam an dem Funksprechgerät vorbei, blieb stehen und las noch einmal die Gebrauchsanweisung durch. Dann ging sie in eines der kleineren Zimmer und legte sich auf das Sofa, das dort stand. Sie gähnte und schloss die Augen.

Es war ein Tag zum Faulenzen. Das Geräusch des ständigen Regens machte träge und wirkte einschläfernd. Deirdre fühlte sich schon wieder müde. Sie wusste, dass das auch an der Anspannung lag, unter der sie in Providence gelitten hatte.

Sie brauchte viel Ruhe. Schließlich war eine abgelegene Insel dazu da, sich zu erholen. Bald würde sie neue Kräfte geschöpft haben, dann konnte sie lesen, stricken, Musik hören, vielleicht sogar Gymnastik betreiben. Die Sonne würde scheinen, und sie konnte an die frische Luft gehen. Doch jetzt war es angenehm, einfach gar nichts zu tun.

Deirdre schlief fest, als Neil einige Zeit später über den Flur kam. Er fühlte sich benommen und noch schlaftrunken. Er war es nicht gewohnt, am Tag zu schlafen, und es entsprach auch nicht seiner Gewohnheit, so ausgiebig zu faulenzen. Er hatte einige Bücher mitgebracht, und im Haus waren CDs und Videobänder mit Filmen. Aber nichts davon reizte ihn jetzt. Wenn das Wetter besser gewesen wäre, hätte er einige Zeit draußen verbringen können. Doch es regnete immer noch.

Es war Neil klar, dass er einige Tage brauchte, bis er sein inneres Gleichgewicht wiedergewonnen hatte. Er würde auch nicht auf Anhieb eine Lösung für seine Probleme finden. Darüber musste er in Ruhe nachdenken.

Aber er wurde abgelenkt, und zwar vor allem durch Deirdre. Er beobachtete sie durch die offene Tür. Sie lag auf dem Sofa und wirkte so unschuldsvoll, wie sie dort schlief – aber auch sehr sexy.

Wie konnte das nur sein? Sie hatte nichts Verführerisches an sich, jedenfalls nicht im üblichen Sinn. Deirdre trug kein Make-up, das Haar war einfach geschnitten. Ihr Trainingsanzug hatte nichts von der aufreizend engen Kleidung an sich, die viele Frauen trugen. Und doch ließ sich darunter ein wohlgeformter Körper erahnen.

Kopfschüttelnd ging Neil zum Funksprechgerät. Er nahm den Hörer ab, zögerte, legte ihn wieder zurück. Ach, was sollte es, Thomas würde doch nicht zu erreichen sein. Er steckte mit Victoria unter einer Decke. Und da es hier keinen echten Notfall gab, würde er auch nicht so bald kommen.

Es war also besser, wenn er einen Weg fand, mit Deirdre einigermaßen in Frieden auszukommen. Bisher hatte er sie benutzt, um seinen Ärger abzureagieren. Er fühlte sich besser, wenn er mit ihr stritt. Sie lenkte ihn nicht nur ab, sie machte auch seine seelische Belastung erträglicher. Vielleicht war es doch nicht so schlimm, dass sie hier war.

Lächelnd kehrte Neil ins Wohnzimmer zurück. Er blickte auf den Kamin, in dem noch kalte Asche von dem Feuer lag, das er am Abend vorher entzündet hatte. Er stapelte einige Holzscheite auf und entfachte ein Feuer mit Hilfe eines Anzünders. Es dauerte nicht lange, bis der Kamin eine wohlige Wärme ausstrahlte.

Neil setzte sich auf einen Sessel und schaute in die Flammen. Er war noch nie in einer so absoluten Einsamkeit gewesen, um sich zu entspannen. Mehrere Male hatte er Urlaub am Meer gemacht, war auch in der Karibik und in Europa gewesen. Doch noch nie war er so von aller Welt abgeschieden gewesen, so allein mit sich selbst, seinen Gedanken und Sorgen.

Nancy hätte es hier nicht ausgehalten. Sie musste unter Menschen sein, den Komfort eines Hotels genießen.

Und Deirdre? Obwohl sie ein gebrochenes Bein hatte, suchte sie die Einsamkeit. Das war vielleicht dumm, aber sie hatte es getan. War sie etwa doch nicht so verwöhnt? Wie würde sie allein zurechtkommen?

„Ein hübsches Feuer haben Sie gemacht.“

Neil schaute auf. Deirdre lehnte an der Wand neben der Tür. Sie sah noch verschlafen aus. Bei ihrem Anblick wurde ihm warm ums Herz. „Wo ist die andere Krücke?“

„In der Küche.“

„Was macht sie dort?“

„Sie stützt den Tresen.“

„Sie sollten sie unter dem Arm haben. Nicht der Tresen braucht eine Stütze, sondern Sie.“

„Ich habe herausgefunden, dass ich auch mit einer gut zurechtkomme.“

„Wenn Sie das gebrochene Bein zu sehr belasten, werden Sie den Heilungsprozess verzögern.“

„Sie reden ja, als hätten Sie damit Erfahrungen.“

„Ich hatte auch einmal ein gebrochenes Bein.“

„Wie ist es dazu gekommen?“

„Beim Skilaufen.“

„Das hätte ich mir denken können. Bestimmt haben Sie in der Skihütte gesessen, das Bein hochgelegt und sich bewundern lassen.“

„Ganz so war es nicht, aber das ist unwichtig. Es geht jetzt um Sie. Sie benehmen sich töricht. Der Arzt wäre damit nicht einverstanden.“

„Es ist eine Ärztin, die mir gesagt hat, ich solle mich an den gesunden Menschenverstand halten. Im Übrigen geht Sie das nichts an. Sie sind nicht mein Vormund.“

„Nein, aber ich habe den Ärger, wenn Sie hinfallen und den Gips beschädigen oder – noch schlimmer – sich das andere Bein brechen.“

Deirdre lächelte überlegen. „Wenn mir etwas zustößt, sind Ihre Probleme gelöst. Sie rufen Thomas an, und er kommt sofort und holt mich hier ab.“

Neil wusste, dass sie Recht hatte. So kam er gegen sie nicht an, er musste seine Taktik ändern. Er lehnte sich zurück und legte die bloßen Füße auf den Tisch. „Ich will gar nicht, dass er kommt und Sie holt. Ich habe mich entschlossen, Sie zu behalten."

Deirdres Lächeln schwand. „Was haben Sie?"

„Ich habe beschlossen, Sie zu behalten."

„Wenn man berücksichtigt, dass Sie mich gar nicht haben, ist das eine tolle Entscheidung."

Neil machte eine abwehrende Handbewegung. „Kommen Sie mir jetzt nicht mit Wortspielereien. Sie wissen genau, was ich meine."

Deirdre nickte. „Sie haben beschlossen, dass ich bleiben darf."

„Richtig."

„Und wenn ich nun fort will?"

„Es ist müßig, darüber zu reden. Thomas wird Sie nicht abholen."

„Richtig, und das bedeutet, dass Sie nur so daherreden, Neil. Sie können gar nicht beschließen, dass Sie mich behalten wollen, ebenso wenig wie ich mich entscheiden könnte, Sie zu behalten. Wir sind hier zusammen eingesperrt, und das bedeutet, dass Sie sich mit mir und meiner schlechten Laune abfinden müssen."

Dieser Gedanke erfreute Deirdre, und sie lächelte zufrieden. So wie sie es sah, hatte Neil nichts dagegen, dass sie sich nach Herzenslust mit ihm stritt. Sie brauchte sich nicht zurückzuhalten. Sich mit ihm auseinander zu setzen konnte ein angenehmer Zeitvertreib sein.

„Ich glaube, ich kann mich damit abfinden", erklärte Neil.

„Wie schön." Deirdre humpelte näher und setzte sich ihm gegenüber auf den Sessel. „Nun, haben Sie gut geschlafen?"

„Haben Sie mir nachspioniert?"

„Nein. Ich ging in mein Schlafzimmer, aber Sie lagen im Bett und schnarchten."

Neil glaubte nicht, dass er geschnarcht hatte, ging darauf aber nicht ein. „War das der Grund dafür, dass Sie in dem anderen Zimmer geschlafen haben?"

„Sie haben mir nachspioniert."

„Nein. Ich kam zufällig an der offenen Tür vorbei, wollte Sie aber nicht stören. Deshalb bin ich hierher ins Wohnzimmer gegangen und habe das Feuer gemacht. Es ist gemütlich, nicht wahr?"

„Ja, gar nicht übel."

Deirdre stand auf und hüpfte in die Küche. Auf dem Tresen stand eine Schale mit Obst. Sie nahm eine Orange und humpelte ins Wohnzimmer zurück.

„Sie können sich wunderbar fortbewegen. Ist Hüpfen Ihre Spezialität?"

Deirdre ging darauf nicht ein. „Das Feuer braucht eine kleine Aufmunterung." Sie warf ein großes Stück Apfelsinenschale in die Flammen.

„Lassen Sie das! Es bringt mein Feuer durcheinander."

„Es wird gleich angenehm duften, warten Sie nur ab." Sie warf ein zweites Stück hinein.

Neil schaute in die Flammen. „Ich mag den Geruch von Orangen nicht. Er erinnert mich an die Obstkisten, die meine Großeltern uns jeden Winter aus Florida schickten. Es war immer so viel, dass meine Mutter Angst hatte, das Obst werde verderben. So wurden wir gezwungen, alles innerhalb einer Woche aufzuessen. Jedes Jahr habe ich Ausschlag bekommen, weil ich zu viele Orangen gegessen habe."

„Haben Sie Brüder und Schwestern?"

„Ja. Einen Bruder und eine Schwester."

„Älter oder jünger?"

„Beide sind älter."

„Haben Sie mit ihnen Verbindung?"

„Ja, jetzt wieder." Neil legte den Kopf zurück. „Einige Zeit ist jeder von uns seine eigenen Wege gegangen. John ist Lehrer in Minneapolis, Sarah arbeitet bei einer Behörde in Washington. Beide sind verheiratet und haben Kinder. Jeder hatte so viel um die Ohren, dass wir kaum Zeit hatten, uns zu besuchen."

„Und wodurch hat sich das geändert?“

„Durch den Tod meiner Mutter. Sie starb vor sieben Jahren. Wir wurden daran erinnert, dass wir alle sterblich sind. Seither sehen wir uns häufiger.“

„Lebt Ihr Vater noch?“

„Ja. Er ist jetzt im Ruhestand. Er lebt immer noch in dem Haus, in dem wir aufgewachsen sind, obwohl es für ihn allein viel zu groß ist und er häufig verreist. Wir haben ihm oft geraten, das Haus aufzugeben. Aber er sagt, er brauche es. Ich persönlich glaube, dass er es nicht aufgeben will, damit das Ehepaar nicht ausziehen muss, das über der Garage wohnt. Die beiden haben sich seit fast zwanzig Jahren um das Grundstück gekümmert und verwöhnen ihn, wenn er dort ist. Das gefällt ihm.“

Deirdre sah Neil an. Es war unverkennbar, dass er seine Familie liebte. „Das ist eine hübsche Geschichte. Ihr Vater scheint ein netter Mensch zu sein.“

„Das ist er.“

„Wie kommt es dann, dass er einen Sohn wie Sie hat? Übrigens, bekommen Sie keine kalten Füße? Seitdem wir hier sind, habe ich Sie noch nicht mit Strümpfen gesehen.“

„Ich habe heißes Blut.“ Er nahm die Füße vom Tisch und stand auf.

„Wohin wollen Sie?“

„In die Küche. Es wird Zeit zum Abendessen.“

„Wir haben noch gar nicht zu Mittag gegessen.“

„Das Frühstück war das Mittagessen.“ Neil verschwand in der Küche.

Deirdre hatte inzwischen auch Hunger bekommen, war aber zu träge, um sich etwas zu essen zu machen. Vor allem wollte sie das nicht in Neils Gegenwart tun. Er sollte nicht zusehen, wie unbeholfen sie noch war.

Sie hörte ihn in der Küche arbeiten. Nach einiger Zeit drangen angenehme Düfte ins Wohnzimmer. Schließlich bekam Deirdre solchen Appetit, dass sie aufstand und in die Küche ging.

Dort blieb sie verblüfft stehen: Neil hatte den Tisch für zwei Personen gedeckt.

Er schaute auf. „Ich wollte Sie gerade rufen." Deirdres überraschter Gesichtsausdruck war ihm Belohnung genug für seine Mühe. „Es gibt Steaks, gedämpften Brokkoli und Kartoffelröllchen. Gar nicht so schlecht, wie?"

„Wirklich nicht übel. Sie würden jemandem eine wunderbare Hausfrau sein."

Neil überhörte den leisen Spott und rückte Deirdre den Stuhl zurecht. „Miss Joyce!"

Deirdre fiel keine spitze Bemerkung ein. Außerdem war sie viel zu hungrig, um zu streiten. So setzte sie sich. Als Neil zwei Gläser Wein einschenkte, fragte sie: „Warum?"

„Warum Wein? Er ist nun einmal für uns hier, und ich denke, er passt gut zum Essen."

„Nein, ich meinte, warum Sie auch für mich Essen gemacht haben."

„Wollen Sie meine Einladung ablehnen?"

„Nein. Ich habe großen Hunger."

„Das hatte ich mir gedacht."

„Aber irgendeinen Hintergedanken werden Sie doch haben."

„Vielleicht habe ich an Victorias Küche gedacht. Sie haben heute Morgen ein Glas zerbrochen. Wenn Sie so weitermachen würden, könnten uns die Gläser bald ausgehen." Er hob sein Glas. „Kommen Sie, stoßen Sie mit mir an."

Langsam hob sie das ihre.

Neil lächelte Deirdre an. „Auf uns."

5. *KAPITEL*

Auf uns. Über diese Worte musste Deirdre den ganzen Abend nachdenken, während sie vor dem Kaminfeuer saß. Sie gingen ihr auch nachts nicht aus dem Kopf, als sie wieder neben Neil lag. Und morgens wachte sie mit ihnen auf.

Victoria hatte versucht, sie mit Neil zusammenzubringen, und das gefiel Deirdre gar nicht. Wer war dieser Mann? Sechsunddreißig Stunden war sie nun schon mit ihm unter einem Dach, aber immer noch kannte sie ihn so gut wie gar nicht. Zugleich hatte es während dieser Zeit kaum einen Moment gegeben, in dem sie sich seiner Anwesenheit nicht bewusst gewesen wäre.

Deirdre drehte sich auf die Seite und betrachtete Neil. Er lag schlafend auf dem Rücken, das Gesicht ihr zugewandt. Sein Haar war zerzaust. Er hatte lange Augenwimpern. Dic Brust war, soweit Deirdre es sehen konnte, mit dunklen krausen Haaren bewachsen.

Einen Arm hatte er über die Decke gelegt. Deirdre betrachtete die kräftige Schulter, die Muskeln des Oberarms, den behaarten Unterarm, die gut geformte männliche Hand.

Deirdre drehte sich auf die andere Seite, schob die Beine aus dem Bett und richtete sich auf. Eine Weile saß sie einfach so da. Sie versuchte, mit der Tatsache fertig zu werden, dass sie Neil sehr attraktiv fand. Es wäre alles viel einfacher, wenn sie sich zu diesem Mann nicht hingezogen fühlte.

Langsam bewegte sie den Kopf, um die angespannten Schultermuskeln zu lockern. Sie hatte während der vergangenen Woche den Gymnastikunterricht sehr vermisst.

„He, was treiben Sie da?“ ertönte Neils brummige Stimme.

„Das sehen Sie doch, ich treibe Gymnastik.“

„Muss das sein?“

„Ja. Meine Muskeln sind verspannt.“

„Meine auch, aber was Sie da tun, hilft mir nicht." Er war von ihren Bewegungen geweckt worden und hatte ihr einen Moment zugesehen, wie sie sich in ihrem übergroßen Schlafanzug zu entspannen versuchte. Natürlich hatten ihn ihre Übungen sehr fasziniert. Doch er musste besser einen kühlen Kopf bewahren.

„Dann schauen Sie doch weg", erwiderte Deirdre und setzte ihre Übungen fort. Im nächsten Moment zog Neil sie nach hinten auf das Bett. Bevor sie noch wusste, was ihr geschah, hatte Neil sie auf die Matratze gedrückt und beugte sich über sie.

„Ich glaube, wir sollten einige Dinge klarstellen", warnte er sie mit gefährlich leiser Stimme. „Ich bin ein Mann und kein Übermensch. Wenn Sie mich in Versuchung führen wollen, sollten Sie auch an die Folgen denken."

Deirdre konnte kaum atmen. Nicht die Gymnastik, sondern Neil hatte ihr die Luft genommen. Sein Oberkörper war nackt; sie konnte die Wärme seiner Brust fühlen, und er schaute ihr eindringlich in die Augen.

„Ich wusste nicht, dass Sie in Versuchung geraten sind", entgegnete sie leise. „Für Sie bin ich doch nur ein unförmiges Etwas, nicht mehr."

„Ja, so sehen Sie aus, aber gerade das macht mich ja so verrückt. Ich versuche immer, mir vorzustellen, was sich unter Ihren Riesenkleidern verbirgt." Er betrachtete das Oberteil ihres übergroßen Schlafanzugs. „Vielleicht wäre die Versuchung für mich nicht mehr so groß, wenn ich es sehen könnte."

Deirdre machte ganz instinktiv den Versuch, ihre Arme vor der Brust zu kreuzen, doch Neil ließ sie nicht los.

„Vielleicht sollte ich dieses unförmige Ding aufknöpfen und mir genau ansehen, was Sie darunter vor mir verstecken."

„Da gibt es nicht viel zu verstecken", versicherte sie rasch. „Sie wären bestimmt enttäuscht."

„Aber wenigstens würde mich meine Fantasie dann nicht mehr quälen, nicht wahr?"

Deirdres Herz schlug heftig, sie hatte Angst. „Bitte, tun Sie das nicht."

„Warum nicht?"

„Es wäre es nicht wert. Glauben Sie mir, ich bin ganz und gar nicht wohlgeformt."

Neil sah sie ungläubig an, dann merkte er, wie ängstlich sie ihn anschaute. Langsam ließ er sie los. Sofort wandte Deirdre sich von ihm ab und setzte sich hin.

„Ich würde Sie niemals zwingen", sagte Neil.

„Das habe ich auch nicht behauptet."

„Aber Sie haben sich so benommen, als befürchteten Sie es. Sie haben vor mir Angst gehabt."

Deirdre erwiderte darauf nichts. Was hätte sie auch sagen sollen? Dass sie Angst hatte, sie könne ihm nicht gefallen? Weshalb eigentlich sollte es sie interessieren, was er von ihrem Körper hielt?

„Ich habe keine Angst vor Ihnen."

„Sie schwindeln."

„Ach was." Deirdre griff nach ihren Krücken und stand auf. „Ich habe Hunger." Mit diesen Worten ging sie zur Tür.

„Mein Appetit ist ebenfalls geweckt." Neil lachte leise.

Deirdre machte sich allein das Frühstück. Im Kühlschrank fand sie Joghurt und Frischkäse. Nachdem sie sich gestärkt hatte, ging sie ins Badezimmer. Dort zog sie eine graue Trainingshose und das grüne Oberteil an, das sie auf der Fahrt getragen hatte.

Neil war inzwischen in die Küche gegangen. Deirdre wollte ihm nicht gleich wieder begegnen, und so räumte sie das Schlafzimmer auf. Es war recht mühsam für sie, das Bett zu machen, aber sie schaffte es schließlich.

Neil hatte seine Sachen auf eine der beiden Kommoden gelegt. Deirdre packte ihre Reisetasche aus und stellte Bücher, CDs und CD-Rekorder auf die andere Kommode. So hatte sie ihren eigenen Bereich.

Neugierig ging sie zu Neils Kommode und betrachtete die Dinge, die dort ausgebreitet lagen. Er hatte mehrere Bücher mitgebracht, Geschichtsbücher und historische Romane. In einem Etui steckte eine Lesebrille, daneben war Kleingeld verstreut. Auf einer abgewetzten Lederbrieftasche lag ein Schlüsselring mit zahlreichen Schlüsseln. Wozu sie wohl gehörten? Wo war sein Büro, wie sah es aus, wo wohnte er? Das waren Gedanken, die Deirdre durch den Kopf gingen. Sie kehrte ins Badezimmer zurück und wischte das Waschbecken aus. Darüber hing ein Spiegelschrank. Auf der linken Seite hatte Deirdre ihre Sachen untergebracht. Neugierig öffnete sie die Tür der rechten Seite. Oben standen einige Tuben und Gläser, die wahrscheinlich Victoria gehörten. Ganz unten lagen ein Kamm, eine Bürste, Zahnpaste, Zahnbürste und ein Rasierapparat – Neils Sachen.

Er hatte nicht viel mitgebracht, ebenso wie sie. Keiner von ihnen war darauf eingestellt gewesen, dass er auf der Insel Gesellschaft haben würde. Wenn sie damit gerechnet hätte, was hätte sie dann eingepackt? Ein raffiniertes Make-up? Teures Parfüm? Wahrscheinlich nicht, beides benutzte sie sonst auch nicht.

Deirdre schloss den Schrank und ging ins Schlafzimmer. Hier war nichts mehr zu tun. Sie konnte sich jetzt auf dem Bett ausstrecken und lesen oder sich ans Fenster setzen und stricken. Doch das würde so aussehen, als wollte sie sich hier verstecken. Neil sollte aber nicht glauben, sie rücke vor ihm aus.

Draußen regnete es immer noch unaufhörlich. Wenn die Sonne geschienen hätte, wäre Deirdre jetzt nach draußen gegangen. Sie hätte den Regen auch nicht gescheut, wenn mit ihrem Bein alles in Ordnung gewesen wäre. Doch ein Spaziergang mit Krücken auf dem glatten Boden war zu gefährlich.

Sie nahm eines von ihren Büchern, klemmte es unter den Arm und humpelte ins Wohnzimmer. Neil saß auf dem Sofa. Er war in Gedanken versunken und sah nur kurz auf, als Deirdre sich setzte.

Sie versuchte, nicht auf ihn zu achten, öffnete das Buch und begann zu lesen. Geduldig wiederholte sie die erste Seite drei Mal, denn sie konnte sich nur mühsam konzentrieren. Dann blätterte sie zur zweiten Seite um. Allmählich beruhigte sie sich, und die Erzählung begann sie zu fesseln.

Als Neil nach einer Weile aufstand und zu ihr kam, ließ Deirdre das Buch sinken und schaute zu ihm auf. „Ist etwas?"

„Ich war nur neugierig, was Sie lesen."

Sie drehte das Buch herum, so dass er den Umschlag sehen konnte.

„Gefällt es Ihnen?"

„Ich weiß es noch nicht, ich habe es gerade erst angefangen."

„Wenn es Sie nicht schon auf den ersten Seiten packt, taugt es nichts."

„Das muss nicht so sein", widersprach Deirdre. „Es gibt Bücher, bei denen der Einstieg länger dauert."

Neil ging wieder. Deirdre hörte ein Poltern, einen Fluch und drehte sich schnell um. „Müssen Sie Ihre Krücken mitten im Weg liegen lassen?" Neil hielt sich mit einer Hand an ihrer Sessellehne fest, mit der anderen massierte er die Spitze seines rechten Fußes.

„Wenn Sie Schuhe tragen würden, wäre Ihnen das nicht passiert."

„In meinem eigenen Haus will ich aber keine Schuhe tragen."

„Dies ist nicht Ihr eigenes Haus."

„Aber fast."

„Bitte, Neil, was hätte ich denn tun sollen? Die Krücken draußen stehen lassen? Sie haben doch selbst Wert darauf gelegt, dass ich sie benutze."

Er antwortete nicht. Vorsichtig setzte er den Fuß auf, dann humpelte er zum Fenster, steckte die Hände in die Hosentaschen und schaute nach draußen.

Deirdre beobachtete ihn einige Augenblicke, dann wandte sie sich wieder ihrem Buch zu. Kaum hatte sie zwei Seiten gelesen, als sie erneut unterbrochen wurde.

„Ein scheußlicher Tag", sagte Neil.

Sie ließ das Buch sinken. „Ich weiß."

„Schon zwei Tage hintereinander."

„Drei."

„Zwei volle Tage, seit wir hier sind."

„Gut, zwei Tage", gab Deirdre zu und las wieder. Sie war erst wenige Seiten weitergekommen, als sie bemerkte, dass Neil sie ansah. „Fehlt Ihnen etwas?"

„Nein."

„Sie scheinen sich zu langweilen."

„Ich bin es nicht gewohnt, untätig herumzusitzen."

„Haben Sie nichts zu tun?"

Er zuckte nur mit den Schultern und drehte sich wieder zum Fenster.

„Was würden Sie zu Hause an einem verregneten Tag machen?"

„Arbeiten."

„Auch am Wochenende?"

„Dann ganz besonders. Am Wochenende hole ich alles nach, wozu ich während der Woche nicht gekommen bin."

„Sie müssen eine erfolgreiche Praxis haben", meinte Deirdre.

Neil rieb sich den Nacken. „Ja, ja."

Deirdre schaute auf ihr Buch. Sie würde nicht viel zum Lesen kommen, solange Neil dort herumstand. Vielleicht sollte sie mit ihm ein Gespräch beginnen. „Wie haben Sie Victoria kennen gelernt?"

„Ein gemeinsamer Freund hat uns einander vorgestellt."

„Stammen Sie aus New York?"

„Nein. Ich komme aus Hartford."

Deirdre konnte der Versuchung nicht widerstehen, Neil zu

necken. „Ach, aus Hartford, eine aufstrebende kleine Stadt. Ich war im letzten Jahr mit Freunden zu einem Konzert dort. Die Stühle waren unbequem, der Sänger hatte eine Erkältung, und auf der Rückfahrt platzte mir ein Reifen."

Neil wandte sich zu ihr um. „Sie wollen sich über mich lustig machen, wie? Aber das wird Ihnen nicht gelingen. Ich weiß nämlich selbst, dass diese Stadt auch ihre Fehler hat."

„Nämlich?"

„Sie ist sehr provinziell. Und als Zugereister findet man nur schwer Zugang."

„Leben Sie dort schon lange?"

„Seitdem ich als Rechtsanwalt tätig bin. Vorher habe ich in Boston studiert." Neil schwieg einen Moment, dann fragte er plötzlich: „Wie haben Sie sich das Bein gebrochen?"

Deirdre verzog das Gesicht. „Fragen Sie lieber nicht."

„Aber ja."

Deirdre überlegte, ob sie es ihm verraten sollte. Sie zögerte und sagte schließlich: „Ich bin die Treppe hinuntergefallen."

„Wie ist es denn dazu gekommen?"

„Ich sage es Ihnen, aber Sie dürfen mich nicht auslachen. Ich bin auf einer herumliegenden Illustrierten ausgerutscht, mit dem Fuß zwischen das Treppengeländer geraten und habe mir das Bein an drei Stellen gebrochen."

Neil sah sie erwartungsvoll an. Als Deirdre nicht weitersprach, sagte er: „Na und? Bisher sehe ich noch keinen Grund, weshalb ich lachen sollte."

„Sie haben mich gefragt, womit ich meinen Lebensunterhalt verdiene. Ich bin Gymnastiklehrerin."

„Aha. Und jetzt können Sie nicht arbeiten."

„Das ist nicht der entscheidende Punkt. Von einer Gymnastiklehrerin erwartet man, dass sie ihren Körper beherrscht. Verstehen Sie nicht, wie peinlich es für mich ist, auf einer Illustrierten ausgerutscht zu sein? Und wenn ich dann noch die Treppe hinunterfalle, sollte ich es so geschickt tun, dass ich mir allenfalls einige blaue Flecken hole. Stattdessen laufe ich mit diesem schrecklichen Gipsverband herum."

„Wie geht es Ihrem Bein?"

„Besser. Ich habe dafür einen Muskelkater im Oberschenkel, weil ich dieses ungewohnte Gewicht herumschleppen muss."

„Das wird mit der Zeit vergehen. Wie lange muss der Gips bleiben?"

„Noch fünf Wochen."

„Und dann sind Sie wieder wie neu?"

Deirdre sah Neil betrübt an. „Wenn ich das nur wüsste. Der Arzt konnte mir nichts versprechen. Ich werde natürlich gehen können. Aber ob ich jemals wieder unterrichte?" Sie zuckte mit den Schultern.

Neil empfand zu seiner Überraschung Mitleid für Deirdre. Ging es ihr nicht ähnlich wie ihm? Auch seine Zukunft schien ungewiss.

„Sie werden wieder unterrichten können, Deirdre. Irgendwie werden Sie es schaffen, wenn Sie es nur ernsthaft wollen."

„Ich will. Ich muss einfach arbeiten. Das ist keine finanzielle Frage, sondern eine des moralischen Überlebens."

Auch das konnte er gut verstehen. „Die Arbeit bedeutet Ihnen viel."

Das war eine Feststellung, keine Frage. Deirdre ließ es dabei bewenden. Sie hatte keine Lust, von der Firma Joyce Enterprises zu reden. Das war ein viel komplizierteres Problem. Außerdem würde Neil sie in dem Punkt vielleicht nicht verstehen. Schließlich hatte er Firmen vertreten.

„Ich kann vermutlich nichts tun, als abzuwarten", sagte Deirdre schließlich.

„Und was haben Sie in der Zwischenzeit vor?"

„Ich werde so lange wie möglich hier bleiben."

„Haben Sie in Providence nichts zu tun, während Ihr Bein in Gips ist?"

„Nichts, was mich reizt."

Neil fragte sich, was wohl hinter diesen Worten stecken könne, aber er behielt seine Frage für sich. „Was hatten Sie hier – außer Lesen – vor?"

„Ich wollte mich entspannen, stricken, Musik hören."

„Das alles könnten Sie doch auch in Providence tun. Mit dem gebrochenen Bein hätten Sie es dort bequemer gehabt. Die Fahrt hierher ist Ihnen sicher nicht leicht gefallen. Wenn Thomas Sie allein auf dem Anleger abgesetzt hätte, wären Sie in große Schwierigkeiten gekommen, die ganzen Sachen ins Haus zu schaffen."

„Sie waren ja dabei. Andernfalls hätte er mir wahrscheinlich geholfen."

„Aber dass Sie am Tag Ihrer Entlassung aus dem Krankenhaus losgefahren sind – warum hatten Sie es so eilig?"

„Das Telefon ... meine Familie ... es war schon schlimm genug, als ich noch im Krankenhaus lag. Ich musste einfach weg."

„Nur, weil Sie sich wegen des Sturzes schämten?"

Deirdre wusste, dass sie dicht davor stand, ihre ganze Geschichte zu erzählen. Wie kam dieser Neil Hersey eigentlich dazu, sie so auszufragen? Sie hatte ihn doch auch in Ruhe gelassen. „Sagen wir einfach, ich habe eine schwierige Familie", schloss sie. Der Blick, mit dem sie Neil dabei bedachte, sollte ihn von weiteren Fragen abhalten. Er verstand den Wink. Natürlich war er noch immer neugierig, aber er konnte sich Zeit lassen.

Deirdre schlug ihr Buch wieder auf und setzte die Lektüre fort. Aber sie konnte sich jetzt noch weniger darauf konzentrieren als vorher. Sie dachte an ihre schwierige Familie. Was würde sich während ihrer Abwesenheit ändern? Würde sich etwas gebessert haben, wenn sie zurückkam?

Neil stand auf, ging ziellos umher, setzte sich wieder. Als er kurz darauf erneut aufstand, seufzte Deirdre. „Können Sie sich nicht endlich irgendwie beschäftigen? Ich kann nicht lesen, wenn hier dauernd jemand herumrennt."

Neil erwiderte nichts, sondern verließ das Wohnzimmer. Kurz darauf kehrte er mit einem Buch zurück. Er legte sich auf das Sofa und begann, auf der ersten Seite zu lesen, schlug dann zur letzten um und blätterte nach vorn.

„Wollen Sie lesen oder sich nur die Bilder anschauen?" fragte Deirdre spitz.

„Ich wollte mich nur überzeugen, ob es sich überhaupt lohnt, das Buch zu lesen", entgegnete Neil mit unschuldiger Miene.

„Aber Sie haben es doch mitgebracht."

„Ich war in Eile und habe einfach eingepackt, was bei mir zu Hause an Büchern herumlag."

„Dann müssen Sie es für lesenswert gehalten haben, als Sie es kauften. Wovon handelt es?"

„Vom Ersten Weltkrieg. Geschichte interessiert mich."

„Das weiß ich."

„Woher wollen Sie das wissen?"

„Ich habe die Bücher auf der Kommode gesehen. Alle befassen sich in irgendeiner Weise mit Geschichte. Wissen Sie, Sie sollten lieber Ihre Brille aufsetzen, wenn Sie lesen, sonst bekommen Sie noch Augenschmerzen."

„Ich trage sie nur, wenn ich Augenschmerzen habe. Doch da hier in den letzten beiden Tagen nicht viel zu sehen war, geht es meinen Augen ganz gut." Er drehte sich etwas herum, so dass er Deirdre anschauen konnte. „Sie sind ziemlich neugierig. Haben Sie auch in meiner Brieftasche herumgestöbert?"

„Natürlich nicht! Ich habe Staub gewischt, nicht geschnüffelt. Ich mag keine Unordnung und keinen Staub."

„Was Sie nicht sagen. Nach der Art, wie Sie Ihre Kleidungsstücke einfach fallen lassen, hätte ich das nicht vermutet."

„Das ist mir nur am ersten Abend passiert, und da war ich erschöpft." Deirdre sah Neil an, dass er den Wortwechsel genoss.

Ihr ging es genauso. „Was befindet sich denn in Ihrer Brieftasche? Ein finsteres Geheimnis? Etwas, das ich nicht sehen sollte?"

„Nichts Ungewöhnliches."

„Geldbündel?"

„Eigentlich nicht."

„Die Mitgliedskarte für einen schlüpfrigen Herrenklub?"

„Nein."

„Ein Bild Ihrer Geliebten?"

„Auch nicht."

„Wie ist sie eigentlich – die, an der Sie sich die Finger verbrannt haben?"

Noch einen Tag vorher hätte Neil keine Neigung verspürt, über Nancy zu reden. Doch jetzt machte ihm das gar nichts mehr aus.

„Sie ist jemand, die ich früher gesehen habe und die ich jetzt nicht mehr sehe."

„Eine umfassende Beschreibung, ich kann sie mir jetzt gut vorstellen. Was ist geschehen?"

Neil überlegte, wie er darauf antworten sollte. Schließlich entschied er sich für eine unverbindliche Aussage. „Sie kam zu der Überzeugung, dass ich nicht genug bewirken kann."

„Wen hat sie gesucht? Einen Mann, der ein Imperium errichtet?"

„Vielleicht."

„Es scheint Ihnen nicht viel auszumachen, dass Sie sie nicht mehr sehen."

„Ich komme darüber hinweg."

„Die Beziehung war wohl nicht sehr eng?"

„Nein."

Deirdre ließ das Buch sinken und drehte den Kopf zur Seite. „Waren Sie jemals verheiratet?"

„Weshalb wollen Sie das wissen?"

„Ich bin neugierig. Sie haben mich gefragt, nun frage ich Sie."

„Nein, ich war nie verheiratet."

„Warum nicht?"

Neil hob eine Augenbraue. „Das habe ich Sie nicht gefragt. Es ist unhöflich."

„Es ist unhöflich, wenn man eine Frau danach fragt, denn meistens muss sie darauf warten, bis ihr jemand einen Antrag macht. Bei einem Mann ist das auch heute noch anders. Er kann die Initiative ergreifen. Warum haben Sie das nicht getan?"

Neil empfand Deirdres Fragen keinesfalls als zudringlich. Ihre Direktheit war geradezu erfrischend. „Würden Sie es mir glauben, wenn ich sage, dass ich zu beschäftigt war?"

„Nein."

„Aber es ist die Wahrheit. Die letzten zehn Jahre habe ich ausschließlich meiner Karriere gewidmet. Sie ist eine sehr anspruchsvolle Geliebte."

„Dann hat sie nie die richtige Konkurrenz gehabt. Sie sind offenbar noch nicht der richtigen Frau begegnet."

„Das ist auch nicht so einfach. Ich stelle nämlich ganz spezielle Anforderungen, denen nicht jede Frau genügen kann."

Deirdre hätte beschwören können, dass sie ein vergnügtes Funkeln in seinen Augen gesehen hatte. „Das kann ich mir gut vorstellen. Sie können ziemlich mürrisch sein, das erträgt nicht jede Frau."

„In dem Punkt stehen Sie mir in nichts nach. Warum haben Sie nicht geheiratet?"

„Bisher hat mir keiner einen Antrag gemacht."

Neil lachte. „Wundert Sie das?" Dann wurde er ernst. „Warum schauen Sie mich so an?"

„Wissen Sie, dass Sie hier zum ersten Mal so lachen? Ich meine, so zufrieden und entspannt."

Er lächelte. Sein Lächeln war zärtlich, sein Blick voller Wärme. „Und wissen Sie, dass Sie zum ersten Mal so freundlich mit mir reden?"

Für eine Minute war Deirdre sprachlos. Sie war von diesem Mann beeindruckt, von seiner Art, wie er sie ansah. Sein Blick machte ihr sehr bewusst, dass sie eine Frau war. Verlegen schaute sie weg. „Sie versuchen, mir zu schmeicheln und nett zu mir zu sein. Wahrscheinlich haben Sie einen Hintergedanken. Suchen Sie jemanden, der Ihre Wäsche wäscht?"

An Wäschewaschen hatte Neil jetzt überhaupt nicht gedacht. „Ich glaube nicht, dass ich Sie schon einmal habe erröten sehen."

Die Röte, die Deirdres Wangen überzog, wurde intensiver. Sie blickte nicht auf. Neils Anwesenheit beunruhigte sie. Weshalb eigentlich? Schließlich schaute sie ihn doch an, mit einem Schmollmund.

„Ach, nicht doch", neckte er sie. „Eben sahen Sie viel netter aus."

„Täuschen Sie sich nicht. Ich bin nicht so leicht einzuwickeln."

„Das hätte ich auch nie angenommen. Aber ich meine, dass Sie sehr empfindlich sind. Haben Sie sich die Finger an einem Mann verbrannt?"

Deirdre hielt seinem Blick stand. „Ja. Ich bin einmal ausgenutzt worden, und daran denke ich nicht gern zurück."

„Was ist geschehen?"

Sie hätte das Thema wechseln können, aber Deirdre wusste, dass Neil doch wieder darauf zurückkommen würde. So rutschte sie ein wenig tiefer in den Sessel, legte das gesunde Bein über den Gips und versuchte, so gelassen wie möglich zu wirken. „Ich habe mich von einem Burschen ausnutzen lassen, der damals nichts mit seinem Leben anzufangen wusste. Doch als er spürte, dass auch ich etwas von ihm erwartete, verschwand er."

„Wollten Sie ihn heiraten?"

„Nein. Allerdings mag er das befürchtet haben. Meine Familie möchte mich nämlich gern unter die Haube bringen. Sie hält von meinem Lebensstil nicht viel."

„Sind Sie ein lockerer Typ?"

Deirdre blickte Neil strafend an. „Ganz im Gegenteil. Ich meide Partys. Von oberflächlichen Beziehungen halte ich nichts. Ich hasse es, wenn Menschen einander etwas vormachen."

„Wollen Sie Kinder haben?"

„Ja, später. Und Sie?"

„Später."

Deirdre und Neil sahen sich schweigend eine Weile an, dann widmeten sie sich wieder ihren Büchern. Deirdre war überrascht, dass sie so offen mit Neil gesprochen hatte. Was konnte er nur an sich haben, das sie zu dieser Offenheit veranlasste? Wahrscheinlich lag es mehr an der gegenwärtigen Situation und weniger an dem Mann. War sie nicht hierher gekommen, um sich Klarheit darüber zu verschaffen, welche Richtung ihr Leben nehmen sollte?

Auch Neil dachte über sein Leben und seine Zukunft nach. Zum ersten Mal beschäftigten sich seine Gedanken mit seinem Privatleben und nicht mit dem Beruf. Ja, er würde gern heiraten, aber es musste die richtige Frau sein. Gegen vorgetäuschte Gefühle hatte er ebenso viel wie Deirdre. Nancy hatte ihm etwas vorgemacht. Er wollte nicht nur in seinem Beruf leben, sondern er wünschte sich auch die Beziehung zu einer Frau, die ihn seelisch und körperlich erfüllte. Und Kinder wollte er auch haben.

Gedankenverloren blätterte er eine Seite um und schlug sie gleich wieder zurück, als ihm bewusst wurde, dass er sie gar nicht gelesen hatte. Er sah Deirdre an. Sie hatte sich in die Lektüre ihres Buches vertieft. Sie war ehrlich, dafür bewunderte er sie. Wahrscheinlich hatte sie nicht mehr Antworten auf die Fragen des Lebens als er, aber sie war wenigstens aufrichtig.

Neil wandte sich wieder seinem Buch zu und begann zu lesen. Das fiel ihm immer leichter, je mehr der Vormittag verging.

Draußen regnete es pausenlos, im Haus herrschte eine friedliche Stimmung, die ihm gut tat.

Schließlich legte Neil das Buch zur Seite und stand auf. „Ich habe Hunger und mache mir ein Sandwich. Wollen Sie auch eines?"

„Gern. Was haben Sie denn zu bieten?"

„Ich werde nachschauen, was da ist." Er ging in die Küche, öffnete den Kühlschrank und holte einige Sachen heraus. Gleich darauf kam auch Deirdre in die Küche. Sie setzte sich auf einen Hocker am Tresen.

„Wie wäre es mit Tunfischsalat und überbackenem Käse?"

„Das lässt sich machen." Neil nickte.

Er öffnete eine Dose Tunfisch, schüttete den Inhalt in eine Schüssel und gab Mayonnaise dazu. Während er alles mit einer Gabel verrührte, merkte er, dass Deirdre ihn ansah. „Was ist? Mache ich etwas falsch?"

„Nein, gar nicht. Ich bin nur fasziniert. Für einen Mann sind Sie sehr häuslich."

„Auch Männer müssen essen."

„Das weiß ich. Aber dass ein Mann etwas so Kompliziertes wie Tunfischsalat und überbackenen Käse zubereiten kann ... ich bin sehr beeindruckt."

„So schwierig ist es gar nicht."

„Aber es nimmt mehr Zeit in Anspruch, als eine Scheibe Brot mit Butter und Marmelade zu bestreichen."

„Es schmeckt auch besser."

„Ich mag Marmeladenbrot sehr gern."

„Warum haben Sie dann Tunfischsalat und überbackenen Käse vorgeschlagen?"

Deirdre neigte den Kopf etwas zur Seite und sah Neil an. „Vielleicht wollte ich nur herausfinden, ob Sie das schaffen."

Neil ließ die Gabel sinken und drehte sich langsam zu ihr um. „Wollten Sie mich auf die Probe stellen?"

Deirdre wusste, wann es besser war, vorsichtig zu sein.

„Aber Neil, ich habe doch nur einen Scherz gemacht. Mir ist wirklich nach Tunfischsalat und überbackenem Käse."

Er kam auf sie zu und blieb dicht vor ihr stehen. „Ich glaube Ihnen nicht. Sie wollten mich herausfordern."

Sie wäre vor ihm zurückgewichen, wenn sie es gekonnt hätte. „Neil, ehrlich, Sie haben keinen Grund, sich aufzuregen. Es sei denn, es ist Ihnen unangenehm, wenn ich Ihnen in der Küche zuschaue. Vielleicht finden Sie es nicht angebracht ..."

Deirdre kam nicht dazu, den Satz zu beenden. Neil hob sie vom Hocker und nahm sie auf die Arme. „Was haben Sie vor?" rief sie.

Er trug sie durch das Wohnzimmer. „Ich will Sie aus meiner Nähe entfernen. Sie wollten mich reizen, und das haben Sie geschafft." Neil ging weiter. „Wenn Sie reden wollen, dann können Sie das hier nach Herzenslust tun." Er betrat das Schlafzimmer und ging geradewegs auf das Bett zu.

„Lassen Sie mich nicht fallen! Mein Gipsverband!" Neil hielt sie über das Bett, ließ sie aber nicht los. Er genoss es, dass Deirdre ihm so ausgeliefert war. Doch dann, von einer Sekunde auf die andere, vergaß er, dass sie ihn einmal zu oft geneckt hatte. Ihm wurde plötzlich bewusst, dass ihre Oberschenkel sich fest und schlank anfühlten und dass die Fingerspitzen seiner anderen Hand die Seite eines festen Busens berührten. Deirdres Augen waren groß, die Lippen feucht, ihre Wangen gerötet.

Deirdre hielt den Atem an. Sie sah Neil in die Augen. Er hielt sie ohne Mühe. Sie berührte seine Brust. Langsam ließ er sie auf das Bett nieder. Aber er richtete sich nicht wieder auf. Stattdessen stützte er sich mit den Händen auf. „Ich weiß auch nicht, was mit mir los ist." Langsam beugte er sich zu ihr hinunter.

6. KAPITEL

Neils Mund berührte Deirdres Lippen zuerst ganz leicht, dann vertiefte sich sein Kuss, wurde immer kühner und nahm Deirdre beinahe den Atem. Sie konnte kaum noch denken, geschweige denn den Kuss erwidern. Sie hatte gewusst, dass Neil sie küssen würde. Aber dass es so umwerfend sein würde, hatte sie nicht geahnt.

Neil umfasste Deirdres Gesicht mit beiden Händen. „Küss mich, Deirdre", bat er und schaute ihr in die Augen.

Seine Worte genügten, um Deirdres Benommenheit zu beenden. Sie öffnete die Lippen und erwiderte seinen Kuss voller Leidenschaft.

„Deirdre?" Neil drückte seine Stirn sanft gegen die ihre. Sein Atem ging schnell. „Warum hast du das getan?"

Sie versuchte, den Sinn seiner Worte zu verstehen. „Wie?"

„Warum hast du das getan?"

„Was getan?"

„Mich geküsst."

Deirdre zog sich ein wenig von Neil zurück. „Das hast du doch gesagt."

„Ja, aber nicht so. Ich hatte nur einen leichten Kuss erwartet ... nicht das."

Sie wurde ärgerlich. „Und wer hat damit angefangen, so zu küssen?"

Neil ließ sie los, sprang auf und stürzte aus dem Schlafzimmer. Deirdre sah ihm fassungslos nach.

Was war mit ihm? Zwar hatte sie noch nie einen Mann so geküsst wie eben, aber sie war auch nicht so unerfahren, dass sie es nicht merkte, wenn ein Mann erregt war. Und Neil war erregt gewesen. Vermutlich hatte ihm das nicht gefallen. Demnach wollte er sich auch nicht näher mit ihr einlassen. Was sollte Deirdre davon halten? Sie hatte den Kuss genossen, ja, mehr als das, er war ihr zu Kopf gestiegen wie ein berauschendes Getränk.

Deirdre atmete mehrere Male tief durch. Sie steckten unter demselben Dach, und nicht nur das, sondern – dank ihrer beider Dickköpfigkeit – sogar in demselben Bett. Es war eine Situation, die kaum einen Ausweg bot. Sie durfte nicht vergessen, dass sie ihre eigenen Probleme hatte und Neil auch.

Noch bevor Deirdre sich überlegen konnte, was sie tun sollte, kehrte Neil ins Schlafzimmer zurück. Er trug ihre Krücken. Unsicher sah er Deirdre an, zögerte und kam dann langsam ans Bett. „Hier“, sagte er und hielt ihr die Krücken hin, „die Sandwichs sind unter dem Grill, sie müssen gleich fertig sein.“

Deirdre sah erst Neil an, dann die Krücken. Sie nahm die Griffe in die Hand. Einen Moment saß sie so da. Dann blickte sie wieder auf.

Neils Lippen verzogen sich zu einem kurzen, kaum wahrnehmbaren Lächeln. Dann drehte er sich um und ging hinaus.

Deirdre beugte sich vor und stützte die Stirn auf die Krücken. Ja, Neil war ein sehr launischer Mann. Aber er konnte auch sehr lieb und verständnisvoll sein. Gerade das aber machte das Zusammensein mit ihm nur noch schwerer. Sie seufzte. Irgendwie musste sie es schaffen, mit ihm auszukommen. Sonst blieb ihr nur die Möglichkeit, aufzugeben und die Insel zu verlassen. Doch das wollte sie nicht. Entschlossen stand sie auf und ging in die Küche.

Beim Essen schwiegen sie beide. Neil vermied es, Deirdre anzusehen, was sie nicht merken konnte, weil sie den Blick auf ihren Teller gerichtet hielt. Sie machte ihm wegen der Sandwichs ein Kompliment, wofür er sich auch höflich bedankte.

Als sie gegessen hatten, kochte Neil Kaffee – diesmal nicht so stark. Er brachte eine Tasse für Deirdre ins Wohnzimmer. Sie bedankte sich wieder. Während der ganzen Zeit dachte sie an den Kuss, genau wie er. Sie fragte sich, wohin ihre Faszination hätte führen können, ebenso wie er. Und beide dachten auch darüber nach, wie es dazu hatte kommen können.

Deirdre wusste, dass sie sich doch nicht auf ihr Buch würde konzentrieren können. Deshalb holte sie das Strickzeug.

Neil trank seine zweite Tasse Kaffee. Auch er hatte keine Lust zum Lesen, wusste aber nicht, was er stattdessen tun sollte. „Was soll das werden?“

„Ein Pullover.“

„Für dich?“

„Das hoffe ich.“ Sie nahm eine Rolle lavendelblaues Strickgarn und zog ein Stück heraus.

„Eine hübsche Farbe“, meinte Neil.

„Ja.“ Mit der Strickanleitung auf den Knien nahm sie eine der Nadeln und hielt sie neben das Garn.

„Das ist aber eine dicke Nadel.“

Deirdre seufzte. Es fiel ihr schwer, sich zu konzentrieren, wenn er sie dauernd beobachtete. „Eine dicke Nadel für einen dicken Pullover.“

„Ein Skipullover?“

„Ich fürchte, in der nächsten Zeit werde ich nicht zum Skilaufen kommen.“

„Läufst du denn normalerweise Ski?“

„Ja.“

„Gut?“

Deirdre ließ die Nadeln sinken und sah Neil an. „Ich habe dir doch gesagt, dass ich Gymnastiklehrerin bin. Ich treibe Gymnastik, spiele Tennis, schwimme, laufe Ski ... wenigstens habe ich das alles früher getan. Neil, ich kann mich nicht konzentrieren, wenn du dauernd redest.“

„Ich dachte, Stricken gehe ganz automatisch.“

„Nicht, wenn man es lernen will.“

„Ach, du hast das noch nie getan?“

„Nein.“

„Hat dich der Beinbruch auf die Idee gebracht?“

„Nein. Das Garn habe ich schon vor einigen Monaten gekauft. Aber dies ist die erste Gelegenheit, um Stricken zu üben.“

Neil nickte und schwieg. Deirdre nahm die Nadel wieder auf, las in dem Heft und legte die erste Masche um die Nadel. Sie brauchte einige Sekunden, bis sie die zweite geschafft hatte. Doch dann ging es immer besser. Bald hatte sie genug Maschen aufgenommen, um mit dem eigentlichen Stricken beginnen zu können.

Neil brachte seine Tasse in die Küche und begann, im Haus umherzuwandern. Doch nach kurzer Zeit reizte ihn das nicht mehr. Er machte sich wieder an die Lektüre seines Buches.

Deirdre strickte inzwischen die erste Reihe. Die Nadeln fühlten sich ungewohnt an in ihren Händen. Dauernd ließ sie den Faden fallen, den sie um den Zeigefinger schlingen sollte. Ab und zu schaute sie auf und überzeugte sich davon, dass Neil ihre ungeschickten Bemühungen nicht beobachtete. Doch schon sein Anblick allein beunruhigte sie.

Er hatte sich auf der Couch ausgestreckt und die Ärmel seines Pullovers hochgeschoben. Seine Arme waren ebenso dunkel behaart, wie sie es auf seiner Brust gesehen und gefühlt hatte. Die Erinnerung daran würde sie nie aus ihrem Gedächtnis streichen können.

Neil beschäftigte sich in ähnlicher Weise mit seinen Gedanken. Seine Neugier, was sich unter Deirdres weitem Pullover verbarg, nahm immer mehr zu. Er hatte ihren Busen gefühlt. Er war fest und straff. Er hatte Deirdre getragen. Sie war leicht und warm. Und er hatte ihren Mund geküsst. Das war sein größter Fehler gewesen, denn er würde es nie vergessen können.

Aus halb geschlossenen Augen musterte er sie. Deirdre kämpfte mit den Stricknadeln, das konnte er sehen. Aber selbst dabei wirkten die Bewegungen ihrer Hände anmutig.

Neil schlug sein Buch zu und richtete sich auf. „Bei dem Geklapper kann ich nicht lesen. Kannst du nicht leiser stricken?“

„Es fällt mir so schon schwer genug. Erwartest du ein Wunder von mir?“

„Kein Wunder, nur Ruhe und Frieden." Er legte das Buch auf das Sofa und begann, im Zimmer auf und ab zu gehen.

„Das Buch scheint dich nicht zu fesseln."

„Nein."

„Warum versuchst du es nicht mit einem Film?" Es war immerhin ein Regentag, die Idee schien gar nicht so schlecht. Und ihre Finger brauchten Erholung.

„Ja, mal sehen, was wir hier haben." Neil wählte einen Film mit dem Titel „Das Nadelöhr" aus, steckte die Kassette in den Videorekorder, drückte mehrere Knöpfe und zog sich mit der Fernbedienung auf die Couch zurück. Der Vorspann des Films hatte gerade begonnen, als Neil den Film ausschaltete und aufsprang.

„Was ist los?" fragte Deirdre.

„Wir brauchen Popcorn. Im Küchenschrank habe ich eine Packung gesehen."

„Aber es dauert einige Zeit, bis es zubereitet ist."

„Wir haben doch Zeit genug. Außerdem dauert es in der Mikrowelle nur wenige Minuten." Er rieb sich die Hände. „Mit reichlich Butter oben drauf ..."

„Keine Butter! Butter ist Fett, und das ist nicht gut für dich."

„Was ist Popcorn ohne Butter?" protestierte er.

„Gesünder."

„Dann nehme ich meine Portion mit Butter. Du kannst deine ohne haben."

„Einverstanden." Deirdre verschränkte die Arme und wartete, während Neil in die Küche ging. Es war eigentlich ganz angenehm, so bedient zu werden, und Neil beschwerte sich nicht einmal. Wenn sie schon mit einem Mann auf einer einsamen Insel leben musste, so hätte sie es schlimmer treffen können.

Allerdings gab es auch Momente, in denen es schwer war mit Neil. Bisher hatte er ihr noch nicht verraten, woran es lag, dass er manchmal schlechte Laune bekam. Sie würde es noch herausfinden müssen, und sei es nur, um ihre Neugier zu befriedigen.

Neil kehrte mit dem heißen Popcorn zurück, setzte sich wieder und stellte es auf den Tisch, so dass sie beide es erreichen konnten. Dann ließ er den Film weiterlaufen.

„Hast du Butter dazugetan?“ fragte Deirdre vorsichtig.

„Nein. Du hast Recht, ich brauche keine.“

„Aha, der gesunde Menschenverstand setzt sich durch.“

„Still jetzt, ich will den Film sehen.“

Deirdre schaute auf den Fernsehschirm. „Das ist doch noch der Vorspann.“

„Trotzdem.“

Deirdre schwieg. Sie holte sich eine Hand voll Popcorn und steckte ein Stück nach dem anderen in den Mund. Der Film lief an. Deirdre versuchte, sich auf die Handlung zu konzentrieren, aber mit wenig Erfolg. „Es ist nicht dasselbe, ob man einen Film im Kino oder zu Hause sieht“, bemerkte sie. „Im Kino ist es dunkel. Es ist leichter, die Umgebung zu vergessen.“

„Psst!“ Neil hatte ebenfalls Schwierigkeiten mit der Konzentration. Es lag nicht am Film, sondern an Deirdre, die ihn ablenkte. Sie saß ganz in seiner Nähe. Nur das Popcorn trennte sie. Einmal, als er sich etwas nehmen wollte, berührten sich ihre Hände. Beide zogen sie zurück und warteten.

„Nimm du zuerst“, sagte er.

„Nein, du. Ich kann warten.“

„Ich habe schon mehr als du gehabt. Nimm nur.“

„Ich brauche es nicht, ich werde dick davon.“

„Du wirst nicht dick.“ Nach dem, was er bisher beobachtet hatte, aß sie ohnehin nicht viel. Und soweit er es gefühlt hatte, war sie schlank. Es lockte Neil, Deirdre zu necken. „Wenn ich es mir überlege, hast du vielleicht doch Recht. Du wirst dick werden. Du bist kleiner als ich, und ich kann mich mehr bewegen, um es zu verarbeiten.“

Neil griff nach dem Popcorn, doch Deirdre kam ihm zuvor. Sie nahm wieder eine ganze Hand voll, lächelte Neil spöttisch an und steckte mit betonter Gelassenheit einige Stücke in den Mund.

Neil wusste nicht, ob er lachen oder schimpfen sollte. Deirdre war so keck, dass es schon wieder liebenswert wirkte, und das war für sein Herz nicht gut. Sie brauchte ihn nur mit ihren großen leuchtenden Augen anzusehen, und schon begann sein Herz schneller zu schlagen.

Er hätte sie nicht küssen sollen. Nein, das war wirklich ein Fehler gewesen!

Aber er hatte es getan. Und der ständige Gedanke daran machte es ihm nicht leichter, den Film zu verfolgen. Er war sich Deirdres Nähe dauernd bewusst – wenn sie sich bewegte, den Kopf zurücklehnte, aus halb geschlossenen Augen auf den Bildschirm sah, sich gedankenverloren den Oberschenkel massierte. „Schmerzt das Bein?“

„Ein wenig.“

„Willst du eine Schmerztablette haben?“

„Nein.“

„Oder etwas zum Einreiben?“

„Hier ist nichts zum Einreiben.“

„Ich laufe zur Inseldrogerie und hole etwas, wenn ich es einreiben darf.“

„Die Inseldrogerie ist ausverkauft. Ich habe das geprüft.“

„Wie schade.“

Deirdre presste die Lippen zusammen. Das war ein sehr verwirrender Vorschlag von Neil gewesen, ihr Bein einreiben zu wollen. Sie stellte sich vor, wie seine Hände ihren Oberschenkel berührten – ihr wurde ganz heiß bei dem Gedanken.

Neil verwünschte seinen Vorschlag. Seine Fantasie beschäftigte sich schon mit weit mehr als mit Deirdres Oberschenkel. Wie würde sich wohl ihr Busen anfühlen? Würde die Haut ihres Bauches weich sein?

Neil rückte ein Stück von Deirdre fort und schwieg. Der Film war für ihn völlig uninteressant geworden, er konnte weder der Handlung noch den Worten folgen. Er musste sich von seinen Wunschvorstellungen ablenken. Am besten ging das, wenn er an Hartford dachte, an die Arbeit, an Wittnauer-Douglass. So kam er von einer Aufregung in die andere.

Neil und Deirdre aßen zu Abend und setzten sich anschließend vor das Kaminfeuer. Jeder tat so, als würde er lesen, doch beide merkten, dass der andere häufiger in die Flammen als in sein Buch schaute. Neil vermutete, dass Deirdre ähnliche Gedanken verfolgte wie er, und sie nahm das Gleiche von ihm an.

Neil fiel eine gewisse Ängstlichkeit an Deirdre auf. Er hatte das schon einmal beobachtet. Es störte ihn. Hatte sie Angst vor Sex? Fürchtete sie sich vor ihrer eigenen Leidenschaft? Und solche Fragen beunruhigten auch ihn. Hatte er etwa ebenfalls Angst? Gewiss nicht vor Sex. Aber irgendetwas hielt ihn zurück, obwohl er sich unwiderstehlich zu ihr hingezogen fühlte.

Neil blieb noch lange am Feuer sitzen. Deirdre war bereits ins Bett gegangen. Als er schließlich ebenfalls ins Schlafzimmer kam, war er so müde, dass er schnell einschlief.

Zweimal wachte er nachts auf, jedes Mal hatten ihre Körper sich berührt. Einmal hatte er den Arm über Deirdre gelegt, einmal lag ihr Fuß an seiner Wade.

Warum fühlten sie sich so stark zueinander hingezogen? Sie waren beide nach Maine gekommen, um allein zu sein. Da wäre es eigentlich natürlich gewesen, wenn sie sich möglichst weit voneinander entfernt aufhielten. Das Gegenteil war geschehen. Sie hatten sich gestritten – im Schlafzimmer, in der Küche, im Wohnzimmer –, aber sie waren immer zusammen gewesen. Und jetzt sogar im Bett.

Neil sah, dass Deirdre kurz zu ihm blickte und sich dann wieder zusammenrollte. Er lag auf dem Rücken und starrte an die Zimmerdecke. Doch das Bild zerzausten blonden Haars, zweier verschlafener sanfter Augen, weicher, leicht geteilter Lippen ließ sich nicht vertreiben.

Er musste hinaus. Ob es draußen immer noch regnete? Nach einem letzten Blick auf Deirdre stieg er aus dem Bett, zog sich rasch an und verließ das Haus.

Die Stille ließ Deirdre gänzlich aufwachen. Sie setzte sich auf. Nun hatte er es doch nicht mehr ertragen können, hier eingesperrt zu sein. Aber auch sie war unruhig. Oder lag das an Neil? Noch nie hatte sie eine so spannungsvolle Nacht verbracht. Dauernd hatte sie Neils Nähe gespürt. Wenn er atmete, hörte sie es. Bewegte er sich, fühlte sie es.

Ihr ganzer Körper war angespannt. Sie hätte jetzt zehn Kilometer laufen wollen, doch sie konnte sich kaum bewegen. Schwimmen hätte sie erleichtert, aber sie konnte den Fuß nicht einmal in eine Wanne setzen. Gymnastik wäre gut für sie, bis sie erhitzt und müde war, aber ... Doch, das konnte sie tun!

Deirdre schob die Bettdecke zurück, holte sich ein kleines Top und eine Turnhose aus der Kommode und zog beides an. Über das gesunde Bein streifte sie einen Beinwärmer. Dann nahm sie ihren CD-Rekorder und humpelte in eines der Gästezimmer. Kurz darauf erfüllte heiße Musik das Haus.

Deirdre stand mitten im Zimmer, schloss die Augen und begann mit Lockerungsübungen. Die Krücken lagen auf dem Bett. Sie konnte auch ganz gut ohne ihre Hilfe stehen. Dass sie die gewohnten Übungen mit Rücksicht auf das eingegipste Bein verändern musste, störte sie dabei nicht. Sie bewegte sich gern.

Im Rhythmus der Musik beugte sie sich zu den Seiten, nach vorn und zurück. Sie nahm sich Zeit, machte alles ganz entspannt. Nach einigen Minuten beschleunigte sie ihre Bewegungen, um warm zu werden.

Deirdre war in ihre Übungen vertieft und merkte nicht, wie die Haustür geöffnet und wieder geschlossen wurde. Neil hingegen hörte die Musik sofort. Sie war lauter und rhythmischer als die Musik, die er gerne hörte. Ohne die nasse Jacke auszuziehen, eilte er zu der Quelle dieses Lärms. Er wollte Deirdre darauf hinweisen, dass sie, solange sie gemeinsam im Haus waren, aufeinander Rücksicht nehmen mussten.

An der Tür zum Gästezimmer blieb er stehen. Der Anblick, der sich ihm bot, fesselte ihn. Deirdre hatte die Augen geschlossen. Trotz des Gipsverbands bewegte sie sich voller Anmut. Doch es waren nicht ihre Bewegungen, die ihn faszinierten. Es war ihr Körper.

Neil brauchte sich jetzt nicht mehr zu fragen, was sich unter Deirdres übergroßer Kleidung verbarg. Das Top enthüllte schlanke Arme und runde Schultern. Ihr Busen hob sich deutlich unter dem dünnen Stoff ab. Sie hatte eine schlanke Taille und unterhalb der knappen Turnhose wohlgeformte Oberschenkel.

Sie bückte und streckte sich wieder, und begeistert sah Neil, wie ihr Busen sich hob und senkte. Deirdre bot einen sehr verführerischen Anblick.

Neil merkte, wie erregt er geworden war. Er konnte nicht länger zusehen, wie Deirdre ihm – unbewusst – ihren verlockenden Körper darbot. Rasch lief er durch das Schlafzimmer ins Bad und begann schon unterwegs, sich auszuziehen. Er musste so schnell wie möglich unter die kalte Dusche.

Die Kleidungsstücke ließ er achtlos auf dem Fußboden liegen. Er trat in die Duschwanne, stellte das Wasser an und hielt den Kopf unter den kalten Schwall, wobei er sich mit den Händen gegen die Wand stemmte. Es dauerte einige Zeit, bis sein Körper sich abkühlte. Neil zwang sich, an Hartford, an Wittnauer-Douglass, seinen verstorbenen Onkel, an das letzte Basketballspiel zu denken – an alles, was das Bild Deirdres verdrängte.

Erst als er glaubte, die Kontrolle über sich wiedererlangt zu haben, stellte er die Wassertemperatur allmählich wärmer.

Deirdre hatte inzwischen ihre Übungen beendet. Ihr war

weder Neils Rückkehr aufgefallen, noch wusste sie, was ihr Anblick mit ihm gemacht hatte. Sie setzte sich auf die Bettkante und entspannte ihren Körper. Eine angenehme Müdigkeit befiel sie.

Nach einigen Minuten griff sie nach ihren Krücken. Sie musste sich abtrocknen und umziehen, sonst würde sie sich noch erkälten.

Deirdre stellte den Rekorder aus und lauschte. Es war völlig still im Haus, was bedeutete, dass Neil immer noch draußen sein musste. Es war eine günstige Gelegenheit, das Badezimmer in Ruhe zu benutzen. Ein warmes Bad war eine sehr verlockende Vorstellung.

Sie beherrschte ihren Körper – von dem gebrochenen Bein abgesehen – immer noch. Die gymnastischen Übungen hatten die Anspannungen beseitigt, mit denen sie am Morgen erwacht war. Sie hatte sich bewiesen, dass sie mit Neils Ausstrahlungskraft gut zurechtkam.

Deirdre wollte die Badewanne voll laufen lassen, während sie sich auszog. Sie durchquerte das Schlafzimmer. Die Tür zum Badezimmer war geschlossen. Mit einem kräftigen Schwung ihrer Schultern stieß sie sie auf und ging hinein.

Überrascht blieb sie stehen. Neil stand vor dem Waschbecken. Er hatte den Kopf nach unten gebeugt und stützte sich mit beiden Händen auf den Rand des Beckens. Er war völlig nackt. Deirdre konnte sich auch nicht rühren, als Neil sich langsam zu ihr umdrehte und sie anschaute. Er hatte einen durchtrainierten Körper.

„Deirdre?" sagte Neil leise und stand nach zwei schnellen Schritten dicht bei ihr. Er wiederholte ihren Namen. Diesmal war es nur ein Flüstern.

Sie konnte nichts sagen, kaum atmen. Aus großen Augen sah sie ihn an.

Er hob die Hand, berührte ihre Nase, strich mit dem Daumen über ihre Wange, ihren Hals und zog mit dem Zeigefinger den oberen Rand ihres Tops nach. Sein Atem beschleunigte sich, als er unter die Träger griff und sie langsam über ihre Schultern hinunterzog.

Deirdre biss sich auf die Unterlippe, als er ihren Busen berührte. Obwohl sie Neil in die Augen sah, war ihr bewusst, welche Veränderungen mit seinem Körper vor sich gingen.

„Ich wusste nicht, dass du so schön bist", sagte er. „Das also hast du vor mir verborgen." Er streichelte sie. „Zieh dich aus", drängte er sie. „Ich möchte dich anschauen."

Deirdre schüttelte den Kopf.

„Warum nicht?"

„Ich bin so verschwitzt."

„Dann dusch mit mir." Sein kleiner Finger strich über die empfindlichste Stelle dicht über ihrer Brustwarze.

Wieder schüttelte Deirdre den Kopf. „Ich kann nicht duschen."

„Dann nimm ein Bad. Ich werde dir helfen."

War es die Sinnlichkeit, die aus Neils Worten klang, oder der Umstand, dass er ihren Körper berührte – Deirdre wurde plötzlich schwach in den Knien. Sie wäre zu Boden geglitten, hätte sie sich nicht auf ihre Krücken gestützt.

Neil streichelte sie weiter, bis Deirdre leise stöhnte. „Ist das angenehm?" fragte er und berührte ihre Stirn mit seiner.

„Ich möchte es nicht."

„Aber es ist schön, nicht wahr?"

Es war himmlisch, dass er sie berührte, ihr so nahe war, völlig nackt. Deirdre wollte auch nackt sein, aber sie fürchtete sich davor. Neil würde enttäuscht sein. Sie hatte einen jungenhaften Körper – so hatte es ihre Familie jedenfalls immer behauptet –, dessen Muskeln von der Gymnastik gekräftigt waren. Sie fühlte sich nicht sanft und weich und weiblich.

Und selbst wenn Neil nicht von ihrem Anblick enttäuscht wäre, so käme die Enttäuschung doch bald danach. Sie wusste, dass sie mit ihm schlafen wollte, aber er würde nicht mit ihr zufrieden sein, der Zauber würde schnell zerbrechen.

Sie wich einen Schritt zurück und schob seine Hand fort. „Ich muss jetzt gehen, Neil. Es ist wirklich besser." Ohne auf seine Antwort zu warten, drehte sie sich um und verließ so schnell wie möglich das Badezimmer. Sie flüchtete in eines der Gästezimmer, sank in einen Sessel und hielt die Hände vor das Gesicht. So gut kam sie also mit Neils Männlichkeit zurecht!

Deirdre wusste nicht, wie lange sie dort gesessen hatte. Sie fröstelte, als Neil in der Tür erschien. Er trug verwaschene Jeans, einen Pullover und war barfuß. Deirdre hoffte, dass sich die Dinge zwischen ihnen wieder normalisiert hatten, aber sie wusste gleichzeitig, dass diese Hoffnung trog.

Neil war weder verärgert, noch wirkte er frustriert. Er empfand große Zärtlichkeit für Deirdre. Langsam ging er auf sie zu. Er nahm eine Decke vom Bett und legte sie um ihre Schultern. Dann hockte er sich vor sie hin. „Wovor hast du Angst, Deirdre?"

„Vor dir – vor mir – ich weiß es nicht."

„Ich würde dir nie wehtun."

„Das weiß ich."

„Was ist es dann? Du reagierst auf mich, das kann ich deutlich merken. Dein Atem stockt, du beginnst zu zittern. Ist das auch Angst?"

„Nicht nur."

„Du begehrst mich."

„Ja."

„Warum gibst du deinen Gefühlen nicht nach? Es wäre sehr schön."

Deirdre schaute auf ihre Hände, die sie ineinander verkrampft im Schoß liegen hatte. „Vielleicht für mich, aber bei dir wäre ich mir nicht sicher."

„Warum überlässt du es nicht mir, das zu beurteilen?"

„Ich bin eine Sportlerin, nicht weich und anschmiegsam wie andere Frauen."

„Warum sollte eine Sportlerin nicht auch weich und anschmiegsam sein können? Übrigens, wenn ich ein Kuscheltier brauchte, würde ich einen Teddybär mit ins Bett nehmen."

Wie es seine Absicht gewesen war, brachte er sie mit diesen Worten zum Lächeln. Aber es war ein zögerndes, nervöses Lächeln. „Ich kann auch nicht. Aber noch weniger kann ich mir vorstellen, dass ich enttäuscht wäre, wenn ich dich halten ... dich berühren, mit dir schlafen darf."

Neils Worte erregten Deirdre. Ihr Verlangen war deutlich zu merken. „Ich fürchte mich", konnte sie nur erwidern.

Neil sah sie eindringlich an, dann beugte er sich vor und küsste sie. „Ich würde dir niemals wehtun, vergiss das nicht." Mit diesen Worten stand er auf und ging hinaus.

Neils Worte beschäftigten Deirdre. Sie glaubte ihm, dass er es ehrlich meinte. Aber sie wusste auch, dass es verschiedene Arten des Schmerzes gab. Vor körperlichem Schmerz brauchte sie sich nicht zu fürchten, dafür war Neil viel zu rücksichtsvoll. Aber es gab auch Gefühle, die verletzt werden konnten. Wenn sie miteinander schliefen und er enttäuscht wäre, würde ihr das wehtun.

Neil bedeutete ihr eine Menge. Wie es dazu gekommen war, konnte sie sich auch nicht erklären, zumal sie sich ja meistens gestritten hatten. Sie wollte ihre Gefühle auch gar nicht näher untersuchen. Sie hatte Angst vor ihnen.

Wenn Neil es bewusst darauf angelegt hätte, Deirdre für sich einzunehmen, hätte er sich gar nicht geschickter verhalten können, als er es so ganz spontan tat. Er war freundlich und zuvorkommend. Ohne ein Wort darüber zu verlieren, bereitete er die Mahlzeiten zu und kümmerte sich um die Wäsche. Nachsichtig saß er dabei, als sie ihre Strickversuche wieder aufnahm, und nahm die Geräusche ohne Klage hin. Er war völlig zufrieden damit, den Videofilm anzusehen, den sie ausgewählt hatte. Es gab kein Wort des Streites von ihm – aber auch nicht von ihr. Es war der friedlichste und angenehmste Tag, den sie bisher auf der Insel verbracht hatten.

Beide waren sich dessen bewusst. Deirdre hatte Zeit und Muße, über das nachzudenken, was Neil gesagt hatte, und ebenso über ihre Reaktion.

Wenn es um etwas gegangen wäre, was sich ausschließlich durch Nachdenken lösen ließ, hätte Deirdre Neil vielleicht widerstehen können. Aber ihre Sinne und ihr Körper wehrten sich dagegen, von der Vernunft beherrscht zu werden. Keinen Moment konnte Deirdre Neils Nähe vergessen.

Nach außen hin wirkte sie ruhig, doch in ihr baute sich eine Spannung auf, die immer mehr zunahm.

Sie aßen abends zusammen und saßen hinterher gemeinsam am Kamin. In dieser Zeit fand Deirdre ihre Antwort. Ja, sie hatte Angst, und sie war sehr nervös. Aber wenn Neil sich ihr noch einmal näherte, würde sie ihn nicht zurückweisen. Sie konnte ihr Verlangen nach diesem Mann nicht länger unterdrücken.

Schweigend stand sie auf, nahm die Krücken und ging ins Schlafzimmer. Langsam zog sie sich aus und schlüpfte in ihren Schlafanzug. Sie setzte sich auf die Bettkante und dachte noch einmal über ihren Entschluss nach. Ihr war klar, dass sie ein erhebliches Risiko einging. Wenn es nicht gut lief, würde sich das weitere Zusammensein in diesem Haus sehr unangenehm gestalten. Aber es konnte auch ganz anders kommen. Vielleicht würden sie auch eine rein freundschaftliche Beziehung für den Rest der Zeit aufbauen können.

Es war aber auch möglich, dass Neil es nicht noch einmal versuchen würde ...

Noch während Deirdre über diese Möglichkeit nachdachte, spürte sie Neils Nähe. Sie drehte sich um und sah ihn auf sich zukommen. Sie wagte kaum zu atmen.

Neil kniete vor Deirdre nieder und schaute zu ihr auf. Er wusste, dass sie sich fürchtete, aber er wusste auch, dass ihre Ängste unbegründet waren. Er lächelte sie beruhigend an.

Vorsichtig streckte Deirdre die Hand aus, berührte Neils Wange und strich ihm über das Haar. Dann lächelte sie.

Noch nie hatte Neil etwas gesehen, das ihn so berührte. Erleichterung und eine starke Zuneigung erfüllten ihn. Was auch immer Deirdre befürchtete, sie war bereit, ihm zu vertrauen. Dieses Wissen machte ihn ebenso glücklich wie die Erwartung dessen, was jetzt geschehen würde.

Er umfasste ihr Gesicht, streichelte ihre Lippen sanft mit den Daumen, richtete sich dann auf und küsste sie. Sein Kuss war wie das Siegel auf ein Bündnis, das sie vereinbart hatten, und zugleich ein zärtliches Versprechen.

Deirdre war verloren. Als Neil sie behutsam nach hinten auf das Bett drückte, sah sie ihn voller Verlangen an. Aber noch waren nicht alle Ängste verflogen.

Neil fühlte das. „Fürchte dich nicht. Wir werden nichts übereilen." Er öffnete die Jacke ihres Schlafanzugs, ganz langsam, Knopf für Knopf, und berührte dabei ihre Haut. Für Deirdre war es ein elektrisierendes Gefühl. Die ganze Zeit über sah Neil ihr in die Augen.

Erst, als er den letzten Knopf geöffnet hatte, schaute er nach unten. Mit leicht zitternden Händen schob er die Jacke auseinander, bis Deirdres Busen entblößt war. Der Anblick ihrer festen runden Brüste erregte ihn sehr. Er hatte Recht gehabt: Die Wirklichkeit übertraf seine kühnsten Erwartungen.

Ganz instinktiv versuchte Deirdre die Arme vor der Brust zu verschränken, doch Neil hielt sie fest. „Du bist so schön", sagte er bewundernd. „Du brauchst dich nicht vor mir zu verstecken."

Sie erwiderte nichts. Schweigend genoss sie es, wie er ihren Busen umfasste, ihn sanft massierte, die harten Spitzen berührte, sie zwischen seine Lippen nahm. Als er ihre Hüfte streichelte und dabei die Hose ihres Schlafanzugs nach unten streifte, hob sie sich ein wenig an, um ihm zu helfen.

Gleich darauf lag sie nackt auf dem Bett. Nur für einen Moment fühlte sich Deirdre unter Neils bewunderndem Blick befangen. Sie wusste, dass es richtig war, was sie taten. Fasziniert schaute sie zu, wie Neil sich neben dem Bett auszog. Gleich darauf lag er ausgestreckt neben ihr. Ihr Busen berührte seine bloße Brust. Neil küsste sie und begann gleichzeitig, sie am ganzen Körper zu streicheln. Deirdre hielt still, doch bald hatte er ihr Verlangen so sehr gesteigert, dass sie kühner wurde, ihn ebenfalls liebkoste.

Neil stöhnte lustvoll auf und presste Deirdre an sich. Deirdre konnte ihr leidenschaftliches Begehren nicht länger beherrschen. „Bitte, Neil, lass mich nicht warten. Komm ..."

Er sah ihr in die Augen, und als sie sich auf dem Rücken ausstreckte und ihn umfasste, hob er sich behutsam über sie. Vorsichtig drang er in sie ein. Sie begannen sich erst langsam, dann in immer schnellerem Rhythmus zu bewegen, bis sie beide gleichzeitig einen beglückenden Höhepunkt erreichten.

Lange Zeit lagen sie eng umschlungen nebeneinander, bis ihr Atem ruhiger wurde. Noch nie hatte Deirdre etwas erlebt, das so unendlich schön und befriedigend gewesen war. Doch ein Rest von Unsicherheit blieb. Hatte Neil es ähnlich empfunden?

Ihr Glück wurde vollkommen, als er sie voller Liebe ansah, ihr einen Kuss auf die Lippen drückte und sagte: „Du hast meine kühnsten Erwartungen übertroffen, Deirdre. Es war wunderschön."

Sie streichelte seine Wange. „Ich hatte Angst, du würdest enttäuscht sein."

Er lächelte. „Wie töricht von dir."

7. KAPITEL

Am nächsten Morgen erwachte Deirdre in Neils Armen. Sie lächelten sich an. Neil duschte, dann trug er Deirdre ins Bad. Sie machten sich nicht die Mühe, sich anzuziehen, sondern teilten sich einfach Deirdres Schlafanzug – sie nahm den oberen Teil, er die Hose – und verbrachten den Vormittag im Bett. Neil bereitete ihnen ein spätes Frühstück, das zugleich das Mittagessen ersetzte.

Deirdre fühlte sich glücklich. Neil hatte sie kennen gelernt, als sie sich in einem schlimmen Zustand befand, und er wusste kaum etwas von ihr. Er akzeptierte sie so, wie sie war, und bewies ihr damit, dass er sie sehr mochte.

Neil empfand ähnlich. Der Umstand, dass er hier der Wirklichkeit auswich, dämpfte seine Gefühle für Deirdre nicht. Sie wusste nichts von seinen Problemen. Aber das war auch unwichtig. Sie war glücklich, er hatte sie glücklich gemacht, das allein zählte. Deirdre nahm ihn so, wie er war.

Keiner von ihnen dachte an die Zukunft. Die nächsten Tage waren durch ihr Zusammensein ausgefüllt. Sie lasen, unterhielten sich, schliefen miteinander, saßen einfach schweigend zusammen und genossen die Nähe des anderen. Deirdre übte zu stricken und war bald so weit, dass der Pullover allmählich Formen annahm. Sie las ein Buch durch und begann das nächste. Jeden Tag machte sie gymnastische Übungen, aber nur, weil es ihr Spaß machte, und nicht, weil sie dachte, sie müsse sich für ihren Beruf fit halten.

Neil las ebenfalls eine Menge. Er hatte es übernommen, den Haushalt zu führen, und genoss es auch. Ab und an versuchte Deirdre, ihm zu helfen, aber der Gipsverband behinderte sie doch sehr, und Neil überredete sie, sich lieber zu schonen.

Während sie sich in den ersten drei Tagen noch dauernd gestritten hatten, war das jetzt vorbei. Das bedeutete durchaus nicht, dass sie sich in allen Fällen einig waren, aber es fiel ihnen nun entschieden leichter, Kompromisse zu schließen.

An einem der Abende, als Neil sich besonders wohl fühlte, holte er eine seiner Havannazigarren, steckte sie an und ließ sich genüsslich rauchend auf dem Sofa nieder. Deirdre hatte entsetzt zugesehen, wie er das Ende der Zigarre abschnitt und die Spitze anfeuchtete. Unauffällig verdeckte sie die Nase mit ihrer Hand. Dieses Verhalten war ein Beispiel dafür, wie sehr sich alles verändert hatte. So abscheulich für sie der Geruch der Zigarre war, so wenig wollte sie Neils offensichtlichen Genuss stören.

Erst nach einigen Minuten fiel es Neil auf, dass Deirdre von ihm abgerückt war. „Ist es so schlimm?"

Sie zuckte mit den Schultern. „Sind diese Dinger in unserem Land nicht verboten?"

„Es ist nur verboten, sie einzuführen. Aber wenn ein Ausländer sie zum persönlichen Gebrauch mitbringt und seinen Freunden einige abgibt, ist das in Ordnung."

„Hast du sie auf diese Weise bekommen?"

„Ich habe einen Mandanten, dessen geschäftliche Interessen ich vertrete. Er hat mir vor einigen Monaten eine Schachtel geschenkt." Neil betrachtete die lange Zigarre respektvoll. „Ich bin eigentlich kein Raucher, aber ich muss zugeben, wenn man eine Zigarre rauchen will, dann muss es diese Sorte sein. Der Rauch stört dich, nicht wahr? Soll ich sie ausmachen?"

„Nicht meinetwegen. Aber bitte mich später nicht, dich zu küssen."

Neil lachte. Dann legte er die Zigarre sorgsam in einen Aschenbecher, stand auf und kam auf Deirdre zu.

Sie hob abwehrend die Hände. „Komm nicht näher. Ich weiß, was du vorhast."

Er stützte sich mit den Händen auf die Armlehnen des Sessels und beugte sich über sie, bis sein Gesicht dicht vor ihrem war.

Zärtlich berührte er ihren Mund mit seinen Lippen, dann küsste er sie, bis sie es nicht mehr aushielt und den Kuss erwiderte.

„Siehst du, es ging doch. Ich brauchte dich nicht einmal zu bitten", sagte Neil und wollte sich wieder aufrichten. Doch Deirdre hielt ihn fest und zog ihn wieder zu sich herunter. Nur zu gern gab er nach.

Die Zigarre verglomm im Aschenbecher, und niemand achtete darauf.

Schon früh am Morgen ihres siebten Tages auf der Insel rief Thomas vom Festland her an. Neil nahm das Gespräch entgegen, Deirdre stand neben ihm und hörte zu.

„Hallo, wie geht es auf der Insel?"

Neil lächelte Deirdre zu und erwiderte in ernstem Tonfall: „Es geht."

„Man hat mir gesagt, dass Sie mich sprechen wollten. Aber ich war während des größten Teils der Woche nicht hier. Ich habe mich nicht gemeldet, weil es sich offensichtlich nicht um einen Notfall handelte. Sonst hätten Sie bestimmt noch einmal versucht, mich zu erreichen."

„Er fühlt sich schuldig", flüsterte Deirdre belustigt. „Das geschieht ihm recht."

Neil legte liebevoll einen Arm um ihre Schultern. In gewollt mürrischem Ton sagte er: „Wir werden es überleben."

„Kommt Deirdre mit ihrem Bein zurecht?"

Neil zögerte einen Moment mit der Antwort. Er küsste gerade Deirdres Ohrläppchen.

„Hier ist einiges kaputtgegangen. Sie hat Schwierigkeiten mit ihren Krücken."

Deirdre trat ihm gegen das Schienbein.

„Das ist Victorias Problem. Kommen Sie sonst miteinander aus?"

„Nun, was willst du sagen?" fragte Deirdre leise. Sie strich mit den Fingerspitzen über Neils Brust.

Neil räusperte sich. „Wir leben noch."

„Du wirst ihn noch zum Wahnsinn treiben, Neil", flüsterte Deirdre. „Er platzt vor Neugier."

„Lass ihn doch", flüsterte Neil zurück. „Daran ist er wirklich selber schuld."

Thomas schien inzwischen zu dem Entschluss gekommen zu sein, dass die Beziehung der beiden Inselbewohner ebenfalls Victorias Problem war.

„Ich wollte Ihnen nur sagen, dass frische Vorräte auf dem Anleger liegen."

„Auf dem Anleger?" Neil sah auf seine Uhr. Es war kurz vor Neun. „Da müssen Sie ja schon vor der Dämmerung losgefahren sein."

„Ich habe sie gestern Abend gebracht."

„Feigling."

„Was haben Sie gesagt? Ich habe Sie nicht verstanden."

Deirdre kicherte. Neil legte ihr schnell die Hand auf den Mund. „Ich sagte: Vielen Dank."

„Das ist in Ordnung. Nächste Woche hole ich Sie ab. Sollten Sie Ihre Pläne ändern, rufen Sie mich an."

Bei diesen Worten sah Neil Deirdre nachdenklich an. Auch sie wirkte ernst. „Das machen wir", sagte Neil. Damit war das Gespräch beendet.

Die beiden standen noch einige Sekunden nebeneinander. Neil hatte immer noch seinen Arm um Deirdres Schultern gelegt. Er atmete tief durch. „Siehst du, was ich sehe?"

Deirdre war froh über diese Ablenkung. Thomas' letzte Bemerkung bedrückte sie. „Ich weiß nicht. Was meinst du?"

Neil machte eine Kopfbewegung zum Fenster hin. „Die Sonne. Ja, vielleicht ist es nicht die Sonne selbst, aber es wird draußen heller. Seit gestern Abend hat es nicht mehr geregnet. Die Wege werden trocknen. Das bedeutet, dass ich die Vorräte schnell vom Anleger holen kann und dass wir dann einen Spaziergang machen können."

Deirdre blickte nach draußen und dann wieder zu Neil. „Wie schön. Darauf freue ich mich sehr."

Der Wetterumschwung bot ganz neue Möglichkeiten. Die Luft blieb zwar kühl, aber die Sonne brach bald durch die Wolken, der Himmel wurde blau. Obwohl Deirdre sich mit ihrem verletzten Bein nur mühsam bewegen konnte, erforschten sie und Neil den größten Teil der kleinen Insel.

Zuerst wanderten sie umher, dann saßen sie auf Felsbuckeln und schauten auf das Meer hinaus. An einem Morgen beobachteten sie den Sonnenaufgang, am Abend den Untergang.

Sie waren sich einig, dass sie noch nie einen so geruhsamen und friedlichen Ort erlebt hatten.

Doch leider wurde ihre Stimmung mehr und mehr durch die Erinnerung an Thomas' letzte Worte getrübt. Mit jedem Tag, der verging, näherte sich die Stunde, in der er sie abholen würde. Deirdre dachte wieder häufiger an Providence, Neil an seine Probleme in Hartford, und diese Gedanken waren beiden gleichermaßen unangenehm. So blieb es nicht aus, dass sie allmählich gereizter wurden und anfingen, sich wieder zu streiten.

Drei Tage vor der Abreise kam es zu einer Auseinandersetzung. Sie hatten gemeinsam zu Abend gegessen und sahen einen Videofilm an, ohne ihm viel Aufmerksamkeit zu widmen. Plötzlich stand Neil auf und schaltete das Gerät aus.

Deirdre blickte ihn vorwurfsvoll an. Sie war ohnehin gereizt, weil sie an das bevorstehende Ende ihres Inselaufenthalts gedacht hatte. „Was soll das?"

„Du bewegst dich pausenlos. Das macht mich ganz nervös." Was Neil in Wahrheit störte, war der Gedanke an die Rückkehr nach Hartford. Doch er benutzte den Vorwand, um seine schlechte Laune an Deirdre abreagieren zu können.

„Ich wollte den Film sehen."

„Wie kannst du dir den Film ansehen, wenn du dich mit ganz anderen Dingen beschäftigst?“

„Wenn du dir nicht immer über die Haare streichen würdest, könnte ich mich vielleicht auf den Film konzentrieren.“

„Wahrscheinlich tue ich das nur, um deine Bewegungen nicht zu bemerken. Warum machst du das eigentlich?“

„Es ist eine nervöse Angewohnheit.“

„Wieso bist du nervös? Ich dachte, du hättest dich hier entspannt.“

„Das habe ich auch!“ rief sie. Doch gleich darauf senkte Deirdre den Blick und fügte leise hinzu: „Nein, das stimmt gar nicht.“

Beide schwiegen eine Weile. Als Deirdre schließlich aufschaute, stellte sie fest, dass Neil sie mit schmerzlichem Gesichtsausdruck ansah.

„Wir müssen miteinander reden“, sagte er.

„Ich weiß.“

„Thomas wird bald kommen.“

„Ich weiß.“

„Du kehrst nach Providence zurück, ich nach Hartford.“

„Ja, das weiß ich auch.“

„Also, was sollen wir tun?“

Deirdre zuckte mit den Schultern, dann meinte sie hoffnungsvoll: „Wollen wir Thomas sagen, dass er erst eine Woche später kommen soll?“

Die Aussicht, nach Providence zurückzukehren, war für Deirdre nicht so erschreckend wie der Gedanke, Neil nicht mehr zu sehen.

Neil stand auf und ging zum Fenster. Er schaute eine Weile nach draußen, dann drehte er sich wieder um. „Das geht nicht, Deirdre. Ich würde es sehr gern tun, aber ich kann es nicht.“

„Was schlägst du vor?“

Nachdenklich rieb Neil sich den Nacken. „Ich weiß es auch nicht. Ich habe versucht, eine Lösung zu finden – nein, das ist falsch. Ich habe einfach nicht daran denken wollen, dass ich wieder von hier fortgehen muss. Deshalb habe ich keine Lösung. Und dann gibt es ja auch noch einen Umstand, der alles besonders kompliziert macht."

„Was meinst du damit?"

„Uns." Neil sah Deirdre in die Augen.

Deirdre wusste, dass er Recht hatte, aber sie wollte es nicht wahrhaben. „Warum sollten wir die Dinge komplizierter machen? Du gehst deinen Weg, ich meinen, und das war es dann."

„Möchtest du es so?"

„Nein."

„Wie dann?"

„Das weiß ich auch nicht", sagte Deirdre hilflos. „Du bist hier nicht der einzige Mensch, der nicht daran gedacht hat, dass er wieder abreisen muss. Ich weiß auch keine Lösung."

„Aber wir sind uns einig, dass wir uns auch weiterhin sehen wollen?"

„Ja."

„Dann ist es doch kompliziert – zusätzlich zu den Problemen, die wir bisher schon hatten." Er drehte sich um und sah bedrückt wieder aus dem Fenster.

Deirdre überlegte eine Weile. „Hör mal, Neil", begann sie dann mit ruhiger Stimme. „Du hast Recht, wir müssen miteinander reden, über alles. Als wir hier ankamen, waren wir beide sehr schlecht gelaunt. Meine Gründe dafür kenne ich, deine bisher nicht. Zuerst wollte ich sie nicht erfahren, weil ich selbst genug Probleme habe. Dann waren wir mit anderem beschäftigt, und ich wollte nicht an Dinge rühren, die dir vielleicht unangenehm sein könnten." Sie rückte nach vorn, bis sie auf dem Rand des Sofas saß. „Doch jetzt frage ich dich. Wenn wir einen Weg finden wollen, muss ich wissen, was dich bedrückt. Was ist in Hartford geschehen? Warum bist du von dort weggelaufen?"

Neil senkte den Kopf. Der Augenblick der Wahrheit war gekommen. Er hätte gern weiter über seine Schwierigkeiten geschwiegen. Doch das ging nun nicht mehr. Deirdre interessierte sich für ihn, und sie war intelligent. Sie würde sich mit einer Ausrede nicht begnügen. Vor allem aber verdiente sie das nicht. Sie hatte einen Anspruch darauf, dass er ihr gegenüber ehrlich war. „Ich habe zu Hause erhebliche Probleme mit einem früheren Mandanten, einer sehr großen Firma mit Sitz in Hartford." Er zögerte.

„Sprich weiter, ich höre zu."

„Ich war drei Jahre lang der juristische Berater der Firma. Während dieser Zeit bin ich mit ihren Geschäften gut vertraut geworden. In diesem Sommer stieß ich ganz unverhofft auf einen Fall von Korruption, in den der Präsident der Firma verwickelt ist."

Deirdre hörte voller Anteilnahme zu.

Sie glaubte nicht einen Moment, dass er an dem Vergehen beteiligt gewesen sei, wenn ihr auch klar war, dass er die Interessen des Mandanten wahren musste.

„Nein", sagte Neil, als er den Ausdruck der Besorgnis auf Deirdres Gesicht las. „Ich habe nicht verlangt, beteiligt zu werden."

„Das hätte ich nie angenommen, aber du musst in einer unangenehmen Lage gewesen sein."

Neil war erleichtert, dass Deirdre die Dinge so sah. Trotzdem fiel es ihm nicht leicht, weiterzureden. Es wäre ihm lieber gewesen, er hätte ihr sagen können, dass seine Anwaltspraxis aufblühte, dass er Erfolg hatte. Doch die Tatsachen lagen anders. „Unangenehm ist ein sehr schwacher Ausdruck, Deirdre. Ich hätte wegsehen können, aber das ging gegen meine Grundsätze. Deshalb trug ich die Angelegenheit dem gesamten Vorstand vor. Doch das machte alles nur noch schlimmer."

„Wieso?"

„Sie waren alle daran beteiligt. Jeder Einzelne wusste sehr genau, was vor sich ging. Sie bedauerten nur eines: dass ich die Sache entdeckt hatte."

Deirdre empfand Zorn bei dem Gedanken, wie er diese Erkenntnis aufgenommen haben musste.

„Was hast du getan?"

„Ich kündigte das Mandat. Das war der einzige Ausweg für mich. Ich konnte nicht einfach zusehen, wie sie sich die Taschen füllten – auf Kosten nicht nur der Aktionäre, sondern auch der Arbeitnehmer. Gerade diese können es sich am wenigsten leisten, ausgenutzt zu werden."

„Aber ich verstehe noch nicht, Neil. Wenn du das Mandat aufgegeben hast, ist die Sache doch für dich erledigt. Du hast einen Mandanten verloren, aber du hast doch bestimmt noch andere, nicht wahr?"

„Natürlich", bestätigte Neil grimmig. „Aber sie haben sich zum größten Teil so plötzlich von mir gelöst, dass das kein Zufall sein kann. Offenbar haben Wittnauer-Douglass sich mit meiner Kündigung nicht begnügt. Der Vorstand wollte sicher sein, dass ich nicht in der Lage sein würde, ihnen das einträgliche kriminelle Geschäft zu verderben."

„Sie haben sich negativ über dich geäußert?"

„Noch schlimmer. Sie haben verbreitet, ich hätte hinter dem ganzen Korruptionsfall gestanden. Nach dem, was man mir zugetragen hat, ließ der Vorstandsvorsitzende verkünden, man hätte Strafanzeige gegen mich erstattet, wenn ich nicht gegangen wäre."

„Aber das können sie doch nicht behaupten!"

„Sie können alles behaupten, was ihnen gefällt."

„Aber sie hätten dich nicht anzeigen können."

„Dessen bin ich mir nicht so sicher. In jeder großen Firma gibt es eine Menge schriftlicher Unterlagen, die man leicht verändern kann. Sie könnten eine Akte zusammenstellen, die mich belastet, auch wenn alles gelogen ist."

„Weshalb sollte der Vorstand denn überhaupt von einem Fall der Korruption sprechen? Würde das nicht die Pläne der Leute stören?"

„Nicht auf lange Sicht. Sie würden einiges umorganisieren, noch mehr Unterlagen fälschen, keiner würde sie verdächtigen. Wenn man Macht hat, kann man viel bewirken. So einfach ist das."

„Und du kommst nicht gegen sie an." Das war eine Feststellung, die sich aus Neils Worten ergab. Doch damit hatte Deirdre den wunden Punkt bei ihm berührt.

„Was sollte ich denn wohl tun?" fuhr er auf. „Sie haben die Gerüchte über mich so schnell und so weit verbreitet, dass ich in Hartford praktisch nicht mehr als Anwalt arbeiten kann. Die großen Firmen würden mit mir nichts mehr zu tun haben wollen. Und es hat nicht nur berufliche Auswirkungen. Nancy – die Frau, mit der ich mich traf – hat sich schnell von mir getrennt. Das habe ich nicht als tragisch empfunden, denn irgendwann wären wir doch verschiedene Wege gegangen. Aber ganz plötzlich hat man mich auch als Vorsitzenden des Wohltätigkeitsvereins des Krankenhauses abgelöst. Das hat wehgetan. Man sagte, dass ich ein Schwindler sei. Es gibt zwar noch einige Leute, die an meine Unschuld glauben, aber viele haben sich von mir abgewandt. Ich kann nicht einmal jemanden finden, der mit mir Squash spielen will. Ich bin ein Aussätziger geworden."

„Das können sie doch nicht machen."

„Sie haben es bereits getan." Neils Zorn verstärkte sich noch. „Ich habe Tag und Nacht gearbeitet, um eine erfolgreiche Praxis aufzubauen. Sie haben alles mit einer Handbewegung zerstört. Und weißt du, was am schlimmsten ist? Ich habe es einfach nicht kommen sehen. Ich war so naiv ..."

Deirdre stand auf und humpelte zu ihm. „Es war nicht deine Schuld ..."

Neil ließ sich in seinen Selbstvorwürfen nicht unterbrechen. „Wie konnte es nur sein, dass ich so lange für diese Leute gearbeitet habe, ohne sie zu durchschauen? Ich bin einfach zu gutgläubig, zu vertrauensselig."

Deirdre legte die Hand auf seinen Arm. „Neil, es ist gut,

wenn man Vertrauen aufbringen kann. Die Alternative wäre, in allem skeptisch zu sein. Das wäre kein Leben."

„Sie haben mir sogar meine Freunde abspenstig gemacht."

„Dann können es keine echten Freunde gewesen sein."

„Was bedeutet, dass ich keine Menschenkenntnis besitze."

„Du bist dir gegenüber zu streng ..."

„Das wird auch endlich Zeit. Ich hätte schon vor Jahren aufwachen sollen, dann wäre ich nicht so einfältig gewesen und nicht in diese unhaltbare Lage gekommen."

„Du wirst neue Mandanten finden."

„Aber nicht von der Art, wie ich sie mir wünsche. Meine Erfahrungen liegen in der Beratung großer Unternehmen. Doch die werden mich nicht mehr haben wollen."

„Vielleicht nicht in Hartford ..."

„Aber das würde bedeuten, dass ich umziehen muss. Das möchte ich nicht. Jedenfalls nicht aus diesem Grund."

„Neil, du siehst alles zu schwarz. Außerdem bist du nicht der einzige Mensch, der Probleme hat."

„Du hast bestimmt Recht. Und es ist auch nicht richtig, wenn ich meinen Ärger an dir abreagiere. Seit meiner Ankunft auf der Insel habe ich das getan."

„Das ist nun wirklich kein Anlass, dir Vorwürfe zu machen. Schließlich habe ich umgekehrt genauso gehandelt."

„Ja." Neil beruhigte sich allmählich wieder. „Der Unterschied zwischen uns ist nur, dass deine Probleme bald gelöst sein werden. Sobald der Gips abgenommen worden ist ..."

„Es geht nicht nur um mein Bein", unterbrach Deirdre ihn. „Wenn es nur das wäre, dann hätte ich nicht so eine schlechte Laune gehabt. Mich bedrückte etwas anderes viel mehr, und das ist mit deiner Situation durchaus vergleichbar."

Beide schwiegen. Neil wurde klar, dass er Deirdres Lage vielleicht falsch einschätzte. „Was meinst du damit? Sag mir, welchen Kummer du hast, Deirdre."

Einen Moment lang suchte sie nach den richtigen Worten. Dann sah sie ihn an und lachte bitter. „Es ist wirklich eigenartig. Du sitzt da und hast keine Firma, für die du arbeiten kannst. Und ich sitze hier und habe eine Firma, mit der ich nichts zu tun haben will."

„Was soll das heißen?"

Deirdre setzte sich wieder. „Hast du jemals etwas von Joyce Enterprises gehört?"

„Ja, die Firma hat ihren Sitz in ... oh, in Providence. Ist das deine Firma?"

„Die meiner Familie. Mein Vater starb vor sechs Monaten, meine Schwester hat die Leitung übernommen."

„Ich wäre nicht auf die Idee gekommen, dass du ... das passt nicht ..."

„Zu mir? Du hast völlig rRecht. Ich passe nicht zu der Firma. Meine Eltern haben immer gewollt, dass sie in den Händen der Familie bleibt. Aber Sandra – meine Schwester – kommt damit nicht zurecht. Ich habe noch zwei Onkel, aber die sind ebenso überfordert wie meine Mutter, wenn es um geschäftliche Dinge geht."

„Und deshalb wollen sie, dass du dich um die Firma kümmerst?"

„Stimmt."

„Aber du willst das nicht."

„Auch das stimmt. Ich habe es einmal versucht, aber ich fand es scheußlich. Ich bin kein Typ, der den ganzen Tag korrekt gekleidet herumlaufen und mit allen Leuten schön reden mag – was einen großen Teil meiner Aufgaben ausmachen würde. Es liegt mir nicht, höfliche unverbindliche Gespräche zu führen ..."

„Das glaube ich dir." Neil lachte.

„Ich wollte, meine Familie würde das auch einsehen. Doch sie bedrängt mich dauernd. Ich sei ihre einzige Hoffnung. Ich traue es mir schon zu, die Geschäfte der Firma zu führen, aber alles andere, was damit zusammenhängt, ist mir zutiefst zuwider. Bisher hatte ich meinen eigenen Beruf und konnte mich damit herausreden. Doch jetzt liegen die Dinge anders. Ob ich jemals wieder als Gymnastiklehrerin arbeiten kann, ist sehr fraglich. Seit dem Unfall gewinnen sie wieder Oberwasser. Noch bevor ich das Krankenhaus verließ, haben sie mich aufgesucht."

Deirdre schwieg einen Moment nachdenklich und fuhr dann fort: „Sie sagen, ich sei egoistisch. Vielleicht bin ich das. Ich finde es nur merkwürdig, dass sie mich jetzt so bedrängen. Sonst tauge ich nämlich angeblich nicht viel. Von meinem Beruf halten sie nichts. Ich habe keinen Ehemann und keine Kinder, was mein Schuldkonto noch vergrößert. Nichts, was ich tue oder sage, ist richtig. Und doch bestehen sie darauf, dass ich ihnen die Verantwortung für die Firma abnehme."

Neil hörte ihr aufmerksam zu und schwieg.

„Eine Weile wird alles noch laufen, der Betrieb ist eingespielt. Aber wenn sich wirklich niemand um ihn kümmert, wird es Schwierigkeiten geben. Ich habe meiner Familie wiederholt vorgeschlagen, wir sollten Hilfe von außen holen. Aber das haben sie abgelehnt. Ich weiß, dass ich eine gewisse Verantwortung trage, aber ich will sie nicht. Es ist eine schlimme Situation für mich."

Neil strich ihr zärtlich über das Haar und sagte leise: „Da sind hier ja die beiden Richtigen zusammengekommen. Jeder hat einen stattlichen Haufen Kummer mitgebracht, und keiner weiß eine Lösung dafür."

„Damit wären wir wieder dort, wo wir angefangen haben. Was sollen wir tun?"

Neil beugte sich zu ihr hinunter und küsste sie. „Wir werden die nächsten drei Tage miteinander verbringen und sie genießen. Natürlich nur, wenn du dich mit einem Mann einlassen magst, der eine zweifelhafte Zukunft hat."

In diesem Moment, bei diesen Worten Neils wurde Deirdre bewusst, dass sie ihn liebte. „Wenn du nichts gegen eine Frau einzuwenden hast, die am liebsten ihr ganzes Leben auf dieser Insel verbringen würde, damit sie ihrer Verantwortung zu Hause ausweichen kann ...“

Neils Antwort war ein zweiter langer Kuss. Ihm folgte ein dritter, ein vierter, und bald dachten weder Neil noch Deirdre mehr an die Zukunft.

8. KAPITEL

Die restlichen Tage verbrachten Deirdre und Neil so wie die vergangene Woche. Das Bewusstsein, bald voneinander Abschied nehmen zu müssen, trübte ihre Stimmung zwar, aber zugleich war jeder erleichtert, mit dem anderen über seine Probleme gesprochen zu haben.

Neil war froh, dass Deirdre sein Verhalten nicht kritisiert hatte. Ihre Zuneigung zu ihm schien sich vertieft zu haben. Umgekehrt hatte Deirdre auch das Gefühl, dass Neil sich eine Menge aus ihr machte.

Thomas hatte angekündigt, dass er sie um acht Uhr morgens abholen werde. So verbrachten Deirdre und Neil den Abend vorher damit, das Haus aufzuräumen. Alles sollte wieder so aussehen wie bei ihrer Ankunft vor zwei Wochen.

Beide waren in gereizter Stimmung. Als Deirdre das Wohnzimmer verließ, um ins Schlafzimmer zu gehen, blieb sie mit einer ihrer Krücken an einem kleinen Teppich hängen. Sie stolperte und fiel. „Wer hat diesen Teppich so fahrlässig in den Weg gelegt?“ rief sie.

Neil eilte sofort herbei. „Der hat während der ganzen zwei Wochen dagelegen, niemand hat ihn angerührt. Achtest du gar nicht darauf, wo du gehst?“

„Das sind diese fatalen Gummispitzen unten an den Krücken. Mit denen bleibe ich überall hängen.“ Deirdre trat mit dem gesunden Fuß gegen ihre Gehhilfe.

Neil rettete die Krücken vor Deirdres Zorn. Er legte ihr einen Arm um den Rücken und half ihr auf. „Die haben dich bisher nicht gestört. Ist alles in Ordnung?"

„Ja, ja." Sie rieb sich die Hüfte.

„Dann hast du Glück gehabt. Sag mal, Deirdre, legst du es etwa darauf an, dir zum Schluss den Hals zu brechen? Pass beim nächsten Mal besser auf, wenn du hier herumläufst."

„Ich soll besser aufpassen? Das tue ich immer."

„Dann bist du zu schnell gegangen."

„Nicht schneller als sonst."

„Das ist zu schnell."

Deirdre hatte sich inzwischen wieder auf ihre Krücken gestützt. „Ich brauche deine Ratschläge nicht", fuhr sie Neil an. „Seit Jahren passe ich selbst auf mich auf, und das werde ich auch weiterhin tun. Dass du mir während der vergangenen Tage geholfen hast, gibt dir noch lange nicht das Recht, mich herumzukommandieren. Wenn du mich wirklich unterstützen wolltest, würdest du mir anbieten, mir diese verflixte Firma vom Hals zu schaffen."

„Und wenn du mir wirklich helfen wolltest, dann würdest du sie mir überlassen", gab Neil zurück.

Beide standen stumm voreinander und sahen sich an. Sie hatten dieselben Gedanken, ihr Zorn verflog.

„Sie gehört dir", sagte Deirdre, ohne den Blick von Neil zu wenden.

„Ich übernehme sie." Neils Stimme klang ruhig und bestimmt.

„Ein verrückter Gedanke."

„Aber er könnte für uns beide Vorteile bringen."

„Das stimmt."

Deirdre und Neil gingen zum Sofa und setzten sich. Neil schlug ein Bein über das andere, stützte den Ellbogen auf die Sofalehne und strich sich mit der Hand über den Mund.

„Seit unserem Gespräch neulich abends habe ich nachgedacht“, sagte er. „Immer und immer wieder habe ich überlegt, was ich tun könnte. Es gab Zeiten, in denen ich nur den Wunsch verspürte, mich zu rächen. Doch dann legte sich mein Zorn, und mir wurde klar, wie töricht das wäre. Es würde mir nur Nachteile bringen. Ich möchte nichts anderes als meinen Beruf ausüben.“

Er sah Deirdre an. „Du hast eine Firma, von der du nichts wissen willst, ich könnte sie brauchen.“

„Um dich zu rächen?“

„Nein, das sagte ich doch schon. Es würde meine Gegner natürlich ärgern, wenn ich wieder auf die Beine komme, aber das ist nicht das entscheidende Motiv für mich. Ich muss einfach etwas tun, ich kann nicht untätig herumsitzen. Leider habe ich nicht viele Möglichkeiten. In Hartford bin ich erledigt, dort kann ich nichts mehr aufbauen.“

„Aber du sagtest doch, du wolltest nicht umziehen.“

„So habe ich mich ausgedrückt. Ich habe erklärt, ich wolle nicht wegen Wittnauer-Douglass von Hartford weggehen. Vielleicht kommt es dir als vorgeschobene Begründung vor. Aber ich habe den Eindruck, dass die Firma Joyce Enterprise mich auch gereizt hätte, wenn ich in Hartford keine Probleme gehabt hätte. Sie hat einen guten Ruf. Ich würde ohne Bedenken mein Geld in sie stecken. Aber ich habe noch mehr zu bieten, und das sage ich ganz ohne Überheblichkeit. Ich bin ein guter Jurist und kenne mich genau damit aus, wie ein großes Unternehmen geführt werden muss. Vielleicht bin ich selbst kein Unternehmer, aber ich kenne die richtigen Leute, die diese Rolle übernehmen könnten. Ich weiß auch jemand, der uns gute Fachleute vermitteln könnte.“

Neil schaute einen Moment nachdenklich vor sich hin. „Leider würde es bedeuten, dass Außenstehende in die Firma kommen. Wie du mir gesagt hast, ist deine Familie dagegen. Deshalb stehen wir vor der Frage, ob sie mich akzeptieren wird oder nicht.“

Deirdre hob entschlossen den Kopf. „Ich halte genauso viele Anteile wie meine Mutter und meine Schwester. Wenn du mit mir die Geschäftsführung übernimmst, würden sie sich nicht dagegen wehren."

„Aber du willst doch mit der Firma nichts zu tun haben. War das nicht dein Problem?"

„Ja, aber wenn wir ..." Sie zögerte und suchte nach einem unverbindlichen Ausdruck, „... wenn wir zusammenblieben, ich meine, wenn wir ihnen klarmachen würden, dass wir miteinander ..."

„Dass wir ein festes Paar wären, ein Liebespaar?"

„Ja."

Neil schüttelte den Kopf. „Das reicht nicht. Es muss schon eine Ehe sein."

„Eine Ehe?" Deirdre hatte zwar gedacht, dass sie irgendwie miteinander verbunden bleiben würden, aber eine Ehe wäre doch eine sehr starke Bindung. „Ist das nicht eine sehr radikale Lösung?"

Neil zuckte mit den Schultern. Aber ihm war keineswegs so unbekümmert zu Mute. Er hatte nach einer Möglichkeit gesucht, Deirdre zu halten. Er liebte sie. Irgendwann während der vergangenen Tage war ihm das klar geworden. Allerdings hatte er noch nicht den Mut, es Deirdre zu sagen. Auf jeden Fall aber passte es sehr gut in seine Pläne, wenn sie heirateten.

„Ich gebe zu, dass wir uns erst kurze Zeit kennen. Das könnte gegen eine Heirat sprechen. Aber wir kommen doch sehr gut miteinander aus, nicht wahr?"

„So? Wir streiten uns dauernd." Wenn sie sicher wäre, dass Neil sie liebte, hätte sie nicht den geringsten Einwand. Aber von Liebe hatte er bisher nicht gesprochen. Und sie selbst war nicht mutig genug, ihm ihre Gefühle zu gestehen. So widersprach sie ihm, um ihn auf die Probe zu stellen.

„Nicht dauernd, Deirdre. Nur, wenn uns Probleme bedrängen, die uns unlösbar erscheinen. Wir haben auch sehr friedliche Stunden miteinander verbracht, nicht wahr?"

„Ja", gab sie zu.

„Und wenn dieser Plan unsere Probleme löst, werden wir keinen Grund mehr haben, uns zu streiten."

„Auch Ehepaare vertragen sich nicht immer."

„Du musst die Lage objektiv sehen, Deirdre. Wir haben ähnliche Interessen und Anschauungen. Wir haben bereits bewiesen, dass wir miteinander leben können. Dass wir diese beiden Wochen überlebt haben, in denen wir vierundzwanzig Stunden am Tag zusammen waren, gibt uns einen erheblichen Vorsprung gegenüber vielen Paaren, die eine solche Erfahrung nicht machen konnten."

Deirdre war noch nicht bereit, objektiv zu denken. Liebe war nicht objektiv. „Aber dieses Haus und diese Insel sind nicht die wirkliche Welt. Wir waren in einer besonderen Situation. Es kann durchaus sein, dass wir ganz andere Erfahrungen machen, wenn wir in Providence zusammenleben. Vielleicht finden wir uns dann abscheulich."

„Kannst du dir das wirklich vorstellen?"

„Nun ja, es könnte doch möglich sein. Ich weiß auch nicht, ob ich die richtige Ehefrau für einen Manager wäre. Es liegt mir nicht, die offizielle Gastgeberin zu spielen und immer nur die richtigen Dinge zu sagen."

„Ich mag dich so, wie du bist. Und ich würde nie etwas von dir verlangen, was dir unangenehm ist. Falls wir Gäste haben – was nicht völlig zu vermeiden sein wird –, dann können wir sie in ein Restaurant einladen, oder wir lassen uns etwas ins Haus bringen."

„In mein bescheidenes Stadthaus?" bemerkte Deirdre belustigt.

„In das Haus, das ich für uns kaufen würde." Er rückte näher an Deirdre heran, sein Gesicht hatte einen entschlossenen Ausdruck. „Hör zu, Deirdre, ich würde dir diesen Vorschlag nicht machen, wenn ich den Eindruck hätte, nur ich hätte Vorteile davon. Ich habe auch meinen Stolz. Wenn wir unsere Pläne verwirklichen, dann verspreche ich dir, dass ich mich voll für die Firma einsetze. Ich werde für unseren gemeinsamen Lebensunterhalt sorgen, und dazu gehört, dass ich ein angemessenes Heim für uns beschaffe. Du magst das für altmodisch halten, aber so denke ich."

„Soll das heißen, dass ich nicht mehr arbeiten darf und völlig an das Haus gebunden bin?"

„Du kannst tun, was du willst – so altmodisch bin ich nun auch nicht. Du kannst gern weiterhin Gymnastikunterricht geben. Wie du inzwischen wissen solltest, gefällt mir dein trainierter Körper sehr."

Deirdre erwiderte darauf nichts.

„Ich werde stolz darauf sein, eine Frau zu haben, die ihren Körper nicht vernachlässigt."

„Falls ich das noch kann", wandte Deirdre ein. „Es ist ja noch völlig offen, ob ich weiter in meinem Beruf arbeiten kann."

„Du wirst wieder unterrichten. Wenn der Gipsverband abgenommen ist, wirst du jede Pflege bekommen, die erforderlich ist, damit dein Bein wieder voll einsatzfähig wird."

„Aber ... ich habe überwiegend in den Abendstunden unterrichtet. Wie wirst du dich fühlen, wenn du nach einem anstrengenden Tag nach Haus kommst und keine warme Mahlzeit vorfindest?"

„Ich kann kochen, das weißt du doch. Ich werde stolz auf dich sein, Deirdre. Meine Frau wird nicht untätig herumsitzen. Und noch etwas: Wenn du mich heiratest, werden wir noch vor der Hochzeit einen Ehevertrag schließen."

„Ich will dein Geld nicht."

„Du musst es umgekehrt sehen. Ich möchte dich schützen. Alle Anteile an Joyce Enterprise und dein ganzes sonstiges Vermögen sollen dir allein gehören. Wenn du später aus irgendeinem Grund willst, dass die Ehe aufgelöst wird, dann behältst du alles, was dir gehört. Und wenn du zu der Überzeugung kommen solltest, dass ich für die Firma nicht nützlich bin, dann kannst du mich hinauswerfen."

Deirdre konnte sich überhaupt nicht vorstellen, dass sie das jemals tun würde. Und sie war sich auch sicher, dass sie sich nie von Neil würde scheiden lassen wollen. „Und was ist mit deinen Interessen, Neil? Wäre der Abschluss eines solchen Vertrags nicht ungünstig für dich? Mir scheint, du bist immer noch zu naiv. Verhältst du dich nicht genauso kurzsichtig wie bei Wittnauer-Douglass?"

„Ich sehe das anders. Für mich ist es eine Herausforderung, die ich mit vollem Einsatz annehme. Ich glaube, ich kann die Firma in Schwung bringen, und dann wirst du keinen Grund haben, mich hinauszuwerfen. Ich suche kein gemachtes Bett, in das ich mich legen kann. Ich will harte Arbeit leisten. Es stimmt, du tust mir einen Gefallen, wenn du mir diese Chance gibst, aber ich revanchiere mich dafür. Ich nehme dir eine Verantwortung ab, die du nicht tragen magst."

Er nahm ihre Hand. „Du würdest einen Ehemann bekommen, der deiner Familie genehm ist. Und außerdem: Ist es nicht an der Zeit zu heiraten? Für mich gilt das jedenfalls. Ich werde nicht jünger."

Und was ist mit der Liebe? Von Liebe redest du gar nicht, dachte Deirdre. „Mir kommt das alles sehr konstruiert vor."

„Wenn man etwas tut, das gut überlegt ist, wird man es eher zum Erfolg bringen."

„Du brauchst mich nicht zu heiraten. Wir könnten auch so zusammenarbeiten."

„Natürlich, aber wenn es um deine Familie geht, ist es besser, wir sind verheiratet. Sie braucht von unserem Ehevertrag nichts zu wissen. In ihrer Sicht werden wir ein gemeinsames Vermögen haben. Ich werde ein Mitglied deiner Familie, es bleibt also ein Familienunternehmen."

Er drückte ihre Hand und schaute Deirdre in die Augen.

„Außerdem möchte ich dich heiraten. Sonst hätte ich dir den Vorschlag nicht gemacht."

Aber warum willst du mich heiraten? Das hätte Deirdre gern gefragt, doch sie traute sich nicht. Neil könnte ihr die Antwort geben, nach der sie sich sehnte. Aber es könnte auch sein, dass er alle vernünftigen Gründe wiederholte, und das würde sie nur traurig stimmen. Statt dieses Risiko einzugehen, begnügte sie sich mit seinen Worten.

„Willst du mich heiraten, Deirdre?"

Sie sah ihn an. Deirdre wusste, dass der Ausdruck ihrer Augen die Liebe verriet, die sie für Neil empfand. Sie konnte nichts dagegen tun. Schweigend nickte sie.

9. KAPITEL

Wie er versprochen hatte, wartete Thomas am nächsten Morgen mit seinem Boot am Anleger, um Deirdre und Neil abzuholen. Er begrüßte sie fröhlich und blickte sie neugierig an. Doch keiner von beiden verriet auch nur mit einer Miene, was sich zwischen ihnen abgespielt hatte. Die Furcht, die sie einige Zeit wegen der bevorstehenden Abreise empfunden hatten, war vergessen. Sie wussten, dass eine gemeinsame Zukunft vor ihnen lag und sie sich nicht mehr trennen mussten.

Neil hatte Deirdre nach Providence zurückfahren wollen. Doch sie hatte abgelehnt. Sie brauchte ihren Wagen und konnte ihn nicht in Maine stehen lassen. Neil hatte das schließlich eingesehen. Er fuhr hinter ihr her. Verschiedene Male hielten sie an, damit Deirdre sich bewegen konnte. Mittags aßen sie in einem kleinen Landgasthof.

Am Nachmittag erreichten sie das Haus von Deirdres Mutter. Sie hatten vorher darüber gesprochen, wann Neil sich bei ihr vorstellen sollte. Beide waren sich einig, dass Maria Joyce so bald wie möglich von der bevorstehenden Heirat erfahren sollte. Und da sie befürchteten, sie werde ihrer Tochter wieder zusetzen, legte Neil Wert darauf, schon beim ersten Wiedersehen dabei zu sein.

Deirdres Mutter hielt sich in der Bibliothek auf, als Deirdre von der Haustür her nach ihr rief. Sie kam sofort. Noch bevor sie ihre Tochter sah, verkündete sie mit lauter Stimme: „Deirdre! Das wird aber auch höchste Zeit. Ich bin vor Sorge schon ganz krank geworden. Wo hast du nur gesteckt? Wie geht es dir? Wenn ich nicht schließlich die Idee gehabt hätte, Victoria anzurufen ..."

Sie unterbrach sich mitten im Satz, als sie ihre Tochter, auf Krücken gestützt, neben einem Mann in Jeans sah. „Gütiger Himmel", sagte sie fast flüsternd. „Wen hast du denn da mit nach Hause gebracht?"

Deirdre spürte, dass Neil sie am Ellbogen anfasste. Sie wusste, dass er sich das Lachen verkneifen musste. Ihr ging es ähnlich. Für sie sah Neil einfach großartig aus. Aber sie wusste nur zu genau, dass ihre Mutter darüber anders denken würde.

„Mutter, ich möchte dir Neil Hersey vorstellen. Neil, das ist meine Mutter."

Neil trat einen Schritt vor und streckte Maria die Hand entgegen. Sie hatte keine Wahl und musste sie ergreifen. „Es ist mir ein großes Vergnügen, Mrs. Joyce. Deirdre hat mir eine Menge über Sie erzählt."

Maria verschwendete keinen Gedanken daran, was ihre Tochter wohl erzählt haben mochte. Sie war damit beschäftigt, ihre Hand möglichst schnell wieder aus dem – nach ihrer Meinung – zu vertraulichen Händedruck zu befreien. Sie nickte Neil kurz zu und schenkte ihre ganze Aufmerksamkeit Deirdre.

„Victoria hat mir schließlich gestanden, dass du nach Maine gefahren bist. Ich kann gar nicht fassen, dass du das getan hast, Deirdre. Dort oben warst du doch völlig aus der Welt, und in deinem Zustand ..."

„Mein Zustand ist in Ordnung. Außerdem war Neil bei mir.“ Bevor ihre Mutter sich darüber aufregen konnte, redete Deirdre schnell weiter. „Neil ist ebenfalls mit Victoria befreundet. Jetzt ist er auch mein Freund, und ...“ sie warf ihm einen Blick zu, „... und wir werden heiraten. Du solltest die Erste sein, die das erfährt.“ Belustigt beobachtete sie den verblüfften Gesichtsausdruck ihrer Mutter.

Eine Minute lang war sie sprachlos. Dann presste sie die rechte Hand auf ihr Herz und wurde wieder munter.

„Das kann nicht dein Ernst sein.“

„Doch, sehr sogar.“

„Deirdre, du kennst diesen Mann doch gar nicht.“ Sie schaute Neil in einer Weise an, die man nur bei großer Nachsicht noch als missbilligend bezeichnen konnte.

„Du wärst überrascht, Mutter, wie gut man einen Mann kennen lernen kann, wenn man zwei Wochen lang ganz allein mit ihm auf einer Insel ist.“

Neil fand diese Worte reichlich anzüglich und fügte deshalb schnell hinzu: „Deirdre meint, dass wir mehr Gelegenheit zu Gesprächen hatten als viele Leute innerhalb von Monaten. Wir haben uns gemeinsam um das Haus gekümmert und um alles, was unser tägliches Leben betraf. Wir sind davon überzeugt, dass unsere Ehe alle Aussichten hat, ein Erfolg zu werden.“

Deirdres Mutter hatte ihm schweigend zugehört und dabei die Finger um die Perlenkette geschlossen, die sie zu ihrem eleganten Seidenkleid trug. „Ich glaube, ich brauche einen Drink“, sagte sie unvermittelt und ging ins Wohnzimmer.

Deirdre eilte ihr so schnell wie möglich nach. „Mutter, es ist erst Nachmittag! Um diese Zeit brauchst du noch nichts zu trinken.“

„Doch.“ Ihre Mutter stand bereits an der Bar und nahm Eisstücke aus einem Behälter. „Jahrelang habe ich dir vergeblich zugeredet, dass du heiraten sollst. Und nun hast du dich aus einer plötzlichen Laune heraus dazu entschlossen und dir einen

Mann ausgesucht, den du unmöglich schon kennen kannst, da du ihn ja erst vor zwei Wochen zum ersten Mal gesehen hast ... Also, unter diesen Umständen brauche ich ein Glas, und die Tageszeit ist dabei völlig uninteressant."

Deirdre zuckte hilflos mit den Schultern, sah Neil an und setzte sich auf das Sofa. „Ich finde, du solltest mir erst einmal zu Ende zuhören, bevor du urteilst. Ich habe dir nämlich noch mehr zu erklären. Du könntest sonst etwas sagen, das du hinterher bereust."

„Das bezweifle ich sehr." Ihre Mutter hatte sich inzwischen eine gehörige Portion Bourbon eingeschenkt und stand nun mit dem Glas in der Hand an der Bar. „Ich weiß nicht, was ich in deiner Erziehung falsch gemacht habe, Deirdre, aber offensichtlich habe ich versagt. Ich habe immer versucht, dir das Gefühl für Werte zu geben, doch du hast alles abgelehnt. Ich habe mich darum bemüht, aus dir eine Dame zu machen, doch du ziehst es vor, in einem Gymnastikanzug herumzulaufen und ..."

„Nicht im Gymnastikanzug, Mutter, sondern in einem Trainingsanzug."

Ihre Mutter machte eine wegwerfende Handbewegung. „Das ist doch völlig gleich. Ich habe versucht, dir Familiensinn zu vermitteln, doch du hast darauf bestanden, deine eigenen Wege zu gehen. Du wolltest auch nicht einsehen, dass du für das Familienunternehmen mitverantwortlich bist. Stattdessen hast du nichts Besseres zu tun, als einfach davonzulaufen, dich mit dem nächstbesten ... Hippie einzulassen und ihn heiraten zu wollen."

Neil hatte bisher schweigend zugehört. Doch nun hielt er es für angebracht, in das Gespräch einzugreifen. Die gegen ihn gerichteten Beleidigungen störten ihn nicht, wohl aber die Kränkungen Deirdres. Die konnte er nicht länger hinnehmen.

„Ich glaube, Sie sehen die Lage völlig falsch, Mrs. Joyce", sagte er mit so großem Nachdruck, dass Deirdres Mutter ihn anhören musste. „Ich bin kein Hippie. Sie sollten sich Ihr Urteil nicht nach meiner jetzigen äußeren Erscheinung bilden. Berücksichtigen Sie bitte, dass wir von einem zweiwöchigen Urlaub zurückkehren. Den größten Teil meines Lebens verbringe ich in maßgeschneiderten Anzügen, die es durchaus mit Ihren wertvollen Wandteppichen, dem Modigliani dort neben der Bar oder dieser Baccarat-Vase aufnehmen können."

Deirdre sah ihn bewundernd an. „Ich bin sehr beeindruckt von deinen Kenntnissen, Neil."

Er stieß sie leicht mit dem Knie an, um sie zum Schweigen zu bringen.

Deirdres Mutter hob eine Augenbraue, war aber noch nicht besänftigt. „Dass jemand den Wert von Einrichtungsgegenständen erkennt, besagt nicht viel, Mr. Hersey. Solche Kenntnisse findet man auch bei Hochstaplern. Wovon leben Sie eigentlich?"

„Ich bin Rechtsanwalt. Meine Kanzlei in Hartford ist darauf spezialisiert, Wirtschaftsunternehmen zu beraten. Ich kann Ihnen eine lange Liste von Referenzen nennen. Ich habe in Harvard Rechtswissenschaften studiert und während der vergangenen Jahre für Jennings und Lange, KronTech, die Holder-Stiftung und die Firma Faulkner hier in Providence gearbeitet."

Er war zuversichtlich, dass diese Firmen ihm ein gutes Zeugnis ausstellen würden und dass Deirdres Mutter sie kannte. Sie würde allerdings auch von Wittnauer-Douglass gehört haben. Wenn sie seinen Leumund überprüfte, würde sie vielleicht auch von den Verleumdungen hören, die über ihn verbreitet wurden. Doch das Risiko musste er eingehen. Außerdem würde er Deirdre bereits geheiratet haben, bevor ihre Mutter Erkundigungen einziehen konnte.

Sie nickte einige Male.

„Also gut. Ich gebe zu, dass ich vielleicht voreilig geurteilt habe. Aber trotzdem bleibt es dabei, dass diese Heirat sehr plötzlich kommt. Wann soll sie stattfinden?"

Deirdre wollte antworten, doch Neil kam ihr zuvor. „Sobald es nach dem Gesetz zulässig ist. Nachdem die Blutuntersuchung stattgefunden hat und die Heiratserlaubnis eingeholt wurde, müssen wir drei Tage warten. Ich kenne einen Richter in Providence, der vielleicht sogar diese Frist abkürzen kann."

Maria trank einen Schluck von ihrem Bourbon. „Warum diese Eile?" Sie warf Deirdre einen viel sagenden Blick zu. „Es gibt Tests, mit deren Hilfe man sehr schnell ..."

„Ich bin nicht schwanger, Mutter", warf Deirdre ein. „Und wenn ich es wäre, müsstest du dich eigentlich freuen. Seitdem ich erwachsen bin, redest du dauernd auf mich ein, dass du Enkelkinder haben möchtest."

„Die möchte jede Frau haben."

„Gut, dann hast du ja keinen Grund, dich zu beschweren."

„Vergessen wir das mit der Schwangerschaft, Deirdre. Aber du wirst heiraten, nach Hartford ziehen und unsere Firma wieder im Stich lassen. Sei mal ehrlich, Deirdre, findest du das fair?"

Neil gab die Antwort: „Wir werden nicht in Hartford wohnen, sondern hier."

Deirdres Mutter sah ihn skeptisch an. „Sie wollen Ihre erfolgreiche Praxis aufgeben."

„Ich kann überall als Rechtsanwalt arbeiten." Neil unterdrückte ein flüchtiges Gefühl des Unbehagens. „Providence ist dafür genauso gut geeignet wie jeder andere Ort."

„Mutter, unsere Idee war, dass Neil dir aus der Klemme hilft. Er ist einverstanden, mich in der Firma zu unterstützen."

Zum zweiten Mal innerhalb kurzer Zeit war Deirdres Mutter sprachlos. Sie schaute von Deirdre zu Neil und wieder zurück. Dann hob sie ihr Glas und trank einen kräftigen Schluck. Danach hatte sie ihre Fassung zum Teil wiedergewonnen, aber nicht genug, als dass ihre Hände nicht zitterten. Sie stellte das Glas ab.

„Das ist eine unerwartete Wendung", meinte sie vorsichtig.

„Ebenso wie unsere Heirat, Mutter. Aber wenn du es richtig

betrachtest, wirst du einsehen, dass alles sinnvoll ist. Seit Jahren bedrängst du mich, ich solle dir in der Firma helfen. Ich war immer davon überzeugt, dass ich dazu nicht tauge. In gleichem Maße steht für mich fest, dass Neil der richtige Mann für mich und für uns ist."

Das war Deirdres ehrliche Meinung. Neil verfügte über alle Fähigkeiten, die man brauchte, um die Firma zu leiten. „Du wolltest immer, dass alles in den Händen der Familie bleibt. Neil wird ein Teil unserer Familie werden. Was hätte Vater mehr verlangen können als einen Schwiegersohn, der das kann, worin seine Töchter versagen."

„Aber er ist Rechtsanwalt, kein Geschäftsmann", warf Maria ein. Man merkte ihr an, dass ihr Widerstand bereits schwächer wurde. „Mit solcher Tätigkeit ist er nicht vertraut."

„Ich bin es viel weniger, Mutter, ebenso wie Sandra."

Neil ergriff das Wort. „Ich habe seit Jahren für große Firmen wie Joyce Enterprise gearbeitet und kenne mich im Geschäftsleben aus. Ich habe eine Menge Vergleiche ziehen können und weiß, wie man ein Unternehmen erfolgreich leitet. Aufgrund meiner Erfahrungen kann ich gute Vorschläge machen!"

Er schwieg einen Moment und lächelte seine künftige Schwiegermutter dabei charmant an. „Ich glaube, es könnte für uns alle zum Vorteil werden, Mrs. Joyce. Ich versichere Ihnen, dass ich meine Karriere nicht aufs Spiel setzen würde, wenn ich nicht davon überzeugt wäre, Erfolg zu haben."

Deirdres Mutter konnte jetzt nichts mehr entgegnen. Nervös drehte sie an ihrer Perlenkette. „Es sieht so aus, als hättet ihr euch doch alles genau überlegt."

„Das haben wir", bestätigte Deirdre.

Ihre Mutter machte einen recht verwirrten Eindruck. „Ich weiß nicht, Deirdre, es kommt alles so plötzlich. Ich hatte immer gehofft, wenn meine Töchter heiraten, dass es dann eine große Feier gibt mit vielen Blumen, mit Musik und vielen Gästen."

Deirdre atmete tief ein und wieder aus. „Das war nie meine

Vorstellung, Mutter. Ich wäre mit einer kleinen Feier im engen Familienkreis völlig zufrieden."

Maria sah beide an. „Werdet ihr glücklich sein? Habt ihr es euch wirklich gut überlegt?" Alle wussten, dass sie nicht die Hochzeitsfeier, sondern die Ehe meinte.

Neil legte Deirdre die Hand auf die Schulter und Deirdre erwiderte: „Ja, Mutter, das haben wir."

Neil stimmte zu. „Wir werden glücklich sein, Mrs. Joyce. Darauf gebe ich Ihnen mein Wort."

Deirdre und Neil hatten das Gefühl, die schwierigste Hürde genommen zu haben. Sie verließen Deirdres Mutter Maria, beantragten die Heiratserlaubnis und fuhren zu Deirdres kleinem Haus.

Neil war begeistert von der Art, wie sie es eingerichtet hatte. Während im Haus ihrer Mutter alles teure Eleganz bewies, hatte Deirdre ihre Wohnung hell und einfach gehalten. Die Möbel waren modern und niedrig, auf Sesseln und Sofas lagen viele Kissen. Die Zimmer waren fast gar nicht durch Wände voneinander getrennt. Neil sah keine wertvollen Wandteppiche, Gemälde oder Vasen, aber Deirdre hatte einige sorgfältig ausgewählte Werke einheimischer Künstler gesammelt.

„Ich fühle mich hier wie zu Hause", sagte Neil zu Deirdre, als sie später am Abend im Bett lagen.

Sie hatte das Kinn auf seine Brust gestützt und lächelte ihn an. „Das freut mich."

„Alles ist hübsch und hell und beweist viel Geschmack – genau wie du."

„So viel Komplimente? Ich glaube, du willst etwas von mir."

„Ja. Wir werden uns ein Haus suchen, und du sollst es genau wie dieses einrichten. Ich möchte nicht in einem Museum leben oder in der Ausstellung eines Innenarchitekten."

„Ist das die Beschreibung deiner Wohnung?"

„Zum Teil ja. Mir ist das bisher nie bewusst gewesen. Doch

jetzt weiß ich, dass es mir nicht gefällt. Alles soll so sein wie hier. Einverstanden?" „Einverstanden."

Am nächsten Tag fuhren sie nach Hartford. Neil hatte eine lange Liste aller Dinge aufgestellt, die zu erledigen waren. Besonders vordringlich schien es, seine Anwaltssozien davon zu verständigen, dass er aus der Praxis ausschied. Beide waren begabt, aber noch jung, und hatten bisher keine Gelegenheit gehabt, sich einen eigenen Mandantenstamm heranzuziehen. Neil stellte sie vor die Wahl, sich entweder bei anderen Rechtsanwälten zu beteiligen oder die Praxis zu übernehmen. Im zweiten Fall würde er sich nach Kräften bemühen, sie zu empfehlen.

Als Nächstes nahm er sich vor, seine Eigentumswohnung zu verkaufen. Der Makler hatte bereits eine Liste von Personen, die sich für eine Wohnung in dem Gebäude interessierten. Er hatte keine Schwierigkeiten, einen Käufer zu finden.

„Bist du sicher, dass du verkaufen willst?" fragte Deirdre.

„Warum nicht? Ich werde nicht mehr in dieser Stadt leben."

„Aber falls dir Providence nicht gefällt oder dort nicht alles so läuft, wie du es dir vorstellst ..."

Er nahm sie in die Arme. „Providence wird mir gefallen, und alles wird gut werden. Ich habe mich entschieden und gebunden, Deirdre. Es hat keinen Sinn, das nur halb zu tun."

Sie widersprach ihm nicht. Seine Zuversicht wirkte ansteckend auf sie. So fuhren sie nach Providence zurück und machten sich auf die Suche nach einem Haus. Sie hatten Glück. In einem Vorort fanden sie ein reizendes Haus im Kolonialstil auf einem Grundstück von rund 1.200 Quadratmetern. Es war von alten Bäumen und ausladenden Büschen umgeben. Die bisherigen Besitzer waren bereits ausgezogen, die Renovierung konnte sofort beginnen.

Drei Tage nach ihrer Rückkehr aus Maine heirateten Deirdre und Neil. Ihre Mutter hatte alles vorbereitet. Deirdre hatte ihr das als eine Art Trostpflaster überlassen. So kamen mehr Leute, gab es mehr Essen und Blumen, als Deirdre es sich vorgestellt hatte. Aber sie war zu glücklich, um irgendetwas auszusetzen.

Neil sah in seinem dunklen Anzug sehr gut aus. Deirdre hatte sich einen Gehgips anlegen lassen. Sie trug ein langes weißes Kleid, das raffiniert einfach geschnitten war, hatte nur wenig Make-up aufgelegt und trug die Perlenkette mit den dazugehörigen Ohrringen, die der Vater ihr zum einundzwanzigsten Geburtstag geschenkt hatte.

Die Trauung war kurz und eindrucksvoll, der anschließende Empfang im Hotel herzlich. Deirdre mischte sich am Arm ihres Ehemannes stolz unter die versammelten Gäste. Neil hatte ihr einen mit Diamanten besetzten Ehering an den Finger gesteckt. Sie wäre auch mit einem einfachen Ring zufrieden gewesen. Für Deirdre bedeutete die Tatsache, dass sie mit Neil verheiratet war, am meisten. Seine Blicke bezeugten, dass er sie liebte, auch wenn er das noch nicht ausdrücklich gesagt hatte.

Es folgten einige hektische Wochen. Neil verwandte seine ganze Arbeitskraft darauf, sich mit den Verhältnissen der Firma Joyce Enterprises vertraut zu machen. Sandra war über seine Mithilfe sehr froh und ihm zugetan. Das war auch kein Wunder. Neil strahlte Zuversicht aus und behandelte Sandra und ihre Onkel voller Charme.

Er kam in der Regel erst spät abends nach Hause und war dann völlig erschöpft. Deirdre brachte viel Verständnis dafür auf und gab sich erfolgreich Mühe, seine Lebenskräfte wieder aufzufrischen. Aufgrund seiner ausführlichen Erzählungen war sie stets auf dem Laufenden über das, was sich in der Firma ereignete. Er diskutierte alle seine Pläne mit ihr.

Umgekehrt war er sehr daran interessiert, von ihren Fortschritten bei der Ausstattung des Hauses zu erfahren. Deirdre hatte sich voller Eifer an die Arbeit gemacht. Dass Neil ihrem

Geschmack vertraute, war ein großer Ansporn für sie – und natürlich der Umstand, dass das Haus nicht nur für sie, sondern auch für ihn bestimmt war.

Drei Wochen nach der Trauung zogen sie in ihr Haus ein. Deirdre befand sich in Hochstimmung. Nach acht Tagen wurde der Gipsverband abgenommen. Zuerst schmerzte das Bein beim Gehen noch, doch Neil munterte sie durch seinen liebevollen Zuspruch auf. Er half ihr bei den gymnastischen Übungen, die der Arzt verordnet hatte und die oft damit endeten, dass Deirdre und Neil sich stürmisch liebten.

Allerdings nahm Deirdre den Gymnastikunterricht noch nicht wieder auf. Ihr Bein war noch nicht genügend belastbar. Jedoch vermisste sie die Beschäftigung mit den Schülern nicht. Das Einrichten des Hauses und die Tätigkeit als Hausfrau nahmen viel Zeit in Anspruch. Außerdem nahm sie mit Neil an einer Reihe gesellschaftlicher Veranstaltungen teil, die sein Beruf von ihm erforderte.

Deirdre hätte vorher nicht geglaubt, dass sie daran Vergnügen finden würde. Es musste daran liegen, dass Neil bei ihr war. Er versäumte es nicht, ihr jedes Mal ein Kompliment über ihr gutes Aussehen zu machen. Die Folge war, dass es ihr nun auch Spaß bereitete, sich sorgfältig zu kleiden. Neil war stets ein perfekter Gastgeber und bezog Deirdre in alle Gespräche mit ein.

Neil freute sich ebenfalls darüber, wie sich die Dinge entwickelten. Deirdre wirkte als Hausfrau ebenso bezaubernd, wie sie es als Geliebte gewesen war. Sie stritten sich nicht, er lebte überaus gern mit ihr zusammen.

Eines störte ihn allerdings von Zeit zu Zeit. Es war die Übereinkunft, die sie getroffen hatten. Er hätte es vorgezogen, wenn sie aus Liebe geheiratet hätten und nicht deshalb, weil das für sie beide Vorteile brachte. Immer wieder nagten Zweifel an ihm, ob Deirdre ihn liebte.

In seiner Tätigkeit für die Firma plagten ihn dagegen keinerlei Selbstzweifel.

Die Arbeit war interessant und stellte für ihn eine große Herausforderung dar. Sie entsprach völlig seinen Neigungen. Er hatte einen fähigen leitenden Angestellten engagiert. Mit ihm zusammen arbeitete er die Pläne für den weiteren Ausbau der Firma aus.

Deirdre war begeistert. Ihr Vertrauen in Neils Fähigkeiten erwies sich als völlig gerechtfertigt.

Maria Joyce erkannte Neils Leistungen ebenfalls an. Sie versäumte es allerdings auch nicht, Deirdre auf das Risiko hinzuweisen, das sie angeblich mit Neil eingegangen seien.

„Ich habe Erkundigungen über Neil eingezogen", erklärte sie Deirdre eines Tages, als sie mit ihr in einem Restaurant beim Mittagessen saß. „Ihr seid mir gegenüber nicht völlig aufrichtig gewesen, soweit es um seine Vergangenheit geht."

„Aber Mutter, natürlich waren wir das."

„Ihr habt mir nichts von Wittnauer-Douglass gesagt."

„Da gab es nichts zu sagen. Neil hatte mit einem Mandanten schlechte Erfahrungen gemacht und war deshalb gezwungen, die Beziehungen zu ihm abzubrechen. Aber das war ein Einzelfall. Er hat für Wittnauer-Douglass ebenso qualifiziert gearbeitet wie für seine anderen Mandanten."

„Meine Freundin Bess Hamilton hat mir erzählt, dass Neil an einigen unehrenhaften Geschäften beteiligt war. Ihr Mann gehört dem Vorstand von Wittnauer-Douglass an."

Deirdre wurde zornig. „Wenn Bess Hamiltons Mann dort im Vorstand ist, dann war er es, der sich an krummen Geschäften beteiligt hat. Neil hat die Beziehungen zur Firma abgebrochen, weil er dabei nicht mitmachen wollte."

„Das hat Bess mir aber anders erzählt."

„Wem willst du eher glauben: deiner Freundin oder deinem Schwiegersohn?"

Maria ließ sich davon nicht beeindrucken. „Ich habe keine Wahl, nicht wahr? Neil ist intensiv mit unserer Firma befasst und ..."

„Und verrichtet ausgezeichnete Arbeit. Das kannst du nicht leugnen."

„Aber ich frage mich manchmal, welche Motive er dafür hat. Wie Bess mir erzählt hat, ist er praktisch aus Hartford vertrieben worden."

„Das stimmt nicht. Seine beiden früheren Partner haben seine Anwaltspraxis übernommen und kommen gut zurecht. Neil hat seine bisherigen Mandanten überreden können, bei ihnen zu bleiben. Sie haben ihm vertraut, sonst wären sie seiner Empfehlung nicht gefolgt."

Ihre Mutter schien noch nicht völlig überzeugt. „Trotzdem, es war für ihn sehr vorteilhaft, dich zu heiraten. Das war ein geschickter Schachzug."

„Was willst du damit sagen, Mutter?"

„Nur, dass du vorsichtig sein solltest. Ich glaube, das sollten wir alle sein. Vielleicht versucht er, Joyce Enterprises zu übernehmen und uns zu verdrängen."

„Das würde Neil niemals tun."

„Woher willst du das wissen?"

„Weil ich ihn geheiratet habe und ihn kenne."

„Du liebst ihn. Liebe macht gelegentlich kritiklos."

„Nicht in diesem Fall. Ich vertraue ihm." Deirdre dachte dabei auch an den Ehevertrag, den sie mit Neil vor der Hochzeit geschlossen hatte. Darüber schwieg sie jedoch, er ging ihre Mutter nichts an. „Ich finde, du kannst ihm auch vertrauen. Er hat uns eine große Last abgenommen. Wenn Vater noch leben würde, wäre er stolz auf Neil gewesen."

Maria fiel dazu keine Erwiderung ein, so wechselte sie das Thema. Doch ihre Worte klangen in Deirdre noch lange nach.

Deirdre hatte es ehrlich gemeint, als sie sagte, dass sie Neil vertraue. Manchmal allerdings wunderte sie sich darüber, wie viel Energie er für die Firma aufbrachte. Es verging kaum ein Abend, an dem er nicht Akten mit nach Hause brachte und dann noch weiter arbeitete. Seine Hingabe an die Firma schien grenzenlos.

Deirdre versuchte, ihre Gefühle zu klären. Vielleicht war sie nur eifersüchtig. Sie erinnerte sich an die unbeschwerten Tage in Maine und wünschte sich, sie hätte Neil wieder ganz für sich allein. Damals hatte er sich nur um sie gekümmert. Jetzt musste er auch für andere Dinge sorgen.

Sie erinnerte sich an das, was er auf der Insel gesagt hatte: dass der Beruf eine sehr anspruchsvolle Geliebte sein könne. Damals hatte sie erwidert, dass ihm noch nicht die richtige Frau begegnet sei. Jetzt musste sie sich fragen, ob sie die richtige Frau war. Sie fühlte sich nicht völlig sicher. Neil war ihr gegenüber liebevoll und herzlich. Wenn sie mit ihm reden wollte, legte er seine Akten zur Seite. Er tröstete sie geduldig, als ihr Bein immer noch nicht ausgeheilt war.

Doch wenn er morgens zur Arbeit ging, war er immer gut gelaunt. Und nie sagte er, dass er sie liebe.

Vielleicht lag ihr Unbehagen auch daran, dass sich ihr Leben innerhalb weniger Monate so sehr verändert hatte. Das Haus war jetzt fertig eingerichtet. Neil und sie freuten sich sehr darüber. Deirdre hatte wieder mehr Zeit, die sie nicht ausfüllen konnte. Zwar hatten sie häufig abends Gäste, aber das genügte ihr nicht.

Allmählich nahm ihre Unruhe zu. Gymnastikunterricht konnte sie noch nicht wieder erteilen. Das Bein wurde zwar besser, machte ihr aber mitunter doch noch Kummer. Der Drang zu unterrichten war geringer geworden. Er hatte in dem Maße nachgelassen, wie sie von dem Druck befreit worden war, für das Familienunternehmen arbeiten zu müssen.

Lange Stunden saß sie allein zu Haus. Sie vermisste Neil. Gelegentlich ging sie mit Freundinnen in die Stadt zum Essen in

ein Restaurant, doch das half ihr nur für kurze Zeit. Sie beteiligte sich an der Organisation einer Wohltätigkeitsveranstaltung, aber auch das füllte sie nicht aus.
Ganz unerwartet bot sich für Deirdre ein Ausweg. Neil kam eines Abends besonders müde nach Haus. Um sich zu entspannen, trank er mit Deirdre ein Glas Wein. Sie saßen im Wohnzimmer.

„Ich brauche deine Hilfe, Deirdre."

„Gibt es in der Firma ein Problem?"

„Ja, ein Personalproblem. Art Brickner, der Leiter unserer Personalabteilung, hat Bedenken, dass wir neue Leute einstellen. Er will lieber Mitarbeiter aus der Firma befördern. In der Theorie stimme ich ihm zu, aber in der Praxis sieht es anders aus. Es sind einfach nicht genug fähige Kräfte da, die wir einsetzen können. Art hat grundsätzlich Einwände gegen neue Leute in der Firma und damit natürlich vor allem auch gegen mich. Er war einer der engsten Mitarbeiter deines Vaters."

„Ich weiß. Aber was kann ich dabei tun?"

„Unterstütze ihn bei der Arbeit. Hilf ihm, die Übergangszeit zu verkraften. Er ist tüchtig ..."

„... aber schwerfällig."

Neil lachte. „Du hast Recht. Aber er hat einen guten Instinkt. Wenn du in der Firma mit ihm zusammenarbeitest, wird er seine Ängste verlieren. Er fürchtet nämlich, dass das Unternehmen mit den geplanten Änderungen Schiffbruch erleidet."

„Aber Neil, was verstehe ich schon von Personalfragen?"

„Du hast einen gesunden Menschenverstand und ein Gefühl dafür, was für die Firma gut ist. Art wird sich um die äußeren Abläufe kümmern, während du für ... für die Seele des Geschäfts sorgst. Was hältst du davon?"

Deirdre betrachtete ihn einige Zeit. „Ich habe den Eindruck, dass du erschöpft bist. Du arbeitest zu viel, Neil."

Er lockerte seine Krawatte. „Du hast Recht. Aber es muss sein." Er musterte Deirdre. „Du siehst auch nicht gerade besonders munter aus. Woran liegt das?"

„Vielleicht habe ich zu viel Zeit, mit der ich nichts anfangen kann."

„Dann wäre es doch eine gute Idee, wenn du Art unterstützen würdest."

„Neil, ich ..."

„Du musst ja nicht die volle Zeit arbeiten. Es genügt, wenn du wöchentlich etwa 20 Stunden in der Firma bist."

„Aber ..."

„Du kannst dich auch anziehen, wie du willst. Du würdest nicht in der Öffentlichkeit auftreten."

„Aber was ..."

„Du bekommst auch ein Gehalt." Er lächelte. „Nun, klingt das nicht verlockend?"

Deirdre seufzte. Sie zögerte einen Moment, dann schmiegte sie sich in die Arme, die Neil ihr entgegenstreckte.

„Neil, wenn du mich so anlächelst, kann ich dir nicht widerstehen. Aber das weißt du ja, und deshalb tust du es. Ich bin ziemlich einfältig, scheint mir."

„Du wirst also die Arbeit übernehmen?"

„Ja."

„Versprichst du mir, dass du mir sagst, wenn sie dir zu viel wird?"

„Ich werde es schon schaffen. Ich bin ja noch jung und voller Energie. Wenn ich es mir richtig überlege, bin ich vor Begeisterung kaum noch zu bremsen ..."

10. KAPITEL

Es wurde für Deirdre allerdings doch sehr anstrengend. Zuerst arbeitete sie jeden Tag von neun bis vierzehn Uhr in der Firma. Die ungewohnte Tätigkeit nahm sie sehr mit. Nach einer Woche begann sie erst um zehn Uhr. Es fiel ihr schwer zu verstehen, wie Neil es schaffte, eine sehr viel größere Arbeitslast zu tragen. Nach wie vor kam er abends erst spät nach Hause.

Obwohl Neil ausdrücklich gesagt hatte, sie könne sich anziehen, wie sie wolle, wählte Deirdre ihre Kleidung sorgfältig aus. Sie wollte, dass Neil auch auf ihr Äußeres stolz sein konnte. Daheim kümmerte sie sich um die Mahlzeiten und sorgte dafür, dass das Haus immer sauber und aufgeräumt war. Es kam gelegentlich vor, dass Neil ganz kurzfristig unangemeldeten Besuch mitbrachte.

Neil hatte darauf bestanden, dass sie ein Mädchen als Haushaltshilfe beschäftigten. Deirdre nahm wieder an gymnastischen Übungen teil – die Ärztin hatte keine Einwände dagegen gehabt –, unterrichtete aber noch nicht. Sie schwamm und tat alles, um sich körperlich in Form zu halten.

Niemals stritt sie sich mit Neil. Sie klagte nicht, wenn er sich im Büro verspätete und sie mit dem Essen auf ihn warten musste. Sie erhob keine Einwände, wenn er geschäftlich verreiste. Sie drängte ihn auch nicht, sich einige Stunden frei zu nehmen und mit ihr Tennis zu spielen. Bei Cocktailpartys und Einladungen zum Abendessen spielte sie anmutig die Rolle der Gastgeberin. Wenn sie dann schließlich mit Neil allein war, gab sie sich alle Mühe, ihn körperlich und seelisch zufrieden zu stellen.

Doch unter diesen Umständen musste sie auch manchen Wunsch unterdrücken, und das bekam ihr nicht gut. Sie wurde zunehmend frustriert. Sie wünschte sich, Neil möge nicht so viel arbeiten, aber sie äußerte es nicht. Die Zeit, die sie mit ihm allein verbringen konnte, war ihr viel zu kurz. Selbst an den Wochenenden arbeitete Neil häufig.

Vor allem verlangte es sie immer mehr, von ihm zu hören, dass er sie liebte. Er sagte es nicht, und sie fragte ihn nicht danach. Allmählich kam ihr die häufige Einsamkeit wie ein Drahtseilakt vor.

Dieses Drahtseil wurde gefährlich dünn, als Deirdres Mutter eines Tages bei ihr vorbeischaute. Deirdre wollte sich gerade auf den Weg zur Firma machen, sie war bereits an der Haustür.

„Hast du schon von Neils neuestem Vorhaben gehört?" fragte Maria mit all der Arroganz, zu der sie fähig war. Deirdre kannte diesen Charakterzug ihrer Mutter zur Genüge. Sie verzichtete deshalb darauf, sie ins Haus zu bitten.

„Welches meinst du", entgegnete Deirdre kühl. „Neil hat in letzter Zeit eine Menge Pläne, und alle sind sehr viel versprechend."

„Dieser Plan ist es nicht."

„Worum geht es?"

„Er bewirbt sich um einen Regierungsauftrag für unsere Elektronikabteilung."

Das wusste Deirdre bereits. „Gibt es dabei ein Problem?"

„Wir haben uns noch nie um Regierungsaufträge bemüht, sondern stets auf dem privaten Sektor gearbeitet."

„Das bedeutet doch nicht, dass wir unsere Unternehmensstrategie nicht ändern sollten. Entscheidend ist doch nur, was für die Firma günstig ist."

„Aber wird es das sein? Das ist sehr fraglich. Bewirbt Neil sich um den Auftrag, weil es für die Firma oder weil es für ihn günstig ist.?"

„Ist das nicht dasselbe?" Deirdre ging nicht auf die kaum verhüllten Vorwürfe ein, die ihre Mutter bereits vor einiger Zeit gegen Neil erhoben hatte.

„Nicht auf lange Sicht. Du weißt es vielleicht noch nicht, aber einer der Mitbewerber ist die Firma Wittnauer-Douglass."

Das war Deirdre in der Tat neu. Für einen kurzen Moment fröstelte es sie. „Es wird bestimmt noch mehr Konkurrenten geben ..."

„Aber keinen, gegen den Neil einen persönlichen Groll hat."

„Neil hat nichts gegen Wittnauer-Douglass", widersprach Deirdre. „Was sich dort abgespielt hat, ist für ihn Vergangenheit. Er ist hier sehr erfolgreich. Mir scheint, du hast dich in deinen Gedankengängen verirrt."

„Das war von Anfang an deine Einstellung. Du wolltest auf meine Bedenken nicht hören. Aber jetzt habe ich den Beweis, der mir fehlte."

„Einen Beweis? Welchen Beweis?"

„Dein Mann zieht unsere Firma in etwas hinein, nur weil er sich rächen will. Es gibt gar keinen anderen Grund für ihn, sich um einen Regierungsauftrag zu bewerben. Denk einmal darüber nach. Zum ersten Mal soll die Firma etwas tun, was sie bisher abgelehnt hat, und ausgerechnet in diesem Fall haben wir einen mächtigen Mitbewerber, der Neil persönlich verhasst ist. Klingt das nicht sehr verdächtig?"

Deirdre legte ihre Handtasche auf den kleinen Tisch in der Diele. „Kennst du Einzelheiten, Mutter? Wer hat zuerst ein Angebot abgegeben, Wittnauer-Douglass oder Joyce Enterprises?"

„Das weiß ich nicht. Wie sollte ich das wohl erfahren können?"

„Wenn du einen Beweis suchst, solltest du an dem Punkt beginnen. Es könnte doch sein, dass Neil der Erste war, der sich um den Regierungsauftrag bemüht hat, noch bevor Wittnauer-Douglass in Erscheinung getreten sind. Damit wäre seine Unschuld bewiesen."

„Es gibt noch weitere Beweise, die gegen ihn sprechen."

Deirdre verlor allmählich die Geduld. „Was für Beweise sind das?“

Ihre Mutter seufzte. „Deirdre, denk doch einmal nach. Neil hat dich in einer Zeit kennen gelernt, in der er seinen Tätigkeitsbereich ändern musste.“

„Er brauchte nicht ...“

„Er sprang sofort auf das an, was du ihm geboten hast. Er hat dich so schnell wie möglich geheiratet und sich darangemacht, seine Pläne zu verwirklichen.“

„Seine Pläne dienen dazu, unserer Firma wieder auf die Beine zu helfen, und damit hat er viel Erfolg gehabt. Er hat uns einen großen Gefallen getan.“

„Er hat sich selbst einen Gefallen getan. Deirdre, du musst die Dinge objektiv sehen. Es ist ihm gelungen, sich an die Spitze einer bedeutenden Firma zu setzen. In unserer Stadt ist er inzwischen so angesehen, dass ihr beide zu allen Partys eingeladen werdet.“

„Ich finde, du bist sehr undankbar, Mutter. Du solltest dir lieber einmal überlegen, dass Neil alles für uns tut. Er hat die weniger begehrenswerte deiner Töchter geheiratet. Er hat die Verantwortung für das Familienunternehmen übernommen und es sogar geschafft, dass ich in der Firma arbeite. Was kannst du eigentlich mehr erwarten?“

„Ich möchte, dass Joyce Enterprises in den schwarzen Zahlen bleibt.“

„Glaubst du wirklich, dass die Bewerbung um einen Regierungsauftrag das verhindert?“ fragte Deirdre ungläubig.

„Wenn er den Auftrag auf jeden Fall haben will, wird er so niedrig bieten, dass Wittnauer-Douglass nicht mithalten können. Und damit würde er an die finanzielle Substanz unseres Unternehmens gehen.“

„Und zugleich an die Substanz dessen, was er für sich aufgebaut hat“, wandte Deirdre ärgerlich ein. „Das ergibt doch keinen Sinn, Mutter. Du denkst nicht logisch.“

„Sie ist ein Risiko – diese Bewerbung."

„In jedem lohnenden Geschäft liegt ein Risiko. Wenn Neil nur todsichere Geschäfte abschließen würde, könnten wir bald schließen."

„Er ist waghalsig. Ich finde, du solltest mit ihm reden."

Jetzt hatte Deirdre genug. „Das höre ich mir nicht länger an." Sie nahm ihre Handtasche, ergriff den Mantel und eilte zur Haustür. „Du kannst noch bleiben, wenn du willst. Ich muss zur Arbeit."

Deirdre hätte sich aus den Bemerkungen ihrer Mutter vielleicht nicht viel gemacht, wenn nicht einige Tage später auch Art Brickner sie auf dasselbe Thema angesprochen hätte. Er berichtete, dass Neil plane, weitere Leute einzustellen, wenn die Firma den Regierungsauftrag erhalte. Art hegte Bedenken, ob Neils Vorhaben vernünftig sei.

Kurz darauf äußerte auch einer der langjährigen Vizepräsidenten der Firma Zweifel daran, dass der Regierungsauftrag für die Firma günstig sei.

In beiden Gesprächen verteidigte Deirdre Neils Absichten. Sie gewann den Eindruck, dass der Widerstand der beiden Mitarbeiter in erster Linie auf eine grundsätzliche Abneigung gegen einen Wechsel in der Unternehmenspolitik zurückzuführen war und nicht auf konkrete Bedenken gegen den Regierungsauftrag.

Deirdre berichtete Neil nichts von diesen Diskussionen. Sie sah auch noch keinen Anlass, sich gegen die Abgabe des Angebots zu wenden. Vom wirtschaftlichen Standpunkt aus erschien es ihr durchaus sinnvoll. Was sie jedoch gedanklich beschäftigte, war die Möglichkeit, dass Neil nicht nur rein geschäftliche Motive hatte, sich an der Ausschreibung zu beteiligen. Vielleicht spielte dabei doch der Wunsch mit, sich zu rächen.

Im Grunde genommen beruhten ihre Zweifel auf der Ungewissheit, wie sie ihre Beziehung zu Neil einschätzen sollte. An sich gab es für sie keinen Grund, etwas zu beanstanden. Sie waren sich sehr nahe. Sie erweckten nach außen den Eindruck eines verliebten Paares und fühlten sich auch so. Doch wenn sie daran dachte, welche Gründe sie zur Heirat veranlasst hatten, wurde sie unsicher. Was waren Neils Motive?

Zu einer Aussprache zwischen Deirdre und Neil kam es erst, als er eines Tages unverhofft schon am Nachmittag wieder zu Hause war. Zuerst freute Deirdre sich sehr. Sie küsste ihn zärtlich.

Neil legte den Arm um sie und führte sie in sein Arbeitszimmer. Dort drehte er sich zu ihr um und sah sie an. Deirdre erkannte an seinem angespannten Gesichtsausdruck, dass er ein Problem hatte.

„Ich muss dich um einen Gefallen bitten, Deirdre. Leider muss ich noch heute Abend zu einer Besprechung nach Washington fliegen. Glaubst du, dass du mit unseren Gästen allein zurechtkommst?"

Sie hatten schon vor längerer Zeit für diesen Abend drei Paare in ein Restaurant eingeladen. Deirdre kannte die Leute, sie mochte sie nicht sehr.

Sie verzog das Gesicht. „Neil, musst du wirklich fort?"

„Ja. Es ist sehr wichtig." Die plötzliche Reise war ihm auch nicht recht, aber sie ließ sich nicht verschieben.

„Aber warum so plötzlich? Du wolltest doch morgen ohnehin nach Washington fliegen, um unser Angebot zu unterbreiten. Kannst du die Besprechung nicht verschieben?"

„Nein, das geht nicht. Sie dient ja der Vorbereitung unseres Angebots. Ich will den Auftrag der Regierung unbedingt haben." Er sah sie lächelnd an. „Komm, du wirst mit unseren Gästen schon fertig werden."

„Du weißt, wie sehr mir solche Geschäftsessen zuwider sind."

„Ich weiß, dass du dabei stets einen sehr guten Eindruck machst."

„Wenn du bei mir bist. Aber du willst mich allein gehen lassen. Das macht es mir nur noch unangenehmer."

„Ich bitte dich um deine Hilfe, Deirdre. Ich kann nicht an zwei Orten gleichzeitig sein."

Deirdre wurde ärgerlich, und dabei kamen auch der Verdruss und die Zweifel in ihr hoch, die sie so lange unterdrückt hatte. „Und da ziehst du es vor, nach Washington zu fliegen, wie? Wenn du wirklich bei mir sein wolltest, würdest du einen anderen schicken. Warum kann Ben uns nicht bei der Besprechung vertreten?" Ben Tülotson war der leitende Angestellte, den Neil eingestellt hatte.

„Er bekommt Besuch von seiner Tochter aus Seattle. Es fällt ihm schon schwer genug, dass er sie morgen allein lassen muss."

„Und was ist mit mir? Du musst mich morgen auch allein lassen."

„Ich trage mehr Verantwortung als Ben."

„Dann soll doch Thor fliegen." Thor VanNess war der Leiter der Elektronikabteilung. In Deirdres Vorstellung eignete er sich vorzüglich, um die Firma in der Besprechung zu vertreten.

„Thor leistet fantastische Arbeit, aber er ist nicht diplomatisch genug. Das Treffen heute Abend erfordert eine Menge Fingerspitzengefühl."

„Und du bist der Einzige in unserer Firma, der darüber verfügt?"

Neil hatte so viel Widerstand nicht erwartet und wurde allmählich ungeduldig. „Deirdre, übertreibst du nicht ein wenig? Wenn du willst, sage ich meiner Sekretärin, dass sie das Essen heute Abend absagt. Aber es wäre mir lieber, wir könnten das vermeiden. Glaube mir, ich habe mir Gedanken darüber gemacht, ob es nicht eine andere Lösung gibt. Aber es lässt sich nicht umgehen, dass ich noch heute nach Washington fliege."

„Dann hast du dir zu viel Arbeit aufgebürdet. Du solltest mehr auf andere übertragen."

Deirdre versuchte, ihren Ärger zu unterdrücken. Neil hatte Recht, sie übertrieb. Doch es ging jetzt um eine grundsätzliche Frage. Sie sah ihn an. „Schick' einen anderen, irgendjemanden."

„Das geht nicht, Deirdre. So einfach ist das."

„Nein, so einfach ist es eben nicht", widersprach Deirdre in scharfem Ton. „Du stellst deine Arbeit über alles andere. Das zeigt, was für dich am wichtigsten ist."

Neil rieb sich den Nacken. „Jetzt wirst du unfair."

„Nein, Neil. Ich halte das so nicht länger aus. Ich habe versucht, dir eine perfekte Ehefrau zu sein. Dauernd tue ich etwas, das mir nicht gefällt, ohne mich darüber zu beklagen. Ich wollte, dass unsere Ehe ein Erfolg wird."

„Ich denke, das ist sie. Willst du mir jetzt sagen, du hättest mir etwas vorgemacht?"

„Nein, das habe ich nicht. Aber ich vermisse etwas. Du erzählst mir zwar viel, aber ich weiß nicht, was du wirklich denkst und fühlst."

„Dann frag mich doch."

„Du solltest mich gut genug kennen, um auch ungefragt zu wissen, was ich möchte."

„Nein, das weiß ich nicht." Jetzt wurde auch Neil zornig. „Ich dachte, ich sollte deine Firma wieder in Schwung bringen. Aber offenbar genügt es dir nicht, dass ich mich abschufte."

Für einen Moment war Deirdre überrascht. „Macht dir die Arbeit keinen Spaß?"

„Doch, aber nur, weil ich Erfolg habe und damit meinen Teil unseres Abkommens erfülle. Ich denke dabei nur an dich."

„Tatsächlich? Empfindest du nicht auch eine gewisse Befriedigung nur für dich?"

„Vermutlich ja. Wenn ich mir ansehe, was ich innerhalb weniger Monate geschafft habe, kann ich stolz auf mich sein. Ich bin von Beruf Rechtsanwalt, aber ich habe bewiesen, dass ich auch ein guter Kaufmann bin."

„Doch in erster Linie glaubst du, ein Abkommen mit mir erfüllen zu müssen?"

„Ja. Dafür arbeite ich."

„Oder versuchst du zu beweisen, dass du Wittnauer-Douglass auf ihrem eigenen Gebiet schlagen kannst?"

„Wie bitte? Wovon redest du?"

„Von diesem Regierungsauftrag. Du hast mir alles über ihn erzählt, und ich war wirklich überzeugt, dass wir uns um ihn bewerben sollten. Doch du hast mir verschwiegen, dass auch Wittnauer-Douglass ein Angebot abgeben. Das musste mir erst meine Mutter sagen. Und im Zusammenhang damit hat sie gegen dich schwere Vorwürfe erhoben."

„Das hat sie schon früher getan, und sie haben sich stets als unbegründet erwiesen. Glaubst du tatsächlich, dass ich mich um den Auftrag bewerbe, weil ich mich an Wittnauer-Douglass rächen will? Meinst du, ich hätte seit unserer Heirat nichts anderes im Kopf gehabt? Das kann ich einfach nicht glauben, Deirdre."

„Ich habe nicht gesagt, dass das meine Meinung ist. Meine Mutter glaubt es."

„Aber du hältst mir das jetzt vor, und das kann doch nur bedeuten, dass du ebenfalls zweifelst."

„Ja, ich habe Zweifel. Ich habe bisher hundertprozentig hinter dir gestanden, dich gegen meine Mutter, gegen Art Brickner und andere verteidigt, die mir ihre Bedenken vorgetragen haben. Doch allmählich komme ich zu dem Ergebnis, dass unsere Ehe nur die Folge von Überlegungen der Zweckmäßigkeit ist." Deirdre bedeckte das Gesicht mit den Händen. „Ich hasse das Wort, Neil."

„Warum verwendest du es dann?"

Sie ließ die Hände sinken. „Weil du es benutzt hast. Es ist mir im Gedächtnis geblieben. Wir haben aus den falschen Gründen geheiratet, Neil, und es wird Zeit, dass wir dieser Tatsache ins Auge sehen. Ich kann so nicht weitermachen. Ich werde noch verrückt."

Neil fuhr sich mit der Hand durch das Haar. „Du wirst verrückt, wie? Glaubst du denn, dass es mir anders geht? Ich habe mich nach Kräften bemüht, dass alles gut wird. Ich glaubte auch, das sei mir gelungen. Doch jetzt muss ich erfahren, dass alle meine Anstrengungen umsonst waren. Ich hatte gedacht, du vertraust mir. Aber wahrscheinlich hast du nur jemanden gesucht, der dir aus der Klemme hilft. Das habe ich getan, und nun bin ich entbehrlich. Ist es so?"

„Nein! Davon habe ich kein Wort gesagt."

„Was willst du denn von mir?"

Sie zitterte – vor Ärger, vor Enttäuschung und Schmerz. „Ich will alles! Ich will keine Ehe, die nur zweckmäßig ist. Das habe ich nie gewollt. Ich möchte Liebe, Neil!"

Neil war ebenfalls sehr erregt. Er konnte nicht mehr klar danken, es fehlten ihm die Worte, um Deirdre etwas zu entgegnen. Er kam sich so hilflos vor wie noch nie, drehte sich um und verließ das Zimmer.

Deirdre versuchte, sich zu beruhigen. Sie hörte, wie die Haustür ins Schloss fiel. Kurz darauf heulte der Motor von Neils Wagen auf. Das Geräusch wurde schwächer, Neil war davongefahren.

Erst jetzt erwachte Deirdre aus ihrer Benommenheit. Langsam ging sie in ihr Lieblingszimmer, den ausgebauten Boden über der Garage. Die späte Nachmittagssonne schien auf den Holzfußboden und die weißen Wände. In einer Ecke stand Deirdres CD-Rekorder, daneben lagen CDs. Sie hatte diesen Raum oft für gymnastische Übungen benutzt. Insgeheim hatte sie gehofft, er werde eines Tages das Spielzimmer für ihre Kinder sein.

Jetzt erschienen ihr alle Hoffnungen trügerisch.

Sie setzte sich auf eine der breiten, gepolsterten Fensterbänke, zog die Knie an sich, stützte das Kinn darauf und begann zu weinen.

Neil liebte sie nicht, sonst hätte er es ihr gesagt. Sie hatte ihm das Stichwort gegeben, sie hatte ihm gesagt, wonach sie sich sehnte. Doch er hatte sie verlassen. Er liebte sie nicht.

Und ihre Zukunft? Es sah so aus, als sei alles aus. In gewisser Weise waren sie wieder dort, wo sie einmal angefangen hatten.

Was wollte sie eigentlich? Nur Liebe. Früher war ihr das nicht so klar gewesen, doch seit einigen Wochen wusste sie es: Alles würde in Ordnung kommen, wenn sie Liebe fand. Ob sie unterrichten konnte oder nicht, war nicht so wichtig, auch nicht ihre Arbeit für die Firma. Ihr bedeutete nur die Liebe etwas.

Stundenlang fuhr Neil ziellos umher. Einmal hielt er an einer Telefonzelle und rief in der Firma an. Er hatte keine Lust mehr, nach Washington zu fliegen. Es interessierte ihn überhaupt nicht, ob die Bewerbung um den Regierungsauftrag Erfolg hatte. Er wollte nur noch zu Deirdre zurückkehren.

Das wurde ihm während seiner langen Fahrt immer klarer: Für ihn zählte nichts auf der Welt als Deirdre.

Er erinnerte sich an ihre Begegnung in Maine, an ihre Streitereien und den Kompromiss, den sie schließlich miteinander geschlossen hatten. Auch die Monate ihrer Ehe erlebte er in der Erinnerung noch einmal.

Vor allem quälte ihn der Gedanke an die Auseinandersetzung mit Deirdre an diesem Nachmittag. Er hörte Deirdres Worte und dachte darüber nach. Allmählich wurde ihm bewusst, dass er vielleicht dabei war, den größten Fehler seines Lebens zu begehen.

Er wendete mitten auf der Fahrbahn und fuhr auf dem schnellsten Weg zurück nach Hause. Als er dort ankam, war es bereits dunkel. Im Haus brannte kein Licht. Aber Deirdres Wagen stand vor der Tür, sie musste also daheim sein.

Neil sprang aus dem Auto, lief ins Haus und schaltete überall das Licht ein. Er rief nach Deirdre, doch sie antwortete nicht. Er durchsuchte die Zimmer im Erdgeschoss, lief nach oben, fand sie nirgendwo und wurde immer aufgeregter. War ihr etwas zugestoßen?

Doch schließlich sah er sie in ihrem Lieblingsraum über der Garage. Sie saß auf der Fensterbank und hatte den Kopf gegen die Scheibe gelehnt. Im nächsten Moment war er bei ihr. Er streichelte ihre Wange und spürte, dass sie von Tränen feucht war.

„Deirdre!" rief er. „Wach auf, Liebste. Ich habe dir etwas zu sagen."

Sie hob langsam den Kopf und öffnete die Augen. Es dauerte eine Weile, bis sie wach war. „Du bist zurückgekommen", flüsterte sie.

Er lächelte sie liebevoll an. „Ja."

„Und ... was war in Washington?"

„Das ist unwichtig."

„Der Regierungsauftrag ..."

„... ist auch unwichtig ..."

„Aber du wolltest ihn haben."

„Nicht so sehr wie dich. Hör zu, Liebste, ich bin stundenlang umhergefahren und habe nachgedacht. Ich sehe ein, dass ich viel falsch gemacht habe. Vor allem weiß ich, dass ich dir längst etwas hätte sagen müssen. Ich liebe dich, Deirdre, nur deshalb habe ich dich geheiratet. Alles andere war nicht wichtig. Vielleicht habe ich dir das bisher nicht eingestanden, weil ich mir nicht sicher war, was du eigentlich empfindest und weshalb du mich geheiratet hast. Ich traute mich nicht, dich zu fragen. Aber deine Worte vorhin haben mir die Augen geöffnet."

Neil beugte sich zu ihr hinunter und sah ihr ins Gesicht. „Deirdre, sag mir, liebst du mich auch?"

„So sehr, Neil", erwiderte Deirdre leise.

Erleichtert umarmte er sie. „Deirdre, wie dumm sind wir doch gewesen. Warum haben wir uns das nie gesagt? Es sind die einzigen Worte, die wirklich zählen."

„Ich liebe dich, Neil, ich habe dich immer geliebt."

Er küsste sie und hielt sie fest. „Fast hätten wir uns beide unglücklich gemacht. Deirdre, wir gehören zusammen, das allein ist wichtig."

„Ich weiß." Sie lehnte den Kopf gegen seine Schulter. Doch plötzlich richtete sie sich auf. „Neil! Die Einladung in das Restaurant – wir haben sie vergessen. Wie schrecklich, jetzt sitzen unsere Gäste dort, und wir haben sie im Stich gelassen."

Er lachte. „Keine Angst, ich habe die Verabredung durch meine Sekretärin absagen lassen. Wir werden uns ein anderes Mal sehen, und dann kommst du mit."

„Nun ja, wenn es sein muss. Es sind wohl wichtige Kunden, wie?"

„So ist es. Manchmal muss man für die Firma Opfer bringen."

„Da wir gerade von der Firma reden, Neil: Ich habe dir immer vertraut, und ich bin dafür, dass wir uns um den Regierungsauftrag bemühen."

„Ich habe das nicht getan, um mich an jemandem zu rächen. Ich wusste nicht einmal, dass Wittnauer-Douglass Mitbewerber sind."

„Genau das habe ich auch zu meiner Mutter gesagt. Sie ist einfach zu misstrauisch und wittert überall Unheil. Sie gehört zu den Menschen, die nie zufrieden sind. Wahrscheinlich hat mein Vater deshalb so viel Zeit und Kraft in das Geschäft gesteckt. Er ist vor ihr davongelaufen."

Deirdre dachte einen Augenblick über ihre Worte nach. „Hast du das auch getan, Neil? Bist du vor mir davongelaufen und hast dich deshalb so sehr in die Arbeit gestürzt?"

„Ich habe während der Arbeit sehr oft an dich gedacht." Er lächelte. „Ich wollte dir gefallen. Wenn ich dein Herz nicht gewinnen konnte, dann vielleicht wenigstens deine Anerkennung."

„Mein Herz gehörte dir von Anfang an. Ich bewundere dich auch für das, was du für die Firma getan hast. Aber trotzdem ist es wahr, was ich vorhin gesagt habe. Ich möchte, dass du mehr Aufgaben auf andere überträgst. Ich will mehr Zeit mit dir verbringen, mit dir abends essen gehen, Tennis spielen, am Wochenende hinausfahren ...“

„Ich glaube, das lässt sich einrichten.“

„Und morgen werde ich mit dir nach Washington fliegen.“

„Nein.“

„Warum nicht?“

„Weil ich hier bleibe. Ben wird das erledigen.“

„Aber du bist viel besser für die Verhandlungen geeignet als er.“

„Ich muss abwägen, was wichtiger ist. Deirdre, ich meine das sehr ernst. Es mag sein, dass wir den Auftrag nicht bekommen. Vielleicht erhalten Wittnauer-Douglass den Zuschlag. Aber auf jeden Fall haben wir bewiesen – der Konkurrenz und uns selbst –, dass wir ernst zu nehmende Konkurrenten sind. Das ist für mich schon eine große Befriedigung. Ich brauche mich nicht zu rächen.“

„Du hast dies bereits durch gute Arbeit geschafft, Neil. Das hätten nur wenige erreichen können. Ich bin sehr stolz auf dich.“ Sie sah ihn nachdenklich an. „Aber du bist Jurist, nicht Geschäftsmann. Willst du nicht wieder als Rechtsanwalt arbeiten?“

„Auch in der Firma habe ich viel mit Rechtsfragen zu tun. Doch du hast Recht, es wird Zeit, dass Ben allmählich mehr Aufgaben übernimmt. Ich werde eine einflussreiche Position in der Firma behalten, denn es gefällt mir, wenn ich dort etwas bewirken kann. Aber ich muss nicht mehr so viel Verantwortung wie bisher tragen.“ Er umarmte Deirdre. „Wir werden ab jetzt viel mehr gemeinsam unternehmen. Wir haben nie richtige Flitterwochen gehabt.“

„Doch, schon vor der Ehe.“

„Ich denke an ein Luxushotel im warmen Süden, mit Champagnercocktails zum Sonnenuntergang und langen Stunden in der Sonne am Strand, mit Zimmerservice und allen Annehmlichkeiten."

Deirdre stieß ihn an. „Hallo, was ist aus dem Mann geworden, der alles selbst machen kann?"

„Er möchte sich völlig auf seine Frau konzentrieren. Ist das ein Verbrechen?"

„Du bist der Jurist, du musst mir das sagen können."

Neil küsste Deirdre so liebevoll, dass sie völlig vergaß, auf eine Antwort zu warten.

– ENDE –

Barbara Delinsky

Aus heiterem Himmel

Roman

Aus dem Amerikanischen von
Anna Ambrosius

MIRA®

1. KAPITEL

Leah Gates drückte einen letzten Knick in das blaue Basteipapier und betrachtete ihr Werk kritisch. „Sieht einem Strandläufer ganz und gar nicht ähnlich“, flüsterte sie ihrer Tischnachbarin zu.

„Natürlich ist das ein Strandläufer“, murmelte Victoria Lesser und nickte ihrer Freundin aufmunternd zu.

„Dann bin ich ein Murmeltier.“ Leah nahm ihre Lesebrille ab und hielt den Papiervogel ein Stück von sich. Auch die Distanz verbesserte den Eindruck nicht.

„Ich sehe nur ein undefinierbares Etwas aus Zacken und Spitzen.“

Prüfend drehte Victoria das zerbrechliche Gebilde hin und her und erkundigte sich schließlich taktvoll: „Hast du die Laufvogelbasis denn richtig hinbekommen?“

„Ich fürchte, das eigentliche Problem liegt nicht in technischen Schwierigkeiten, sondern in mir selbst“, überlegte Leah halblaut.

„Ach so.“

„Und du bist auch nicht ganz unschuldig“, beschwerte sich Leah jetzt unterdrückt. „Dieser Origami-Kurs war deine Idee. Wieso habe ich mich bloß dazu überreden lassen?“

„Du liebst solche Dinge ebenso wie ich. Außerdem löst du gern Rätsel. Und was ist japanisches Origami anderes als ein Puzzle aus Papier? Du bist heute nur nicht recht bei der Sache.“

„Das ist die Untertreibung des Jahres.“ Leah seufzte.

„Meine Damen?“ mahnte der Kursleiter vorwurfsvoll. Victoria und Leah zuckten zusammen und sahen auf. „Ich denke, wir können jetzt mit dem Frosch weitermachen, oder gibt es noch Fragen zur Vogelbasis?“

Leah schüttelte schnell den Kopf und unterdrückte einen Stoßseufzer. „Der Frosch? Welcher Knick zuerst?“

Victoria warf ihr einen besorgten Blick zu, ehe sie sich wieder auf die Falttechnik konzentrierte. Am Ende der Stunde hakte sie sich bei Leah unter und schob sie sanft zur Tür hinaus. „Komm, wir genehmigen uns einen Kaffee."

Sobald sie sich in dem kleinen Café um die Ecke an einen Ecktisch gesetzt hatten, kam Victoria unumwunden zur Sache. „Raus mit der Sprache! Welche Laus ist dir über die Leber gelaufen?"

Leah lächelte ein wenig gezwungen. „Mein Frosch war auch keine Offenbarung, hm?"

„Du warst mit den Gedanken woanders. Erlaubst du mir zu fragen, was dich so beschäftigt?"

Leah musste lachen. Seit einem Jahr kannte sie Victoria Lesser inzwischen, und sie war bei manchen Gelegenheiten schon weitaus indiskreter gewesen. Doch was bei anderen Aufdringlichkeit gewesen wäre, war bei Victoria echte Besorgnis, das wusste Leah. Einfühlsamkeit und Einsicht, praktischer Verstand und eine bemerkenswert positive Einstellung zum Leben machten die Freundschaft zu Victoria zu einem echten Gewinn.

„Rate mal."

„Nun, deine Ehe kann's nicht sein. Damit bist du seit zwei Jahren fertig. Ein Mann beschäftigt dich bestimmt nicht, denn trotz aller beträchtlichen Anstrengungen meinerseits weigerst du dich standhaft, mit Männern auszugehen. Und ich bezweifle, dass es mit deiner Arbeit zusammenhängt, denn Kreuzworträtsel sind nach wie vor gefragt, wie die Verlängerung deines Vertrags vorige Woche beweist. Bleibt also nur deine Wohnung." Victoria wusste, was Leah das Dachatelier bedeutete, in dem sie seit ihrer Scheidung lebte. „Will der Hauseigentümer die Miete erhöhen?"

„Schlimmer."

„Oje. Ist von Umwandlung in Eigentumswohnungen die Rede?"

„Es ist leider bereits beschlossene Sache."

„Ach, du Ärmste! Wieviel soll die Wohnung kosten?"

„Zu viel."

„Wie lange hast du Zeit?"

„Zu wenig." Leah wärmte die kalten Hände an der heißen Kaffeetasse. „Ich werde mich nach einer neuen Bleibe umsehen müssen, allerdings wohl kaum eine halb so hübsche finden. Wohnungen mit Blick auf den Fluss sind begehrt und überdies fast alle zu teuer, als dass ich sie mir leisten könnte."

„Verflixtes New York!"

„Hm ... Die Preise sind in den vergangenen zwei Jahren ins Unermessliche gestiegen. Das Dachatelier bekam ich damals nur deshalb so preiswert, weil ich bereit war, die Renovierung selbst zu finanzieren. Es sah ziemlich heruntergekommen aus, aber der Ausblick war einfach unbeschreiblich ... Es ist nicht fair, Victoria! Wochenlang habe ich für die Renovierung gebraucht, und jetzt soll ein Fremder die Früchte meiner Arbeit ernten." Sie seufzte wehmütig. „Ich hatte so eine Ahnung, dass etwas passiert. Allerdings hilft mir das nicht, mich leichter damit abzufinden."

Victoria fühlte mit der Freundin. Sie war Leah vor einem Jahr in der Stadtbücherei begegnet und hatte sich auf Anhieb prächtig mit ihr verstanden. Leah war geistreich und sanft und interessierte sich ebenso wie Victoria für Neues und Ausgefallenes. Sie gingen zusammen ins Theater, probierten neu eröffnete Restaurants aus, lernten gemeinsam Modellieren aus Pappmaché und Russisch, hielten sich fit durch klassisches Ballett und versuchten jetzt, die Kunst des Origami zu ergründen.

Victoria kannte Leah genau. Sie wusste, dass ihre unglückliche Ehe sie verletzlich gemacht hatte, dass sich hinter der abenteuerlustigen Städterin im Grunde eine scheue Frau verbarg. Leah hatte sich in ein schützendes Schneckenhaus zurückgezogen. Innerlich hielt sie Abstand, ohne dass jemand, der sie nicht genau kannte, es bemerkte. Ihr Heim war ihre Zuflucht. Und nun sollte sie die Wohnung, die sie so liebte, verlieren.

„Weißt du", begann Victoria aufmunternd. „Ich würde dir von Herzen gern das Geld für die Anzahlung leihen."

Leah drückte ihre Hand. „Das kann ich nicht annehmen."

„Aber ich habe mehr als genug davon."

„Mir wäre nicht wohl dabei, Victoria, nicht so sehr aus Prinzip, sondern wegen der wirklich hohen Summe. Ich müsste mich finanziell verausgaben, um dein Darlehen zurückzuzahlen und die zusätzliche Hypothek abzutragen ... In ein paar Jahren könnte ich die Anzahlung ohne weiteres selbst zusammensparen." Vielleicht sogar in kürzerer Zeit, wenn ich mich einschränke, überlegte Leah. Aber sie lebte nun mal gern großzügig, leistete sich mit Vergnügen bisweilen einen teuren, handgestrickten Pullover, italienische Pumps oder einen echten Kunstgegenstand, was die Bank als Sicherheiten wohl kaum akzeptieren würde. „Leider habe ich so viel Zeit nicht mehr."

„Du brauchst mir das Geld ja nicht sofort zurückzuzahlen."

„Das wäre keine gute Geschäftsmoral."

„Na und?"

„Ich möchte unsere Freundschaft nicht mit Geldangelegenheiten belasten."

„Schließlich habe ich dir das Angebot freiwillig gemacht. Ich fühle mich keineswegs ausgenutzt."

Leah schüttelte energisch den Kopf. „Danke, aber es geht einfach nicht."

Victoria wollte schon vorschlagen, dass Richard vielleicht helfen könnte. Schließlich war Leah mit ihm verheiratet gewesen, und er hatte Geld, allerdings auch eine neue Frau und ein Kind. Leahs Stolz würde nicht zulassen, ihn um etwas zu bitten, daher verwarf sie die Idee schnellstens wieder. „Was willst du also tun?"

„Mich nach einer neuen Wohnung umsehen, selbst wenn ich mich mit weniger Ausgefallenem zufrieden geben muss."

„Möchtest du denn unbedingt in der Stadt bleiben? Weiter

draußen kann man sicher noch fantastische Wohnungen relativ preiswert bekommen."

Leah dachte einen Moment nach. „Aber ich fühle mich wohl mitten im Zentrum."

„Du hast dein ganzes Leben hier verbracht. Zeit für einen Tapetenwechsel."

„Ich weiß nicht ..."

„Es würde dir sicher gut tun. Neue Umgebung, neue Leute, andere Geschäfte, andere Kurse ..."

„Versuchst du, mich loszuwerden?"

„Damit ich meinen spleenigen Ideen allein nachjagen muss? Natürlich nicht! Aber ich wäre selbstsüchtig, wenn ich dich nicht ermunterte, deinen Horizont ein wenig zu erweitern. Ein Teil von mir scheut neue Erfahrungen, der andere sucht sie. Ich denke, in dem Punkt gleichen wir uns. Du bist jung, Leah. Dein Leben liegt noch vor dir."

„Welcher Ort ist schon so kurzweilig wie New York?"

„Fast jeder, nur die Anregungen unterscheiden sich." Victoria kam eine Idee. „Weißt du, es gäbe da noch eine völlig andersartige Möglichkeit. Wenn du bereit wärst, dich völlig umzustellen ..." Sie schüttelte den Kopf. „Nein, wahrscheinlich nicht."

„Was meinst du?"

„Nein, vergiss, dass ich es überhaupt erwähnt habe."

„Bis jetzt weiß ich noch nicht das Geringste", bemerkte Leah gelassen. Aber Victoria hatte ihr Ziel erreicht. Die Neugier war geweckt. „Woran dachtest du?" fragte sie nach.

Victoria ließ sich Zeit mit der Antwort, und zwar nicht bloß, um Leah auf die Folter zu spannen, sondern auch, weil sie Skrupel hatte. Konnte sie jemanden, den sie so mochte wie Leah, so bewusst hintergehen? Und doch ... Es könnte funktionieren. Hatte nicht ein kleines Täuschungsmanöver auch zwei andere gute Freunde von ihr zusammengebracht?

„Ich besitze ein ziemlich abgeschiedenes Fleckchen Erde."

„Die Insel in Maine?" Leah hatte davon gehört.

„Daran dachte ich eigentlich nicht." Die Insel war zu abgeschieden. Leah sollte nicht völlig allein bleiben. „Ich habe eine Jagdhütte in New Hampshire, die Arthur vor Jahren gekauft hat. Seit seinem Tod war ich einige Male dort, aber mir ist es da zu ruhig." Sie schüttelte wieder den Kopf. „Dir bestimmt auch. Du bist das Stadtleben gewöhnt."

„Erzähl mir mehr, Victoria."

Diesmal zögerte Victoria mit voller Absicht. „Die Hütte liegt mitten im Wald, und sie ist winzig", warnte sie.

„Nur weiter."

„Sie hat zwei Räume, und der nächste Ort ist fünf Kilometer entfernt. Es wird dir nicht gefallen, Leah."

Aber Leah war sich dessen gar nicht sicher. Eine Wohnung in der Vorstadt reizte sie nicht besonders, jedoch etwas so Rustikales ... Das war neu, anders, fast aufregend. „Ich könnte sie dir kaum abkaufen."

„Die Hütte ist nicht zu verkaufen", wehrte Victoria rasch ab. „Ich könnte sie dir zur Verfügung stellen."

„Nur vermieten käme in Frage."

„Schön, also zur Miete. Du brauchst sicher nicht lange, um festzustellen, ob du ohne die große Stadt leben kannst. Sieh es einfach als Versuch an."

„Gibt es Leute in der Nähe?"

„Im Ort, aber sie sind nicht sehr gesellig."

Umso besser, dachte Leah. „In Ordnung. Ich kann ohne weiteres auch in einer Berghütte meine Arbeit tun, und mit Büchern und Kassettenrekorder habe ich genug Gesellschaft."

„Ganz einsam bist du nicht. Etwa fünfundzwanzig Kilometer von der Hütte entfernt hat sich eine Künstlergemeinschaft angesiedelt. Du wolltest doch immer gern weben lernen. Dort hast du die ideale Möglichkeit dazu." Victoria überlegte, ob sie Garrick erwähnen sollte, entschied sich jedoch dagegen. Sie wollte Leah, die offenbar immer mehr Gefallen an der Idee fand, nicht verwirren. Der Trick schien zu funktionieren. „Es ist nicht New York", erinnerte Victoria. „Eher das Gegenteil."

„Ich weiß."

„Vor ein paar Minuten wolltest du noch nicht weg aus der Stadt."

„Wenn mir doch die Wohnung genommen wird, ist eine Veränderung sowieso unvermeidlich."

„Dies wäre aber ein ziemlich drastischer Schritt. Denk lieber noch mal nach."

„Drastisch schon, doch nicht unwiderruflich. Wenn mir die Einsamkeit auf die Nerven geht, komme ich eben zurück. Schlechter als jetzt kann's mir da oben auch nicht gehen, oder?" Allmählich begeisterte sie die Vorstellung. „Erzähl mir mehr über die Hütte. Ist sie primitiv?"

Victoria lachte. „Arthur Lesser gab sich nie mit Primitivem zufrieden. Schau mich an. Ich bin nicht eben der Typ, der auf Komfort verzichten kann!"

Leah kannte Victorias geräumiges, aufwändig eingerichtetes Apartment an der Park Avenue und das elegante Sommerhaus in den Hamptons. Zwar konnte man Manhattan und Long Island nicht mit der abgeschiedenen Bergwelt in New Hampshire vergleichen, aber selbst dort würde sich Victoria nicht mit dem Allernotwendigsten zufrieden geben.

Leah wusste immer gern, was auf sie zukam. „Die Hütte ist also gut ausgestattet?" fragte sie nach.

„Als ich sie zuletzt sah, war sie's noch", antwortete Victoria ehrlich, ohne die ganze Wahrheit preiszugeben. „Du brauchst dich nicht sofort zu entscheiden. Denk eine Weile darüber nach. Und wenn du es dann immer noch willst, musst du dir auch überlegen, was mit deinen Möbeln geschehen soll."

„Ich kann sie kaum mitnehmen."

„Das Grüne Zimmer steht zu deiner Verfügung."

Leah strahlte. Ein Darlehen von Victoria anzunehmen, wäre ihr nicht im Traum eingefallen, aber das schöne Zimmer in ihrer Wohnung, wo sie gelegentlich übernachtete, nahm sie gern. „Ich hoffte, du würdest mir das anbieten."

„Ich könnte mir nie verzeihen, dich zu etwas zu überreden, was du möglicherweise verabscheust, ohne dir eine Alternative zu eröffnen." Tatsächlich machte sich Victoria mehr Gedanken über Leahs Bereitschaft, ihr zu verzeihen, aber das Risiko musste sie auf sich nehmen. Sie hatte sich in Bezug auf Deirdre und Neil auch auf ihren Instinkt verlassen, und das Ergebnis hätte besser gar nicht ausfallen können. Wenn man Leah und Garrick zusammenbrächte ...

„Ich nehme es", unterbrach Leah Victorias Gedanken.

„Das Grüne Zimmer? Na klar!"

„Nein, ich meinte das Jagdhaus." Leah war eigentlich wenig impulsiv, aber wenn etwas sie reizte, verfolgte sie es zielstrebig. Victorias Hütte schien die perfekte Lösung für ihr Problem. Dort hatte sie Zeit genug zu überlegen, wie ihr Leben weitergehen sollte. „Du brauchst mir nur noch die Höhe der Miete zu nennen."

Victoria winkte ab. „Das hat keine Eile."

„Ich will die Hütte auf keinen Fall umsonst haben, Victoria."

„Darüber waren wir uns doch schon einig, meine Liebe. Ich habe nur einfach keine Ahnung, wie viel ich verlangen kann. Schau dir erst einmal alles an, und bezahle mir dann so viel, wie die Hütte deiner Meinung nach wert ist. Einverstanden?"

„Vorausabwicklung wäre mir lieber."

„Und ich warte lieber."

„Na schön, Victoria, aber ich warne dich. Wenn du meinen Scheck zurückschickst ..."

„Keine Bange", unterbrach Victoria. Sie war sich völlig sicher, dass es dazu nicht kommen würde. „Hab Vertrauen, Leah, hab' Vertrauen."

Und Leah hatte Vertrauen. Es wuchs von Tag zu Tag. Im gleichen Maße steigerte sich ihre Begeisterung – überraschenderweise, denn sie war eigentlich überzeugte Städterin – über den bevorstehenden völligen Wandel ihres Lebensstils. Ob das mit dem Alter zusammenhing? Kamen mit Beginn der Dreißiger plötzlich Unvernunft oder Verzweiflung wie in den vergangenen Wochen? Nein, Unsinn. Vielleicht brauchte sie wirklich nur einen Tapetenwechsel.

Seit Jahren hatte sie nicht mehr Urlaub gemacht, noch nie war sie der Heimat sehr fern gewesen. Ferien mit den Eltern hatte lediglich Abgeschiedenheit einsamer Dünen und Segeltouren bei Sonnenaufgang bedeutet. Mit Richard barg jede Reise einen geschäftlichen Sinn. Er schaltete niemals ab, war unfähig zu entspannen. Leah hätte das nicht sonderlich betrübt, wären da nicht seine ständigen Ermahnungen wegen ihres Aussehens oder Benehmens gewesen. Zwar gab sie ihm keinen Grund zur Beschwerde, denn sie war in der Stadt geboren und aufgewachsen und kannte die gesellschaftlichen Spielregeln. Unglücklicherweise beinhalteten Richards Spiele weit anspruchsvollere Regeln, als sie sich je hätte träumen lassen.

Ende März verließ Leah den Hexenkessel Manhattan, und ein Instinkt sagte ihr, dass sie das Richtige tat. Am Abend vor ihrer Abreise lud Victoria sie zu einem köstlichen Abschiedsessen ein. Die Unterhaltung drehte sich lange um die alltäglichen Belanglosigkeiten. Erst beim Dessert sprach Victoria das Wesentliche an. „Du bist fest entschlossen, hm?“

„Darauf kannst du Gift nehmen.“

Seit sie vor drei Wochen den Vorschlag gemacht hatte, plagten Victoria heftige Gewissensbisse. Trotz aller Raffinesse, mit der sie zu Leahs eigenem Besten vorging, blieb ihr Verhalten doch schiere Manipulation, und Leah würde äußerst zornig werden, wenn sie dahinter kam. „Die Hütte hat keine Klimaanlage.“

„Zum Glück."

„Und kein Telefon."

„Ich weiß." Leah lächelte. „Ich rufe dich aus dem Ort an, sobald ich mich häuslich niedergelassen habe."

Victoria wagte nicht, sich auf diesen Anruf zu freuen. „Sind deine Möbel inzwischen abgeholt worden?"

„Ja, heute Morgen."

„Dann hast du ja kein Bett mehr zum Schlafen."

„Für eine Nacht tut's der Fußboden auch. Nein, danke, ich brauche das Grüne Zimmer nicht." Sie erahnte Victorias Einwand. „Morgen früh muss ich nur noch das Auto beladen, und los geht's. Alles ist so weit fertig."

Victoria fühlte sich schuldig, aber Leahs hartnäckige Entschlossenheit gab einer Reue – im Augenblick jedenfalls – keine Chance. „Ist der Wagen wenigstens in Ordnung?"

Leah hatte sich drei Tage zuvor preiswert einen Vorführwagen zugelegt. „Ganz prima."

„Kommst du wirklich damit zurecht?"

„Auch wenn ich Jahre nicht am Steuer gesessen habe, Autofahren verlernt man nicht. Was ist denn los mit dir? Du bist doch sonst kein Angsthase, Victoria."

Das stimmte. Dennoch war Victoria unbehaglich zu Mute. Um Deirdre und Neil zusammenzubringen, hatte sie lediglich jeden einmal angerufen. Leah dagegen musste sie drei Wochen lang die halbe Wahrheit vorenthalten, was Victorias Gewissen ziemlich belastete.

Sie holte tief Luft und lächelte. Dann zog sie zwei Briefumschläge aus ihrer Handtasche. „Dies ist die Wegbeschreibung zur Hütte." Sie reichte Leah den ersten Umschlag. „Meine Sekretärin hat sie für dich getippt. Sie ist sehr detailliert." Victoria behielt Leah genau im Auge, während diese das Blatt überflog und beim letzten Absatz verwundert die Stirn runzelte. „Garrick Cooper lebt dort oben", erklärte Victoria so unbefangen wie möglich. „Er ist Trapper. Seine Hütte ist mit dem Wagen mehrere Meilen von meiner entfernt, aber zu Fuß über einen alten Holzfällerpfad durch den Wald schnell zu erreichen. In Notfällen setz' dich bitte zuerst mit ihm in Verbindung. Er ist in Ordnung und wird dir helfen, so weit es ihm möglich ist."

„Meine Güte", murmelte Leah abwesend und las die Hinweise nochmals. „Du scheinst irgendwelche Schwierigkeiten zu erwarten ..."

„Unsinn. Aber ich vertraue Garrick. Wenn man da oben allein ist, tut es gut, ihn in der Nähe zu wissen."

„Na ja." Leah faltete den Briefbogen und schob ihn zurück in den Umschlag. „Ich hoffe, Notfälle werden nicht eintreten."

„Nur zur Sicherheit", beruhigte Victoria sie und hielt ihr den zweiten Umschlag hin. „Der hier ist für Garrick. Spielst du Postbote für mich?"

Leah nahm den versiegelten Umschlag an sich und neckte: „Ein Liebesbrief? Irgendwie kann ich dich mir gar nicht mit einem vierschrötigen alten Trapper vorstellen."

„Auch vierschrötige alte Trapper können sehr nett sein."

„Gibt es da oben viele von der Sorte?"

„Einige."

„Sag mal, riechen die nicht?"

Victoria lachte. „O Leah, du bist köstlich."

„Also nein? Umso besser. Ich schätze, diese Reise wird äußerst lehrreich für mich werden."

Trotz aller Vorfreude auf ein neues Heim empfand Leah auch eine gewisse Wehmut darüber, New York zu verlassen, während sie den bis unters Dach voll gepackten Wagen durch den dichten Verkehr nordwärts steuerte. Obwohl sie gespannt war auf ihr neues Leben und ihr Kopf von Ideen und Plänen für Kreuzworträtsel überquoll, trauerte sie dennoch ihrer geliebten Wohnung nach, in der sie unabhängig und glücklich gewesen war. Und ganz – vielleicht für Monate – auf Theater, Restaurants und Museen zu verzichten, war auch nicht ganz einfach.

Leah liebte New York seit ihrer Kindheit. Mit dem Central Park, der Fifth Avenue, dem Rockefeller Center und dem Washington Square verband sie lieb gewordene Erinnerungen. Sie hatte einige wenige enge Freunde, und ansonsten schätzte sie die Art von Anonymität, in der man in einer Weltstadt wie New York leben konnte.

Aber all das würde noch da sein, wenn sie zurückkehrte. Entschlossen straffte Leah die Schultern und konzentrierte sich nur noch darauf, schleudernden Taxis und den Massen von Fußgängern auszuweichen, bis sie endlich erleichtert den Betondschungel hinter sich lassen konnte.

Die Sonne schien warm an diesem milden Märztag. Leah nahm das als gutes Vorzeichen. In der bequemen Jeans und dem weiten Kaschmirpullover fühlte sie sich wohl und entspannt am Steuer.

Gegen zwei Uhr erreichte sie den Stadtrand von Boston. Von hier hatte sie noch etwa drei Stunden zu fahren, und da sie auf jeden Fall vor Einbruch der Dunkelheit in der Hütte sein wollte, gönnte sie sich nur eine kurze Pause für einen raschen Imbiss.

Es war kühler geworden, die Sonne verbarg sich hinter einer dunklen Wolkendecke. An der Grenze zu New Hampshire setzte ein leichter Nieselregen ein. So viel zu Vorzeichen, dachte Leah und schaltete den Scheibenwischer ein.

Eine halbe Stunde später goss es wie aus Kübeln. Kalt und düster war es. Leah war froh, Victorias Wegbeschreibung so oft gelesen zu haben, dass sie sich ganz aufs Fahren konzentrieren konnte.

Sie ließ den Wagen rollen und starrte angestrengt durch den dichten Regenvorhang. Erleichtert seufzte sie auf, als sie die nächste Abzweigung sofort fand. Sie kam an einer Raststätte vorbei und überlegte kurz, ob sie dort das Ende des Unwetters abwarten sollte. Nein, dann würde sie sich im Dunkeln in fremder Umgebung zurechtfinden müssen und sich womöglich verirren. Wenig später tauchte ein schäbiges Motel auf, und sie spielte mit dem Gedanken, dort zu übernachten. Doch auch gegen diese Idee entschied sie sich. Ihr Ziel war die Hütte.

Wenn nur der Regen endlich aufhören würde. Aber stattdessen wurde der verhangene Himmel obendrein allmählich dunkel. Leahs Laune besserte sich erst in dem kleinen Ort, von dem Victoria erzählt hatte. Jetzt war es nicht mehr weit. Doch ihre Begeisterung erlosch, als sie entdeckte, was nach der Richtungsänderung beim Postamt auf sie zukam.

Die Straße war eng und kurvenreich, ohne Markierungen, ohne Laternen, ohne Wegweiser.

Leah saß verkrampft, nach vorne geneigt am Steuer und versuchte, durch den Regenschleier irgendetwas zu erkennen. Zu spät erinnerte sie sich, dass sie beim Postamt nicht auf den Kilometerstand geachtet hatte. Nach der Wegbeschreibung lag die nächste Abzweigung genau drei Kilometer von der Post entfernt. Wie weit war sie schon gefahren? Im Schneckentempo kroch der Wagen bergan, und Leah hielt verzweifelt Ausschau nach dem dreieckigen Felsbrocken vor einer kleinen Gruppe krummer Birken, der den Zufahrtsweg zur Hütte markierte.

Nur ein Rätsel wie viele andere, redete Leah sich ein. Und sie liebte doch Rätsel, oder? Nein, hier hörte der Spaß auf.

Sie wollte schon umkehren, um die Entfernung mit Hilfe des Kilometerzählers genau zu messen, da entdeckte sie endlich den dreieckigen Felsblock zwischen den Birken. Sollte der Trampelpfad daneben etwa ein Weg sein?

Mit gemischten Gefühlen bog sie ab. Der Wagen ächzte in den tiefen Furchen des schmalen, ausgefahrenen Weges, von beiden Seiten klatschten Zweige und Äste ans Blech und an die Scheiben.

Leah zwang sich zur Ruhe. „Dies ist die Schöpfung“, sagte sie sich, „wilde, unberührte Natur. Stell sie dir bloß einmal in hellem Sonnenschein vor. Du wirst sie mit Sicherheit mögen.“

Der Wagen holperte, und Leah wurde hilflos hin- und hergeschleudert. Dann drehten auch noch die Räder im Morast durch, griffen jedoch zum Glück gleich wieder. Erst flog Leah gegen das Steuer, dann wurde sie zurück in den Sitz gepresst.

Ihre Selbstgespräche wurden beschwörender. „Nur noch ein kleines Stück, Leah. Du bist fast am Ziel. Komm schon, mein Auto, lass mich jetzt nicht im Stich." Sie wünschte, sie hätte sich einen Jeep gekauft. Trotz aller Schwierigkeiten kam sie langsam, aber stetig vorwärts, auch wenn sie vor Angst kaum noch denken konnte.

Im Scheinwerferlicht tauchte plötzlich eine Wasserfläche auf. Leah trat erschrocken auf die Bremse. Der Wagen schlingerte im Schlamm und kam zum Stehen. Leahs Herz raste. Eine innere Stimme mahnte zur Umkehr. Aber Wenden war unmöglich auf diesem Pfad.

Sie starrte auf das Wasser vor ihr. Stetig fallende Tropfen zogen Kreise auf der Oberfläche. Es konnte nur eine riesige Pfütze sein, denn einen Teich oder Bachlauf hätte Victoria in der Wegbeschreibung nicht unerwähnt gelassen.

Vorsichtig trat Leah das Gaspedal nieder und steuerte den Wagen in die Pfütze hinein. Wie hoch das Wasser wohl in den Radkästen stand? Ob die Bremsen Schaden nehmen, der Motor durch die Nässe absterben konnte? Erleichtert atmete Leah auf, als sie wieder festen Boden unter die Räder bekam.

Nach einigen weiteren Pfützen, Schlaglöchern und schlammigen Abschnitten wurde der Weg zusehends breiter. Leah hätte jubeln können. Sie gab Gas. Die Hütte musste jeden Moment in Sicht kommen.

Plötzlich war keine Straße mehr zu sehen. Leah bremste scharf, konnte jedoch nicht mehr verhindern, dass der Wagen über eine Hügelkuppe hinwegrollte und steil abwärts zu rutschen begann. Nach einer haarsträubenden Schleudertour kam er mitten in einem tiefen Schlammloch zum Stehen.

Leah zitterte am ganzen Körper, sie schloss die Augen und atmete mehrmals tief durch. Endlich wagte sie, sich umzusehen.

Was sie erkannte, ließ ihr das Blut in den Adern gerinnen. Seit drei Wochen freute sie sich auf eine gemütliche Berghütte mit Kamin und Sprossenfenstern mit Klappläden. Stattdessen lagen vor ihr die verkohlten Überreste einer Jagdhütte. Nur der aus Stein gemauerte Kamin stand noch.

Leah blinzelte. Träumte sie? „O nein!" jammerte sie. „Das darf nicht wahr sein." Leider war sie wach und bei vollem Verstand: Diese Hütte war niedergebrannt. Aber wann? Und warum wusste Victoria nichts davon?

Leah trommelte mit den Fäusten aufs Steuer. Tränen liefen über ihre Wangen. „Reiß dich zusammen", ermahnte sie sich. Sie musste zurück in die Zivilisation, und zwar schnell, sonst würde sie überschnappen. Im Augenblick kam ihr sogar das schäbige kleine Motel verlockend vor.

Sie legte den ersten Gang ein und gab Gas. Die Antriebsräder drehten durch. Sie versuchte es im Rückwärtsgang – ohne Erfolg. Vorwärts wieder nichts. So kam sie jedenfalls nirgendwohin.

Entmutigt ließ sie den Kopf auf das Lenkrad sinken. Sie atmete heftig. Nur keine Panik. Du bist stark, sagte sie sich. Du hast weder beim Tod deiner Eltern noch bei den beiden Fehlgeburten die Nerven verloren, und erst recht nicht, als Richard dich verließ.

Sie hatte immer nur geweint, bis der ärgste Kummer vorbei war, sich dann zusammengenommen und die Scherben aufgelesen. Und das würde sie jetzt auch tun – ohne Tränen. Schließlich konnte sie die Nacht nicht im Auto verbringen. Sie saß fest, und wenn Hilfe nicht zu ihr kam, musste sie eben Hilfe suchen.

Sie schaltete die Innenbeleuchtung ein, nahm Victorias Beschreibung aus der Handtasche und las den letzten Absatz noch einmal genau. Als sie Victoria versprach, Garrick den Brief zu überbringen, hatte sie angenommen, sie könnte das erledigen, wenn sie Lust dazu hätte. Jetzt spielte sie eben den Postboten mitten in der Nacht, noch dazu in einem Unwetter.

Leider war Garrick Cooper offenbar die letzte Rettung. Sie musste sich zu seiner Hütte durchschlagen, um ein Dach über den Kopf zu bekommen.

Sie entdeckte die beschriebene schmale, dunkle Lücke zwischen den Bäumen links hinter dem Kamin der abgebrannten Hütte, stopfte das Papier zurück in die Tasche, schaltete Licht und Motor aus und steckte den Autoschlüssel in die Hose. Dann holte sie tief Luft, öffnete die Tür und stieg aus.

Prompt versank sie bis zu den Waden in Schlamm. Unangenehm berührt starrte sie auf die Stelle, und hob angewidert einen Fuß. Ohne Schuh tauchte er aus dem Morast wieder auf. Also bohrte sie ihn wieder hinein und angelte mit den Zehen nach dem verlorenen Schuh und zog Fuß und Schuh – diesmal mit den Zehen zuerst – wieder heraus.

Beim nächsten schwankenden Schritt verlor sie den anderen Schuh, fand auch ihn und gelangte zum Glück auf festeren Boden. Schuhe und Kleidung waren sicher ruiniert, aber mit Garrick Coopers Hilfe bekam sie später bestimmt schnell Ersatz aus dem Wagen. Sie schloss das festgefahrene Gefährt nicht einmal ab. So rasch sie konnte, lief sie um die kläglichen Reste von Victorias Hütte herum und drang in den dichten Wald vor. Der schmale, von dornigem Unterholz gesäumte alte Holzfällerpfad war gerade noch erkennbar, allerdings schlüpfrig und an manchen Stellen knöcheltief aufgeweicht. Nur mühsam kam Leah vorwärts. Sie war völlig durchnässt, Haare und Kleider klebten ihr am Körper. Sie zitterte vor Kälte, und Beine und Füße schmerzten bald bei jedem Schritt.

Umso schlimmer, dass noch nicht das Geringste auf die Nähe eines Menschen hindeutete. Leah wurde bewusst, wie allein und verletzlich sie wirklich war, hilflos den Naturgewalten ausgeliefert. Zu allem Überfluss glitt sie nun auch noch aus und fiel zu Boden. Sie schrie auf und blieb einen Augenblick benommen liegen. Doch das nackte Entsetzen trieb sie weiter. Sie verlor die Schuhe, fand sie wieder, stolperte vorwärts und fiel erneut. Schrammen und Verletzungen registrierte sie schon gar nicht mehr. Alles tat ihr weh. Blind hüpfte, schlidderte, kroch sie weiter, und wurde von Minute zu Minute kälter, nasser und schlammiger.

Irgendwann brachte pure Erschöpfung sie zum Stehen. Ihre Glieder gehorchten ihr kaum noch, sie keuchte vor Anstrengung. Wie lange konnte sie das durchhalten? Stand Garrick Coopers Hütte überhaupt noch? Und wenn ja, was würde sie tun, wenn er nicht zu Hause war? Sie torkelte weiter, getrieben vom gleichen Instinkt wie ein waidwundes Tier.

Blind von Tränen der Verzweiflung bemerkte Leah die Hütte erst, als sie direkt davor stand. Sie stolperte auf dem Weg aus flachen Platten direkt auf einen schmalen Lichtstreifen zu.

Langsam kroch sie die wenigen Holzstufen hinauf. Unfähig, sich aufzurichten, hockte sie dicht neben der Tür auf dem Boden und klopfte mit letzter Kraft an. Nichts rührte sich, nichts geschah. Leah versuchte es noch einmal, schwächer diesmal, aber innerhalb von Sekunden öffnete sich die Tür. Müde blickte sie auf und erkannte im Gegenlicht nur eine riesenhafte Gestalt im Türrahmen.

„Ich ...“, stöhnte sie. „Ich ...“

Der Mann rührte sich nicht.

„Ich bin ... Ich brauche ...“ Die Stimme gehorchte ihr nicht mehr.

Langsam wie im Zeitlupentempo ging der Riese neben ihr in die Hocke. Hoffentlich hat er ein Herz, dachte Leah.

„Victoria schickt mich“, flüsterte sie. „Mir ist so kalt ...“

2. KAPITEL

Hätte die völlig aufgelöste Gestalt auf seiner Schwelle nicht so Mitleid erregend ausgesehen, hätte Garrick laut gelacht. Victoria würde ihm kaum eine Frau schicken. Sie respektierte seinen Lebensstil, seinen Wunsch nach Abgeschiedenheit, Einsamkeit und Stille. Das war der Hauptgrund, weshalb sie Freunde waren.

Wie die Sachlage auch war, er konnte dieses bedauernswerte Häufchen Elend kaum hier draußen liegen lassen. Die Frau war pitschnass und schlammig von Kopf bis Fuß, und sie bebte vor Kälte. Oder Angst?

Nun ja, er war schließlich kein Unmensch. „Kommen Sie rein." Er griff nach Leahs Oberarm.

Sie wich erschrocken zurück. „Ich bin schmutzig."

Sein Griff verstärkte sich, und Leah ließ sich hochziehen. Allein wäre sie sowieso nicht auf die Beine gekommen. Kaum stand sie jedoch, ließ Garrick sie los und trat beiseite.

Sie machte ein paar zögernde Schritte ins Warme. Hinter ihr schloss sich die Tür. Vor ihr prasselte ein Kaminfeuer, und zu ihren Füßen bildete sich rasch eine Lache schmutzigen Wassers. Hilflos blickte sie sich um.

„Sie sind nicht gerade dem Wetter angemessen gekleidet, oder?" stellte Garrick fest. Seine Stimme war tief und volltönend und ein wenig rau. Leah sah ihn betroffen an. Seine enorme Körpergröße – er maß sicher mehr als einsneunzig – wirkte Furcht einflößend auf sie, die sich mit einssiebzig eigentlich nicht gerade klein vorkam.

„Sind Sie Garrick Cooper?" erkundigte sie sich stotternd.

Er nickte, und Leahs Furcht schwand. Victoria war mit ihm befreundet, also war sie hier in Sicherheit.

„Ich brauche Ihre Hilfe", brachte sie mit größter Anstrengung hervor. „Mein Wagen steckt im Schlamm fest ..."

„Was Sie brauchen, ist eine heiße Dusche", unterbrach Garrick. Am anderen Ende des großen Raumes öffnete er einen Wandschrank und zog mehrere saubere Handtücher heraus. Er wusste zwar nicht, wer diese Frau war, aber erstens zitterte sie wie Espenlaub, und zweitens starrte sie vor Dreck. Wenn sie erst sauber war, konnte sie ihm ihre Anwesenheit erklären.

Er schaltete im Bad das Licht ein, legte die Handtücher neben dem Waschbecken ab und winkte Leah zu. „Es gibt reichlich heißes Wasser. Seife und Shampoo ist auch da."

Leah sah an sich herunter. Wie Hose und Pullover ursprünglich ausgesehen hatten, war beim besten Willen nicht mehr zu erkennen. „So etwas gibt's ja nicht einmal im Film", klagte Leah entnervt.

Garrick stand erstarrt. Welches Spiel wurde hier eigentlich mit ihm gespielt? „Wie bitte?"

„Kennen Sie nicht die Liebesfilme, wo Held und Heldin durch ein fürchterliches Unwetter stapfen und ihre Kleidung wunderbarerweise völlig sauber bleibt?"

Garrick hatte seit vier Jahren keinen Film mehr gesehen, und ob diese Anspielung Ahnungslosigkeit oder Berechnung entsprang, würde sich noch herausstellen. „Sie ziehen Ihre Sachen besser aus."

„Aber ich habe nur diese." Leah bebte am ganzen Körper, ihre Zähne schlugen klappernd aufeinander. „Alles andere ist im Auto geblieben."

Garrick ging zu der großen Kommode neben seinem breiten Bett an der Schmalseite des Raumes, öffnete eine Schublade nach der anderen und legte einen Stapel säuberlich gefalteter Wäsche zu den Handtüchern.

Diesmal folgte Leah seiner einladenden Geste und humpelte ins Bad.

„Was ist mit Ihrem Bein geschehen?"

Bei Garricks Frage blieb sie an der Tür stehen. Sie schaute erneut an sich herab. Die Hose war zerrissen, und Blut färbte die Schlammschicht am Oberschenkel rot. „Ich bin gefallen."

„Offenbar auf etwas Scharfkantiges oder Spitzes."

Leah stand wie angewurzelt und beobachtete apathisch, wie Garrick einen Verbandskasten hervorholte und eine Flasche Desinfektionsmittel sowie Verbandsmull herauskramte. Der Stapel im Bad wuchs.

„Duschen Sie jetzt", ermunterte er Leah. „Ich koche inzwischen Kaffee."

„Ich könnte eher einen Cognac gebrauchen", platzte Leah heraus.

„Tut mir Leid. Damit kann ich nicht dienen."

„Whisky?" fragte sie leise.

„Auch nicht."

„Irgendetwas Alkoholisches?"

Garrick schüttelte den Kopf. Er hatte keine Flasche mehr angesehen, geschweige denn Alkohol getrunken, seit seiner Abreise aus Kalifornien. Doch jetzt bedauerte er, nichts Scharfes im Haus zu haben, denn diese Frau hörte nicht auf zu zittern, litt vielleicht an den Folgen eines Schocks.

„Dann wäre heißer Kaffee ... prima." Leah versuchte zu lächeln, aber ihre Gesichtsmuskeln gehorchten ihr ebenso wenig wie die Beine, die sie nur mühsam zur Bewegung zwingen konnte.

Mit einer lehmigen Fingerspitze schloss sie die Badezimmertür hinter sich. Das Bad war überraschend groß und modern ausgestattet, hell und sauber.

„Sie können den Heizstrahler anmachen", rief Garrick von der anderen Seite der Tür.

Leah fand den Schalter und drehte ihn. Sorgfältig vermied sie allerdings jeden Blick in den Spiegel. Sie öffnete die ausladende Duschkabine, ließ das Wasser laufen, bis es dampfte, und stieg hinein – so wie sie war.

„Himmlisch." Unter dem herrlichen warmen Wasserfall verlor sie jedes Zeitgefühl. Garrick hatte reichlich heißes Wasser versprochen, und sie gedachte, ihren malträtierten Körper ordentlich zu verwöhnen. Außerdem verspürte sie nicht die mindeste Lust, sich allzu bald mit ihrer völlig verfahrenen Situation auseinander zu setzen.

Allmählich ließ das taube Gefühl in Leahs Gliedern nach. Ganz langsam zog sie mit spitzen Fingern die Kleidung vom Körper und schob sie in einer Ecke der Dusche zusammen. Mehrmals seifte und shampoonierte sie Körper und Haare ein und spülte den Schaum wieder ab, als könnte sie durch übertriebene Gründlichkeit mit dem Schmutz auch das Entsetzen über ihr nächtliches Abenteuer loswerden.

Als sie das Wasser schließlich abstellte, war sie zwar sauber, aber auch abgrundtief müde. Mehr als alles andere brauchte sie jetzt dringend einen weichen Sessel, ein Sofa, oder am besten ein Bett. Aber noch war sie hier im Bad nicht fertig. Sie wickelte sich ein Handtuch um den Kopf und trocknete sich mit einem anderen ab. Dabei streifte sie unabsichtlich die Wunde am Oberschenkel und stöhnte auf. Erst jetzt sah sie den tiefen, ungefähr sieben Zentimeter langen Riss. Das müsste genäht werden, dachte sie, und ihr Magen krampfte sich zusammen. Sie schloss die Augen, atmete mehrmals tief durch und schlüpfte rasch in Garricks warme Unterwäsche und das Flanellhemd, bevor sie sich an die Versorgung der Wunde machte.

Leah tränkte mutig einen Handtuchzipfel mit Desinfektionsmittel und presste ihn fest auf den tiefen Riss. Ein höllischer Schmerz durchzuckte ihr Bein. Sie schrie auf, die Glasflasche entglitt ihren Händen und zerschellte am Boden.

Garrick riss die Badezimmertür auf und starrte Leah an.

Sie saß auf dem geschlossenen Toilettendeckel, leichenblass, die Fäuste auf den Knien geballt und schaukelte vor und zurück wie ein hilfloses Kind. Gequält blickte sie auf. „Ich dachte nicht, dass es derart wehtun würde“, flüsterte sie.

Garrick umklammerte den Türknauf und dachte einen Moment an Flucht. Seit vier Jahren hatte er keine solchen Beine gesehen, lange, schlanke Frauenbeine mit so seidiger Haut. Doch dann bemerkte er die Wunde, und er löste sich aus seiner Starre.

Er kniete nieder, nahm Leah das Handtuch vom Schoß und tupfte die Wundränder trocken. Garrick warf Leah einen warnenden Blick zu. „Jetzt stillhalten."

Leah kämpfte tapfer gegen den brennenden Schmerz an, als Garrick den Rest des Mittels, das noch im Flaschenboden stand, auftrug. Sie hielt sogar mit beiden Händen das Bein fest, konnte aber trotzdem ein Zittern nicht verhindern.

Garrick langte nach dem Verbandsmull. „Das kann ich selbst tun", flüsterte Leah atemlos, doch er fuhr unbeeindruckt fort und klebte ein passendes Stück Mull über die Verletzung. Anschließend tauchte er ein sauberes Stück Gaze in den Rest der Flüssigkeit und tupfte sanft damit die Schürfwunde an Leahs Schläfe ab.

Bislang hatte Leah diesen Kratzer gar nicht bemerkt, und sie vergaß ihn in dem Augenblick, da Garrick nach ihrer zur Faust geballten Hand griff. Ihr Atem stockte. Ganz langsam und vorsichtig löste er ihre verkrampften Finger und halb bekümmert, halb bewundernd starrte er auf die violetten Male, die Leahs Finger hinterlassen hatten – ein sichtbarer Beweis ihrer Selbstbeherrschung.

Völlig unvorbereitet traf sie sein Blick. Eine seltsame Hitze und gleichzeitig Angst fühlte sie tief in ihrem Innern. Sie sah in die haselnussbraunen Augen und erkannte: Dieser Mann ist einsam, und er begehrt mich.

Von all den Eindrücken dieses Tages war dieser Augenblick der nachhaltigste. Denn Garrick Cooper erwies sich durchaus nicht als der vierschrötige alte Trapper, den sie erwartet hatte. Nein, er war ein Mann in den besten Jahren, zu dem sie sich plötzlich und völlig unerwartet stark hingezogen fühlte.

Er ist ein Fremder, sagte sich Leah unbehaglich und schloss verwirrt die Augen.

Und auch Garrick fand sich wie betäubt von unbekannten und unerwünschten Gefühlen. Abrupt ließ er Leahs Hand los und stand auf. „Nehmen Sie sich vor den Scherben in Acht“, befahl er schroff. „Ich räume sie weg, wenn Sie fertig sind.“ Schnell verließ er das Bad und ging mit langen Schritten zum Kamin zurück. Dort stand er noch, die Stirn gegen den harten Stein gepresst, als er wenig später hörte, wie die Badezimmertür geschlossen wurde.

Langsam wandte er sich um. Jetzt wollte er endlich Antworten auf seine vielen Fragen erhalten. Diese Frau war uneingeladen bei ihm eingedrungen und bedrohte ganz entschieden seinen inneren und äußeren Frieden.

Doch ganz hatte er seine verwirrten Gefühle in diesen wenigen Minuten nicht unter Kontrolle bringen können. Kaum sah er sie dort am anderen Ende des Raumes stehen, empfand er den Wunsch, sie in die Arme zu nehmen, sie festzuhalten und nie mehr loszulassen.

Und dieses Gefühl erschien ihm als bedrohlich. Es war ein Begehren, wie er es noch nie erlebt hatte. Nicht ihre verführerische Weiblichkeit hatte ihn im Bad beunruhigt, sondern ihre Schutzlosigkeit, ihre elementare Furcht hatte eine unbekannte Saite in seinem Inneren zum Schwingen gebracht. Diese Frau war wie ein Reh, auf das er einmal im Wald unverhofft gestoßen war. Das Tier hatte ihn bewegungslos angestarrt, nur das Zittern seiner Hinterläufe verriet seine Angst. Garrick war sich hilflos vorgekommen, weil er dem Tier nicht verständlich machen konnte, dass es nichts von ihm zu befürchten hatte.

Und genauso frustriert und unbeholfen stand er der Verletzlichkeit dieser Frau gegenüber.

Sein Begehren hatte sich gesteigert, während er ihr half, die Wunde zu verarzten. Die Wärme und Zartheit ihrer Haut hatten ihn erregt, und ganz stark war in ihm der Wunsch gewachsen, sie möge ihn als ebenso menschlich und lebendig empfinden wie er sie.

Er wollte sie behüten und ihr nahe sein. Er fühlte sich als Mensch angezogen – und nicht in erster Linie als Mann. Und auch sie spürte, dass zwischen ihnen besondere Spannungen schwangen, ihr Blick hatte es deutlich gezeigt.

Trotzdem zweifelte er an der Ehrlichkeit dieses Ausdrucks. Zu lange Zeit hatte er in der Gesellschaft guter Schauspieler verbracht, um noch irgendeine Regung unvoreingenommen als echt zu akzeptieren. Seine eigenen Gefühle konnte er dennoch nicht ignorieren, weil sie ihm Eigenschaften bewusst machten, die er gar nicht gern an sich erkannte.

Noch immer stand Leah an der Badezimmertür, und Garrick beobachtete sie. Nicht ihre Schönheit zog ihn an, nein, es war etwas anderes. Mit den schulterlangen schwarzen Haaren im Pagenschnitt, den ebenmäßigen, aber unauffälligen Zügen und den großen grauen Augen, die ihr Gesicht beherrschten, war sie eigentlich nicht schön zu nennen. Und sexy sah sie in dem übergroßen Hemd und den zu langen Unterhosen auch nicht eben aus. Doch was Garrick zutiefst anrührte, war ihre Haltung: Mit leicht vorgeneigten Schultern und über der Brust gekreuzten Armen bot sie das wahre Abbild von Verletzlichkeit. Genau das weckte in ihm den Wunsch, sie in den Arm zu nehmen und zu trösten.

„Ich habe meine Sachen so gut es ging ausgewaschen", sagte sie mit einer Ruhe, die sie wohl kaum empfand. „Kann ich sie irgendwo zum Trocknen aufhängen?"

Garrick war dankbar für eine so praktische Frage. Von seinen Überlegungen wurde er vorerst abgelenkt „Sie stecken sie am besten erst in die Waschmaschine. Dort drüben." Er deutete mit einer Kopfbewegung in die Küche.

Erst jetzt nahm Leah wahr, was ihr aus verständlichen Gründen bei der Ankunft entgangen war. Die Kochecke war neben Spüle und Herd obendrein mit Geschirrspüler, Mikrowelle, Waschmaschine und Trockenautomat ausgestattet. Moderne Küche, modernes Bad ... Garrick Cooper schien nur in Grenzen auf Errungenschaften der Zivilisation zu verzichten.

Leah holte die Kleidung aus dem Bad und steckte sie mit reichlich Waschmittel in die Maschine. Als diese lief, bemerkte sie die volle Kanne mit frischem Kaffee.

„Bedienen Sie sich“, ermunterte Garrick sie einsilbig und sah zu, wie Leah einen Schrank nach dem anderen öffnete, bis sie Tassen gefunden hatte.

„Möchten Sie auch welchen?“ erkundigte sie sich, ohne sich umzudrehen.

„Nein.“

Mit zitternder Hand schenkte sie sich Kaffee ein und humpelte barfuß und unsicher zum Fenster. Durch den schmalen Schlitz zwischen den Klappläden konnte sie nicht das Geringste erkennen, doch das prasselnde Geräusch des Regens auf dem Dach sagte ihr, was sie wissen wollte.

Sie wandte sich Garrick zu. „Besteht die mindeste Chance, noch einmal zu meinem Wagen durchzukommen?“

„Nein.“

Das hatte sie befürchtet. Unvermeidlichem fügt man sich besser, ermahnte sie sich. „Darf ich mich an Ihr Kaminfeuer setzen?“

Garrick trat einladend beiseite.

Leah ging müde zum Kamin hinüber und ließ sich erschöpft auf dem Teppich davor nieder, schlug die Beine unter und wärmte beide Hände an der Kaffeetasse.

Heute Nacht saß sie also hier fest, und wenn der Regen nicht nachließ, würde sich der Wagen auch morgen nicht vom Fleck bewegen lassen. Was dann?

Sie konnte nirgendwohin. Victorias Hütte gab es nicht mehr, und damit hatten sich die Pläne für die Zukunft in Luft aufgelöst Sie kam sich völlig entwurzelt vor. Nicht einmal in ihren schlimmsten Zeiten hatte sie ganz ohne Bleibe dagestanden.

Neben Leah knarrten die Sofafedern. Unter halbgeschlossenen Lidern blinzelte sie zu Garrick hinüber. Er sah ausgesprochen gut aus. Über breiten Schultern spannte sich ein schwarzer Pullover, und graue Cordjeans betonten schmale Hüften und lange, muskulöse Beine. Das dunkelblonde, etwas zu lange Haar war mit attraktiven grauen Strähnen durchsetzt, die Nase gerade, der Mund ein wenig schmal und das Kinn energisch im markanten Gesicht Aber erst der Ausdruck der Augen zog Leah endgültig in seinen Bann. Sie blickten sehr wach, spiegelten unzählige unausgesprochene Fragen und Gedanken wider.

Leah hätte darauf wetten mögen, dass Garrick nicht aus dieser Gegend stammte. Die komfortable Ausstattung der Hütte ließ auf gewisse Ansprüche schließen, und seine Sprache deutete auf Bildung hin. Was mochte ihn hierher verschlagen haben? Wie nahm er ihr Eindringen auf und die Tatsache, dass sie bei ihm die Nacht verbringen musste? Wie dachte er überhaupt über Frauen, und wie weit reichte dieses Bedürfnis, das sie ihm in jenem flüchtigen Augenblick angemerkt hatte?

Leah starrte ins Kaminfeuer, und Garrick beobachtete sie gedankenversunken. Er hatte viele Frauen gehabt in seinen wilden Jahren in Kalifornien. Im Lauf der Zeit jedoch war der Wunsch nach einer dauerhaften Beziehung hinter der Suche nach Selbstbestätigung in immer häufigeren, immer kürzeren Affären zurückgetreten. Den Liebesakt empfand er als hohl und unbefriedigend, ebenso wie seinen ganzen Lebensstil.

Vor vier Jahren war er nach New Hampshire gekommen, hatte Hektik und oberflächliche Liebeleien hinter sich gelassen und blieb für sich, um Gefühle und Beweggründe zu ordnen. Jetzt war er achtunddreißig und stand an der Schwelle zu einem neuen sinnvollen Leben.

Allmählich spielte sich ein neuer Rhythmus ein, zu dem auch dann und wann eine Frau gehörte. Jedoch sah er eine Frau nur sehr selten ein zweites Mal, und nie brachte er eine mit nach Hause.

Auch die Frau, die jetzt hier bei ihm saß, wünschte er zwar so schnell wie möglich wieder fort, doch gleichzeitig sehnte er sich nach menschlichem Kontakt zu ihr. War dieser Wunsch ein Zeichen dafür, dass er endlich mit sich ins Reine gekommen war und wieder Anteil nehmen konnte?

Er war immer sehr egozentrisch gewesen, und das Leben, das er seit vielen Jahren führte, verstärkte diese Veranlagung noch. Er machte, was er wollte und wann er es wollte, und er war sich nicht sicher, ob er das je ändern konnte oder überhaupt bereit dazu war, sich einer völlig neuen Situation zu stellen.

Trotz allem meldete sich dieses bohrende Bedürfnis nach Nähe, wann immer er diese Frau ansah ...

„Wie heißen Sie?“

Leah zuckte zusammen. Erschrocken sah sie Garrick an. „Leah Gates.“

„Sind Sie mit Victoria befreundet?“

„Ja.“

Garrick starrte an Leah vorbei in die Flammen, und erst als sie auch den Blick abwandte, beobachtete er sie weiter. Leah Gates, Victorias Freundin. Hatte sie vielleicht zufällig von seiner Existenz erfahren und war gekommen, um ihn in seiner Ruhe zu stören? Oder benutzte sie Victorias Namen nur, um auf diesem Weg den Sensationsbericht zu ergattern, an den bisher noch niemand gekommen war? Vielleicht sagte sie aber auch die Wahrheit. Nur warf das die ungeheure Frage auf, aus welchem Grund Victoria sie zu ihm geschickt haben könnte.

Nur zwei Tatsachen waren völlig sicher: Erstens saß sie für eine Weile bei ihm fest. Zweitens hatte sie eine ziemliche Tortur durchgemacht und begann, obwohl sie vor dem Feuer saß, obendrein wieder zu frieren.

Garrick stand auf, holte vom Bett eine Steppdecke und legte sie Leah um die Schultern. Sie lächelte ihm dankbar zu und zog sie fest um sich.

Zufrieden ließ er sich wieder auf dem Sofa nieder. Dass ihn, der sein Leben lang auf sich bezogen und selbstsüchtig gewesen war, diese kleine Geste der Sorge und des Gebens so befriedigte, war schon seltsam. Es war für ihn verwirrend und ermutigend zugleich.

Wenig später rollte sich Leah auf dem Teppich zusammen und schlief ein. Garrick beobachtete, wie sie sich im Schlaf entspannte, und lauschte ihren regelmäßigen Atemzügen. Wieder verspürte er den Wunsch, sie in den Arm zu nehmen, sie zu beschützen, sie zu fühlen und menschliche Wärme zu empfangen. Wie sehr ihm diese gefehlt hatte, wurde ihm erst in diesem Augenblick bewusst. Dabei war er überzeugt gewesen, seinen wahren Lebensstil gefunden zu haben. Zu seinem Leidwesen stellte er sich gerade als unvollständig heraus.

Er stand leise auf, hockte sich neben Leah, streifte die Steppdecke von ihrem Gesicht und betrachtete sie aufmerksam. Sie wirkte völlig entspannt und unschuldig, und Garrick konnte dem Drang, sie zu streicheln, nicht widerstehen. Leahs Wange war weich und warm, leicht gerötet von der Wärme. Ihr inzwischen getrocknetes Haar fühlte sich fest an, der dichte Pony betonte das ovale, ebenmäßige Gesicht. Hoffentlich war sie tatsächlich so harmlos, wie sie aussah.

Für eine Nacht durfte man wohl davon ausgehen, dass sie die Wahrheit gesagt hatte.

Sorgsam darauf bedacht, Leah nicht zu wecken, hob Garrick sie mitsamt der Decke auf und trug sie zu seinem breiten Bett. Sanft legte er sie auf der einen Seite nieder, ehe er sich selbst auszog und sich auf der anderen ausstreckte. Unbewusst rückte er etwas näher an Leah heran. Er spürte ihre Wärme – und lächelte.

Leah erwachte am nächsten Morgen vom Duft frischen Kaffees und brutzelnden Frühstücksspecks. Erst runzelte sie verwirrt die Stirn, doch als ihr die Ereignisse des vergangenen Tages einfielen, schlug sie erschrocken die Augen auf. Das Letzte, woran sie sich erinnerte, war, dass sie vor dem Kamin gelegen hatte, aber jetzt befand sie sich in einem Bett. Garricks Bett. Sie schaute sich um.

Garrick stand am Herd und drehte ihr den Rücken zu. Steif und ziemlich schwerfällig kroch sie unter der Decke hervor und ging ins Bad. Jeder Muskel ihres Körpers schmerzte, so dass sie, nachdem sie sich gewaschen und gekämmt hatte, am liebsten zurück ins Bett gegangen wäre.

Aber Garrick hatte sie aufstehen sehen. Außerdem standen einige Entscheidungen an.

Zögernd näherte sie sich dem Tisch, auf den Garrick eben zwei großzügig gefüllte Teller stellte. Leahs Blässe und ihre unsicheren Bewegungen rührten ihn, doch er versagte sich sein Mitleid, denn zuerst brauchte er Antworten auf einige dringende Fragen. „Setzen Sie sich", ordnete er an.

Leah gehorchte und begann ohne Aufforderung zu frühstücken. Erst als sie aufgegessen hatte und eine zweite Tasse Kaffee trank, bemerkte sie ihre Unhöflichkeit. „Tut mir Leid", murmelte sie. „Ich hatte Hunger."

„Kein Abendessen gehabt?"

„Nein." Sie musste etwa gegen acht Uhr Garricks Hütte erreicht haben, und den ganzen Abend war ihr gar nicht der Gedanke an Essen gekommen, nicht einmal, als sie ihre Sachen am Herd vorbei zur Waschmaschine trug. In der Erinnerung daran holte sie erschreckt Luft. „Meine Kleider sind noch in der Maschine ..."

„Ich hab' sie in den Trockner getan, alle außer dem Kaschmirpullover, den Sie besser mit der Hand gewaschen hätten. Er hängt auf der Leine."

Leah fühlte sich unbehaglich bei dem Gedanken, dass ausgerechnet Garrick, ein völlig Fremder, sich ihrer Kleider und Unterwäsche angenommen, und schlimmer noch, sie in sein Bett getragen hatte. Schlimm war dabei eigentlich nicht, dass er ein Fremder, sondern dass er ein ausgesprochen attraktiver Mann war.

„Er war bestimmt schon ruiniert, ehe ich ihn in die Maschine steckte", murmelte sie und warf einen ängstlichen Blick zum Fenster. „Wie lange, glauben Sie, wird der Regen noch anhalten?"

„Tage."

Leah lachte ungezwungen. „Sie machen wohl Witze?"

Garrick blieb völlig ernst. „Durchaus nicht."

„Aber ich brauche den Wagen."

„Wo steht er?"

„Bei Victorias Hütte."

„Wieso dort?"

Leah fiel ein, wie wenig sie am Vorabend gesprochen hatten. „Sie hat mir die Hütte vermietet, doch als ich dort ankam, fand ich nichts als ..." Sie verstummte, weil Garrick sie herausfordernd, ja sogar beinahe drohend anstarrte.

„Sie sagten, Victoria habe Sie zu mir geschickt", erinnerte er barsch.

Leah wurde nervös und haspelte hektisch herunter: „Sie meinte, falls ein Problem auftauchte, würden Sie mir helfen. Nun, ich habe ein Problem: Victorias Hütte steht nicht mehr, mein Wagen steckt im Morast fest, und ich muss eine Bleibe finden."

„Victoria hat Ihnen die Hütte also vermietet?" fragte er lauernd.

Sie ärgerte sich über den Ton. „Ist das so ungewöhnlich?"

„Allerdings." Er zuckte nicht einmal mit der Wimper. „Die Hütte ist nämlich vor drei Monaten abgebrannt."

Ungläubig schüttelte sie den Kopf. Nach einer langen Pause brachte sie schließlich scheinbar ruhig hervor: „Das kann nicht sein."

„Und doch ist es so."

Leah überlegte fieberhaft. Niemand wohnte in der Hütte, und so weit sie wusste, war Garrick nicht der Verwalter. Aber irgendjemand musste doch wenigstens einmal an der Hütte vorbeigekommen sein in so langer Zeit. „Wollen Sie damit sagen, dass Victoria von dem Brand vor drei Monaten noch nichts weiß?" forschte sie verständnislos.

Garrick sah sie kalt an. „Ich selbst habe sie angerufen und wenig später die Leute der Versicherung herumgeführt."

„Ich glaube Ihnen nicht", rief Leah aufgebracht. „Rufen Sie sie jetzt an. Ich will von ihr selbst hören, wie viel sie weiß."

„Ich habe kein Telefon."

Sie blickte sich suchend um, doch dann fiel ihr ein, dass auch Victorias Hütte trotz allen Komforts nicht über ein Telefon verfügte. Wieso hätte sie ihr das erzählen sollen, wenn sie wusste, dass die Hütte nicht mehr stand?" Widersinnig! „Sie hatte keine Ahnung von dem Feuer", beharrte sie.

„Doch."

„Sie lügen."

„Ich lüge nie."

„Wenn das der Fall wäre", schrie Leah jetzt beinahe, „würde das bedeuten, dass Victoria mich hierher geschickt hätte in dem vollen Bewusstsein, dass ich nicht bleiben kann. Und das ist einfach hirnrissig." Sie begann zu zittern, setzte die Kaffeetasse ab und kreuzte in dieser Geste der Verzweiflung und Schutzlosigkeit die Arme vor der Brust, die Garrick schon einmal an ihr beobachtet hatte. Doch ob diese Regung nicht bloß gespielt war, musste sich erst noch herausstellen. Schweigend musterte er Leah.

„Victoria wäre dazu nicht fähig", flüsterte sie ungläubig. „Seit drei Wochen sprechen wir darüber, machen Pläne ... Ich habe meine Wohnung aufgelöst, Strom und Telefon gekündigt, allen Freunden Bescheid gesagt. Victoria half mir dabei, gab mir sogar persönlich eine Liste mit Hinweisen und saß neben mir, als ich sie las. Sie macht sich – und mir – doch nicht solche Mühe, wenn sie genau weiß, dass die Hütte nicht mehr steht."

Garrick fand nicht so sehr Victorias angebliches Verhalten unglaubwürdig, sondern zweifelte eher an Leahs Bericht. Und ihre augenscheinliche Verwirrung gehörte vielleicht nur mit zum Spiel. Falls sie es auf Greg Reynolds abgesehen hatte, verfügte sie jetzt über ideale Voraussetzungen.

„Wer sind Sie?“ fragte Garrick ausgesprochen scharf.

Leah hob erstaunt den Kopf. „Ich sagte es bereits, Leah Gates.“

„Woher kommen Sie?“

„Aus New York.“

„Sie arbeiten nicht zufällig für eine Zeitung?“ Da er mit augenblicklicher Verneinung rechnete, überraschte ihn ihre positive Reaktion.

„Woher wissen Sie das?“ fragte sie verblüfft.

Er murmelte etwas Unverständliches vor sich hin und Leah konnte sich den verkniffenen Zug um seinen Mund gar nicht erklären.

„Haben Sie meinen Namen schon irgendwo gelesen?“ Vielleicht war er einer ihrer vielen Kreuzworträtselanhänger.

„Ich lese keine Zeitungen.“

„Also kennen Sie eins meiner Bücher?“

„Bücher schreiben Sie also auch?“ rief er entsetzt.

Die Frage und der Tonfall verblüfften sie. „Ich entwerfe Kreuzworträtsel für eine kleine Wochenzeitschrift und habe mehrere Rätselbücher veröffentlicht.“

„Kreuzworträtsel? Warum wollten Sie sich hier oben verkriechen?“ erkundigte er sich etwas ruhiger.

„Meine Wohnung wurde mir gekündigt, und ich wusste nicht recht, wo ich hin sollte. Victoria schlug vor, in die Hütte zu ziehen, bis ich mich entschieden hätte. Mir gefiel die Idee.“ Sie runzelte die Stirn und sah Garrick zweifelnd an. „Sie glauben mir nicht, stimmt's? Wieso?“

Solche Direktheit und ehrliche Betroffenheit verwirrten ihn. Er überlegte. Die Wahrheit konnte er ihr nicht sagen. Er hatte seine Vergangenheit zu sorgfältig vier Jahre lang vor allem und jedem gehütet, als dass er jetzt durch womöglich voreilige Anschuldigungen selbst alles ans Licht brachte. „Es kommt nicht oft vor, dass eine Frau sich allein in diese Wildnis verirrt", lenkte er ab. „Sie sind doch allein?"

Nur zögernd bejahte Leah.

Gütiger Himmel. Hatte sie den Fotografen etwa gleich mitgebracht? „Warum geben Sie keine klare Antwort, wenn Sie nichts zu verbergen haben?"

Leah wurde zornig. „Wenn man in New York aufgewachsen ist, scheut man sich, einem Mann gewisse Informationen zu geben. Nennen Sie's Instinkt."

„Ich nenn's Misstrauen."

„Dann sind wir ja quitt."

„Trotzdem haben Sie meine Frage beantwortet."

„Victoria sagte, Sie seien ein Freund. Ich vertraue ihrem Urteil. Sie gab mir sogar einen Brief für Sie mit."

Er streckte fordernd die Hand aus. Sein spöttisches Lächeln war beinahe beleidigend.

„Wenn's nach mir ginge, hätten Sie ihn längst." rief sie. „Er liegt im Wagen – mit allem anderen, was ich besitze."

„Dorthin können Sie nicht zurück, vielleicht tagelang nicht. Sie sitzen hier fest." Er lehnte sich zurück und musterte sie.

Leah fühlte sich geschlagen. Nicht dass Garrick abstoßend wäre, im Gegenteil. Aber sein Zynismus, der gar nicht zu seiner sonst so netten, besonnenen Art passen wollte, machte ihr Angst. „Ich muss zu meinem Wagen, und wenn Sie mich nicht fahren wollen, laufe ich eben."

„Wer sagt, dass ich nicht will, Leah?" sprach er sie zum ersten Mal mit Namen an. „Ich kann nicht. Sie wissen vielleicht nicht, dass der Regen zusammen mit der Schneeschmelze die Straßen unpassierbar macht. Niemand rührt sich um diese Zeit, weil selbst das geländegängigste Fahrzeug nutzlos ist." Er rieb sich nachdenklich das Kinn. „Wie war die Fahrt hierhin?"

„Die reine Hölle."

„Und der Fußmarsch von Victorias Hütte zu meiner?"

Ihr Blick sprach Bände.

„Nun, es wird mit jedem Tag schlimmer werden, solange der Regen nicht nachlässt."

Leah wollte nicht verstehen. „Und wenn wir beide zusammen versuchen, den Wagen freizubekommen?" bat sie flehentlich.

„Ich bin kein Bulldozer, Leah, und ich habe schon auf weniger steilen Strecken Geländefahrzeuge feststecken sehen. Vergessen Sie's."

„Victoria sagte, Sie würden mir helfen."

„Ich biete Ihnen immerhin ein Dach über dem Kopf."

„Aber das geht doch nicht."

„Wir haben keine andere Wahl."

Leah stand auf und ging zum Fenster. Blicklos starrte sie hinaus in den Regen. Garrick musste ja wissen, was er sagte. Wenn sie trotzdem darauf bestand, sich zu ihrem Wagen durchzuschlagen, landete sie nur wieder nass und schlammig, erschöpft und beschämt vor der Tür seines Cottages.

Als sie New York verließ, hatte sie sich alles weiß Gott anders vorgestellt.

3. KAPITEL

Das Geklapper von Geschirr riss Leah wenig später aus ihren trüben Gedanken. Garrick räumte die Spülmaschine voll und wusch die restlichen Gegenstände ab. Leah ergriff ein Trockentuch und half ihm.

Sie arbeiteten schweigend. Erst als Leah das letzte Teil abgetrocknet hatte und Garrick die Spüle auswischte, sagte sie leise: „Es tut mir Leid. Es sieht so aus, als sei ich undankbar, aber ich rechne Ihnen hoch an, was Sie für mich tun." Sie suchte nach einer taktvollen Erklärung für ihr Verhalten. „Die Situation entspricht nur so gar nicht meiner Vorstellung."

„Was hatten Sie denn erwartet?"

„Sonne und frische Luft. Eine Hütte für mich allein. Viel Zeit zum Arbeiten, Lesen, Wandern ... und Kochen." Sie blickte erschreckt auf. „Ich habe Lebensmittel im Wagen. Die verderben, wenn sie nicht bald in den Kühlschrank kommen."

„Es ist kalt genug draußen."

Leah überlegte kurz, was sich vielleicht halten könnte, und seufzte dann resigniert Es bestand ja doch keine Chance, zum Wagen zu gelangen, also war jeder Gedanke an Butter oder Eier zwecklos.

Wehe, wenn sie Victoria in die Finger bekam. „Zum allerersten Mal habe ich überhaupt daran gedacht, New York zu verlassen. Und dann erweist sich das ganze Unternehmen als solcher Fehlschlag. Ich kann noch immer nicht verstehen, warum Victoria mir die Hütte angeboten hat."

Garrick hatte bezüglich Victoria bereits einen besonderen Verdacht. Er verließ die Küche und ließ sich auf das Sofa vor dem Kamin fallen.

Leah wartete geduldig auf eine Antwort. Er war ganz offensichtlich aufgebracht, brütete dumpf vor sich hin, die Stirn gerunzelt. Verständlich, denn immerhin war seine selbstgewählte Einsamkeit unangenehm gestört worden.

Sie beobachtete ihn unauffällig. Selbst in Ruhe verkörperte er den Inbegriff männlicher Kraft. Aus welchem Grund mochte er sich hierher zurückgezogen haben? Die kultivierte Sprache und der Hang zu gewissem Komfort ließen darauf schließen, dass er lange in der Stadt gelebt hatte, und dennoch wirkte er, als gehöre er in diese Umgebung.

Leah nutzte Garricks Schweigen, um sich die Hütte etwas genauer anzusehen. Links und rechts der Eingangstür befanden sich hohe Fenster. An der Schmalseite des großen rechteckigen Raumes stand das breite Bett, und der Kamin beherrschte die Stirnseite der Hütte. Wo immer an den Wänden zwischen Türen, Fenstern und Möblierung Freiflächen blieben, waren Regale angebracht, die sich unter der Last der Bücher bogen.

Garrick Cooper verbrachte also einen Teil seiner Zeit mit Lesen, wenn er nicht gerade so reglos und versunken wie jetzt in die kalte Asche des Kamins starrte. Leah konnte den Ausdruck seines Gesichts nicht so recht einordnen. Zeigten sich da Einsamkeit, Sorge und Verwirrung? Oder suchte sie nur ihre eigenen Gefühle auch in ihm?

Ich muss mich ablenken, entschied sie, gleichzeitig entschlossen und verzweifelt. Nachdem sie das Bett gemacht hatte, suchte sie jedoch vergeblich nach weiterer Beschäftigung, denn alles war sauber und aufgeräumt.

Unschlüssig stand Leah am Fenster. Der Blick in den regenverhangenen Wald verstärkte das seltsame Gefühl der Leere und Unwirklichkeit in ihr. Plötzlich zuckte sie zusammen. Garricks Frage „Wie ist Ihre Beziehung zu Victoria?“ rief sie unvermittelt in die Gegenwart zurück.

Leah wandte sich um, stellte sich seinem streng forschenden Blick. „Wir sind Freundinnen.“

„Das sagten Sie schon. Wann haben Sie sie kennen gelernt?“

„Vor etwa einem Jahr in der öffentlichen Bibliothek. Victoria suchte gerade nach Material über die Ureinwohner Neuseelands. Wir rannten buchstäblich ineinander.“

Garrick musste lächeln, obwohl er es gar nicht wollte. „Die Ureinwohner Neuseelands ... Das klingt wirklich nach Victoria. Machte sie zur Abwechslung mal einen Kurs über Anthropologie?“

„Nicht direkt“, entgegnete Leah zerstreut. Sein Lächeln hatte sie verwirrt. So viel Verständnis, Großzügigkeit und menschliche Wärme lag in diesem Ausdruck.

„Sie ... Sie war von einem Artikel über die Maori derart fasziniert, dass sie beschloss, das Volk persönlich kennen zulernen. Der Besuch in der Bücherei gehörte zu ihren Reisevorbereitungen.“

„Hat sie die Reise gemacht?"

„Natürlich."

„Warum waren Sie in der Bücherei?"

„Ich arbeite oft dort, meist auf Wortsuche für meine Rätsel, manchmal auch nur, um mal was anderes zu sehen."

„Sie haben sich also mit Victoria angefreundet ... Wie alt sind Sie?"

„Dreißig."

Er pfiff durch die Zähne. Ob überrascht oder anerkennend, konnte Leah nicht sagen. „Ich hätte Sie auf höchstens fünf-, sechsundzwanzig geschätzt. Aber trotzdem besteht noch ein ziemlich großer Altersunterschied zwischen Ihnen und Victoria."

„Ach wo", wehrte Leah entschieden ab. „Das ist ja das Großartige an Victoria. Sie mag zwar dreiundfünfzig sein, aber sie verfügt über die Kraft einer Vierzigjährigen, den forschen Geist einer Dreißigjährigen, die Begeisterungsfähigkeit einer Jugendlichen und das Herz eines Kindes."

Die Beschreibung traf Garricks Meinung genau, nur hätte er sie nicht in so passende Worte kleiden können. Zu seinen besten Zeiten als Schauspieler war er in der Lage gewesen, den Text exakt nach den Wünschen des Regisseurs zu betonen. Doch nicht einmal bei aller Arroganz wäre ihm in den Sinn gekommen, die Drehbücher selbst zu schreiben. Leah war also intelligent, ausdrucksstark und vor allem – sie kannte Victoria ganz genau. Damit fiel der Verdacht, sie benutze lediglich ihren Namen als Vorwand, flach. Blieb noch die Möglichkeit, dass Leah ihre Freundschaft zu Victoria um den Preis aufs Spiel setzte, ein Interview von dem Mann zu ergattern, der einmal die Herzen der meisten Frauen zwischen sechzehn und sechsundsechzig hatte höher schlagen lassen. Sah Leah fern? Und musste sie ihn nicht erkennen, selbst wenn sie ganz ohne arglistige Absichten hergekommen war?

Allzu schmerzlich erinnerte er sich an seine erste Zeit hier in

New Hampshire. Aus Angst, erkannt zu werden, hielt er den Kopf gesenkt und mied Blickkontakte, wann immer er unter Menschen ging. Obwohl er sich nachlässig kleidete, das Haar wachsen ließ und nicht mehr aufhellte, obwohl er hoffte, dass man einen Star wie ihn nicht in solcher Abgeschiedenheit vermutete, lebte er dennoch in ständiger Furcht vor Entdeckung.

Doch die Zeit verging, ohne dass man ihn erkannte, und er fasste Selbstvertrauen. Er ging aufrecht und blickte seinen Mitmenschen wieder ins Gesicht. Er lernte, mit der Natur zu leben, sich selbst zu versorgen, und in diesem Prozess fand er auch sich selbst.

„Sie haben Victoria in einem Jahr gut kennen gelernt. Offenbar verbringen Sie viel Zeit mit ihr", wandte Garrick sich wieder an Leah.

„Ganz recht." Sie hatte ihn, während er seinen Gedanken nachhing, nicht eine Sekunde aus den Augen gelassen.

„Sehen Sie sich auch zu gesellschaftlichen Anlässen?"

„Wenn Sie wissen wollen, ob ich zu ihren Partys gehe ... nein."

„Sind Sie verheiratet?"

„Ich bin seit zwei Jahren geschieden."

„Haben Sie einen Freund?"

„Was soll die Fragerei? Ich komme mir vor wie im Kreuzverhör."

Garrick fühlte sich plötzlich schuldig. Er benahm sich wirklich aufdringlich. Aber wie sollte er sonst einen Beweis für seinen Verdacht finden? „Bitte haben Sie Geduld. Ich frage nicht grundlos."

„Sie wollen mich loswerden – verständlich. Glauben Sie mir, ich ginge lieber jetzt als gleich. Für Sie bin ich ein Eindringling, aber mir gefällt die Zwangslage, als Flüchtling bei einem völlig Fremden Zuflucht suchen zu müssen, genauso wenig wie Ihnen." Sie verstummte und blickte sich suchend im Raum um. „Haben Sie Papier und Bleistift?"

Garrick war verblüfft „Wie bitte?"

„Ich vergesse die Idee, wenn ich sie nicht aufschreibe."

„Welche Idee?"

„Flüchtling, Zuflucht ... Perfekt für ein thematisches Kreuzworträtsel."

Garrick lächelte und deutete zur Kochnische hinüber. „Zweite Schublade links neben der Spüle."

Hastig machte sich Leah Notizen, steckte den Zettel in ihre Hemdtasche, brachte Papier und Stift zurück und wandte sich wieder Garrick zu. „Wo waren wir stehen geblieben?"

Ihre spontane Art berührte ihn. Plötzlich fühlte er sich ausgesprochen wohl in ihrer Nähe. „Machen Sie das oft?"

„Ideen notieren? Hm."

„Entwerfen Sie tatsächlich Kreuzworträtsel?"

„Nicht einmal das haben Sie mir geglaubt, oder?"

Er zuckte die Schultern. „Ein ungewöhnlicher Beruf." Wieder verlor er sich in Gedanken.

Leah ließ ihm Zeit und wandte sich einem Bücherregal zu. Sie fand fast alle Romane, die in den letzten Jahren auf der Bestsellerliste gestanden hatten. Die Einbände waren abgegriffen. Also las Garrick nicht nur alles, was er kaufte, sondern kaufte auch das Neueste und Teuerste, anstatt auf billigere Taschenbuchausgaben zu warten. Geizig konnte er nicht sein, aber woher mochte er das Geld haben?"

„Ich stelle es mir ausgesprochen schwierig vor, die passenden Worte zu finden und sich obendrein noch eine möglichst witzige Umschreibung dazu einfallen zu lassen."

Leah lächelte, als sie begriff, dass er von Kreuzworträtseln sprach. „Es ist eine Herausforderung", gab sie zu.

„Ich könnte das nicht."

„Dafür könnte ich keine Fallen stellen und Tiere darin fangen." Leah war selbst über den kritischen Ton überrascht.

„Hat Victoria Ihnen das erzählt?“

„Sie sagte nur, Sie seien Trapper“, stellte Leah richtig und fügte kleinlaut hinzu: „Ich fürchte, die Ausdeutung stammt von mir.“

„Was hat Ihnen Victoria sonst noch über mich erzählt?“ Plötzlich war er wieder auf der Hut.

„Nur, was Sie schon wissen. Sie seien ein Freund, dem ich vertrauen könnte. Um ehrlich zu sein, ich hatte Sie mir etwas – nein, ganz anders vorgestellt.“

„Und wie?“

„Älter, vierschrötiger.“ Leah errötete und wich seinem forschenden Blick aus. „Als Victoria mir den Brief für Sie gab, fragte ich sie, ob es ein Liebesbrief sei.“

„Woher wollen Sie wissen, dass es keiner war?“ erkundigte sich Garrick gelassen.

Leah blickte ihn erstaunt an. Wenn sie recht darüber nachdachte, war Victorias Antwort reichlich unbestimmt ausgefallen. Auch alte, vierschrötige Trapper können sehr nett sein, oder so ähnlich.

Bevor sie diesen Gedanken weiterentwickeln konnte, lachte Garrick auf. „Es ist kein Liebesbrief. Wir sind wirklich nur Freunde.“ Plötzlich ernüchtert, fügte er undeutlich hinzu: „Bis heute.“

„Was meinen Sie damit?“

Er holte tief Luft. „Dass Victoria Sie hergeschickt hat, riecht nach Intrige.“

Verständnislos musterte sie ihn.

„Sie sagten, dass Sie Victorias Partys fernbleiben. Sehen Sie sich sonst zuweilen in Gesellschaft – ich meine, zusammen mit Männern?“

„Ich weiß, dass sie mit einigen Männern befreundet ist, aber sie hat Arthur sehr geliebt und will nicht wieder heiraten. Sie hat auch so stets einen Begleiter, wenn es der Anlass erfordert.“

„Und Sie? Haben Sie einen ständigen Begleiter?“ wiederholte er die Frage, die bereits auf Widerstand gestoßen war.

Leah erklärte geduldig, aber bestimmt: „Nicht, wenn ich's vermeiden kann."

Garrick nickte bestätigend. Die Aufklärung war in erreichbare Nähe gerückt. „Äußert Victoria eine Meinung dazu?"

„Oh, natürlich. Sie behauptet, ich nutze meine Chancen nicht zur Genüge." Sie lächelte verzerrt. „Victoria gibt den Versuch nicht auf, mich an den Mann zu bringen, und ich weigere mich standhaft."

„Genau das habe ich befürchtet."

Leah konnte ihm nicht folgen. „Was soll das heißen?"

„Mit mir hat sie's ebenso gemacht. Dass es hier oben viel schwieriger ist, eine Beziehung zu stiften, konnte sie nicht aufhalten." Er sah Leah fest an. „Verstehen Sie, worauf ich hinaus will?"

„Sie hat es mit Absicht getan?"

„Sieht ganz danach aus."

„Das Feuer hat sie mit keinem Wort erwähnt, dafür erzählte sie mir von Ihnen." Leah schloss die Augen und versuchte angestrengt, nicht die Kontrolle zu verlieren. „Sie wollte nicht einmal Miete im Voraus annehmen. Ich sollte mir erst ansehen, wie viel das Blockhaus meiner Meinung nach wert sei."

„Raffiniert."

Leah schüttelte fassungslos den Kopf. „Und auf meine Frage, ob das Cottage komfortabel sei, antwortete sie noch: ‚Als ich es zuletzt sah, war es das.'"

„Die reine Wahrheit."

„Kein Wunder, dass sie nervös war."

„Victoria und nervös?"

„Ungewöhnlich, aber wahr. Ich habe ihre Unruhe einer Art von mütterlichem Schutzinstinkt zugeschrieben. Was für ein Irrtum. Dabei war es das reine schlechte Gewissen. Sie hatte sogar die Stirn, mich daran zu erinnern, dass es weder Klimaanlage noch Telefon gäbe, die Schlange." Leah wandte Garrick den Rücken zu und verschränkte die Arme vor der Brust.

Garrick erkannte, dass alles, was Leah ihm erzählt hatte, der Wahrheit entsprach. Sie schimpfte nicht, rannte nicht aufgebracht hin und her. Ihren Zorn erkannte er nur an ihrem beschleunigten Atem und der Starre ihrer Haltung. Dieses Benehmen passte genau zu dem Eindruck, den er von ihr bisher gewonnen hatte. Sie schien ihre Gefühle nur äußerst zurückhaltend mitzuteilen. Eine Freundin hatte sie hinters Licht geführt, und trotzdem brachte sie es fertig, Haltung zu wahren.

Seltsamerweise war Garricks Wut über Victorias Intrige schon fast ganz verraucht. Leah war nun einmal hier, und irgendetwas an ihrem Kummer rührte ihn, zumal sie sich jetzt verlegen zu ihm umwandte.

„Es tut mir Leid. Sie hatte kein Recht, mich Ihnen aufzudrängen."

„Aber Sie tragen doch keine Schuld."

„Trotzdem haben Sie mich am Hals."

„Und Sie mich."

„Es hätte schlimmer kommen können", versuchte sie die Situation mit Humor zu nehmen.

„So sehe ich das auch."

Wie kann er nur so ruhig bleiben, fragte sie sich erstaunt. Dass Victoria ein so hinterlistiges Spiel mit ihnen trieb, müsste sie beide wütend machen. Wie dem auch sei, Leah glaubte nicht an Liebe auf den ersten Blick, wie Victoria vielleicht gehofft hatte. Glaubte sie nach der großen Enttäuschung überhaupt noch an Liebe? Allerdings gestand sie sich ehrlicherweise ein, dass Garrick Cooper eine gewisse Anziehung auf sie ausübte. Was sie aber vor ein schier unlösbares Rätsel stellte, war, wie sie den offenbar tief empfundenen Gefühlen begegnen sollte, die sie gelegentlich in seinen Augen sah.

„Ich habe das nicht gewollt", betonte sie.

„Ich weiß", antwortete er ruhig.

„Sie ... Sie müssen sich sehr missbraucht vorkommen."

„Ein wenig unbehaglich, das ist alles."

„Da trage ich nun Ihre Sachen ..."

„Sie können sich umziehen, wenn Sie wollen."

Er hatte Recht. Vielleicht fühlte sie sich weniger ausgeliefert, wenn sie ihre eigenen Kleider wieder trug.

Leah ging zum Trockner und nahm die Sachen heraus. Leider war der Pullover auf der Leine immer noch feucht.

„Hier." Garrick stand direkt hinter ihr und bot ihr einen seiner Pullover an. „Sauber und trocken."

Sie nahm ihn stumm entgegen und ging ins Bad. Garrick machte sich am Kamin zu schaffen. Als sie umgezogen wieder ins Wohnzimmer trat, fiel ihr auf, dass die Hütte warm geblieben war, obwohl das Feuer nicht mehr brannte.

„Haben Sie auch eine elektrische Heizung hier?" erkundigte sie sich.

Garrick langte nach Streichhölzern und zündete den säuberlich gestapelten Haufen Holzscheite an. „Im Anbau hinter dem Haus steht ein Generator."

„Und woher bekommen Sie Vorräte, wenn Sie bei solchem Wetter nicht in die Stadt können?"

„Ich habe mich letzte Woche reichlich eingedeckt." Er beobachtete, wie die kleine Streichholzflamme in den Spänen immer höher aufloderte. „Jeder der diese Schlammschlacht einmal mitgemacht hat, weiß, dass man gerüstet sein muss. Gefriertruhe und Schränke sind voll bis obenhin. Vor ein paar Tagen habe ich mich noch mit frischen Lebensmitteln versorgt. Leider ist der Frühstücksspeck von heute Morgen jedoch der letzte gewesen."

Hätte er nicht teilen müssen, wäre für morgen noch welcher übrig, dachte Leah schuldbewusst, schwieg aber, denn nichts war langweiliger als Leute, die sich ständig entschuldigten.

Das Feuer im Kamin brannte, und Garrick stand auf. Er blickte Leah an, verwünschte sich jedoch gleich dafür. Sie trug seinen

Pullover, und in dem viel zu großen Kleidungsstück sah sie wieder sehr schutzbedürftig aus.

Er widerstand der Versuchung, sie in die Arme zu nehmen, und deutete nur einladend auf das Sofa. Sie kuschelte sich in eine Ecke.

„Wie geht's Ihrem Bein?“ Erst ihre zerrissene Hose hatte ihn wieder an die Verletzung erinnert.

„Ganz gut.“

„Haben Sie den Verband erneuert?“

„Nein, die Gaze ist noch völlig sauber.“

Sie hat sich also die Wunde nicht einmal angesehen, stellte er fest. War sie zimperlich, oder interessierte sie ihre Gesundheit nicht? Vorsichtig schob er den Stoff beiseite.

„Es wird schon gehen“, protestierte Leah schwach.

Aber Garrick ließ sich nicht beirren, riss die Pflasterstreifen herunter und hob behutsam die Gaze von der Wunde. „Sieht aber gar nicht gut aus“, murmelte er. „Tut sicher höllisch weh.“ Sachte befühlte er mit den Fingerspitzen die entzündeten Wundränder. Dass Leah scharf den Atem einsog, gab ihm Recht „Wahrscheinlich hätte der Riss genäht werden müssen, nur sind es bis zum nächsten Krankenhaus sechzig Kilometer.“

„Heilen wird es auch so.“

„Allerdings behalten Sie wohl eine Narbe.“

„Eine Narbe mehr oder weniger, was macht das schon?“

Garrick blickte auf. „Haben Sie denn noch andere?“

Oh ja, dachte sie, aber nur eine davon ist sichtbar. „Eine Blinddarmnarbe.“

Er ahnte, dass sie nicht die ganze Wahrheit sagte, denn er erkannte Schmerz und Einsamkeit in ihrem Blick – und die Anstrengung, beides zu unterdrücken. Er hätte sie gerne wissen lassen, dass ihm solche Gefühle nicht fremd waren. Aber er konnte es nicht. Stattdessen ging er ins Bad, um Salbe und frischen Verband zu holen. Nachdem er die Wunde zart, aber gründlich versorgt hatte, räumte er wortlos den Verbandskasten weg, schlüpfte in eine Daunenweste, zog Regenumhang und Gummistiefel an und ging hinaus in das Unwetter.

Leah starrte ihm nach. War es möglich, dass er wusste, was in ihr vorging?

Sein Verhalten ließ darauf schließen, doch sein plötzliches Verschwinden verwirrte sie. Warum hatte er es so eilig? Und was machte er da draußen? Ein paar Augenblicke später hörte sie undeutlich entferntes Klopfen. Sie spähte durchs Fenster und entdeckte ihn auf der anderen Seite der Lichtung unter einem primitiven Holzdach beim Holzhacken.

Seltsam ... wie kam es, dass die kräftigen, von der Arbeit im Wald schwieligen Hände so sanft sein konnten? Nicht einmal Richard, ihr geschiedener Mann, hatte sie je so zart berührt wie Garrick, als er den Verband wechselte. Da war etwas an ihm, auf das sie sich keinen rechten Reim machen konnte ...

Unfähig, Antworten auf die vielen Fragen zu finden, versuchte sich Leah durch Lesen abzulenken, und tatsächlich war sie ganz in eins von Garricks Büchern vertieft, als er später zurückkam.

Er zog sich die Stiefel an der Tür aus, packte den Arm voll Holzscheite in den Korb neben dem Kamin und zog die tropfnasse Regenjacke aus. Also hatte das Unwetter noch nicht nachgelassen. Garrick ging an ihr vorbei, und sie spürte einen kalten Hauch. Wortlos ließ er sich am anderen Ende des Sofas mit einem Buch nieder, und sie konzentrierte sich auch wieder auf die Lektüre.

„Gefällt es Ihnen?“ fragte er nach einer Weile.

„Es ist gut geschrieben.“

Er nickte und las weiter. Nur in großen Abständen blätterte er um, stellte Leah verwundert fest. Neugierig versuchte sie den Titel des Buches zu entziffern, bis er sie amüsiert aufklärte: „Es ist Latein.“

„Sind Sie Altphilologe?“

„Nein, ich studiere die Sprache interessehalber."

Was für eine ungewöhnliche Beschäftigung für einen Trapper. Die Erklärung musste in seiner Vergangenheit zu suchen sein, aber da er nicht eben gesprächig schien, mochte sie auch nicht weiter fragen. Schlimm genug, dass sie hier war. Je weniger sie störte, umso besser.

Sie las noch mehrere Kapitel, ehe Garrick das Schweigen brach. „Hunger?"

„Wenn Sie so fragen ..."

„Möchten Sie etwas essen?"

„Nur, wenn ich die Mahlzeit zubereiten darf."

„Sie dürfen nicht." Schließlich waren dies sein Haus, sein Kühlschrank, seine Lebensmittel. Er hatte schon lange nicht mehr so an sich gezweifelt wie seit Leahs plötzlichem Erscheinen. Er brauchte das Gefühl, wenigstens den Alltag unter Kontrolle zu haben. „Bedeutet das jetzt, dass Sie nicht mitessen?"

Leah schnitt eine Grimasse. „Damit haben Sie mich wohl in die Ecke gedrängt, hm?"

„Ganz recht."

„Ich esse mit."

Garrick unterdrückte ein Lächeln und ging in die Küche. Obwohl er Victoria immer noch grollte, sollte Leah keinesfalls unter seinem Ärger leiden. Sie war in diesem Spiel ein ebenso ahnungsloses Opfer wie er, und augenscheinlich fühlte sie sich genauso unbehaglich. Aber sie nahm es mit Würde, und das gefiel ihm. Sie hatte seinen Pullover dankbar angenommen, sich Beschäftigung gesucht und zog sich zurück, anstatt sich aufzudrängen.

Ihr Verhalten weckte seine Neugier. Welche Erfahrungen mochte sie in ihrer Ehe gemacht haben, dass sie sich jetzt von Männern fern hielt? Was waren ihre Pläne und Träume für die Zukunft? Und vor allem, woher rührte diese Einsamkeit, die er an ihr spürte?

Das Mittagessen bestand aus einem herzhaften, mit Schinken, Käse, Tomaten und Salat großzügig belegten Roggensandwich. Leah verlor kein Wort über die Mayonnaise, die Garrick überreichlich darauf verteilt hatte, trank auch ohne Protest oder spöttischen Kommentar die Milch, die er dazu einschenkte. Nach dem Essen stand sie einfach auf, räumte Teller und Gläser in die Spülmaschine und verkroch sich wieder mit dem Buch in die Sofaecke.

Garrick war außer Stande, sich erneut auf den lateinischen Text zu konzentrieren. Leah tat ihm Leid. Die Reise von New York hierher, die haarsträubende Fahrt durch Regen und Morast herauf zur Hütte und die unerfreuliche Wanderung durch knöcheltiefen Schlamm hatten sie so erschöpft, dass sie über ihrer Lektüre bald einschlief. Garricks Ärger auf Victoria flammte kurz wieder auf, weil sie Leah diese Tortur zugemutet hatte, doch dann überlegte er sich, dass Victoria wahrscheinlich von den Folgen der Schneeschmelze wenig wusste. Sie war immer nur bei bestem Wetter hier gewesen, im späten Frühjahr, Sommer oder Frühherbst.

Während einer dieser Sommerfrischen war er ihr zum ersten Mal begegnet. Damals hatte er sie gefragt, warum sie überhaupt herkam, denn sie war offensichtlich ein überzeugter Stadtmensch, der nicht jagte, nicht wanderte, keinen Garten bestellte. Sie hatte ihn offen angesehen und ohne Umschweife geantwortet, in der Hütte fühle sie sich Arthur näher als in der Stadt. Keine Ausrede. Kein Mitleidheischen, sondern eine aufrichtige Aussage, die den Grundstein legte für eine tiefe Freundschaft.

Natürlich war es mit der Aufrichtigkeit nicht weit her gewesen, als Victoria Leah in eine Hütte schickte, die nicht mehr existierte. Dennoch zweifelte Garrick nicht an der guten Absicht. Andere Leute zu ihrem Glück – wie sie es verstand – zu zwingen, war Victorias größtes Hobby. Nur wurmte ihn, dass sie sich einfach über seine erklärte und strikte Ablehnung, sich an die Frau bringen zu lassen, hinwegsetzte. Sie wusste genug über ihn, um seine Haltung hinreichend zu verstehen.

Auch er war einmal ein Stadtmensch gewesen, der gern ab und zu über die Stränge schlug, der nichts mehr fürchtete als Anonymität. Ironischerweise trieb ausgerechnet diese Furcht ihn zu immer größeren Ausschweifungen, bis er schließlich dadurch seine Karriere und beinahe auch sich selbst zerstörte. Damals zog er sich von der Welt nach New Hampshire zurück, wo er mit der Angst vor all dem lebte, was er früher so hoch geschätzt hatte. Ruhm ist vergänglich, Pracht nur leere Hülle, gestand er sich endlich ein. Er hasste das Streben, immer und überall der Beste sein zu müssen, stets auf der Hut zu sein, nicht von Schnelleren, Rücksichtsloseren überflügelt zu werden. Er wollte sich nicht länger um sein gutes Aussehen sorgen müssen, nicht länger die jüngeren Schauspieler fürchten, die nur darauf warteten, dass er stürzte. Vor allem hatte er genug von den Frauen, die sich wie Kletten an ihn klammerten, solange sie sich einen Vorteil davon versprachen.

Bewusst hatte er die Entscheidung getroffen, Hollywood und seinem Glanz und Glitter den Rücken zu kehren. Sein Leben hier in den Bergen war schlicht, aber sauber und ehrlich. Nichts anderes wollte er.

Leah rührte sich, streckte sich langsam, ihre Fußsohle stieß an Garricks Oberschenkel. Er spürte den leichten Druck und ihre Wärme. Sie schlug die Augen auf und sah ihn an. Er erwiderte den Blick, bis sie vorsichtig den Fuß zurückzog und sich wieder in das Buch vertiefte.

Nicht ihre körperliche Anwesenheit störte seinen Frieden, denn Leah war ruhig und anspruchslos. Aber sein Gefühl verriet ihm, dass sie zu menschlicher Wärme und Anteilnahme fähig war – den beiden Empfindungen, die Garrick in seinem Leben entbehrte. Bislang hatte er geglaubt, ohne solche Sentimentalitäten auskommen zu können, doch auf einmal zweifelte er daran.

Auch Leah war – wie Garrick – in nachdenklicher Stimmung. Schweigend legte sie das Buch zur Seite und ging zum Fenster. Regen und Morast würden sie noch eine Weile hier festhalten. Zum Glück hatte sie in Garrick Cooper einen unkomplizierten Gastgeber. Sie las gern, und hätte sie ihre Nachschlagewerke hier, könnte sie ohne weiteres genauso viel arbeiten wie zu Hause. Denn offenbar waren sie beide im Stande, für sich zu bleiben, ohne den anderen zu stören.

Allerdings weckte Garrick Erinnerungen und Wünsche in ihr, die sie seit zwei Jahren für überwunden hielt. Mit dreiundzwanzig lernte sie als Studentin Richard Gates kennen und heiratete ihn, weil sie dachte, er teile ihre Vorstellungen von Liebe und Glück. Er war damals sechsundzwanzig und versuchte, sich im Geschäftsleben einen festen Platz zu erobern. Zu spät begriff sie, dass Richard sich mit der ersten Sprosse der Karriereleiter nicht zufrieden gab. Seinem Ehrgeiz opferte er ein ausgeglichenes Familienleben, betrachtete lange Arbeitstage, Geschäftsreisen und Partys als unvermeidlich und erwartete von seiner Frau vorbehaltlose Unterstützung.

Leah beendete ihr Studium, gab aber auf Richards Wunsch den Plan, als Lehrerin zu arbeiten, auf. Denn eine berufstätige Ehefrau passte nicht in Richards Konzept. Aus Langeweile begann sie, Kreuzworträtsel auszutüfteln, merkte, dass es ihr Spaß machte und dass sie damit in eine Marktlücke stieß. Auf diese Weise fand sie doch noch ein winziges Stück eigenes Leben.

Vielleicht hätte die Ehe Bestand gehabt, wenn sie ihre beiden Babys nicht verloren hätte, aber selbst daran zweifelte Leah.

Das Leben, das sie seit ihrer Scheidung in New York führte, war ihr bequem, ausgeglichen und erfüllt erschienen – bis heute. An Garrick lag es, dass es ihr auf einmal unvollständig vorkam. Seine Gegenwart, der sanfte Blick aus diesen haselnussbraunen Augen ließen sie spüren, wie einsam sie eigentlich war, weckten Sehnsüchte in ihr.

Verwirrt und unschlüssig nahm sie das Buch wieder auf, las

aber wenig. Von Zeit zu Zeit fühlte sie Garricks Blick auf sich ruhen, was sie zugleich tröstete und quälte. Einerseits war sie dann plötzlich nicht mehr allein, andererseits erinnerte er sie auch an all das, was sie vor Jahren am meisten gewünscht hatte.

Am späten Nachmittag verließ Garrick nochmals die Hütte. Diesmal konnte Leah nicht feststellen, wohin er ging und wanderte ziellos im Raum auf und ab. Für diese Ruhelosigkeit fand sie genauso wenig einen einleuchtenden Grund wie für ihre Nachdenklichkeit zuvor.

Nach seiner Rückkehr bereitete Garrick still das Abendessen zu. Ihre Hilfe lehnte er kopfschüttelnd ab. Sie aßen schweigend, und wenn sich manchmal ihre Blicke trafen, senkten sie schnell die Lider. Nach dem Essen kehrten sie ans Feuer zurück, wo Leah sich mit dem Entwurf für ein Rätsel, Garrick sich mit Schnitzen beschäftigte. Beiden lagen viele Fragen auf den Lippen, jedoch sprachen sie sie nicht aus.

Gegen zehn zerknüllte Leah frustriert das Blatt, weil sie nichts Vernünftiges zu Stande gebracht hatte, und warf es ins Feuer. Sie duschte, zog Garricks warme Unterwäsche als Pyjama an und kroch auf der Seite ins Bett, auf der sie auch die vergangene Nacht verbracht hatte.

Gegen halb elf warf Garrick frustriert das Stück Holz, aus dem nichts Vernünftiges geworden war, ins heruntergebrannte Feuer, löschte das Licht, zog sich aus und legte sich ebenfalls schlafen.

Beide hingen noch lange ihren Gedanken nach, beide grübelten über Situationen ihres Lebens, in denen sie einsam und unglücklich waren.

Garrick holte tief Luft. Er spürte Leah neben sich, hörte ihre unregelmäßigen Atemzüge und wandte langsam den Kopf zu ihr um. Er konnte sie im Dunkeln nicht sehen, hörte jedoch das Rascheln des Kissens, als auch sie das Gesicht ihm zudrehte.

So lagen sie minutenlang, versuchten, gegen die herrschende Spannung, die magnetische Anziehungskraft zwischen ihnen anzukämpfen – und unterlagen ihr im selben Moment.

Wie unter Zwang warfen sie sich einander in die Arme und hielten sich fest umschlungen.

4. KAPITEL

Leah schloss die Augen. Garrick erwiderte ihre Umarmung auf eine Art, die deutlich sein Verlangen nach Nähe zeigte. Er schmiegte das Gesicht an ihr Haar und presste sich verlangend an sie. Auch sie brauchte einen Menschen, brauchte Garrick. Dankbar drängte sie sich noch enger an ihn, genoss den Trost, den diese Umarmung spendete.

Garrick war erfüllt von unsagbarer Freude. Er nahm ihre Wärme, ihren weiblichen Duft in sich auf. Nie zuvor, nicht einmal von seinen Eltern, war ihm so viel Einfühlung entgegengebracht worden. Nie zuvor war die Nähe einer Frau so befriedigend und beglückend gewesen. Leah in den Armen zu halten, schenkte ihm eine Erfüllung, die er vorher nicht für möglich gehalten hätte. Zum ersten Mal spürte er, dass eine Frau ihn um seiner selbst willen brauchte.

Lange Zeit lagen sie so umschlungen, vergaßen vergangene Enttäuschungen und Kummer. Nur die tröstende Gegenwart des anderen zählte.

Doch allmählich wurde Leah sich auch des erregenden männlichen Dufts, des dichten Haars zwischen ihren Fingern und des Spiels von Garricks Muskeln an ihrem Körper bewusst. Ebenso spürte Garrick die sanften weiblichen Rundungen unter seinen Händen, und die Erregung stieg wie eine Hitzewelle in ihm auf.

Dabei hatte er nicht an Sex gedacht, als er Leah in die Arme schloss. Er wollte nur die Nähe eines einfühlsamen, verständnisvollen Menschen genießen. Doch sein Körper reagierte eigenständig – unerwartet und heftig.

Er wäre im Stande gewesen, sich zurückzuhalten, hätte Leah ihm nicht wortlos zu verstehen gegeben, dass sie ihn ebenfalls begehrte. Ihr Atem ging flacher, ihre Hände glitten suchend unter sein Hemd, ihre Hüften bogen sich ihm entgegen. Unwillkürlich presste er sie heftiger an sich, streichelte die zarte Haut, erforschte die Rundungen, bis seine Begierde unkontrollierbar wurde wie ein Rauschzustand.

Sie musste ihm ganz gehören, er brauchte sie wie die Luft zum Atmen. Hastig zog er sie aus und entkleidete sich dann selbst. Ungestüm legte er sich auf sie und drang in sie ein. Sie schrie auf, als sei sie endlich erlöst unter jeder seiner immer schneller werdenden Bewegungen. Sie wand sich unter ihm und bohrte ihm die Nägel in den Rücken, als sie gemeinsam den Gipfel der Lust erreichten. So gewaltig und erfüllend hatten sie beide die Liebe noch nie erlebt.

Noch eine ganze Weile danach klopfte Garricks Herz zum Zerspringen, sein Atem kam stoßweise. Doch allmählich besann er sich darauf, dass er Leah mit seinem Gewicht erdrückte. Er wollte sich zur Seite rollen, doch sie hielt ihn fest.

„Geh nicht“, flüsterte sie rau.

Das waren die herrlichsten Worte, die er je nach einem Liebesakt gehört hatte. Also genoss auch Leah ihren engen Körperkontakt, also empfand auch sie die Einzigartigkeit dieses Erlebnisses. Obwohl er sie nicht erregt, nicht einmal geküsst hatte, war sie bereit für ihn gewesen, weil sie ihn brauchte, weil diese Begegnung weit mehr als nur Sex für sie bedeutete.

Garrick schwieg überwältigt. Als sie zu schluchzen begann, umfasste er sie nur fester und streichelte sanft ihr Haar. Er wusste, warum sie weinte. Das plötzliche Ausmaß von Freude und Erfüllung schnürte auch ihm die Kehle zu. Und dazu kam der innige Wunsch, Leah zu beschützen, für sie da zu sein. Er fuhr fort, sie sanft zu streicheln, bis er merkte, dass sie eingeschlafen war. Erst dann schloss auch er die Augen.

Leah erwachte am nächsten Morgen nur langsam aus der Traumwelt. Sie gähnte und kuschelte sich entspannt unter die warme Decke. Sie fühlte sich ausgeruht und zufrieden. Auf einmal spürte sie, dass sie nackt war, sie erinnerte sich, warum – und öffnete die Augen.

Garrick saß angezogen neben ihr auf dem Bett und beobachtete sie. Sie erwiderte schweigend seinen Blick, bis er zögernd die Hand ausstreckte und ihr zärtlich eine Strähne aus dem Gesicht strich. „Geht's dir gut?"

Sie nickte.

„Bereust du's?"

Mit ebenso weicher Stimme antwortete sie: „Nein."

„Das freut mich." Seine Hand sank auf die Decke zurück. „Was hältst du von Pfannkuchen zum Frühstück?"

„Ich bin völlig ausgehungert."

Er lächelte und drückte leicht ihre Schulter, ehe er in die Küche ging und sich an die Arbeit machte. Leah zog sich an und ging ins Bad. Garrick ließ gerade den letzten Pfannkuchen auf den hohen Stapel gleiten, als sie zurückkam.

„Hm, echter Sirup", stellte sie fest, nachdem sie am Tisch Platz genommen hatte. „Welcher Luxus! Stammt er aus der Gegend?"

„Es gibt hier mehrere Familien, die mit Ahornsirup Geld verdienen. Leider ist die Saison nur kurz, so dass sie von der Siruphersteilung allein nicht leben können."

Leah nickte. Sie freute sich, dass er erzählte, nachdem er bislang nicht gerade gesprächig gewesen war. Da Garrick allein lebte, war er Reden natürlich nicht gewohnt, und Leah hatte sich schon gefragt, ob nach den Geschehnissen der Nacht immer noch dieses unbehagliche Schweigen zwischen ihnen herrschen würde. Seinem lockeren Verhalten nach zu urteilen, schien jedoch auch Garrick nichts zu bereuen.

Sie spießte ein Stück Pfannkuchen auf, führte die Gabel zum Mund und hielt dann plötzlich in der Bewegung inne. „Garrick?"

„Hm?"

„Ich möchte, dass du etwas weißt. Was gestern Abend passiert ist ... Ich habe so etwas noch nie vorher getan."

„Ich weiß." Sie sahen sich in die Augen. „Du hattest seit deiner Scheidung keinen Liebhaber, nicht wahr?"

Leah nickte. „Ich bereue nicht eine Sekunde lang, was passiert ist, aber du solltest wissen, dass ich keine Frau bin, die einfach so mit jedem Mann ins Bett steigt."

„Ich weiß."

„Ich halte nämlich nichts von flüchtigen Abenteuern ..."

„Ich weiß."

„Aber ich bin auch nicht prüde oder sexfeindlich. Es ist nur so, dass ich dich gestern sehr brauchte ..."

„Ich weiß, Leah. Deine Pfannkuchen werden kalt."

Sie gab es auf, ihre Einstellung zu erklären und aß weiter. Hoffentlich versteht er, was ich sagen wollte, wünschte sie sich. Ihr lag viel daran, dass er sie und ihre Haltung begriff. Obwohl sie am Abend gespürt hatte, dass er wusste, wie sie empfand, war sie heute unsicher.

Sicherheit und Selbstvertrauen hatten ihr im Hinblick auf Männer schon immer gefehlt, aber das war nur einer der Gründe, warum sie Männern nach ihrer Scheidung aus dem Weg gegangen war.

Zum ersten Mal in ihrem Leben war sie unabhängig, und sie genoss es. Sie verabscheute das übliche Ritual, nach dem man Verabredungen traf und einzuhalten hatte. Sie vermisste bei den meisten Männern jeden noch so geringen Sinn für Romantik, und außerdem hegte sie einen gewissen Argwohn gegen die Absichten derer, die eine geschiedene Dreißigjährige um ein Rendezvous baten.

Nein, für gelegentlichen Sex setzte sie ihre Selbstachtung nicht aufs Spiel. Sie war zu stolz und wählerisch, als dass sie Sex zum Zeitvertreib suchte. Wenn sie etwas tat, dann hatte sie Gründe dafür.

Wie gestern. Von Anfang an hatte sie sich zu Garrick hingezogen gefühlt. Ihr Instinkt verriet ihr mehr über ihn, als Victoria preisgegeben hatte. Er war mit Sicherheit kein Frauenheld. Auch er war lange mit keiner Frau intim gewesen, dennoch stand seine Männlichkeit außer Zweifel. Allein sein Äußeres entsprach dem Stoff, aus dem Filmhelden gemacht sind. Aber darüber hinaus verfügte er über Gefühlstiefe, Zärtlichkeit und Einfühlsamkeit. Und genau diese Eigenschaften hatten Leah zuerst für ihn eingenommen und letztlich auch den Ausschlag für ihre intimen Zärtlichkeiten gegeben. Von ihm als Menschen war sie beeindruckt. Vielleicht konnte sie sich sogar in einen Mann wie ihn verlieben. Dieser Gedanke ist verfrüht, rief sie sich zur Ordnung und zwang sich wieder in die Gegenwart zurück.

Mit Genuss aß sie das letzte Stück Pfannkuchen und warf einen Blick zum Fenster. „Es sieht wohl nicht so aus, als würde der Regen bald nachlassen, oder?“

Garrick leerte seine Kaffeetasse und schüttelte stumm den Kopf.

Mit schlechtem Gewissen stellte Leah fest, dass sie darüber nicht sonderlich enttäuscht war. Immerhin fiel sie Garrick nach wie vor zur Last. „Noch keine Hoffnung, zu meinem Wagen durchzukommen?“ zwang sie sich zu fragen.

Er zuckte die Schultern und erhob sich. „Ich dachte, ich könnte es im Laufe des Tages mal versuchen. Du möchtest dich vielleicht umziehen.“

Leah lächelte und zupfte an den Falten des viel zu weiten Pullovers. „Ich fange an, mich daran zu gewöhnen. Er ist so bequem.“

Garrick beobachtete sie. In diesem Pullover war sie ihm zuerst so schutzbedürftig vorgekommen, doch jetzt sah er sie mit anderen Augen. Er fand sie hübsch, sogar hinreißend sexy. Und sein Körper reagierte gleich auf diese Erkenntnis.

Er flüchtete in die Küche, um sich durch Aufräumen und Abwaschen von seinem Begehren abzulenken. Leah sollte nicht denken, dass sie für ihre Aufnahme bei ihm bezahlen müsse. Sex war schließlich nicht alles, auch wenn er seit gestern eine größere Neigung dazu verspürte als in den ganzen letzten vier Jahren.

Der vergangene Abend war etwas ganz Besonderes gewesen. Dieser Liebesakt war weniger ein körperliches als vielmehr ein intensiv emotionales Erlebnis, das zu beschreiben ihm die Worte fehlten. Auch beim nächsten Mal – wenn es dazu kam – würde Gefühl eine wichtige Rolle spielen. Nur würden sie sich dann mehr Zeit lassen; er würde Leahs Körper erforschen und ihn genauso gut kennen lernen, wie er schon jetzt ihre Seele kannte. Mit dem Geist war das eine ganz andere Sache. Natürlich wollte er auch wissen, was in Leahs Kopf vorging, was sie dachte, wie sie lebte. Aber vielleicht war das gar nicht klug, denn sobald das Wetter es zuließ, würde sie gehen, und er wollte nicht, dass sie ihm dann fehlte.

Deshalb schwieg er, stellte nicht die Fragen, die ihm im Kopf herumgingen. Wenn er keine Einzelheiten wusste, konnte er sich einfacher einreden, allein und ohne Leah sei das Leben schöner.

Leah respektierte Garricks Wunsch nach Stille. Sie drängte ihm keine Unterhaltung auf, las ihr Buch zu Ende und begann ein neues. Sie hielt Wörter und Redewendungen, die sie für Rätsel verwenden konnte, auf einem Notizzettel fest, tüftelte auch das eine oder andere Kreuzworträtsel aus. Doch was sie wirklich beschäftigte, war das Rätsel, das Garrick für sie darstellte.

Alles, was sie von ihm wusste, war, dass er zumindest ein Bedürfnis mit ihr gemeinsam hatte. Die Einzelheiten seines Alltags und seine Vergangenheit dagegen blieben ihr verschlossen.

Sie brauchte aber weitere Informationen, wenn sie ein Bild entwerfen wollte.

Am späten Vormittag verließ Garrick abermals die Hütte, erklärte allerdings auf Leahs Frage nur, er gehe nicht zu ihrem Auto. Sie wollte ihn nicht drängen, aber als er eine halbe Stunde später zurückkam und sich wieder in seine Lektüre vertiefte, konnte sie ihre Neugier nicht länger bezähmen.

„Ich hoffe, ich halte dich nicht von irgendetwas ab."

„An einem Tag wie diesem gibt's eh nicht viel zu tun."

Garrick war im Anbau hinter dem Haus gewesen, um an dem Modell eines Wohnhauses, das er aus Streichhölzern und Leim im Auftrag anfertigte, zu arbeiten. Aber auch das hatte ihn nicht von Leah ablenken können. Nicht einmal der neue Roman, den er vorige Woche erstanden hatte, konnte ihn fesseln.

Leah unterbrach seine Gedanken. „Und was tust du, wenn es nicht regnet?"

„Meistens halte ich mich draußen auf."

„Victoria sagte, du seiest Trapper."

„Ich studiere die Natur. Victoria zieht mich gern ein bisschen mit dem Wort Trapper auf."

Er senkte den Kopf in der Hoffnung, sie würde die Unterhaltung beenden. Leah verstand den Wink und schwieg, aber gerade das bekümmerte ihn.

Hätte sie weitergebohrt, könnte er ihr wenigstens Aufdringlichkeit vorwerfen, denn er hasste aufdringliche Frauen.

Beim Mittagessen legte Leah unvermittelt das Sandwich weg. „Bin ich dir zu nahe getreten?"

Garrick blickte sie verständnislos an. Er war tief in Gedanken versunken gewesen.

„Als ich dich fragte, was du tust."

„Durchaus nicht."

Er stand auf und trug das leere Geschirr in die Küche. „Ich denke, ich versuche jetzt mal, zu deinem Auto durchzukommen. Sag mir, was du brauchst. Ich bringe so viel wie möglich mit."

„Ich begleite dich." Schon war sie aufgesprungen.

„Nein."

„Aber ich möchte dir helfen. Du könntest mir ein paar alte Gummistiefel leihen ..."

„... die dir viel zu groß sind, so dass du in dem knöcheltiefen Morast da draußen nicht von der Stelle kommst. Es würde viel zu lange dauern."

„Wie lange würden wir brauchen, um zwei Kilometer zurückzulegen, jetzt wo es hell ist?"

„Zwei Kilometer?" Garrick lachte. „Victorias Hütte liegt gerade fünfhundert Meter entfernt."

„Fünfhundert Meter?" Leah war überrascht. „Das ist ja gar nichts. Das schaffe ich bequem."

Garrick sah sie hingerissen an. Ihre vor Begeisterung blitzenden Augen, der leicht zurückgebogene Kopf, der verlockende Mund weckten in ihm den Wunsch, sie zu küssen, und zwar so heftig, dass er ihr wahrscheinlich wehtun würde.

Solchen Mangel an Selbstbeherrschung durfte er auf keinen Fall offenbaren, beruhte doch sein neues Leben vorwiegend auf Disziplin. Kein Alkohol, keine Zigaretten, keine Ausschweifungen – keine spontanen Küsse.

Wieder gefasst, drückte er nur leicht Leahs Schulter. „Mir wäre lieber, wenn du hier bliebest, Leah. Zu deiner eigenen Sicherheit, wenn dich schon nichts anderes überzeugen kann."

Die sanfte, warme Stimme und der Ausdruck liebevoller Besorgnis ließen Leahs Widerstand erlahmen. „Na schön, geh allein. Ich räume inzwischen auf."

„Du musst mir sagen, was du brauchst."

„Ich schreib es dir auf."

Garrick schürte das Kaminfeuer und zog sich wetterfest an. Er war eben fertig, als Leah ihm die Liste reichte. Er steckte sie in die Brusttasche seines Ölzeugs, tippte grüßend an die Kapuze und ging.

Wenig später saß Garrick im Wagen und zog Victorias Brief aus Leahs Handtasche. Zögernd drehte er ihn hin und her, öffnete ihn jedoch nicht. Er wusste, er würde eine begeisterte Lobpreisung auf Leah lesen, und die brauchte er sicher nicht.

Verdammt, Victoria!

Garrick stopfte den Brief zurück in die Tasche und sammelte schnell die Dinge ein, die Leah haben wollte. Mit Hilfe der amüsanten Anweisungen war das kein Problem.

Ramponierter Vuitton. Matchbeutel (ein Geschenk, nicht ganz mein Stil!) auf den Koffern hinter dem Beifahrersitz. Micky-Maus-Büchertasche, eins waagerecht, zwei senkrecht unter Matchbeutel. Große Lebensmitteltüte hinter dem Fahrersitz (falls Inhalt riecht, als Futter für Waldtiere ausstreuen und stattdessen schwarze Segeltuchtasche mitbringen).

Die Lebensmittel rochen nicht, und Handtasche und Segeltuchtasche zusätzlich zu tragen, war kein Problem.

Auf dem Weg zurück zur Hütte kämpfte Garrick gegen seinen wachsenden Ärger an. Er nahm Leah übel, dass sie ihm gefiel. Er war äußerst ungehalten, dass Victoria sie zu ihm geschickt hatte. Er fluchte, weil die Last ihn am Vorwärtskommen im glitschigen Schlamm hinderte. Er war wütend, weil der Regen ihm in Ärmel und Stiefel lief. Überhaupt hatte dieser verfluchte Regen ihm die ganze unangenehme Situation beschert. Er schimpfte laut.

Am meisten jedoch fluchte er über das Schicksal, das ihn ausgerechnet dann aus der Bahn warf, wenn er es am wenigsten gebrauchen konnte. Leah bedrohte das sichere Gefüge, an dem er so lange gearbeitet hatte. Sie passte auf Dauer nicht zu seiner Lebensweise, auch wenn ihr im Augenblick die Abwechslung vom täglichen Trott erholsam und willkommen sein mochte. Aber über kurz oder lang würde sie sich langweilen, sich in die Stadt zurücksehnen und gehen. Er würde allein sein, und plötzlich wollte er das gar nicht mehr. Er hörte auf zu schimpfen und war nur noch traurig – über alles und nichts.

Missgelaunt erreichte er die Hütte, entledigte sich schweigend seiner Last und ging wieder weiter hinauf in die Wälder, achtete nicht auf Regen und Kälte, bis er durch die körperliche Anstrengung einen großen Teil seiner Selbstbeherrschung wieder gefunden hatte. Doch sogar danach zog er sich noch in den Anbau zurück, um zu arbeiten.

Es war spät, als er die Hütte endlich betrat. Das Licht brannte, im Kamin prasselte ein Feuer, und ein merkwürdiger Geruch hing in der Luft.

Leah stand am Herd und sah nur kurz auf. Er zog sich die Stiefel und nassen Sachen aus und starrte düster auf den Topf, in dem Leah konzentriert rührte.

„Kochst du chinesisch?" knurrte er.

Sie warf ihm einen unsicheren Blick zu. „Ich versuch's. Seit ich einen Kurs über chinesische Küche absolviert habe, bin ich noch nicht dazu gekommen, das Gelernte anzuwenden. Eins der Dinge, die ich in Victorias Hütte nachholen wollte."

Garrick war ganz und gar nicht in der Stimmung, sich über Leahs Geschäftigkeit zu freuen. „Soll das heißen, ich habe Zutaten für ein chinesisches Gericht in der Tüte hergeschleppt?"

„Unter anderem." Das meiste davon hatte Leah sofort eingefroren, manches im Kühlschrank verwahrt und den unbrauchbaren Rest weggeworfen.

„Ich dachte, ich sei wegen Wichtigerem in das Unwetter hinausgegangen."

Sie betrachtete ihn verständnislos. Warum war er bloß so zornig? „Du hast mich um eine Liste gebeten und hast sie bekommen."

Garrick sah sich um, aber die Taschen waren ausgepackt und

der Inhalt irgendwo verstaut worden. „Was habe ich sonst noch durch den Regen hergeschafft?“

Der drohende Ton erinnerte Leah so sehr an Richard, dass sie Mühe hatte, ruhig zu antworten. „Ein paar Bücher und ein paar Kleidungsstücke.“ Sie sah flüchtig an sich herunter. Die zerrissene Hose war im Abfall gelandet. Sie trug jetzt alte ausgeblichene Jeans, dazu bequeme Mokassins. Allerdings hatte sie Garricks Pullover anbehalten – leider.

„Was war in der schwarzen Segeltuchtasche? Die war höllisch schwer.“

In diesem Moment hätte Leah sonst was gegeben, um lügen zu können. Aber sie wusste, ihre Augen verrieten sie immer. „Ein CD-Rekorder und CDs“, murmelte sie kleinlaut.

„Hab’ ich richtig gehört? O nein. Du wirst meine Ruhe auf keinen Fall durch laute Musik stören. Ich lebe nicht umsonst in diesen friedlichen Wäldern.“

Leah wusste, in dem Punkt hatte er Recht. Schließlich genoss sie seine Gastfreundschaft, aber dass er sie so anbrüllte, brachte sie in Wut. Richard hatte sie auch oft angeschrien, und nach der Scheidung schwor sie sich, sich niemals wieder wegen unbeherrschter Launen herumschubsen zu lassen.

„Ich werde ihn nur dann einschalten, wenn du nicht da bist“, stellte sie bestimmt fest „Aber wenn du, wie heute, stundenlang unterwegs bist, mache ich, was ich will.“

„Dir passt es wohl nicht, dass ich dich allein lasse?“

„Du kannst gehen, wann, wohin und wie lange du willst. Aber dann höre ich meine Musik. Außerdem werde ich so bald wie möglich sowieso verschwinden.“ Sie atmete tief durch. „Mag sein, dass du mich als Eindringling empfindest, aber vergiss nicht, dass Victoria mich nur deinetwegen hierher geschickt hat.“

Leahs Erklärung war laut und deutlich gewesen, und Garrick schwieg. Ihm war vorerst der Wind aus den Segeln genommen, sein Zorn aber unvernünftigerweise noch lange nicht besänftigt. Er wirbelte herum, um das Ölzeug, das er immer noch in der Hand hielt, wegzuhängen, und marschierte aufgebracht zur Kommode. Achtlos zog er sich den nassen, dicken Pullover über den Kopf, schleuderte ihn auf den Fußboden und riss eine Schublade nach der anderen auf.

Leahs Herz klopfte schneller. Sie beobachtete ihn atemlos. An seinem muskulösen Oberkörper war kein Gramm Fett zu viel. Die glatte, ungebräunte Haut spannte sich über den ausgeprägten Rückenmuskeln.

Sie schloss die Augen und wandte sich um. Erleichtert stellte sie fest, dass das Essen noch nicht verkocht war. Sie goss den Reis ab und löschte die Gasflamme. Das Mahl war zubereitet, der Tisch gedeckt.

Nur Garrick hockte dumpf brütend auf dem Sofa und starrte missmutig ins Kaminfeuer. Sollte sie einfach auftragen, in der Hoffnung, dass er ihr Gesellschaft leistete oder ihn in Ruhe lassen und selbst einfach anfangen?

Zögernd sprach sie ihn an. „Garrick?"

„Hm?"

Sie wischte die feuchten Hände an der Hose ab. „Wir können essen."

„Du hättest nicht zu kochen brauchen", knurrte er unwirsch.

„Ich weiß."

„Was ist es überhaupt?"

„Geschmortes Hühnchen mit Gemüse."

Er rührte sich nicht vom Sofa. „Ich hab' seit vier Jahren nicht mehr chinesisch gegessen. Ich hasse chinesische Küche."

Leah fühlte sich sehr verletzt, hatte plötzlich überhaupt keinen Hunger mehr, dennoch wollte sie das Ergebnis ihrer Anstrengungen nicht verkommen lassen. Sie füllte einen Teller und begann zu essen.

Aus dem Augenwinkel bemerkte sie, wie Garrick aufstand

und in die Küche ging. Er klapperte mit den Topfdeckeln und schnüffelte geräuschvoll. Schließlich bediente auch er sich und nahm Leah gegenüber Platz. Sie sah nicht auf, stur aß sie weiter – ohne irgendetwas zu schmecken.

„Nicht schlecht“, lenkte Garrick ein, nachdem er probiert hatte. „Was ist alles drin?“

„Ingwerknollen, Bambussprossen, Schalotten, Sherry ...“

„Ganz anders als das Zeug, das es in Kartons zum Mitnehmen gibt.“

„Stimmt.“ Leah probierte nun erst richtig mit Appetit. Erleichtert und stolz stellte sie fest, dass es schmeckte. Schließlich wollte sie sich vor Garrick nicht blamieren.

Sie aßen schweigend. Mehr als einmal verkniff sich Leah, die Fragen zu stellen, die ihr auf der Zunge lagen. Warum war Garrick so zornig? Ihretwegen? Was hatte er gegen Musik, und warum mochte er die chinesische Küche nicht? Aber vor allem brannte sie darauf zu erfahren, wo und wie er vor vier Jahren gelebt hatte.

Doch sie wusste, jede Frage hätte ihn noch mehr gegen sie aufgebracht. Sie mochte seine sanfte Ruhe, nicht aber sein dumpfes Brüten und noch weniger seinen Zorn.

Woher sollte sie auch wissen, dass Garrick sich im Moment selbst widerwärtig fand. Leider konnte er nichts daran ändern, dass er Leah umso heftiger ablehnte, je mehr er sie schätzen lernte.

Chinesische Küche. Allein die Worte beschworen Bilder von hektisch heruntergeschlungenen Mahlzeiten im Studio, nach denen er seinen Magen mit Scotch beruhigen musste. Chinesische Küche. Mitternächtliches Rendezvous mit einer willigen Blondine, die den Imbiss von unterwegs mitgebracht hatte.

Chinesische Küche. Obwohl er längst keine Freunde, keine Arbeit mehr hatte, war er mit einem Imbiss für ein Dutzend Leute nach Hause gekommen, um den Anschein aufrechtzuerhalten, immer noch eine wichtige Person, ein umschwärmter Star zu sein. Doch dann saß er allein in seinem eleganten Wohnzimmer, starrte die Kartons an und heulte wie ein Kind.

„Garrick?" Er schrak zusammen. Leah streckte ihm über den Tisch Victorias Brief entgegen. Er starrte ihn wütend an, riss ihn ihr aus der Hand und sprang auf, um ihn ungeöffnet auf die Kommode zu werfen und sich erneut in seine Sofaecke fallen zulassen.

Entmutigt begann Leah, den Tisch abzuräumen. Sie wusste, Garrick trug ein großes Problem mit sich herum. Sie hatte den schmerzerfüllten Ausdruck in seinen Augen gesehen, aber sie konnte nichts tun. Er ließ sie nicht an sich heran, und das bekümmerte sie.

Nachdem Leah die Küche sauber gemacht hatte, ließ sie sich mit einem Buch so unauffällig wie möglich in ihrer Sofaecke nieder. Aber Garrick beschäftigte sie zu sehr, als dass sie hätte lesen können.

Eine Stunde verging, ehe er den Kopf hob. „Sagtest du nicht, dass du jetzt Kleidung zum Wechseln hier hast?"

Er grollte ihr also, weil sie noch seinen Pullover trug. „Ich wasche deine Sachen morgen früh."

Garrick brummte etwas Unverständliches. Während des folgenden unangenehmen Schweigens rührte er sich nur, um Holz nachzulegen. Und Leah bewegte sich bloß, um ab und zu eine ungelesene Seite umzublättern.

Viel später scheuchte seine raue Stimme sie auf: „Ich begreife einfach nicht, dass du mich wegen Büchern und Musik-CDs durch diesen Schlamm waten lässt. Du wirst mehr als eine Garnitur Kleidung zum Wechseln brauchen."

„Dank der Waschmaschine komme ich schon zurecht. Außerdem waren unter anderem auch Stiefel in dem Matchbeutel. Ich kann also ..."

„Stiefel? Warum, zum Teufel, konntest du die nicht neulich schon anziehen?"

Solche Vorwürfe hörten sich ganz nach Richard an. „Ich dachte nicht, dass es so schlimm sein würde“, antwortete sie ganz ruhig.

„Du hast offenbar an dem Abend überhaupt nicht gedacht. Dein Auto steckt ganz schön tief im Morast.“

„Ich hab' nur versucht, den Wagen freizubekommen.“ Warum hackte er bloß so auf ihr herum?

„Indem du die Reifen noch tiefer hineintriebst?“

„Ich bin nun mal kein Experte.“

Wieder murmelte er Unverständliches und blickte ins Feuer. Die Spannung wurde unerträglich, bis er unvermittelt brüllte: „Du hast den verdammten Wagen nicht mal abgeschlossen. Und du willst eine sicherheitsbewusste Städterin sein?“

Leah klappte das Buch zu. „Na und? Du selbst behauptest doch, dass bei diesem Wetter niemand vor die Tür geht. Also waren meine Sachen ja sicher. Und selbst wenn jemand sie gestohlen hätte ... Es sind nur Gegenstände, die man wiederbeschaffen kann.“

„Warum verschenkst du sie nicht einfach?“

„Verdammt, Garrick“, schrie Leah und setzte sich abrupt auf. „Warum zankst du so mit mir herum? Mache ich dir etwa Vorschriften, wie du zu leben hast?“ Sie musste hart gegen die aufsteigenden Tränen ankämpfen. „Wenn mir Essen, Bücher und Musik wichtiger sind als Kleider, dann ist das doch meine Sache, oder? Bin ich denn wirklich so hässlich, dass ich all den modischen Firlefanz brauche, damit du meinen Anblick ertragen kannst?“ Sie sprang auf. „Du willst mich nicht hier haben, und deswegen wäre auch ich lieber woanders. Wenn ich geahnt hätte, was Victoria plante, wäre ich um keinen Preis aus New York fortgegangen.“

Sie atmete tief durch, konnte ihren Zorn jedoch nicht länger beherrschen. „Ich bin ebenso unabhängig wie du und bin es genauso gern, weil ich hart dafür gearbeitet habe. Glaubst du, es fällt mir leicht, eine einsame Hütte mit einem scharfzüngigen, unbeherrschten Einsiedler zu teilen? Bestimmt nicht. Mein Ex-Mann hat in unserer Ehe lange genug auf mir herumgetrampelt. Von dir brauche ich mir das nicht gefallen zu lassen."

Sie wandte sich ab, fuhr aber gleich wieder herum. „Und noch etwas: Du benimmst dich äußerst flegelhaft. Natürlich hätte ich heute Abend nicht zu kochen brauchen. Du hast mir deutlich zu verstehen gegeben, dass du das Heft in der Hand hast. Aber ich wollte zur Abwechslung auch einmal dir einen Gefallen tun, um dir zu zeigen, dass ich keine Zimperliese bin, die man dauernd bedienen muss. Und was ist der Dank? Unverschämtheit! Du hast lange überlegt, ob du mich mit deiner Gesellschaft bei Tisch beehrst. Und nachdem du dich herabgelassen hattest zu essen, musstest du dich wieder in deinen Schmollwinkel zurückziehen. Was, um alles in der Welt, habe ich dir getan? Sag mir wenigstens das. Oder übersteigt es deine Fähigkeiten, zumindest ab und zu deine Gedanken mitzuteilen?"

Garrick hatte Leahs Ausbruch stumm und reglos über sich ergehen lassen und schwieg auch jetzt. Sie hob in einer Geste der Hilflosigkeit die Hände und flüchtete mit einem Nachthemd, das sie aus dem Matchbeutel unter dem Bett hervorzerrte, ins Bad. Kurz darauf erschien sie wieder und setzte sich auf die Bettkante. Sie war wütend und verletzt, aber zugleich auch bekümmert über diesen Anfall von Wut. Das war so gar nicht ihre Art. Ausgerechnet vor Garrick ließ sie sich so gehen. Garrick ...

Sie bemerkte ihn erst, als er dicht vor ihr stand, und senkte den Kopf, um ihn nicht ansehen zu müssen. Doch er hockte sich vor sie. Sanft legte er einen Finger unter ihr Kinn und bog ihren Kopf zurück. Zart strichen seine Fingerspitzen über ihre Wangen, die Nase, die Lippen.

Leah hielt den Atem an. In seinen Augen las sie aufrichtiges Bedauern und Zerknirschtheit. Am liebsten hätte sie geweint angesichts dieser erkennbaren Entschuldigung, die sein Mund nicht aussprechen konnte.

Sie streichelte sein Haar, zog ihn an sich. Endlich fanden sich ihre Lippen.

5. KAPITEL

Garrick küsste sie. Zum ersten Mal berührten sich ihre Lippen. Es war nicht der Kuss selbst, der Leah bis ins Innerste erschütterte, sondern die Art der Berührung. Nur ganz zart streifte sein Mund ihre Lippen. So viel Zärtlichkeit, so viel Gefühl brachte er ihr entgegen. Jeder Blick, jeder sanfte Kuss auf Augen, Wangen, Schläfen, Stirn und Nase war eine Liebkosung, die die ganze Tiefe seiner Emotionen offenbarte.

Den ganzen Tag hatte Garrick gegen das bohrende Verlangen, Leah in die Arme zu nehmen und sie zu lieben, angekämpft. Ihr Ausbruch war dann wie ein reinigendes Gewitter gewesen, hatte ihn aufgerüttelt und erlöst. Sie ließ ihn an ihren Gedanken und verletzten Gefühlen teilhaben, und er erkannte, dass das körperliche Begehren nur einen geringen Teil der magischen Anziehungskraft zwischen ihnen ausmachte. Sein neues Leben beruhte unter anderem auch auf Ehrlichkeit. Er durfte sich nicht länger der Erkenntnis entziehen, dass sein Verhältnis zu Leah zu wertvoll war, um es durch hässliches Benehmen oder mangelnde Gesprächsbereitschaft zu belasten. Er würde ihr alles über sich erzählen – später. Denn jetzt konnte er nur seinen Körper sprechen lassen. Sein Kuss wurde fordernder, seine Zunge strich lockend über Leahs Lippen, spielte mit ihrer Zungenspitze, drang in ihre Mundhöhle ein. Was er früher als bloße Technik empfunden hatte, erfuhr durch den von Herzen kommenden Wunsch, Leah Vergnügen zu bereiten, eine einzigartige gefühlsmäßige Aufwertung.

Leah spürte, dass Garricks Zärtlichkeiten einem tief empfundenen Gefühl für sie entsprangen. Dass Liebe so sein konnte, war auch für sie eine ganz neue Erfahrung.

„Garrick?" flüsterte sie atemlos, als er sie einen Augenblick freigab.

„Pst."

„Es tut mir Leid wegen vorhin ..."

Er umschloss ihr Gesicht mit beiden Händen. „Darüber reden wir später. Ich brauche dich jetzt." Er küsste sie wieder. Nur kurz ließ er sie los, um sich das Sweatshirt über den Kopf zu streifen.

Leahs Hände glitten automatisch über seine nackte Brust, um jeden Zentimeter der warmen Haut zu erkunden.

Garrick schloss die Augen und stöhnte auf, als ihre Hände den Hosenbund erreichten. Ganz langsam, wie im Zeitlupentempo, streifte er ihr das Nachthemd über die Schultern. Sie war schön, wunderschön. Ihre festen Brüste reckten sich ihm entgegen, die Spitzen hart und aufgerichtet.

Sie sahen sich in die Augen. Ihre Blicke sprachen von Liebe und Verlangen.

„Ich möchte dich berühren, Leah. Ich muss dich mit Händen und Lippen spüren."

Leah schluckte heftig. „Ich warte ..."

Garrick lächelte. Sie war hinreißend in ihrer hingebungsvollen Natürlichkeit. Liebevoll küsste er sie und streichelte in aufreizenden Liebkosungen ihre Brust, ihre Hüften, ihre Schenkel. Leah zitterte, wand sich unter ihm und drängte sich an ihn. Ungeduldig vor Erregung öffnete sie Gürtel und Reißverschluss seiner Hose und streifte den Stoff von seinen Beinen. Nackt kniete er vor ihr. Seine Hände und seine Zunge erforschten ihren Körper und zeigten ihr, wie sehr er sie liebte.

„Garrick ... oh ..." Sie stöhnte auf. „Ich kann nicht ... warten... komm ..."

Doch er hielt sich zurück. Den ganzen Tag hatte er sie gequält, jetzt wollte er sie nur glücklich sehen.

Sie rang nach Luft, schrie auf, ihre Schenkel pressten sich um seine Hand, etwas in ihr explodierte. Ihr Kopf sank vornüber an seine Schulter, sie zitterte.

„Tut mir Leid ... Ich konnte mich nicht mehr zurückhalten“, flüsterte sie, als sie endlich wieder sprechen konnte.

Garrick küsste sie, bettete sie sanft in die Kissen und streckte sich neben ihr aus. Er konnte warten. Er wollte nicht nur sein Verlangen stillen, auch Leah sollte wieder genauso nach ihm hungern wie er nach ihr. Ganz zart begann er das Liebesspiel von neuem, suchte mit Händen und Mund alle empfindlichen Stellen ihres Körpers.

Sie erwiderte seine Liebkosungen auf eine Art und Weise, dass er sich einzigartig vorkam.

In diesem Augenblick wurde ihm klar, dass er Leah brauchte, jetzt und so lange, wie sie bei ihm war. Wenn er danach wieder allein bliebe, hätte er etwas erfahren, was die meisten Männer vielleicht nie kennen lernten. Die Erinnerung an etwas Wunderbares würde ihn stärken.

Leah bewegte sich sacht unter ihm, zog ihn an sich. Er verschränkte seine Finger mit den ihren und hielt sie neben ihrem Kopf fest. Fasziniert beobachtete er ihr Gesicht, während er langsam in sie eindrang.

Sie schloss die Augen, ihre Beine umschlangen seine Hüften. „Beweg dich nicht, du fühlst dich so gut an“, flüsterte sie.

„Leah?“

Langsam öffnete sie die Augen. Er las darin, was auch sein Herz erfüllte: Liebe.

Ist das möglich? fragte er sich. Sie kannten sich erst seit zwei Tagen, hatten nicht viel gesprochen, wussten kaum etwas voneinander, und dennoch ... Ja, er liebte sie. Dieses dringende Bedürfnis, eine Frau glücklich zu machen – in jeder Beziehung –, hatte er nie zuvor empfunden. Er wusste, er würde ihrer Musik bereitwillig seine Ruhe opfern, Steaks und Kartoffeln gegen chinesisches Essen tauschen, seine gewohnte eiserne Disziplin aufgeben, um mit ihr im Schlamm spazieren zu gehen. Er könnte sogar jetzt den Liebesakt unterbrechen, sein Verlangen ungestillt lassen und dennoch Befriedigung finden.

Er wollte das tun, was Leah wollte, und sie dachte keinesfalls an Unterbrechung. Stattdessen begann sie sich unter ihm zu bewegen in einem immer schneller werdenden Rhythmus, der ihm den Atem nahm. Er vergaß alles um sich her außer dem unbeschreiblichen Glücksgefühl, mit Leah eins zu sein, bis sich schließlich die Spannung wie in einer überwältigenden Explosion entlud und er aufstöhnend über ihr zusammensank.

Nur langsam kam er wieder in die Wirklichkeit zurück, und Leah ging es ähnlich. Ihr Atem kam stoßweise, ihre Augen waren fest geschlossen, ihre Stirn glänzte feucht. Garrick löste sich sanft von ihr und legte sich neben sie, zog ihren Kopf auf seine Brust und hielt sie fest umschlungen.

Leah seufzte zufrieden, rieb die Nase an Garricks krausem Brusthaar.

„Ah, Garrick, das war wunderbar."

„Ja", erwiderte er glücklich. Früher hätte er in diesem Augenblick schleunigst nach einer Zigarette gegriffen, um Abstand zwischen sich und dem Körper neben ihm zu bringen, aber jetzt wünschte er nichts sehnlicher, als dicht an Leah geschmiegt liegen zu bleiben und zu reden.

Leah hob den Kopf und stützte ihn auf die Hand. „Du bist ein fabelhafter Liebhaber, Garrick. Ich sollte dich öfter anschreien."

Er lachte. „Du hast Recht. Es bringt mich zur Vernunft."

„Schreien ist sonst gar nicht meine Art."

„Dumpf brüten auch nicht meine."

„Was war der Grund?"

Er drückte einen zärtlichen Kuss auf Leahs Hand. „Du."

„Ist es so schlimm, mich hier zu haben?"

„Im Gegenteil. Ich hab' dich gern bei mir."

„Wieso ..."

„Tja, weißt du, ich dachte, mein Leben verliefe allmählich in geregelten Bahnen. Dann tauchst du auf und bringst alles durcheinander."

„Oh." Leah atmete heftig ein. „Ich verstehe ... Mir ging es ähnlich. Auch ich habe gern allein gelebt, ohne Mann, meine ich. So schien es mir am sichersten."

„Hast du in deiner Ehe sehr gelitten?"

„Ja."

„Erzähl von deinem Mann."

Leah überlegte eine Weile. „Er sah gut aus, war charmant. Er brachte es fertig, einem Eskimo einen Kühlschrank zu verkaufen." Das klang zum Glück nicht allzu bitter.

„Also ein Vertretertyp?"

„Irgendwie schon. Er war, vielmehr ist, Werbefachmann in leitender Position. Er verfügt über eine unwiderstehliche Ausstrahlung. Die Leute scharen sich um ihn, er zieht Kunden geradezu magnetisch an. Ich frage mich heute noch, warum er ausgerechnet mich geheiratet hat."

Garrick wollte protestieren, doch sie sprach schnell weiter. „Es hing wahrscheinlich damit zusammen, dass er am Anfang seiner steilen Karriere eine Frau brauchte, die einigermaßen kultiviert wirkte – was ich durchaus fertig bringe, wenn ich mir Mühe gebe. Er brauchte jemanden, der New York gut kannte, und ich habe von Kindheit an dort gelebt. Außerdem musste er einen Partner haben, den er manipulieren konnte."

„Mir machst du aber eigentlich nicht den Eindruck, dass du leicht zu beeinflussen bist", widersprach Garrick schmunzelnd.

„Wie kannst du das behaupten nach dem, was Victoria mit mir gemacht hat?"

„Die Ausnahme bestätigt nur die Regel. Wir waren beide Victorias leichtgläubige Opfer."

„Wie dem auch sei, Richard konnte mich manipulieren. Ich wollte ihm gefallen, wollte, dass die Ehe funktioniert."

„Warum ist sie doch schief gegangen?"

„Aus vielen Gründen, aber hauptsächlich, weil ich Richards Erwartungen nicht entsprechen konnte – und wollte. Ich war es leid, mir anhören zu müssen, wann ich wo welche Kleider tragen sollte. Ich konnte mich anstrengen, wie ich wollte, nie war Richard zufrieden."

„Was erwartete der Kerl denn?" empörte sich Garrick.

„Vollkommenheit."

„Niemand ist vollkommen. Scheint genau die Sorte Mensch zu sein, der ich aus dem Weg gehe."

„Sehr gescheit von dir."

„Oder schwach. Ich weiß noch nicht, was von beidem."

Leah sah ihn erstaunt an. „Du und schwach? Man braucht Kraft, um so leben zu können wie du."

„Körperliche Kraft, ja."

„Nein, psychische Kraft. Nicht viele Menschen können so abgeschieden und selbstgenügsam leben."

Da war das perfekte Stichwort. Garrick wusste, jetzt sollte er über sich und seine Vergangenheit berichten, aber er wagte es nicht, aus Angst, Leahs Achtung zu verlieren. „Nach der Art zu urteilen, wie ich über dich hergefallen bin, scheint es doch nicht ganz so gut geklappt zu haben." Er zog sie auf sich herab und küsste sie. „Du schmeckst so gut, Leah", flüsterte er rau. „Und du fühlst dich gut an." Seine Hände strichen ihren Körper entlang. „Besonders, wenn du so auf mir liegst."

„Und du riechst gut", murmelte sie, Lippen und Nasenspitze dicht an seiner Haut.

Garrick strahlte vor Vergnügen und dachte trotzig: Na bitte, Hollywood. Steckt euch eure Duftwässerchen an den Hut.

„Garrick?"

„Ja, mein Herz?"

Leah hob nicht den Kopf. „Ich will dich noch mal."

„Du bist wundervoll."

„Heißt das, du willst mich auch?"

Er rieb sich an ihr. „Was meinst du?"

„Ich denke, ja. Aber dann hältst du mich womöglich für sexbesessen."

Garrick hielt ihren Kopf zwischen beiden Händen und sah ihr in die Augen. „Und mich für den glücklichsten Mann der Welt."

Leah küsste ihn und ließ sich von ihm führen, bis ihr eigenes Verlangen und ihr Instinkt sie leiteten. Sie hörte, wie Garrick schwer atmete, und neigte sich vor, damit er mit den Lippen ihre Brustspitzen erreichen konnte. Als sie spürte, dass er sich dem Höhepunkt näherte, presste sie sich fester an ihn, umschlang ihn mit den Beinen und ließ sich fortreißen in den Taumel der Lust.

Minutenlang lagen Leah und Garrick still und bewegungslos nebeneinander. Sie waren zwar ermattet, aber durchaus nicht schläfrig. Das Liebesspiel hatte sie füreinander geöffnet. Beide wollten reden.

„Ich hatte noch nie eine Frau hier in der Hütte", begann Garrick.

Leah zog die Decke über sie beide und schmiegte sich an ihn. „Ich weiß."

„Ich bekomme überhaupt nur sehr selten Besuch."

„Wie verbringst du denn deine Zeit, wenn du fast immer allein bist?"

„Während der Jagdsaison stehe ich jeden Morgen sehr zeitig auf, um auf die Pirsch zu gehen."

„Macht dir das gar nichts aus?"

„Nein, ich tu's sogar gern." Während seiner Zeit in Los Angeles hatte er die Morgenstunden gehasst. Meist war er nachts erst spät zu Bett gegangen und regelmäßig verkatert aufgewacht. Hier dagegen hatte er entdeckt, dass der frühe Morgen die friedlichste und produktivste Zeit für ihn sein konnte.

„Und was machst du außerhalb der Saison?"

„Bist du immer so neugierig?"

„Du interessierst mich eben. Ist das schlimm?"

„Nein, frag nur." Merkwürdig, wie schnell sich alles ändern konnte. Die letzten vier Jahre waren für Garrick von Schweigen bestimmt gewesen. Er sprach wenig, und nur dann, wenn es sein musste, so dass ihm die Wortkargheit der Einheimischen sehr gelegen kam. Für ihn verfolgte man mit Worten stets irgend einen Zweck, man wollte beeindrucken, verletzen, sich die Zeit vertreiben, belehren. Mit Leah aber tauschte er Informationen und Gedanken aus und genoss es. „Außerhalb der Saison habe ich Zeit zum Lesen und Schnitzen. Ich beobachte die Vögel und Waldtiere und baue Gemüse an."

„Gemüse?" Erstaunt richtete Leah sich auf. „Wo?"

„Hinter dem Haus liegt eine kleine Lichtung, die im Sommer genug Sonne bekommt, damit wachsen kann, was ich so brauche."

„Du versorgst dich also selbst?"

„Salat, Tomaten, Möhren, Zucchini, Erbsen und Bohnen sind leicht zu ziehen. Ich friere einiges für die Wintermonate ein, was ich übrig habe, verschenke oder tausche ich ein, zum Beispiel gegen Ahornsirup."

„Nicht schlecht", lobte Leah und drückte spontan einen Kuss in Garricks Halsgrube. „Um genau zu sein, ich bewundere dich. Ich habe nämlich überhaupt kein Glück mit Pflanzen. Alles geht mir ein. Ist vielleicht auch besser so. Ich hätte nicht gewusst, wohin damit, als ich meine Siebensachen zusammenpackte und herkam."

„Du hättest sie mitbringen können."

„Damit sie mit dem Rest meiner Habe im kalten Auto verschimmeln? Victorias Hütte steht nicht mehr, und ich habe keine Ahnung, wohin ich gehen soll, wenn ..."

Garrick drehte Leah auf den Rücken und verschloss ihr rasch den Mund mit seinem Kuss. Er wollte nicht daran denken, dass sie ihn irgendwann verlassen würde, wollte nicht, dass sie daran dachte. Sie sollte ihn lieben.

Leah ließ sich nicht lange bitten. Das Gewicht und der Duft seines Körpers genügten, um ihr Verlangen erneut zu wecken. Sie begannen einander mit Händen und Lippen in immer kühneren Zärtlichkeiten zu erforschen, fanden immer neue Wege, ihre Lust zu steigern, bis sich schließlich ihre Körper in einem Akt schier unstillbarer Leidenschaft vereinten.

Danach lagen sie lange eng zusammen, bis Leah zuerst die Sprache wieder fand.

„Garrick?"

„Hm?"

„Ich hab' so etwas noch nie gemacht."

„Was?"

„Drei Mal in einer Nacht. Ich hatte nie das Bedürfnis, mehr als ein Mal ..."

„Soll ich dir was verraten?" fragte er ebenso leise. „Ich auch nicht." Seltsam, wie stolz er war, das sagen zu können. Früher hatte er oft gelogen, mit seiner sexuellen Leistungsfähigkeit geprahlt, um sein eingebildetes Image aufrechtzuerhalten. Tatsache war, dass sein Interesse an den Frauen erstarb, sobald das erste Verlangen gestillt war.

Mit Leah verband ihn aber nicht nur körperliche Begierde, sondern ein tiefes Gefühl, und damit wurde alles anders.

„Wie lange lebst du schon hier, Garrick?"

„Vier Jahre."

„Hattest du nie den Drang, mit einer Frau ..."

„Manchmal schon. Es gab Frauen, zu denen ich gehen konnte."

„Triffst du dich noch mit ihnen?"

„Nein. Zu mehr als flüchtigen Abenteuern war ich bislang nicht fähig."

„Wieso?"

Er hätte als Grund anführen können, dass er eine schlimme Zeit durchgemacht hatte, um zu sich selbst zu finden, aber dann würde sie Fragen stellen, die er heute noch nicht wahrheitsgemäß beantworten konnte. Also nahm er Zuflucht zu einer Vereinfachung, die aber immerhin ehrlich war. „Keine dieser Frauen hat mich zu mehr als gelegentlichem Sex gereizt."

„Oh."

„Was soll das heißen?"

„Wirst du mich morgen hinauswerfen?"

„Geht nicht. Der Morast ... Erinnerst du dich?"

Ihre Zehen fuhren tastend sein muskulöses Schienbein hoch. „Und wenn es den nicht gäbe?"

„Gelegentlichen Sex kann man das, was wir heute miteinander gemacht haben, wohl kaum noch nennen, oder?"

„Du weichst mir aus."

„Ich kann dich doch nicht rauswerfen. Du hast keine Bleibe, und ich bin kein Unmensch."

„Garrick."

Er zog sie dichter an sich. „Nein, Leah. Ich hab' dich gern hier. Du kannst bleiben, solange du magst."

„Weil ich gut bin im Bett?" neckte sie.

„Ja."

Leah stöhnte empört und hob drohend die Faust.

„Weil ich dich gern um mich habe. Besser?"

„Viel besser."

„Und weil du in meinem Pullover sexy aussiehst. Ich möchte, dass du ihn weiterhin trägst."

„Einverstanden."

„Kochen darfst du meinetwegen auch."

„Aber du hasst chinesisches Essen."

„Was du heute gezaubert hast, schmeckte mir ausgezeichnet. Ich war bloß schlechter Laune." Vorsichtig wagte er einen Vorstoß. „Aber vielleicht hast du ja noch mehr Kochkurse besucht?"

„Französische und indianische Küche. Du wirst allerdings kaum die entsprechenden Zutaten im Haus haben."

„Was isst du eigentlich normalerweise zu Hause in New York? Erlaube mir die indiskrete Frage: Wie bleibst du so schlank – bei deinem Appetit?"

„Durch tiefgefrorene Diätmenüs, die ich in der Mikrowelle warm mache."

„Fertiggerichte? Oje."

„Abgesehen von etwas zu viel Natrium sind sie gar nicht schlecht."

„Wenn du es sagst ..."

Leah gähnte. „Hm."

„Müde?"

„Ein bisschen. Wie spät ist es?"

„Keine Ahnung, aber das Feuer ist schon ausgegangen – ziemlich spät also."

Leah unterdrückte ein weiteres Gähnen. „Ich möchte aber noch nicht einschlafen, lieber noch reden."

„Ich unterhalte mich auch gern mit dir."

„Morgen, ja? Oder verstummst du dann wieder?"

Er lachte. „Wir reden."

„Versprochen?"

„Großes Pfadfinderehrenwort."

„Darüber möchte ich mehr erfahren", murmelte sie. Nach einer langen Pause kam unvermittelt noch die sehr undeutliche Frage: „Wie alt bist du?"

„Achtunddreißig." Garrick flüsterte zärtlich ihren Namen, aber sie antwortete nicht mehr. Lächelnd drückte er liebevoll einen Kuss auf ihr Haar und schloss die Augen.

6. KAPITEL

Am nächsten Morgen erwachte Leah zuerst. Garrick lag neben ihr auf dem Bauch, einen Fuß um ihren Knöchel gehakt, das Gesicht im Kissen vergraben. Sie seufzte glücklich und reckte sich, kuschelte sich an ihn und schlang einen Arm um seine Taille.

Der Regen hatte nachgelassen, wie sie hörte, aber Leah kümmerte sich nicht darum. Garrick hatte gesagt, sie könne bleiben, solange sie wolle, daher lag nicht der geringste Grund vor, an Aufbruch zu denken.

Garrick erwachte, rollte sich auf den Rücken und bedeckte Leahs Hand, die durch seine Bewegung auf seine Brust gerutscht war, mit der Rechten. Zum ersten Mal in seinem Leben freute er sich darüber, neben einer Frau aufzuwachen.

„Hallo", begrüßte er sie.

Leah erwiderte sein Lächeln. „Hallo."

„Wie hast du geschlafen?"

„Wie ein Baby."

„So siehst du aber nicht aus." Er betrachtete zärtlich ihr wirres Haar, die leuchtenden grauen Augen, den lockenden Mund. „Du bist sexy."

Sie errötete. „Du auch."

Sein Blick glitt weiter hinunter, den schlanken Hals entlang zu ihren Brüsten. Vorsichtig zog er die Decke weg, bis sie ganz entblößt vor ihm lag. „Ich sehe dich zum ersten Mal bei Tageslicht nackt. Du bist wunderschön."

Leah zitterte unter seinem Blick. Der sinnliche Klang seiner Stimme erregte sie.

„Ich begehre dich", flüsterte er.

„Ich bin hier", hauchte sie und streckte die Arme aus.

Garrick erwiderte ihre Zärtlichkeiten auf eine Weise, die Leahs Blut in Wallung brachte.

„Garrick …“, stieß sie hervor, als seine Hand zwischen ihre Schenkel glitt.

„Du bist so warm.“

„Ich brauche dich.“

Er sah ihr in die Augen und fand darin nichts als Liebe und Leidenschaft. „Ich dich auch, Liebes, mehr als alles auf der Welt.“

Sie umschlangen einander, lagen dicht zusammen, erhitzt und bebend, und seltsamerweise genügte das. Die körperliche Erregung verblasste vor dem Gefühl der Dankbarkeit dafür, den anderen bei sich zu haben. Und das erschien beiden wertvoller als alles sonst.

Garrick brach den Zauber dieses langen Augenblicks. „Ich könnte eine Dusche gebrauchen“, sagte er mit belegter Stimme. „Kommst du mit?“

„Ich habe noch nie mit einem Mann geduscht.“

„Es gibt für alles ein erstes Mal.“

„Mit dir gern.“

„Es wird aber eng werden.“

„Umso besser.“

Garrick nahm Leah auf den Arm und setzte sie im Bad sacht wieder auf die Füße, kniete sich vor sie und entfernte vorsichtig den Verband von ihrer Oberschenkelwunde. „Sieht ganz gut aus“, stellte er fest und ließ den Blick aufwärts wandern. „Der Rest gefällt mir noch viel besser.“

Sie strich ihm das Haar aus der Stirn. „Das freut mich.“

Er drückte einen Kuss auf ihren Nabel, erhob sich, um das Wasser aufzudrehen, und ließ Leah den Vortritt in die Duschkabine. Sie seiften sich gegenseitig ein, widerstanden aber jeder erotischen Versuchung, wie um sich zu beweisen, dass ihre Beziehung aus mehr bestand als nur Sex.

Leah registrierte mit Verblüffung, dass zwei Menschen, die lange allein gelebt hatten, sich so leicht in das ständige enge Zusammenleben mit einem anderen finden konnten. Selbst nach der Dusche suchten und fanden sie immer wieder Berührungspunkte, halfen sich gegenseitig beim Anziehen, bereiteten gemeinsam das Frühstück zu. Beim Essen saßen sie sich gegenüber, die Beine unter dem Tisch verschränkt.

Und sie redeten über alles, was ihnen gerade in den Sinn kam.

„Ich liebe dein Haar", sagte Garrick. Leah wollte gerade die Teller abräumen, er jedoch zog sie einfach auf seinen Schoß. „Trägst du es schon immer so?"

„Nein, ich ließ es abschneiden, nachdem meine Scheidung rechtskräftig wurde."

„In Feierlaune?"

„Als Ausdruck meiner Unabhängigkeit. Als Kind trug ich die Haare lang, und meine Mutter liebte es, mich immer neu zu frisieren. Auch Richard mochte mein langes Haar, weil er es für verführerisch hielt, passend zu seinem Frauenbild. Ich verbrachte Stunden damit, mich seinem Wunsch gemäß zurechtzumachen. Entsetzlich."

„Deshalb hast du's schneiden lassen."

„Genau."

Garrick spielte mit den seidigen Strähnen. „Ich finde es ausgesprochen hübsch so."

„Es ist praktischer."

„Bist du gern ausgegangen?"

„Mit Richard? Nein. Ich fühle mich nicht wohl auf Partys."

„Warum?"

Seine sanfte Stimme gab ihr Mut. Ihm konnte sie sogar erzählen, was sie verlegen machte. „Ich bin kein geselliger Mensch, eher scheu."

„Tatsächlich?"

Lächelnd schlang sie die Arme um seinen Hals und schmiegte die Wange an sein Haar. „Ich weiß nicht wieso. Ich bin halt ein Bücherwurm, der allein mit seinen Studien zufrieden ist. Richards Art, auf Menschen zuzugehen, hat mich daher vielleicht besonders beeindruckt. An seiner Seite fühlte ich mich den Leuten zugehörig."

„Gefiel dir das?"

„Zuerst ja, bis ich merkte, dass nicht ich, sondern er dazugehörte. Ich war nur sein Anhängsel. Die Leute langweilten mich, ich konnte nicht mit ihnen reden. Richard ermahnte mich ständig, umgänglicher zu sein, aber ich hasste es, mich dauernd verstellen zu müssen."

Garrick stellte sie auf die Füße, räumte den Tisch ab und begann abzuwaschen. „Das verstehe ich gut."

Leah glaubte ihm, denn hätte er Gesellschaften und Partys und höfliche, aber oberflächliche Konversation gemocht, würde er sicher nicht allein hier oben in den Wäldern leben. Während sie abtrocknete, spielte sie mit dem Gedanken, ihn zu fragen, warum er diese Lebensweise gewählt hatte, besann sich jedoch eines Besseren. „Warum lernst du Latein?"

„Weil mich die Sprache interessiert. Ein großer Teil unseres Wortschatzes ist lateinischen Ursprungs."

„Hattest du als Kind schon Lateinunterricht?"

„Nein, Spanisch. Meine Mutter war Professorin für spanische Sprache und Literatur." Die Worte kamen schleppend.

„Du scheinst nicht sonderlich erfreut darüber gewesen zu sein."

„Mutter war sehr beschäftigt. Wenn sie nicht gerade unterrichtete, reiste sie viel, und war sie tatsächlich einmal zu Hause, empfing sie sogar privat ihre Studenten."

„Und das mochtest du nicht?"

„Ich hätte gern selbst einen Teil ihrer Zeit für mich gehabt."

„Und dein Vater?"

„Er war Internist."

„Und sehr beschäftigt."

„Hm."

„Du warst wohl viel allein?"

„Hm."

„Hast du keine Geschwister?"

Garrick schüttelte den Kopf und reichte ihr die Pfanne, die er eben abgewaschen hatte. „Und du?"

„Ich bin auch ein Einzelkind. Allerdings waren meine Eltern immer für mich da. Wie unterschiedlich die Erfahrungen sein können."

Nachdem sie die Küche sauber gemacht hatten, zündete Garrick das Kaminfeuer an, setzte sich mit dem Rücken zum Sofa davor auf den Teppich und zog Leah zwischen seine Beine. Sie lehnte sich an ihn. Seine und ihre Arme verschränkten sich über ihre Brust.

„Das ist wundervoll", flüsterte sie. „Ich fühle mich so friedvoll." Sie legte den Kopf zurück und sah zu Garrick auf. „Lebst du deswegen hier oben?"

„Auch. Hier gibt es keine Hetze. Arbeit ja, genug, aber so viel und schnell, wie ich es will."

Vier Jahre zuvor hat er also andere Erfahrungen gemacht, folgerte Leah. Aber wieder ließ sie die Gelegenheit, nach seiner Vergangenheit zu fragen, verstreichen. Sie starrte in die prasselnden Flammen. „Wird es dir nie langweilig?"

„Nein. Ich habe immer etwas zu tun."

„Wann hast du Schnitzen gelernt?"

„Bald nachdem ich herkam. Ich fand ein Anleitungsbuch und werkelte eben drauflos."

„Und was machst du am liebsten?"

„Was immer mir in den Sinn kommt, eigentlich. Meist Tiere, die mir im Wald begegnen."

„Behältst du sie nicht? Ich sehe nirgendwo welche."

„Doch, wenige." Er bewahrte sie draußen im Anbau auf, den er mittlerweile als sein Studio mit Galerie betrachtete. „Die meisten verschenke ich, manche verkaufe ich."

Leah strahlte.

„Dann musst du gut sein. Warst du früher auch künstlerisch

tätig?" Vielleicht hatte er in der Werbebranche gearbeitet. Dort wurden Leute ziemlich schnell verschlissen.

Aber er verneinte. „Ich habe erst hier festgestellt, dass ich gern mit den Händen arbeite."

„Du bist wirklich geschickt mit den Fingern", neckte sie ihn. „Brauchst du bestimmte Holzarten zum Schnitzen?"

„Vorzugsweise weiches Holz wie Kiefer. Härteres wie Birke oder Ahorn verwende ich für Schachfiguren."

„Leider spiele ich nicht Schach, nur Dame. Hast du zufällig auch Spielsteine geschnitzt?"

„Noch nicht. Herrje, Dame habe ich seit meiner Kindheit nicht mehr gespielt."

„Macht Spaß. Benutzt du ein besonderes Messer?"

„Zum Schnitzen? Nein. Ich nehme ein gewöhnliches Taschenmesser mit sorgfältig geschärften Klingen, einer breiteren für die große Formgebung und zwei schmaleren für die Feinarbeit."

Eine Weile schwiegen Leah und Garrick. Jeder hing seinen Gedanken nach. Irgendwann sah Leah auf, und ihr Ausdruck wurde plötzlich sehr weich und zärtlich. „Du hast schöne Augen. Dieses Haselnussbraun mit Silber drin ist einmalig."

Garrick erschrak. Solche Komplimente hatte er früher oft gehört. Doch schnell sagte er sich, dass Leah es ehrlich meinte. Merkwürdig, dass sie mich nicht erkennt, überlegte er.

„Siehst du eigentlich jemals fern?" forschte er.

„Selten. Wieso?"

„Ich habe mich nur gefragt, ob du es hier oben nicht vermisst."

„Nein", wehrte sie lachend ab. „Genauso wenig wie das Telefon, das man in New York dringend braucht, um alles Mögliche wegsparend zu erledigen, um Verabredungen und Termine auszumachen oder auch nur, um mit Freunden zu sprechen, die man sonst nicht sieht."

„Hast du viele Freunde in New York?"

„Ein paar. Erst seit der Scheidung konnte ich mir einen eigenen Freundeskreis aufbauen. Richard zeigte keinerlei Interesse an Menschen, die ich mochte."

„Warum nicht?"

„Er hielt sie für wenig nützlich."

„So einer ist er also."

„Na ja, er meidet die Leute, die er nicht von vornherein einordnen kann. Er ist ehrgeizig, daher hält er soziale Kontakte, die nichts einbringen, für überflüssig."

Garrick lag eine kritische Bemerkung schon auf der Zunge, aber er sprach sie nicht aus. Er hatte sich früher desselben Verhaltens schuldig gemacht, besaß also nicht das Recht zu kritisieren. „Wie sind deine Freunde?" wollte er wissen.

Leah wandte sich ihm zu und schlang die Arme um seinen Hals. „Victoria kennst du ja. Dann ist da noch Greta. Wir lernten uns bei einem Kochkurs kennen. Greta arbeitet als Wirtschaftsprüferin bei einer großen Firma und muss daher unter anderem auf gutes Aussehen achten. Da sie aber, was Kleidung angeht, überhaupt keinen Geschmack hat, gehe ich alle paar Wochen mit ihr bummeln und berate sie in Modeangelegenheiten." Sie lachte. „Ich bin groß darin, anderer Leute Geld auszugeben."

„Wie ungezogen."

„Greta scheint mit dem Ergebnis aber hochzufrieden zu sein."

„Dann ist es wohl in Ordnung."

„Eine weitere Freundin ist Arien. Wir lernten uns im Zahnarztwartezimmer kennen, vor drei Jahren." Beide waren damals schwanger gewesen. „Sie hat mir in schweren Zeiten zur Seite gestanden."

„Die Scheidung?"

„Auch. Ja."

„Arbeitet sie?"

„Wie ein Pferd. Sie hat fünf Kinder unter acht Jahren."

„O je! Hoffentlich auch einen Mann, der ihr hilft?"

„Ja, und er ist genauso nett wie sie. Alle zusammen sind eine sehr fröhliche Familie."

„Hast du auch männliche Freunde?"

„Außer dir keinen." Sie drückte einen Kuss auf seine Wange. „Du bist ausnahmsweise ein sehr netter Mann."

„Das sagst du jetzt", neckte er. „Warte, bis du mich besser kennst." Würde Leah ihn auch noch mögen, wenn sie von seiner Vergangenheit wusste? Ernst fügte er hinzu: „Ich war früher anders, aber die Zeiten sind zum Glück vorbei." Er holte tief Luft. „Erzähl mir, warum du so gern in New York lebst."

„New York hat Atmosphäre. Der Central Park im Frühling, wenn die ersten Knospen sich öffnen ... Der Duft ..."

„... nach Abgasen, Pferdeäpfeln und Taubendreck."

Sie knuffte ihn in die Rippen. „Du verdirbst das Bild! Der Geruch von den Würstchenständen überall im Park, das kühle Grün der Blätter im heißen Sommer, das raschelnde Laub im Herbst ... Man spürt, dass man lebt."

„Was gefällt dir noch an der großen Stadt?"

„Die Anonymität. Größere Gruppen von Menschen, die mich kennen und Erwartungen an mich stellen, machen mir Angst. Ich mag mich nicht den Grundsätzen anderer unterwerfen oder mich dauernd mit anderen messen müssen."

Garrick wusste, dass der Grund für diese Haltung zum Teil in ihrer früher erwähnten Schüchternheit, aber auch in ihrer Ehe zu suchen war. Was ihn allerdings verblüffte war, dass Leah genauso empfand wie er. „Du sagst es", bestätigte er weich.

„Außerdem liebe ich an New York die kulturellen Angebote: Konzerte, Theater, Ausstellungen, Kurse. Ich lerne gern Neues dazu. Victoria sagte, hier in der Gegend gäbe es eine Künstlerkolonie, wo man leben kann."

„Ich weiß, wo sie ist. Möchtest du einen Kurs besuchen?"

„Ich finde Weben faszinierend. Ich könnte nach meinen eigenen Entwürfen Schals und Teppiche und Wandbehänge herstellen. Zumindest einen Versuch wäre es wert."

„Du wirst es schaffen." Er würde ihr selbst einen Webstuhl bauen. Allein der Gedanke daran, sie damit arbeiten zu sehen, das rhythmische Geräusch zu hören, beinhaltete für ihn die Vorstellung von einem Zuhause, wie er es nie kennen gelernt hatte. Sein Elternhaus war kaum kindgerecht gewesen, und später lebte er zu sehr im Blickpunkt der Öffentlichkeit, strebte er zu sehr nach Ruhm, als dass ihm für ein wirkliches Zuhause Zeit blieb. Etwas so Persönliches, Privates gehörte nur einem Mann mit Familie.

„Garrick?" flüsterte Leah.

Er blinzelte und stellte zu seiner eigenen Überraschung fest, dass seine Augen feucht geworden waren.

„Was ist mit dir, Garrick?" Ihre Stimme klang besorgt, aus ihrem Blick sprach Angst. Wenn Garrick so traurig und abwesend aussah, spürte sie, dass ihrem Glück Gefahr drohte. Von seiner Vergangenheit? Garrick sprach nicht darüber, aus welchen Gründen auch immer. Und ihr fehlte der Mut zu fragen.

Er lächelte gezwungen und zog sie fest an sich. „Manchmal gerate ich ins Grübeln", murmelte er.

„Kannst du deine Sorgen teilen?"

„Noch nicht."

„Aber vielleicht bald?"

„Vielleicht."

Sie saßen eine Weile schweigend, jeder getröstet durch die Anwesenheit des anderen, bis Garrick unvermittelt vorschlug: „Was hältst du von einem langen Spaziergang?"

„Du meinst, ich auch?" fragte Leah jubelnd.

„Du auch." Er neigte spöttisch den Kopf. „Du wirst wohl allmählich nervös, weil du eingesperrt bist, hm?"

„Nein, ich möchte nur bei dir sein."

„Himmel. Du weißt aber auch immer die richtigen Antworten."

Doch Leah schüttelte traurig den Kopf. „Leider nicht, noch nicht. Vielleicht bald ...“

Der Regen hatte nachgelassen. Es nieselte nur noch, als Garrick Leah bergwärts führte und sie unterwegs hier und da auf Spuren und Fährten seltener Tiere aufmerksam machte. Der Weg war schlüpfrig, aber bei Tageslicht und mit so einem geduldigen Führer kam Leah bemerkenswert gut zurecht. Das Gebirge, das ihr zuerst so feindselig erschienen war, faszinierte sie jetzt. Denn Garrick gehörte hierher, und sie war sein willkommener Gast.

Auf dem Rückweg zur Hütte gingen sie an Leahs Wagen vorbei und brachten weitere Habseligkeiten mit, für die Garrick bereitwillig Platz zwischen seinen Sachen schuf.

Ihr Zusammensein war harmonisch und beglückend. Sie liebten sich zärtlich auf dem großen Teppich vor dem Kamin, und später fragte Leah: „Ob Victoria mit außersinnlicher Wahrnehmung begabt ist?“

„Wenn es so ist, ist sie sicher glücklich.“

„Bist du es auch?“

„Sehr sogar.“

Leah hob den Kopf und flüsterte sanft: „Ich liebe dich, Garrick.“

Er zog sie fest an sich und erwiderte mit vor Rührung unsicherer Stimme: „Ich liebe dich auch, Leah, wie ich noch nie einen Menschen geliebt habe. Himmel, wie sehr.“

Sie verbrachten von nun an jede Minute zusammen, und keiner wurde des anderen müde. Sie hatten sich viel zu sagen, aber oft verständigten sie sich auch nur mit Blicken oder Berührungen.

Garrick zeigte Leah den Anbau, wo er die geschnitzten Figuren, zum Teil lebensecht bemalt, aufbewahrte. Sie war so begeistert, dass sie darauf bestand, zwei Kanadagänse, die ihr besonders gut gefielen, mit in die Hütte zu nehmen.

Er erzählte, dass er die Häusermodelle aus Zahnstochern, die er zuerst nur zu seinem Vergnügen entworfen hatte, durch Vermittlung eines Pelzkäufers mittlerweile als Auftragsarbeiten fertigte. Leah bewunderte besonders die ausgefallenen Gebilde, bei denen Garrick aus Spaß seiner Fantasie freien Lauf gelassen hatte. „Du wärst ein großartiger Architekt."

Er freute sich über ihr Lob, sagte aber nicht laut, was er dachte. Um sich als Architekt auszubilden und als solcher im Beruf zu arbeiten, müsste er in die Stadt zurückkehren. Und die Stadt, egal welche, war eine Bedrohung für ihn. Man würde ihn erkennen, ihn bedrängen, ihn in Versuchung bringen.

Leah liebte ihn als den Mann, der er jetzt und hier war. Er mochte sie nicht enttäuschen. Er fürchtete, ihre Liebe zu verlieren, wenn sie erfuhr, wie er sein früheres Leben verpfuscht hatte.

Dennoch bekümmerte es ihn, dass er ihr nie die ganze Wahrheit gestehen konnte. Leah fragte allerdings auch nie nach den elf Jahren seines Lebens, die er schlichtweg überging. Und diese Zurückhaltung verwirrte ihn. Vermutlich ahnte sie, dass er ein dunkles Geheimnis barg, und wagte aus demselben Grund nicht zu fragen, aus dem er darüber schwieg.

Vielleicht kam deshalb auch nie die Sprache auf die Zukunft. Beide nahmen ihre Liebe als kostbares und unverhofftes Geschenk und genossen den Augenblick.

Leah begann zu arbeiten. In der friedlichen Atmosphäre der Hütte gingen ihr die Rätselentwürfe wie von selbst von der Hand.

Obwohl sie Garricks Gegenwart ständig spürte, störte er sie nie. Im Gegenteil, er gab ihr alles, was sie sich von einem Mann immer erträumt hatte. Er war geduldig, wenn sie arbeitete, und aufmerksam, wenn sie pausierte. Er war immer zu interessanten Gesprächen bereit, und selbst Meinungsverschiedenheiten endeten stets mit einem versöhnlichen Lächeln. Er war einfühlsam, schlug einen Spaziergang oder eine Partie Dame – er hatte ein Spiel geschnitzt – genau dann vor, wenn Leah eine Pause brauchte. Und obendrein war er auch noch hinreißend aufregend. Ein Blick, ein Wort, eine Berührung weckte im Nu bei ihr Verlangen, das er so meisterhaft zu stillen verstand.

Nur manchmal zog er sich von ihr zurück, versank in seiner Gedankenwelt, und dann war Leah traurig.

Die Tage vergingen. Zwei Wochen war Leah nun schon in der Hütte, und mit jedem Tag wuchs in Garrick das Bedürfnis, sich ihr mitzuteilen, und er hoffte, trotzdem geliebt zu werden. Er brauchte ihre Achtung, ihr Verständnis für durchlittene Qualen, ihre Unterstützung bei der Bewältigung seiner Ängste.

Mehr als einmal nahm er sich fest vor, ihr alles zu erzählen, doch jedes Mal scheute er davor zurück. Er fürchtete, den Zauber ihres Zusammenseins zu stören.

Er wünschte, er hätte es wirklich getan, als Leah darauf bestand, Victoria anzurufen. Victoria konnte leicht eine Bemerkung fallen lassen. Nun war es zu spät. „Ich habe versprochen, mich zu melden, sobald ich mich häuslich eingerichtet habe. Sie wird sich schon Sorgen machen", drängte Leah plötzlich. Sie waren in die kleine Stadt gewandert, um dort zu Mittag zu essen.

„Vor allem Sorgen darüber, ob du überhaupt noch mit ihr sprichst."

„So schlimm ist doch ihre kleine Intrige nicht ausgegangen, oder?"

Garrick lachte. „Nein, aber wir sollten Victoria ruhig noch ein wenig zappeln lassen."

Genau das hatte Leah vor. In einer Telefonzelle wählte sie Victorias Nummer.

Das Hausmädchen nahm ab. „Bei Lesser."

„Hier ist Leah Gates. Mrs. Lesser, bitte."

„Augenblick, bitte."

Leah bedeckte mit der Hand die Muschel. „Stell dir bloß

mal Victorias Panik vor. Wahrscheinlich hetzt sie gerade mit fliegenden Fahnen zum Telefon."

„Wo, zum Teufel, hast du so lange gesteckt?" drang Victorias vor Aufregung schrille Stimme aus dem Hörer.

„Hallo, Victoria."

„Leah Gates. Ich war krank vor Sorge."

Leah zwinkerte Garrick zu. „Aber warum denn bloß? Ich sagte dir doch, dass ich keine Schwierigkeiten haben würde. Die Hütte ist wundervoll. Ich kann gut verstehen, warum Arthur so gern hier oben war."

„Leah?"

„Leider hat es stark geregnet, so dass ich nicht früher in die Stadt kam, um anzurufen. Mein Wagen steckt noch immer im Schlamm fest."

Pause. „Von wo sprichst du?"

„Aus der Telefonzelle vor dem Lebensmittelladen."

Noch eine Pause. „Und wie bist du dahingekommen?"

„Ich bin mitgenommen worden."

„Leah."

Garrick nahm Leah den Hörer aus der Hand. „Victoria?"

Wieder Schweigen am anderen Ende, dann ein vorsichtiges „Garrick?"

„Du hast uns ganz gemein hereingelegt."

„Ah." Victoria seufzte erleichtert auf. „Gott sei Dank. Sie ist bei dir."

„Genau wie du es geplant hattest."

„Bist du wütend?"

„Nicht mehr."

„Garrick, bitte, ich wollte nur euer Bestes. Du warst allein, und sie auch. Mein Brief ..."

„Ich habe ihn nicht gelesen." Garrick schlang den Arm um Leahs schlanke Taille.

„So wütend warst du also? Ich hab ihr nichts über dich erzählt, Garrick", verteidigte sie sich. „Weiß sie es?"

„Nicht, worauf du anspielst."

„Wohnt sie bei dir?"

„Ich konnte sie schlecht im Regen stehen lassen. Sie wusste ja nicht wohin."

„Oh Garrick, es tut mir Leid. Ich dachte, ihr beide würdet wunderbar miteinander auskommen. Ihr passt so gut zusammen."

Garrick hielt die Sprechmuschel zu und flüsterte: „Sie sagt, wir passen so gut zusammen."

„Wie klug von ihr", flüsterte Leah zurück und nahm den Hörer. „Ich werde dir keinen Pfennig Miete überweisen, Victoria Lesser."

„Aber du rufst an. Also kannst du nicht mehr allzu böse sein."

„Ich habe so etwas wie ein Gewissen – im Gegensatz zu dir." Ihr Ton milderte die Anschuldigung.

„Soll ich dir das Grüne Zimmer herrichten?"

„Noch nicht."

„Also bleibst du noch?"

Sie wandte sich Garrick zu, und diesmal ließ sie Victoria mithören. „Sie will wissen, ob ich noch bleibe."

„Sie bleibt", rief er in den Hörer. „Ich finde es gar nicht übel, ein Mädchen für alles im Haus zu haben."

„Ich bin nicht sein Mädchen für alles", protestierte Leah lautstark, während Victoria schalt: „Ich will nicht, dass du Leah ausnutzt, Garrick."

„Als Köchin ist sie auch nicht übel", fuhr Garrick scherzhaft fort.

„Hör nicht auf ihn, Victoria. Er zieht dich nur auf. Der Mann ist unmöglich."

„Ich werd' ihm den Kopf waschen. Gib ihn mir bitte. Garrick?"

„Ja, Victoria?"

„Kann Leah mich hören?"

„Nein."

„Ich will nicht, dass ihr wehgetan wird."

„Ich weiß."

„Sie hat viel durchgemacht. Sie verdient es, gut behandelt zu werden. Wenn ihr nicht miteinander auskommt, schick sie zu mir."

„Wir vertragen uns."

„Gut genug für eine gemeinsame Zukunft?" erkundigte sich Victoria hoffnungsvoll.

„Ich ... vielleicht."

„Dann musst du es ihr erzählen."

„Ich weiß."

„Warte nicht zu lange, sonst leidet sie zu sehr darunter."

„Du hast Recht, Victoria", bestätigte er nüchtern.

„Ich vertraue darauf, dass du das Richtige tust."

„Ich gebe dir Leah. Sie möchte sich verabschieden." Er reichte ihr den Hörer und ermunterte sie lachend: „Sag auf Wiedersehen, Leah." Aber innerlich fühlte er sich wie ausgehöhlt.

Das Richtige ... Er musste Leah von seiner Vergangenheit berichten. Nur wann? Und wie?

7. KAPITEL

Die Wahrheit über Garricks Leben kam ebenso spontan und ungeplant ans Licht, wie sich die ganze Beziehung zwischen Garrick und Leah entwickelt hatte.

Garrick las ein Buch, das Leah mitgebracht hatte. Sie saß dicht an ihn geschmiegt und hörte Musik über den Kopfhörer, den Garrick in seinen alten Sachen aufgetan und für ihren CD-Rekorder passend gemacht hatte. Aus einer plötzlichen Eingebung heraus legte er das Buch weg und zog den Stöpsel der Kopfhörer aus der Buchse. Sanfte, melodische Gitarrenmusik erfüllte den Raum als Begleitung zu einer melancholischen Männerstimme.

Leah richtete sich überrascht auf und beobachtete Garricks Gesicht.

Er lächelte. „Cat Stevens. Eine alte Aufnahme."

„Von vierundsiebzig."

Garrick entspannte sich und lauschte schweigend. Seine Miene wurde nachdenklich, verzerrte sich zuweilen schmerzlich, abwesend starrte er ins Leere. Leah wusste, dass er mit Erinnerungen rang, und als das Band abgespielt war, hätte sie nichts lieber getan, als den Rekorder zu verstecken.

Aber Garrick bat sie, eine neue CD einzulegen. Schon nach den ersten Takten erkannte er die Interpreten. „Simon und Garfunkel", murmelte er.

„Gefällt es dir?"

Er lauschte eine Weile, ehe er antwortete. „Es gefällt mir. Früher habe ich nie sonderlich auf die Texte geachtet, sondern solche Lieder hauptsächlich als Hintergrundmusik in Restaurants und Bars wahrgenommen."

„Wo?" erkundigte sie sich, selbst überrascht über ihre Kühnheit.

„Los Angeles." Ganz leicht war ihm die Antwort von den Lippen gegangen, stellte er erstaunt fest.

„Hast du dort gearbeitet?"

„Ja, elf Jahre lang."

Leah schwieg abwartend, ließ aber Garrick nicht aus den Augen. Als er sie endlich ansah, lag Herausforderung in seinem Blick, aber zugleich ein stummes Flehen.

„Ich war Schauspieler."

„Wie bitte?"

„Ich war Schauspieler."

Sie schluckte heftig. „Beim Film?"

„Beim Fernsehen."

„Ich ... Dein Name sagt mir nichts."

„Ich hatte einen Künstlernamen."

Garrick, Schauspieler? Der Mann, den sie unter anderem auch wegen seines zurückgezogenen Lebens liebte und achtete? „Warst du oft zu sehen?"

„Sieben Jahre lang einmal pro Woche. Vorher und nachher weniger häufig."

Sie schluckte schwer und verschränkte in Abwehrhaltung die Arme vor der Brust. „Du hattest die Hauptrolle?"

Er nickte.

„Wie lautete dein Bühnenname?"

„Greg Reynolds."

Leah erbleichte. Dieser Name war ein Begriff. Er war oft genug durch die Schlagzeilen der einschlägigen Magazine gegangen, prangte vor Jahren von allen Zeitungsständen – in Riesenlettern. „Unmöglich", wisperte sie kopfschüttelnd. „Du siehst völlig anders aus."

„Ich bin ein anderer Mann geworden."

Sie starrte ihn fassungslos an. Seine Züge verschwammen vor ihren Augen. Er war doch Garrick, der Mann, den sie liebte ... Aber zugleich war er ein Fremder. „Du hättest es mir eher erzählen sollen."

„Das konnte ich nicht."

„Aber, Greg Reynolds?" schrie sie voller Entsetzen auf. „Du bist ein Star."

„Ich war ein Star, Leah."

Sie senkte den Kopf, war unfähig zu denken. „Die Serie hieß ..."

„‚Pagens Gesetz'. Räuber und Gendarm. Der übliche Stoff, aus dem die Helden sind."

„Mit Millionen von Zuschauern jede Woche." Leah verkroch sich in der Sofaecke und murmelte dumpf. „Schauspieler – und obendrein erfolgreich."

Garrick kniete augenblicklich vor ihr und nahm ihre Hände. Eiskalt waren sie. „Das ist vorbei, Leah. Jetzt bin ich Garrick

Cooper, Trapper, Lateinstudent, Schnitzer, Modellbauer, der Mann, den du liebst."

Sie sah ihn an wie ein verwundetes Tier. „Ich kann keinen Schauspieler lieben. Ich kann nicht im Rampenlicht leben."

Er drückte beschwörend ihre Hände. „Ich auch nicht, Leah. Greg Reynolds ist tot. Garrick Cooper aber lebt. Ich bin Garrick, und du liebst mich, nicht einen Toten." Leah sank noch tiefer in sich zusammen, starrte vor sich hin.

„Nein." befahl er und hob ihr Kinn hoch. „Ich lasse nicht zu, dass du dich verschließt. Sprich mit mir, Leah. Ich will wissen, was du denkst und fühlst."

„Du hattest phänomenale Erfolge." Ihre Stimme brach. „Sie werden nicht zulassen, dass du dich hier verkriechst. Sie werden dich zurückholen ... Und du wirst zurückkehren wollen."

„Nein! Es ist vorbei! Ich will nicht zurück."

Sein Aufschrei verblüffte sie. Unsicher sah sie ihn an.

„Ich gehe nie wieder zurück", wiederholte Garrick ruhiger. Er hob seine Hände, streichelte zärtlich ihre Wange. „Ich kann nicht, Leah."

Jetzt erst begriff sie, dass nicht sie allein Angst vor der Zukunft – und vor der Vergangenheit – hatte. Und endlich konnte sie die Frage aussprechen, die sie sich so oft gestellt hatte. „Was ist geschehen?"

Damit begann für Garrick der schwierigere Teil der Aufgabe. Seinen früheren Erfolg einzugestehen, war eine Sache, jedoch zu erklären, wie er ihn verzerrt, zu Grunde gerichtet, verloren hatte, eine völlig andere. Er erhob sich steif und ging ans Fenster. Draußen schien die Sonne, er nahm sie nicht wahr.

Leah saß auf dem Sofa und wartete. Nach langer Pause begann Garrick zu sprechen.

„Ich ging noch vor dem College-Abschluss nach Kalifornien. Dort hoffte ich, endlich die Aufmerksamkeit zu finden, die ich immer vermisst hatte. Die Voraussetzungen brachte ich mit: gutes Aussehen, Entschlossenheit und die gewisse Art des Auftretens. Ich vertrieb mir die Zeit damit, mich umzusehen, brachte in Erfahrung, welche Leute Einfluss hatten. Ich überredete einen der führenden Theateragenten, mich zu managen, und machte alles, was er von mir verlangte. Der größte Teil davon waren unbedeutende, wenig anspruchsvolle Rollen, aber er sorgte dafür, dass die wichtigen Leute mich zu sehen bekamen. Zwei Jahre lang hielt ich mich mit Nebenrollen über Wasser. Aber ich wollte höher hinaus. Und ich begriff bald, dass dazu neben harter Arbeit auch schmutzige Taktik gehörte. Also kroch und buckelte ich, wenn nötig, intrigierte gegen Konkurrenten, stieg mit allen möglichen Frauen ins Bett, wenn ich mir Zutritt in gewisse Kreise davon versprechen konnte. Wenig später fiel die Wahl für die Besetzung von ‚Pagen' auf mich."

Garrick zuckte die Schultern. „Ich fand die Story nicht sonderlich spektakulär, aber das Publikum war begeistert, und das bedeutete Geld – für den Produzenten, den Sender, das Team – und für mich. Also machten wir weiter, und ich begann, die Geschichten zu glauben, die über mich geschrieben wurden. Bald war ich selbst davon überzeugt, dass der Erfolg der Serie nur mir zu verdanken war."

Er holte tief Luft „Das war bereits mein zweiter Fehler, nachdem ich nach Hollywood gegangen war, obwohl ich dort nicht hingehörte. Der dritte folgte auf dem Fuße: Ich glaubte, ich hätte mir den Erfolg hart erkämpft und verdiente ihn deshalb auch. Danach häufte sich Fehler auf Fehler, bis ich überhaupt nicht mehr wusste, wo oben und unten war."

Er hielt inne und blickte unsicher über die Schulter. Leah saß in der Sofaecke, die Arme um die hochgezogenen Knie geschlungen, als suche sie Halt. Sie wirkte wie versteinert. Er konnte sie nicht trösten, er war noch nicht am Ende seines Berichts.

„Die Serie lief sieben Jahre lang, und in dieser Zeit geriet ich mehr und mehr auf die schiefe Bahn. Meine Arroganz nahm zu, ich wurde unausstehlich." Wütend und verächtlich stieß er die Worte hervor. „Ich war der Star, der in Gold verwandelte, was immer er berührte, die größte Entdeckung seit Jahrzehnten. Meine Gier nach Ruhm wuchs, je mehr mir davon zuteil wurde. In einem Anfall von Größenwahn begann ich zu filmen, obwohl die Drehpausen von ‚Pagens Gesetz' nur kurz waren, obwohl ich mich hätte erholen sollen. Aber ich wollte zur Legende werden."

Er seufzte und rieb sich den Nacken. „Und ich wurde beinahe wahnsinnig vor Angst, dass ein anderer mir etwas vor der Nase wegschnappen könnte. Dabei war ich gar nicht so überragend. Für ‚Pagen' reichte es, aber der Film verlangt größere schauspielerische Fähigkeiten als das Fernsehen. So wurde ich umso nervöser, je weniger Erfolg meine Kinofilme hatten. Aber anstatt das vernünftigerweise als deutliches Zeichen zu werten, beschimpfte ich die Kritiker, wetterte über den schlechten Geschmack des Publikums. In gleichem Maße, wie meine Überheblichkeit zunahm, verringerte sich meine Leistung auch beim Fernsehen."

Garrick drehte sich um und sah Leah offen an. „Ich begann, unter Verfolgungswahn zu leiden, war überzeugt, dass alle nur darauf warteten, mich stürzen zu sehen, um wie die Aasgeier über mich herfallen zu können. Ich fühlte mich miserabel, also fing ich an zu trinken, was mir natürlich nicht half. Ich griff zu härteren Drogen und verlor dabei aber auch noch den letzten Rest meines Realitätssinns."

Er seufzte tief. „‚Pagens Gesetz' wurde nach sieben Jahren Laufzeit aus dem Programm genommen. Die Produzenten fanden kein Team mehr, das mit mir arbeiten wollte. Ich war unberechenbar und stellte überspannte Forderungen. Ich erschien häufig so betrunken oder verkatert oder unter Drogen zu den Dreharbeiten, dass ich mich nicht konzentrieren konnte, gab aber immer anderen die Schuld, wenn nichts klappte."

Garrick ging langsam zum Sofa hinüber. Er fühlte sich so

verlassen, dass er Leahs Nähe brauchte. „Von da an ging's stetig bergab. Die Rollenangebote wurden weniger, blieben schließlich ganz aus. Der Star war tot."

Sehr vorsichtig ließ er sich auf dem Sofa nieder. Er saß vornüber gebeugt, mit hängenden Schultern. „Am Ende war ich ohne Arbeit, ohne Freunde, ein Ausgestoßener, und nur ich selbst trug die Schuld daran, dass ich keine Zukunft mehr hatte. Eines Tages fuhr ich, voll gepumpt mit Drogen, wie ein Wahnsinniger durch die Gegend, verlor in einer Kurve die Gewalt über den Wagen und überschlug mich. Mein letzter Gedanke war. Dem Himmel sei Dank, es ist vorbei."

Leah schluchzte auf, schlug die Hände vor das Gesicht. Er wagte nicht, sie zu berühren. Noch war seine Beichte nicht zu Ende.

„Doch es war nicht vorbei", fuhr er tonlos fort. „Die Ärzte meinten, ich hätte wesentlich schlimmere Verletzungen davongetragen, wäre ich nicht – durch die Drogen völlig frei und gelockert – aus dem Auto geschleudert worden. Ich verbrachte einige Wochen mit Quetschungen, Knochenbrüchen und viel Selbstmitleid im Krankenhaus. Aber ich hatte viel Zeit zum Nachdenken und begriff endlich, dass zu meinem Leben mehr gehören musste, als vierunddreißig Jahre lang auf den Selbstmord zuzusteuern."

Seine Stimme wurde weicher. „Sowie ich wieder selbst fahren konnte, ließ ich Los Angeles hinter mir. Ich wusste nicht, wohin ich mich wenden sollte, wollte nur so weit wie möglich weg. Ich fuhr einfach ins Blaue, verließ mich darauf, dass mein Gefühl mir schon sagen würde, wann ich am richtigen Ort angekommen sei. Ich war am Ende meiner Kraft, als ich hierher kam. Dieses Fleckchen Erde gefiel mir auf Anhieb. Die Hütte hatte Victorias Mann gehört. Nach seinem Tod, kurz vor meiner Ankunft, beauftragte sie einen einheimischen Makler, sie zu verkaufen. Ich nahm sie sofort. Zu meinem Glück hatte ich – meine einzige richtige Entscheidung in den

Jahren des Erfolgs – meine Geldangelegenheiten einem Finanzberater anvertraut. Er investierte sehr geschickt, so dass ich heute mehr als bequem vom Ertrag dieses Kapitals leben kann ... Ich habe mir hier ein neues Leben aufgebaut, Leah, ohne Alkohol, ohne Drogen, ohne wahllose Bekanntschaften." Er blickte auf seine Finger, die sich wie unter Zwang ineinander krampften und wieder lösten. „Ich kann und will nicht in dieses andere Leben zurück."

Garrick hatte sein Geständnis beendet. Es war ihm nicht leicht gefallen, die ganze traurige Wahrheit so schonungslos offen zu legen. Er wandte sich Leah zu. „Leah, ich hatte Angst und habe sie noch."

Leahs Wangen waren nass von Tränen, die Hände hielt sie fest vor den Mund gepresst. „Ich auch", flüsterte sie kaum hörbar.

Beinahe schüchtern strich Garrick über ihr Haar. „Vor mir brauchst du keine Angst zu haben. Du kennst mich besser als irgendein Mensch sonst."

„Aber dieser andere ..."

„Existiert nicht. Es hat ihn nie wirklich gegeben. Greg Reynolds war ein Schwindel, Einbildung – wie fast alles in Hollywood. Das hohle Gebilde musste früher oder später in sich zusammenfallen. Die Wirklichkeit hier – mit dir – ist alles, was ich mir vom Leben wünsche, die wahre Befriedigung und Erfüllung."

„Aber sehnst du dich denn nicht nach der Anerkennung, die du als Greg Reynolds genossen hast?"

„Diese Sehnsucht war einmal wie eine Krankheit, die mich beinahe umgebracht hat." Er atmete tief durch. „Lass dich durch meine schlimme Vergangenheit nicht beirren, Leah. Ich habe aus meinen Fehlern gelernt, und zwar unter sehr schmerzlichen Umständen."

Leah wollte zu gern alles glauben, was er sagte. Verzweifelt klammerte sie sich an ihn. „Greg Reynolds würde mich nicht einmal ansehen."

„Garrick Cooper liebt dich."

„Ich wäre zu einem Leben voller Lügen nicht fähig."

„Ich will nicht mehr lügen, denn ich will dich."

Ihre Lippen fanden sich in einem Kuss, der viel besser als Worte Garricks wahre Sehnsucht ausdrückte.

„Werde nie wieder dieser andere Mann", flehte Leah dicht an seinem Mund. „Das könnte ich nicht ertragen."

„Ich verspreche es dir. Lass mich dich lieben", flüsterte er heiser. „Lass mich dir alles geben, was ich habe, was ich erst empfinde, seit du in mein Leben getreten bist." Er öffnete ihre Bluse, streichelte ihre Brüste. „Du bist so gut zu mir. Dich habe ich mein Leben lang gesucht."

Leah seufzte. Auch sie brauchte seine Liebe jetzt mehr als alles andere auf der Welt. Erregt zerrte sie Garrick den Pullover über den Kopf. Dies war der Mann, den sie kannte, den sie begehrte wie keinen zuvor, der sie schön fand, weil er sie liebte. „Ich liebe dich", wisperte sie atemlos und schlang die Arme um seinen Hals.

Er zog sie aus und bedeckte jede nackte Stelle mit Küssen. Seine Zunge zog eine feuchtwarme Spur über ihre Haut.

Leah schloss die Augen, gab sich seinen aufreizenden Zärtlichkeiten rückhaltlos hin. Die Welt begann, sich um sie zu drehen, und als sein intimer Kuss den Vulkan in ihr zum Ausbruch brachte, schrie sie auf.

Woge um Woge höchster Lust spülte über sie hinweg. Sie waren rasend in ihrer Liebe. Wie in einem Rausch kämpften sie miteinander um die Erfüllung, als habe Garricks Beichte einen Damm gebrochen und ihre Emotionen erst richtig freigesetzt. Wild drang er in sie ein und brachte sie beide zum Höhepunkt.

Er blieb in ihr, zog sie auf seinen Schoß herunter und fing erneut an, sie zu streicheln und zu küssen, beugte den Kopf, um mit Zunge und Lippen ihre aufgerichteten Brustspitzen zu liebkosen, benutzte die Fingerspitzen, um ihre intimste Stelle zu reizen. Leah geriet in einen Taumel. Schreiend klammerte sie sich an ihn, weil sie Angst hatte davonzufliegen.

Erst als ihre Körper schweißnass glänzten und völlig ermattet waren, ließen sie sich zurück aufs Sofa sinken. Leah weinte vor Glück, und Garrick wiegte sie wie ein Kind.

Sanft drückte er die Lippen auf ihre nasse Wange. „Ich möchte dich heiraten, Leah, aber du brauchst jetzt noch nicht zu antworten. Heute ist zu viel geschehen. Du solltest nur wissen, dass ich mir nichts sehnlicher wünsche, als dass du Ja sagst."

Leah seufzte. Sie war erschöpft und überglücklich. Richtig, heute war zu viel geschehen, als dass sie jetzt schon hätte antworten können. Außerdem stand nun noch ihr Geheimnis zwischen ihnen, das sie ihm, da es mit der Ehe zusammenhing, nicht vorenthalten durfte.

Wie Garricks Enthüllungen kam auch Leahs Geheimnis spontan ans Licht. Ein Monat war vergangen seit ihrer Ankunft in der Hütte, ein wundervoller Monat, in dem sie sich nicht nur liebten, sondern auch viel unternahmen.

Sowie der Boden getrocknet war, fuhren sie in Garricks Geländewagen in die Stadt, um einzukaufen, und in die Künstlerkolonie, wo Leah sich nach Webkursen erkundigte. Sie befreiten Leahs Golf aus dem Morast und parkten ihn hinter Garricks Hütte. Sie waren viel in den Wäldern unterwegs und erlebten das Wiedererwachen der Natur im Frühling.

Eines Morgens erwachte Leah mit deutlichem Schwindelgefühl, maß dem aber keine besondere Bedeutung bei. Am nächsten Morgen plagte sie heftige Übelkeit. Garrick, der gerade das Frühstück zubereitete, sah sie ins Bad stürzen und folgte ihr besorgt.

„Was ist los, Liebling?"

„Garrick ... oh ..." Leah musste sich übergeben. Ihr Körper wurde von Krämpfen geschüttelt.

Er stützte sie, säuberte und kühlte mit einem feuchten Tuch ihr aschgraues Gesicht. „Was ist los?" drängte er verständnislos.

„Ich hatte nicht damit gerechnet."

„Womit, Liebling?"

Unsicher hielt sie sich am Waschbecken fest „Mir war nie so übel wie diesmal ..."

„Leah."

„Gütiger Himmel." Sie schlug die Hände vors Gesicht und lehnte sich an Garricks Brust. „Halt mich", flüsterte sie. „Halt mich nur fest."

„Du machst mir Angst, Leah." Fahrig strich er über ihre Haare.

„Ich weiß. Entschuldige ... Ich glaube, ich bekomme ein Kind."

Garrick holte tief Luft. „Aber das ist doch wundervoll. Bist du sicher?"

„Nein, aber die Übelkeit. Die Periode ist auch ausgeblieben." Noch nie hatte Garrick Leah so verwirrt gesehen. „Ich glaubte nicht ..."

„Benutzt du kein Verhütungsmittel?"

In ihren Augen standen Tränen, „Ich brauchte mir nie Gedanken darüber zu machen. So leicht werde ich nicht schwanger."

„Diesmal aber ja", stellte Garrick voller Aufregung und Stolz fest, stutzte jedoch plötzlich. „Sollte das eben heißen, dass du schon zuvor schwanger warst?"

Sie nickte und weinte hemmungslos.

Garrick umarmte sie und streichelte sie beruhigend. „Was ist geschehen?" flüsterte er.

Sie brauchte eine Weile, ehe sie antworten konnte. „Beide Schwangerschaften endeten mit einer Fehlgeburt."

„Ach Leah", stöhnte er und drückte sie fester an sich. „Das tut mir sehr Leid für dich."

„Ich habe ... mir diese Kinder ... so sehr gewünscht“, brachte sie schluchzend hervor. „Richard auch ... Er gab mir die Schuld ... obwohl sogar ... die Ärzte überzeugt waren, dass ich nichts falsch gemacht hatte.“

„Natürlich nicht. Konnten sie denn feststellen, woran es gelegen hat?“

„Das war ja ... das Allerschlimmste. Sie konnten nichts finden.“

„Ganz ruhig. Alles wird gut gehen.“ Er wiegte sie in seinen Armen. Leah bekam ein Baby. Sein Baby!

„Unser Baby“, flüsterte er.

„Ich weiß es noch nicht sicher ...“

„Wir werden einen Arzt aufsuchen und es feststellen lassen.“

„Oh Garrick“, jammerte sie. „Ich hab’ solche Angst.“

Garrick nahm Leahs Gesicht zart in beide Hände und trocknete mit den Daumen ihre Wangen. „Dafür gibt es keinen Grund. Ich bin hier. Zusammen werden wir es schon schaffen.“

„Du verstehst mich falsch. Ich will das Baby, und ich weiß nicht, was ich tue, wenn irgendetwas schief geht.“

„Nichts wird schief gehen. Ich lasse es nicht zu.“

„Aber du kannst nichts tun. Niemand konnte bisher etwas tun.“

„Diesmal wird alles anders“, sagte er mit Überzeugung. Er nahm sie auf den Arm und trug sie zum Bett. „Ruh dich jetzt aus, und heute Nachmittag bestellen wir das Aufgebot.“

Leah schaute entsetzt zu ihm auf. „Nein, Garrick. Ich kann noch nicht deine Frau werden.“

„Weil du nicht genau weißt, ob du schwanger bist? Ich will dich auf jeden Fall heiraten. Du liebst mich doch, nicht wahr?“

„Ja.“

„Und ich liebe dich.“

„Aber ich kann dich nicht heiraten, ehe ich nicht weiß, ob unser Kind leben wird. Wenn ich es wieder verliere, müsste ich immer denken, dass du mich zu früh geheiratet und nun für immer am Hals hast."

„Das ist das Verrückteste, was ich je gehört habe. Ich liebe dich, Leah, wollte dich schon vor zwei Wochen heiraten, noch ehe überhaupt die Rede von einem Kind war."

„Willst du denn Kinder?"

„Ja, aber ich hatte mich schon damit abgefunden, nie welche zu haben. Dann kamst du, und alles war anders. Verstehst du denn nicht? Baby oder nicht – dich bei mir zu wissen, ist schon mehr Glück, als ich mir je erträumt habe."

„Garrick, bitte", flehte sie. „Bitte warte. Mir zuliebe." Sie sah zu ihm auf. „Für mich ist es wichtig, mit der Heirat zu warten. Wenn ich das Kind verliere und du willst mich trotzdem, werde ich gern deine Frau. Aber jetzt ist der Gedanke daran nur eine zusätzliche Belastung für mich, denn die nächsten Monate werden auch so schon schwer genug. Müsste ich mir obendrein noch Sorgen machen, meine Ehe zu zerstören ..." Ihre Stimme brach. „Das könnte ich nicht noch einmal ertragen."

Garrick schloss die Augen. Plötzlich verstand er, und er litt mit ihr. „Das war es also, was mit dir und Richard geschehen ist."

„Ja", flüsterte sie.

Er schwieg und wartete.

„Die Fehlgeburten gaben letztendlich den Ausschlag. Richard erwartete von mir, dass ich ihm prächtige Kinder schenkte. Die erste Fehlgeburt betrachteten wir noch als Pech, doch nach der zweiten stempelte er mich zum Versager ab. Und das war das Ende."

„So ein Schuft", knurrte Garrick. „Ihr hättet Kinder adoptieren können. Nein, vergiss, dass ich das gesagt habe. Dann wärst du wahrscheinlich immer noch mit ihm verheiratet, anstatt hier bei mir. Ich will dich, Leah. Kommen Kinder, umso besser. Wenn nicht, werden wir welche adoptieren, was aber nur möglich ist, wenn wir heiraten."

Leah schloss die Augen. „Ich hatte nicht die Absicht, schwanger zu werden."

„Die besten Dinge widerfahren einem ganz ohne Planung."

„Ich hätte lieber gewartet, um mehr von dir zu haben."

„Die Chance läuft dir nicht weg, Leah. Heirate mich."

Leah zog seine Hand an ihre Lippen. Sie küsste jede einzelne Fingerspitze und presste ihre Wange in die Handfläche. „Ich liebe dich so sehr, dass es schmerzt, Garrick, aber ich möchte warten. Ein Stück Papier bedeutet mir nichts, wenn ich dich auch so bei mir weiß. Doch dasselbe Stück Papier macht mir Angst, wenn ich tatsächlich schwanger bin, und dann kann ich zusätzlichen Druck am allerwenigsten brauchen. Bitte hab' Geduld mit mir."

Garrick war enttäuscht, wollte es aber nicht zeigen. „Mein Angebot bleibt bestehen. Wirst du darüber nachdenken, falls du nicht schwanger bist?"

Grenzenlos erleichtert seufzte sie auf und nickte.

„Und im Falle, dass wirklich ein Baby unterwegs ist, wirst du mir sagen, wenn du deine Meinung änderst?"

Wieder nickte sie.

„Vorsichtshalber werde ich das Aufgebot so bestellen, dass wir spätestens am Tag der Geburt unseres Kindes Mann und Frau werden können."

Leah lächelte zaghaft. „Im Krankenhaus?"

„Ganz recht, und zwar noch ehe unser Nachwuchs die erste Mahlzeit bekommt."

Leah schlang die Arme um Garrick und schmiegte sich an ihn. Sie wagte zwar nicht, sich allzu große Hoffnungen zu machen, aber allein der Gedanke an einen liebenden Ehemann und ein gesundes Baby war wundervoll.

8. KAPITEL

Leahs erste Reaktion auf die Bestätigung der Schwangerschaft war freudige Erregung, doch dann wuchs die Angst in ihr. Der Arzt hatte sie zwar beruhigt, doch sie stellte sich immer öfter die Frage, wie sie diesmal Komplikationen vermeiden konnte.

„Ich möchte mit meinem Arzt in New York sprechen", sagte Leah eines Tages im Mai, als sie dicht neben Garrick auf den Verandastufen in der Abendsonne saß.

„Kein Problem", meinte er leichthin. „Wir fahren morgen in den Ort und rufen ihn an. Eigentlich spiele ich schon eine ganze Weile mit dem Gedanken, in der Hütte ein Telefon installieren zu lassen." Auf die Idee wäre er früher im Traum nicht gekommen, aber die Sorge um Leah veränderte seine Denkweise, holte ihn heraus aus der Isolation.

Scheu sah sie zu ihm auf. „Ich würde es vorziehen, John Reiner in New York persönlich zu sehen." Als Garrick sie alarmiert anstarrte, fügte sie rasch hinzu: „Nur, um mich von ihm untersuchen zu lassen."

„Warst du mit unserem Landarzt Henderson hier nicht zufrieden?"

„Das ist nicht der Grund. John kennt meine Krankengeschichte. Wenn einer verhindern kann, dass ich auch dieses Kind verliere, dann ist er es."

„Würde es nicht genügen, wenn Henderson mit ihm Verbindung hält?"

„Ich möchte selbst zu ihm."

„Du spielst doch nicht mit dem Gedanken, in New York zu entbinden, oder?" forschte er leise, bemüht, sein Erschrecken nicht zu zeigen.

„Oh nein", wehrte sie schnell ab. „Ich möchte John um meines inneren Friedens willen aufsuchen. Vielleicht hat er eine Idee, was ich tun kann – Diät halten, Gymnastik, Ruhe,

Vitamine, irgendwas, um die Chancen dieses Kindes zu erhöhen."

Dieser Argumentation konnte sich Garrick kaum widersetzen. Er wünschte sich das Kind ebenso sehr wie Leah – eher noch mehr, weil er wusste, wie viel es ihr bedeutete. Dennoch behagte ihm die Vorstellung ganz und gar nicht, auch nur für ein paar Tage ohne Leah zu sein. Dass er sie nach New York begleitete, war ausgeschlossen.

„Ich bringe dich zum Flughafen nach Concord", sagte er tonlos. „Wir rufen Victoria an, damit sie dich in New York in Empfang nimmt."

„Du kommst also nicht mit?" fragte sie, obwohl sie die Antwort bereits kannte. Garrick fürchtete die Stadt und mehr noch die Menschen. Selbst auf der vierzigminütigen Autofahrt zu Doktor Henderson war er nicht zu bewegen gewesen, in einer der Kleinstädte auch nur zu einem Imbiss anzuhalten. Sicher fühlte er sich nur in der Hütte und im Wald.

Eine Weile starrte er ins Leere. „Nein", sagte er schließlich. „Ich kann nicht."

Leah nickte und senkte den Kopf. An diesem „Ich kann nicht" würde sie arbeiten müssen. Wohl verstand sie Garricks Furcht, aber sie dachte nicht daran, sie als unabänderlich hinzunehmen. Im Augenblick allerdings musste sie nachgeben, wie auch Garrick in puncto Heirat ihren Willen akzeptiert hatte.

„Ich rufe ihn an, um einen Termin zu vereinbaren. Wie ich ihn kenne, wird er mich so bald wie möglich sehen wollen. Ich plane so, dass ich noch am selben Tag zurück bin."

„Das wäre aber nicht klug, Leah", wandte Garrick ein. „Ich verzichte, weiß Gott, nicht gern auf dich, und sei es nur für eine Nacht, doch solche Eile würde dem Zweck der Reise bloß schaden. Du wirst schon durch einen Flug abgespannt und erschöpft sein, und ich will nicht, dass irgendetwas schief geht."

„Ich kann ausschlafen, sobald ich wieder da bin", protestierte sie. Sie wollte nicht länger als unbedingt nötig von Garrick getrennt sein. „Dem Baby geht's gut, sagt Dr. Henderson."

Aber Garrick blieb hart. „Verbring die Nacht bei Victoria. Dann brauche ich mir nicht so viele Sorgen um dich zu machen."

In der folgenden Woche flog Leah nach New York, suchte John Reiner auf und verbrachte die Nacht bei Victoria. In vieler Hinsicht war es ein frohes Wiedersehen, denn Victoria freute sich sehr über Leahs Glück mit Garrick und geriet ganz außer sich, als sie am Flughafen den Grund für Leahs Besuch erfuhr.

Leider dämpfte einiges von dem, was der Arzt sagte, Leahs Freude. Bleich und ängstlich trat sie Garrick am nächsten Tag am Flughafen in Concord entgegen.

„Wie fühlst du dich?" erkundigte er sich auf dem Weg zum Wagen. Er hatte am Abend zuvor über das neue Telefon in der Hütte Victoria angerufen und erfahren, dass Dr. Reiner mit Leahs Zustand zufrieden war.

„Müde. Du hattest völlig Recht. Es war eine einzige Hetze. Kaum zu glauben, dass ich so lange dort leben konnte – und das auch noch gern."

Garrick legte einen Arm um ihre Schulter. „Willkommen zu Hause, Liebling."

Leah blieb schweigsam während der Fahrt. Sie legte den Kopf zurück, schloss die Augen und überlegte angestrengt, wie sie am besten ausdrückte, was sie sagen musste. Doch an diesem Abend fand sie keine Gelegenheit, ihr Problem loszuwerden. Sie brachte es einfach nicht über sich, Garrick die Freude zu verderben, als er ihr den selbst gebastelten Tischwebstuhl und dazu Anleitungsbücher über die Webkunst schenkte. Später liebte er sie so zärtlich und behutsam, dass sie alle ihre Sorgen vergaß.

Am folgenden Morgen jedoch wusste sie, dass sie sprechen musste, wie schwer es ihr auch fallen mochte. Wichtig war nur, dass ihr und Garricks Baby leben durfte.

„Raus mit der Sprache. Dich bedrückt doch etwas“, ermunterte Garrick sie sanft.

Leah hielt vor Schreck kurz den Atem an. Sie lag auf dem Rücken im Bett, hatte gar nicht gemerkt, dass Garrick wach war. Langsam wandte sie den Kopf und sah ihn an.

Er stützte sich auf einen Ellbogen. „Du liegst seit einer Stunde wach und grübelst. Ich hab’ dich beobachtet. Irgendwas stimmt nicht.“

Sie befeuchtete nervös die Lippen und schmiegte eine Hand an seine Wange. Seine Wärme gab ihr endlich die Kraft zu sprechen. „John hat einen Vorschlag gemacht, der dir sicher nicht gefallen wird.“

„Oho. Hat er etwa verboten, dass wir miteinander schlafen?“

„Das ist es nicht.“

„Was dann?“

Sie holte tief Luft „Er hält es für das Beste, wenn ich mich ab dem fünften, sechsten Schwangerschaftsmonat in der Nähe eines Krankenhauses aufhalte.“

„Wie nahe?“

„So nahe, dass ich innerhalb von Minuten dort sein kann. Er gab mir den Namen eines Kollegen, der vor ein paar Jahren von New York nach Concord gegangen ist, um dort die Leitung der Geburtshilfeabteilung im Krankenhaus zu übernehmen. Er soll mich betreuen. John hat volles Vertrauen zu ihm.“

„Ich verstehe.“ Garrick sank zurück in die Kissen und starrte an die Decke. „Wie denkst du darüber?“

Leah ließ die Hand sinken, der Garrick sich entzogen hatte, und erklärte bestimmt. „Ich will das Bestmögliche für unser Kind.“

„Heißt das, du willst in die Stadt ziehen?“

„Ich will nicht, ich muss. Unser Baby soll eine Chance haben."

„Was genau kann dieser Arzt in Concord ihm denn bieten, wozu unser Landarzt nicht im Stande ist?"

„Er hat die besseren technischen Möglichkeiten, um die Schwangerschaft genauestens zu überwachen und damit jedes Problem in den Griff zu bekommen, ehe es sich als verhängnisvoll herausstellt."

Garrick musste, wenn auch widerwillig, zugeben, dass das vernünftig war. Er seufzte. „Nun ja, wir müssen doch jetzt noch keine endgültige Entscheidung treffen, oder?"

„Noch nicht, aber John würde es begrüßen, wenn ich seinen Kollegen bald aufsuche. Er wird ihn telefonisch informieren und ihm Unterlagen zuschicken." Sie zögerte, ehe sie hinzufügte: „Außerdem besteht er darauf, dass ich mich alle zwei Wochen untersuchen lasse."

Garrick schloss gequält die Augen. „Das bedeutet, dass wir alle zwei Wochen nach Concord fahren müssen."

„Bei gutem Wetter dauert die Fahrt zum Glück nicht so lange", tröstete sie, obwohl sie wusste, dass Garrick nicht an das Wetter dachte. „Wirst du mich begleiten?" Sie konnte zwar die zweistündige Fahrt ohne weiteres allein bewältigen, dennoch wünschte sie sich beinahe verzweifelt, dass Garrick bei ihr war.

Er gab keine Antwort. Er rollte sich nur zu ihr herum und nahm sie fest in die Arme. Sie spürte seine Angst, seine Sorge – und seine Liebe.

Garrick begleitete Leah zweimal im Monat nach Concord, brachte es jedoch während der ganzen Fahrt nicht fertig, sich zu entspannen. Er setzte Leah sofort nach dem Arztbesuch wieder in den Wagen und brauste auf direktem Weg zurück nach Hause. Erst in vertrauter Umgebung wurde er langsam ruhiger.

Das späte Frühjahr ging beinahe unmerklich in den Sommer über, und Leah und Garrick verbrachten die meiste Zeit des Tages im Freien. Pullover und lange Hosen machten T-Shirts und Shorts Platz, und häufig legte Garrick auch das Hemd ab, wenn er auf seiner Lichtung arbeitete. Leah konnte ihm stundenlang bloß zuschauen, wie er kraftvoll mit Axt oder Spaten hantierte. Seine Haut nahm einen dunklen Bronzeton an, sein Haar hellte sich auf. Er sah einfach hinreißend aus, und das sagte sie ihm auch. Dass er, der mit Komplimenten überschüttet worden war, vor Verlegenheit errötete, erstaunte und erfreute sie gleichzeitig.

Er hegte und pflegte seinen Garten mit einer Sorgfalt, die Leah mit Bewunderung erfüllte. Sie blieb in seiner Nähe, sah ihm zu, webte oder tüftelte Rätsel aus. Regelmäßig sandte sie ihre Arbeiten nach New York, wobei das Telefon den persönlichen Kontakt zu der Redakteurin ersetzen musste. Die Anfälle von Übelkeit, die Leah arg zu schaffen gemacht hatten, ließen Ende Juni nach. Mitte Juli war ihr die Schwangerschaft bereits anzusehen, und sie fühlte sich rundum wohl.

Garrick zeigte ihr seine Liebe in uneingeschränkter Aufmerksamkeit. Und sie erwiderte seine Zuneigung ebenso innig, denn je mehr sie sich auf ihn konzentrierte, desto weniger sorgte sie sich um das Kind.

Ende Juli unterzog sie sich einer Fruchtwasseruntersuchung. Das Ergebnis war mehr als erfreulich. Das Baby war gesund.

Garrick genoss ihr gemeinsames Glück genauso wie Leah, dennoch ertappte er sich selbst bei sehr gemischten Gefühlen dem Baby gegenüber. Natürlich wünschte er sich dieses Kind, aber zugleich nahm er ihm übel, dass Leah ihn seinetwegen verlassen würde. Sie sprach zwar nicht darüber, aber er wusste, woran sie dachte, wenn sie sorgenvoll in die Ferne starrte. Mehr als alles sonst fürchtete er den Tag, da sie das Thema anschneiden würde.

Jetzt und hier war er glücklich, aber er konnte die Zeit nicht anhalten, und als Leah, deren Bauch sich mehr und mehr rundete, sich eines Abends im August zu ihm auf die Verandaschaukel setzte, wusste er, dass der entscheidende Augenblick gekommen war. „Wir müssen reden."

„Ich weiß."

„Dr. Walsh möchte mich näher beim Krankenhaus haben."

Er nickte. „Kommst du mit mir?"

Garrick schwieg lange, ehe er zwischen zusammengebissenen Zähnen hervorpresste: „Ich kann nicht."

„Du kannst, wenn du willst."

„Auch dann nicht."

„Warum?"

„Ich bin hier zu Hause. Ich kann nicht wieder in der Stadt leben."

„Ich bitte dich doch nur, für längstens vier Monate dort zu wohnen. Dr. Walsh will, um das Geburtsrisiko für das Kind so gering wie möglich zu halten, Mitte Dezember einen Kaiserschnitt machen."

Garrick schluckte. „Dann werde ich bei dir sein."

„Aber ich brauche dich auch jetzt."

Er sah sie gequält an. „Ich kann nicht, Leah. Es geht einfach nicht."

Leah versuchte, Verständnis aufzubringen, aber dazu wusste sie eigentlich zu wenig über die Ursachen seines Verhaltens. „Bitte sag mir, warum."

Garrick sprang auf. Er brauchte Abstand von Leah. „Ich habe hier zu viel zu tun. Der Garten muss geerntet werden, und die Vorbereitungen für die Jagdsaison laufen bald an."

„Du könntest wenigstens zeitweise bei mir in Concord wohnen."

„Ich verstehe nicht, warum du überhaupt dorthin ziehen musst. Ich könnte dich fahren, mein Geländewagen ist sehr zuverlässig. Falls ein Problem auftaucht, sind wir in Nullkommanichts im Krankenhaus."

„Zwei Stunden Fahrt nennst du Nullkommanichts? Sollten vorzeitig Wehen auftreten, muss sofort gehandelt werden."

„Wir haben ein Telefon. Wir können den Rettungsdienst alarmieren oder die Polizei im Notfall um Eskorte bitten."

„Rettungssanitäter verfügen in den meisten Fällen nicht über die Ausbildung und technischen Geräte, um mit einer Risikoschwangerschaft oder -geburt fertig werden zu können, und die Polizei schon gar nicht."

„Na schön", sagte er und wandte sich zu ihr um. „Wir ziehen im November zusammen nach Concord."

„Dr. Walsh wollte mich schon den ganzen August dort haben, aber ich konnte ihn überreden, wenigstens bis September zu warten."

„Vertröste ihn nur noch zwei weitere Monate."

Leah zog die Jacke enger um die Schultern und starrte auf den Dielenboden der Veranda. „Garrick, willst du dieses Kind?"

„Dumme Frage, das weißt du genau."

„Liebst du mich?"

„Natürlich."

Sie sah auf. „Warum kannst du das dann nicht für mich tun? Für das Baby, für uns drei?"

Garrick stöhnte auf und presste die Hände an die Ohren. „Das verstehst du nicht."

„Ich glaube schon." Sie sprang auf und riss seine Hände herunter. „Ich denke, du hast Angst, Angst vor den Menschen, vor der Stadt. Angst, erkannt zu werden. Aber das ist lächerlich, Garrick. Du lebst ein Leben, das gut für dich ist. Es gibt nichts, weshalb du dich schämen müsstest!"

„Falsch. Ich habe elf Jahre lang das Leben eines Schufts und Taugenichts geführt."

„Aber du hast es bereut und dir ein eigenes Leben aufgebaut. Was kann es dir ausmachen, wenn dich jemand erkennt? Schämst du dich für das, was du jetzt bist?"

„Nein."

„Warum stellst du dich dann nicht erhobenen Hauptes?"

„Mit Stolz hat das nichts zu tun. Was ich heute habe, ist

mehr wert als alles, was zu meinem früheren Leben gehörte. Vor allem bist du mir mehr wert als alle Menschen zusammen."

Leah sah ihre Chance. Sie musste Garrick stellen und ihn zwingen, auszusprechen, was ihn quälte.

„Was ist der Grund dafür, dass du nervös wirst, wann immer wir uns der Zivilisation nähern? Ich hab's gesehen, Garrick. Deine Schultern verkrampfen, du hältst den Kopf gesenkt, du meidest Blickkontakt mit Fremden. Du weigerst dich, ein Restaurant zu betreten. Du willst so schnell wie möglich wieder hierher zurück."

„Fehlt dir das Stadtleben?"

„Natürlich nicht. Mich bekümmert, dass du dich unbehaglich fühlst. Ich liebe dich und bin stolz auf dich. Es tut mir weh zu sehen, wie du um Hausecken schleichst, als ob du dahinter eine Falle erwartest."

„Ich weiß alles über Fallen. Manchmal bemerkt man sie erst, wenn man hineingetappt ist."

„Nimm dir ein Beispiel an den Kojoten: Ist einer ihrer Art in einer Falle gefangen worden, meiden sie die Stelle. Sie kennen die Gefahr und wissen, wie sie ihr begegnen können."

„Kojoten sind Tiere. Ich bin ein Mensch."

„Genau. Klug und lieb und stark ..."

„Stark? Leider nicht." Garrick sah Leah offen an. Der Lichtschein aus der Hütte erhellte schwach seine angespannten Züge. „Ich habe elf Jahre lang an einer Krankheit gelitten, an einer Sucht. Und was ein Exsüchtiger nicht ertragen kann, ist, dass ihm das Objekt seiner Sucht vor die Nase gehalten wird. Ich will nicht in Restaurants gehen, weil ich in den meisten Fällen an einer gut bestückten Bar vorbei muss, um an einen Tisch zu gelangen. Ich will den Menschen nicht in die Augen sehen, weil mir im Falle, dass sie mich erkennen, Sensationslust daraus entgegenflackert. Ich sehe nicht fern, ich gehe nicht ins Kino, und an Sex habe ich kaum gedacht, ehe du herkamst. Und dieser Verführung bin ich bereits erlegen."

„Du traust dir selbst nicht", stellte Leah fest, die endlich das ganze Ausmaß seiner Angst begriff.

„Verdammt wahr! Als du auftauchtest, hielt ich dich zuerst für eine Journalistin und wollte dich so schnell wie möglich loswerden. Weißt du auch, wieso? Wenn eine Journalistin, noch dazu eine hübsche, Interesse an mir zeigt, komme ich mir wichtig vor. Das könnte mich in Versuchung führen, einen zweiten, einen besseren Anlauf nach ganz oben zu nehmen."

„Aber du sagtest doch, dass du das nicht mehr willst."

„Nicht, wenn ich hier bin. Nicht, wenn ich vernünftig darüber nachdenke. Aber wer sagt, dass ich nicht wieder so unvernünftig werde, wie ich jahrelang war?"

„Nach all dem, was du durchgemacht hast, wird das nicht geschehen."

„Genau das sage ich mir ja auch", gestand er müde. „Aber nicht überzeugend genug." Er fuhr sich mit allen Fingern durchs Haar. „Ich weiß nicht, wie ich einer solchen Versuchung begegnen würde."

Leah ließ die Hände unter dem T-Shirt über seinen bloßen Rücken gleiten. „Meinst du nicht, es wäre an der Zeit, sich ihr wenigstens zu stellen? Du kannst doch nicht bis ans Ende deiner Tage mit dieser Ungewissheit leben." Sie schüttelte ihn sanft. „Du bist hier glücklich, bist mit deinem Leben zufrieden. Möchtest du dir nicht ein für alle Mal beweisen, dass du die Kraft, die ich an dir spüre, wirklich hast?"

„Du liebst mich, deshalb siehst du mich durch die rosarote Brille."

Leah ließ die Hände sinken und unterdrückte einen Seufzer. „Ja, ich liebe dich, aber ich bin trotzdem realistisch. Nach den Erfahrungen in meiner gescheiterten Ehe bin ich offenen Auges in diese Beziehung gegangen ..."

„Ich dachte, du seist kurzsichtig."

„Doch nicht in Bezug auf Gefühle. Ich erkenne deutlich deine Fehler, Garrick. Keiner ist vollkommen, denn wir sind alle nur Menschen. Aber du hast schon einmal den Kampf gegen deine Schwächen aufgenommen und gesiegt. Warum kannst du nicht auch noch die letzte Hürde nehmen?“

„Weil ich der Versuchung erliegen könnte, zum Kuckuck. Und wohin bringt mich das, oder dich, oder das Baby?“

„Du wirst es schaffen“, sagte sie ruhig, aber bestimmt.

„Ist das eine Garantie?“

„Das Leben bietet keine Garantien.“

„Richtig.“

„Aber es läuft doch so gut für dich“, wandte sie ein. „Du liebst das Leben, das du führst, und du hast mich. Ich würde nicht tatenlos zusehen, wenn du rückfällig würdest. Ich will nicht, dass du leidest. Ich liebe dich, Garrick. Bedeutet das denn gar nichts?“

Er beugte den Kopf und griff blind nach ihrer Hand. „Es bedeutet mehr, als du dir vorstellen kannst“, sagte er heiser. Seine Finger verschränkten sich mit den ihren.

Leah musste ihre Taktik ändern. Garrick nur Mut zuzusprechen, reichte nicht aus. „Komm mit mir“, bat sie inständig. „Ich weiß, ich verlange viel, aber solche außergewöhnlichen Umstände liegen schließlich nicht jedes Jahr vor, vielleicht sogar nie mehr.“

„Himmel, Leah.“

„Ich brauche dich.“

„Du scheinst etwas zu brauchen, was ich dir nicht geben kann.“

„Aber du bist der geborene Gewinner. Schau dir an, was du schon überstanden hast. Wer kann denn wohl gebrochen an Körper und Seele in einer Schlucht landen und trotzdem wieder so stark werden, dass er ein schlammiges Häufchen Elend von seiner Türschwelle aufliest, obwohl er halb damit rechnet, hinterrücks mit einem Sensationsartikel erschlagen zu werden?“

Garrick gab einen Laut von sich, den Leah mit einiger Vorstellungskraft als Lachen deutete.

„Das klang reichlich übertrieben, oder?“

„Du hast das Herz auf dem rechten Fleck“, fuhr sie fort. „Darauf kommt es doch an. Du willst das Beste für dich, für mich und das Baby. Du kannst alles schaffen, was du dir einmal vorgenommen hast, und du kannst geben, was du geben willst.“

Garrick rieb sich den verspannten Nacken. „Ach, Leah, es klingt so einfach aus deinem Mund. Es könnte vielleicht gelingen, wenn ich dich in jeder Minute an meiner Seite wüsste, wenn du mich ständig in dieser Hoffnung bestärken würdest. Aber das kann und will ich nicht ertragen. Ich brauche das Gefühl, auf eigenen Füßen zu stehen. Und hier oben habe ich das Gefühl.“

„Du hast mich gebeten, deine Frau zu werden. Muss ich als deine Frau in Kauf nehmen, niemals eine Reise zu machen, niemals etwas anderes zu sehen?“

„Wenn es dich langweilt, hier zu leben ...“

„Natürlich nicht, das weißt du. Aber jeder braucht irgendwann mal einen Tapetenwechsel. Nimm bloß an, unser Baby kommt gesund zur Welt ...“

„Davon bin ich überzeugt“, unterbrach er heftig.

„Aha, du kannst sogar optimistisch sein. Du hast die Hölle, die ich zweimal erlebt habe, auch nicht durchmachen müssen. Aber ich bin bereit zu einem weiteren Versuch ...“

„Es ist eben passiert. Wir hatten es nicht geplant.“

„Ich hätte die Schwangerschaft abbrechen lassen können.“

„Dazu bist du nicht der Typ.“

„Ebenso warst du nicht der Typ, dein Leben aufzugeben nach diesem Unfall. Du hättest genauso gut wieder zu Alkohol und Drogen greifen können, aber du hast es gelassen und warst entschlossen, ein neues Leben anzufangen. Nicht viele hätten dazu den Mut gehabt. Jetzt bitte ich dich, nur einen Schritt weiterzugehen.“ Sie schüttelte hilflos den Kopf „Aber das war’s nicht, was ich sagen wollte. Wenn unser Baby gesund zur Welt kommt und gedeiht, lebhafter und anspruchsvoller wird, mag es Zeiten geben, wo ich mit dir allein sein, vielleicht verreisen möchte. Das würde nicht etwa Langeweile oder mangelnder Liebe zu unserem Kind entspringen, sondern einfach dem Wunsch, Neues kennen zu lernen. Würdest du dich auch dann weigern, mich zu begleiten?"

Garrick schwieg eine Weile. „So weit habe ich noch nicht gedacht."

„Das solltest du aber."

Er erwiderte Leahs Blick.

„Ehe ich eine Heirat nochmals erwähne?"

„Richtig."

„Stellst du mir etwa ein Ultimatum, Leah?"

Leah wandte sich ab und stützte sich schwer auf die Verandabrüstung. „Ein Ultimatum? Ich? Ich habe das Wort zwar schon viele Dutzend Male in Kreuzworträtseln verwendet, aber ich habe keine Ahnung, wie man mit so etwas tatsächlich umgeht." Ihre Schultern beugten sich nach vorn, wie unter einer Last. „Nein, kein Ultimatum", murmelte sie. „Allenfalls ein Denkanstoß."

Sie hielt den Kopf gesenkt, und als Garrick sanft ihr Kinn emporzog, sah er Tränen in ihren Augen. „Ich liebe dich, Leah, und daran wird sich nichts ändern, ob du nun hier bist oder in Concord. Aber ich kann nicht mit dir gehen, noch nicht. Ich muss erst über vieles gründlich nachdenken. Ich will dich heiraten, auch davon kann mich nichts abbringen, aber vielleicht hat eine einstweilige Trennung auch ihr Gutes. Du bist bei Dr. Walsh in den besten Händen und hättest genau wie ich die Gelegenheit, dir über einiges klar zu werden, zum Beispiel, ob ich wirklich der Mann bin, den du willst. Abgesehen von zwei Tagen haben wir die letzten fünf Monate eng zusammen gelebt. Überlege dir genau, ob du mich so, wie ich bin, akzeptieren kannst. Wenn meine Fehler deinem Glück im

Wege stehen, dann ... dann solltest du die entsprechende Konsequenz ziehen."

Leah wusste nicht, was sie darauf antworten sollte, aber sie hätte sowieso kein Wort herausgebracht. Ihre Kehle war wie zugeschnürt. Sie hatte alles gesagt, was sie sagen musste, und wenn das seine Meinung nicht ändern konnte, würden Wiederholungen wie Nörgeleien klingen und erst recht nichts ausrichten. Also schwieg sie, schloss die Augen und schmiegte sich in Garricks Arme. Es fiel ihr schwer, sich auf eine lange einsame Zeit ohne ihn einzustellen.

Leah reiste am nächsten Morgen ab, während Garrick seinen üblichen Kontrollgang durch den Wald machte. Schnell hatte sie die wenigen Sachen gepackt, die sie brauchte. Die unverzichtbaren Wörterbüchern, die MusikCDs, Rekorder und Webstuhl verstaute sie rasch im Wagen. Ehe sie losfuhr, nahm sie sich nur noch die Zeit, Garrick einen kurzen Brief zu schreiben.

Liebster Garrick,

wir alle haben unsere Momente der Feigheit, und dies ist einer bei mir. Ich fahre nach Concord, von wo ich dich heute Abend anrufen werde, um dir meinen Aufenthaltsort mitzuteilen. Bitte sei mir nicht böse. Ich habe mich damit durchaus nicht zwischen dir und dem Baby entschieden, denn ich will euch beide. Du hast gesagt, du liebst mich, egal ob ich bei dir oder in Concord sei. Darauf verlasse ich mich, denn ich empfinde genauso. Aber ich will jede Chance wahren, meine Liebe auch unserem Kind schenken zu dürfen und diese Chance ebenso für dich erhalten. Deshalb muss ich gehen.

Leah

Obwohl Leah für den Tag ihrer Ankunft in Concord keinen Termin bei Dr. Walsh vereinbart hatte, empfing er sie sofort.

„Geht es Ihnen nicht gut?" erkundigte er sich besorgt, sobald sie ihm gegenübersaß.

Sie lächelte ein wenig gezwungen. „Doch, ich fühle mich wohl, aber ich brauche Ihre Hilfe. Ich bin gerade angekommen, meine Sachen sind noch im Wagen. Ich habe meine Abreise wohl etwas überstürzt. Daher ..." Sie verzog das Gesicht. „Ich habe noch keine Unterkunft. Sie sind vertraut mit der Gegend um das Krankenhaus, und ich hoffte, Sie wüssten eine kleine Wohnung oder ein möbliertes Zimmer, das zu vermieten ist."

George Walsh schwieg eine Weile. „Sie sind allein gekommen", sagte er schließlich weich, ohne den geringsten Vorwurf.

Sie senkte den Kopf. „Ja."

„Wo ist Garrick?"

„In der Hütte."

„Gibt es irgendwelche Probleme?"

„Eigentlich nicht. Garrick lehnt es nur ab, sich so lange Zeit von der Hütte zu entfernen."

„Wie denken Sie darüber?"

„Ich nehme an, ich kann mich damit abfinden."

Wieder schwieg der Arzt, stützte das Kinn auf die verschränkten Hände und sah Leah unverwandt an. Als er endlich sprach, klang seine Stimme besonders sanft. „Viele Leute glauben, mein Beruf bestünde nur darin, eine Schwangerschaft nach der anderen zu diagnostizieren, Vitamine zu verschreiben, Babys auf die Welt zu helfen. Aber es gehört einiges mehr dazu, Leah. Eine Schwangerschaft bringt Veränderungen in das Leben einer Frau, und zwar nicht nur körperliche, sondern vor allem seelische. Es ist mein Beruf und mein Wunsch, dieses ganze breite Spektrum in meine Behandlung einzubeziehen. Denn vom medizinischen Standpunkt ist eine entspannte Schwangere gesünder und somit das Baby auch." Er ließ die Hände sinken. „Nach Ihrer Krankengeschichte zu urteilen, haben Sie mehr als die normalen Sorgen einer werdenden Mutter. Sie in die Nähe des Krankenhauses zu holen, hatte natürlich vor allem medizinische Gründe, aber ich hoffte, es würde auch dazu beitragen, Ihnen die Ängste zu nehmen."

Leah hob den Kopf. „Darum bin ich ja hier."

„Aber zuvor waren Sie mit Garrick zusammen. Man müsste schon blind sein, um nicht zu sehen, wie eng Ihr Verhältnis zu ihm ist, und ziemlich abgestumpft, um nicht zu merken, dass seine Abwesenheit Sie bekümmert. Ich hoffe sehr, dass Sie sich bei mir gut genug aufgehoben wissen, um mir auch Ihre Gefühle anzuvertrauen."

„Oh ja", bestätigte sie dankbar. Bei George Walsh musste man sich einfach gut aufgehoben fühlen. Er war ein gut aussehender Mann in den Fünfzigern, der offenbar ein feines Gespür für die Bedürfnisse seiner Patientinnen hatte. Er wusste genau, wann er reden und wann er zuhören musste.

„Dann sagen Sie mir doch bitte, wie Sie zu Garricks Daheimbleiben stehen?"

Leah dachte einen Moment nach.

„Ich ... Da ist so vieles.", begann sie.

„Nennen Sie mir eins."

„Ich bin traurig, ich vermisse ihn. Schon nach diesen wenigen Stunden vermisse ich ihn. Und wenn ich ihn mir vorstelle, so allein in der Hütte, tut mir das Herz weh. Ich weiß, es ist dumm, denn es war seine Entscheidung, dort zu bleiben, und er hat lange allein gelebt, kommt durchaus ohne mich zurecht. Dennoch ... Es bekümmert mich."

„Weil Sie ihn lieben."

„Ja."

Er nickte aufmunternd. „Was empfinden Sie noch?"

Sie runzelte nachdenklich die Stirn. „Unbehagen. Auch ich habe lange allein gelebt und war selbstständig. Trotzdem heule ich mich hier bei Ihnen aus, weil ich nicht weiß, wo ich heute die Nacht verbringe. Ich komme mir so hilflos vor."

„Sie sind schwanger. Jede Frau fühlt sich dann verletzlicher als sonst."

„Das ist es: Ich bin verletzlicher geworden."

„Noch etwas?"

Ihre Finger verschränkten sich ineinander. „Zorn. Groll. Garrick hat zwar Gründe für das, was er tut, und ich versuche auch ihn zu verstehen, aber genau das fällt mir im Augenblick nicht gerade leicht."

„Weil Sie sich allein gelassen fühlen?"

„Ja."

„Und in gewissem Sinne verraten?"

„Vielleicht. Aber dazu habe ich kein Recht. Garrick hat nie gesagt, dass er mich begleiten würde. In der ganzen Zeit, die ich ihn kenne, hat er nie etwas versprochen, ohne es auch zu halten."

„Dennoch ist es verständlich und normal, dass Sie sich verraten vorkommen, Leah."

„Dabei war er derjenige, der unbedingt heiraten wollte."

„Hat er diese Meinung geändert?"

„Nein, aber selbst, wenn wir verheiratet wären, hätte er mich nicht begleitet. Es ist, als ob er eine gewisse Schwelle nicht überschreiten kann. Ich kann es mir einfach nicht erklären."

„Sie könnten schon, aber Sie wollen nicht, um Garrick nicht Ihrerseits zu verraten", stellte George einsichtig fest. „Dafür achte ich Sie, Leah. Aber wie dem auch sei, ich habe nicht vor, mich in Psychoanalyse zu betätigen. Ich will Ihnen nur helfen, soweit es in meiner Macht steht. Werden Sie Kontakt halten mit Garrick, solange Sie hier sind?"

„Ich rufe ihn heute Abend an, sonst macht er sich Sorgen."

„Wird er Sie besuchen?"

„Das weiß ich nicht. Er sagte nur, er wollte hier sein, wenn das Baby kommt."

„Nun, dann haben Sie etwas, worauf Sie sich freuen können. Zorn und Groll und das Gefühl, verraten worden zu sein, das sind Dinge, über die Sie mit Garrick ins Reine kommen müssen.

Alles was ich dazu sagen kann, ist, dass Sie sie nicht verdrängen oder sich deswegen schuldig fühlen sollten." Sie wollte etwas sagen, doch er hob abwehrend die Hand.

„Bitte, glauben Sie nicht, dass ich Garrick kritisieren will. Ich kenne seine Version der Geschichte nicht, und ich wage kaum, mir vorzustellen, was in seinem Kopf jetzt vorgeht."

„Wahrscheinlich fühlt er sich ebenso verraten wie ich, weil ich es vorgezogen habe, herzukommen anstatt bei ihm zu bleiben. Deswegen empfinde ich eine gewisse Schuld, aber ich hatte keine andere Wahl."

„Sie haben getan, was Sie tun mussten, und das ist Ihre Rechtfertigung, Leah. Es bedeutet nicht notwendigerweise, dass Ihnen die daraus folgende Situation gefällt. Aber im Grunde Ihres Herzens wissen Sie, dass es so für das Baby das Beste ist. Stimmt's?"

Ihre Antwort war nur ein Flüstern. „Ja."

„Na also. Ich möchte, dass Sie sich das immer wieder in Erinnerung rufen." Unerwarteterweise lächelte er jetzt. „Und nun zu Ihrem akuten Problem: Ich habe die perfekte Lösung dafür. Mein Haus."

„Dr. Walsh."

Er lachte. „Ich liebe es, wenn hinreißende junge Frauen mich missverstehen. Lassen Sie mich erklären. Meine Frau und ich zogen hierher, als der jüngste unserer vier Söhne das College absolviert hatte. Die Jungen leben jetzt alle ihr eigenes Leben, also fanden wir's an der Zeit, auch an uns zu denken. Wir mochten New York, aber Susan, meine Frau, ist wegen fortschreitender Arthritis an den Rollstuhl gefesselt und kam in der Großstadt immer schlechter zurecht."

Leah sog scharf den Atem ein. „Das tut mir sehr Leid."

„Mir auch. Aber Susan trägt ihr Schicksal mit Fassung. Als das Angebot vom hiesigen Krankenhaus kam, griff ich zu. Wir kauften ein Haus, das nur etwa zehn Minuten von hier entfernt liegt." Er lachte. „In New York ist das keine Entfernung, selbst in der Stadtmitte, aber hier bedeutet es schon, am Stadtrand zu wohnen, in einem ruhigen, grünen Viertel. Besonders gefiel uns ein etwas abseits gelegenes Gartenhaus auf dem Grundstück, die ideale Gästeunterkunft. Die Jungen bleiben meist nur eine Nacht und schlafen dann lieber auf der Wohnzimmercouch, so dass das Gartenhaus leer steht.“ Er lehnte sich im Sessel vor. „Sie können es haben. Susan würde sich über Ihre Gesellschaft sehr freuen.“

Leah war verblüfft. „Ich will mich nicht aufdrängen ...“

„Aber nicht doch. Sie hätten Ihre eigene Wohnung, und ich wäre sicher, dass es Ihnen gut geht.“

„Ist es klug für einen Arzt, sich derartig für eine Patientin einzusetzen?“

„Klug? Leah, einer der Gründe, warum wir New York verließen, war, dass ich die ständigen Intrigen in einem großen Zentralkrankenhaus nicht länger ertragen konnte. Hier mache ich, was ich will. Und mein Angebot halte ich für klug.“

„Aber ich möchte auf jeden Fall Miete zahlen“, sagte Leah – und stöhnte auf. „Als ich das letzte Mal diesen Wunsch äußerte, fand ich von der gemieteten Hütte nur noch einen Haufen Asche vor.“

„Das ist diesmal nicht der Fall, und ich nehme gern Miete, wenn Sie sich dann besser fühlen.“

„Abgemacht“, stimmte Leah lächelnd zu. „Ich danke Ihnen, Dr. Walsh.“

„Ich danke Ihnen. Sie haben meinen Tag gerettet.“ Auf ihren fragenden Blick fügte er erklärend hinzu: „Wenn eine Patientin so traurig wie Sie zu mir kommt, und es gelingt mir, sie zum Lächeln zu bringen, weiß ich, dass ich etwas Kluges und Richtiges gemacht habe.“

„Das haben Sie.“ Leah strahlte jetzt. „Das haben Sie wirklich.“

9. KAPITEL

Die Wohnung war für Leah ideal. Zwar schien das Häuschen kleiner als Garricks Hütte, weil Raumteiler die ähnlich große Grundfläche in Wohnzimmer, Schlafraum und Kochecke gliederten, aber gerade dadurch war es umso gemütlicher. Helle Rattanmöbel mit Kissen und Vorhänge in Blautönen und Weiß schufen eine freundliche und zugleich beruhigende Atmosphäre. Der große Garten wirkte raffiniert wie ein Stück unverfälschte Natur. Leah fühlte sich in dieser Umgebung von Anfang an wohl.

Susan Walsh war eine wunderbare Person. Die Bemerkung „Sie trägt ihr Schicksal mit Fassung" stellte sich als weit untertrieben heraus. Sie war offen, herzlich, intelligent und gebildet. Leah genoss es, mit ihr zusammen zu sein.

Dennoch gab es auch weniger schöne Stunden. Besonders nachts empfand Leah häufig eine trostlose Leere in sich. Ebenso einsam fühlte sie sich an schönen Tagen. Sie saß dann im Garten und dachte nur an Garrick. Sie telefonierte alle paar Tage mit ihm, doch die Unterhaltungen schleppten sich gezwungen dahin, so dass sie sich anschließend meist noch schlechter fühlte als sonst.

Das Ausmaß dieser Trostlosigkeit verblüffte sie. Während der früheren Schwangerschaften hatte ihr Richards Abwesenheit nicht das Geringste ausgemacht, und sie versuchte sich einzureden, die Trennung von Garrick sei auch nichts weiter als eine Art Geschäftsreise. Nur half diese Taktik nicht, denn Garrick hatte sich einen Platz in ihrem Herzen und ihrem Leben erobert, den Richard nie auch nur annähernd erreicht hatte. Sie vermisste Garrick mit einer Intensität, die sie noch vor einem halben Jahr für unmöglich gehalten hätte.

Körperlich ging es ihr allerdings gut. Sie sah George Walsh alle zwei Wochen im Krankenhaus. Seine Untersuchungen führte er äußerst gewissenhaft durch, fügte dann und wann einen besonderen Test hinzu. Leah ließ alles geduldig über sich ergehen, denn die Resultate waren stets ermutigend. Auch die immer stärker spürbaren Bewegungen des Kindes deuteten auf eine völlig normale Entwicklung hin.

Leah hätte gern Garrick die sanften Tritte und Knüffe des Babys erfühlen lassen, auch er sollte den Herzschlag des Kindes hören, aber sie konnte ihn nicht herbeizaubern. Sie musste lernen, mit ihrer beider Entscheidung zu leben.

Dann, eines Tages kurz vor Morgengrauen, als Leah bereits fast einen Monat in Concord wohnte, erwachte sie mit einem unheimlichen Schrecken. Ohne die Augen zu öffnen, tastete sie nach dem Bauch. Ihr Puls raste, aber sonst schien alles in Ordnung zu sein. Keine Schmerzen. Keine vorzeitigen Wehen. Sie atmete kaum, versuchte angestrengt auszumachen, was sie geweckt hatte, als eine Hand leicht ihre Wange berührte.

Sie riss die Augen auf, fuhr hoch und schrie.

„Psst." Hände umfassten sanft ihre Schultern. „Ich bin's nur."

Alles was Leah im ersten Zwielicht erkennen konnte, war eine verschwommene Gestalt. „Garrick?" flüsterte sie und griff nach den Handgelenken an ihrer Schulter. Sie waren stark wie Garricks.

„Tut mir Leid, dass ich dich erschreckt habe", sagte zweifellos Garricks tiefe, etwas raue Stimme.

Sie warf die Arme um seinen Hals und drückte ihn lange, ehe sie ihm immer noch ungläubig ins Gesicht starrte. Er war es wirklich.

„Erschreckt? Ich wäre beinahe gestorben vor Angst", rief sie heiser. „Was ist ... Wieso bist du ... Um diese Zeit?"

Er zuckte die Schultern. „Ich habe länger zum Packen gebraucht, als ich dachte."

„Zum Packen?" Ihre Finger krallten sich um seine Oberarme. „Heißt das ...?"

„Ich ziehe zu dir, genau. Ich dachte, zur Abwechslung könntest du mir mal Zuflucht gewähren."

Sie jubelte, riss ihn an sich und zog ihn ins Bett.

„Ich habe endlose Qualen gelitten, Leah", gestand er rau flüsternd. „Ohne dich war die Hütte ein leeres Loch. Ich fühlte mich so elend allein. Und die Telefonate taten höllisch weh."

Sie lachte befreit auf. „Dasselbe gilt für mich. Genau dasselbe."

„Du warst nicht bei mir. Du ahnst ja gar nicht, wie leer ich war, wie trostlos alles um mich herum."

„Aber ich weiß, wie leer es in mir war." Wie eine zarte Liebkosung strich ihr Atem über seine Haut „Was ist eigentlich mit ... Du hast so hartnäckig abgelehnt, herzukommen ..."

„Das Wort, das mein Verhalten beschreibt, stand in deinem Brief: Feigheit. Das hat mich nicht losgelassen, bis ich es nicht mehr aushielt. Ich habe keine Ahnung, was mich hier erwartet. Aber bei dir zu sein, bedeutet mir mehr als alles andere."

Sie seufzte glücklich und küsste ihn auf den Hals, auf Kinn, auf Wangen, auf Augen, Nase und Mund. Ungeduldig streifte sie das T-Shirt über seinen Kopf, während er die Veränderungen an ihrem Körper ertastete.

„Ich brauche dich dringend", stöhnte er. „Dürfen wir?"

„Ja, aber ..."

„Lass mich dich lieben."

„Das hast du schon getan, indem du hergekommen bist", flüsterte sie und küsste seine bloße Brust, liebkoste mit der Zungenspitze die harten Warzen. „Jetzt bin ich an der Reihe."

Garrick ließ sich zurücksinken und schloss die Augen. Er hob die Hüften an, damit Leah ihm die Hose abstreifen konnte. Sie streichelte und küsste seinen ganzen Körper, ihre Zunge und ihre Lippen brachten ihn zu höchster Erregung. Nach einem Monat der Enthaltsamkeit erreichte er schnell den Höhepunkt.

„Du gibst mir das Gefühl, unendlich geliebt zu werden“, flüsterte er schwer atmend, als er schließlich die Sprache wieder fand.

„Nur weil es so ist, Liebster“, bestätigte sie zärtlich. „Mir war gar nicht bewusst, wie viel Zeit ich in der Hütte damit verbracht habe, dir meine Liebe zu zeigen, bis ich hierher kam und nichts mehr mit mir anzufangen wusste.“

Garrick rollte sich herum und beugte sich über sie. In seinen Augen standen Tränen. „Du ahnst ja gar nicht, wie sehr ich dich liebe.“

„Ich denke doch“, erwiderte sie lächelnd. „Immerhin bist du hier.“

„Ja, und ich werde es scharfen – für dich.“

„Nein, für dich.“

„Also für uns – und das Baby“, ergänzte er und legte eine Hand auf Leahs Bauch, um auch sein Kind zu begrüßen.

Leah ließ Garrick selbst das Tempo seiner Eingewöhnung in Concord bestimmen. Sie wäre schon zufrieden gewesen, wenn er ihr in der Wohnung und im Garten Gesellschaft geleistet und sie zu den Untersuchungen ins Krankenhaus begleitet hätte. Aber er tat mehr als das. Schon wenige Tage nach seiner Ankunft schrieb er sich für Vorlesungen am College ein. Sie wusste, dass die ersten Besuche ihn dort sehr anstrengten, denn er kehrte blass und erschöpft zu ihr zurück. Doch er blieb hartnäckig, und nach einer Weile ließ seine Angst allmählich nach.

Obendrein bestand er darauf, Leah auf ihren täglichen Spaziergängen, die George empfohlen hatte, zu begleiten, und mit Garricks wachsendem Selbstvertrauen wurden die Strecken immer länger. Oft schob Garrick dabei auch Susan im Rollstuhl vor sich her, manchmal ging er mit Leah allein.

„Wie fühlst du dich?“ erkundigte sie sich einmal, als sie ohne Susan unterwegs waren.

„Nicht schlecht."

„Nervös?"

„Kaum. Niemand scheint mich zu erkennen. Keiner sieht zwei Mal zu mir her." Gespielt hilflos hob er die Hände. „Eigentlich müsste ich deswegen beleidigt sein."

„Dazu bist du zu gescheit. Wie geht's im College? Hat man dich dort schon fragend angeguckt?"

„Nein." Er verschwieg ihr wohlweislich, dass er während der ersten harten Tage einmal lange vor einem Gasthaus gestanden und sich nach einem Drink verzehrt hatte, nur einem, um die bohrende Angst zu vertreiben. Ebenso erwähnte er mit keiner Silbe die Reklameträger, die auf dem ganzen College-Gelände postiert waren, um auf die Studentenaufführung eines Dramas aufmerksam zu machen. Auch die hatte er lange sinnend angestarrt.

Was wirklich zählte, war einzig und allein, dass er sich wohler fühlte und bei Leah sein konnte.

Mitte Oktober hielt der Herbst Einzug. Garrick hätte Leah gern die Farbenpracht der Wälder um die Hütte gezeigt, aber er wagte nicht einmal, einen Tagesausflug in die Berge vorzuschlagen. In ihrem Zustand wäre eine Fahrt über die holprigen Straßen glatter Wahnsinn gewesen.

Im November – es war inzwischen frostig kalt geworden – bestand Garrick darauf, das Aufgebot endlich zu bestellen, und George ordnete wenig später an, dass Leah im Bett bleiben müsse. Der Gedanke, auf die lieb gewonnenen Spaziergänge mit Garrick verzichten zu müssen und viel mehr Zeit zur Sorge um das Kind zu haben, behagte Leah gar nicht, aber sie fügte sich gehorsam.

Bislang waren alle Untersuchungen und Tests zur größten Zufriedenheit ausgefallen. Das Baby war gut entwickelt, sein Herzschlag kräftiger als je zuvor.

„Ich glaube beinahe, du hast mir ein Riesenbaby in den

Bauch gepflanzt", beklagte sich Leah eines Nachmittags, als sie sich besonders träge und unbeweglich vorkam.

„Wie der Vater, so der Sohn", neckte Garrick sie gutmütig.

„Ach, das wissen wir doch gar nicht. Was ist, wenn wir eine Walküre von Tochter bekommen?"

„Was es wird, ist mir egal, Hauptsache, es ist gesund."

Genau das war die Parole: Gesund.

Leah machte sich zunehmend Gedanken über das Kind. War es ein Junge oder ein Mädchen? Welchen Namen sollten sie ihm geben? Würde es Garricks Augen und ihre Haarfarbe erben? Würde es später ebenso gern lesen wie seine Eltern? Und je mehr sie in den Tag hineinträumte, umso nervöser wurde sie, denn der Geburtstermin rückte schnell näher.

Auch Garricks Nervosität nahm zu, allerdings zum größeren Teil aus anderen Gründen. Wenn er sich auf dem College-Gelände aufhielt, fühlte er sich immer häufiger von dem Gebäude angezogen, das die kleine Studentenbühne beherbergte. Unzählige Male stand er davor und starrte es an. Und eines Tages ballte er die Fäuste in den Taschen seiner dicken Winterjacke und ging hinein.

Im Zuschauerraum war es fast dunkel. Er glitt in eine der vielen leeren Sitzreihen und konzentrierte sich auf das Geschehen auf der erleuchteten Bühne. Er selbst hatte zwar nie klassisches Theater gespielt, doch erkannte er ein Drama von Tschechow. Er rutschte tiefer in den Sitz und beobachtete die unerfahrenen, aber eifrigen Darsteller bei der Arbeit.

Er fand sie durchaus beeindruckend, noch etwas unreif, jedoch auf dem besten Wege. Von Zeit zu Zeit wurden sie von der Regisseurin unterbrochen, die er nicht sehen, nur hören konnte. Die Studenten lauschten aufmerksam ihrer Kritik und versuchten, ihre Vorschläge im Spiel umzusetzen. Manchmal gelang es, manchmal nicht. Aber sie bemühten sich.

Garrick konnte nicht umhin, sich zu fragen, was wohl aus

ihm geworden wäre, wenn er wie sie versucht hätte, aus kritischen Anmerkungen und Anordnungen eines kompetenten Regisseurs zu lernen. Vielleicht sogar ein wirklich guter Schauspieler? Er hatte nie Wert darauf gelegt. Durch ‚Pagens Gesetz' war er auch so zum Star geworden, und als solcher hielt er Arbeit an sich selbst nicht mehr für nötig.

Ob wohl einer dieser jungen Leute davon träumte, ein Star zu werden? Oder besser: Ob auch nur einer von ihnen nicht mit dem Gedanken spielte? Garrick beobachtete einen der jungen Männer genauer. Seine Stimme war zwar nicht die kräftigste, jedoch vermochte sein Spiel mehr zu fesseln als das der anderen. Würde er nach dem College-Abschluss sein Glück in New York versuchen? Vielleicht am Broadway? Oder war er wie Garrick in seinen jungen Jahren der Überzeugung, Hollywood sei für ihn gerade gut genug?

Garricks Blick blieb an einer zierlichen Blondine haften, die ihre körperlichen Vorzüge durch raffinierte Kleidung geschickt zur Geltung brachte. Ob sie mit einem der männlichen Kollegen eine Affäre hatte? Wenn ja, dann vermutlich nicht lange. Falls sie nämlich auf der Karriereleiter schneller vorankam als er, ließ sie ihn wahrscheinlich fallen wie eine heiße Kartoffel, um sich viel versprechenderen Partnern zuzuwenden, Männern mit Einfluss wie Produzenten und Regisseure.

Wie würde sie reagieren, wenn sie wüsste, dass Greg Reynolds sie beobachtet, fragte sich Garrick. Konnte sie sich überhaupt noch an Greg Reynolds erinnern?

Garrick erhob sich rasch und flüchtete aus dem Theatergebäude.

Einige Tage später jedoch kehrte er zurück, setzte sich auf denselben Platz und beobachtete eine Probe, die von mehreren Übungstagen profitiert hatte und ausgefeilter geworden war. Die besten Darsteller traten jetzt klar hervor, und die Regisseurin konzentrierte ihre Anmerkungen inzwischen hauptsächlich auf die Schwächeren. Garrick sah eine Weile zu, obwohl er eigentlich nicht recht wusste, warum er blieb. Er brauchte das Lampenfieber, dieses Kribbeln im Bauch nicht mehr und war sich sicher, dass er tausend andere Dinge lieber tat, dennoch konnte er sich nicht rühren. Als er schließlich doch nach langer Zeit an die frische Luft trat, verspürte er grenzenlose Erleichterung.

Obwohl Garrick klar erkannte, dass er Abstand zum Theater gewonnen hatte, zog es ihn doch wieder in den Bühnenraum. Und diesmal blieb er sitzen, bis am Ende der Probe alle Darsteller an ihm vorbei hinausströmten. Die Regisseurin verließ den Saal als Letzte, aber im Gegensatz zu den anderen, die ihn keines Blickes gewürdigt hatten, blieb sie vor Garrick stehen.

Sie ist hübsch, stellte er fest. Die große, schlanke Gestalt steckte in Jeans und einer dicken Jacke, das lange braune Haar war lose aufgesteckt. Sie hielt einen ganzen Arm voller Papiere fest an die Brust gedrückt. Dem Alter nach – Garrick schätzte sie auf Mitte zwanzig – musste sie eine Studentin der höheren Semester sein oder ihr Studium eben beendet haben.

„Ich habe Sie schon öfter hier gesehen“, sagte sie und neigte den Kopf zur Begrüßung.

Garrick blieb gelassen sitzen. „Ich schaue ab und zu mal herein.“

„Die Aufführung ist für nächstes Wochenende angesetzt. Werden Sie kommen?“

„Ich finde die Proben eigentlich interessanter. Man erlebt, was in einer solchen Produktion tatsächlich abläuft.“

„Sind Sie auch Schauspielstudent?“

Garrick holte tief Luft und richtete sich auf. „Eigentlich nicht.“

„Also Theaterliebhaber?“

Er zuckte die Schultern und erhob sich. „Auch nicht. Und Sie?“

„Ich habe mein Studium gerade erst abgeschlossen und arbeite vorerst als Tutorin für die jüngeren Studenten." Sie wandte sich zum Gehen, und Garrick folgte ihr. Er war selbst erstaunt, wie ruhig er blieb, nur sein Herz klopfte ein paar Takte schneller.

„Tschechow zu inszenieren, ist ein sehr ehrgeiziges Vorhaben", bemerkte er.

„Geht es beim Lernen nicht immer um die Herausforderung?"

Er gab keine Antwort. Seine Art von Schauspielerei hatte er nie mit Lernen in Verbindung gebracht. Die Herausforderung für ihn bestand stets darin, eine höhere Einschaltquote zu erreichen als das Konkurrenzprogramm. „Haben Ihre Aufführungen ein großes Publikum?"

„Manchmal ja, manchmal nein. Diesmal werden die Zuschauer hauptsächlich College-Angehörige sein. Tschechow ist den meisten Bürgern dieser Stadt zu schwer. Sie halten es eher mit der leichten Muse." Im hellen Tageslicht sah sie neugierig zu ihm auf. „Leben Sie auch hier in Concord?"

„Im Moment ja."

„Sind Sie im College eingeschrieben?"

„Ich habe einige Kurse interessehalber belegt."

Sie waren an der großen Freitreppe stehen geblieben, und sie starrte ihn fragend an. „Darf ich erfahren, auf welchem Gebiet?"

„Latein."

Sie lachte. „Ein ungewöhnliches Fach." Das Lachen erstarb schlagartig, immer angestrengter musterte sie ihn, die Augen zu Schlitzen verengt, die Stirn in Falten.

„Stimmt was nicht?"

„Hm, nein. Sie kommen mir nur irgendwie bekannt vor, und ich kann mir nicht erklären woher, denn ich habe so gut wie keinen Kontakt zu Lateinstudenten."

Sollte das ein Annäherungsversuch sein? Dazu wirkte sie eigentlich zu intelligent.

„Sind Sie im ersten Jahr hier am College?" forschte sie weiter.

„Ja." Seine Kühnheit war ihm selbst unerklärlich, aber er erwiderte ihren prüfenden Blick standhaft.

„Was haben Sie gemacht, ehe Sie herzogen?"

„Gearbeitet."

„Wo?"

„Oben im Norden."

Wieder runzelte sie die Stirn.

„Verzeihen Sie meine Neugier, aber ich kenne Sie irgendwoher."

„Vielleicht sehe ich jemandem ähnlich", bot er mit einer äußerlichen Gelassenheit an, die seine innere Aufregung Lügen strafte.

Sie schüttelte nachdenklich den Kopf. „Könnte sein." Und plötzlich lächelte sie. „Jetzt hab' ich's. Hat Ihnen noch nie jemand gesagt, dass Sie aussehen wie ‚Pagen'?"

„Wer ist ‚Pagen'?"

„Na, der Typ im Fernsehen vor ein paar Jahren. Sein Name war Greg Reynolds. Ich war damals noch ein Teenager und fand ihn hinreißend schön." Sie errötete. „Er verschwand von der Bildfläche, kurz nachdem die Serie abgesetzt wurde. Was mag aus ihm geworden sein?"

„Vielleicht hat er dem Showgeschäft den Rücken gekehrt und lebt als Eremit in den Wäldern", hörte Garrick sich sagen.

„Vielleicht", murmelte sie, fügte dann jedoch skeptisch hinzu: „Sind Sie sicher, dass Sie nicht Greg Reynolds sind?"

„Natürlich", hätte Garricks Antwort lauten können oder „Sie machen wohl Witze?". Stattdessen zuckte er aus unerfindlichen Gründen bloß die Schultern und schwieg.

„Sie sind es", rief sie aufgeregt. „Sie sind Greg Reynolds. Jetzt erkenne ich Sie genau. Sie tragen das Haar anders und wirken älter, aber diese Augen ... und der Mund ..." Sie blickte in einer Art auf seinen Mund, dass er unwillkürlich die Lippen zusammenpresste.

„Keine Antwort ist auch eine Antwort“, bemerkte sie und nickte weise, hob dann die Hand. „Ihr Geheimnis ist bei mir gut aufgehoben. Ehrenwort.“ Doch plötzlich bröckelte die Fassade der Reife. „Ich fass es nicht“, jubelte sie, und ihre Augen strahlten. „Wie ist es in Hollywood? Es muss atemberaubend gewesen sein. Ich fand Sie wundervoll in der Rolle. Wenn ich doch auch einmal dort sein könnte – nur für einen Tag oder eine Woche. Sie haben's geschafft. Was treiben Sie denn jetzt? Sie können sich doch unmöglich ganz aus dem Geschäft zurückgezogen haben, nach all dem.“

„Ich habe nichts mehr damit zu tun“, antwortete er ruhig, doch das dämpfte nicht im Mindesten ihre Begeisterung.

„Ich hatte ja keine Ahnung, dass eine solche Berühmtheit unter uns weilt. Und sonst auch niemand, das hätte sich herumgesprochen. Meine Studenten wären begeistert, Sie kennen zu lernen. Sie könnten sie inspirieren.“

Garrick schüttelte den Kopf.

„Das glaube ich kaum.“ Er wandte sich zum Gehen, doch sie hielt ihn am Ärmel fest.

„Sie könnten vielleicht vor der Theatergruppe eine kleine Ansprache halten. Ich weiß, die meisten Studenten und Lehrkräfte wären ebenso aufgeregt wie ich.“

„Danke, aber das geht nicht.“

Garrick eilte davon, aber sie folgte ihm. „Dann tun Sie's für mich. Bitte. Ich lade Sie zum Mittagessen ein, und Sie erzählen mir über Ihre Erfahrungen im Showgeschäft. Gütiger Himmel, darüber könnte man ein tolles Buch schreiben. Haben Sie nie daran gedacht, Ihre Memoiren zu Papier zu bringen?“

„Nein.“ Er beschleunigte den Schritt.

„Bitte, sagen Sie ja. Nur ein Mittagessen. Oder ein Abendessen? Ich kenne ein fantastisches kleines Restaurant, wo es dunkel ist und ruhig. Niemand braucht zu erfahren, dass wir dort sind ..."

„Tut mir Leid. Ich habe wirklich keine Zeit." Unbeirrt ging er weiter.

Die junge Frau blieb stehen, konnte jedoch nicht widerstehen, ihm nachzurufen: „Mr. Reynolds? Mr. Reynolds!"

Garrick reagierte nicht. Er war nicht Greg Reynolds. Nicht mehr.

Abends beim Essen berichtete Garrick Leah, was geschehen war.

„Du hast ihr gesagt, wer du bist?" fragte Leah verwundert.

„Sie hat's erraten, und ich hab's nicht abgestritten." Er lehnte sich auf dem Stuhl zurück und spielte gedankenverloren mit dem Besteck. Seine Verwirrung schien mindestens ebenso groß wie Leahs. „Es war seltsam. Ich glaube sogar, ich wollte, dass sie's herausfindet, aber ich kann beim besten Willen nicht verstehen wieso. Du weißt ja, wie ich über meine Anonymität denke. Ich verstehe mich selbst nicht. Warum, in aller Welt, habe ich das getan, Leah?"

„Ich bin mir nicht sicher", sagte sie ruhig. „Hast du irgendetwas empfunden, als du dort bei der Probe zusahst?"

„Ich fand's interessant. Die jungen Leute spielten recht gut. Aber Neid? Nein."

„Du hattest nicht das Bedürfnis, auf die Bühne zu springen?"

„Himmel. Nein!"

„Du hast dir nicht gewünscht, im Rampenlicht zu stehen?"

„Das hab' ich jahrelang nicht vermisst. Nein, ich war glücklich, als Zuschauer im Dunkeln zu sitzen."

Leah stieß einen kaum hörbaren Seufzer der Erleichterung aus.

„Hey. Das hab' ich genau mitgekriegt." Er zwinkerte ihr zu. „Du warst besorgt, hm?"

„Ich möchte nicht, dass dir in deinem Leben irgendetwas fehlt", wich sie aus. „Wie war das mit dieser Frau? Meinst du, dass du sie, möglicherweise unbewusst, beeindrucken wolltest?"

Er schüttelte den Kopf. „Nein. Sie ist zwar hübsch, sogar anziehend, aber lange nicht wie du."

„Doch fährt sie auf dem Thespiskarren, wie man so schön sagt."

„Gutes Wort für ein Kreuzworträtsel, jedoch ohne Bedeutung für mich."

„Selbstverständlich bedeutet es etwas für dich. Immerhin hat sie Bezug zu deinem früheren Leben. Ein Trapper würde sie nicht zu Begeisterungsstürmen hinreißen, ein Schauspieler schon, noch dazu ein sehr erfolgreicher."

„Was ich als Schauspieler geleistet habe, war wenig im Vergleich zu denen, die Tschechow oder Tennessee Williams spielen oder – noch besser – Shakespeare. Nein, ich hab' nicht versucht, sie zu beeindrucken."

„Dann bist du vielleicht nur das Warten leid."

„Wie meinst du das?"

Leah suchte nach einem Beispiel, um ihre Vermutung zu illustrieren, und entschloss sich, das Naheliegendste zu wählen, weil sie sich fast ständig damit beschäftigte. „Es gibt Momente, wo ich einzig und allein möchte, dass unser Kind geboren wird – so oder so. Das Warten, die Sorge und die Ungewissheit, ob nicht doch im letzten Augenblick noch etwas schief geht, zermürben mich. Manchmal denke ich, selbst wenn das Schlimmste passiert, weiß ich wenigstens endlich Bescheid und kann mein Leben weiterleben."

„Leah."

„Tut mir Leid, aber so geht es mir manchmal. Und meine Situation ist deiner ähnlich. Du musst dich schlimm fühlen, wenn du in Concord herumläufst und ängstlich darauf wartest, dass dich jemand erkennt. Vielleicht wolltest du die Sache einfach hinter dich bringen und hast dir gewünscht, dass diese Frau erfährt, wer du bist."

Garrick öffnete schon den Mund, um zu widersprechen, schwieg dann aber eine Weile. „Vielleicht", murmelte er schließlich leise.

„Was hast du empfunden, als die Wahrheit ans Licht kam?"

Er zog nachdenklich die Brauen zusammen. „Sehr gemischte Gefühle. Einerseits war ich stolz, und andererseits kam ich mir zugleich vor wie ein Hochstapler. Ich war abgeklärt und distanziert, als spräche sie von jemand völlig Fremdem, als bombardiere sie gar nicht mich mit ihren vielen Fragen. Ich spielte ein Spiel mit ihr, in dem ich sie glauben ließ, ich sei Greg Reynolds, der Superstar, obwohl ich genau wusste, dass ich's nicht bin."

„Hat sie dich in irgendeiner Weise an deine damaligen Fans erinnert?"

„Ja und nein. Sie bekam große Augen, und ihre Stimme überschlug sich wie bei einem typischen Fan, aber ich freute mich nicht darüber wie früher. Um ehrlich zu sein, ich fand's sogar widerlich. Abgesehen davon erschien sie mir recht nett." Er lächelte verhalten. „Ich muss zugeben, es hat mir verdammt gut getan, sie einfach stehen zu lassen."

„Meinst du, sie war beleidigt deswegen?"

„Das hoffe ich doch", sagte er ganz ohne Gewissensbisse. „Mit etwas Glück tut sie mich als Schwindler ab. Fängt sie aber an, herumzuerzählen, dass sie mich getroffen hat, könnte es unangenehm werden."

„Sie kennt doch nur deinen Künstlernamen."

Er blickte finster auf das Wasser herab. „Ja, aber da sie weiß, dass ich mich für Lateinkurse eingeschrieben habe, dürfte es ihr nicht schwer fallen, mich aufzustöbern. Vielleicht schwänze ich einfach die nächsten Sitzungen und bleibe hier bei dir."

„Feigling."

„Hm." Seine Finger umschlossen ihre Hand. „Ich möchte aber bei dir sein. Der Termin rückt näher."

„Noch drei Wochen."

„Wie fühlst du dich?"

„Müde."

„Auch emotional erschöpft?"

„Ich sagte es vorhin schon: Die Warterei schafft mich."

„Bislang ging alles glatt, und der Kaiserschnitt ist für das Kind einfacher als die normale Geburt."

„Das hoffe ich sehr."

Er drückte ihre Hand. „Bestimmt. In einem Monat halten wir ein quäkendes Bündel im Arm. Schließlich bekommst du diesmal mein Kind."

Sie seufzte und lächelte ein wenig traurig. „Genau deshalb wünsche ich's mir ja so sehr."

Die folgende Woche war für Leah ziemlich ereignislos. Sie hielt sich die meiste Zeit im Bett auf, las wenig, weil sie sich nicht konzentrieren konnte, webte wenig, weil ihr Bauchumfang die Arbeit behinderte. Sie hörte viel Musik, zumal Garrick sie mit CDs versorgte, die sie beide mochten. Susan kam oft auf einen Plausch herüber, gewöhnlich – und mit Absicht, wie Leah vermutete, um ein wachsames Auge auf sie zu haben –, wenn Garrick seine Vorlesungen besuchte.

Sie arbeitete nur wenig an Kreuzworträtseln für den Verlag, bastelte dafür jedoch umso häufiger an dem Rätsel, das sie zum Thema „Garrick und Leah" entworfen hatte. Es mochte ihr zwar als Verrücktheit ausgelegt werden, aber es sorgte für Beschäftigung.

Garricks Woche verlief etwas anders. Er besuchte seine Kurse gewissenhaft, und obwohl er nervös damit rechnete, bekam er die junge Frau vom Studententheater nicht zu Gesicht. Erst am dritten Tag, als er sich allmählich wieder entspannte, fing sie ihn an der Hörsaaltür ab.

„Ich muss mit Ihnen reden, Mr. Reynolds“, sagte sie schnell und ein wenig hektisch und passte sich seinem Schritt an. „Ich habe ernst gemeint, was ich neulich sagte. Für uns alle würde es die Welt bedeuten, wenn Sie vor der Theatergruppe sprechen könnten.“

Er ging unbeirrt weiter. „Ich habe nichts zu sagen.“

„Und ob. Sie verfügen über all die Erfahrungen, von denen wir nur träumen.“

„Ich bin nicht der, für den Sie mich halten.“

„Doch. Nach unserem Gespräch neulich ging ich in die Bibliothek und habe dort alle verfügbaren Zeitungs- und Zeitschriftenmikrofilme durchgeforscht. Die letzten Informationen über Greg Reynolds stammen aus der Zeit vor seinem Unfall. Über den Unfall wurde noch berichtet. Greg Reynolds überlebte, doch danach verschwand er. Ihre verblüffende Ähnlichkeit mit ihm lässt keinen anderen Schluss zu, als dass Sie Greg Reynolds sind.“

Er warf ihr einen abweisenden Blick zu, aber sie war nicht aufzuhalten. „Ich stellte weitere Nachforschungen an. Greg Reynolds’ wirklicher Name ist Garrick Cooper, und als solcher haben Sie sich eingeschrieben.“

Garrick blieb abrupt stehen. „Ich habe wohl wie jeder Bürger ein Recht auf Privatleben, Miss ...“

„Schumacher. Liza Schumacher.“

„Ich halte keine Reden und gebe keine Interviews, Miss Schumacher.“

„Liza, bitte. Wenn es Ihnen lieber ist, beschränken wir die Zahl der Zuhörer.“

„Mir wäre lieber, mein Privatleben würde respektiert“, erwiderte Garrick ruhig, beinahe beschwörend.

„Wir würden Sie bezahlen ...“

„Nein, danke.“ Er ging entschlossen weiter.

„Nur eine Stunde. Oder eine halbe. Bitte ...“

Aber er schüttelte stumm den Kopf und war froh, dass Liza ihn nicht länger verfolgte.

Wieder berichtete er Leah über das Zusammentreffen, und wieder forschte sie nach seinen Empfindungen. „Bist du sicher, dass du es nicht willst?"

„Eine Rede halten? Du machst Witze."

„In gewisser Weise hat sie ja Recht. Du verfügst über Erfahrungen, die sich die meisten von ihnen wünschen. Es ist nicht ungewöhnlich, dass Vertreter verschiedenster beruflicher Sparten Vorträge vor Studenten halten."

„Auf wessen Seite stehst du eigentlich, Leah?"

„Auf deiner, das weißt du."

Er schwang die Beine aus dem Bett, stand auf und ging zum Fenster. „Nun, ich will nicht sprechen, weder vor Studenten noch vor sonst einer Gruppe. Zum einen halte ich nicht viel von der Art meiner Erfahrungen, und zum anderen mag ich die Vorstellung nicht, öffentlich meine Sünden bekennen zu müssen."

„Was du getan und erlebt hast, hatte auch sein Gutes."

„Hm, mag sein, allerdings sehe ich es nicht. Vermutlich gäbe meine Geschichte eine hinreißende, reißerische Reportage ab."

„Garrick."

Er starrte unverwandt aus dem Fenster.

„Was ist der wahre Grund?"

Er schwieg eine Weile, aber er wusste, dass Leah eine Ahnung bezüglich der Wahrheit hegte und nur darauf wartete, dass er den Mut fand, sie von sich aus einzugestehen.

„Ach, zum Teufel", murmelte er schließlich. „Der wahre Grund ist, dass ich tief im Inneren Angst davor habe, ich könnte Gefallen finden an dem Gefühl der Macht über ein gebanntes Publikum – andächtige Mienen, anbetende Blicke, Applaus. Wenn ich einmal anfange, möchte ich's vielleicht wieder tun, und einem zweiten Mal könnte ein drittes Mal folgen, und spätestens dann glaube ich fest daran, dass ich einfach wundervoll bin."

„Du bist wundervoll."

Er neigte den Kopf und lächelte, wandte sich um und kehrte zum Bett zurück. Bäuchlings streckte er sich neben Leah aus und drückte einen Kuss auf ihre Hand. „Du bist die Einzige, von der ich das hören möchte, denn du allein kennst mein wahres Ich. Mit niemandem sonst kann ich reden wie mit dir. Du bist für mich der beste Psychotherapeut."

Leah war sich nicht sicher, ob sie die Vorstellung, als Psychotherapeut zu fungieren, mochte. Die geheimsten Gedanken eines Menschen zu kennen, bedeutete auch, um alle seine Ängste zu wissen. Und Garrick hatte Ängste. Zwar waren seit seiner Ankunft in Concord gewaltige Fortschritte zu verzeichnen, aber immer noch traute er sich selbst nicht, und das wiederum ängstigte sie.

„Ich gebe mich damit zufrieden, eine Partnerin zu sein", sagte sie und küsste ihn auf den Mund.

Der plötzliche Wintereinbruch Anfang Dezember mit Schneestürmen und Eiseskälte trug nicht gerade zu Leahs Seelenfrieden bei. Die Vorstellung, einzuschneien und vor dem Termin Wehen zu bekommen, verfolgte sie im Traum.

Zum Glück traf keine der beiden Horrorvisionen ein. Dennoch hatte sie das unbestimmte Gefühl, dass das Baby nicht bis zum fünfzehnten Dezember auf den Kaiserschnitt warten wollte. Es fiel ihr zunehmend schwerer, Garrick zu den Vorlesungen fortzulassen. Sie fühlte sich körperlich und seelisch völlig ausgelaugt, konnte nur in seiner Gegenwart einigermaßen entspannen. Dennoch hielt sie ihn nicht davon ab, zum College zu gehen, weil sie spürte, dass er es brauchte.

Am elften Dezember wünschte sie, sie wäre etwas selbstsüchtiger gewesen.

10. KAPITEL

Garrick war nach der Vorlesung auf dem Weg zu seinem Wagen, als ein lauter Ruf über den Parkplatz ihn mitten in der Bewegung erstarren ließ.

„Mr. Reynolds."

Er ballte unbewusst die Fäuste. Nur eine Person kannte ihn unter diesem Namen, und ihr wollte er sich in diesem Augenblick am allerwenigsten widmen. Er wollte nach Hause zu Leah.

„Mr. Reynolds. Warten Sie. Bitte."

Er öffnete die Wagentür und spielte flüchtig mit dem Gedanken, einzusteigen und mit Kavalierstart davonzufahren. Aber ich bin kein Feigling, sagte er sich, nicht mehr.

Lässig legte er den Unterarm auf die offen stehende Tür und wandte sich zu der jungen Frau um. „Ja, Miss Schumacher? Was kann ich für Sie tun?"

Um Atem und Halt ringend, kam sie neben ihm zum Stehen. „Danke, dass Sie gewartet haben ... Ich wollte früher hier sein – aber mein Dozent war spät dran."

„Auch ich bin spät dran. Kann ich etwas für Sie tun?" Garricks Atem kondensierte in der eiskalten Luft zu einer weißen Wolke, die allerdings leider zu klein war, als dass er darin hätte verschwinden können.

„Da Ihnen der Vorschlag, vor einer Gruppe zu sprechen, offenbar wenig zusagte, habe ich mir etwas anderes überlegt." Sie warf einen kurzen Blick über die Schulter. Garrick bemerkte einen jungen Mann hinter Liza. Er unterdrückte einen Fluch. „Darryl arbeitet für die städtische Zeitung. Ich dachte, nein, wir dachten, es wäre fantastisch, wenn wir einen Artikel über Sie darin veröffentlichen könnten."

Garrick runzelte die Stirn. „Ich kann mich vage erinnern, dass unser kleines Geheimnis unter uns bleiben sollte."

„Ich habe noch mal darüber nachgedacht." Allmählich kam sie wieder zu Atem und wurde kühner. „Es erschien mir nicht fair, egoistisch zu sein und mein Wissen über Ihre Identität für mich zu behalten."

„Nicht fair gegenüber wem?"

„Gegenüber Leuten, die sich für Ihre Geschichte interessieren."

„Und wer fragt nach Fairness mir gegenüber?"

„Niemand", antwortete sie schnippisch. „Aber Sie sind ein Star, Mr. Reynolds. Bringt das nicht eine gewisse Verantwortung mit sich?"

„Ich bin kein Star mehr", stellte er betont fest und empfand plötzlich unbändigen Stolz darüber. „Ich habe zwar auch als normaler Bürger eine gewisse Verantwortung, aber soweit ich sehe, hat diese nicht das Geringste mit Ihnen, Ihren Kommilitonen, Ihren Professoren oder Freunden zu tun." Er deutete mit dem Kopf auf den Reporter. „Sie sind mit ihm befreundet?"

Sie tauschte einen befremdeten Blick mit Darryl. „Wir sind ein paar Mal miteinander ausgegangen, aber was hat das mit ..."

„Seid ihr ein Liebespaar?"

„Das geht Sie ..."

„Ist sie gut?" fragte Garrick Darryl.

Lizas Wangen wurden blutrot. „Was interessiert Sie das? Mein Privatleben geht Sie nicht das Geringste ..."

„Und welches Recht haben Sie, die Nase in mein Privatleben zu stecken, Miss Schumacher?" fragte Garrick scharf. „Sie empfinden meine Fragen nicht anders als ich Ihre. Ich sagte Ihnen bereits, dass ich kein Interesse daran habe, in der Öffentlichkeit aufzutreten. Und das gilt für jeden Vorschlag, den Sie mir diesbezüglich machen könnten."

Während er sprach, hatte sich Lizas Verlegenheit in deutliches Unbehagen, dann in Zorn verwandelt. „Die Zeitungen lagen völlig richtig", bemerkte sie verächtlich. „Sie sind arrogant."

„Nicht wirklich", entgegnete Garrick, den plötzlich ein tiefes Gefühl von Frieden überkam. „Ich versuche nur zu erklären, wie ich empfinde." Auch für ihn selbst wurde auf einmal kristallklar, wer er war und was er vom Leben erwartete.

Liza straffte die Schultern. „Ich denke, Sie können nicht verwinden, dass Sie von der Bildfläche abtreten mussten, wahrscheinlich weil Sie nach ‚Pagen' keine guten Rollenangebote mehr bekamen. Sie haben ganz einfach Angst, mit diesem Wissen vor eine Gruppe treten und sich bekennen zu müssen."

Auch Garrick richtete sich zu voller Größe auf und holte tief Luft. „Wissen Sie was, Miss Schumacher? Was Sie denken, ist mir vollkommen gleichgültig. Tatsache ist, dass ich vor niemandem Angst habe. Ich bin einfach nicht interessiert. Ich habe die Schauspielerei an den Nagel gehängt, weil sie meinem Leben und meiner Person bloß schadete. Sie könnten mir die Starrolle oder die Regie in Ihrer nächsten Theaterproduktion anbieten, ich würde ablehnen. Ich will nicht in Zeitungsschlagzeilen erscheinen, weil ich heute ein ruhigeres und erfüllteres Leben führe als je zuvor. Wenn Sie trotzdem ein Interview von mir wollen, müssen Sie sich damit zufrieden geben, dass ich Ihnen alles über die Jagd und Hege, mein Lateinstudium oder die Schnitzerei erzähle. Das Showgeschäft gehört schon seit fast fünf Jahren nicht mehr zu mir. Tut mir Leid für Sie."

„Sie sind wirklich zufrieden damit, Lateinstudent und Jäger zu sein?"

„Das ist nur ein geringer Teil dessen, was mir heute wichtig ist, und ja, ich bin zufrieden, sehr zufrieden."

„Aber Ihre Publicity ..."

„Bedeutet mir nichts. Ich brauche und will sie nicht." Sein Tonfall war sanft, aber entschieden. „Tut mir Leid, dass Ihnen nun Ihre Story entgeht, aber ich habe wirklich nichts zu sagen."

„Mr. Cooper? Mr. Cooper."

Garrick wirbelte herum. Die aufgeregte Stimme gehörte einer Frau, die Garrick als Sekretärin in der Fremdsprachenabteilung des Colleges erkannte. Sie hielt mit der einen Hand den lose um die Schultern geworfenen Mantel fest und wedelte in der anderen ein Stück Papier.

„Dem Himmel sei Dank, dass ich Sie noch erwische." Nach dem schnellen Lauf waren die Worte kaum verständlich.

Garrick glaubte, das Blut in seinen Adern erstarre zu Eis. Das Gefühl von Frieden war plötzlich wie weggeblasen.

„Eben kam ein Anruf von Susan Walsh. Sie sollen sofort ins Krankenhaus kommen."

„Gütiger Himmel", flüsterte er rau, sprang in den Wagen, schlug die Tür zu und startete so abrupt, dass Liza sich mit einem Sprung in Sicherheit bringen musste. Sie und ihr Freund, die Sekretärin, das College, die Zeitung – alles war auf einen Schlag vergessen. Garrick konnte nur noch an Leah und das Baby denken. Was war geschehen?

Er fuhr wie ein Wahnsinniger und erreichte den Notaufnahmeeingang des Krankenhauses erst – wie ihm schien – nach einer ganzen Ewigkeit. Drinnen wurde er von einer Stelle an die andere verwiesen, ehe er schließlich bis zu George vordrang. Der legte erst einmal beruhigend den Arm um ihn.

„Die Fruchtblase ist gesprungen. Wir bereiten Leah gerade für den Eingriff vor. Kommen Sie, wir waschen uns inzwischen die Hände."

„Wie geht es ihr?"

„Sie hat höllische Angst."

„Und das Baby?"

„Bislang ist alles in Ordnung. Ich will es so schnell wie möglich holen."

Garrick stellte keine weiteren Fragen.

Leahs Blick war auf die Tür gerichtet, als Garrick eintrat. Sie streckte ihm zitternd die Hände entgegen und klammerte sich verzweifelt an ihn. „Man hat mir gesagt, du seist unterwegs. Gott sei Dank, jetzt bist du bei mir."

„Was ist passiert?"

„Die Blase sprang, obwohl ich einfach nur im Bett lag und mich nicht rührte. Ich kann nichts dafür ..."

„Sei ganz ruhig." Er beugte sich zu ihr nieder und drückte einen Kuss auf ihr Haar. „Du hast nicht das Geringste falsch gemacht, Leah, du hast Georges Anweisungen bis aufs i-Tüpfelchen befolgt. Wie bist du hierher gekommen?"

„Ich hab' Susan angerufen. War das nicht idiotisch? Ich hätte George direkt erreichen können. Stattdessen war ich froh darüber, nicht zum Haupthaus zu Susan hinüberlaufen zu müssen."

„Sehr gescheit von dir, Susan anzurufen. Sie behält selbst im hitzigsten Gefecht einen kühlen Kopf."

„Sie sagte dann umgehend George Bescheid, und George schickte den Rettungswagen, während ich bloß dasitzen und zittern konnte."

„Jetzt ist alles gut, Liebling." Er strich ihr beruhigend übers Haar. Aus den Augenwinkeln verfolgte er die Operationsvorbereitungen. „Alles in Ordnung." Soeben wurde ein Tuch vor Leahs Bauch hochgezogen und befestigt, um das Operationsfeld ihren Blicken zu entziehen. „Hast du Schmerzen?"

Sie schüttelte rasch den Kopf. „Vorhin habe ich wohl einige Wehen gespürt, aber die Periduralanästhesie nimmt jeden Schmerz. Ich merke nichts mehr." Ihre Augen weiteten sich, und ihre Finger klammerten sich um seine Hand. „Ich spüre absolut nichts, Garrick. Bedeutet das etwa ...?"

George trat augenblicklich zu Leah. „Dem Baby geht's gut, Leah. Herztöne und Kontraktionen werden vom Wehenschreiber aufgezeichnet und ständig beobachtet. Alles verläuft absolut normal." Er blickte Garrick, dann wieder Leah fragend an. „Seid ihr bereit?"

Beide nickten heftig, und George begab sich an seinen Platz. Der Narkosearzt ließ sich neben Leahs Kopf nieder, und eine Schwester schob Garrick einen Hocker zu.

„Hoffentlich ist es gesund", flüsterte Leah.

„Natürlich", flüsterte Garrick zurück, aber sein besorgter Blick suchte George.

„Ich glaube an die Kraft positiven Denkens", erwiderte George zuversichtlich, was Leah offenbar beruhigte. „Garrick?" murmelte sie.

„Ja, mein Herz?"

„Ist im College alles glatt gegangen?"

Garrick traf dieser abrupte Themenwechsel völlig unvorbereitet. Er musste sich zwingen, seine Gedanken in andere Bahnen zu lenken, aber er begriff Leahs Absicht und schaffte es ihr zuliebe.

„Glatt ist gar kein Ausdruck. Ich hab' die Prüfung mit Bravour bestanden."

„Ist das dein Ernst?"

Er lächelte ein wenig unsicher. „Glaubst du, ich bin in einer solchen Situation im Stande, Witze zu machen? Ich hatte siebenundneunzig von hundert möglichen Punkten."

„Man sagt, ältere Semester seien motivierter."

„Und noch etwas konnte ich heute mit Erfolg zu einem guten Ende bringen."

„Was?"

„Die leidige Angelegenheit mit Liza Schumacher."

Sie schauten sich in die Augen. Beide wussten um die Bedeutung dessen, was jetzt zur Sprache kam.

„Was ist passiert?"

„Liza fing mich nach der Vorlesung ab. Sie hatte einen Journalisten im Schlepptau."

„Einen Journalisten?!"

„Sie wollten ein Interview."

„Oh nein."

Sie klammerte sich an Garricks Hand. Von jenseits des Sichtschutzes drang Stimmengemurmel an ihr Ohr, nach dessen Grund sie gern gefragt hätte. Sie wagte es aber nicht.

Garrick saß ebenso gespannt neben Leah, suchte Georges Blick, aber dieser konzentrierte sich auf seine Arbeit.

„Ich sagte den beiden, ich sei nicht interessiert, und stellte überrascht fest, dass es die Wahrheit war."

„Und die Versuchung?"

„Ist keine mehr. In diesem Punkt gibt es überhaupt nichts, was mir noch Angst macht."

„Aber wenn sie doch schon einem Reporter erzählt hat, wer du bist ..."

„Sie soll es von mir aus hundert Reportern erzählen. Es hat keine Bedeutung mehr für mich."

„Und wenn einer dieser Reporter eine Story veröffentlicht?"

„Das kann mir nur recht sein. Denn was könnte er schreiben? Dass ich heute ein anderes, ein besseres Leben führe, und das wäre nicht gerade die Sensationsnachricht, die Auflagenzahlen in die Höhe schnellen lässt. Folglich wird er das Interesse verlieren, und mit ihm alle anderen auch."

„Ich freue mich so für dich", flüsterte sie, fügte dann rasch hinzu: „Was machen sie gerade?"

„Dem Baby geht's ausgezeichnet, Leah", ertönte Georges angenehm beruhigende Stimme. „Unterhaltet euch nur weiter. Hört sich faszinierend an."

„Ich will dieses Kind, Garrick", jammerte sie.

„Ich auch, Liebste. Ich auch. Spürst du irgendetwas?"

„Nein."

„Keine Schmerzen?"

„Nein."

Aber Garrick wusste um ihre emotionalen Qualen und warf dem Narkosearzt einen angstvollen Blick zu. „Vielleicht hätten Sie ihr besser eine Vollnarkose gegeben."

„Nein.“ schrie Leah auf. „Ich will sofort wissen, ob das Baby gesund ist.“

„Sie werden es gleich erfahren“, sagte George äußerst gelassen, was Leah augenblicklich beruhigte. Sie zog Garricks Hand an ihre Wange.

„Wann ... Wann sind die Semesterprüfungen?“ erkundigte sie sich flüsternd.

„Nächste Woche. Aber vielleicht gehe ich gar nicht hin.“

„Nach all der Arbeit, die du dafür auf dich genommen hast?“

„Aber ich studiere doch nur zu meinem Vergnügen.“

„Dann mach auch die Prüfungen aus Spaß an der Freud.“

„Prüfungen sind doch nicht zum Spaß da.“

„Ich helfe dir beim Lernen.“

„Wärst du denn ...“

Ein schwacher Schrei unterbrach ihn. Sein Herz schlug plötzlich wie ein Hammer gegen die Rippen, sein Kopf flog hoch.

Leah hielt den Atem an. „Garrick?“ flüsterte sie und dann schrie sie: „George?“

Ein kräftigerer Schrei hallte durch den Raum, gefolgt von Georges zufriedenem Kommentar: „Aha, sie scheint mir eine ganz Lebhafte zu sein.“

„Ein Mädchen“, hauchte Leah, Tränen in den Augen.

Garrick erhob sich und betrachtete das winzige Bündel in Georges Händen. Ein kleiner roter Arm ruderte durch die Luft. Garrick lächelte glücklich und sah Leah in die Augen. „Sie hat mir zugewinkt.“

„Ist sie gesund?“

„Sehen Sie selbst.“ George hob das Baby hoch.

Leah konnte sich kaum fassen vor Freude und Glück. Das Baby strampelte mit Armen und Beinen, sein Geschrei war Musik in Leahs Ohren. Tränen liefen über ihre Wangen. „Sie ... ist gesund. Garrick, wie ... schön ... Siehst du?“

Garrick umarmte Leah. „Ich seh's“, brachte er erstickt hervor und presste seine Stirn an Leahs Stirn.

„Macht mal Pause“, ordnete jetzt der Kinderarzt an, der bei der Operation assistiert hatte, und nahm George behutsam das Baby ab. „Tut mir Leid, Leute. Für ein paar Minuten gehört sie mir.“

Leah und Garrick hörten ihn kaum. Leah schlang die Arme um Garricks Hals, ihre Tränen vermischten sich. Beide waren überwältigt von Dankbarkeit und grenzenloser Freude.

„Amanda Beth. Ein schöner Name für ein schönes Baby.“ Leah lag auf Anweisung des Arztes flach im Bett. Diese vorübergehende Beschränkung machte ihr wenig aus. Garrick war bei ihr, und sie hatten eine gesunde Tochter.

Garrick strahlte vor Stolz. „Der Kinderarzt konnte nichts außer Gesundheit und normalen Reaktionen an ihr feststellen. Sie werden sie sicherheitshalber noch einige Tage genau beobachten, aber sie rechnen nicht mit Komplikationen.“

„Sechseinhalb Pfund.“

„Nicht schlecht, hm?“

„Oh, Garrick, ich bin so glücklich.“

„Wir haben's geschafft. Du hast es geschafft. Ich danke dir, Leah. Danke für unsere wunderschöne Tochter. Danke, dass du mir mein Selbstvertrauen zurückgegeben hast. Danke für deine Liebe.“

Sie ergriff sein Ohrläppchen, zog ihn zu sich herunter und küsste ihn. „Ich danke dir, Liebster. Ich bin rundum glücklich.“

„Das ist gut.“ Garrick nickte und hob den Kopf. „Wir erwarten nämlich in wenigen Minuten Besuch, und dazu brauche ich dich in Topform.“

„Victoria?“ fragte sie aufgeregt.

„Nein, sie kommt erst in ein paar Tagen, um dir zur Hand zu gehen, wenn wir unser Baby nach Hause holen.“

Sie lächelte verzückt „Wir holen unser Baby nach Hause. Ich hatte solche Angst, diese Worte nie aussprechen zu können.“ Plötzlich starrte sie ihn erschreckt aus großen Augen an. „Garrick. Babykleidung, Windeln, ein Bettchen – wir besitzen nichts.“

Garrick ließ sich nicht aus der Ruhe bringen. „Keine Panik. Morgen kaufe ich ein Bettchen, vielleicht sogar eine Wiege. Victoria besorgt den Rest.“

„Victoria? Aber sie kann unmöglich ...“

„Wieso?“ unterbrach er schnell.

„Natürlich kann sie, aber wir dürfen das nicht zulassen.“

„Ich fürchte, sie ist nicht mehr aufzuhalten. Ich rief sie an, teilte ihr die frohe Botschaft mit, und ihre Reaktion war: ‚Herrlich! Oh verdammt! Gleich ist schon Ladenschluss! Ich muss sofort los und Babysachen einkaufen.’ Und schon hatte sie aufgelegt.“

Leah lachte. „Das klingt nach Victoria. Nur so kenne ich sie.“

„Sie fühlt sich für das Baby verantwortlich“, meinte Garrick augenzwinkernd.

„Wir lassen sie besser in dem Glauben, sonst ist sie am Ende frustriert, hm?“

Garrick küsste ihre Nasenspitze. „Du sagst es, mein Schatz.“

„Garrick?“

Susans „Hallo, hallo“ unterbrach sie von der Tür her. George schob sie im Rollstuhl herein, dicht gefolgt von einem Mann, den Leah nie zuvor gesehen hatte.

„Aha. Unsere Besucher.“ Garrick erhob sich rasch, küsste Susan auf die Wange und schüttelte erst George, dann dem anderen Mann die Hand und zog ihn mit sich an Leahs Bett. „Leah, ich möchte dir Richter Hopkins vorstellen. Er wird uns trauen.“

„Trauung?“ schrie Leah auf. „Aber ... Ich kann doch jetzt nicht heiraten.“

„Warum nicht?“

„Ich ... Schau doch, wie ich aussehe! Das Haar klebt am Kopf, und ich bin völlig verschwitzt.“

„Aber du trägst Weiß“, beruhigte Garrick sie schmunzelnd.

„Ein Krankenhauskittel“, protestierte Leah unbehaglich. „Ich darf mich nicht einmal aufsetzen, um mich umzuziehen.“

„Kein Problem“, meldete sich Susan zu Wort und hob eine Schachtel empor. An alle Männer gewandt befahl sie freundlich: „Raus mit euch.“ Für Georges Ohren fügte sie hinzu: „Sei lieb und schick uns eine Schwester, die uns hilft, ja?“ Sie bat den Richter: „Gib uns eine Minute Zeit, Andrew.“ Und Garrick fragte sie: „Halten Sie's noch so lange aus?“

Niemand gab Antwort, denn George schob die beiden Männer einfach vor sich her zur Tür hinaus.

Leah heiratete in dem schicken, cremefarbenen Negligé, das Susan vorausschauend erstanden hatte. Garrick, der dieselbe Cordhose und denselben Pullover trug wie am Vormittag, stand neben dem Bett und hielt Leahs Hand, während der Friedensrichter die kurze Zeremonie vollzog. Danach zauberte George eine Flasche Champagner aus der großen Tasche seines Kittels. Leah starrte auf die Gläser, die wie von ungefähr auf dem Schränkchen standen, und erkannte: Alle waren eingeweiht gewesen, nur sie nicht. Garrick beugte sich zu ihr herunter und flüsterte: „Du darfst eh noch keinen Alkohol trinken, bevor die Wirkung der Medikamente nachgelassen hat, aber dann genehmigen wir uns einen Schluck zur Feier des Tages, obwohl ich mir kaum Anregenderes vorstellen kann als das Glück, das ich empfinde.“

Fünf Tage später brachten Leah und Garrick ihre Tochter in das kleine Gästehaus. Leah erholte sich rasch, und Amanda gedieh prächtig, wie sie sich das immer gewünscht hatten.

Victoria, die bei Walshs im Haupthaus wohnte, war ganz in ihrem Element. Sie entschied, das Baby sei weitaus faszinierender als das ganze Völkchen der Maori zusammen, und stritt mit Garrick um die Ehre, Amanda baden, wickeln und anziehen zu dürfen.

Da Leah stillte, hatte sie Amanda bei den Mahlzeiten ganz für sich. Sie liebte die Momente, wenn das Baby trank und die Welt um sie beide herum nicht mehr wichtig war. Besonders genoss sie die Nachtmahlzeiten, wenn Garrick sich neben ihr ausstreckte und zusah.

„Wie fühlt sich das an?"

„Wenn sie trinkt?"

„Hm ... Tut's weh?"

„Oh nein! Ich spüre nur ein köstliches, sanftes Ziehen."

„Ähnlich dem, das du merkst, wenn ich dich da liebkose?" Er strich zärtlich mit den Fingerspitzen über ihre Brust.

„In etwa. Es kommt mir vor, als rühre sie an unsichtbare Saiten in mir. Ich kann richtig spüren, wie sich die Gebärmutter wieder zusammenzieht. Aber eigentlich ist es ganz anders."

„Inwiefern?"

„Wenn sie saugt, ist diese Tatsache allein schon befriedigend. Wenn du es tust, weckt das in mir den Wunsch nach mehr." Sie errötete. „Nach ganz anderen Empfindungen."

Garrick stöhnte auf, versuchte nicht, seine Erregung zu verbergen. Auch in seinem Blick konnte Leah kaum beherrschtes Verlangen erkennen, allerdings noch viel mehr tief empfundene Liebe.

„Ein Leben ohne dich könnte ich mir beim besten Willen nicht mehr vorstellen, Leah. Du und Amanda ... Wenn ich bedenke, wie ich vorher gelebt habe, gefühllos und sinnlos."

„Schau nicht zurück", flüsterte sie drängend. Sie neigte sich vor und streifte seine Lippen mit einem Kuss. „Die Vergangenheit haben wir bewältigt. Die Gegenwart ist wundervoll für uns. Wollen wir uns nicht zur Abwechslung auf eine viel versprechende Zukunft freuen?“

Genau das taten sie. Garrick beschloss nach langen Gesprächen mit Leah, den College-Abschluss nachzuholen, den er nie gemacht hatte. Trotz aller Anforderungen, die das Baby schon vom Zeitaufwand an ihn stellte, lernte er für seine Abschlussprüfungen und bestand sie mit Auszeichnung. Dieses Ergebnis ebnete ihm den Weg an die Dartmouth-Hochschule, die für ein herausragendes Seminar für alte Sprachen bekannt war.

„Hanover wird dir gefallen“, sagte er zu Leah. „Die Gegend ist sehr reizvoll.“

„Und was wird mit dir? Wird dir die Hütte in den Bergen nicht fehlen?“

„Um ehrlich zu sein, nein“, antwortete er zu seiner eigenen Überraschung wie aus der Pistole geschossen. „Ich bin gern dort oben in den Bergen, aber mein Leben ist heute so erfüllt, dass ich kaum an die Hütte denke. Ich möchte ein Haus in Hanover kaufen und die Hütte als Feriendomizil behalten.“

Gesagt, getan. Mit Amanda fuhren sie nach Hanover, wo sie sich – das Baby sicher im Tragetuch auf Garricks Rücken – alle zum Verkauf stehenden Häuser anschauten und sich auf Anhieb in eine kleine Villa im viktorianischen Stil verliebten. Sie erstanden sie, weil sie obendrein praktisch für ihre Zwecke war. Garrick war zu Fuß in zehn Minuten in der Hochschule. Die Semesterferien verbrachten sie, wenn das Wetter es zuließ, in der Berghütte.

Im Juni, kurz bevor sie sich für den ganzen Sommer dorthin zurückziehen wollten, machte Garrick einen unerwarteten Vorschlag.

„Was hältst du von einem Abstecher nach New York?“

Leah strahlte ihn begeistert an. „New York?“

„Ja, ich weiß, dein letzter Aufenthalt dort war wenig angenehm.“

„Da war ich auch schwanger und müde und besorgt und du wolltest mich nicht begleiten.“ Sie senkte unwillkürlich die Stimme. „Wirst du diesmal mitkommen?“

„Ich kann dich doch nicht allein mit Amanda in die große, gefährliche Stadt fahren lassen! Und außerdem bettelt Victoria schon seit Monaten, wir sollen sie besuchen.“

Sie warf die Arme um seinen Hals. „Ich würde nur zu gern fahren, Garrick, wenn du auch genau weißt, dass du es willst.“

„Ganz genau.“ Er zwinkerte. „Vielleicht ist es ja sogar möglich, dass wir beide mal allein etwas miteinander unternehmen.“

Ihre Reise nach New York verlief in mehr als einer Hinsicht sehr erfreulich. Garrick fühlte sich wohl in der Stadt, genoss Theater, Museen und Restaurants. Und Leah stellte mit Genugtuung fest, dass sie, obwohl sie mit Garrick wundervolle Tage in New York verbrachte, doch am Ende ihres Aufenthalts gern wieder abreiste. Obendrein wartete Victoria mit einer für Leah beruhigenden Nachricht auf. Ihr war zu Ohren gekommen, dass Richard und seine zweite Frau ein zweites Baby verloren hatten. Richards Frau schien das niederschmetternde Ereignis jedoch nicht tatenlos hingenommen zu haben, zumal sie von Leahs Fehlgeburten wusste, und stellte Nachforschungen an. Richard war direkt nach der Geburt adoptiert worden, und seine Frau machte auf dem Weg durch alle möglichen Instanzen seine leiblichen Eltern ausfindig. Sie erfuhr, dass in der Familie Kindersterblichkeit leider sehr häufig war. Die Ursache war noch nicht gefunden worden.

Obwohl Leah aufrichtiges Mitgefühl für die Eltern empfand, konnte sie sich einer gewissen Erleichterung nicht entziehen. „All unsere Sorgen waren überflüssig“, kommentierte sie, aber Garrick widersprach ihr augenblicklich.

„Nein, Liebling. Mag sein, dass sie unbegründet waren, aber sie dienten einem guten Zweck. Ohne diese quälende Sorge hättest du mich nicht verlassen, um nach Concord zu ziehen. Ohne diesen Verlust wäre ich wahrscheinlich mein Lebtag nicht aus der Hütte weggekommen. Denk doch nur, was uns alles entgangen wäre."

Sie wusste, dass er Recht hatte. Sein Selbstvertrauen war völlig wiederhergestellt, seine Selbstachtung hatte sich verfestigt. Nach dem schweren Autounfall konnte er erst seit Leah bei ihm war, dem neu gefundenen Leben einen wirklichen Sinn geben.

„Diese Nachricht bedeutet außerdem für uns, dass wir weitere Kinder haben können", erkannte Leah erfreut. „Ganz unbesorgt."

„Aber noch nicht gleich."

„Vielleicht, wenn Amanda zwei Jahre alt ist."

„Dann werden wir zusehen, dass wir einen Jungen bekommen."

„Und wie willst du das anstellen?"

„Es ist jedenfalls möglich. Ich habe neulich einen Artikel gelesen, in dem ..."

„Seit wann interessierst du dich dafür, wie man das Geschlecht eines Kindes plant?"

„Seit ich die Welt mit anderen Augen sehe und wieder träumen kann."

„Eigentlich hat Planung nichts mit Träumen zu tun, mein Liebling, aber wenn du meinst ..."

In den folgenden Jahren wollten Leah und Garrick noch manchen gemeinsamen Traum verwirklichen. Aber in diesem ersten Sommer mit Amanda waren sie vorerst wunschlos glücklich. Die Sonne meinte es gut mit ihnen, die reine Bergluft war erholsam und erfrischend, und die Pracht der Wälder begeisterte sie stets auf neue. Garrick arbeitete im Garten, und oft krabbelte Amanda neugierig zwischen seinen Füßen herum. Leah hielt sich immer ganz in der Nähe auf und tüftelte wieder Kreuzworträtsel für ihren Verlag aus. Nach wie vor blieb jedoch das thematische Kreuzworträtsel über ‚Garrick und Leah' das für sie vergnüglichste und liebste. Und schließlich musste Amanda noch in das Buchstabenschema eingepasst werden, aber das fiel nicht weiter schwer.

„Aha", neckte Garrick sie, als er ihr einmal über die Schulter schaute. „Jetzt weiß ich auch, warum unser Baby Amanda heißen sollte. Du brauchst unbedingt einen Namen, in dem dreimal ‚A' vorkommt."

„Sie heißt Amanda, weil mir der Name gefällt. Du magst ihn doch auch, und Amanda offensichtlich ebenso."

„Ihr wäre jeder Name recht, solange sie Bananeneis bekommt, wenn sie auf Rufen reagiert."

„Ich liebe Bananeneis."

„Ich auch. Aber dich und Amanda liebe ich unendlich viel mehr. Hey." Er studierte aufmerksam das Kreuzworträtsel. „Hast du das auch mit drin?"

„Was denn?"

„Liebe."

„Natürlich. Sie klingt aus jedem Eintrag."

„Fünf Buchstaben. L-I-E-B-E."

„Auch das Wort selbst ist da."

„Ich find's nicht."

„Schau genauer hin."

„Ich find's nicht."

„Höher."

„Ich find's nicht."

„Weiter rechts."

„Ich find's ni... Ah! Da ist es ja! Zwölf waagerecht: LIEBE. Ganz schlicht und ergreifend. Ich muss schon sagen: Das Wort hat's mir angetan!"

– ENDE –

Barbara Delinsky

Gesucht – Gefunden?

Roman

Aus dem Amerikanischen von
Luise Jansen

MIRA®

1. KAPITEL

Victoria Lesser lehnte sich bequem in ihren Stuhl zurück und betrachtete lächelnd die beiden Ehepaare, die bei ihr zu Gast waren. Die vier Menschen machten einen glücklichen Eindruck. Der dunkelhaarige Neil Hersey war schon rein äußerlich der passende Partner für seine zierliche blonde Frau Deirdre. Aber darüber hinaus waren die beiden auch in fast jeder anderen Beziehung ein perfektes Paar. Zum Beispiel ergänzte seine ruhigere Art, das Leben anzugehen, aufs beste ihre Spontaneität. In den eineinhalb Jahren seit ihrer Heirat hatten die beiden sich als Persönlichkeiten rasch weiterentwickelt und waren beruflich erstaunlich schnell vorangekommen.

Mit den Coopers verhielt es sich ähnlich. Zwar waren sie erst seit sechs Monaten verheiratet, aber sie hatten davor schon ein Jahr lang zusammengelebt. Leah hatte in Garrick endlich den Mann gefunden, der ihr den Mut gab, ihre Träume in die Tat umzusetzen. Und für Garrick bedeutete das Zusammenleben mit der klugen dunkelhaarigen Leah das größte Glück, das er sich vorstellen konnte.

Victoria ließ ihren Blick vom einen zum anderen schweifen. Ein Lächeln huschte über ihr Gesicht. Sie war stolz darauf, die beiden Paare zusammengebracht zu haben.

Die vier jungen Leute waren so in ihre Unterhaltung vertieft, dass Victoria sich einen Moment lang fast überflüssig vorkam. Sie schaute sich in dem beliebten New Yorker Restaurant um und entdeckte mehrere Bekannte.

Dann bemerkte sie, dass Deirdre in die gleiche Richtung sah wie sie. „Kennst du die Fitzpatricks und die Grants?“ fragte sie.

Deirdre nickte. „Sie waren bei Mutters letzter Gartenparty“, erklärte sie.

Neil warf ihr einen belustigten Blick zu. „Weißt du noch, wie schwierig es für uns war, überhaupt an dieser Party teilzunehmen? Wir hatten einen Babysitter für Benji engagiert, aber unser Sohn, der damals etwa drei Monate alt war, wollte davon nichts wissen. Er kann nämlich sehr launisch sein, genau wie seine Mutter."

Deirdre schaute die anderen am Tisch beschwörend an. „Glaubt ihm kein Wort."

„Wie lange machen kleine Kinder ihren Eltern eigentlich solche Szenen, wenn die einmal fortgehen wollen?" erkundigte sich Leah. „Ihr habt ja alle miterlebt, wie Amanda sich heute Abend angestellt hat."

„Ihr solltet euch freuen, dass euer Nachwuchs euch vermisst", rief Victoria aus. Sie hatte keine eigenen Kinder und liebte Babys über alles. „Außerdem scheint sich Amanda inzwischen mit ihrem Babysitter angefreundet zu haben. Jedenfalls ist bisher noch kein Anruf für euch gekommen."

„Du selbst wirst wohl die Erste sein, die man aus unserer Runde herausholt, Victoria. Deine Bekannten dort drüben haben dich entdeckt und winken ganz aufgeregt", bemerkte Garrick.

„Willst du sie nicht wenigstens kurz begrüßen?" fragte Deirdre. „Wenn du nicht an ihren Tisch gehst, kommen sie womöglich gleich an unseren."

Victoria lachte. Sie kannte Deirdres Abneigung gegen die meisten Freunde ihrer Mutter. „Gewiss, ich werde ihnen guten Tag sagen." Damit stand sie auf.

Die Blicke der vier jungen Leute folgten ihr, als sie durch das Restaurant ging. Leah seufzte auf. „Ist sie nicht wunderbar, unsere Victoria?"

„Dieser Meinung waren wir allerdings nicht, als sie dafür sorgte, dass wir zwei wie Gefangene auf dieser Insel in Maine festsaßen", gestand Neil. „Ich glaube, so wütend wie damals habe ich Deirdre nie wieder erlebt."

„Nun, du warst auch nicht gerade bester Laune", wandte Deirdre ein.

„Das kann man wohl sagen.“ Neil lachte leise in Erinnerung an jene Tage. „Ich war nicht auf den Besuch einer Frau vorbereitet. Und du hast dich benommen wie ...“

Mit einem zärtlichen Blick brachte Deirdre ihn zum Schweigen. „Zum Glück waren wir die einzigen Leute auf der Insel“, erklärte sie den anderen. „Tagelang haben wir uns nur angeschrien. Es war einfach schrecklich.“

„Leah und ich hingegen haben uns in der ersten Zeit nur angeschwiegen“, erzählte Garrick. „Wir verbrachten die Zeit gemeinsam in meiner Berghütte, ohne auch nur ein einziges Wort miteinander zu wechseln. Das war auch nicht gerade lustig.“

„Nichtsdestotrotz, das Ergebnis unseres eisigen Schweigens und eures wütenden Geschreis ist doch recht angenehm“, stellte Leah fest

Deirdre nickte. „Da hast du allerdings Recht.“

„Wir sind Victoria wirklich zu Dank verpflichtet“, meinte Neil.

„Vielleicht könnten wir ihr irgendwie eine Freude bereiten“, überlegte Garrick laut.

„Das dürfte nicht leicht sein“, gab Deirdre zu bedenken. „Victoria hat meiner Meinung nach alles, was sie sich nur wünscht.“

„Es muss doch einen Weg geben, ihr unsere Dankbarkeit zu beweisen“, sagte Leah.

Nach längerem Schweigen bemerkte Neil: „Das Einzige, was ihr fehlt, ist ein Mann.“

„Aber nein“, widersprach Deirdre sofort. „Wir wissen genau, dass sie nicht noch einmal heiraten wird. Arthur war ihre große Liebe. Ihn wird sie nie vergessen.“

„Trotzdem besteht durchaus die Möglichkeit, dass sie sich in männlicher Gesellschaft bestens unterhält“, unterstützte Neil seinen Freund Garrick.

„Du meinst, wir könnten ihr zu einem Abenteuer verhelfen, das sie allein niemals erleben würde?“ hakte Garrick nach.

„Unsinn“, fiel Deirdre ein. „Victoria erlebt alles, was sie nur möchte. Sie hat jeden erdenklichen Luxus, geht all ihren Hobbys nach, hat ein Wochenendhaus in Southhampton und reist viel. Dabei fällt mir ein ... Vielleicht könnten wir ihr wirklich eine Freude machen, indem wir eine Yacht für sie mieten. Sie liebt Bootsfahrten.“

Alle am Tisch versanken in nachdenkliches Schweigen. Die beiden Männer hoben gleichzeitig den Kopf.

„Sie dürfte diesen Ausflug natürlich nicht mit irgendwelchen langweiligen Leuten unternehmen“, meinte Neil. „Es müsste zumindest ein interessanter Mann dabei sein.“

„Er müsste gut aussehen“, meinte Deirdre.

„Und klug genug sein“, fügte Leah hinzu. „Schließlich soll Victoria sich angeregt mit ihm unterhalten können.“

„Er müsste finanziell gut gestellt sein“, überlegte Neil. „Sonst kann er sich ein solches Abenteuer überhaupt nicht leisten.“

Garrick nickte. „Dass das Ganze einen abenteuerlichen Anstrich hat, ist überhaupt das Wichtigste.“

„Meinst du, dass Flash für das Unternehmen in Frage käme?“ erkundigte sich Deirdre bei ihrem Mann. Flash war einer ihrer Nachbarn in Connecticut. Er war reich und seit seiner Scheidung ständig auf der Suche nach neuen Wegen, sein Leben zu gestalten.

Neil schüttelte abwehrend den Kopf. „Ich glaube nicht, dass Flash ihr wirklich gefallen würde.“

„Was haltet ihr davon, wenn wir Victoria mit einem von diesen Trappern zusammenbringen, mit denen Garrick befreundet ist?“ fragte Leah.

„Keine schlechte Idee“, meinte Garrick, „aber ich habe da noch einen anderen im Kopf. Und zwar einen meiner Professoren. Ihr wisst ja, dass ich mich in Dartmouth eingeschrieben habe, um Latein zu studieren. Ich könnte mir vorstellen, dass Victoria und Vincent sich glänzend verstehen.“

„Vincent?" wiederholte Leah überrascht. Garrick hatte schon des öfteren über ihn gesprochen, doch nichts hatte den Schluss nahe gelegt, dass gerade dieser Professor interessant für eine Frau wie Victoria sein könne.

„Vincent ist Witwer, und was sein Alter betrifft, so würde er gut zu Victoria passen."

„Hm ...", murmelte Deirdre. „Erzähl uns etwas mehr über diesen Vincent, Garrick."

Garrick begann bereitwillig mit seiner Charakterisierung des Professors. „Also, er heißt Vincent Van Baar. Auf den ersten Blick wirkt er ein wenig konservativ. Deshalb war Leah auch so überrascht, als ich ihn vorschlug."

„Stellt euch vor, er raucht Pfeife", fiel Leah ihm ins Wort.

„Das stimmt. Er trägt auch altmodische Tweedjacken. Und er hat eine scheußliche Aktentasche. All das gehört zu einer Art Spiel, das er mit den Leuten spielt. Er stellt sie sozusagen auf die Probe. Sie sollen herausfinden, ob er wirklich der zerstreute Professor ist, für den man ihn so leicht halten könnte."

„Eine merkwürdige Art von Humor ...", wandte Leah ein. „Ich glaube kaum, dass Victoria für so etwas Verständnis hat."

„Vincent hat auch eine merkwürdige Vorstellung davon, wie man seine Freizeit verbringen kann. Gerade deshalb ist er mir sofort eingefallen, als wir einen Reisegefährten für Victoria suchten. Vincent liebt nämlich Abenteuer. Außerdem sieht er gut aus. Wohlhabend ist er auch."

Leahs Blick zeigte deutlich, dass sie noch längst nicht davon überzeugt war, dass Vincent zu Victoria passen würde.

Also fuhr Garrick fort: „Im Allgemeinen lebt Vincent recht zurückgezogen. Er ist sogar ein wenig schüchtern. Aber er reist viel und das nicht nur zu Studienzwecken. Er liebt es, neue Dinge auszuprobieren. Wenn man ihn erst einmal ein wenig kennt, kann er die erstaunlichsten Geschichten über seine Abenteuer erzählen."

Deirdre hatte sich nach vorn gebeugt.

„Zum Beispiel?" fragte sie gespannt.

„Er ist einmal mit einem Hundeschlitten den Yukon hinuntergefahren."

„Oh ..."

„Dann hat er sich sein Geld als Schlangenbeschwörer in Bombay verdient."

„Tatsächlich?"

„Eine Zeit lang hat er mit den Papuas in Neuguinea gelebt."

„Das hätte Victoria bestimmt auch gereizt", gab Leah zu. „Als ich sie kennen lernte, war sie gerade von einer Reise zu den Maoris in Neuseeland zurückgekommen."

Neil rieb sich die Hände. „Das hört sich doch alles recht gut ein. Lasst uns einmal zusammenfassen, was wir über Vincent wissen. Erstens: Er ist allein stehend und im richtigen Alter. Zweitens: Er sieht gut aus und ist finanziell unabhängig. Drittens: Er ist ein recht bekannter Professor für alte Sprachen. Und viertens liebt er Abenteuer. Jetzt müssen wir uns nur noch überlegen, wie wir ihn und Victoria zusammenbringen." Garrick lachte.

„Die Angelegenheit ist schon so gut wie erledigt. Vincent Van Baar wird nämlich im nächsten Monat nach Kolumbien fliegen, um von dort aus nach Costa Rica zu segeln, wo er einen Schatz heben möchte."

„Einen Schatz?" riefen alle wie aus einem Mund.

Garrick nickte. „Ja. Er hat eine alte Schatzkarte, die meiner Meinung nach durchaus echt sein könnte."

„Du hast sie also gesehen, Garrick?" fragte Deirdre.

„Allerdings. Und ich bin beinahe ebenso wie Vincent davon überzeugt, dass man mit Hilfe dieser Karte den Schatz in Costa Rica finden kann."

„Du machst dich doch nicht über uns lustig?" erkundigte sich Neil zweifelnd.

Garrick schüttelte nur den Kopf.

„Wie aufregend!" ließ sich nun wieder Deirdre vernehmen. „Ich glaube, ein solches Abenteuer würde Victoria reizen."

„Sehr wahrscheinlich“, stimmten die anderen zu.

Neil war, was den Schatz betraf, noch recht misstrauisch, aber auch er war der Ansicht, dass Victoria die Segeltour auf jeden Fall zusagen würde. „Selbst wenn diese Schatzkarte gefälscht ist“, überlegte er laut, „wird Victoria ihren Spaß an der Reise haben. Wie lange soll das Abenteuer denn überhaupt dauern?“

„Zwei Wochen“, erklärte Garrick.

„Hm ... Wenn Victoria und Vincent sich nicht leiden können, werden ihnen diese zwei Wochen wie eine Ewigkeit vorkommen.“

Deirdre lachte. „Victoria hat uns auch gezwungen, es zwei Wochen miteinander auszuhalten, obwohl wir einander nicht ausstehen konnten.“

„Nun, selbst wenn wir einander nicht leiden konnten“, gab Neil zurück, „so spürten wir doch von Anfang an die Anziehungskraft zwischen uns.“

Garrick unterdrückte ein Lachen. Und Leah sagte: „Uns erging es ähnlich. Nur, dass wir wussten, wie viel Zeit wir in der Gesellschaft des unausstehlichen Partners würden verbringen müssen.“

„Das entsprach allerdings nicht Victorias Plan“, gab Garrick zu bedenken. „Sie konnte schließlich nicht ahnen, dass wir infolge des schlechten Wetters so lange in den Bergen gefangen sein würden.“

„Das tut nichts zur Sache“, erklärte Leah. „Victoria selbst hatte mir den Rat gegeben, meine Wohnung aufzugeben und meine Möbel irgendwo unterzustellen. Sie hatte mir vorgeschlagen, eine Zeit lang in dieser Berghütte zu leben, obwohl sie genau wusste, dass die Hütte drei Monate zuvor völlig abgebrannt war. Sie wusste auch, dass du der Einzige warst, an den ich mich wenden konnte, wenn ich erst einmal in der Wildnis war. Mein Gott, wie schrecklich waren diese ersten Tage bei dir ...“

„Victoria hätte es durchaus verdient, auch ein paar solcher

Tage zu erleben", neckte Garrick seine Frau, „vor allem, wenn sie auch solche Nächte ..."

„Garrick!" unterbrach Leah ihn.

Deirdre und Neil lächelten sich verständnisvoll an. Dann sagte Neil: „Costa Rica ist so weit fort von hier. Wenn Victoria wirklich in Schwierigkeiten gerät, an wen könnte sie sich dann wenden?"

„Ganz gleich, ob Vincent sie sympathisch findet oder nicht, er wird sie auf keinen Fall im Stich lassen", versicherte Garrick.

„Er ist ein Gentleman."

„Kannst du dich ebenfalls für ihn verbürgen, wenn er ... Victoria sehr viel attraktiver finden sollte als sie ihn?" fragte Leah.

„Selbstverständlich. Überdies bin ich fest davon überzeugt, dass Victoria sich gegen jeden zudringlichen Mann zur Wehr setzen kann."

Die vier sahen sich an.

„Wir sind also alle der Meinung, dass Victoria das Abenteuer, zwei Wochen mit Vincent Van Baar auf Schatzsuche zu gehen, unbeschadet überstehen wird?" meinte Neil schließlich.

Alle nickten.

„Gut, dann werde ich mit Vincent sprechen, um die Angelegenheit zu regeln", erklärte Garrick. „Victoria informieren wir am besten erst, wenn alles klar ist."

„Sie wird ziemlich überrascht sein!"

„Das geschieht ihr gerade recht. Übrigens, da kommt sie."

Das Gespräch verstummte. Und dann sagte Deirdre laut und deutlich: „Was eure Tochter angeht, Leah, so kann ich dir versichern, dass noch einiges auf euch zukommt So ein Baby ... Oh, hallo, Victoria."

Fünf Tage nach jenem Abendessen in New York erhielt Victoria einen dicken Brief aus New Hampshire. Neugierig las sie, was Garrick geschrieben hatte.

Liebe Victoria,

über das, was du neben meinem Schreiben noch in diesem Briefumschlag findest, wirst du dich sicher wundern. Doch Leah, Deirdre, Neil und ich haben schon seit langem das Gefühl, dass wir dir mehr als ein einfaches Dankeschön schulden. Nun erhältst du von uns eine Rückflugkarte nach Kalifornien und genaue Anweisungen, was du bei deiner Ankunft tun musst. Du sollst nämlich an einer Expedition nach Costa Rica teilnehmen, um dort meinem Lateinprofessor bei der Hebung eines Schatzes zu helfen. Wie du feststellen wirst, ist Vincent Van Baar ein faszinierender Mann, mit dem du dich bestimmt gut verstehst. Wir wissen, dass du in den beiden letzten Juliwochen nichts anderes vorhast, und wünschen dir und Vincent eine schöne Zeit. Mit besten Grüßen,

Garrick, Leah, Deirdre und Neil.

Victoria musste den Brief gleich noch ein zweites Mal lesen. Dann nahm sie das Ticket und ihre Reiseanweisungen zur Hand. Als sie alles gründlich studiert hatte, lachte sie amüsiert. Sie sollte also tatsächlich auf Schatzsuche gehen!

Zuerst würde sie von New York nach Miami fliegen, dann in die Maschine nach Barranquilla in Kolumbien steigen und dort eine Nacht im Hotel bleiben. Am nächsten Morgen sollte eine kurze Busfahrt nach Puerto Colombia folgen, wo Vincent Van Baar mit seinem Boot wartete. Gemeinsam mit ihm und der übrigen Mannschaft würde sie nach Costa Rica segeln. Am Ziel der Reise würde sie Vincent bei der Schatzsuche helfen. Sie fragte sich wirklich, wie das vor sich gehen sollte.

Kopfschüttelnd betrachtete sie noch einmal die Papiere, die auf ihrem Schoß lagen. Noch immer konnte sie es nicht so recht glauben. Sie hatte den vier jungen Leuten an jenem Abend im Restaurant ganz deutlich angesehen, dass sie etwas im Schilde führten.

Nun, das war jedenfalls schlau eingefädelt Sie. hatten sie vor vollendete Tatsachen gestellt. Natürlich konnte sie diesem Van Baar einfach eine Absage schicken. Aber das würde sie nicht tun, wie Garrick sehr richtig vermutet hatte. Sie hatte noch nie an einer Schatzsuche teilgenommen, und die Vorstellung, verborgene Reichtümer zu finden und zu heben, reizte sie gewaltig.

Andererseits ahnte sie, das die vier mit ihrem Plan mehr verfolgten, als ihr einen spannenden Ausflug nach Costa Rica zu ermöglichen. Das Ganze musste etwas mit Vincent Van Baar zu tun haben. Ob die vier etwa Schicksal spielen wollten? Vielleicht hofften sie, dass auch sie, Victoria, und dieser Professor zueinander finden würden.

Sie selbst hatte sich schließlich des öfteren als Heiratsvermittlerin betätigt. Sie war es gewesen, die Deirdre und Neil auf die Insel im Maine geschickt hatte, als die beiden sich nach nichts mehr sehnten als nach absoluter Einsamkeit. Darüber hinaus hatte sie Leah empfohlen, eine Zeit lang in New Hampshire in einer Hütte zu wohnen, die in Wirklichkeit gar nicht existierte. Ihr war bewusst gewesen, dass Leah bei ihrem nächsten und einzigen Nachbarn würde Hilfe suchen müssen, und dass dieser Nachbar niemand anderes als Garrick war.

Victoria seufzte auf. Im Grunde hatte sie nichts zu befürchten, selbst wenn die vier sie unter die Haube bringen wollten. Vincent Van Baar war wahrscheinlich wirklich ein recht sympathischer Mann. Wenn er einer von Garricks Professoren war, so konnte man davon ausgehen, dass er verantwortungsbewusst, gebildet und höflich war. Allerdings musste man eventuell damit rechnen, dass er sich als alt und langweilig erwies. Oder war er vielleicht lediglich der Veranstalter der Schatzsuche? Dann mochten die Herseys und die Coopers an einen ganz anderen Heiratskandidaten für sie, Victoria, gedacht haben. Nun, sie musste sich eben überraschen lassen.

Es gab so viele Fragen, auf die Victoria jetzt keine Antwort fand. Aber eines wusste sie bereits genau: Sie würde in den letzten zwei Wochen im Juli auf Schatzsuche gehen. Sie würde sich auf das Abenteuer einlassen. Und sie freute sich jetzt schon darauf.

Je mehr Zeit verging, desto öfter musste Victoria an die bevorstehende Reise denken. Die Vorstellung, mit einem Segelboot das Karibische Meer zu überqueren, um in einem fremden Land auf Schatzsuche zu gehen, hatte etwas unwiderstehlich Romantisches an sich. Außerdem war sie recht gespannt auf Garricks abenteuerlustigen Professor und die gesamte Crew der Jacht. Vielleicht war sogar der eine oder andere unter der Besatzung ein heimlicher Pirat.

Je eingehender Victoria sich die möglichen Ereignisse der zweiten Julihälfte ausmalte, desto aufgeregter wurde sie. Am Abend des dritten Tages nach dem Erhalt des Briefes beschloss sie, ihre Nichte anzurufen.

„Hallo, Sheila!"

„Victoria! Wie schön, wieder einmal von dir zu hören", rief Sheila aus, die eine sehr herzliche Beziehung zu ihrer Tante hatte.

„Du hättest dich ja auch ruhig einmal melden können", meinte Victoria ein wenig vorwurfsvoll.

„Es tut mir Leid, Victoria, wirklich. Ich hatte so schrecklich viel zu tun", entschuldigte Sheila sich. „Wenn ich abends von der Arbeit nach Hause komme, bin ich meistens völlig erschöpft."

„Bist du etwa gerade erst heimgekommen?"

„Hm ... Wir stellen den Betrieb auf ein neues EDV-System um", berichtete Sheila, die die EDV-Abteilung eines großen Anwaltsbüros in Philadelphia unter sich hatte.

„Dann lastet die Verantwortung sicher schwer auf deinen schmalen Schultern", neckte Victoria ihre Nichte.

Doch Sheila blieb ernst. „Ich will mich nicht beklagen. Unsere neuen Computer sind einfach phantastisch. Wenn wir erst einmal alles im Griff haben, werden wir sehr viel schneller und besser arbeiten können als bisher."

„Und wann wird es soweit sein?"

„Wahrscheinlich Ende nächster Woche. Ich werde wohl am Samstag noch arbeiten müssen, aber damit ist es hoffentlich überstanden."

„Du solltest über deine Arbeit nicht dein Privatleben vergessen."

„Privatleben? Was ist das denn?" gab Sheila zurück.

Diesmal war es Victoria, die nicht auf den scherzhaften Ton einging. „Ich meine es ernst, Sheila", erklärte sie. „Du bist zu jung, um nur an deine Arbeit zu denken. Wenn du nicht aufpasst, bist du eine alte Jungfer, noch ehe du die Dreißig überschritten hast."

Sheila schüttelte abwehrend den Kopf. Dann fiel ihr ein, dass Victoria die Geste natürlich nicht sehen konnte. „Mach dir keine Sorgen", sagte sie.

„Das tue ich aber. Du versuchst gar nicht, dich am Leben zu erfreuen."

„Ich habe das Leben wahrhaftig ausgiebig genossen", entgegnete Sheila leicht gereizt. „Sechs Jahre lang habe ich mich nur meinem Vergnügen gewidmet. Du weißt selbst, wie schrecklich die Folgen dieses Lebens waren."

„Damals warst du noch ein Kind."

„Ich war zweiundzwanzig Jahre alt, als mir bewusst wurde, was ich tat. Zu dem Zeitpunkt war ich längst kein Kind mehr, Victoria."

„Ach, Sheila, wir haben dieses Thema schon so oft diskutiert. Natürlich hast du damals viel falsch gemacht. Aber man kann das Leben auch genießen, ohne sich verantwortungslos zu benehmen. Ich fürchte, du nimmst dir nicht einmal die Zeit, ab und zu ein gutes Buch zu lesen, ins Kino zu gehen, einen Einkaufsbummel zu machen oder dich mit Freunden zu treffen."

„Ich treffe mich mit meinen Freunden", widersprach Sheila.

„Oh ja, du hast mir von deinen aufregenden Verabredungen erzählt. Mit diesem Anwalt unterhältst du dich stundenlang über Rechtsfragen. Das muss wirklich spannend sein, zumal der Mann fast so alt ist wie ich."

Sheila lachte. „Victoria, für deine dreiundfünfzig Jahre bist du sehr lebensfroh und unternehmungslustig."

„Im Gegensatz zu diesem Anwalt, ja", gab Victoria kurz zurück.

„Er ist ja nicht der Einzige, mit dem ich hin und wieder ausgehe", wollte Sheila ihre Tante beruhigen.

„Die anderen sind auch nicht besser. Dieser Börsenmakler zum Beispiel ... Ich darf gar nicht an ihn denken."

„Er ist ein sehr gebildeter Mann."

„Das mag ja sein, aber hast du auch Spaß mit ihm?"

„Er ist ein angenehmer Gesellschafter."

„Das ist dieser Zahnarzt sehr wahrscheinlich auch. Nur wirst du das Leben mit keinem von ihnen wirklich genießen können. Sag mal, Sheila, bist du in letzter Zeit überhaupt mit irgendjemand zusammen gewesen, mit dem du etwas wirklich Schönes unternommen hast?"

„Ich habe einen Ausflug mit Shannon gemacht."

„Shannon ist deine Schwester und zählt nicht", entgegnete Victoria, die wusste, wie gut die beiden sich von jeher miteinander verstanden hatten. Sheila, die Ältere, hatte sich schon als kleines Kind für ihre Schwester verantwortlich gefühlt, und daran hatte sich bis heute nichts geändert.

„Manchmal treffe ich mich mit Judy."

Judy Winter arbeitete als Anwältin in der Firma, bei der auch Sheila beschäftigt war, und die beiden jungen Frauen waren seit einiger Zeit befreundet.

„Wie geht es Judy?" fragte Victoria höflich.

„Gut. Nächste Woche macht sie mit ihrem Mann Urlaub. Sie freut sich sehr darauf."

„Und du, Sheila? Wann willst du Urlaub machen?" erkundigte sich Victoria. „Weißt du, ich möchte dich nämlich bitten, mir einen Gefallen zu tun. Ich brauche dich in der zweiten Julihälfte."

„Ich kann mir im Juli unmöglich frei nehmen", wandte Sheila ein.

„Warum nicht?"

„Weil ich bereits um Urlaub im August gebeten habe."

„Dann teilst du deinem Arbeitgeber eben mit, dass du deine Pläne geändert hast."

„Aber, Victoria ... Ich habe bereits eine Ferienwohnung gemietet."

„Wahrscheinlich für dich allein."

„Ja, natürlich für mich allein. Schließlich möchte ich wenigstens im Urlaub einmal Zeit haben, etwas zu lesen oder nur zum Vergnügen einzukaufen."

„Ich fürchte eher, dass du zwei Wochen lang unentwegt schlafen wirst, Sheila. Glaub mir, du arbeitest einfach zu viel."

„Es würde mir zweifellos gut tun, wieder einmal richtig auszuschlafen."

„Daraus wird leider nichts, Sheila", meinte Victoria sanft. „Ich brauche dich nämlich wirklich in der zweiten Julihälfte. Du musst mich begleiten. Es ist sehr wichtig für mich."

„Nanu, du warst doch noch nie auf meine Hilfe angewiesen", entgegnete Sheila leicht verwirrt.

„Diesmal brauche ich dich jedenfalls. Wir werden gemeinsam nach Kolumbien fliegen, von dort aus nach Costa Rica segeln und uns dann auf Schatzsuche begeben."

„Das kann nicht dein Ernst sein!"

„Doch." Und damit setzte Victoria zu einer ausführlichen Beschreibung des geplanten Abenteuers an. Trotzdem dauerte es noch eine Weile, bis sie ihre Nichte endlich davon überzeugt hatte, dass sie diese Reise nicht allein unternehmen konnte.

Seufzend gab Sheila schließlich nach. „Na gut, ich werde

morgen mit meinem Chef sprechen", erklärte sie. „Wenn ich meinen Urlaub in der zweiten Julihälfte nehmen kann, dann begleite ich dich. Allerdings muss ich dir sagen, dass ich mich regelrecht von dir erpresst fühle."

„Ich danke dir, Sheila", gab Victoria erleichtert zurück. „Ich rufe dich morgen Abend noch einmal an, damit du mich über das Ergebnis der Besprechung mit deinem Vorgesetzten unterrichten kannst."

Wenngleich Sheila noch lange hin und her überlegte, ob sie sich richtig entschieden hatte, war Victoria vollauf zufrieden mit dem, was sie erreicht hatte. Sie zweifelte nicht daran, dass Sheila ihren Urlaub ohne Weiteres zu dem von ihr gewünschten Termin würde nehmen können. Ebenso wenig zweifelte sie daran, dass ihrer Nichte die gemeinsame Reise besser bekommen würde als zwei einsame Wochen in einer Ferienwohnung irgendwo auf dem Lande.

Tatsächlich teilte Sheila ihr am nächsten Abend mit, dass ihr Urlaub genehmigt worden war. Und tags darauf zögerte Victoria nicht, Vincent Van Baar darüber zu informieren, dass er mit einem weiteren Teilnehmer bei der Expedition rechnen musste.

Als sie allerdings seine Telefonnummer gewählt hatte, meldete sich nur der automatische Anrufbeantworter. Dies war ihr gerade recht, denn so konnte Mr. Van Baar nicht widersprechen. Entschlossen sprach Victoria ihre Mitteilung auf das Band:

„Guten Tag, Mr. Van Baar. Hier ist Victoria Lesser aus New York. Ich möchte Ihnen mitteilen, dass ich, wie mit Garrick Rodenhiser abgesprochen, an der Fahrt nach Costa Rica teilnehmen werde. Meine Nichte, Sheila Burke, wird mich begleiten. Sie ist sechsundzwanzig, berufstätig, intelligent und attraktiv. Für alle Kosten, die durch ihre Anwesenheit entstehen, komme ich auf. Sie werden Sheila, ebenso wie mich, also am vierzehnten Juli in Barranquilla kennen lernen. Bis dann!"

Zufrieden mit sich legte sie auf. Als sie vier Tage später eine

Postkarte von Vincent Van Baar erhielt, war sie keinesfalls verwundert, dass er sich mit ihrem Vorschlag einverstanden erklärte.

2. KAPITEL

Am vierzehnten Juli fühlte Sheila sich nicht besonders gut. Am Abend zuvor hatte sie noch lange gearbeitet und dann in aller Eile ihre Koffer gepackt. Nach nur vier Stunden Ruhe hatte der Wecker sie aus dem Schlaf gerissen. Sie hatte geduscht, sich rasch angezogen und war, ohne gefrühstückt zu haben, mit dem Zug nach New York gefahren, wo sie sich mit Victoria verabredet hatte.

Übermüdet und gereizt bestieg sie mit ihrer Tante auf dem Flughafen die Maschine nach Miami, die fast eine Stunde Verspätung hatte. Der Flug selbst war unruhig, und es dauerte nicht lange, bis Kopf- und Magenschmerzen Sheila zu plagen begannen.

In Miami verpassten die beiden Reisenden fast den Anschlussflug nach Barranquilla. Und als sie dort endlich gelandet waren, mussten sie in der schwülen Hitze eine halbe Ewigkeit auf ihr Gepäck warten. Sheila hätte sich am liebsten ins Bett verkrochen und geweint. Aber als sie im Hotel ankamen, war ihr Zimmer noch nicht frei, und sie mussten fast eine Stunde in der Hotelbar verbringen, ehe Sheila sich endlich hinlegen konnte.

„Warum muss so etwas immer ausgerechnet mir passieren?" klagte sie, als sie unter der Bettdecke verschwand. „Oh Victoria, ich fühle mich einfach scheußlich."

Victoria brachte ihr ein Glas Wasser und eine Tablette, tröstete sie ein wenig und beobachtete zufrieden, wie Sheila innerhalb weniger Minuten fest einschlief.

Es war Abend geworden, als Victoria ihre Nichte weckte.

„Hallo, Liebes, geht es dir jetzt besser? Ich war im Zoo, aber ich wollte dich nicht stören. Nun würde ich allerdings gern noch etwas gemeinsam mit dir essen. Was hältst du davon?"

„Ich bin tatsächlich hungrig", meinte Sheila und richtete sich auf.

„Bleib nur liegen. Ich lasse uns etwas aufs Zimmer bringen."

„Wollten wir uns nicht zum Abendessen mit diesem Vincent Van Baar treffen?" erkundigte Sheila sich.

„Er hat uns benachrichtigt, dass wir ihn erst morgen am Hafen kennen lernen werden, da er heute Abend noch damit beschäftigt ist, das Boot seeklar zu machen. Es heißt übrigens ‚Goldenes Echo'."

„Goldenes Echo ...", murmelte Sheila.

„Sehr passend ..."

„Das habe ich auch gedacht", meinte Victoria lachend. „Das Gold der Piraten, ein Echo der Vergangenheit ..."

„Wie groß ist dieses Boot eigentlich?" wollte Sheila wissen. „Wie viele Menschen werden außer uns noch an Bord sein?"

„Ich habe keine Ahnung."

„Victoria", rief Sheila erschrocken aus, „du hast dich doch nicht etwa auf dieses Abenteuer eingelassen, ohne zumindest die wichtigsten Einzelheiten herauszufinden?"

„Doch. Mir genügt es zu wissen, dass Vincent Van Baar Garricks Freund ist."

„Du hast mich gebeten, dich zu begleiten, weil du Garrick und diesem Van Baar nicht traust", widersprach Sheila.

„Nun, das ganze Unternehmen hat tatsächlich etwas Geheimnisvolles und Abenteuerliches an sich", gab Victoria zu. „Deshalb wollte ich auf keinen Fall allein an der Expedition teilnehmen."

Sheila stöhnte. „Worauf habe ich mich da nur eingelassen ..."

„Beruhige dich. Wenn du erst auf dem Sonnendeck der wunderschönen Jacht liegst, die uns nach Costa Rica bringen wird, wenn du in aller Ruhe ein Buch liest oder dich mit den interessanten Teilnehmern dieser Expedition unterhältst, dann wirst du froh sein, dass du meinem Drängen nachgegeben hast."

„Hoffentlich ... Die ‚Goldene Echo' kann genauso gut ein hässlicher alter Kahn sein, auf dem sich außer uns nicht ein einziger vernünftiger Mensch aufhält."

„Aber Sheila, sei doch nicht so pessimistisch. Vincent Van Baar ist schließlich kein Dummkopf. Er ist Professor, und selbst wenn er ein wenig zerstreut sein sollte, so können wir doch davon ausgehen, dass er ein intelligenter und sehr wahrscheinlich unterhaltsamer Reisegefährte ist."

„Da bin ich mir nicht so sicher."

„Auch wenn du ihn nicht mögen solltest, wirst du bestimmt an Bord jemanden kennen lernen, mit dem du dich gut verstehst."

„Ach Victoria, du bist eine unverbesserliche Optimistin. Ich hoffe nur, dass du in deinen Erwartungen nicht zu sehr enttäuscht wirst. Wollen wir jetzt erst einmal etwas essen?"

Im Hafen entdeckten Victoria und Sheila das Boot mit der Aufschrift ‚Goldenes Echo' sofort. Es war am Ende des Piers festgemacht und unterschied sich auffallend von den anderen Jachten, die dort vor Anker lagen. Um genau zu sein: Die ‚Goldenes Echo' war keinesfalls die schnittige Jacht, die sich Victoria vorgestellt hatte.

Sie wollte ihren Augen zunächst nicht trauen, legte ihrer Nichte den Arm um die Schulter und schaute schweigend auf das Boot, auf dem groß und deutlich geschrieben stand: ‚Goldenes Echo'."

„Ein Schlauchboot wäre schlimmer", murmelte Victoria schließlich.

„Wahrscheinlich ist es ein echtes Piratenschiff ..."

„Dafür ist es zu klein."

„Auf jeden Fall scheint es einige Gefechte hinter sich zu haben. Es wundert mich nur, dass es nicht schon längst gesunken ist."

„Ich finde, es sieht noch recht seetüchtig aus", versuchte Victoria sich selbst Mut zu machen.

„Das finde ich nicht", widersprach Sheila.

„Immerhin ist es ein Boot mit Charakter."

„Mit einem schlechten Charakter wahrscheinlich."

„Ach was, wenn erst die Segel gesetzt sind, wird es sogar sehr hübsch aussehen."

„Sofern sich die Segel überhaupt setzen lassen ..."

„Bitte, Sheila, nun sei doch nicht so pessimistisch. Ich bin ganz sicher, dass das Boot seetüchtig ist. Sonst hätte Garrick, der mein Freund ist, mich nicht für diese Seereise angemeldet."

„Ich wäre lieber in meiner Ferienwohnung, wo meine einzige Sorge die nächste Mahlzeit wäre."

„Über Mahlzeiten brauchst du dir hier jedenfalls keine Gedanken zu machen. Die werden uns bestimmt regelmäßig serviert. Außerdem kannst du dich auf dem Deck sonnen und ..."

„Ich sehe aber keine Liegestühle."

„Dann legst du dich eben auf dein Handtuch." Langsam wurde Victoria ungeduldig.

„Das werde ich nicht tun. Ich werde nämlich dieses Geisterschiff gar nicht erst betreten."

Damit wandte Sheila sich um und wollte fortgehen.

Doch Victoria hielt sie fest. „Hallo", rief sie laut, „ist da jemand? Wir suchen Vincent Van Baar."

Auf dem Deck tauchte ein Mann auf, der Sheila entgeistert anblickte.

„Ich bin Vincent Van Baar", erklärte er. „Und Sie sind sicher Mrs. Lesser und Miss Burke. Wir haben Sie erwartet. Bitte, kommen Sie doch an Bord."

Einen Moment lang standen die beiden Frauen wie angewurzelt. Keine von ihnen war auf Van Baars Erscheinung gefasst gewesen. Er mochte Mitte fünfzig sein und war groß und kräftig gebaut. Sein dunkelblondes Haar war kurz geschnitten, schien aber seit Tagen nicht mehr gekämmt worden zu sein. Sein freundliches Gesicht war leicht gerötet, was die Folge der tropischen Sonne sein mochte.

Am auffälligsten war jedoch seine Kleidung. Offenbar hatte er sich bemüht, wie ein echter Pirat aufzutreten. Er trug ein weißes, vor dem Bauch verknotetes Hemd, dazu Kniebundhosen und schwere Lederstiefel. Nur der Dolch in seinem Gürtel fehlte.

„Er hat die schwarze Augenklappe vergessen", flüsterte Sheila Victoria zu.

„Pst ... Ich finde ihn toll", gab diese leise zurück. Und ohne Sheila loszulassen, trat sie auf die Gangway. Van Baar ergriff ihre freie Hand und half ihr an Bord.

„Ich freue mich, Sie endlich kennen zu lernen, Professor Van Baar", begrüßte Victoria ihn herzlich. „Ich bin Victoria Lesser, und dies ist meine Nichte Sheila Burke."

Van Baar schüttelte ihr und Sheila, die eisern schwieg, die Hand. „Willkommen an Bord. Ich hoffe, Sie haben uns ohne Weiteres gefunden."

„Natürlich", erklärte Victoria mit einem Lächeln. „Das Schiff war nicht zu übersehen. Was für ein erstaunliches Boot ..."

„Ich war der Meinung, dass dieses Boot einfach besser zu einer Expedition wie der unseren passt als eine moderne Jacht", meinte Van Baar. „Sie ist nicht mehr ganz jung, aber man kann sich auf sie verlassen."

„Haben Sie sie bereits gesegelt?" erkundigte sich Sheila.

„Ich habe ähnliche Boote gesegelt", sagte Van Baar, und aus seiner Stimme klang fast etwas wie ein schlechtes Gewissen. „Ich bin leider selbst erst gestern in Barranquilla angekommen, deshalb hatte ich noch keine Gelegenheit, die ‚Echo' zu erproben. Ich war gestern noch damit beschäftigt, Vorräte für die Reise einzukaufen und alles vorzubereiten. Ich hoffe, Sie haben

Verständnis dafür, dass ich Sie deshalb gestern Abend nicht wie geplant begrüßen konnte."

„Aber natürlich." Victoria schenkte ihm ein strahlendes Lächeln. „Wir waren sowieso erschöpft von dem langen Flug und sind früh schlafen gegangen."

Van Baar erwiderte ihr Lächeln. „Dann sind Sie jetzt hoffentlich ausgeruht und gut gelaunt." Er fuhr sich kurz mit der Hand durchs Haar, als wüsste er nicht recht, was er als Nächstes sagen sollte. Plötzlich fiel ihm Victorias und Sheilas Gepäck auf dem Pier ein. „Ah, Ihre Koffer. Ich werde sie eben an Bord holen und Ihnen dann das Boot zeigen."

Kaum hatte er die Gangway betreten, als Sheila Victoria zuflüsterte: „Komm schnell, noch können wir diesen Kahn verlassen."

„Unsinn", entgegnete Victoria. „Uns erwartet ein Abenteuer, und ich freue mich darauf."

„Bist du etwa lebensmüde?"

„Glaub mir, Liebes, das Boot ist genauso seetüchtig wie eine moderne Jacht. Außerdem gefällt mir dieser Professor ausnehmend gut."

„Prima. Wenn du dich so gut mit ihm verstehst, brauchst du mich ja nicht", erklärte Sheila und versuchte, sich aus Victorias Griff zu befreien. „Ich werde also meinen Koffer nehmen und ..."

„Und hier bleiben", vollendete Victoria ungerührt Sheilas Satz.

„Bitte, Victoria, du wirst hier genug andere Leute kennen lernen, mit denen du ..." Die Worte erstarben ihr auf den Lippen. Wo waren all diese anderen? Es war so still an Bord. Sie ließ ihren Blick über das leere Deck schweifen. „Wo mögen die anderen nur sein?" murmelte sie.

Die gleiche Frage hatte sich auch Victoria gestellt. Sie hatte erwartet, zu einer größeren Gruppe von Schatzsuchern zu gehören. Es war ihr jedoch ebenfalls recht, sich auf das Abenteuer allein mit Sheila, Van Baar und nur zwei oder drei anderen einzulassen. Allerdings hoffte sie sehr, dass sich zumindest ein junger Mann unter den Expeditionsteilnehmern befand. Es würde Sheila gut tun, mit einem attraktiven gleichaltrigen Mann zu reisen.

Unterdessen war Van Baar mit dem Gepäck an Bord gekommen.

„Wir erwarten nicht, dass Sie uns bedienen“, erklärte Victoria und griff nach ihrem Koffer. „Sie brauchen uns nur zu zeigen, wo wir untergebracht sind.“

„Das kommt gar nicht in Frage“, erwiderte Van Baar und hielt ihren Koffer fest. „Später werde ich genug mit dem Steuern des Boots zu tun haben, jetzt aber möchte ich Ihnen gern ein wenig behilflich sein.“

„Danke“, meinte Victoria lächelnd. „Wird dieser Service allen Mitreisenden zuteil?“ Dabei dachte sie an all die attraktiven jungen Männer, die sie bisher nicht hatte entdecken können.

„Nein, Madam“, erklärte Van Baar, „nur den weiblichen Expeditionsteilnehmern, Ihnen und Ihrer Nichte.“

„Oh ...“ Sheila fiel es schwer, ihr Entsetzen zu verbergen.

Victoria hingegen freute sich. Keine anderen Frauen an Bord! „Wie groß ist unsere Gruppe denn, Professor Van Baar?“ erkundigte sie sich.

„Nennen Sie mich doch einfach Vincent“, schlug er vor.

„Einverstanden. Aber nun verraten Sie mir, wer alles an der Expedition teilnehmen wird.“

„Nur wir drei und mein Neffe. Hat Garrick Ihnen das denn nicht mitgeteilt?“

Victoria blickte ihn erschrocken an. „Nein“, murmelte sie, „das hat Garrick mir nicht gesagt.“

„Wie nachlässig von ihm“, meinte Vincent Van Baar, wobei in seinen Augen der Schalk aufblitzte. „Ursprünglich hatten wir das Unternehmen nur zu zweit geplant. Als Garrick mich jedoch bat, Sie mitzunehmen, sah ich darin kein Problem. Und natürlich ist auch noch Platz genug für Ihre Nichte."

Sheila hätte am liebsten vor Wut und Enttäuschung geschrien. Außer ihr und Victoria würden nur noch zwei Männer an Bord sein, das Boot flößte ihr keinerlei Vertrauen ein, und überhaupt fand sie die ganze Situation unmöglich.

„Ich muss Sie darauf aufmerksam machen, dass ich sehr leicht seekrank werde", erklärte sie.

Vincent Van Baar lächelte sie ermutigend an. „Wir werden bestimmt nicht in einen Sturm geraten, und außerdem habe ich Medikamente gegen Seekrankheit an Bord. Soll ich Ihnen jetzt Ihre Kabine zeigen?"

Alexander Van Baar ärgerte sich über die bevorstehende Fahrt auf der ‚Echo' fast so sehr wie Sheila Burke. Er saß mit verschränkten Armen auf der Bank und lauschte aufmerksam dem Gespräch, das auf dem Deck über ihm geführt wurde. Auch er hatte andere Pläne für den Urlaub gehabt, als sein Onkel ihn anrief, um ihm mitzuteilen, dass er unbedingt für seinen erkrankten Freund einspringen müsse.

Alexander erinnerte sich noch genau an den bittenden Ton in der Stimme seines Onkels, als dieser ihm erklärt hatte, dass er ohne seine Hilfe die geplante Expedition nach Costa Rica nicht würde unternehmen können.

Natürlich hatte Alex sofort zugesagt. Er und Vincent waren die einzigen überlebenden Mitglieder einer einst großen Familie, und sie waren einander sehr zugetan. Alex wollte auf keinen Fall, dass sein Onkel die geplante Schatzsuche aufgeben musste, weil ihm auf dem Boot ein zweiter Mann zum Segeln fehlte. Allerdings hatte Vincent ihm bis zur letzten Minute verschwiegen, dass sie zwei nicht allein auf der ‚Echo' sein würden.

Die Vorstellung, mit einer Frau zu reisen, gefiel Alex nicht im Geringsten. Und noch viel weniger behagte es ihm, dass er sich nun mit zwei Frauen auf demselben Boot befand. Im Prinzip hatte er durchaus nichts gegen weibliche Gesellschaft. Aber im Urlaub wollte er sich entspannen. Und dazu gehörte für ihn, dass er sich völlig ungezwungen bewegen konnte, ohne auf irgendjemanden Rücksicht nehmen zu müssen. Er hatte gehofft, sich zwei Wochen lang nicht rasieren zu müssen, nackt schwimmen zu können und dergleichen mehr.

Als Alex hörte, dass Vincent bereits die Koffer der beiden unerwünschten Gäste an Bord brachte, schwor er sich, keiner der beiden Frauen auch nur den kleinsten Gefallen zu tun. Doch als er dem Gespräch zwischen Victoria und seinem Onkel eine Weile zugehört hatte, musste er zugeben, dass Victorias Art zu sprechen recht sympathisch klang.

Hoffentlich war Vincent nicht auch dieser Meinung. Denn wenn er Victoria attraktiv fand, so würde das zur Folge haben, dass er, Alex, sich um die Nichte kümmern musste. Was die bisher von sich gegeben hatte, gefiel ihm überhaupt nicht.

Als er Schritte auf der Treppe vernahm, rührte er sich nicht vom Fleck. Dann sah er Vincent und die beiden Frauen.

„Das ‚Goldene Echo' ist vor einigen Jahren restauriert worden", sagte Vincent gerade. „Die Kabinen sind komfortabel, und die Küche ist modern eingerichtet."

Jetzt hatte Vincent seinen Neffen bemerkt. Er setzte die Koffer ab und stellte Alex den beiden Frauen vor. Alex nickte Victoria und Sheila zu, ohne sich zu erheben. Vincent war insgeheim dankbar dafür, denn Alex war noch größer als er selbst, und wenn Alex schlechter Laune war, so wie heute, dann konnte er anderen Menschen durchaus Furcht einflößen, wenn er sich vor ihnen in voller Größe aufrichtete.

Alex verriet mit keiner Miene, wie angenehm ihn Victorias Auftreten überraschte. Sie wirkte überaus lebenslustig und sah viel jünger aus, als sie nach den Erklärungen seines Onkels sein musste. Sie begrüßte Alex mit einem warmen Lächeln.

„Ich freue mich, Sie kennen zu lernen, Alexander", sagte sie. „Wir sind Ihnen und Ihrem Onkel wirklich dankbar, dass wir an dieser Expedition teilnehmen dürfen. Ich habe in meinem Leben schon viel unternommen, aber auf Schatzsuche habe ich mich noch nie begeben. Ich freue mich sehr darauf.“

Gegen seinen Willen erwiderte Alex ihr Lächeln. Dann richtete er den Blick auf Sheila Burke, um auch ihr kurz zuzunicken. Sie sah zweifellos gut aus, genau wie ihre Tante. Aber ansonsten schienen die beiden völlig verschieden zu sein. Sheila lächelte nicht, und ihr Blick deutete ebenso wie jede ihrer Gesten an, dass ihr weder das Boot noch deren Besatzung gefiel. Die beiden jungen Leute sahen sich finster an. Um weitere Spannungen zu vermeiden, bat Vincent Victoria und Sheila, ihm zu ihrer Kabine zu folgen. „Wenn Sie Ihr Gepäck dort abgestellt haben, können wir uns alles andere in Ruhe anschauen“, erklärte er.

Vincent führte Victoria und Sheila zu ihrer gemeinsamen Kabine und zeigte ihnen anschließend den Salon, die Küche und die Kapitänskajüte. Unterwegs berichtete er, dass er seinen Neffen in letzter Minute hatte bitten müssen, an der Expedition teilzunehmen.

„Ich brauche einen Gehilfen, der segeln kann“, erklärte er. „Und mein Freund, der mich ursprünglich begleiten wollte, ist leider plötzlich erkrankt und musste auf die Reise verzichten. Da ich nicht wusste, ob eine von Ihnen etwas vom Segeln versteht, hielt ich es für das Beste, Alex um Hilfe zu bitten.“

Victoria nickte verständnisvoll. „Gott sei Dank, denn ich muss gestehen, dass ich nie gelernt habe, ein Boot zu steuern. Und Sheila geht es genauso.“

Im Stillen verfluchte Sheila alle Segelboote der Welt und alle Neffen, die segeln konnten, ganz besonders. Sie war nur froh, dass Alexander sich nicht blicken ließ, während sie mit Vincent und Victoria das Boot besichtigte.

Als die beiden Frauen schließlich wieder in ihre Kabine zurückkehrten, um auszupacken, meinte Victoria gut gelaunt:

„Siehst du, Sheila, so schlimm ist es wirklich nicht. Wir haben sogar ein eigenes Badezimmer. Auch wenn das Boot nicht die moderne Jacht ist, die wir uns erträumt haben, so werden wir dennoch bestimmt eine angenehme Überfahrt nach Costa Rica haben."

Sheila warf ihr nur einen bösen Blick zu.

„Komm, Liebes", ermutigte Victoria sie, „mach einfach das Beste aus der Situation." Sie ließ sich aufs Bett sinken und erklärte: „Die Betten scheinen bequem zu sein, und überhaupt ist die Kabine recht geräumig."

„Die Betten sind fest mit der Wand verschraubt", stellte Sheila fest, „obwohl Vincent gesagt hat, wir brauchen nicht mit einem Sturm zu rechnen."

„Er hat sicher Recht. Aber wir wissen nicht, auf welchen Meeren das Schiff sonst unterwegs ist."

„Hm ... Und wo sollen wir uns aufhalten, wenn wir nicht gerade schlafen?"

„Im Salon natürlich."

„Dort werden wir nie ungestört sein", gab Sheila zu bedenken. Sie wollte einfach nichts Gutes an der bevorstehenden Reise entdecken. Außerdem war ihr die Vorstellung, sich längere Zeit im gleichen Raum wie Alexander aufhalten zu müssen, wirklich alles andere als angenehm.

„Wir werden genug Gelegenheit haben, ungestört zu sein", widersprach Victoria ihrer Nichte, deren schlechte Laune sie zu reizen begann. „Ich möchte wetten, dass dir dieser Urlaub sehr viel besser gefallen wird, als du zurzeit annimmst."

Missmutig schaute Sheila sich um. Dabei bemerkte sie die geöffneten Bullaugen. „Naja", murmelte sie, „wenigstens ist es hier einigermaßen hell. Und wir haben frische Luft."

„Ja, und ich bin davon überzeugt, dass wir noch mehr solcher angenehmen Überraschungen erleben werden."

„Die Einrichtung selbst gehört jedenfalls nicht dazu. Es ist alles ein wenig primitiv. Findest du das nicht?"

Victoria hatte unterdessen begonnen, ihren Koffer auszupacken, und reagierte nicht auf Sheilas Worte.

„Victoria!"

„Hm ..."

„Was wusstest du eigentlich über diese Reise, ehe wir sie antraten?"

„Darüber haben wir uns doch schon ausführlich unterhalten."

„Nicht ausführlich genug für meinen Geschmack. Also beantworte mir bitte meine Frage. Warst du darüber informiert, dass wir nur zu viert sein würden?"

„Nein, ich hatte keine Ahnung davon."

„Du hättest dich wirklich eingehender nach allem erkundigen müssen. Denn letztlich bin ich die Leidtragende. Du magst Vincent, nicht wahr, und er mag dich. Das wird zur Folge haben, dass ihr viel Zeit miteinander verbringt, während ich der Gesellschaft seines schrecklichen Neffen ausgeliefert bin."

Victoria zuckte mit den Schultern. „Bisher bist du in solchen Situationen immer sehr gut zurechtgekommen."

„Du hast mich also nicht zu dieser Reise aufgefordert, weil du mich mit Alexander zusammenbringen willst?" fragte Sheila misstrauisch. Sie wusste sehr gut über das „Hobby" ihrer Tante Bescheid.

„Du tust mir Unrecht, Sheila. Ich habe dich vor fast einem Monat gebeten, mich auf dieser Reise zu begleiten. Und wie du selbst gehört hast, ist Alexander erst in letzter Minute für einen Freund Vincents eingesprungen. Außerdem weiß ich wirklich nicht, warum du ihn so schrecklich findest. Vielleicht ist er genauso nett wie sein Onkel."

„So", rief Sheila ärgerlich aus, „du hast mich also doch absichtlich mit ihm zusammengebracht!"

„Sei nicht albern", entgegnete Victoria ungeduldig. „Wie hätte ich das tun sollen, ohne bis heute von seiner Existenz zu wissen?"

„Wenn wir doch wenigstens nicht zu viert wären", seufzte Sheila.

„Wenn ich doch wenigstens dein Gejammer nicht länger anzuhören brauchte", gab Victoria zurück. „Du bist schließlich nicht die Einzige, die sich hier alles etwas anders vorgestellt hat. Aber ich muss sagen, dass ich mich immer mehr mit der Situation anfreunde. Was hast du eigentlich an Alexander auszusetzen?"

„Er hat sich ausgesprochen unhöflich benommen. Er hätte zumindest aufstehen können, als wir ihm vorgestellt wurden."

„Vielleicht hatte er genau wie du andere Pläne, als sein Onkel ihn bat, an der Expedition teilzunehmen."

Plötzlich standen Sheila die Tränen in den Augen. Sie umarmte Victoria und barg den Kopf an ihrer Schulter. „Ich fühle mich so schlecht", murmelte sie. „Ich bin hier, weil ich dich gern habe, Victoria, aber ..."

Victoria zog Sheila tröstend an sich. „Du weißt, wie viel du mir bedeutest, Liebes. Es tut mir Leid, dass ich dich in diese Situation gebracht habe. Trotzdem bin ich davon überzeugt, dass dir die Reise, sobald du dich wieder etwas besser fühlst, sehr gefallen wird. Komm, halt die Ohren steif. Es wird noch alles gut werden."

Etwas später ging Victoria an Deck, während Sheila in der Kabine zurückblieb, um ihren Koffer auszupacken. Das war schnell erledigt, aber dennoch konnte sie sich nicht dazu überwinden, die Kabine zu verlassen. Sie musste sich widerwillig eingestehen, dass sie sich davor fürchtete, Alexander zu begegnen.

Nachdem sie noch etwas herumgetrödelt hatte, zwang sie sich, die Kabinentür zu öffnen und an Deck zu gehen. Sie kam gerade rechtzeitig, um zu beobachten, wie Vincent die Gangway einzog und die ‚Echo' von einem Schlepper aus dem Hafen gezogen wurde.

Sheila trat auf die alte Kommandobrücke und betrachtete

das ruhige Meer. Sie musste zugeben, dass es wirklich ein wunderschöner Tag zum Segeln war. Eine leichte Brise war aufgekommen und minderte die Hitze der Sonne, die strahlend über der Karibischen See stand.

Aufseufzend stützte Sheila sich auf die Reling. Trotz allem wäre es ihr am liebsten gewesen, wenn sie in Barranquilla auf die Rückkehr ihrer Tante hätte warten können. Das gute Wetter konnte sie nicht darüber hinwegtrösten, dass sie sich auf einem Boot befand, das ihr nicht gefiel, und zu dessen Besatzung ein junger Mann gehörte, den sie verabscheute.

„Bedauern Sie, dass Sie hier sind?" ließ sich in diesem Moment eine angenehme männliche Stimme vernehmen.

Ohne sich umzusehen, wusste Sheila, dass Alexander direkt hinter ihr stand. „Warum sollte ich das?" gab sie zurück. „Ich habe Urlaub, und ich bin entschlossen, ihn zu genießen."

„Bisher scheint Ihnen das aber nicht besonders gut gelungen zu sein." Alexander stellte sich neben sie und musterte sie eingehend.

Sheila bemühte sich sehr, sich nicht von seiner Größe und seinem forschenden Blick beeindrucken zu lassen. Sie erwiderte nichts auf seine Bemerkung, sondern schaute entschlossen aufs Meer hinaus.

Nach ein paar weiteren erfolglosen Versuchen, Sheila in ein Gespräch zu verwickeln, sagte Alexander schließlich: „Ich weiß genau, dass Ihnen die ‚Echo' nicht gefällt, und ich frage mich, warum Sie überhaupt hier sind."

„Meine Tante hat mich gebeten, sie zu begleiten", erwiderte Sheila, ohne nachzudenken.

„Und Sie haben ihr diese Bitte sofort erfüllt?"

Sheila wandte sich Alexander zu und bedauerte diese Bewegung sofort. Er war so viel größer als sie und wirkte, wie sie sich widerwillig eingestehen musste, sehr männlich.

„Ich hätte ihr absagen sollen", erklärte sie. „Es ist eigentlich nicht mein Stil, mit einem Piratenboot auf Schatzsuche zu gehen."

Alexander betrachtete aufmerksam ihr abweisendes Gesicht. Sie war wirklich eine Schönheit, aber sie war so kühl und zurückhaltend. Weder ihr Blick noch ihre sparsamen Gesten ließen auf menschliche Wärme schließen. Er traute ihr durchaus zu, auch den anderen die Freude an der Fahrt zu verderben. Daher erklärte er: „Wenn Sie irgendetwas tun oder sagen, um meinen Onkel zu verletzen, dann werden Sie das bedauern."

Seine Drohung traf Sheila völlig unerwartet. Sie sah ihn erschrocken an. „Wie kommen Sie auf die Idee, dass ich so etwas tun würde?" fragte sie schließlich.

„Mir sind schon genug Menschen wie Sie begegnet. Sie haben an allem etwas auszusetzen. Wahrscheinlich können Sie es nicht ertragen, dass andere sich wohler fühlen als Sie selbst."

Sheila holte einmal tief Luft und sagte dann: „Ich bin froh, dass Sie mir so ehrlich mitgeteilt haben, was Sie von mir denken. Da wir in den nächsten Tagen auf so engem Raum miteinander werden leben müssen, ist es wirklich das Beste, wenn man weiß, woran man mit den anderen ist."

„Da sind wir einer Meinung", erwiderte Alexander, „ich hoffe, Sie vergessen meine freundliche Warnung nicht."

„Freundlich?"

„Nun ja, ich war vielleicht ein wenig zu deutlich. Aber ich will Ihnen nicht verschweigen, dass ich Sie für hartherzig und kleinlich halte."

Wütend erwiderte Sheila seinen Blick. „Wie kann man nur so arrogant sein! Sie kennen mich erst seit wenigen Minuten und maßen sich schon ein Urteil über mich an. Sie wissen nicht, was ich beruflich oder privat tue, Sie wissen nicht, was ich denke und fühle. Aber Sie sind davon überzeugt, mir nicht nur Ratschläge geben zu können, sondern mir sogar drohen zu dürfen. Wofür halten Sie sich überhaupt?"

Alexander zuckte die breiten Schultern. „Sie sollten meine Warnung jedenfalls nicht in den Wind schlagen."

Sheila lachte spöttisch und musterte nun ihrerseits Alexander ebenso eingehend wie er zuvor sie. Er war wirklich gut gebaut, darüber konnten weder die geflickten Shorts noch das verwaschene T-Shirt hinwegtäuschen. Ja, seine lässige Kleidung brachte seine Kraft und Ausstrahlung sogar besonders deutlich zur Geltung.

Schade, ging es ihr durch den Kopf, dass er ein solches Ekel ist.

3. KAPITEL

Victoria war neben Vincent an die Reling getreten. „Wie weit wird das Schiff noch geschleppt?" fragte sie.

„Nur noch wenige hundert Meter. Sehen Sie, wir haben den Hafen schon fast hinter uns gelassen, und der Wind ist heute sehr günstig zum Segeln."

Sheila kam gerade rechtzeitig, um seine Antwort zu hören. „Was geschieht, wenn wir in eine Flaute geraten?" erkundigte sie sich.

Vincent lächelte. „Dann werden wir uns auf dem Deck zum Sonnenbaden ausstrecken und im Meer schwimmen, bis erneut Wind aufkommt."

Die Vorstellung, womöglich tagelang irgendwo festzuliegen, gefiel Sheila gar nicht, vor allem nicht, wenn sie daran dachte, dass Alexander dann nicht mit dem Manövrieren des Bootes beschäftigt sein würde. Wahrscheinlich würde er, genau wie sie selbst, die Zeit nutzen, um sich zu sonnen.

„Wie lange werden wir, wenn alles gut geht, bis Costa Rica brauchen?" wollte sie wissen.

„Nun", überlegte Vincent, „die ‚Echo' ist natürlich kein schnelles Boot. Auch bei gutem Wind müssen wir vier Tage bis Costa Rica rechnen."

In diesem Moment stieß Alex zu der kleinen Gruppe, und

Sheila beschloss, keine weiteren Fragen zu stellen. So war es Victoria, die sich nach der Vorgeschichte der ‚Echo' erkundigte.

Vincent hatte bereits mit seiner Erklärung begonnen, als er feststellte, dass er die Segel setzen musste. So blieb es Alex überlassen, Victorias Neugier zu befriedigen.

„Die ‚Echo' ist ein Nachbau eines Schiffes aus dem achtzehnten Jahrhundert", begann er. „Sie wurde etwa neunzehnhundertzwanzig von einem Mann namens Horgan in Auftrag gegeben. Horgan war selbst Seemann, und er war der Meinung, dass die modernen, schnelleren Schiffe gegenüber den älteren viel an Schönheit eingebüßt hatten."

„Wo hat er die ‚Echo' gesegelt?" fragte Victoria.

„Vorwiegend an der Ostküste der Vereinigten Staaten."

„Etwa nur zu seinem eigenen privaten Vergnügen?" entfuhr es Sheila.

Alex warf ihr einen spöttischen Blick zu. „Manche Leute tun das tatsächlich."

„Wahrscheinlich machte es ihm Spaß, den Leuten sein ungewöhnliches Boot vorzuführen", stellte Victoria fest.

„Ganz sicher", stimmte Alex ihr zu. „Obwohl das allgemeine Interesse an dem Schiff heute wahrscheinlich größer ist. Immerhin gab es genug Menschen, die die ‚Echo' einmal segeln wollten. Deshalb begann Horgan, es zu vermieten, nachdem er und seine Familie mehrmals den Atlantik überquert hatten und das Boot den Reiz des Besonderen für ihn verloren hatte."

Victoria nickte nachdenklich. „Und seitdem also wird die ‚Echo' von den unterschiedlichsten Mannschaften gesegelt?"

Alex nickte. „Allerdings nur noch in der Karibik. Die Horgans sind jedoch nicht mehr die Eigentümer. Sie haben das Boot in den sechziger Jahren, nach dem Tod des alten Seemanns, verkauft."

Sheila hatte aufmerksam zugehört, sich jedoch bemüht, Alex, während er sprach, nicht anzuschauen. Seine Erscheinung verwirrte sie mehr, als sie sich eingestehen wollte. Und sein finsterer Blick hinterließ, wenn sie ihm zufällig begegnete, ein unangenehmes Gefühl.

„Die Paynes", fuhr Alex fort, „die die ‚Echo' damals erstanden, hatten geplant, das Boot nur wenig selbst zu nutzen, sondern es für Partys, Wohltätigkeitsveranstaltungen und Segelfahrten zu vermieten."

„Sie scheinen sich aber nicht besonders intensiv um das Boot zu kümmern", warf Sheila ein.

„Das ist leider richtig. Die ‚Echo' ist nur eines von mehreren Booten, die sie besitzen, und ihr Hauptinteresse gilt wohl den modernen Jachten. Sie leben übrigens in Jamaica."

„Wie kommt es dann, dass wir das Boot in Kolumbien übernommen haben?"

„Weil die letzten Mieter vor uns dort von Bord gingen."

„Alex", ließ sich in diesem Moment Vincent vernehmen, „mach die Leine los."

Sein Neffe beugte sich weit über die Reling und öffnete den schweren Metallhaken, an dem die Leine des Schleppers befestigt war.

Sheila hatte jedoch davon kaum Notiz genommen. Sie betrachtete fasziniert den rostigen Haken, der, wie sie zu ihrem Erstaunen bemerkt hatte, den Bauchnabel einer weiblichen Galionsfigur bildete. Die hölzerne Dame war nackt.

„Stört es Sie, dass unsere Galionsfigur nicht bekleidet ist?" erkundigte Alex sich spöttisch.

„Ich habe schon des öfteren nackte Brüste gesehen", entgegnete Sheila kühl.

Alex' Blick wanderte zu ihrem T-Shirt.

„Das will ich hoffen."

Sheila wäre fast unter seinem forschenden Blick errötet. Er war wirklich ausgesprochen unhöflich. Und warum nahm er nur an, dass sie prüde sei? Es war richtig, dass sie gelernt hatte, ihre Begierden zu beherrschen, dennoch war sie eine temperamentvolle Frau.

Entschlossen, sich nicht von Alexanders aufdringlichen Blicken verwirren zu lassen, fragte sie: „Gefällt sie Ihnen?"

„Wer?"

„Diese hübsche Dame", erklärte Sheila, wobei sie sehr viel ruhiger klang, als sie sich tatsächlich fühlte.

Alex musterte die Figur eingehend. „Sie ist nicht übel", erklärte er schließlich. „Sie schaut vielleicht ein wenig abweisend, genau wie Sie."

„Wenn heute ein Boot wie dieses mit einer solchen Galionsfigur gebaut würde, dann gäbe es unter den Frauen mehr als abweisende Mienen. Die Feministinnen würden den Pier besetzen und ..."

„Ich kann Emanzen nicht ausstehen", unterbrach Alex sie.

Zornig erwiderte Sheila seinen Blick. „Und ich kann eingebildete Männer wie Sie, Alex, nicht ausstehen. Sie wollen sich unbedingt mit mir streiten, nicht wahr?"

„Allerdings."

„Aber warum?"

„Warum eigentlich nicht?"

„Ich habe fast den Eindruck, dass es Ihnen nicht recht ist, mich an Bord zu haben. Oder vielleicht hatten Sie selbst von Anfang an keine Lust, an dieser Reise teilzunehmen?"

„Ich hätte die Segeltour mit meinem Onkel sicher genossen. Wir mögen einander."

„Dann passt es Ihnen also nicht, dass meine Tante und ich mitfahren."

Alex zuckte die Schultern. „Ich habe nichts gegen Ihre Tante."

„Aber gegen mich?"

Er betrachtete sie schweigend.

Sheila überlegte noch, wie sie auf sein provozierendes Verhalten reagieren sollte, als sie hörte, dass die Segel gesetzt wurden.

„Sollten Sie Ihrem Onkel nicht ein wenig zur Hand gehen?" fragte sie Alex.

„Nein, er braucht keine Hilfe."

„Ach, und ich dachte, Sie seien an Bord, weil er das Boot nicht alleine segeln kann."

„Sie haben offenbar nicht richtig zugehört", entgegnete Alex und wandte sich ab.

Sheila starrte weiterhin aufs Meer hinaus, doch vor ihrem inneren Auge erschienen immer wieder Bilder, die nichts mit dem sanften Auf und Ab der Wellen zu tun hatten. Alexanders vom Wind zerzaustes Haar, seine breiten Schultern, die schmalen Hüften, die langen, kräftigen Beine ... Sie bedauerte sehr, dass er, wo er doch so gut aussah, ein derart unangenehmer Zeitgenosse war.

Eine Weile noch blieb Sheila in Gedanken versunken an der Reling stehen. Dann strich sie sich mit einer energischen Bewegung die Haare aus der Stirn. Alex war es nicht wert, dass sie sich den Kopf über ihn zerbrach. Er mochte sie ebenso wenig wie sie ihn. Und das war gut so. Denn unter diesen Umständen würde er ihr wahrscheinlich aus dem Weg gehen. Und da sie dasselbe zu tun gedachte, würde es wohl keine weiteren Auseinandersetzungen geben.

Erleichtert über diese Aussicht, beschloss Sheila, zunächst einmal nach Victoria zu sehen.

Sie fand sie bei Vincent, der beobachtete, wie sich die Segel mit Wind füllten und das Boot an Fahrt gewann.

„Kann ich Ihnen vielleicht irgendwie behilflich sein?" fragte Sheila ihn.

„Nein, vielen Dank." Er lächelte ihr zu. „Haben Sie und Ihre Tante eigentlich schon gefrühstückt?

„Ich habe noch geschlafen, als Victoria im Hotel das Frühstück bestellte", gestand Sheila.

„Dann sollten Sie jetzt als Erstes in die Küche gehen, sich Rührei mit Schinken und Kaffee machen und in aller Ruhe etwas essen", meinte Vincent.

Sheila nickte erfreut. „Das hört sich gut an. Möchten Sie vielleicht auch etwas?"

„Nein danke, ich habe schon gegessen."

„Aber eine Tasse Kaffee darf ich Ihnen bestimmt an Deck bringen?"

„Einverstanden. Ich trinke ihn am liebsten mit reichlich Milch und einem Löffel Zucker."

Sheila lachte. „Ich werde es nicht vergessen." Sie wandte sich an Victoria: „Hast du auch Durst?"

„Nein, Liebes, ich möchte im Moment gar nichts."

„Bis gleich also." Als Sheila in die Küche kam, musste sie zu ihrem Ärger feststellen, dass Alexander es sich auf der Eckbank bequem gemacht hatte.

„Hallo, hallo", begrüßte er sie spöttisch, sobald er sie bemerkte, „da ist ja unser Sonnenscheinchen."

„Ich dachte, Sie hätten bereits gefrühstückt", gab Sheila kühl zurück.

„Da muss ich Sie enttäuschen. Ich bin kein Frühaufsteher wie mein Onkel."

Sheila warf einen Blick auf seinen Teller, der mit Rührei und Schinken gefüllt war. „Ich nehme an, für Sie brauche ich nichts mehr zu kochen?"

„Hm ... Ich wollte mich heute für alles, was vor mir liegt, erst einmal richtig stärken."

„Oh, strengt es Sie so sehr an, zuzusehen, wie Vincent das Boot manövriert?" gab Sheila bissig zurück.

„Ich dachte eigentlich mehr an die vor mir liegenden Auseinandersetzungen mit Ihnen."

„Tatsächlich?" Sheila war fest entschlossen, sich nicht aufs Neue von ihm provozieren zu lassen. Sie trat an den Kühlschrank, nahm Schinken und Eier heraus und sah sich suchend nach einer Pfanne um.

„Die Pfanne finden Sie im Spülbecken", informierte Alex sie. „Ich habe noch nicht gespült, aber da Sie das Gleiche essen wollen wie ich, reicht es wohl aus, die Pfanne einfach mit einem Stück Küchenpapier auszuwischen."

Sheila wollte ihm eine ärgerliche Antwort geben, doch dann fiel ihr etwas ein. „Müssen wir etwa Wasser sparen?" erkundigte sie sich.

Alex nickte.

„Auch das noch!" Sie säuberte die Pfanne, setzte sie auf den Gasherd und briet den Schinken an. Ehe sie die Eier hinzufügte, stellte sie einen Topf mit Wasser auf den Herd, nahm die Kaffeekanne aus dem Schrank und gab einige Teelöffel gemahlenen Kaffee in den Filter.

„Ich bin beeindruckt", stellte Alex fest. „Das hätte ich Ihnen gar nicht zugetraut."

Sie warf ihm einen bösen Blick zu.

„Ich war fest davon überzeugt, dass Sie zu Hause einen Koch beschäftigen", erläuterte er.

„Unsinn."

„Nun, dann haben Sie zumindest einen Ehemann, der Ihnen bei der Küchenarbeit hilft."

„Ich bin nicht verheiratet", entgegnete Sheila und zeigte ihm ihre Hand.

„Ich habe bereits gesehen, dass Sie keinen Ring tragen", meinte Alex. „Aber das hat schließlich nichts zu bedeuten. Emanzen ..."

„Ich bin keine Emanze", fiel Sheila ihm zornig ins Wort. „Warum lassen Sie mich nicht endlich in Ruhe und widmen sich Ihrem Essen?"

„Weil mein Teller leer ist", gab er zurück.

Erstaunt drehte Sheila sich um. Tatsächlich hatte Alex seine Mahlzeit beendet. „Unglaublich ...", murmelte sie.

„Ich war wirklich hungrig", erklärte Alex lachend, wodurch sein Gesicht plötzlich unerwartet jungenhaft wirkte.

Schulterzuckend wandte Sheila sich wieder dem Herd zu. Dieser Mann steckte offenbar voller Überraschungen, aber sie war nicht gewillt, sich darüber Gedanken zu machen. Sie wünschte nur, dass er sie endlich allein ließ ...

„Ich glaube, ich muss wirklich jede Gelegenheit nutzen, mich zu stärken", flüsterte Alex ihr in diesem Moment ins Ohr.

Sie fuhr zusammen und stellte erschrocken fest, dass ein angenehmes Kribbeln sich in ihrem Magen ausbreitete. Konnte dies eine Folge des herrlichen Dufts sein, den Rührei und Schinken verbreiteten? Sie war sehr hungrig. Aber zitterten ihre Hände wirklich nur deshalb? Sheila atmete tief durch und beschloss, noch mehr auf der Hut zu sein, als sie sich ursprünglich vorgenommen hatte.

„Es wäre nett", sagte sie zu Alex, „wenn Sie mich nicht beim Kochen stören würden." Gehorsam trat er einen Schritt zurück.

Sheila beugte sich erleichtert wieder über die Pfanne, als Alex sie mit seiner nächsten Frage erneut aus dem Gleichgewicht brachte. „Sind Sie geschieden?" wollte er wissen.

„Ich möchte jetzt gern frühstücken", erklärte Sheila kalt. Insgeheim dankte sie dem Himmel dafür, dass ihre Stimme nichts von ihrer Verwirrung verriet.

„Sind Sie verlobt?" Jetzt stand Alex wieder direkt hinter ihr. „Haben Sie einen festen Freund?"

„Statt mir unverschämte Fragen zu stellen, sollten Sie Ihrem Onkel eine Tasse Kaffee bringen", forderte Sheila ihn auf.

„Sie kennen also die wunderbaren Gefühle gar nicht, die ein Mann in einer Frau wecken kann?" fragte Alex, ihre Worte gar nicht beachtend.

Bebend vor Zorn schaute Sheila zu ihm auf. Und plötzlich schlug sie ihm mit aller Kraft die Faust in den Magen.

„Das war nicht fair", beklagte er sich ächzend.

„Das war genau das, was sie verdient haben. Wollen Sie mich jetzt endlich in Ruhe lassen!"

Er ging bis zur Tür, ehe er sich noch einmal zu ihr umwandte. „Ich glaube fast, ich mache Sie nervös, Sheila."

Sie lachte spöttisch auf, füllte sich Rührei und Speck auf einen Teller, goss sich eine Tasse Kaffee ein und trat damit zum Tisch. „Ich finde Ihr Benehmen einfach unverschämt“, erklärte sie.

Er musterte sie mit einem Blick, der ihr das Gefühl gab, nackt vor ihm zu stehen. „Schade, dass in diesem wunderbaren Körper ein so kleinlicher Geist steckt“, murmelte er, ehe er die Küche verließ.

Als Sheila später mit zwei Tassen Kaffee die Treppe zum Deck hinaufstieg, wirkte sie wieder ruhig und gefasst. In Wirklichkeit hatte es mehrere Minuten gedauert, bis sie nach Alexanders Verschwinden aus der Küche überhaupt hatte essen können. Noch lange hatten ihre Hände gezittert. Sein Verhalten hatte sie völlig aus dem Gleichgewicht gebracht.

Mit ein paar freundlichen Worten reichte sie Vincent seinen Kaffee. Er bedankte sich mit einem Lächeln, und Sheila trat mit ihrer eigenen Tasse zu Victoria, die an der Reling lehnte.

„Ich liebe das Meer“, erklärte sie versonnen.

„Es ist wunderbar“, stimmte Sheila ihr zu. Weit hinten sah man noch wie einen dunklen Streifen die Küste Kolumbiens. In alle anderen Richtungen erstreckte sich das Meer bis zum Horizont.

Victoria warf ihrer Nichte einen forschenden Blick zu. Sie hatte eigentlich mit weiteren Klagen über die Unbequemlichkeiten der Seereise gerechnet und war erstaunt über Sheilas Antwort. Jetzt stellte sie erschrocken fest, wie blass und erschöpft Sheila wirkte. „Ist alles in Ordnung?“ fragte sie besorgt.

„Hm.“

„Du siehst müde aus.“

Sheila zuckte die Schultern.

„Du wirst doch nicht etwa seekrank?“

„Aber nein.“ Sheila lächelte ihrer Tante zu, ehe sie einen großen Schluck Kaffee trank.

„Warst du früher schon einmal seekrank?“

„Noch nie“, versicherte Sheila ihr.

„Gott sei Dank“, seufzte Victoria. „Weißt du, Liebes, das Meer, die Luft und der Himmel sind dieselben, ganz gleich ob wir uns auf einer modernen Jacht oder einem alten Kahn befinden. Ich denke, wir können mit unserer Situation recht zufrieden sein.“

„Da bin ich nicht so ganz deiner Meinung“, widersprach Sheila. „Auf einer modernen Jacht hätten wir zum Beispiel sehr wahrscheinlich angenehmere Reisegefährten. Das finde ich fast genauso wichtig wie das Meer, den Himmel oder die Luft.“

Victoria lachte leise. „Wenn du noch schimpfen kannst, bin ich beruhigt. Dann geht es dir nicht so schlecht, wie ich befürchtet hatte.“

„Es würde mir sehr viel besser gehen, wenn dieser schreckliche Alex nicht an Bord wäre.“

„Nun, er ist vielleicht nicht besonders freundlich, aber ich habe beobachtet, dass er keinen Blick von dir wenden kann. Du scheinst ihm zu gefallen.“

„Oh Victoria, da irrst du dich aber gewaltig. Er lässt mich nicht aus den Augen, weil er befürchtet, ich würde seinem Onkel die Reise mit meinen bissigen Bemerkungen verleiden.“

„Hat er das etwa gesagt?“

„Allerdings.“

„Was noch?“ fragte Victoria neugierig.

Sheila zuckte die Schultern. „Nicht viel.“

Belustigt schaute Victoria ihre Nichte an. „Alex sieht sehr gut aus, nicht wahr?“

„Hm ...“

„Er scheint zudem recht geschickt zu sein.“

„Das ist mir bisher nicht aufgefallen.“

„Weißt du zufällig, womit er sich seinen Lebensunterhalt verdient?“

„Nein“, gab Sheila kurz zurück.

„Interessiert es dich denn gar nicht?“

„Nicht im Geringsten.“

Victoria seufzte. „Du bist ein hoffnungsloser Fall, Liebes."

Und du, dachte Sheila, bist eine Verräterin. Ich bin nur hier, weil du mich gebeten hast. Aber bist du mir deshalb dankbar? Nein, alles, woran du denkst, ist, wie du mich mit einem Mann zusammenbringen kannst, den ich unhöflich, aufdringlich und unverschämt finde und mit dem ich nichts gemein habe.

Trotz aller Gegensätze, in einer Hinsicht ging es Alex und Sheila gleich: Sie waren beide sehr müde.

Alex war am Vortag von New York nach Kolumbien geflogen und direkt vom Flughafen zum Hafen gefahren, um seinem Onkel dabei zu helfen, alles für die Segelfahrt vorzubereiten. Er war beinahe ebenso entsetzt wie Sheila gewesen, als er die ‚Echo' zum ersten Mal gesehen hatte.

Das Boot befand sich wirklich in einem erschreckend schlechten Zustand. Zwar bestand keine Gefahr, dass es sinken würde, doch es gab so viele Kleinigkeiten zu reparieren, dass Vincent und Alex alle Hände voll zu tun hatten. Eigentlich war es die Aufgabe der Eigentümer, sich um all diese Dinge zu kümmern, ehe ein Boot vermietet wurde. Doch offenbar nahmen diese ihre Aufgabe nicht allzu ernst.

Nachdem Alex die ganze Nacht über gearbeitet hatte, sehnte er sich jetzt danach, sich endlich ein wenig ausruhen zu können. „Ich möchte etwas schlafen", erklärte er Vincent. „Aber weck mich auf jeden Fall, wenn du mich brauchen solltest."

„Du könntest mir einen Gefallen tun", meinte Vincent. „Ich habe bemerkt, dass Sheila vorhin nach unten gegangen ist. Schaust du bitte einmal nach, ob mit ihr alles in Ordnung ist? Ich hoffe, sie ist nicht seekrank."

Alex wusste selbst sehr genau, dass Sheila sich vor einiger Zeit zurückgezogen hatte. Schließlich hatte er sie, solange sie an Deck war, keinen Moment aus den Augen gelassen. Dass sie krank war, nahm er allerdings nicht an. Sie war zwar blass, schien aber ansonsten eine recht gute Kondition zu haben.

„Ich wollte schon Victoria bitten, einmal nach ihrer Nichte zu sehen", fuhr Vincent fort. „Doch sie scheint ihr Sonnenbad so zu genießen, dass ich sie nur ungern stören würde."

„Das brauchst du auch nicht", versicherte Alex. „Ich werde mich um Sheila kümmern."

Zuerst suchte er Sheila in der Küche. Dort war sie nicht, und auch nicht im Salon. Da es sehr unwahrscheinlich war, dass sie sich in die Kapitänskajüte begeben hatte, musste Alex wohl oder übel in ihrer Kabine nachschauen. Die Tür war geschlossen, und als Alex klopfte, rührte sich innen nichts. Vorsichtig öffnete er sie.

Was er sah, ließ ihn wie versteinert stehen bleiben. Sheila hatte die Decke zurückgeschlagen und sich auf dem Bett ausgestreckt. Sie trug nur ein weißes T-Shirt, das kaum ihre Hüfte bedeckte, und einen Slip. Was jedoch Alex' Blick auf sich zog, war Sheilas Haar. Bisher hatte sie es im Nacken zusammengebunden getragen, jetzt jedoch breitete es sich auf dem weißen Kopfkissen aus, fiel in weichen Locken um ihr Gesicht und schimmerte im Licht der Sonnenstrahlen, die durch das Bullauge drangen.

Fasziniert trat Alex einen Schritt auf die schlafende Gestalt zu. Dann noch einen und noch einen. Ihm war, als habe diese entspannt daliegende Frau nichts mit der kühlen Sheila gemein, die er bisher kennen gelernt hatte. Sie wirkte so verletzlich, so weich und weiblich.

Nachdenklich betrachtete er ihr Gesicht. Die kleine, fein geschnittene Nase, die langen Wimpern, die sanfte Rundung der Wangen, der überraschend sinnliche Mund ... Alex konnte seinen Blick nicht von ihr wenden. An Deck hätte er nicht im Entferntesten damit gerechnet, dass er sie so attraktiv, so erregend finden könnte.

Während er noch darüber nachdachte, dass es seit Jahren keiner Frau mehr gelungen war, ihn so zu täuschen, bemerkte er, wie ihre Augenlider flatterten.

Es war zu spät, sich unbemerkt zurückzuziehen. Also blieb

Alex stehen und konzentrierte sich darauf, nichts von seiner Verwirrung und Erregung zu zeigen.

Sheila hatte unterdessen die Augen geöffnet. Sie rührte sich nicht, sondern starrte Alex nur an. Schließlich fragte sie leise: „Was machen Sie hier?“

„Vincent bat mich, nachzusehen, ob Sie vielleicht seekrank sind.“

„Ich bin völlig in Ordnung“, gab sie zurück.

In diesem Moment wünschte sie nichts mehr, als zugedeckt zu sein. Alex’ forschender Blick gab ihr das Gefühl, nackt vor ihm zu liegen. Trotzdem widerstand sie dem Wunsch, nach der Decke zu greifen, weil sie wusste, dass es Alex freuen würde, sie verunsichert zu haben. Sie wartete sehnsüchtig darauf, dass er ihre Kabine verlassen würde.

Er schien jedoch nicht die Absicht zu haben, sich zu entfernen. „Sie sind eine merkwürdige Frau“, sagte er. „Kühl und abweisend, sobald Sie die Augen aufschlagen, aber sanft und hingebungsvoll, wenn Sie schlafen.“

Da Sheila nichts erwiderte, fuhr er fort: „Es würde mich reizen, herauszufinden, wie Sie wirklich sind.“

„Ich dachte, es würde Sie vor allem reizen, einen Goldschatz zu finden.“

„Mein Onkel will den Piratenschatz heben. Ich hingegen bin der Meinung, dass es wertvollere Schätze zu entdecken gibt.“ Langsam ließ er seinen Blick über Sheilas Körper gleiten. „Möglicherweise verbirgt sich gleich hier einer, der mich viel mehr interessiert als das Gold der Piraten.“

„Sie irren sich“, widersprach Sheila, „hier gibt es nichts zu entdecken. Im Übrigen bin ich müde. Wollen Sie mich bitte endlich weiterschlafen lassen?“

Er lächelte. „Ich kann mich noch nicht von Ihrem Anblick losreißen. Sie gefallen mir so viel besser als vorhin. Ich hätte nie gedacht, dass sie so wunderbares Haar haben.“

„Lassen Sie mich jetzt allein!“

„Ich hatte gar nicht bemerkt, dass Ihr Haar so lang ist, so voll und so herrlich kastanienbraun. Warum binden Sie es im Nacken zusammen?"

„Um zu vermeiden, dass man mich mit so dummen Bemerkungen verfolgt."

„Ganz offensichtlich mögen Sie mich nicht", bemerkte Alex leicht bedauernd.

„Das wäre tatsächlich möglich", gab Sheila spöttisch zurück.

„Was habe ich Ihnen denn getan?"

„Allein schon die Art, wie Sie mich anschauen, ist eine Beleidigung", warf Sheila ihm vor.

Alex schüttelte scheinbar verständnislos den Kopf und fragte unschuldig: „Wie schaue ich Sie denn an?"

„So, als wollten Sie mich mit Ihren Blicken ausziehen."

„Nein, nein, ich bewundere nur Ihr Aussehen. Ihre Beine zum Beispiel ... sie sind einfach wunderbar."

„Meine Beine sind momentan nicht weniger müde als ich selbst. Daher wäre ich Ihnen wirklich sehr verbunden, wenn Sie mich endlich allein ließen."

Alex lächelte Sheila an, ohne sich vom Fleck zu rühren.

„Verlassen Sie endlich meine Kabine", forderte Sheila ihn noch einmal auf.

„Gut, aber erst, wenn Sie mir ein paar Fragen beantwortet haben. Also: Haben Sie nun einen festen Freund oder nicht? Wartet er zu Hause auf Sie? Wo übrigens ist Ihr Zuhause?"

„Ich lebe in Philadelphia. Und jetzt gehen Sie bitte."

„Ich muss vorher unbedingt noch wissen, ob Sie einen Freund haben."

Sheila warf ihm einen bösen Blick zu. „Das geht Sie gar nichts an!"

„Ich könnte Ihnen als Gegenleistung für die Information auch einiges über mich erzählen", schlug Alex vor.

„Ich will gar nichts über Sie hören."

„Sheila“, beschwor er sie, „wir werden zwei Wochen lang gemeinsam Urlaub machen. Denken Sie nicht, dass alles etwas einfacher wäre, wenn wir ein bisschen mehr übereinander wüssten?“

Sie schüttelte den Kopf.

„Verraten Sie mir wenigstens, ob Sie einen Freund haben“, beharrte Alex.

„Ich treffe mich prinzipiell nicht mit Männern“, log Sheila, um das Gespräch endlich zu beenden.

„Das glaube ich nicht.“

„Es stimmt trotzdem. Schließlich gibt es Wichtigeres im Leben als Sex. Ich habe einen Beruf, der hohe Anforderungen an mich stellt. Ich liebe meine Arbeit und gehe völlig in ihr auf.“

Alex ließ noch einmal forschend seinen Blick über ihren Körper schweifen. „Wer so hübsch und sexy ist wie Sie“, erklärte er dann, „kann nicht einfach auf all die angenehmen Seiten des Lebens verzichten. Ich selbst habe auch einen anstrengenden Job, aber ich finde trotzdem Zeit, mich mit Frauen zu treffen und ihre Gesellschaft zu genießen.“

Sheila seufzte auf. Sie musste dieses unsinnige Gespräch unbedingt beenden. „Ich bin wirklich müde“, klagte sie. „Bitte, haben Sie denn gar kein Mitleid mit mir? Lassen Sie mich doch noch ein wenig schlafen.“

Zu ihrem Erstaunen gab Alex nach. „Na gut“, murmelte er. „Ruhen Sie sich aus.“

Erleichtert schaute Sheila zu ihm auf. Da plötzlich beugte er sich über sie und küsste sie. Vergeblich versuchte sie, ihn von sich zu stoßen. Und dann wurde ihr zu ihrem Entsetzen klar, dass es sie erregte, seinen Mund auf ihrem zu fühlen.

„Bitte“, stammelte sie, „bitte, Alex, ich habe Angst.“

Er gab sie frei und schaute sie an. Tatsächlich zeigte ihr Gesichtsausdruck ganz deutlich, dass sie sich fürchtete. Ihr Blick allerdings verriet auch, dass sein Kuss sie nicht kalt gelassen hatte. Zufrieden sagte sich Alex, dass dieser Urlaub wohl doch noch interessanter werden würde, als er zuerst gedacht hatte.

„Schlafen Sie gut, Sheila", meinte er mit einem warmen Lächeln, ehe er die Kabine verließ.

4. KAPITEL

„Mes amies, das Abendessen ist fertig. Bitte folgen Sie mir auf die Kommandobrücke", forderte Vincent die anderen in fließendem Französisch auf.

Sheila, die es sich in einem Sessel im Salon bequem gemacht hatte, warf Victoria einen überraschten Blick zu. Sie hatte zwar bemerkt, dass Vincent seit einiger Zeit in der Küche beschäftigt gewesen war, doch nach all den unliebsamen Überraschungen auf der ‚Echo' hatte sie nicht mehr damit gerechnet, dass jemals eine richtige Mahlzeit serviert werden würde.

Außerdem war auch Vincents Anblick recht ungewöhnlich. Er war so gekleidet, wie Sheila sich einen typischen Franzosen vorstellte. Sein akzentfreies Französisch hätte den Schluss, dass er Amerikaner war, niemals nahe gelegt.

Victoria lächelte ihrer Nichte zu. Sie sah sich in ihrer Annahme, in Vincent einem wirklich interessanten Mann begegnet zu sein, bestätigt. Sheila fand, dass er ein wenig exzentrisch war, dabei aber immerhin recht liebenswürdig, was man von seinem Neffen wahrhaftig nicht sagen konnte.

Schließlich war niemand anders als Alex dafür verantwortlich, dass sie einen äußerst unangenehmen Nachmittag verlebt hatte. Natürlich hatte sie, nachdem er endlich ihre Kabine verlassen hatte, nicht wieder einschlafen können. Lange hatte sie sich ruhelos hin und her gewälzt, um dann schließlich den Entschluss zu fassen, wieder an Deck zu gehen.

Dort hatte sie von Victoria erfahren, dass Alex sich hingelegt hatte. Und das ärgerte Sheila gewaltig. Nachdem er sie um ihren wohl verdienten Schlaf gebracht hatte, hatte er selbst seine Kabine aufgesucht, um sich auszuruhen.

Jetzt erwartete Alex die anderen ausgeschlafen und gut gelaunt auf der Brücke, wo ein niedriger Tisch gedeckt war, vor dem sie sich auf Kissen, die Alex aus dem Salon geholt hatte, niederließen. Alex hatte das Steuer festgebunden, sodass die ‚Echo' auch während des Essens auf Kurs blieb.

Die Mahlzeit bestand aus einer leckeren Fischsuppe, zu der Vincent einen halbtrockenen Weißwein reichte. Dazu gab es knuspriges französisches Brot, und als Nachtisch hatte Vincent eine Himbeertorte mit viel Sahne zubereitet.

Sheila aß zu ihrem eigenen Erstaunen mit gutem Appetit, beteiligte sich allerdings kaum an der Unterhaltung. Nur als Vincent vorschlug, dass man zum vertrauten „du" übergehen sollte, stieß sie mit allen an und zwang sich zu einem freundlichen Lächeln.

Die ganze Zeit über spürte sie, wie Alex' Blick auf ihr ruhte, was ihr durchaus nicht angenehm war. Daher war sie froh, dass Vincent nach dem Essen ihr Angebot, den Abwasch zu übernehmen, annahm und sie sich in die Küche zurückziehen konnte, während die anderen noch plaudernd zusammensaßen.

Nachdem sie das Geschirr gespült und wieder in den Schrank gestellt hatte, setzte Sheila sich mit einem Buch und einem Glas Wein in den Salon. Sie fühlte sich jetzt besser, und die Vorstellung, ihren Urlaub auf der ‚Echo' verbringen zu müssen, erschien ihr nicht mehr ganz so schrecklich. Zufrieden begann sie zu lesen.

Einige Zeit später wünschte Vincent ihr eine gute Nacht. Er wollte sich früh schlafen legen, da er ab zwei die Wache übernehmen würde. Zur Zeit stand Alex am Steuer, was Sheila ungemein beruhigte, da er sie so nicht belästigen konnte.

Victoria war noch auf Deck, als Sheila sich entschloss, zu Bett zu gehen. Sie schlief sofort ein.

Mitten in der Nacht erwachte sie, lange ehe die Sonne aufging. Sie stöhnte auf und drehte sich auf die andere Seite. Sie hatte von Alex geträumt. Das Schlimmste war, dass es ein erotischer Traum gewesen war, der sie völlig aufgewühlt hatte.

Sheila verwünschte Alex dafür, dass er in ihr Leben getreten war. Es war Jahre her, dass Sex eine wichtige Rolle für sie gespielt hatte. Einst hatte sie ein wildes und nach Ansicht mancher Menschen ausschweifendes Leben geführt. Doch das war lange her. Wie kam es also, dass sie nun ausgerechnet einen so unausstehlichen Mann wie Alex im Traum in die Arme schloss?

Nachdem Sheila eine Weile über sich selbst und ihre Vergangenheit nachgedacht hatte, stellte sie fest, dass sie nicht zur Ruhe kommen konnte. Es war inzwischen drei Uhr geworden. Vincent musste also Alex auf der Brücke längst abgelöst haben. Leise, um Victoria nicht zu wecken, stand Sheila auf, zog ihren Jogginganzug an und schlich aus der Kabine.

An Deck war alles still. Nur das Geräusch der Wellen, die gegen den Rumpf des Bootes schlugen, war zu hören. Sheila trat an die Reling. Sie genoss die leichte Brise, die ihr erhitztes Gesicht kühlte. Nach einer Weile hatte sie ihr inneres Gleichgewicht wieder gefunden und beschloss, Vincent ein wenig Gesellschaft am Steuer zu leisten. Doch kaum hatte sie die Brücke betreten, als sie entsetzt stehen blieb. Nicht Vincent, sondern Alex steuerte das Boot.

„Guten Morgen", begrüßte er sie unerwartet freundlich. „Darf ich dich bitten, einen Moment lang das Steuer zu übernehmen? Dann kann ich mir nämlich eine Tasse Kaffee machen."

Sheila hätte sich am liebsten auf der Stelle umgedreht, um zu ihrer Kabine zu flüchten. Doch tapfer hielt sie Alex' Blick stand. „Ich dachte, es sei Vincents Wache", meinte sie.

„Er war so erschöpft, dass ich ihn nicht wecken mochte", erklärte Alex.

Sheila nickte. Sie war überrascht, wie einfach es plötzlich

war, sich mit Alex zu unterhalten, ohne sofort einen Streit zu beginnen. Ob er zu müde war, sie anzugreifen? Oder lag es vielleicht an ihr? Hatte ihr Traum ihre Beziehung zu ihm geändert?

„Du machst selbst einen erschöpften Eindruck", hörte sie sich zu ihrem Erstaunen sagen.

Er zuckte die Schultern. „Ich habe später noch Zeit genug, mich auszuruhen."

Sheila nickte und wandte sich ab, um nach unten zu gehen.

„He, lass mich doch nicht schon wieder allein", rief Alex ihr nach.

„Ich hole uns nur eine Tasse Kaffee."

Kurz darauf kam Sheila mit zwei Tassen dampfendem Kaffee zurück. Alex bedankte sich und nahm sofort einen Schluck. Eine Zeit lang tranken beide schweigend.

Sheila, die aufs Meer hinausgeschaut hatte, bemerkte plötzlich, dass sie keinerlei Sehnsucht mehr danach verspürte, diesen Urlaub abzubrechen. Philadelphia erschien ihr sehr weit fort zu sein. Die Anwaltspraxis, in der sie arbeitete, schien jede Realität verloren zu haben. Sie konnte es selbst kaum glauben, aber sie fühlte sich wohl auf diesem Boot.

Alex' Stimme riss sie aus ihren Gedanken. „Konntest du nicht schlafen?" fragte er.

„Ich hätte mich wahrscheinlich tagsüber nicht hinlegen sollen", gab sie zurück.

Erneut senkte sich Stille über das Boot. Doch diesmal war es Sheila, die sie brach. „Ich habe gar keine Navigationsgeräte gesehen, als Vincent uns alles an Bord gezeigt hat", überlegte sie laut.

„Ich weiß nicht genau, welche Instrumente es in den zwanziger Jahren gab, als Horgan die Schaluppe bauen ließ. Aber wahrscheinlich war er, ebenso wie die Paynes, der Meinung, dass moderne Geräte nicht zum Stil des Bootes passten." Alex bewegte das Steuer ein wenig und bat Sheila dann, es einen Moment zu halten.

Sheila stellte ihre Tasse auf den Boden und gehorchte. Alex veränderte rasch etwas an den Segeln. Als er zurückkam, blieb er ein paar Schritte von Sheila entfernt stehen und beobachtete sie.

„Ihr benutzt also nur einen Kompass?" erkundigte sie sich.

„Und einen Sextanten. Mein Onkel kann sehr gut damit umgehen."

„Kennen wir eigentlich unser genaues Ziel in Costa Rica?"

„Ja, Vincent hat die Koordinaten."

„Die Koordinaten des Ortes, wo sich der Schatz befindet?" Sheilas Stimme klang ein wenig spöttisch.

Alex trank den Rest seines Kaffees, ehe er antwortete. „Ja, er besitzt eine Schatzkarte, die allem Anschein nach echt ist."

„Darüber hat er uns noch gar nichts erzählt."

„Das liegt wohl daran, dass er am liebsten alles der Reihe nach macht. Erst die Segelfahrt, dann die Schatzsuche, verstehst du."

„Hm ... Ich finde es merkwürdig, dass ein Lateinprofessor so abenteuerlustig ist", meinte Sheila lächelnd. „Damit rechnet man einfach nicht."

„Die beiden Dinge haben für mich durchaus etwas miteinander zu tun", beharrte Alex. „Mein Onkel ist ein Romantiker. Er braucht zum Lateinunterricht ein gewisses Gegengewicht in seinem Leben. Auf der einen Seite das ruhige Universitätsleben, auf der anderen Seite Spannung und Abwechslung im Urlaub. Beides wird von seiner Liebe zu allem Alten verbunden. Latein, die Sprache, aus der sich so viele andere Sprachen entwickelt haben, und zum Beispiel die Schaluppe, ein Boot, das als Vorläufer von so vielen neuen Schiffen gelten kann."

„Von dieser Seite habe ich es noch nicht betrachtet", gestand Sheila.

„Weißt du", fuhr Alex fort, „Vincent ist ein Mensch, der immer mit Überzeugung seinen Interessen folgt. Er liebt seine Lehrtätigkeit, weil sie ihm die Möglichkeit gibt, eine ausgestorbene Sprache zu neuem Leben zu erwecken. Ich kenne keinen zweiten Professor, der den Sprachunterricht so interessant macht wie er."

„Das kann ich mir vorstellen", stimmte Sheila zu. „Er ist ein wunderbarer Erzähler."

„Du hast also zugehört, als er beim Abendessen ein paar Geschichten zum Besten gab?"

„Natürlich."

„Du warst so still, dass ich dachte, du wärest mit deinen Gedanken ganz woanders."

Sheila lachte. „Ich habe mich gefragt, ob er wohl einmal versucht hat, seine Erlebnisse niederzuschreiben und zu veröffentlichen."

„Aber ja, das hat er."

„Hat er Artikel für Zeitschriften geschrieben?"

„Das auch. Aber er verfasst lieber Bücher", erklärte Alex.

„Es wundert mich, dass ich noch nie ein Buch von ihm gesehen habe", antwortete Sheila.

„Vielleicht hast du sogar eins gelesen, ohne es zu wissen. Er veröffentlicht unter einem Pseudonym."

„Aber das wirst du mir natürlich nicht verraten?"

Alex lachte. „Ich werde mich hüten, etwas darüber zu sagen. Und am besten fragst du auch Vincent nicht danach."

Sheila nickte verständnisvoll. „Darf ich ihn denn fragen, wo er so gut kochen gelernt hat?"

„Bestimmt. Er redet gern übers Kochen. Es ist eine seiner Leidenschaften."

„Du weißt so viel über deinen Onkel", meinte Sheila nachdenklich. „Ihr versteht euch wohl sehr gut miteinander."

„Ja, ich habe schon als Junge viel Zeit bei ihm und seiner inzwischen verstorbenen Frau verbracht. Die beiden hatten keine Kinder. Und jetzt – wir sind die Einzigen, die von unserer Familie übrig geblieben sind – halten wir natürlich besonders fest zusammen."

Sheila versuchte sich vorzustellen, wie Alex als Kind gewesen sein mochte und ob er wohl sehr unter dem Tod seiner Eltern gelitten hatte. Sie selbst hatte nie ein besonders herzliches Verhältnis zu Vater und Mutter gehabt. Dafür liebte sie ihre Schwester Shannon über alles. Tatsächlich war diese, trotz aller gegenteiligen Behauptungen von Sheila Victoria gegenüber, ihre einzige wirkliche Freundin.

Auf einmal fühlte sie sich einsam und traurig. Sie umfasste das Steuer fester, und da sie fröstelte, rieb sie unwillkürlich einen Fuß am anderen.

Plötzlich fühlte sie sich von hinten umfasst, und Alex' Fuß legte sich wärmend auf ihren.

Aufseufzend schloss Sheila die Augen und flüsterte: „Warum bist du so nett zu mir?"

„Ich fürchte, ich bin einfach zu müde zum Streiten."

„Dann sollte ich wohl dafür sorgen, dass du immer müde bist ..."

„Sorg lieber dafür, dass dein Haar offen und deine Stimme weich ist", gab Alex leise zurück. „Sobald du dein Haar so streng zusammenbindest, wirst du ein ganz anderer Mensch, kühl und abweisend."

„Das stimmt nicht!" widersprach Sheila.

„Lass uns jetzt nicht streiten."

„Hm, du bist ja zu müde dazu."

„Und zu zufrieden." Er küsste sanft ihren Nacken, bis er spürte, wie sie zu zittern begann. Er zog sie fester an sich und schmiegte seine Wange an ihr Haar.

„Alex ...", murmelte sie hilflos.

„Wie herrlich dein Haar duftet, und wie weich deine Haut ist." Langsam fuhr er mit den Händen über ihre Hüften, streichelte sie und umfasste schließlich ihre Brüste.

Sheila stöhnte auf. Ihr war, als verließe alle Kraft ihren Körper. Ihre Knie wurden weich, und Halt suchend schmiegte sie sich enger an Alex. Es war wunderbar, sich so von ihm beschützt zu fühlen, so wunderbar ...

Noch immer liebkoste er ihre Brüste, doch schon war ihr dies nicht mehr genug. Sie wandte den Kopf, bis ihre Lippen auf seinem Hals lagen. Hungrig nahm sie seinen Geschmack in sich auf. Dann bog er ihren Kopf zurück, und sein Mund berührte ihren.

Es war ein Kuss so voller Leidenschaft, dass Sheila völlig vergaß, dass sie das Steuer zu halten hatte. Sie drehte sich um, schlang die Arme um Alex und presste ihn an sich, bis sie deutlich spürte, wie erregt er war.

Eine Zeit lang hielten sie einander so umschlungen, küssten sich und dachten an nichts anderes. Plötzlich aber wurde Alex bewusst, dass er seine Aufgabe als Steuermann vernachlässigte. Er griff an Sheila vorbei nach dem Steuerrad und brachte das Boot wieder auf Kurs.

Sheila atmete heftig. Ihr Herz schlug wie wild. Es dauerte lange, bis sie sich so weit beruhigt hatte, dass ihr überhaupt klar wurde, was geschehen war. Seit Jahren hatte sie keine solche Leidenschaft, keine solche Begierde mehr verspürt.

Als könne Alex ihre Gedanken lesen, fragte er leise: „Es ist lange her, dass du so etwas erlebt hast?"

Sie konnte nur zustimmend nicken.

„Und du hast nicht damit gerechnet, dass dir so etwas überhaupt noch einmal passieren würde?"

„Hm", flüsterte sie.

„Wirst du morgen bereuen, was sich hier eben zugetragen hat?"

„Wahrscheinlich ja ..."

Jetzt trat Alex einen Schritt zur Seite, sodass sie den Platz zwischen ihm und dem Steuer freimachen konnte. „Lass mich bitte allein", sagte er mit unsicherer Stimme.

Sheila begriff sofort, warum er sie darum bat. Er fürchtete, wenn sie bei ihm blieb, erneut von seiner Begierde nach ihr überwältigt zu werden. Da sie selbst nicht wusste, wie lange sie sich unter Kontrolle haben würde, nickte sie wortlos und ging.

Kaum hatte Sheila ihre Kabine aufgesucht und sich wieder ins Bett gelegt, als sie begann, sich über sich selbst zu ärgern. Was mochte nur in sie gefahren sein, dass sie sich nicht gegen Alex zur Wehr gesetzt, sondern seine Liebkosungen geduldet und sogar erwidert hatte? Leidenschaftlich erwidert, wie sie sich eingestehen musste.

Es wunderte sie nicht im Geringsten, dass sie nun nicht schlafen konnte. Manchmal nickte sie kurz ein, nur um wenig später wieder mit dem Gefühl zu erwachen, Alex' Lippen noch auf den ihren zu spüren.

Sie war erleichtert, als Victoria gegen sieben aufstand, sich anzog und die Kabine verließ. So gab es zumindest keinen Zeugen ihrer Unruhe, Wut und Verwirrung.

Erst gegen Mittag fasste Sheila den Mut, an Deck zu gehen und Alex erneut gegenüberzutreten. Vorher wollte sie noch in aller Ruhe eine Tasse Kaffee trinken. Doch zu ihrem Ärger musste sie feststellen, dass Alex gerade das Gleiche tat.

„Na, gut geschlafen?" fragte er, während sie eine Tasse aus dem Schrank nahm.

„Nicht besonders", entgegnete sie und setzte sich ihm gegenüber an den Küchentisch.

„Leidest du etwa unter Alpträumen?"

Sheila erwiderte nichts, sondern schaute ihn nur böse an.

„Meine Güte", stöhnte er, „bist du morgens immer so gut gelaunt?"

„Ja, ich bin ein echter Morgenmuffel."

„Das könnte sich ändern", überlegte Alex laut, „wenn du dir erst einmal angewöhnst, neben mir aufzuwachen."

Sheila umklammerte ihre Tasse mit beiden Händen und zwang sich, bis zehn zu zählen.

„Ich wette, du bist wunderbar im Bett", setzte Alex seine Überlegungen fort.

Als Sheila immer noch nicht antwortete, meinte er: „Du warst so leidenschaftlich, so ..."

„Oh, hör auf!" schrie Sheila ihn an.

Alex betrachtete sie forschend. „Du bist doch nicht etwa schizophren?"

„Wie bitte?"

„Schizophren, du weißt doch, diese psychische Krankheit, bei der die Menschen zwei völlig verschiedene Persönlichkeiten entwickeln."

„Natürlich bin ich nicht schizophren", entrüstete Sheila sich.

„Warum bist du dann tagsüber so unausstehlich und nachts so bezaubernd?" Er musterte sie erneut und sagte dann: „Vielleicht liegt es doch einfach daran, dass du dein Haar wieder zusammengebunden hast."

Sheila warf ihm einen vernichtenden Blick zu, nahm ihre Tasse und floh in den Salon.

Bevor sie diesen erreicht hatte, war Alex neben ihr. Bebend vor Zorn wandte sie sich zu ihm um, wobei sie ihn unabsichtlich mit Kaffee bespritzte. Er sprang zurück. „Au, das ist heiß", rief er.

Sheila stellte sofort ihre Tasse ab und versuchte, mit einem Papiertaschentuch die Flecken aus Alex' T-Shirt zu reiben. Er aber wehrte ab.

„Tut es noch weh?" erkundigte sie sich. Sie bedauerte wirklich, was geschehen war.

Er zuckte nur die Schultern.

„Man sollte die Kaffeeflecken sofort auswaschen, sonst bekommt man sie vielleicht gar nicht mehr heraus", erklärte Sheila.

„Das ist bei diesem T-Shirt völlig egal."

Als sie es nun erneut betrachtete, stellte sie fest, dass er Recht hatte. Das T-Shirt war so verwaschen, dass man seine ursprüngliche Farbe nicht mehr erkennen konnte. Und es war an einigen Stellen geflickt. Trotzdem wirkte Alex darin erstaunlicherweise nicht im Geringsten abgerissen.

Sheila seufzte auf, griff nach ihrer Kaffeetasse, betrat endlich den Salon und ließ sich in einen Sessel sinken. Sie schloss die Augen, hörte aber, dass Alex es sich in einem anderen Sessel bequem machte.

„Warum lässt du mich nicht in Ruhe?“ flüsterte sie.

„Ich kann es einfach nicht“, gestand er. „Du hast irgendetwas an dir, das mich magisch anzieht.“

Sheila öffnete vorsichtig die Augen, doch Alex' Gesicht wirkte völlig ernst. Es hatte nicht den Anschein, dass er sich über sie lustig machte.

„Ich hätte nicht gedacht, dass Emanzen, die noch dazu prüde sind, attraktiv auf dich wirken.“

„Prüde?“ wiederholte er verständnislos.

„Hast du das nicht selbst gesagt?“

„Da muss ich mich getäuscht haben.“

„Du hast dich nicht getäuscht.“

„Habe ich etwa nur geträumt, dass du mich letzte Nacht auf der Brücke geküsst hast?“

„Alex, könntest du vielleicht vergessen, was sich auf der Brücke zugetragen hat?“

Er lachte leise. „Das will ich nicht hoffen, dazu hat es mir zu gut gefallen.“

Sheila stöhnte.

„Gib doch zu, dass es dir ebenso gut gefallen hat wie mir“, forderte Alex sie auf. „Ist es denn so schlimm, einen Mann zu begehren?“

„Ich begehre dich ja gar nicht!“ widersprach Sheila.

„Letzte Nacht jedenfalls warst du ganz verrückt nach mir.“

„Ich wusste nicht, was ich tat. Ich war so müde ...“

„Daran mag etwas Wahres sein“, überlegte Alex laut. „Du warst so müde, dass du vergessen hast, deine Mauer um dich herum zu errichten. So habe ich dein wahres Ich kennen gelernt, das sich hinter der Mauer verbirgt.“

„Mein wahres Ich“, stellte Sheila fest, „ist wie folgt: Ich lebe für meine Arbeit, lasse mich nicht von meinen Gefühlen leiten und interessiere mich nicht für Sex."

„Tatsächlich?" spottete Alex. „Hast du denn gar keine Freude am Leben?"

„Ich lebe so, wie ich leben möchte. Ob du das langweilig findest, ist mir völlig gleichgültig."

„Es war nicht langweilig, dich in meinen Armen zu halten und zu küssen."

Sheila schwieg. Das Gespräch hatte ihr bewiesen, dass sie Alex' Argumenten nicht gewachsen war. Sie hatte ihnen nichts entgegenzusetzen. Er hatte in fast allem, was er sagte, Recht. Das war schlimm!

„Eine so leidenschaftliche Frau wie du", erklärte er, „kann nicht einfach auf Sex verzichten. Vincent wird sich nicht von dir verführen lassen, da er ein Auge auf deine Tante geworfen hat. Also bleibe nur ich, um deine Bedürfnisse zu befriedigen."

„Ich habe solche Bedürfnisse nicht", widersprach Sheila. Doch ihrer Stimme fehlte es an Überzeugungskraft. „Und ich wüsste auch nicht, wie ich einen Mann verführen sollte." Das entsprach immerhin der Wahrheit, denn sie hatte es nie nötig gehabt, jemanden zu verführen.

In den Kreisen, in denen sie sich bewegt hatte, war Sex etwas gewesen, über das man offen reden konnte, und das man tat, ohne lange darüber nachzudenken. So hatten sich alle Bedürfnisse leicht erfüllen lassen. Sie hatte mit vielen Männern geschlafen.

Nie hatte sie dabei etwas empfunden, was mit der Leidenschaft vergleichbar gewesen wäre, die Alex' Kuss auf der Brücke in ihr geweckt hatte.

„Wenn du so nachdenklich bist", sagte Alex in diesem Moment, „gefällst du mir fast so gut wie in der letzten Nacht. Natürlich wäre es noch besser, wenn du dein Haar offen tragen würdest. Ah, ich spüre schon wieder, wie die Begierde in mir erwacht."

„Du bist aufdringlich und unverschämt", schrie Sheila ihn an, stellte ihre Tasse hart auf den Tisch und floh in ihre Kabine. Dabei hörte sie noch, dass Alex ihr nachrief: „Du kannst dich nicht die ganze Fahrt über vor mir verstecken."

Dann knallte sie die Tür hinter sich zu.

„Nun, wie geht's, meine Damen?"

Sheila sah von ihrem Buch auf und bemerkte, dass Alex direkt vor ihr stand. Vincent hatte ihn also endlich am Steuer abgelöst. Sheila musste zugeben, dass Alex wirklich mehr als seinen Anteil der Arbeit auf dem Boot erledigte.

Auch Victoria hatte ihre Lektüre unterbrochen. Sie lächelte Alex zu. „Hallo, Feierabend für heute? Sind wir gut vorangekommen?"

Alex nickte. „Wenn der Wind nicht nachlässt, werden wir wie geplant insgesamt vier Tage bis Costa Rica brauchen."

„Ah", seufzte Victoria und streckte sich, „mir gefällt diese Bootsfahrt. Von mir aus könnte sie vier Wochen dauern."

Alex lachte und wandte sich an Sheila. „Was meinst du, könntest du es auch noch ein paar Wochen auf der ‚Echo' aushalten?"

Sheila wollte bereits zustimmend nicken, als ihr der kleine spöttische Funke in Alex' Augen auffiel. Seinen Blick erwidernd sagte sie: „Ich habe nur zwei Wochen Urlaub."

„Aber davon abgesehen", drängte Alex, „wenn du keine derartigen Verpflichtungen hättest, würdest du dann gern immer weitersegeln?"

Sheila runzelte die Stirn. „Nein, ich bin eine echte Landratte. Wenn ich ein kleines Haus auf dem Lande hätte, dann wäre das für mich das Paradies."

„Das Paradies? Es wäre höchstens dein selbstgewähltes Gefängnis in der Einsamkeit", widersprach Victoria.

„Ach", wandte Alex sich an Victoria, „verbringt Sheila ihre Ferien im Allgemeinen so?"

„Im Allgemeinen ...“, begann Sheila.

Doch Victoria ließ sie nicht ausreden. „In diesem Jahr hätte sie es getan, wenn ich sie nicht überredet hätte, mich zu begleiten.“

„Ich verstehe durchaus, dass es sie reizt, ihren Urlaub so ruhig zu gestalten. Ich selbst habe ein Wochenendhaus in Vermont. Wenn ich es einrichten kann, mich dort in der Einsamkeit ein paar Tage lang zu erholen, fühle ich mich hinterher immer wieder wie neugeboren.“

Victoria schüttelte den Kopf. „Also ich finde, dass man sich am besten erholen kann, wenn man seine Zeit mit einem lieben Freund verbringt.“

„Du genießt es manchmal doch selbst, ganz für dich allein zu sein“, fiel Sheila ein.

„Aber ja. Man kann schließlich nicht unentwegt mit anderen Leuten zusammen sein. Trotzdem finde ich, dass es ein schlechtes Zeichen ist, wenn jemand in einen einsamen Urlaub flüchtet. Das ist doch nur eine Flucht vor ... „

„... vor eingefahrenen Gewohnheiten“, vollendete Alex Victorias Satz. „Und genau das braucht man eben manchmal. Nicht wahr, Sheila?“

Sein Ton ließ keinen Zweifel daran, dass er auf das anspielte, was sich zwischen ihm und Sheila in der vergangenen Nacht zugetragen hatte. Schließlich hatte sie behauptet, daran gewöhnt zu sein, ohne Männer auszukommen.

Victoria schaute gespannt vom einen zum anderen. Sie spürte sehr wohl, dass zwischen Alex und Sheila eine Spannung herrschte, die sie nicht zu deuten vermochte.

„Ich glaube“, sagte sie, „ihr verschweigt mir etwas.“

Sheila warf Alex einen bösen Blick zu. Doch dieser achtete gar nicht darauf. „Hat Sheila dir etwa nicht erzählt, dass sie ...“

„Wir hatten letzte Nacht eine kleine Auseinandersetzung“, fiel Sheila ihm ins Wort.

„Tatsächlich?“ wunderte Victoria sich. „Hast du dich etwa

aus der Kabine geschlichen, während ich schlief, Sheila?“ Und zu Alex gewandt, meinte sie: „Sie hat dich doch hoffentlich nicht erschreckt?“

„Um ehrlich zu sein ...“

„Jetzt hört auf, ihr zwei!“ rief Sheila, ehe Alex seinen Satz vollenden konnte.

Er musterte sie forschend. Dann huschte ein Lächeln über sein Gesicht „Was haltet ihr davon, ein wenig im Meer zu schwimmen?“ wechselte er das Thema.

„Ich lege keinen Wert darauf, hier im Wasser zurückzubleiben, wahrend das Boot weiterfährt“, erklärte Sheila.

„Keine Angst“, erwiderte Alex, „wir raffen die Segel und lassen das Schiff ein wenig treiben.“

Sheila zuckte die Schultern. „Gut, dann schwimmt ein bisschen. Ich ziehe es vor, euch dabei zuzuschauen.“

„Kannst du etwa nicht schwimmen?“ neckte Alex sie. „Weißt du überhaupt, wie herrlich es ist, hier im Meer zu baden?“ Damit zog er sich das T-Shirt über den Kopf.

Trotz aller Anstrengungen konnte Sheila die Augen nicht von ihm wenden. Der Anblick seines muskulösen Oberkörpers, seiner breiten Schultern und seiner kräftigen Arme erregte sie mehr, als sie jemals für möglich gehalten hätte. Es gelang ihr eben noch, ein Stöhnen zu unterdrücken.

Alex lächelte ihr zu, beugte sich zu ihr hinab und ergriff ihre Hand. „Komm, steh auf und hol deinen Badeanzug.“

Sheila starrte auf seine Hand und brachte kein Wort über die Lippen.

„Oder hast du etwa keinen Badeanzug mitgenommen?“ fuhr Alex fort. „Du kannst natürlich auch einen Bikini anziehen oder gar nichts. Weißt du, ich selbst schwimme am liebsten nackt.“

In diesem Moment riss Sheila sich los und stürzte auf die Tür zu ihrer Kabine zu. Alex wollte ihr folgen, doch Victoria hielt ihn zurück.

„Lass sie, sie muss erst mit sich selbst ins Reine kommen." Und im Stillen setzte sie hinzu: Ich wünschte, Sheila könnte so unbefangen mit ihrem Körper und ihrer Sexualität umgehen wie Alex. Er ist wirklich zu beneiden. Nun, mit etwas Glück lernt Sheila vielleicht einiges von ihm.

5. KAPITEL

In ihrer Kabine ließ Sheila sich aufs Bett fallen. Sie wusste, dass es albern war, vor Alex zu fliehen. Schließlich konnte sie sich wirklich nicht immer vor ihm verstecken. Aber in jenem Moment, da er ihre Hand gehalten und so groß und beeindruckend männlich vor ihr gestanden hatte, war seine Anziehungskraft auf sie derartig überwältigend gewesen, dass sie Angst bekommen hatte. Sie hatte deutlich gefühlt, dass sie seine Gegenwart nicht länger ertragen konnte.

Jetzt fragte sie sich verzweifelt, woran es wohl liegen mochte, dass ausgerechnet er diese verwirrenden sexuellen Gefühle in ihr weckte, er, ein Mann, den sie nicht ausstehen konnte?

Konnte sie ihn wirklich so wenig leiden? Sie wusste kaum etwas über ihn. Sie sah nur das, was er der Welt zeigen wollte, die Oberfläche seines wahrscheinlich sehr vielschichtigen Charakters. Was er wirklich dachte und empfand, das ahnte sie nicht. Sie wusste nichts über seine Stärken und Schwächen, über seine Beziehung zu Frauen, über seinen Beruf, seine Ziele und Träume.

Sheila seufzte. Da saß sie nun und dachte über Alex nach, während dieser sich wahrscheinlich köstlich amüsierte. Statt sich hier in der Einsamkeit ihrer Kabine den Kopf zu zerbrechen, sollte sie lieber wieder an Deck gehen und versuchen, mehr über ihn zu erfahren.

Entschlossen schlüpfte sie aus ihrem Sommerkleid und zog einen Badeanzug an. Sie löste ihr Haar, bürstete es lange und band es schließlich zu einem Pferdeschwanz zusammen, der fröhlich wippte, als sie die Kabine verließ.

Alex erwartete sie im Salon. Unsicher blieb Sheila auf der Schwelle stehen. Sie rechnete mit einer für ihn typischen Bemerkung über ihr Aussehen. Doch Alex, der weniger selbstbewusst wirkte als sonst, schwieg.

„Du hast vorhin gesagt, dass wir ein wenig schwimmen könnten", erinnerte sie ihn.

Er betrachtete sie bewundernd und fragte schließlich hoffnungsvoll: „Hast du denn Lust dazu?"

Sheila nickte.

„Prima!" Ein Lächeln huschte über sein Gesicht „Warte einen Moment, ich ziehe mich nur rasch um."

„Was ist mit den Segeln?"

„Bitte Vincent, sie einzuholen. Er badet selbst gern im Meer und wird unseren Wunsch sofort erfüllen. Richtest du auch Victoria aus, dass sie sich umziehen soll?" Damit verschwand Alex in seiner Kabine.

Wenig später waren alle vier an Deck versammelt. Alex ließ eine Strickleiter zum Wasser hinunter und forderte Sheila auf, als Erste hinabzusteigen. Sie kletterte ein paar Sprossen nach unten und sprang ins Meer.

Es war wunderbar kühl und erfrischend. Sheila tauchte kurz auf, um Luft zu holen, und ließ sich dann erneut tief in die Fluten sinken. Ab sie den Kopf wieder aus dem Wasser hob, sah sie, wie Alex gerade mit einem eleganten Sprung vom Boot aus ins Meer tauchte.

Direkt neben ihr kam er an die Oberfläche. „Nicht schlecht", lobte sie ihn.

„Du warst auch recht gut", gab er lächelnd zurück, ehe er sich mit weit ausholenden Zügen vom Boot entfernte. Sheila folgte ihm ein wenig langsamer.

Als sie die „Echo" einmal umrundet hatten, wartete Alex

auf Sheila. „Du bist eine gute Schwimmerin“, stellte er fest. „Ich frage mich, ob du das diesem Badeanzug zu verdanken hast, der viel zu viel von deinem Körper verbirgt.“

Sheila runzelte die Stirn. „Ganze fünfzehn Minuten“, meinte sie aufseufzend.

„Wie bitte?“

„Du hast es geschafft, ganze fünfzehn Minuten lang keine dumme Bemerkung mir gegenüber fallen zu lassen.“

Scheinbar beschämt senkte er den Kopf. „Ich hatte gehofft, du würdest einen Bikini tragen.“

„Oh, es tut mir Leid, dich enttäuscht zu haben“, gab Sheila spöttisch zurück und schwamm weiter.

Doch schon war Alex wieder an ihrer Seite. „Es tut dir überhaupt nicht Leid“, behauptete er. „Im Gegenteil, du genießt es sogar, mich zu quälen.“

„Bisher warst du es, der mich gequält hat“, warf Sheila ihm vor.

„Ich habe dich vielleicht ein wenig geneckt, weil du mich dazu gereizt hast. Ich wäre aber niemals auf die Idee gekommen, dich zu quälen.“

„Lügner!“

„Du tust mir Unrecht, aber du lässt dich so schön herausfordern, denn du beißt immer gleich an“, stellte Alex fest, ehe er unter der Wasseroberfläche verschwand.

Sheila rechnete damit, dass er sie plötzlich am Bein fassen und nach unten ziehen würde. Nichts geschah. Nach einer Weile wurde sie unruhig. Von Alex war nichts zu sehen, er berührte sie nicht; es gab nicht einmal Luftblasen, die darauf schließen ließen, dass er noch in der Nähe war.

Besorgt drehte Sheila sich einmal um ihre eigene Achse. Dann tauchte sie, um sich unter Wasser nach Alex umzuschauen. Es war keine Spur von ihm zu entdecken.

„Alex!“ rief sie, kaum dass sie wieder aufgetaucht war. „Alex!“

Nichts.

Da schaute Vincent über die Reling. „Ist irgendetwas nicht in Ordnung, Sheila?"

„Alex ist verschwunden."

„Sieh mal auf der anderen Seite des Bootes nach."

Sheila folgte seinem Rat sofort. Und richtig, da war Alex. Er ließ sich auf dem Rücken liegend von den Wellen treiben und schien in aller Ruhe die Sonne und das Meer zu genießen.

„Du Unmensch!" schrie Sheila ihn an. „Du hast mir einen fürchterlichen Schrecken eingejagt."

Er wandte ihr das Gesicht zu, lächelte und war mit wenigen Zügen bei ihr. Dann legte er ihr den Arm um die Taille und zog sie an sich. „Siehst du", meinte er, „es hat gewirkt."

„Wie kann ein erwachsener Mensch sich nur so dumm benehmen", schimpfte Sheila. „Das war einfach verantwortungslos. Wenn dir nun wirklich etwas zugestoßen wäre? Auch mir hätte etwas passieren können, als ich dich so verzweifelt gesucht habe. Du hättest nicht einmal gemerkt, wenn ich ertrunken wäre. Nein, du hättest auf dieser Seite der ‚Echo' in der Sonne gelegen und dich um nichts gekümmert."

„Vincent hat aufgepasst, dass dir nichts geschieht."

Sheila warf Alex einen bösen Blick zu. „Ich jedenfalls werde nicht mehr nach dir suchen, wenn du irgendwann noch einmal plötzlich verschwunden sein solltest."

Statt eine Antwort zu geben, zog er sie fester an sich. „Halt dich an mir fest", forderte er sie auf. „Dann können wir uns gemeinsam ein wenig von den Wellen schaukeln lassen."

Sie schüttelte unwillig den Kopf.

„Du hast kein Vertrauen zu mir", klagte er.

„Stimmt", erwiderte Sheila und begann, ihn zu kitzeln.

Alex, der tatsächlich sehr kitzelig war, wehrte sich heftig. Und schon waren die zwei in eine wilde Wasserschlacht miteinander verwickelt.

Schließlich unterbrach Vincent sie in ihrem Spiel. „Kinder", rief er, „Kinder, es ist Zeit aufzuhören. Hier, ich lasse euch Shampoo und Seife runter."

Alex und Sheila sahen sich an und begannen gleichzeitig zu lachen. „Glaubst du", fragte Sheila, „dass er uns etwas mitteilen möchte?"

Alex nickte. „Ja, das macht er auf seine eigene diplomatische Art. Habe ich übrigens wirklich so schlecht gerochen?"

„Du hast geschwitzt", gab Sheila zurück. „Aber das habe ich auch."

„Mir ist jedenfalls bei dir nichts aufgefallen", beruhigte Alex sie. „Meiner Meinung nach hast du immer gut gerochen. Obwohl, wenn man drei Tage lang nicht duscht ..."

„Waren es wirklich drei Tage?" sagte Sheila entsetzt und griff nach der Seife, die Vincent in einem Korb heruntergelassen hatte.

Während sie sich wusch, schäumte Alex sein Haar ein. Dabei erklärte er, dass diese Art Shampoo und Seife extra für die Benutzung mit Salzwasser entwickelt worden war.

Nach einer Weile reichte Alex Sheila das Shampoo und griff selbst nach der Seife. Als er begann, sich zu waschen, fühlte Sheila, wie eine angenehme Wärme ihren Körper durchflutete. Es musste seine unbekümmerte Art sein, die diese erregende Wirkung auf sie ausübte.

Ihre Blicke trafen sich. Alex' dunkle Augen schienen zu glühen. Plötzlich begriff Sheila, dass er ebenso erregt war wie sie selbst. Sie schauten sich nur an, doch ihr Atem ging immer schneller. Und dann hielten sie einander in den Armen.

„Es muss wunderbar sein, dich zu lieben", flüsterte Alex.

Victoria zerstörte den Zauber. „Heh", rief sie, „seid ihr zwei denn immer noch nicht fertig?"

„Wir kommen sofort", gab Sheila zurück, befreite sich aus Alex' Umarmung und schwamm zur Strickleiter.

Alex war schneller als sie. Im Nu erschien er vor ihr und schlang erneut die Arme um ihre Schultern. „Küss mich", flüsterte er ihr ins Ohr. „Bitte, Sheila, gib mir wenigstens einen Kuss nach allem, was du mir bisher verwehrt hast."

„Ich habe dir gar nichts verwehrt", widersprach sie. Aber da hatte er seine Lippen bereits auf die ihren gepresst.

Endlich gab er ihren Mund frei. Seine Hände spielten mit ihrem Pferdeschwanz, den sie auch zum Waschen nicht gelöst hatte. „Sogar wenn dein Haar nass ist, fühlt es sich wunderbar an", murmelte er und massierte ihre Kopfhaut „Warum hast du mir nicht erlaubt, es zu waschen? Ich hätte das so gern für dich getan."

Sheila war zu verwirrt, um etwas zu erwidern. Seine Lippen und seine Hände weckten Gefühle in ihr, deren Existenz sie in den vergangenen Jahren fast vergessen hatte, und die ihr gleichzeitig Angst und Vergnügen bereiteten. Unwillkürlich hatte sie die Augen geschlossen.

Plötzlich ließ Alex sie los. Er stöhnte auf. „Vincent und Victoria warten auf uns. Außerdem kann ich mich nicht mehr lange zurückhalten. Du raubst mir jede Selbstbeherrschung. Du machst mich wahnsinnig. Ich sterbe vor Sehnsucht nach dir."

Sheila schlug zögernd die Augen auf. Ihr Puls raste, und sie zitterte am ganzen Körper vor Verlangen. Was hätte sie dafür gegeben, ihre Verlegenheit und Erregung vor Alex verbergen zu können. Doch sein Blick bewies ihr, dass er genau wusste, was in ihr vorging.

Eine Zeit lang schauten sie sich schweigend an. Zuletzt wandte Sheila sich ab, schwamm zur Strickleiter und kletterte sofort entschlossen hinauf. An Deck lächelte sie Victoria und Vincent kurz zu und lief dann in ihre Kabine. Sie brauchte unbedingt ein wenig Zeit für sich allein.

In Gedanken versunken lag Sheila auf ihrem Bett.

Mit dreizehn hatte sie begonnen, gegen ihre Eltern und deren Erziehungsweise zu rebellieren. Ihr Vater war reizbar und aufbrausend gewesen, ihre Mutter fügsam und zurückhaltend und stets darauf bedacht, es möglichst allen recht zu machen.

Sheila unterstellte ihr, dass es ihre größte Sorge war, dass die Nachbarn schlecht über sie reden könnten. Außerdem fürchtete Anne Burke sich vor den Wutausbrüchen ihres Mannes, den sie trotz allem sehr liebte. Darüber hatte sie den Blick für die Probleme ihrer Kinder verloren.

Diese waren in ihrer frühen Kindheit mit ihrem Leben ganz zufrieden gewesen. Schule und die üblichen Mädchenspiele hatten ihre Zeit ausgefüllt. Aber dann war Sheila, die ältere der beiden, plötzlich über Nacht zu einem hübschen Teenager geworden, der die Blicke der Männer auf sich zog und das natürlich genoss.

Sheila begriff sehr wohl, dass die Bewunderung der Männer aufregende Dinge zur Folge haben konnte, und auf diese Dinge war sie verständlicherweise ebenso neugierig wie jedes Mädchen in ihrem Alter. Außerdem hatte sie kurz zuvor erkannt, welche Bedeutung Geld zukam.

Ihre Eltern waren nicht vermögend. Donald Burke arbeitete in einer Fabrik und hatte eisern sparen müssen, um das kleine Haus zu kaufen, in dem er mit seiner Familie lebte. Er war stolz darauf, in einem Stadtteil zu wohnen, in dem die Kinder ordentlich gekleidet auf eine gute Schule geschickt wurden. Er bedachte dabei aber nicht, dass seine Töchter in dieser Schule zusammen mit Kindern unterrichtet wurden, deren Eltern einer anderen Gesellschaftsschicht angehörten und die, wenigstens zum Teil, auf Sheila und Shannon herabsahen.

Umso deutlicher empfand Sheila ihren Triumph, als ein paar Jungen, deren Eltern zu den wohlhabendsten Bürgern der Stadt gehörten, sich in sie verliebten. Zum ersten Mal in ihrem Leben war sie infolge ihres ansprechenden Äußeren jenen Mädchen überlegen, die sie bisher um ihre teuren Kleider und modischen Frisuren beneidet hatte.

Zuerst freute auch Anne Burke sich über die Aufmerksamkeit, die Sheila erregte. Sie war stolz darauf, eine so hübsche Tochter zu haben. Was ihr allerdings nicht gefiel war, dass Sheilas Verehrer alle mehrere Jahre älter waren als Sheila selbst.

Nach einer Aussprache mit ihrem Mann verbot sie Sheila den Umgang mit diesen Jungen, die ihrer Meinung nach „in einem gefährlichen Alter“ waren und Sheila nur ausnutzen würden. Wie jeder normale Teenager versuchte Sheila, sich gegen diese Verbote zu wehren, doch ihr Vater sorgte mit strenger Hand dafür, dass sie eingehalten wurden.

Die Folge dieser Maßnahmen war, dass Sheila sich mit fünfzehn Jahren ihren Eltern völlig entfremdet fühlte. Da ihr keine Freiheiten zugestanden wurden, nahm sie sich diese einfach. Sie behauptete, eine Stelle als Babysitter zu haben, um sich mit einem ihrer Freunde treffen zu können. Sie begann, die Schule zu schwänzen und schlich sich nachts heimlich aus dem Haus, um an Partys teilzunehmen.

Sie war gerade sechzehn geworden, als sie mit Ben Parker im Weinkeller seiner Eltern schlief. Ben hatte sie durchaus nicht verführt, sondern es war eine wohl überlegte Entscheidung gewesen, die Sheila aus mehreren Gründen getroffen hatte. Zum einen war Sex aufregend und auch ein wenig gefährlich. Zum anderen wusste sie genau, dass sie kaum etwas tun konnte, was ihre Eltern mehr schockiert hätte.

Sheila war entschlossen, ganz anders zu leben als ihre Eltern, deren Ideale sie lächerlich fand. Was nützte alle Arbeit, wenn sie nicht genug Geld einbrachte, ein sorgenfreies Leben zu führen? Und was lag ihr, Sheila, an Anerkennung, wenn ihr das, was sie tat, keinen Spaß machte? Ihr Ziel war es, jeden Tag zu genießen.

Da sie eine rasche Auffassungsgabe hatte, kostete es sie nicht viel Mühe, die High School abzuschließen. Kaum hatte sie ihr Abschlusszeugnis in der Tasche, als sie ihre Koffer packte und ihr Elternhaus verließ, um in New York zu studieren.

Die Stadt gefiel Sheila vom ersten Moment an. Ihr Studium machte ihr Spaß, aber noch mehr genoss sie die uneingeschränkte Freiheit, die ihr in New York zuteil wurde, und das Zusammensein mit Menschen, die interessanter waren als alle, die sie in ihrem Heimatort kennen gelernt hatte.

Zu ihren Eltern hatte sie kaum noch Kontakt, doch mit Victoria, der Schwester ihrer Mutter, verstand sie sich blendend. Victoria, die ebenfalls in New York wohnte, und Anne waren völlig verschieden voneinander. Victoria liebte das Ungewöhnliche und hatte einen ausgeprägten Sinn für alles Schöne. Außerdem war sie der vergnüglichen Seite des Lebens durchaus nicht abgeneigt, daher begriff sie recht gut, warum Sheila sich ihren Eltern so entfremdet hatte.

Sheila selbst war davon überzeugt, Victoria sehr ähnlich zu sein. Wie ihre Tante traf sie gern spontane Entscheidungen und war interessiert an allem Neuen. Die liebevollen Ratschläge jedoch, die Victoria ihr ab und zu gab, schlug sie meist genauso in den Wind wie einst die Vorschriften und Verbote ihrer Eltern.

Victorias guter Einfluss wurde zusätzlich dadurch geschwächt, dass Sheila viel Zeit außerhalb New Yorks verbrachte. Einmal fuhr sie in den Semesterferien mit ein paar Studienkollegen nach New Orleans, um dort mit ihnen in Restaurants auszuhelfen. Ein anderes Mal zog sie für Wochen zu einem ihrer Freunde, einem ehemaligen Philosophiestudenten, der sich mit merkwürdigen, faszinierenden Menschen zu umgeben wusste. Und schließlich nahm sie einen Job in Washington an. Stundenweise verkaufte sie Computerzubehör für eine große Firma.

In Washington stieß dann Shannon zu ihr. Sheila war immer der Meinung gewesen, dass ihre Schwester sich zu Hause unterdrücken ließ, doch erst jetzt, da sie über ein Ferienprogramm ihrer Schule nach Washington gekommen war, schien Shannon zu begreifen, wie spannend das Leben sein konnte. Zwar ging sie zu Beginn des neuen Schuljahres brav zurück zur High School, doch Sheila war davon überzeugt, dass auch ihre Schwester nun bald den Absprung von zu Hause schaffen würde.

Zufrieden kehrte Sheila nach New York zurück, wo sie wenig später Andre kennen lernte.

Andre war seit Jahren als Kunststudent an der Akademie immatrikuliert und lebte, umgeben von einer jungen Schar kunstbegeisterter Freunde, in einer Mansarde in Soho. Sheila war von ihm sehr fasziniert und verbrachte von nun an die meiste Zeit bei ihm, ohne jedoch ernsthaft eine feste Beziehung mit ihm einzugehen. Er war auch kein besitzergreifender Typ, und sie fand es ebenso spannend, mit dem phantasievollen Jamal oder dem leidenschaftlichen Christopher zu schlafen, wie mit dem exzentrischen Künstler Andre.

Ungeachtet aller Abenteuer, die sie in dieser Zeit erlebte, und trotz all der verrückten Dinge, die sie unternahm, bestand sie im folgenden Jahr problemlos ihr Examen und nahm daraufhin eine feste Arbeit bei einer Versicherungsgesellschaft an.

Die spöttischen Bemerkungen ihrer Freunde trafen sie nicht im Geringsten. Da sie noch immer bei Andre wohnte und sein wildes Leben teilte, fand sie, dass sie mindestens so fortschrittlich war wie dieser.

Es klopfte.

Erschrocken hob Sheila den Kopf.

„Fräulein Burke?" hörte sie Vincents Stimme von draußen. Sie stand auf und öffnete. Vincent trug einen dunklen Anzug und bat sie in fehlerfreiem Deutsch, am Abendessen teilzunehmen.

Da Sheila nie Deutsch gelernt hatte, dauerte es einen Moment, bis ihr klar wurde, was Vincent wollte. Sie lächelte ihm zu und folgte ihm aufs Deck, wo der Tisch bereits gedeckt war. Alex und Victoria hatten schon Platz genommen und unterhielten sich allem Anschein nach angeregt.

Es gab Rinderbraten und Kartoffelklöße. Dazu hatte Vincent einen leichten Rotwein gewählt, der Sheila half, sich zu entspannen.

Sie hatte befürchtet, Alex würde auf das anspielen, was sich in der vergangenen Nacht und beim Schwimmen zwischen ihnen zugetragen hatte, aber er verhielt sich geradezu vorbildlich. Zu ihrer Überraschung verzichtete er sogar darauf, eine Bemerkung über ihr Haar zu machen, das sie in der Eile vergessen hatte zusammenzubinden.

Sheila ahnte nicht, dass Alex die ganze Zeit gegen den Wunsch ankämpfen musste, ihr Haar zu berühren. Im Dämmerlicht wirkte dessen Farbe noch faszinierender auf ihn, und er sehnte sich danach, seine Hand darin zu vergraben.

Vielleicht, so überlegte er, hat sie ihre unerklärliche Abneigung gegen mich endlich überwunden. Sie schien viel gelöster zu sein als am Vortag. Ab und zu lächelte sie sogar. Am Wein konnte es eigentlich nicht liegen, denn schon als sie sich am Tisch niederließ, war sie weniger angespannt gewesen, als er sie zuvor immer gesehen hatte. Wahrscheinlich hatte sie in der Einsamkeit ihrer Kabine über alles nachgedacht und eingesehen, dass ihr Verhalten absurd gewesen war.

Während Alex seinen Gedanken nachhing, ließ er Sheila keinen Moment lang aus den Augen.

Trotz ihrer offenbar recht guten Laune wirkte sie zeitweise abwesend und irgendwie melancholisch. Der erstaunlich sanfte, ein wenig traurige Ausdruck, den ihr Gesicht dann annahm, weckte in Alex den Wunsch, sie in die Arme zu schließen und zu trösten.

Was mochte in ihr vorgehen? Was hätte er alles dafür gegeben, mehr über sie zu wissen. Aber ihm war klar, dass er sich gedulden musste. Er durfte seine Neugier nicht zu deutlich zeigen, sonst würde sie sich ihm gegenüber gewiss wieder verschließen. Wenn er sie jedoch nicht mit Fragen bedrängte, dann bestand durchaus die Möglichkeit, dass sie im Gespräch das eine oder andere über sich preisgab.

Nach dem Essen trat Sheila an die Reling und schaute versonnen aufs Meer hinaus.

Die Sonne war bereits untergegangen, aber noch strahlte der Himmel in verschiedenen Rot- und Orangetönen, die sich im Wasser widerspiegelten. Es war ein atemberaubender Anblick.

Sheila atmete ein paar Mal tief ein. In diesem Moment fühlte sie sich körperlich wohl und innerlich ausgeglichen. Natürlich konnte sie nicht völlig vergessen, dass es schon am nächsten Tag wieder einige Probleme zu lösen geben würde. Augenblicklich zählte das nicht. Die karibische Nacht war zu schön, als dass man sie nicht hätte genießen müssen.

Victoria stand mit Vincent am Ruder. Es war offensichtlich, dass jeder von ihnen froh über die Anwesenheit des anderen war. Sheila freute sich darüber. Ihre Tante hatte seit dem Tod ihres Mannes, den sie sehr geliebt hatte, wenig Interesse an Männern gezeigt, obwohl sie deren Gesellschaft nie gemieden hatte.

Vincent dagegen nahm zweifellos eine Sonderstellung in ihrem Herzen ein. Und die hatte er Sheilas Ansicht nach auf jeden Fall verdient. Er war intelligent, hatte Format und war niemals langweilig. Ihm war es zu verdanken, dass der Urlaub für Victoria schon zu einem Abenteuer geworden war, noch ehe jemand die bevorstehende Schatzsuche erörtert hatte.

Sheila streckte sich wohlig und machte es sich dann auf den Kissen bequem, auf denen Victoria sich wahrscheinlich am Nachmittag gesonnt hatte. Zufrieden schloss sie die Augen.

Es war wunderbar ruhig um sie her, so ganz anders als in

Philadelphia. In ihrer Wohnung hörte sie stets die vorbeifahrenden Autos oder Stimmen aus den benachbarten Apartments.

Hier hörte man nur das leise Glucksen der Wellen, die gegen den Schiffsrumpf klatschten.

Manchmal flatterte eines der Segel oder Victoria sagte leise etwas zu Vincent. Sheila musste sich eingestehen, dass es auch positive Seiten hatte, sich mit dem Boot auf Schatzsuche zu begeben.

Alex hatte gesagt, dass es verschiedene Arten von Schätzen zu entdecken gab. Damit hatte er zweifellos Recht.

Welchen Schatz wollte sie, Sheila, suchen? Worin lag der Sinn ihres Lebens? In ihrer Arbeit in Philadelphia? In ihrem beruflichen Aufstieg? Gab es wirklich nichts, was ihr wichtiger war?

Ein Lächeln huschte über ihr Gesicht. Sie hatte am Nachmittag lange über sich selbst und ihr Leben nachgedacht. Wie sehr unterschied sich ihr derzeitiger Lebensstil von jenem, dem sie noch vor vier, fünf Jahren gefolgt war. Wenn jemand ihr damals gesagt hätte, dass sie jemals beruflich so weit kommen würde, wie sie es jetzt war, so hätte sie ihn kurzerhand für verrückt erklärt.

Erst viel später war ihr klar geworden, dass sie schon damals alle Vorbereitungen getroffen hatte, später ein ruhiges Leben zu führen. Deshalb hatte sie ihr Studium abgeschlossen und einen Beruf ergriffen, der ihr für die Zukunft alle Möglichkeiten offen ließ.

Dieses ruhige Leben hatte ihr gefallen, und sie war der Meinung gewesen, damit völlig ausgefüllt zu sein.

Wie aber kam es dann, dass Alex' Erscheinen sie so völlig aus dem Gleichgewicht brachte?

Plötzlich hatte Sheila das Gefühl, dass Alex ganz in ihrer Nähe war. Zögernd schlug sie die Augen auf. Sie hatte sich nicht getäuscht, er stand, ein schwaches Windlicht in der Hand, vor ihr.

„Ich war mir nicht sicher, ob du vielleicht schläfst", erklärte er.

„Ich habe nur die Ruhe genossen", gab sie zurück. Würde er das als Aufforderung auffassen, sich wieder zu entfernen?

Aber nein. Er hängte die Laterne an die Reling und ließ sich neben Sheila auf den Planken nieder. Nachdem er die Beine ausgestreckt hatte, seufzte er zufrieden. „Wir haben schon fast die Hälfte der Strecke hinter uns", meinte er. „Und wenn ich die Wolken betrachte, denke ich fast, dass wir in den nächsten Stunden unsere Geschwindigkeit noch steigern werden."

„Wolken?" fragte Sheila verwundert. „Ich sehe keine."

„Andererseits kannst du auch keine Sterne erkennen, stimmt's?"

Erschrocken stellte Sheila fest, dass Alex Recht hatte. „Es wird doch keinen Sturm geben?" überlegte sie laut.

Alex zuckte die Schultern. „Wer weiß. Ich kenne mich in dieser Gegend der Welt nicht gut genug aus, um jede Wolkenformation deuten zu können. Möglicherweise könnte es auch Regen geben, oder vielleicht sogar einen Sturm."

Sheila hatte sich auf die Seite gedreht und betrachtete Alex nachdenklich. „Ich nehme an, dass selbst ein Sturm keine Gefahr für einen erfahrenen Segler wie dich bedeutet."

„In letzter Zeit hatte ich recht wenig Gelegenheit zu segeln", gestand er. „Ein Sturm kann stets Probleme mit dem Boot heraufbeschwören, ganz gleich, über wie viel Erfahrung der Kapitän und die Mannschaft verfügen." Er schwieg einen Moment lang, ehe er fortfuhr: „Als Schuljunge habe ich meine Sommerferien meist genutzt, um auf größeren Segelbooten anzuheuern. Es hat mir immer viel Spaß gemacht."

„Das kann ich mir vorstellen."

„Ich liebe das Meer, vor allem wenn es sich ein wenig wild gebärdet. Ich kann Stunden damit zubringen, die Wellen zu beobachten."

„Dann solltest du dir ein Wochenendhaus an der Küste anschaffen, statt deine freien Tage in Vermont zu verbringen."

„Nein", widersprach er. „Dort in Vermont finde ich die Erholung, die ich brauche. Es ist wunderbar dort. Ich liebe das Meer. Es fordert jedoch so viel Aufmerksamkeit von mir, dass ich mich in seiner Nähe nicht wirklich entspannen kann."

„Lebst du in New York?" erkundigte sich Sheila.

Alex nickte zustimmend.

„Was machst du dort?"

„Willst du das wirklich wissen? Hast du keine Angst, wir könnten einander zu nahe kommen, wenn wir uns erst besser kennen?"

Sheila schwieg. Er hatte Recht. Sie war selbst erstaunt über ihre Neugier. Da sie sich jedoch endlich dazu überwunden hatte, ihm Fragen zu stellen, wollte sie diese auch gern beantwortet haben.

„Du bist also an meinen Lebensumständen tatsächlich genauso interessiert wie an meinem Körper?" neckte Alex Sheila.

Ein Schauer durchfuhr sie, als sie an seinen Körper dachte. Sie war froh, dass Alex im Dunkeln nicht sehen konnte, wie sie in Erinnerung an das, was sich in der vergangenen Nacht und beim Baden zwischen ihnen zugetragen hatte, leicht errötete.

„Ich würde mich freuen, wenn du mir ein wenig über dich erzählen würdest", sagte sie.

„Ich bin ein ‚Image-Manager'", erklärte Alex.

„Bitte?"

„Ich sorge dafür, dass Politiker, Schauspieler und andere Persönlichkeiten des öffentlichen Lebens in den Zeitungen oder im Fernsehen so dargestellt werden, dass sie bei der Bevölkerung gut ankommen."

„Kannst du mir ein Beispiel geben?" fragte Sheila, die sich nicht recht vorstellen konnte, wie seine Arbeit wohl aussehen mochte.

„Angenommen, Mr. X. sucht mich auf und berichtet, dass er sich um ein wichtiges politisches Amt bewerben will. Dann ist es zunächst einmal meine Aufgabe, herauszufinden, wie sich die meisten Menschen den Mann vorstellen, der dieses Amt bekleiden soll. Anschließend versuchen wir, von Mr. X ein Bild aufzubauen, das dieser allgemeinen Vorstellung möglichst nahe kommt, denn er will ja schließlich gewählt werden."

„Hm", überlegte Sheila, „mir kommt das ein wenig wie Betrug vor."

„Aber nein", widersprach Alex, „Mr. X. ändert ja seinen politischen Standpunkt nicht. Ich kümmere mich nur darum, dass er ihn überzeugend vertreten kann."

Sheila war noch nicht ganz davon überzeugt. Das Ganze erschien ihr fragwürdig. Erst als Alex ihr ein paar weitere, detaillierte Beispiele gegeben hatte, verstand sie, worum es ihm ging.

„Du kannst unmöglich alles, was du jetzt aufgezählt hast, allein schaffen", meinte sie schließlich.

Alex lachte.

„Da hast du allerdings wirklich Recht. Ich beschäftige nämlich fast neunzig Leute in meiner Agentur."

Sheila konnte einen erstaunten Ausruf nicht unterdrücken. „Dann bist du sicher sehr stolz auf alles, was du erreicht hast."

„Ich bin zufrieden", gab Alex zurück.

„Das Einzige, was ich mir im Moment noch wünsche, ist, es im Urlaub etwas bequemer zu haben."

„Tatsächlich", spottete Sheila, „ist dir die ‚Echo' etwa nicht gut genug?"

Statt einer Antwort schob Alex sie zur Seite, schüttelte die Kissen auf, machte es sich bequem und zog Sheila auf seinen Schoß.

6. KAPITEL

Im ersten Moment wehrte Sheila sich vor lauter Überraschung nicht. Als Alex sie aber fester an sich zog, versuchte sie, sich aus seiner Umarmung zu befreien.

Natürlich gelang es ihr nicht. Im Gegenteil, ihre Bewegungen schienen Alex sogar zu erregen. „Ah“, murmelte er, „gut so …“

Sofort versteifte sich Sheila. „Alex“, bat sie, „lass mich los.“

„Ich fühle mich so sehr behaglich“, gab er zurück. „Die Kissen sind weich, und du könntest es dir in meinen Armen bequem machen. Ich würde dich wärmen und …“

„Ich will aber gar nicht von dir gewärmt werden“, fiel Sheila ihm ins Wort. Sie wusste, dass sie sich nur zu entspannen brauchte, um sich wunderbar zu fühlen. Doch gerade davor fürchtete sie sich.

Dennoch ließ ihre innere Unruhe nach. Ehe sie sich dessen bewusst war, hatte sie sich an Alex' breite Brust gelehnt und die Augen zufrieden geschlossen. Alex hatte nach dem Abendessen ein Hemd angezogen, ohne allerdings die Knöpfe zu schließen. So konnte Sheila spüren, wie die Härchen auf seiner Brust sie leicht kitzelten.

Nachdem sie eine Weile schweigend gesessen hatten, fragte Sheila plötzlich: „Bist du verheiratet?“

„Nanu, woher dieses plötzliche Interesse?“

„Ich habe über deinen Beruf nachgedacht“, erklärte Sheila. „Ich nehme an, dass du ein viel beschäftigter Mensch bist, dem wenig Zeit für sein Privatleben bleibt. Deshalb könnte ich mir vorstellen, dass du bisher einfach nicht die richtige Frau gefunden hast.“

„Du hast Recht“, gestand Alex. „Ich bin immer noch Junggeselle.“

„Du hast aber nichts gegen Frauen?“

„Wie kommst du denn darauf?“

„Am ersten Tag unserer Reise hast du gesagt, dass du mich nicht magst, weil ich eine Frau bin.“

„Ich war nicht darauf vorbereitet, zwei Frauen an Bord zu haben. Die Vorstellung, dir und deiner Tante zuliebe so viele Rücksichten nehmen zu müssen, gefiel mir nicht.“

„Rücksichten?“ hakte Sheila nach.

„Ja, es ist doch klar, dass ein Mann sich anders benehmen muss, wenn er sich in Gesellschaft von zwei Frauen befindet, als wenn er allein ist.“

„Und du wolltest lieber allein sein?“

Alex nickte.

„Ich hatte ursprünglich geplant, zwei Wochen in Frankreich zu verbringen, in der Normandie, und zwar ganz allein.“

„Wolltest du dort in einem Schloss wohnen?“ neckte Sheila ihn.

Alex blieb ernst „Ja, wenn auch nur in einem kleinen.“

„Oh ... Nun verstehe ich, warum dir diese Seereise nicht gefällt.“

„Ach, so schlecht ist es auch wieder nicht“, meinte Alex und lachte leise.

„Trotzdem, es wäre anders, wenn Victoria und ich nicht an Bord wären.“

„Natürlich. Ich hätte mich zum Beispiel nicht zu rasieren brauchen.“

Jetzt lachte Sheila. „Mich stört es nicht, wenn du dir einen Bart wachsen lässt.“

Selbst beim Küssen nicht? wollte er fragen, aber dann schwieg er lieber. Er fürchtete, die gelöste Atmosphäre durch eine solche Frage zu zerstören.

„Was hättest du sonst noch getan?“ erkundigte Sheila sich.

„Ich hätte mich nackt gesonnt und wäre natürlich auch nackt schwimmen gegangen.“

„Gönnst du Victoria und mir diesen Anblick nicht?“ spottete Sheila.

„Glaubst du etwa, ich hätte etwas zu verbergen?“ gab Alex zurück.

„Kaum. Ich stelle mir nur vor, wie ein nackter Pirat auf mich und meine Tante wirken würde.“

„Ich bin kein Pirat, und die ‚Echo' ist kein Seeräuberschiff.“

„Hm“, meinte Sheila scheinbar nachdenklich, „vielleicht hätte ein nackter Steuermann die gleiche Wirkung auf uns ...“

„Hast du überhaupt schon mal einen nackten Mann gesehen?“ neckte Alex sie.

Das Spiel begann Sheila Spaß zu machen. „Ja“, gestand sie, „im Kino. Ich habe mir ‚Ein Mann für gewisse Stunden' angeschaut.“

„Und im wirklichen Leben?“

„Als Kind habe ich meinen Vater mal in der Badewanne überrascht.“

Alex seufzte. „Das meine ich nicht. Ich möchte wissen, ob du, seit du eine Frau bist ...“

„Seitdem habe ich gelernt, rechtzeitig die Augen zu schließen“, unterbrach Sheila ihn.

Alex schwieg eine Weile und wechselte dann das Thema. „Erzähl mir ein bisschen über deine Arbeit, Sheila“, bat er.

„Willst du wirklich wissen, was ich beruflich mache?“

„Ja, warum denn nicht?“

„Weil es dir nicht gefallen wird. Mein Job passt nämlich zu meinem Charakter.“

„Tatsächlich? Bist du etwa die Leiterin eines Mädchenpensionats?“

Sie schüttelte den Kopf.

„Aufseherin in einer Besserungsanstalt?“

Sheila konnte ein Lachen nicht unterdrücken.

„Was also bist du?“

„Ich arbeite mit Computern.“

Alex nickte. „Das passt wirklich zu dir. Die Arbeit mit Maschinen ist so herrlich kontrollierbar, nicht wahr. Da ist man sicher vor Überraschungen, es gibt nichts, was verwirrende Gefühle in einem wecken könnte."

Statt ihm eine bissige Antwort zu geben, nickte Sheila nur. „Deshalb liebe ich meine Arbeit so. Ich bin es, die alles kontrolliert. Solange ich ihn nicht anschalte und ihm mitteile, was er zu tun hat, tut ein Computer nämlich gar nichts."

Alex wusste, dass sie das alles nicht ernst meinte, und es freute ihn, sie so gut gelaunt zu sehen. „Heißt das, dass du dich allein um all diese Computer kümmerst?" erkundigte er sich.

„Aber nein", wehrte sie ab, „einige Assistenten unterstützen mich bei meiner Arbeit."

„Du bist also die Chefin?"

„Ich bin Abteilungsleiterin."

„Und um welche Abteilung handelt es sich?"

„Um die Computerabteilung einer Anwaltsfirma."

Alex ließ den Kopf sinken, bis sein Gesicht Sheilas Haare berührte. Wohlig seufzte er auf. Wie gut ihr Haar duftete. Wie wunderbar ihr Körper sich anfühlte, wenn sie sich so entspannt an ihn lehnte. Er wünschte, noch stundenlang so sitzen zu können. Außerdem reizte es ihn, mehr und mehr über Sheila herauszufinden.

Je mehr sie berichtete, desto größer wurde Alex' Neugier. Wie hatte sie die Position erreicht, die sie jetzt einnahm?

Nach einer Weile fragte er sie danach.

Lächelnd schaute sie zu ihm auf. „Kannst du dir das nicht denken?"

In diesem Moment wirkte sie so sexy, dass er sich nicht beherrschen konnte, sondern ihr ins Ohr flüsterte: „Wahrscheinlich hast du all deine früheren Vorgesetzten verführt."

Ihr Blick verfinsterte sich, und Alex bedauerte seine Bemerkung sofort. „Sheila", versuchte er sie zu beruhigen, „ich weiß natürlich genau, dass du so etwas nie tun würdest. Sei nicht böse, sondern verrat mir lieber, wie dein Interesse an Computern geweckt wurde."

„Ich habe schon am College Kurse belegt, in denen ein recht umfassendes Grundwissen über Computer vermittelt wurde."

„Ein paar Kurse und schon warst du Abteilungsleiterin in dieser Anwaltsfirma? Das kann ich mir beim besten Willen nicht vorstellen."

Sheila lachte. „Ganz so einfach war es auch wirklich nicht. Ich habe schon während des Studiums in den Sommerferien mit Computern gearbeitet. Das heißt, es fing damit an, dass ich Computerzubehör verkaufte. Nach dem Examen nahm ich schließlich einen Job bei einer Computerfirma an. Als ich dann von der Stelle in dem Anwaltsbüro erfuhr und mich bewarb, hatte ich bereits Berufspraxis."

„Wie groß ist denn das Büro?" erkundigte Alex sich.

„Es arbeiten fast siebzig Anwälte dort."

„Haben Sie sich auf irgendetwas spezialisiert?"

„Ja, auf Wirtschaftsrecht."

„Hm, da kann man wohl auch das meiste verdienen."

„Glücklicherweise. Denn wenn sie weniger Kapital hätten, hätten sie die Computerabteilung gar nicht einrichten können, und ich hätte heute meine Arbeit nicht."

„Sind sie nett?"

„Wer?" fragte Sheila überrascht zurück. „Die Anwälte? Naja, das ist ganz unterschiedlich."

„Behandeln dich alle gut?"

„Ich kann mich nicht beklagen."

„Vielleicht beklagst du dich nur deshalb nicht, weil du deine Arbeit liebst", überlegte Alex.

„Ich liebe meine Arbeit wirklich, aber ich könnte mir eine andere Stellung suchen, wenn ich Probleme mit meinen Arbeitgebern und Kollegen hätte."

„Vielleicht wirst du sowieso den Arbeitsplatz wechseln,

wenn du irgendwo noch weitere Aufstiegschancen für dich siehst.“

„Möglich. Im Augenblick halte ich das für ziemlich unwahrscheinlich. Ich habe bisher schnell Karriere gemacht, fürs Erste ist mein Ehrgeiz befriedigt.“

Alex zog Sheila fester an sich, ehe er leise fragte: „Und privat? Hast du gar keine privaten Wünsche? Einen Mann? Ein Kind oder zwei? Würde das deine Karriere zerstören?“

„Kaum. Was Mutterschaftsurlaub und Ähnliches angeht, so ist man in der Firma recht großzügig. Ich kenne mehrere Anwältinnen, die nach der Geburt ihrer Kinder eine Zeit lang zu Hause geblieben und später wieder in ihren Beruf eingestiegen sind. Außerdem haben wir gleitende Arbeitszeit. Das vereinfacht natürlich vieles.“

„Du willst also weiterarbeiten, wenn du Kinder hast?“

„Bisher bin ich noch nicht schwanger“, gab Sheila ironisch zurück.

„Wärst du das denn gern?“ Alex ließ sich durch ihren Ton nicht aus der Ruhe bringen.

„Darüber habe ich noch gar nicht nachgedacht. Im Großen und Ganzen bin ich mit meinem Leben recht zufrieden. Ich habe nicht das Gefühl, dass mir irgendetwas fehlt.“

„Jetzt vielleicht noch nicht, aber später. Glaubst du nicht, dass du dir irgendwann einmal Kinder wünschen wirst?“

Sheila schwieg.

„Siehst du, insgeheim wünschst du dir doch ein Kind“, behauptete Alex. „Wir könnten zusammen eins haben.“

Sheila wandte den Kopf, sodass sie sein Gesicht sehen konnte. Im schwachen Licht der Laterne allerdings verriet sein Ausdruck wenig. „Du bist verrückt“, erklärte sie kühl.

„Durchaus nicht.“

„Warum sollten ausgerechnet wir zwei ein gemeinsames Kind haben? Bisher haben wir, seit wir uns kennen, kaum etwas anderes getan, als uns gezankt. Eltern, die sich ständig streiten, sind bestimmt nicht das, was ein Kind sich wünscht. Außerdem wünsche ich mir, um ehrlich zu sein, wahrhaftig kein Baby, das dir ähnlich ist."

Alex lachte leise. „Ich hätte ganz gern ein Kind, das dir in mancher Hinsicht ähnelt. Du hast zweifellos Qualitäten, die man nicht unterschätzen sollte."

„Zum Beispiel?"

Er zögerte einen Moment, ehe er sagte: „Schönheit zum Beispiel."

„Unsinn", widersprach Sheila.

„Intelligenz."

„Akzeptiert. Und weiter?"

Alex schwieg, was allerdings nicht darauf zurückzuführen war, dass ihm nichts mehr einfiel. Im Gegenteil, es fiel ihm sogar zu viel ein. Sheila fühlte sich so wunderbar weiblich an in seinen Armen, dass sie ihm durch und durch liebenswert erschien. Er musste gegen den Wunsch ankämpfen, sie zu küssen, sie zu streicheln, bis sie wieder vor Erregung zitterte.

„Du bist temperamentvoll", sagte er.

„Hm ..."

„Und schlagfertig. Das beeindruckt mich."

„Tatsächlich?"

Vorsichtig nahm er ihre Hand und legte sie auf seine Brust. Wärme durchflutete ihn, doch Sheila schien nichts zu bemerken.

„Ich bin prüde und abweisend", erklärte sie, auf frühere Bemerkungen Alex' anspielend. „Bestimmt möchtest du nicht, dass deine Kinder diese Charakterzüge erben."

Alex schloss die Augen und genoss es, Sheila so dicht bei sich zu fühlen. Als er die Lider schließlich wieder öffnete, betrachtete er Sheila voller Zärtlichkeit. „Weißt du eigentlich, dass du mit dem Feuer spielst?" fragte er leise.

„Ich?"

„Ja. Deine Beine berühren meine, dein Haar kitzelt mich, du

schaust mich an, und ein Schauer durchläuft meinen Körper. Merkst du denn gar nicht, was du mit mir machst? Ich begehre dich, ich ..."

Erst jetzt fiel Sheila auf, dass ihre Finger mit den Härchen auf seiner Brust spielten. Erschrocken starrte sie auf ihre Hand. Dann spürte sie, wie auch in ihr das Verlangen erwachte.

„Streichle mich doch noch ein wenig", bat Alex. „Es ist so wunderbar."

Sheila schluckte. Aber dann fuhr sie tatsächlich fort, ihn zu liebkosen.

Er stöhnte auf und bewegte leicht seine Hüfte. Jetzt fühlte Sheila deutlich, wie erregt er war. Verwirrt und auch ein wenig erschreckt schaute sie ihm in die Augen.

„Ich sehne mich so nach dir", murmelte Alex. „Geht es dir nicht ebenso? Möchtest du nicht mit mir die Wunder der Liebe erleben?"

Sie schüttelte den Kopf. „Ich wollte mich nur ein wenig mit dir unterhalten. Ich hatte nicht die Absicht, dich ..."

Alex zog sie fester an sich. „Du quälst mich, du machst mich wahnsinnig. Willst du mich nicht von meinem Leiden erlösen?" flüsterte er ihr ins Ohr. „Sieh nur, was du mit mir gemacht hast! Ich vergehe vor Verlangen nach dir."

Sheila rührte sich nicht. Voller Erstaunen beobachtete sie, wie ihr Körper auf Alex' Worte und seine zärtlichen Hände reagierte. Nie zuvor, so meinte sie, war sie so unverhofft von einer Woge der Erregung überschwemmt worden. Überall dort, wo ihr Körper den seinen berührte, begann ihre Haut zu kribbeln. Ihr Herz klopfte schneller, und sie sehnte sich danach, Alex zu küssen.

„Ich möchte mit dir schlafen, Sheila", murmelte Alex. „Ich möchte dich ausziehen und dich überall streicheln. Meine Lippen möchten deinen Körper erforschen. Ich möchte mit dir verschmelzen. Willst du mich nicht glücklich machen?"

Ein leichter Wind war aufgekommen, der Sheilas heißes Gesicht kühlte. Sie fuhr sich mit der Hand durchs Haar und bemühte sich verzweifelt, vernünftig zu bleiben.

„Wir können nicht miteinander schlafen“, stammelte sie.

„Doch, wir können“, widersprach Alex, während seine Hand liebkosend der Rundung ihrer Hüfte folgte. „Küss mich, Sheila, bitte, küss mich.“

Sheila wollte abwehren, aber ihr fehlte die Kraft dazu. Sie war sich bewusst, was sie ihm hätte sagen müssen. Sie erkannte, dass sie aufstehen und in ihre Kabine hätte gehen sollen. Aber sie tat nichts von alledem. Alex’ Mund senkte sich auf ihren.

Alex war ein Mann, der es verstand zu küssen. Es wurde ein langer, leidenschaftlicher Kuss. Denn trotz aller Versuche, kühl zu bleiben, war Sheila bald so erregt, dass sie Alex’ Zärtlichkeiten hemmungslos erwiderte.

Sie schmiegte sich an ihn, und ihr war, als beginne ihr Körper zu glühen. Wie auch in der Nacht zuvor, vergaß sie alles um sich herum. Nichts existierte mehr für sie außer Alex und die herrlichen Empfindungen, die er in ihr zu wecken wusste. Sheila bebte vor Verlangen, als er sie schließlich freigab. „Sheila“, murmelte er, „du bist wunderbar.“ Schon zog er sie erneut an sich. Seine Hand fand ihren Weg unter Sheilas Bluse. Er umfasste ihre Brust und begann, die Knospe sanft zu streicheln. Sheila musste einen lustvollen Aufschrei unterdrücken.

„Das ist genau, was ich brauche“, flüsterte Alex, „deine Nähe. Ich will deinen Körper fühlen, ich will ihn erforschen, ich will ihn in Flammen der Lust auflodern sehen.“

Er küsste sie erneut. Als sie schließlich atemlos den Kopf zur Seite drehte, bat er sie: „Schau mich an, Sheila.“

Sie gehorchte. Ihre Augen verrieten, welche Leidenschaft er in ihr geweckt hatte.

„Gefällt dir, was ich mit dir mache?“ fragte er leise. „Empfindest du etwas, wenn ich dich so liebkose?“

„Ja“, gab Sheila zurück,“ja, es ist herrlich.“ Ihre Stimme war kaum mehr als ein Flüstern und verriet selbst so noch, wie erregt sie war.

„Gut, dann werde ich deinen ganzen Körper ebenso verwöhnen", versprach Alex. Schon fing er an, sein Versprechen einzulösen.

Sheila stöhnte auf. Ihr war, als sei nichts, was sie in ihrem Leben bisher getan hatte, so berauschend und so richtig gewesen. Jahrelang hatte sie ihre Sinnlichkeit unterdrückt und ihrem Körper verwehrt, was er sich ersehnte. Nun reagierte er auf jede Zärtlichkeit mit einer Heftigkeit, die Sheila völlig aus dem Gleichgewicht brachte.

Plötzlich wurde Sheila bewusst, dass sie nicht allein an Deck waren. Am Steuer stand Vincent, der sie vielleicht beobachten konnte. „Alex", flüsterte sie, „Alex, dein Onkel, er ..."

„Er kann uns nicht sehen", beruhigte Alex sie. Ehe sie widersprechen konnte, verschloss er ihr den Mund mit einem Kuss.

Sheila war jedoch unsicher geworden. Sie hatte Angst, entdeckt zu werden. Und sie hatte Angst, sich zu etwas hinreißen zu lassen, das sie später bereuen würde. All ihre Kraft aufbietend, schob sie Alex von sich.

„Hör auf", bat sie.

„Unsinn, warum denn? Niemand weiß, dass wir hier sind. Außerdem befinden sich die Segel zwischen Vincent und uns. Er kann uns wirklich nicht sehen."

Sheila hatte sich schon aufgerichtet. Sie lehnte sich gegen die Reling und starrte aufs Meer hinaus. Ihr Atem ging noch immer rasch, und ihr Herz klopfte zum Zerspringen.

Eine Zeit lang betrachtete Alex sie schweigend. Sie war ebenso erregt wie er selbst, das wusste er genau. Was mochte sie also bewogen haben, ihm und sich selbst die Erfüllung ihrer Wünsche zu verwehren?

„Es geht dir gar nicht um Vincent", stellte Alex fest. „Sheila, habe ich etwas falsch gemacht?"

Sie schüttelte den Kopf. Sie wagte nicht, sich umzudrehen und Alex anzuschauen. Er war ein so attraktiver Mann. Vielleicht hätte die kleinste seiner Bewegungen sie in ihrem Entschluss wankend gemacht. Vielleicht hätte ein Blick genügt, und sie hätte sich ihm wieder in die Arme geworfen. Ach, wie sehr ihr Körper sich danach sehnte ...

Ihr Verstand jedoch forderte, dass sie sich beherrschte. Selbstbeherrschung! Ja, das war es, was ihr fehlte. Früher hatte sie geglaubt, dass sie ihr Leben beherrschte, indem sie stets genau das tat, was sie zu tun wünschte. Später hatte sie einsehen müssen, dass sie sich getäuscht hatte. Sie hatte erkannt, dass ihr jede Kontrolle über ihr Leben abhanden gekommen war, weil sie nie über die Folgen ihrer Handlungen nachgedacht hatte. Immer war sie den Eingebungen des Augenblicks gefolgt und hatte sich vor jeder Verantwortung gedrückt.

Sie war älter geworden und hatte an sich gearbeitet. Sie hatte sich um Selbstdisziplin bemüht und war stolz darauf gewesen, dass sie gelernt hatte, Verantwortung zu tragen. Sollte Alex an diesem Abend alles zunichte machen, was sie sich mit so viel Anstrengung angeeignet hatte? Die Antwort darauf konnte nur ein Nein sein.

„Was ist denn los, Sheila?“ wollte Alex wissen. „Du bist doch kein Teenager mehr.“

Sie reagierte nicht

„Hat dich jemand verletzt? Bist du vielleicht einmal ... vergewaltigt worden?“

„Nein, nein“, beruhigte Sheila ihn.

„Wovor aber hast du dann Angst?“

„Ich habe keine Angst.“

„Sheila!“ Wenn sie sich wenigstens umdrehen würde, sodass er ihr Gesicht sehen könnte. „Sheila, willst du mir nicht erklären, was das alles soll?“

Sie starrte nur weiter schweigend aufs Meer hinaus.

„Du hast doch schon einmal mit einem Mann geschlafen?" hakte Alex nach.

„Ich habe nie geliebt", gab sie zurück.

„Trotzdem kannst du eine sexuelle Beziehung mit einem Mann gehabt haben."

„Ja", gab sie heftig zurück. „Ich habe sexuelle Beziehungen zu mehreren Männern gehabt. Reicht dir das?"

„Hast du jemals mit einem Mann zusammengelebt?" fragte Alex weiter.

„Kurzfristig. Und jetzt wäre ich dir wirklich dankbar, wenn du mich nicht weiter so ausfragen würdest."

Alex seufzte auf. „Ich möchte dich nur ein bisschen besser kennen lernen, Sheila. Warum machst du es mir denn so schwer?"

Sie zuckte die Schultern und musste sich dann plötzlich an die Reling klammern, weil das Boot eine unerwartet heftige Bewegung machte.

Im selben Moment begannen die Segel zu knattern. Alex sprang auf. „Gleich wird es regnen. Hast du eine Öljacke, Sheila?"

„Ich hole sie."

„Nicht nötig", rief Alex ihr nach. „Bleib lieber unten. Das Deck ist bei Sturm kein Platz für eine Frau."

Ehe Sheila antworten konnte, rief Alex Vincent etwas zu, und gleichzeitig schlugen die ersten schweren Regentropfen aufs Deck. Sheila beschloss, Alex' Rat zu befolgen, und lief auf die Türe zu.

Victoria erwartete sie im Salon. Sheila setzte sich zu ihr. Vincent und Alex tauchten kurz auf, um sich ihre Regenkleidung anzuziehen. Dann blieben die beiden Frauen allein.

Die ‚Echo' rollte jetzt heftig, und Victoria wurde immer stiller. Sheila begann, sich Sorgen um ihre Tante zu machen. Vergeblich versuchte sie, sie in ein Gespräch zu verwickeln.

Der Sturm beängstigte Sheila. Aber er lenkte sie wenigstens

von den Gedanken an Alex ab. Das heißt, statt über seinen attraktiven Körper dachte sie jetzt über seine Fähigkeiten als Seemann nach. Gewiss konnte sie sich auf ihn und Vincent verlassen.

Gerade wollte sie eine Bemerkung darüber zu Victoria machen, als diese sich erhob. Ihr Gesicht war sehr blass, und sie sagte mit tonloser Stimme: „Ich lege mich lieber hin."

Als Sheila wenig später besorgt in die Kabine schaute, hatte Victoria sich bereits übergeben müssen.

„Du Arme", bemitleidete Sheila ihre Tante. „Warte, ich hole dir ein Medikament gegen Seekrankheit."

„Ich habe nur einen Wunsch", stöhnte Victoria. „Bitte, Sheila, lass mich in Ruhe."

„Vincent hat erwähnt, dass er eine gute Reiseapotheke zusammengestellt hat", erklärte Sheila.

„Vincent hat im Moment alle Hände voll zu tun. Du wirst ihn bestimmt nicht belästigen wollen, bloß weil ich mich nicht wohl fühle."

„Natürlich will ich ihn nicht belästigen. Ich will ihn lediglich nach dem Medikament für dich fragen." Damit zog Sheila ihren Ölmantel an und ging an Deck.

Als sie die schützende Kajüte verließ, warf eine Windböe sie fast um. Der Sturm riss ihr den Südwester vom Kopf, und in wenigen Sekunden war ihr Haar klatschnass. Es dauerte eine Weile, bis Sheila sich zu Vincent vorgekämpft hatte.

„Was tust du hier, Mädchen?" rief er ihr zu.

Statt auf seine Frage zu antworten, schaute Sheila sich suchend um. „Wo ist denn Alex?" wollte sie wissen. „Er ist doch nicht etwa über Bord gegangen?"

Vincent schüttelte den Kopf, war aber ein paar Minuten lang zu beschäftigt, um Sheila Auskunft über Alex' Verbleib zu geben.

Sheila musste sich festklammem, um nicht das Gleichgewicht zu verlieren. „Sind wir in Gefahr?“ brachte sie schließlich hervor.

„Nein“, entgegnete Vincent kurz und voller Überzeugung.

„Wie lange wird der Sturm denn noch dauern?“

„Vielleicht eine Stunde, vielleicht aber auch fünf.“

„Oh ... Das wird Victoria aber gar nicht freuen. Ihr geht es nämlich nicht gut.“

„Ist sie etwa seekrank?“ erkundigte Vincent sich besorgt.

„Ja“, erwiderte Sheila. „Deshalb bin ich hier. Du hast kürzlich erwähnt, dass du Medikamente hast.“

„Sie müssten in der untersten Schublade des Küchenschrankes sein, wenn Alex sie nicht mitgenommen hat.“

„Alex? Wo finde ich ihn denn?“

„Wahrscheinlich in seiner Kabine. Er wollte sich hinlegen.“

Ungläubig sah Sheila Vincent an. „Das kann doch nicht dein Ernst sein. Willst du damit etwa sagen, dass Alex auch seekrank ist?“

„Ja, leider.“

„Oh, dann werde ich mich wegen der Medizin wohl wirklich an ihn wenden müssen“, sagte Sheila mehr zu sich selbst als zu Vincent und machte sich auf den Weg nach unten.

In der Küche fand sie die volle Flasche mit Tropfen gegen Seekrankheit sofort. Das konnte nur heißen, dass es Alex entweder gar nicht so schlecht ging, oder dass er zu stolz war, Medizin zu schlucken.

Victoria war nicht zu stolz. Dankbar trank sie das Wasser, in dem die Tropfen aufgelöst waren. Sheila wartete ungeduldig, bis Victoria sich wieder zurückgelegt und die Augen geschlossen hatte. Ohne sich Rechenschaft über ihre Beweggründe abzulegen, ging sie zu Alex’ Kabine.

Leise öffnete sie die Tür. Auf dem Fußboden lag ein Häufchen nasser Kleidungsstücke. Und auf dem Bett lag Alex. Er war nackt, und sein Körper glänzte vor Schweiß.

Eine Woge des Mitleids überflutete Sheila. „Alex?“ fragte sie leise.

Ein Stöhnen war die einzige Antwort.

„Möchtest du das Mittel gegen Seekrankheit?“ erkundigte Sheila sich.

Er nickte schwach mit dem Kopf.

Unwillkürlich streckte Sheila den Arm aus und fuhr ihm zärtlich mit der Hand durchs Haar. Dann wandte sie sich zur Tür, um auch für ihn ein paar Tropfen des Medikaments in Wasser aufzulösen.

Als sie zurückkam, brachte sie außer der Medizin auch ein Handtuch mit, mit dem sie Alex’ schweißgebadeten Rücken abtrocknete. Doch er schien kaum zu bemerken, was mit ihm geschah.

Endlich öffnete er die Augen und schaute Sheila an. „Warum bist du eigentlich nicht seekrank?“ murmelte er.

Sie zuckte die Schultern. „Ich habe eben Glück.“

Er stöhnte auf und schloss die Augen wieder. Sein Gesicht war grau und spiegelte die Qualen wider, die er durchlebte.

„Der Sturm wird bald vorbei sein“, versuchte Sheila ihn zu trösten.

„Hoffentlich ...“ Alex’ Stimme klang schwach.

Noch einmal strich Sheila ihm liebevoll über die Stirn. Dann sagte sie: „Ich muss mich um Victoria kümmern. Soll ich später noch einmal nach dir schauen?“

„Nur, wenn du eine Autopsie vornehmen willst“, gab Alex in einem Anflug von Galgenhumor zurück.

Ein Lächeln huschte über Sheilas Gesicht, als sie seine Kabine verließ.

7. KAPITEL

Als der Morgen graute, ließ der Sturm nach. Victoria ging es weitaus besser, und schließlich legte Sheila, die ihre Tante liebevoll gepflegt hatte, sich erschöpft zum Schlafen nieder.

Sie erwachte gegen Mittag und ging, nachdem sie eine Tasse Kaffee getrunken hatte, an Deck. Alex stand am Steuer, und Victoria leistete ihm Gesellschaft. Vincent hatte sich endlich in seine Kabine zurückgezogen, um sich auszuruhen.

„Hallo, da kommt ja der Engel der Seekranken", begrüßte Alex Sheila lachend.

Noch am Tag zuvor hätte sie auf eine solche Bemerkung wahrscheinlich verärgert reagiert. Heute jedoch erwiderte sie sein Lächeln. Sie hatte sich bereits die Frage gestellt, wie er sich ihr gegenüber wohl verhalten würde, nachdem sie ihn in der Nacht so schwach und hilflos erlebt hatte. Manche Männer wären gewiss beschämt gewesen. Andere hätten versucht, nun besonders männlich zu wirken und vielleicht sogar aggressiv reagiert. Alex benahm sich jedoch wie immer.

„Ihr zwei seht gut aus", lobte sie ihn und Victoria. „Offenbar habt ihr euch schnell erholt."

„Das haben wir dir zu verdanken", bemerkte Victoria. „Ohne das Medikament, das du uns eingeflößt hast, wären wir jetzt vielleicht noch nicht einmal in der Lage, überhaupt aufzustehen."

„Ja", stimmte Alex zu, „wie gut, dass du einen so unempfindlichen Magen hast, Sheila. Wer hätte meinen verschwitzten Körper abreiben sollen, wenn du auch seekrank geworden wärst?"

„Was?" rief Victoria. „Sheila hat dich abgetrocknet? Diese Sonderbehandlung ist mir nicht zuteil geworden."

„Ich nehme an", erwiderte Alex, „dass sie nackten Männern einfach nicht widerstehen kann."

„Du warst nackt?“ fragte Victoria ihn mit gespieltem Entsetzen. Dann wandte sie sich an Sheila: „Dir war es gar nicht peinlich, ihn so zu sehen?“

„Nicht im Geringsten“, gab Sheila zurück. „Er hat nämlich einen wirklich makellosen Körper. Seine schmalen Hüften haben mir besonders gefallen.“

„Tatsächlich?“ Alex lachte. „Das sagst du nur, weil du meine besten Stellen noch nicht gesehen hast.“

Sheila schwieg. Seine „besten Stellen“ waren ihr durchaus nicht verborgen geblieben. Aber das hätte sie um nichts in der Welt zugegeben.

Sie blickte zum Himmel und sagte, um das Thema zu wechseln: „Kein Wölkchen zu sehen, und der Wind scheint günstig für uns zu sein. Sind wir in der letzten Nacht weit vom Kurs abgekommen?“

„Kaum“, erklärte Alex.

„Fein“, sagten Victoria und Sheila wie aus einem Mund. Sheila erkundigte sich, ob jemand Lust habe, mit ihr zu frühstücken.

„Oh ja.“ Victoria und Alex nickten eifrig.

„Ich habe einen Bärenhunger“, stellte Alex fest. „Kochst du für uns alle?“

„Ja“, versprach Sheila und wollte in die Küche gehen. Doch Alex hielt sie zurück. „Stell dir einmal vor“, flüsterte er ihr ins Ohr, „wie herrlich es wäre, wenn wir zwei im Bett frühstücken könnten.“

„Ich frühstücke niemals im Bett“, widersprach Sheila.

„Hättest du mir etwas zu essen ans Bett gebracht, wenn ich noch krank gewesen wäre?“

„Wenn du noch krank gewesen wärest, hättest du keinen Hunger gehabt.“

„Da könntest du Recht haben. Aber dann hätte ich dich gebeten, mich noch einmal mit dem Handtuch abzureiben. Du hast das sehr gut gemacht.“

Noch einmal beugte er sich vertraulich zu ihr hinab. „Was du letzte Nacht gesehen hast, hat dir also gefallen?“

„Oh ja“, neckte Sheila ihn. „Das sturmgepeitschte Meer bot einen atemberaubenden Anblick.“

„Davon rede ich doch gar nicht. Ich meine, wie hat dir mein Körper gefallen?“

„Ach, so aufregend wie das Meer fand ich ihn nicht.“

„Dann solltest du mich in der kommenden Nacht noch einmal besuchen, damit ich dir zeigen kann, wie aufregend er wirklich ist.“

Sheila schüttelte lachend den Kopf und machte sich auf den Weg zur Küche, um das Frühstück zuzubereiten.

Alex ging Sheila nicht aus dem Kopf. Immer wieder sah sie seinen Körper in Gedanken vor sich. Je deutlicher sie sich jede Einzelheit ins Gedächtnis rief, desto mehr erregte sie die Vorstellung, Alex in der kommenden Nacht wirklich in seiner Kabine aufzusuchen.

Was zog sie nur so zu ihm hin? Er war selbstbewusst und teilweise sogar überheblich. Er war schlagfertig und konnte andere mit seinen Worten in die Enge treiben und kränken. Es gab so vieles, was gegen ihn sprach. Dennoch fühlte sie sich magisch zu ihm hingezogen.

Seit sie vor Jahren beschlossen hatte, ihr wildes Leben aufzugeben, war sie vielen Männern begegnet, die ihr nicht unsympathisch waren. Manche von ihnen hatten versucht, sie zu erobern. Aber keinem hatte sie auch nur einen zweiten Blick geschenkt.

In dieser Hinsicht war die Situation auf der ‚Echo' natürlich völlig anders. Sie konnte sich nicht einfach von Alex abwenden und ihn übersehen. Sie war infolge der räumlichen Enge gezwungen, sich mit ihm auseinander zu setzen. Das allein war jedoch kein Grund, fast ausschließlich an ihn zu denken.

Es ärgerte Sheila, dass sie ihrer Phantasie keine Schranken

zu setzen vermochte. Immer wieder gaukelte ihre Vorstellungskraft ihr Bilder vor, die sie sexuell erregten. Alex, der sie in die Arme schloss, der sie streichelte und küsste ... Alles an ihm war so männlich. Seine harten Muskeln, die breiten Schultern, die schmalen Hüften und die kräftigen Beine.

Sheila seufzte auf. Wenn sie ihn nur körperlich attraktiv gefunden hätte, hätte sie sich weniger unsicher gefühlt. Was sie wirklich beunruhigte, war, dass ihr auch so vieles andere an ihm gefiel. Er war intelligent und humorvoll. Er war bereit, Risiken einzugehen und die Verantwortung dafür selbst zu tragen. Und er ließ sich von seinem Ziel nicht durch die Meinung anderer abbringen.

Zweifellos war er ein Mann, der es wert war, dass man ihn liebte. Warum also erschreckte der Gedanke, ihn zu mögen, sie so sehr? Schließlich hatte sie immer damit gerechnet, eines Tages dem Mann zu begegnen, mit dem sie ihr Leben teilen wollte. Sie hatte sogar davon geträumt, Kinder zu haben. Der Mann ihrer Träume hatte hingegen nicht die entfernteste Ähnlichkeit mit Alex gehabt.

Ja, sie musste vor Alex auf der Hut sein. Sie allerdings wurde schwach, sobald er sie in die Arme schloss. Sie verlor dann jegliche Beherrschung. Also war er der falsche Mann für sie. Sie durfte sich nicht völlig aufgeben.

Am Nachmittag wurde Sheila zumindest kurzfristig von ihren Gedanken an Alex abgelenkt. Die ‚Echo' geriet in eine Flaute. Kraftlos hingen die Segel herab. Es war ein trostloser Anblick.

Sheila hatte es sich mit einem Buch auf dem Deck bequem gemacht, als ihr auffiel, dass etwas nicht stimmte. Sie sah sich um. Victoria, die neben ihr saß, hatte noch nichts bemerkt. Aber Sheila war sofort klar, was geschehen war. Das fast glatte Meer, die schlaffen Segel ... Sheila seufzte auf.

Da begann Alex auch schon, die Segel einzuholen.

„Wie lange wird es dauern?" fragte Sheila ihn.

Er zuckte die Schultern und ließ sich schließlich auf dem Deck neben ihr nieder. „Keine Ahnung. Manchmal frischt der Wind schon nach einer Stunde wieder auf."

Wenn wir wirklich nicht länger festliegen, dann ist das nicht so schlimm, überlegte Sheila. Wenn diese Flaute allerdings vier, fünf Stunden anhält oder sogar zehn, dann ...

„Du siehst nicht gerade glücklich aus", unterbrach Alex ihre Überlegungen.

Sheila schüttelte den Kopf.

„Stell dir einfach vor, du wärest in einen Verkehrsstau geraten", riet Alex ihr. „In Philadelphia hätte dir das ohne Weiteres passieren können. Dann müsstest du auch warten und außerdem die ungesunden Abgase einatmen. Hier ist die Luft wenigstens sauber, und es gibt keinen lästigen Motorenlärm."

„Im Augenblick hätte ich nichts gegen ein wenig Motorenlärm einzuwenden", bemerkte Sheila. „Ist die ‚Echo' nicht mit einem Hilfsmotor ausgerüstet?"

„Nein, sie ist ein möglichst originalgetreuer Nachbau eines Schiffs aus dem achtzehnten Jahrhundert, das weißt du doch."

Sheila nickte bedrückt.

„He", versuchte Alex, sie aufzumuntern, „du hast Urlaub. Das Meer umgibt dich, die Luft ist herrlich, die Sonne scheint, und du befindest dich in netter Gesellschaft." Damit begann er, einen bekannten Schlager über Ferien in der Karibik vor sich hinzusummen.

Gegen ihren Willen musste Sheila lachen. „Gehörst du zu einem Männergesangsverein?" fragte sie.

„Als Student gehörte ich eine Zeit lang zu einer Gruppe, die sogar recht bekannt war. Wir haben in fast allen amerikanischen Universitätsstädten gesungen. Das hat Spaß gemacht."

„Aber als du dein Examen bestanden hattest, musstest du leider aus der Gruppe austreten."

„Nein, ich bin schon vorher ausgetreten."

„Warum?"

Alex zuckte die Schultern.

„Oh“, rief Sheila, „gib zu, dass du rausgeflogen bist.“

„Stimmt, ich war allerdings nicht der Einzige.“

„Erzähl mal“, forderte Sheila ihn auf.

Alex zögerte.

„Wir befanden uns alle zusammen auf einer Europatour“, berichtete er schließlich. „In München verbrachte ich mit zwei Freunden den Abend in einem Biergarten und wir haben uns ziemlich volllaufen lassen. Am nächsten Tag hieß es, wir würden dem guten Ansehen unserer Universität schaden. Der Chorleiter legte uns schließlich nahe, aus dem Chor auszuscheiden.“

„Du solltest dich schämen“, tadelte Sheila ihn.

Victoria, die den letzten Teil des Gesprächs mitgehört hatte, trat zu den beiden und sagte: „Nun sei nicht so streng, Sheila. Du warst schließlich selbst Studentin. Alle jungen Menschen schlagen mal über die Stränge. Später wird man von ganz allein vernünftig.“

„Danke, Victoria“, meinte Alex.

Sheila lächelte ihrer Tante zu. Sie war froh, dass Victoria nicht mehr über ihre, Sheilas, eigenen Jugendsünden verraten hatte. Um weitere Anspielungen auf ihre Studentenzeit zu vermeiden, griff sie nach ihrem Buch.

Alex hatte unterdessen sein T-Shirt ausgezogen und streckte sich auf den Bootsplanken in der Sonne aus. Die Arme hinter dem Kopf verschränkt, schaute er zum wolkenlosen Himmel auf. Nach einer Weile wandte er sich an Victoria: „Sheila war wohl eine sehr vernünftige und fleißige Studentin?“

„Da musst du sie schon selbst fragen“, gab Victoria zurück.

„Wahrscheinlich hast du dir keinerlei Vergnügen gegönnt, solange du die Universität besucht hast“, sagte Alex zu Sheila.

„Doch“, erwiderte sie, „ab und zu fand ich neben dem Studium Zeit, etwas Anregenderes zu tun als immer nur zu lernen."

Victoria biss sich auf die Unterlippe, um nicht laut loszulachen. „Wo ist eigentlich Vincent?" versuchte sie abzulenken.

„Er wollte ein wenig schlafen", erklärte Alex. „Aber inzwischen könnte er wieder wach sein und hat vielleicht schon mit dem Kochen begonnen."

„Was soll es denn heute geben?" erkundigte Sheila sich.

„Das verrät Vincent vorher nie. Er liebt es, seine Gäste zu überraschen."

„Ich hasse Überraschungen", stellte Sheila fest.

„Du hasst alles, was Spaß macht", tadelte Alex sie. „Du bist eine langweilige Person."

„Alex!" mischte Victoria sich ein.

Sheila zuckte nur die Schultern. „Wahrscheinlich hat er Recht. Ich bin eine langweilige Person."

„Allerdings nur", überlegte Alex laut, „solange ich dich nicht in die Arme schließe. Dann aber ..."

„Wird Vincent wieder etwas Ausländisches kochen?" unterbrach Sheila ihn.

„Das weiß ich nicht. Er kocht auch sehr leckere typisch amerikanische Speisen."

„Wie kleidet er sich, wenn er etwas Amerikanisches kocht?"

„Warte nur ab."

Sheila warf Alex einen halb ärgerlichen, halb belustigten Blick zu und brach das Gespräch ab. Sie wandte sich wieder ihrem Buch zu, musste aber bald bedauernd feststellen, dass sie sich nicht darauf konzentrieren konnte. Alex' Gegenwart machte sie unruhig. Immer wieder musste sie ihn anschauen. Sein entspannter Körper faszinierte sie. Ständig entdeckte sie neue Einzelheiten, die seine Attraktivität erhöhten.

Mit sich selbst unzufrieden, legte sie schließlich ihr Buch beiseite. „Wie lange liegen wir hier schon?" wollte sie wissen.

„Eine halbe Stunde etwa."

„Und noch immer nicht die leiseste Brise ..."

„Wir müssen nur ein bisschen Geduld haben."

Erneut nahm Sheila ihr Buch zur Hand, und tatsächlich gelang es ihr, einige Seiten zu lesen, ohne an etwas anderes zu denken. Dann aber strich sie sich seufzend die Haare aus der Stirn. „Es ist schrecklich heiß", klagte sie.

„Zieh dich doch aus", schlug Alex vor.

Statt einer Antwort stand Sheila auf und verließ das Deck.

„Habe ich etwas Schlimmes gesagt?" fragte Alex Victoria.

Diese wusste nicht recht, ob sie schimpfen oder lachen sollte. Also schwieg sie, lächelte ihm zu und ging ebenfalls nach unten.

„He", rief Alex ihr nach, „warum will denn keiner bei mir bleiben?"

„Ich möchte nach Vincent sehen", gab Victoria zurück. „Vielleicht kann ich ihm in der Küche helfen."

Alex streckte sich aus und schloss die Augen. Kurz darauf öffnete er sie wieder, stand auf und trat an die Reling. Warum war er so unruhig? War dies nicht genau das, was er sich gewünscht hatte? Niemand, der ihn störte. Niemand, auf den er Rücksicht nehmen musste. Er hatte das Deck ganz für sich allein. Er konnte tun und lassen, was er wollte. Aber er wollte gar nichts tun. Nichts fiel ihm ein, was ihm Spaß machen würde.

Es muss die Hitze sein, die mich so aus dem Gleichgewicht bringt, versuchte er sich selbst zu überzeugen. Ein kühles Bad wird mir gut tun.

Entschlossen zog er seine Shorts aus, befestigte die Strickleiter an der Reling und sprang ins Wasser.

Nachdem er drei Mal um das Schiff geschwommen war, bemerkte er zu seinem Erstaunen Sheila vor sich im Meer.

„Um Himmels willen", entfuhr es ihr, „ich dachte, ich wäre allein."

„Wer soll wohl die Strickleiter hingehängt haben?“ gab Alex zurück. „Und wie kommst du überhaupt dazu, allein im Meer zu baden? Das ist viel zu gefährlich.“

„Du schwimmst auch allein“, erwiderte Sheila angriffslustig.

„Das ist etwas anderes.“

„So? Warum?“

„Weil ich ein Mann bin und über mehr Körperkraft verfüge als du.“

„Du bist ein Chauvinist“, schimpfte Sheila.

„Ich bin wirklich stärker als du“, verteidigte Alex sich.

„Man muss nicht stark sein, um bei so ruhiger See ein wenig zu schwimmen“, stellte Sheila fest.

Alex seufzte auf. „Immer hast du eine Antwort auf alles. Ich glaube, du bist einfach zu sachlich, um das Leben unbeschwert zu genießen.“

Sheila warf ihm einen bösen Blick zu und wollte weiterschwimmen. Doch rasch hatte Alex sie eingeholt. Er hielt sie am Arm fest und zwang sie, ihn anzuschauen.

„Lass mich los!“ forderte sie ihn auf. „Ich will schwimmen.“

„Du hast also das Gefühl, dich bewegen zu müssen?“

„Ja.“

„Dann bist du heute ebenso ruhelos wie ich?“

„Vielleicht ...“

Er zog sie fester an sich und sah ihr tief in die Augen. Wie unter Zwang erwiderte sie seinen Blick. Alex wirkte erschreckend sexy auf sie.

„Willst du nicht ausnahmsweise mal ein bisschen leichtsinnig sein?“ fragte er.

„Nein.“

„Auch nicht, wenn ich dich jetzt küsse?“ Er ließ seinen Worten die Tat folgen. Sheila wusste, dass es sinnlos war, sich zu wehren.

„Hast du Angst vor mir?“ erkundigte er sich.

Sie schüttelte den Kopf.

Er musterte ihr Gesicht und nickte. „Du fürchtest dich also nicht vor mir. Gut. Vielleicht hast du Angst vor der Liebe?“

„Ich bin keine Jungfrau mehr.“

„Das weiß ich. Aber auch wenn man seine Unschuld verloren hat, kann man sich vor dem Liebesakt fürchten. Tust du das?“

Sheila senkte die Lider. Alex war ihr so nah, sein Körper war so erregend, sein Blick ließ sie erschauern.

„Willst du mir nicht antworten?“ drängte Alex.

„Ich fürchte mich nicht vor Sex.“

„Hast du Angst davor, dich an einen Menschen zu binden?“

„Nein.“

„Warum hast du dann nicht geheiratet?“

„Das habe ich dir doch schon erklärt. Meine Arbeit nimmt mich zu sehr in Anspruch.“

„Unsinn“, stellte Alex fest, „du bist keine dieser kalten Karrierefrauen. Ich bin sicher, dass du geheiratet hättest, wenn du nur dem richtigen Mann begegnet wärest.“

„Wie könnte ich dem begegnen, wenn ich nie ausgehe?“

„Du hast doch behauptet, sexuelle Beziehungen zu mehreren Männern gehabt zu haben. Die musst du doch auch irgendwo kennen gelernt haben.“

„Das ist schon lange her ...“

„Du brauchst nicht zu schwindeln, Schatz“, versicherte Alex ihr. „Wenn eine Frau so gut aussieht wie du, dann lernt sie immer und überall Männer kennen. Sie kann es gar nicht verhindern. Wenn der Richtige dabei ist, dann wird er auch dafür sorgen, dass sie sich mit ihm trifft.“

Verwirrt darüber, dass er sie Schatz genannt hatte, schwieg Sheila. Das entmutigte Alex überhaupt nicht. Er fuhr mit der Hand liebkosend über ihr nasses Haar. „Könnte es sein, dass du Angst vor deinen eigenen Gefühlen hast?“ fragte er leise. „Fürchtest du, ein Mann könnte dich aus deinem so schrecklich vernünftigen Leben herausreißen?“

„Wenn du mich jetzt analysiert hast, kannst du mich ja loslassen“, gab Sheila angriffslustig zurück.

Doch stattdessen zog er sie fester an sich. „Habe ich etwa Unrecht?“

Sie antwortete nicht, sondern versuchte, sich aus seinen Armen zu befreien, was ihr allerdings nicht gelang.

„Ich weiß genau, wie sehr du es magst, von mir gestreichelt und geküsst zu werden“, sagte Alex eindringlich. „Warum bekämpfst du denn ständig sowohl mich als auch deine eigenen Gefühle?“

Sheila schaute ihm einen Moment lang in die Augen, ehe sie erneut begann, sich gegen seine Umarmung zu wehren.

„Es könnte alles so einfach sein, Darling“, murmelte Alex. „Wir könnten uns all unsere sexuellen Wünsche erfüllen. Ja, das könnten wir hier und jetzt tun ...“

„Nein! Nein!“

„Warum nicht? Was wäre denn daran so schlimm? Wir fühlen uns zueinander hingezogen. Unsere Körper reagieren heftig aufeinander. Weshalb sollten wir nicht gemeinsam die Liebe genießen?“

Sheila zitterte. Alex’ warme Stimme, seine zärtlichen Worte, seine Hände, die noch immer ihre Schultern umfasst hielten, das alles erregte sie so, dass sie fürchtete, jede Selbstbeherrschung zu verlieren. „Hör auf. Lass mich“, bat sie, den Tränen nahe.

„Es gibt so viel, was mir an dir gefällt, Sheila“, fuhr Alex fort. „Du gehst in deiner Arbeit auf, und du bist deiner Tante ehrlich zugetan. Ich bewundere deine Unabhängigkeit. Das alles bewirkt, dass ich mehr über dich und deine Vergangenheit herausfinden möchte. Warum weichst du immer aus, wenn die Rede auf deine Familie oder deine Studentenzeit kommt?“

„Ich verstehe mich nicht gut mit meinen Eltern“, erklärte Sheila.

„Warum nicht?“ hakte Alex nach.

„Das ist doch völlig unwichtig. Ich möchte jetzt zurück aufs Boot, Alex. Ich bin nicht daran gewöhnt, so lange im Wasser zu sein. Es ermüdet mich."

„Halt dich ruhig an mir fest. Ich bin noch lange nicht müde und werde schon dafür sorgen, dass du nicht untergehst."

Sheila stöhnte laut auf. „Bitte, lass mich los."

Er schüttelte nur den Kopf.

„Dann muss ich um Hilfe rufen."

„Niemand wird darauf achten. Selbst wenn Vincent oder Victoria dich hören, werden sie nichts unternehmen, weil sie mir vertrauen. Am besten wäre es, wenn du mir auch vertrauen würdest." Er küsste sanft ihre Wange.

Diese zärtliche Geste machte Sheilas Widerstand mit einemmal zunichte. Ergeben lehnte sie den Kopf an Alex' Schulter, schlang die Arme um seinen Nacken, und ohne sich dessen recht bewusst zu werden, umklammerte sie seine Hüften mit den Beinen.

Ein Schauer durchlief ihren Körper. Alex trug keine Badehose.

„Du bist ja völlig nackt."

„Hm, ich wusste ja nicht, dass ich dich hier treffen würde. Ich wollte allein ein paar Runden schwimmen." Er begann, an ihrem Ohrläppchen zu knabbern.

Sheila schmiegte sich an ihn. „Ich bin wirklich müde", flüsterte sie.

„So ist es gut", meinte Alex. „Komm, ich halte dich fest, und du erzählst mir ein wenig über dich. Vielleicht geht es dir dann besser."

„Ich weiß nicht ... Ich habe mich so sehr bemüht, vernünftig zu sein." Ihre Stimme wurde immer leiser. „Seit Jahren versuche ich nun schon ..."

Sanft streichelte Alex ihren Rücken. „Was versuchst du?"

Aber Sheila konnte nicht weitersprechen. Zu deutlich fühlte sie Alex' nackten Körper. Zu heftig waren die Empfindungen, die sie erfüllten. Und zu viele Gedanken drehten sich in ihrem Kopf.

Alex schob sie ein wenig von sich weg, um sie anzuschauen. Zu seinem Erschrecken entdeckte er, dass Tränen in ihren Augen schimmerten. „Liebes“, flüsterte er, „quäl dich doch nicht so. Was ist denn nur?“

Sie erwiderte nichts.

„Habe ich dich gekränkt? Habe ich irgendetwas falsch gemacht? Eigentlich bin ich gar kein so schlechter Kerl, Sheila, das kannst du mir glauben.“

Gerade, dass sie ihm glaubte, war eines ihrer Probleme. Wie viel einfacher wäre es gewesen, sich gegen ihn und die körperliche Anziehungskraft, die er auf sie ausübte, zu wehren, wenn sie an seinem Wesen nicht auch positive Seiten entdeckt hätte.

Noch einmal streichelte er zärtlich ihren Rücken und fuhr dann sanft mit der Hand über ihre Brüste. „Wenn du möchtest, können wir wieder an Bord gehen“, schlug er vor.

Sheila nickte, machte aber keinerlei Anstalten, zur Strickleiter zu schwimmen. Also hielt Alex sie weiterhin mit einem Arm umfasst, während er sich mit kräftigen Bewegungen dem Boot näherte. Als sie die Leiter erreichten, ließ Sheila ihn mit Bedauern los. Es war angenehm gewesen, ihm so nahe zu sein. Ja, mehr als angenehm ...

Während sie sich abtrocknete, wandte sie Alex den Rücken zu. Sie hörte, wie er das Deck betrat. Stoff raschelte, und sie überlegte, ob er jetzt wohl seine Shorts angezogen hatte. Dann hörte sie seine dunkle Stimme.

„Warum lässt du dich nicht einfach von der Sonne trocknen?“ fragte er.

Sheila drehte sich um. Sie war erleichtert darüber, dass Alex wirklich angekleidet war. Er breitete für sie ein Handtuch auf den Planken aus, und sie streckte sich darauf in der Sonne aus.

„Ich hole uns etwas zu trinken“, erklärte Alex und verschwand. Wenig später kam er mit eisgekühltem Tee zurück, stellte ihr lächelnd ein Glas hin und machte es sich dann nicht weit von ihr ebenfalls bequem.

Sheila warf ihm einen vorsichtigen Blick zu. Würde er das Gespräch von vorhin wieder aufnehmen und weiter versuchen, in sie zu dringen? Nein, er schien selbst ganz in seine Gedanken versunken zu sein und richtete lange kein Wort an sie. Das war eine Form der Rücksichtnahme, die sie durchaus zu schätzen wusste.

Später erschien auch Victoria an Deck. Als schließlich Vincent ebenfalls zu ihnen stieß, kam eine lebhafte Unterhaltung in Gang, in der jedoch keines der Themen angeschnitten wurde, über die Sheila lieber nicht reden wollte.

Man beschloss, noch einmal schwimmen zu gehen. Anschließend zogen Sheila und Victoria sich in ihre Kabine zurück, um sich fürs Abendessen umzukleiden. Sie waren noch nicht lange wieder an Deck, als Vincent aus der Küche auftauchte und in einer unbekannten Sprache etwas verkündete, das zunächst niemand verstand.

„Bitte?“ fragte Victoria.

Langsam und deutlich wiederholte Vincent seinen Satz, den er diesmal mit erklärenden Gesten begleitete.

Sheila begriff jetzt, dass er Russisch sprach. Aber ehe ihr klar geworden war, was er wollte, hatte Victoria bereits begonnen, den Tisch zu decken. Sie hatte einmal einen Einführungskurs in die russische Sprache besucht.

Das Essen war hervorragend, und der dazu gereichte Wodka lockerte die Stimmung noch mehr. So war es kaum erstaunlich, dass Victoria schließlich ihre Neugier nicht länger bezähmen konnte und Vincent nach der Schatzkarte fragte.

Er lachte und versprach, sie nach dem Dinner zu holen.

Das alte Pergament faszinierte alle. Vincent berichtete, dass er durch einen seiner Freunde, einen Engländer, in den Besitz der Karte gekommen war.

„Eines Abends“, erzählte Vincent, „als ich mit einem

Freund über das Leben der Piraten im neunzehnten Jahrhundert diskutierte, zeigte er mir zu meiner Überraschung diese Karte. Er hatte sie in einem alten Tisch gefunden, der, wie sich herausstellte, früher einem Seemann namens Angus Cummins gehört hatte. Über Cummins ließ sich nicht mehr viel herausbringen. Offenbar hatte er, nachdem er die Seefahrerei aufgegeben hatte, sehr zurückgezogen gelebt, viel getrunken und die Karte sorgfältig gehütet."

„Meinst du, dass dieser Cummins ein Pirat war?" erkundigte Victoria sich und blickte Vincent gespannt an.

„Möglich wäre das schon. Ich habe selbst Nachforschungen angestellt, die ergeben haben, dass er auf einem Schiff fuhr, das keinen guten Ruf hatte. Im Jahre achtzehnhundertneunundfünfzig starb der Kapitän während einer Fahrt in die Karibik. Es gab Gerüchte, dass die Mannschaft gemeutert hatte, weil er die Beute von Überfällen auf andere Schiffe nicht gerecht aufgeteilt hatte. Genaueres wurde aber nie bekannt, da die Mannschaft zusammenhielt wie Pech und Schwefel."

„Wenn diese Seeleute nicht davor zurückschreckten zu morden, um reich zu werden, dann ist es unwahrscheinlich, dass sie ihren Schatz anschließend vergraben haben", gab Victoria zu bedenken. „Zumindest hätten sie ihr Gold so bald wie möglich geholt."

„Vielleicht bot sich einfach keine Gelegenheit mehr, den Schatz zu heben", meinte Alex. „Trotzdem müssen wir natürlich davon ausgehen, dass er sich vielleicht nicht mehr an seinem ursprünglichen Platz befindet. Wohl keine Küste der Welt ist so intensiv nach verborgenen Schätzen abgesucht worden wie die Mittelamerikas."

Vincent lachte. „Ja, aber außer uns kennt niemand die Karte."

Jetzt wollte jeder noch einmal das alte Pergament betrachten. Man war sich darüber einig, dass die Karte echt sein musste.

„Ich habe das überprüfen lassen", erklärte Vincent.

„Sie stammt zweifellos aus der richtigen Epoche. Natürlich wäre es möglich, dass unser Pirat sie gezeichnet hat, um andere irrezuführen. Vielleicht gibt es überhaupt keinen Schatz, oder er ist von Cummins an einem anderen Platz vergraben worden."

„Oh", seufzte Sheila enttäuscht auf.

„Wir wollen einmal annehmen", fuhr Vincent fort, „dass wir unser Abenteuer nicht umsonst unternommen haben, sondern wirklich einen Schatz heben werden. Die Küste Costa Ricas ist fast überall flach und an vielen Stellen sumpfig. Im Norden ..."

„Sumpfig?" unterbrach Sheila ihn sichtlich bestürzt.

„Die Stelle, die wir suchen, ist sandig", beruhigte Vincent sie. „Es ist eine kleine Bucht nördlich von Puerto Umon."

„Was unternehmen wir, wenn wir diese Bucht erreicht haben?" wollte Sheila wissen.

„Dann versuchen wir, eine Rose zu finden."

„Eine Rose?" fragte Victoria überrascht. „Ich würde eher annehmen, dass es dort Orchideen gibt."

Alex lachte, und Vincent erläuterte, dass es sich nicht um eine Blume, sondern um einen Felsen handelte, der offenbar wie eine Rose geformt war.

„Ah, das hört sich schon besser an", rief Victoria, während Sheila für den Rest des Abends in Schweigen versank.

Ihre Gedanken kreisten um die Rose in Costa Rica und um eine Rose, die sie einst als Symbol ihres wilden Lebens aufgefasst hatte. Konnte es ein Zufall sein, dass sie durch Alex an all das in ihrer Vergangenheit erinnert wurde, was sie so gern vergessen hätte? Und konnte es weiterhin Zufall sein, dass sie sich mit Alex ausgerechnet auf der Suche nach einer Rose befand?

Sheila war nie abergläubisch gewesen, aber an diesem Abend wünschte sie, sie hätte nie von der Schatzkarte erfahren.

8. KAPITEL

Am nächsten Morgen erwachte Alex gegen acht Uhr. Er blieb noch eine ganze Weile im Bett liegen. Als der Wind in der Nacht endlich wieder auffrischte, hatte Alex lange am Steuer gestanden. Jetzt fühlte er sich erschöpft und noch immer sehr müde. Vergeblich bemühte er sich, wieder einzuschlafen. Er hatte von Sheila geträumt, und all seine Gedanken drehten sich immer noch um sie und hinderten ihn daran, Ruhe zu finden.

Seit er sie am vergangenen Nachmittag beim Schwimmen überrascht hatte, war irgendeine Veränderung mit ihr vorgegangen. War sie bereit, seinen Wünschen nachzugeben? Nein, noch war es nicht soweit. Aber immerhin schien sie sich mit sich selbst auseinander zu setzen.

Alex hätte viel dafür gegeben, zu wissen, was in Sheila vorging. Warum setzte sie sich so heftig gegen Dinge zur Wehr, die ihr, wie sie nicht verbergen konnte, doch selbst gefielen? Es musste mit ihrer Vergangenheit zusammenhängen, über die sie so ungern sprach.

Ein wenig hatte sie schon beim Kartenspiel ihm gegenüber erwähnt, nämlich, dass dies in ihrer Kindheit eine ihrer Lieblingsbeschäftigungen gewesen war.

„Meine Schwester Shannon und ich konnten stundenlang spielen“, hatte sie erzählt. „Es war eines der wenigen Vergnügen, die man uns erlaubte.“

Alex hatte sofort nachgefragt, ob ihre Eltern denn so streng gewesen wären. Sheila hatte genickt und dann rasch das Thema gewechselt.

Nun überlegte Alex, wie es wohl kommen mochte, dass Sheila inzwischen sich selbst gegenüber ebenso streng war wie einst ihr Vater und ihre Mutter. Wäre es nicht viel natürlicher gewesen, wenn sie sich gegen die Erziehungsweise ihrer Eltern aufgelehnt hätte?

Alex zweifelte nicht daran, dass Sheila eine leidenschaftliche Frau war. Es konnte ihr keineswegs leicht fallen, auf Sex zu verzichten, das hatte ihre Reaktion auf seine Zärtlichkeiten bewiesen. Nun galt es noch herauszufinden, ob ihr Widerstand sich nicht überwinden ließe.

Wieder sah Alex ihre tränenfeuchten Augen vor sich. Wie hilflos sie ihn angeschaut hatte, als er sie im Meer in die Arme geschlossen hatte und sie sich schließlich nachgebend an ihn geschmiegt hatte. Er wollte ihr nicht wehtun. Aber es fiel ihm schwer, sein Verlangen nach ihr zu zügeln. Wie sehr er sich danach sehnte, sie zu besitzen ...

Alex überlegte. Wo würde er Sheila verführen können? Seine eigene Kabine teilte er mit Vincent. Sheila bewohnte ihre zusammen mit Victoria. Auf Deck mussten sie jederzeit damit rechnen, gestört zu werden. Ein Liebesspiel im Meer mochte zwar reizvoll sein, war aber nicht ungefährlich, zumal wenn man die Frau erst davon überzeugen musste, dass man sie glücklich machen würde. Er würde wohl warten müssen, bis sie in Costa Rica an Land gingen.

Durch den Sturm und die nachfolgende Flaute hatten sie eine Menge Zeit verloren. Es würde wohl noch ein paar Tage dauern, bis sie ihr Ziel erreichten. Diese Zeit wollte Alex nutzen, um Sheila für sich zu gewinnen. Er wollte vorsichtig und geduldig vorgehen.

Mit einem Lächeln auf den Lippen stand Alex auf und ging an Deck. Zu seiner Enttäuschung fand er dort nur Vincent und Victoria vor, die ihm auf seine ungeduldige Frage antwortete, dass Sheila erst spät eingeschlafen und wahrscheinlich noch gar nicht wach war.

Stirnrunzelnd wandte Alex sich ab, trat an die Reling und starrte aufs Meer hinaus.

„Nanu", wunderte sich Vincent, „so kenne ich Alex ja gar nicht."

Victoria lachte leise. „Ich habe an Sheila auch verschiedene

Veränderungen entdecken müssen. Ich glaube, sie ist in Alex verliebt. Deshalb kann sie abends keine Ruhe finden. Vielleicht sollte man ihm das mitteilen."

„Willst du die beiden etwa zusammenbringen?" neckte Vincent sie.

„Du etwa nicht?" gab Victoria zurück und sah ihm tief in die Augen.

Er senkte ein wenig schuldbewusst den Kopf. „Nun ja", gestand er, „als ich durch deinen Anruf erfuhr, dass du deine Nichte mitbringen würdest und dass sie jung, hübsch und fleißig ist, da musste ich einfach an Alex denken."

„Dann hast du ihn also erst nach meinem Anruf gebeten, dich auf dieser Fahrt zu begleiten?"

Vincent nickte. „Jedoch nur, weil mein Freund wirklich krank geworden war."

„Hm", überlegte Victoria, „es war natürlich ein Risiko. Du wusstest so gut wie nichts über Sheila."

„Aber eine Menge über Alex. Ich kenne ihn gut genug, um beurteilen zu können, was für Ferien er braucht. Ein einsamer Urlaub in einem Schlösschen in der Normandie wäre in diesem Jahr nicht das Richtige für ihn gewesen." „Außerdem", setzte Vincent nach einer kurzen Pause hinzu, „hatte Garrick mir einiges über dich erzählt. Da dachte ich, wenn deine Nichte dir zumindest ein wenig ähnelt, wäre sie für Alex eine gute Gefährtin."

Victoria küsste ihn leicht auf die Wange. „Du kannst wirklich sehr nett sein. Habe ich dir das heute schon gesagt?"

„Oh, ich kann es gar nicht oft genug hören", gab Vincent zurück und küsste Victoria liebevoll.

In diesem Moment drehte Alex sich um und ging mit großen Schritten auf die Kajütentür zu. „Amüsiert euch gut", meinte er, ehe er begann, die Treppe hinabzusteigen.

„He, wohin willst du?" rief Vincent ihm nach.

„Ich will frühstücken", erwiderte er kurz. Natürlich verriet er mit keinem Wort, dass er das in Sheilas Gesellschaft tun wollte. Er würde alles vorbereiten, es auf einem Tablett anrichten und sie damit in ihrer Kabine überraschen.

In der Küche pfiff Alex fröhlich vor sich hin. Bald war alles fertig, und er trug das schwere Tablett vorsichtig durch den Gang. Als Sheila nicht auf sein Klopfen reagierte, öffnete er einfach die Tür.

Aufatmend setzte er das Tablett ab und betrachtete Sheila eine Zeit lang schweigend. Wie schon beim ersten Mal, als er sie schlafend überrascht hatte, bezauberte ihn ihr Anblick. Sie lag nur mit einem T-Shirt bekleidet auf dem Bett, ihr Haar glänzte im Licht der Morgensonne. Sie wirkte sehr verführerisch.

Leise trat Alex zu ihr und berührte sanft ihre Schulter.

„Sheila?“

Sie seufzte auf und drehte den Kopf in seine Richtung. Noch waren ihre Augen geschlossen. Zärtlich strich Alex ihr die Locken aus dem Gesicht.

„Es riecht gut“, murmelte sie.

„Ich habe uns Apfelpfannkuchen und Kaffee gemacht.“

Es kam so lange keine Antwort, dass Alex schon glaubte, Sheila sei wieder eingeschlafen. Endlich öffnete sie die Augen und sagte: „Ich frühstücke nie im Bett.“

„Hast du etwas gegen Zimmerservice?“

„Nein.“

„Möchtest du lieber noch ein wenig schlafen?“

Sie richtete sich auf und streckte sich. „Wie spät ist es denn?“

„Halb zehn.“

Sheila stöhnte und ließ sich wieder in die Kissen sinken. „Ich war bis nach zwei Uhr wach.“

„Du möchtest also, dass ich dich allein lasse?“ fragte Alex zögernd.

„Ich bin mir noch nicht ganz im Klaren darüber, ob ich

nun böse auf dich sein soll oder nicht. Du hast mich geweckt.“

Ihre Stimme klang nicht ärgerlich, und das machte Alex Mut. „Ich könnte dir dein Frühstück hier lassen und mich selbst mit meiner Portion in die Küche setzen“, schlug er vor.

„Unsinn“, erklärte sie, wie er gehofft hatte. Entschlossen richtete sie sich wieder auf. „Reichst du mir bitte meine Tasse?“

Alex stellte das Tablett neben sie aufs Bett und goss ihr eine Tasse Kaffee ein. Dann aßen beide schweigend. Von Zeit zu Zeit schauten sie einander an und lächelten sich zu, um sich dann wieder ihren Pfannkuchen zu widmen.

Sheila überlegte, wie nett es von Alex war, ihr das Frühstück ans Bett zu bringen. Alex dachte, wie lieb und sanft Sheila an diesem Morgen wirkte. Aber natürlich verriet keiner dem anderen, was ihm durch den Kopf ging.

Als Sheila schließlich ihren letzten Pfannkuchen verzehrt hatte, sagte sie: „Du bist ein fast so guter Koch wie dein Onkel. Ihr könntet zusammen ein Restaurant eröffnen.“

Alex lachte. „Dazu fehlt mir wirklich die Zeit. Ich habe sowieso schon zu viel zu tun.“

Sheila wollte gerade antworten, als ihr plötzlich etwas auffiel. Einen Moment lang saß sie ganz still. Dann sagte sie: „Die ‚Echo‘ hat wieder Fahrt aufgenommen.“

„Ja, wir sind schon seit Stunden auf Kurs nach Costa Rica. Möchtest du an Deck gehen, um dich selbst davon zu überzeugen, wie der Wind die Segel bläht?“

„Zuerst muss ich mich anziehen.“

„Gut, tu das, während ich mich um den Abwasch kümmere. In zehn Minuten treffen wir uns. Einverstanden?“

Sheila nickte. Und eine Viertelstunde später stand sie neben Alex an der Reling. Sie genoss es, den Wind in ihren Haaren zu spüren.

Alex hatte kein Wort darüber verloren, dass sie ihr Haar

heute offen trug. Aber Sheilas Anblick brachte ihn fast um den Verstand. Nie zuvor hatte sie so anziehend und sexy auf ihn gewirkt.

„Du hast also eine Wohnung in Philadelphia?“ erkundigte er sich.

„Ja, in einem renovierten Altbau in der Nähe des Zentrums.“

„Und deine Familie? Lebt sie auch in Philadelphia?“

„Nein“, gab Sheila kurz zurück, „in Connecticut.“

Alex beobachtete die Wellen und überlegte, ob er es wagen sollte, noch weiter zu fragen. Doch ehe er eine Entscheidung getroffen hatte, bemerkte Sheila: „Ich nehme an, dass auch du mitten in der Stadt wohnst?“

„Hm ...“

„Erzähl mir ein wenig über dein Wochenendhaus in Vermont.“

„Es ist sehr einfach eingerichtet, aber ich bin damit zufrieden.“

„Ist die Gegend zum Skifahren geeignet?“

„Ja, und das nutze ich aus, wann immer es geht. Fährst du auch Ski?“

„Als Studentin habe ich es versucht, es aber bald wieder aufgegeben.“

Alex wollte ihr anbieten, sein Wochenendhaus ganz nach Wunsch zu nutzen. Er hätte sich außerdem gern bereit erklärt, sie das Skifahren zu lehren. Er fürchtete jedoch, Sheila damit erneut in die Reserve zu drängen. Also äußerte er nur, dass er sich dort immer besonders auf einen heißen Grog freute, wenn er aus der Kälte ins Haus kam. „Ich lese auch viel, wenn ich in Vermont bin. Verrätst du mir, in welches Buch du dich gestern vertieft hast?“

Sie unterhielten sich eine Weile über Literatur, holten dann die Polsterkissen aus dem Wohnzimmer und machten es sich in der Sonne bequem.

Die Stunden vergingen erstaunlich schnell. Alex und Sheila redeten über dieses und jenes und erfuhren dabei so manches übereinander. Es gab keinen einzigen Streit, und Sheila freute sich, dass Alex keine sexuellen Anspielungen machte.

Insgesamt verlief der Tag ruhig und harmonisch. Erst als Sheila bereits im Bett lag, fühlte sie, wie sehr sie das lange Zusammensein mit Alex innerlich aufgewühlt hatte. Wieder kreisten ihre Gedanken um sein attraktives Äußeres, seine sexuelle Anziehungskraft und die anscheinend doch recht zahlreichen positiven Seiten seines Charakters.

Endlich schlief sie ein. Schon wenig später erwachte sie mit klopfendem Herzen aus einem Traum, in dem Alex all das erreicht hatte, was sie ihm bisher so standhaft verwehrt hatte.

Wieder war es eine unruhige Nacht für Sheila. Sie war geradezu erleichtert, als die Sonne aufging und sie sich anziehen und an Deck gehen konnte. Auch Alex war bereits wach. Sein Anblick – er war frisch rasiert und trug nur knappe Shorts – rief ihr alles ins Gedächtnis, was ihre nächtlichen Träume ihr vorgegaukelt hatten.

Vergeblich versuchte sie, sich seinem Bann zu entziehen. Er verbrachte fast den ganzen Tag in ihrer Nähe. Dabei musste sie sich eingestehen, dass seine Aufmerksamkeit ihr nicht einmal unangenehm war.

Während des Frühstücks, das sie diesmal gemeinsam in der Küche einnahmen, konnte Sheila ihre Augen kaum von Alex' sinnlichem Mund abwenden, der ihr sofort in Erinnerung rief, wie er sie geküsst hatte.

Später, als Sheila sich auf Deck in der Sonne ausgestreckt hatte, beobachtete sie, wie Alex die Sturmlampen reinigte. Dabei fiel ihr auf, wie lang, schlank und beweglich seine Finger waren. Schon wanderten ihre Gedanken zu jenem Nachmittag und zu der Nacht, als er ihre Brüste liebkost hatte.

Sie war erleichtert, als Alex das Steuer übernahm und sich nicht mehr in ihrer direkten Nähe aufhielt. Aber es dauerte nicht lange, bis seine große Gestalt ihre Aufmerksamkeit wieder auf sich zog. Eingehend musterte sie seinen Körper. Unwillkürlich seufzte sie auf.

In gewisser Weise beneidete sie Alex. Er war selbstbewusst, bewegte sich völlig natürlich und ungezwungen, er war sexy und verfügte darüber hinaus über eine erstaunliche Ausstrahlung. Am beeindruckendsten allerdings waren seine Augen, deren Blick bis in die verborgenen Tiefen ihrer Seele einzudringen schien. Wenn er sie anschaute, erschauerte sie.

Mit jedem Wort und jedem Blick, die Sheila und Alex wechselten, wuchs die sexuelle Spannung zwischen ihnen. Am Morgen war sie bereits spürbar gewesen, doch gegen Mittag wurde sie so stark, dass sie die gesamte Atmosphäre zu durchdringen schien. Von Stunde zu Stunde fiel es ihnen schwerer, sich dem anderen nicht einfach in die Arme zu werfen. Nur ihr Stolz hinderte Sheila daran, Alex einfach zu bitten, sie endlich von den Qualen des ungestillten Verlangens zu erlösen.

Es war gegen fünf, als ein dunkler Streifen am Horizont auftauchte.

„Land in Sicht!“ rief Alex.

Sheila lief zu ihm und schaute in die angegebene Richtung. „Ist das Costa Rica?“ fragte sie gespannt.

„Das hoffe ich, denn sonst sehe ich eine Menge Schwierigkeiten auf uns zukommen.“

Sheila begriff sofort, dass er sich nicht auf die Probleme bezog, welche die Landung in einem anderen Land vielleicht mit sich bringen würde. Was er meinte war, dass er – ebenso wie sie – dringend Abwechslung brauchte.

Zweifellos hatte auch er den ganzen Tag über gegen seine sexuellen Wünsche angekämpft.

Victoria war zu den jungen Leuten getreten und erkundigte sich, was nun als Nächstes zu tun sei.

„Zuerst einmal müssen wir unseren genauen Standort bestimmen“, erklärte Alex.

Vincent hatte bereits damit begonnen. Er arbeitete mit einem Kompass, einem Fernrohr, der Karte und verschiedenen Notizen, die er sich gemacht hatte.

„Wir sind nicht weit von unserem Ziel entfernt", teilte er den anderen schließlich mit. „Die Frachter, die wir eben gesehen haben, wollen wahrscheinlich nach Limon. Wir müssen uns daher ein wenig weiter nördlich halten. Dann können wir die richtige Bucht mit Sicherheit nicht verfehlen. Mit Hilfe der Karte werden wir sie bestimmt finden."

Der Wind hatte nachgelassen, und die ‚Echo' verlor an Fahrt. Dennoch näherte sie sich stetig der Küste. Bald konnte man die üppige Vegetation deutlich erkennen. Sheila, die sich Costa Rica immer ziemlich reizlos vorgestellt hatte, war begeistert. Sandstrände mit Palmen und tropische Mangrovensümpfe wechselten sich ab.

Als sie die erste Bucht anliefen, waren alle so aufgeregt wie Kinder. Nach einem forschenden Blick hingegen schüttelte Vincent den Kopf.

„Vielleicht hat sich ihr Aussehen im Lauf der Zeit etwas geändert?" meinte Sheila.

„Nein", widersprach Vincent, „nicht in solchem Maße."

Also segelten sie weiter.

Nach einer Weile näherten sie sich einer zweiten sandigen Bucht, in der verschiedene Felsbrocken verstreut lagen. „Hier könnte es sein", überlegte Vincent. „Größe und Form der Bucht stimmen. Aber Genaueres wissen wir erst, wenn wir unsere Position mit dem Sextanten überprüft haben. Dazu müssen wir auf die Sterne warten."

Er blickte zum Himmel, und auch die drei anderen schauten nach oben. Wolken bedeckten große Flächen des blauen Himmels, und es sah aus, als würden es immer mehr.

„Zieht etwa der nächste Sturm auf?" fragte Victoria erschrocken.

„Keine Sorge", versicherte Vincent.

„Wahrscheinlich wird es ein wenig regnen und sonst nichts. Außerdem ist es sowieso das Vernünftigste, hier vor Anker zu gehen. Du brauchst also keine Angst zu haben, wieder seekrank zu werden."

Victoria lächelte erleichtert, und Vincent und Alex bereiteten alles vor, um in der Bucht sicher zu ankern.

Als endlich die notwendigen Arbeiten erledigt waren, versammelten sich die vier im Salon. Es war inzwischen dunkel geworden, und an einen Beginn der Schatzsuche war nicht mehr zu denken. Alle waren enttäuscht darüber.

Victoria seufzte laut. „Ist es nicht schrecklich, endlich hier zu sein und nicht einmal feststellen zu können, ob dies wirklich unser Ziel ist? Ich würde so gern an Land gehen und mir die Umgebung ein wenig genauer ansehen. Aber es ist zu spät, um heute noch etwas zu unternehmen."

„Nur Geduld", meinte Vincent. „Wir sind trotz aller Hindernisse ziemlich früh hier angekommen. Es bleiben uns fünf Tage für die Schatzsuche. Das ist mehr Zeit, als wir wirklich brauchen werden, wenn wir erst einmal die richtige Bucht gefunden haben. Selbst wenn wir unser Ziel heute noch nicht erreicht haben, so kann es doch nicht weit von hier entfernt sein."

„Was wird die Regierung Costa Ricas sagen, wenn wir wirklich einen Schatz heben?" wollte Sheila wissen.

„Ich habe bereits alle nötigen Papiere ausgefüllt und die Erlaubnis erhalten, mich auf Schatzsuche zu begeben", erklärte Vincent. „Sollten wir wirklich etwas Wertvolles finden, so steht der Regierung die Hälfte davon zu."

„Was willst du mit deinem Teil des Schatzes tun?" fragte Victoria.

„Nun, allzu viel wird es sowieso nicht sein. Denn die uns bleibende Hälfte werden wir ja durch vier teilen."

„Ich will nichts von dem Gold oder was auch immer es ist", sagte Sheila rasch.

„Ich verzichte ebenfalls“, stellte Alex fest und schaute Sheila sehnsüchtig an. Es gibt die verschiedensten Arten von Schätzen, fuhr es ihm wieder durch den Kopf.

„Ich möchte meinen Anteil gern dir überlassen, Vincent“, meinte Victoria. „Ich habe jetzt schon viel zu viel an Steuern zu zahlen.“

Vincent lachte. „Dann kann ich also vier Mal soviel wie erwartet für irgendeinen wohltätigen Zweck spenden.“

„Das gefällt mir“, rief Victoria.

Die anderen nickten zustimmend.

Sheilas und Alex' Blicke trafen sich, und beide fühlten, wie die Begierde heiß ihre Körper durchströmte. Sie mussten all ihre Selbstbeherrschung aufwenden, um nicht vor Erregung laut aufzustöhnen.

Victoria war die sexuelle Spannung zwischen den jungen Leuten nicht entgangen. Ablenkend wandte sie sich mit einer Frage an Vincent: „Was gibt es denn zum Abendessen, Meisterkoch?“

„Sandwiches.“

„Sandwiches?“ wunderte Victoria sich, während von Sheila und Alex keinerlei Reaktion kam. „Hast du heute keine Lust zu kochen? Dem Himmel sei Dank, denn das beweist mir, dass du ein normaler Mensch bist.“

Vincent lächelte sie an, reichte ihr dann die Hand und zog sie vom Sofa hoch. Sie folgte ihm in die Küche, wo er sich zu ihr hinabbeugte, sie leicht auf den Mund küsste und dann sagte: „Ich glaube, Sheila und Alex würde es im Augenblick nicht einmal auffallen, wenn ich ihnen eine Dose Hundefutter zum Abendessen vorsetzen würde.“

Damit hatte er nicht ganz Unrecht. Keiner von beiden machte auch nur die geringste Bemerkung über das einfache Abendbrot, das sie des schlechten Wetters wegen im Salon einnahmen. Sie aßen ihre Sandwiches, tranken Wein und sprachen wenig. Sheila gab sich zwar Mühe, der Unterhaltung zwischen

Vincent und Victoria zu folgen, doch immer wieder wanderten ihre Gedanken zu Alex.

Erst als Vincent sich erhob, um den Tisch abzuräumen, erwachte Sheila plötzlich aus ihren Träumen. „Überlass das mir“, bat sie.

Doch auch Alex hatte bereits die Hände nach dem benutzten Geschirr ausgestreckt. „Bleibt ihr nur gemütlich hier sitzen und leert die Flasche Wein“, meinte er. „Es ist ja heute nicht viel abzuwaschen. Ich erledige das gern allein.“

Sheila wehrte sich. „Ich habe den ganzen Tag noch nichts Sinnvolles getan. Ruh du dich ein wenig aus und lass mich die Küchenarbeit übernehmen.“

„Nein, nein“, widersprach Alex. „Vincent hat immer für uns alle gekocht. Ich bekomme ein schlechtes Gewissen, wenn ich nicht einmal beim Abräumen helfe.“

„Unsinn.“ Sheila stellte entschlossen die Teller zusammen.

Alex warf ihr einen kurzen Blick zu und griff nach den Weingläsern.

„Die Gläser brauchen wir noch“, erklärte Vincent.

„Ach ja ...“ Verwirrt stellte Alex die Gläser wieder auf den Tisch.

„Willst du dich nicht endlich setzen und mir die Arbeit überlassen?“ sagte Sheila angriffslustig zu ihm.

Victoria und Vincent schauten sich an. Beide konnten nur mit Mühe ein Auflachen unterdrücken. „Warum spült nicht einer von euch, während der andere abtrocknet?“ schlug Victoria vor.

Gemeinsam verschwanden Sheila und Alex in der Küche. „Geh sparsam mit dem Wasser um, Sheila“, war das Letzte, was Vincent und Victoria von ihnen hörten. Dann wurde die Küchentür geschlossen.

Der merkwürdige Streit war damit aber noch nicht beendet. Während des Abwaschens sah Sheila Alex böse an. „Wenn ich die Teller spülen soll, brauche ich Wasser.“

„Trotzdem kannst du sparsam damit umgehen."

„Statt dumme Bemerkungen zu machen, könntest du schon mal anfangen, die sauberen Teller abzutrocknen."

„Wie gut du anderen Befehle geben kannst", spottete Alex. „Das übst du wohl auf deiner Arbeitsstelle."

„Allerdings. Und dort gibt niemand mir so freche Antworten wie du."

„Wahrscheinlich wagt das niemand. Ich nehme an, du würdest jeden widerspenstigen Mitarbeiter sofort entlassen. Oder kannst du das nicht?"

„Doch, in meiner Abteilung treffe ich diese Entscheidungen allein."

Alex hielt ihr den Teller hin, den er gerade abgetrocknet hatte, und fragte scheinbar unterwürfig: „Habe ich das gut genug gemacht, Hoheit?"

Wortlos reichte Sheila ihm den nächsten nassen Teller.

Alex stellte beide auf den Küchentisch und wandte sich dann Sheila zu. Mit ihren zornig funkelnden Augen wirkte sie begehrenswerter auf ihn als je zuvor. Wie temperamentvoll sie war – und wie widerspenstig!

„Du kleines Biest!" schimpfte er. „Denkst du eigentlich, dass ich aus Stein bin? Dauernd wirfst du mir diese Blicke zu. Jede deiner Gesten ist eine Aufforderung, dich in die Arme zu schließen. Aber deine Worte beinhalten genau das Gegenteil. Du weigerst dich, mit mir wie mit einem intelligenten Menschen zu sprechen. Du behandelst mich, als sei ich dumm und unausstehlich. Willst du mich um den Verstand bringen? Hör endlich auf, mich zu quälen."

„Ich weiß gar nicht, wovon du redest", gab Sheila kühl zurück.

„Du erwartest hoffentlich nicht, dass ich das glaube. Du spielst mit mir und meiner Begierde. Du reizt mich, bis ich vor Verlangen nach dir brenne. Wie soll ich mich deiner Meinung nach verhalten, wenn ich mich mit jeder Faser meines Körpers danach sehne, dich zu besitzen? Soll ich vielleicht ein Kirchenlied pfeifen?“

Wider Willen musste Sheila lachen. Sie reichte Alex das gespülte Besteck, das er mit wütenden Bewegungen abtrocknete.

„Ich weiß genau, dass du nicht so unerfahren bist, wie du gern scheinen möchtest“, fuhr er erregt fort. „Du hast oft genug mit Männern geschlafen und das genossen. Du brauchst es gar nicht abzustreiten. Deine Augen, deine Bewegungen, dein Körper verraten dich. Ich frage mich nur, warum du so sehr darum bemüht bist, zu verbergen, was du an sexuellen Erfahrungen gesammelt hast. Ist dein Liebhaber verheiratet? Oder ist er vielleicht eine so bekannte Persönlichkeit, dass er seine Beziehung zu dir geheim halten möchte?“

„Du liegst mit deinen Vermutungen völlig falsch“, versicherte Sheila ihm und begann, die Spüle zu säubern.

„Dann kann es nur eine Erklärung für dein Verhalten geben: Du steckst voller Hemmungen. Vielleicht haben deine Eltern dir durch ihre Strenge ganz unsinnige Moralvorstellungen vermittelt. Du hast Angst, in die Hölle zu kommen, wenn du deinen sexuellen Wünschen nachgibst. Ist es das?“

Sheila schüttelte nur den Kopf.

„Weißt du, was du brauchst? Einen Mann, der dir zeigt, wie schön das Leben sein kann. Einen, der dich liebt und deinen Körper zum Glühen bringt. Denn du bist eine leidenschaftliche Frau, die sich nach Sex und Liebe verzehrt.“

„Hör endlich auf, dich als Psychologe aufzuspielen, du eingebildeter Affe“, schrie Sheila ihn an, warf das Spültuch fort und lief aus der Küche.

Im Salon setzte sie sich neben Victoria, die sofort bemerkte, wie aufgeregt ihre Nichte war. „Wir haben gerade über das Schicksal der Piraten gesprochen“, versuchte sie Sheilas Gedanken von Alex abzulenken. „Vincent hat viel darüber gelesen. Anscheinend ist unsere Vorstellung vom Piratenleben hauptsächlich von Vorurteilen geprägt.“

Inzwischen war auch Alex in den Salon gekommen. „Seeräuber waren bedauernswerte Geschöpfe“, erklärte er. „Sie irrten auf ihren Schiffen durch die Weltmeere, ohne eine einzige willige Frau an Bord zu haben. Es war ihre sexuelle Frustration, die sie bei den Überfällen abbauen wollten.“

„Es soll Männer geben, die sich nicht nur für die Befriedigung ihrer sexuellen Gelüste interessieren“, widersprach Sheila böse.

Vincent und Victoria schauten sich an. Nur schwer konnten sie das Lachen unterdrücken.

„Wollen wir nicht beim Thema bleiben?“ fragte Vincent und hielt den beiden einen kurzen Vortrag über das tatsächliche Leben der Piraten.

9. KAPITEL

Während des Gesprächs über Piraten sprang Alex plötzlich auf und verließ ohne ein Wort der Erklärung den Salon. Victoria und Vincent unterhielten sich ruhig weiter, doch Sheila konnte ihre Augen nicht von der Tür wenden. Wann würde Alex zurückkommen? Was hatte er vor?

Es verging kaum eine Viertelstunde, bis Alex wieder in der Tür stand. Sheila war die kurze Zeitspanne wie eine Ewigkeit vorgekommen. Alex war klatschnass, und er wirkte gereizt und ungeduldig. Er griff nach ihrer Hand und zog Sheila aus dem Sessel hoch.

„He, was soll das?“ protestierte sie.

„Nun komm schon“, war alles, was er erwiderte. Über die Schulter rief er Vincent und Victoria zu: „Macht euch keine Sorgen. Wir sind bald wieder zurück.“

„Ich will nicht hinaus in den Regen!“ Vergeblich versuchte Sheila, sich aus Alex’ festem Griff zu befreien. Aber da hatten sie das Deck bereits erreicht.

In wenigen Sekunden war Sheila völlig durchnässt. „Bist du wahnsinnig geworden, Alex?“ schimpfte sie. „Lass mich endlich los.“

Er schüttelte den Kopf. „Wir gehen an Land.“

„Unmöglich!“

Statt einer Antwort umfasste Alex Sheilas Gesicht mit den Händen, bog ihren Kopf leicht nach hinten und küsste sie heftig. In diesem Kuss kam all die Begierde zum Ausdruck, die er seit Tagen empfand. Die sexuelle Spannung, die schon so lange zwischen ihnen herrschte, wuchs und wuchs. Als Alex Sheilas Mund schließlich freigab, bebte auch sie vor Verlangen.

„Wir gehen an Land“, wiederholte Alex entschlossen.

Im Licht der Sturmlampe sah Sheila sein Gesicht und seine Augen, deren Ausdruck ihr deutlich verriet, was er vorhatte. Doch im gleichen Moment wusste sie, dass sie sich nicht wehren würde. Zu lange hatte auch ihr Körper sich nach ihm gesehnt. Sie würde sich ihm hingeben.

„Wir nehmen das Dinghi“, erklärte Alex und ging Sheila voraus zum Beiboot, das er offenbar ins Wasser gelassen hatte, während Sheila noch mit Victoria und Vincent im Salon gewesen war. Kaum saß Sheila mit ihm in dem kleinen Boot, als er auch schon zu rudern begann.

Mit bebenden Fingern strich Sheila sich das nasse Haar aus der Stirn. Sie wusste nicht, ob das, was sie tun wollte, richtig war. Aber sie fühlte ganz deutlich, dass ihr keine Wahl blieb. Ihr Körper forderte sein Recht. Es lief ihr heiß und kalt den Rücken hinunter, wenn sie an all die Zärtlichkeiten dachte, die sie mit Alex austauschen würde. Sie konnte es kaum erwarten, ihn in die Arme zu schließen.

Mit einem knirschenden Geräusch stieß das Dinghi auf den Sandstrand. Alex sprang hinaus, gefolgt von Sheila. Forschend sah er sich um. Dann zog er mit einer einzigen Bewegung das Boot aus dem Wasser.

Sheila hatte reglos dagestanden und sah ihm nur wie gelähmt zu. Jetzt trat Alex auf sie zu, willig schmiegte sie sich an ihn. Es war herrlich, ihm so nahe zu sein. Sheila seufzte auf, schlang die Arme um seinen Nacken und wartete zitternd vor Verlangen darauf, dass sein Mund den ihren fand. Kaum spürte sie seine Lippen auf ihren, als sie diese auch schon öffnete, sodass er ihren Mund hungrig erkunden konnte.

Ihr Atem ging schneller und schneller, und ihre Herzen klopften zum Zerspringen. Sheila spürte, wie Alex' Hände unter ihr T-Shirt fassten und sich auf ihre feuchte Haut legten. Sie stöhnte auf. Dann zog er ihr das nasse Kleidungsstück über den Kopf, wobei er ihren Mund nur widerwillig für ein paar Sekunden freigab.

Plötzlich konnten beide nicht länger warten. Mit bebenden Fingern zogen sie sich gegenseitig die Shorts aus und ließen sich eng umschlungen in den Sand sinken.

Alex umfasste Sheilas Hüften, presste sie an sich und vereinigte sich stürmisch mit ihr.

Sheila schrie auf, aber es war mehr ein Schrei der Lust als des Schmerzes.

„Darling", stöhnte Alex, „du fühlst dich wunderbar an."

Sheila klammerte sich an ihn, unfähig, ein Wort über die Lippen zu bringen.

Er knabberte an ihren Ohrläppchen, ließ die Finger liebkosend durch ihr Haar gleiten und küsste sie dann erneut wild und hungrig.

Von seiner Leidenschaft mitgerissen, entspannte Sheila sich volkommen. Deutlich spürte sie nun Alex in sich, und es war ein berauschendes Gefühl. „Darling", flüsterte sie, „oh Darling ..."

„Ich habe dir doch nicht wehgetan?" vergewisserte Alex sich. „Ich hatte solche Angst, du könntest dich doch noch anders entscheiden. Und ich hätte es nicht ertragen, auch nur fünf Minuten länger warten zu müssen ..."

Er streichelte jetzt ihre Brüste. Langsam umkreiste er mit dem Daumen die Brustspitze, die sich aufgerichtet hatte. Dann umfasste er sie mit den Fingern und presste sie leicht.

Sheila unterdrückte einen Schrei. Wie herrlich war es, Alex so nahe zu sein, sich ihm hinzugeben, seine Liebkosungen zu genießen. In ihrem Kopf drehte sich alles im Kreis. Sie konnte keinen klaren Gedanken mehr fassen. Für sie gab es nur noch ihn, Alex, und die wunderbaren Empfindungen, die er in ihrem Körper zu wecken wusste. Dies musste das Paradies sein ...

Wie von selbst begannen ihre Finger seinen Körper zu erforschen. Sie streichelte seine Schultern, seine Brust, die schmalen Hüften, die muskulösen Oberschenkel. Dabei wartete sie voller Verlangen darauf, dass er anfangen würde, sich zu bewegen. Verführerisch flüsterte sie seinen Namen, versuchte, ihre Hüften zu heben. Doch vergeblich. Seine kräftigen Hände hielten sie so fest, dass sie machtlos gegen ihn war.

„Jetzt gehörst du mir“, murmelte er. „Und ich möchte, dass wir uns Zeit lassen.“

Sheila grub ungeduldig ihre Zähne in seine Schulter. „Bitte, Alex, willst du mich denn nicht glücklich machen?“

„Bald, Schatz, bald“, beruhigte er sie.

Sein Mund senkte sich erneut auf den ihren, während er wieder begann, sie zu streicheln. Sheila erschauerte. Ihr war, als durchführen elektrische Stöße ihren Körper. Er stöhnte auf, als sie mit den Fingernägeln über seine Oberarme fuhr, und sie versuchte, brennend vor Begierde, sich ein wenig zu erheben.

„Warte“, bat er leise, „warte noch ein wenig, Darling.“ Dann schloss er die Lippen um ihre Brustspitze und fing an, leicht an ihnen zu saugen.

Sheilas Finger spielten mit seinem Haar. Sie hatte den Kopf nach hinten gebogen und nahm den stetigen Regen, der ihr heißes Gesicht kühlte, wahr wie eine Liebkosung. Ihr schien es, als hätten sich in der Dunkelheit all ihre Sinne geschärft. In der Dunkelheit, die ihr nicht erlaubte, mehr zu sehen als die Umrisse von Alex' Körper und die schattenhaften Formen der Felsen und vereinzelten Pflanzen um sie her.

Ihr war, als müsse sie innerlich verbrennen. Sie wunderte sich über Alex' Selbstbeherrschung und fragte sich, wie sie diese überwinden könnte. Während ihre Hände ihn weiter liebkosten, fuhr sie mit der Zunge über seinen Hals. Deutlich fühlte sie seinen Puls, dessen Rasen ihr verriet, dass Alex ebenso erregt war wie sie selbst.

Wie sehr sehnte sie sich nach der Befriedigung, die er ihr schenken würde. Doch das war es nicht allein. Sie wünschte sich auch, ihn glücklich zu machen. Sie wollte, dass er das Liebesspiel als ebenso erfüllend empfand wie sie. Zögernd suchten ihre Hände nach den intimsten Stellen seines Körpers.

Das raubte ihm den letzten Rest seiner Beherrschung. Er presste Sheila erneut an sich, und sie spürte jede seiner Bewegungen so deutlich, dass sie zu träumen meinte. Sich an ihn klammernd rief sie seinen Namen.

Sie fanden ihren Rhythmus so rasch, als sei dies nicht das erste Mal, das sie einander so nahe waren. Ihre Körper schienen füreinander geschaffen zu sein. Jeder erfüllte die geheimsten Wünsche des anderen.

Die sexuelle Spannung wuchs und wuchs. Gleichzeitig erreichten Sheila und Alex den Gipfel der Lust, der alles übertraf, was sie sich jemals erträumt hatten.

Während der Regen weiter auf sie herabfiel, hielten sie einander eng umschlungen. Noch schlugen ihre Herzen wie wild. Noch ging ihr Atem rasch, aber nach und nach wurden sie ruhiger, bis sie wieder wahrnahmen, was um sie herum vorging, und sie den kühlenden Regen als wohl tuende Erfrischung empfanden.

Es dauerte lange, bis Alex die herrliche Erschöpfung nach dem Höhepunkt so weit überwunden hatte, dass er wieder begann, Sheila zärtlich zu streicheln. „Ich wusste, dass es etwas Besonderes mit dir sein würde", flüsterte er Sheila ins Ohr. „Du bist wie Feuer für mich. Kaum kommst du in meine Nähe, brenne ich lichterloh. Spürst du das?"

„Hm", murmelte sie. Oh ja, sie fühlte sehr deutlich, wie sehr sie ihn erregte, und zu ihrem Erstaunen musste sie feststellen, dass sie bereit war, das aufregende Spiel noch einmal zu spielen. „Du bist ein wunderbarer Liebhaber ..."

„Das Lob kann ich nur zurückgeben", flüsterte Alex liebevoll. Es störte ihn nicht, dass sie andere Liebhaber vor ihm gehabt haben musste. Ihr Verhalten hatte ihm gezeigt, dass sie eine erfahrene Frau war. Zwar verspürte er einen Stich von Eifersucht, doch hätte er das ihr gegenüber nie zugegeben. Also fragte er stattdessen: „Ist es dir sehr unangenehm, dass es regnet?"

„Nein, im Gegenteil. Ich finde es sogar erregend."

„Diese ganze Umgebung wirkt anregend, nicht wahr?"

Sheila lachte leise. „All zu viel sieht man ja nicht von ihr." Sie war froh über die Dunkelheit, die verhinderte, dass Alex die kleine Tätowierung auf ihrer Brust sah. Was hätte sie ihm antworten sollen, wenn er sie gefragt hätte, was diese Rose zu bedeuten hatte? Sie wollte sich ja nicht einmal selbst damit auseinander setzen ...

„Zieh dein T-Shirt aus", bat sie ihn ablenkend.

Er gehorchte sofort. Und dann spürte sie zum ersten Mal, wie die Härchen auf seiner Brust sanft ihre Brüste kitzelten. Sie zog ihn an sich und seufzte zufrieden auf.

Als sie spürte, dass seine Kraft wieder zunahm, erbebte sie vor Begierde. „Oh, Darling ...", hauchte sie, ehe er ihr den Mund mit einem wilden Kuss verschloss.

Es dauerte kaum ein paar Sekunden, bis beide wieder vor Verlangen glühten. Nie hätte Sheila gedacht, dass sie so unersättlich in der Liebe sein könnte. Keine ihrer früheren Erfahrungen hatte sie auf das vorbereitet, was in dieser Nacht mit ihr geschah. Alex' geschickte Hände, sein forschender Mund, seine rhythmischen Bewegungen ließen sie in einem Meer der

Lust versinken. Schon bald hatte sie erneut den Höhepunkt erreicht.

Unwillkürlich grub sie die Fingernägel in Alex' Schultern. Er stöhnte laut auf. Sie fühlte, wie er sich unter ihr aufbäumte, sich an sie klammerte und schließlich erschöpft in den feuchten Sand zurücksank.

„Sheila, meine Sheila", flüsterte er, „du bist wunderbar."

Unfähig, etwas zu erwidern, barg sie den Kopf an seiner Brust. Sie war unsagbar glücklich.

Nach einer Weile allerdings wurde ihr bewusst, dass ihr Glück schließlich doch durch den noch immer nicht nachlassenden Regen ein wenig getrübt wurde. Sie sehnte sich nach einem Bett, das ihr und Alex Platz bot. Wie gern hätte sie an seiner Seite geschlafen. Sie war so müde ... In seinen Armen wollte sie ausruhen, und neben ihm wollte sie erwachen. Aber das würde wohl nicht möglich sein.

„Lass uns aufs Boot zurückkehren", schlug Alex vor, als habe er ihre Gedanken gelesen. Er klang traurig, als ob auch er bedaure, dass auf der ‚Echo' kein gemeinsames Bett auf sie wartete.

Alex half Sheila beim Aufstehen, und rasch zogen sie sich an. Dann schob Alex das Dinghi ins Wasser und ruderte es, sobald Sheila eingestiegen war, zum Schiff zurück.

Sheila beobachtete ihn schweigend. Ihre Gefühle ihm gegenüber hatten sich geändert. Es war nicht mehr nur sexuelles Verlangen, was sie empfand, wenn sie ihn betrachtete. Doch sie war noch nicht bereit, ihren neuen Gefühlen den Namen zu geben, der ihnen zukam: Liebe.

Nachdem Alex das Beiboot festgemacht hatte, kletterten die Liebenden zurück an Bord. Alex griff nach ihrer Hand und führte Sheila zur Tür. „Ziehst du dich um und kommst noch ein wenig in den Salon?" fragte er leise.

„Ja." Mit glänzenden Augen schaute sie zu Alex auf.

Da zog er ihre Hand an die Lippen und küsste zärtlich Finger für Finger. „Beeil dich", flüsterte er ihr ins Ohr. „Ich warte auf dich."

Sheila wandte sich ab, um in ihre Kabine zu eilen. Doch ehe sie die Tür erreicht hatte, stolperte sie über irgendetwas. Sie wäre gefallen, wenn Alex sie nicht noch rechtzeitig gestützt hätte.

„Oh", wunderte er sich und musterte das Bündel, das im Gang auf der Erde lag. „Das ist ja mein Seesack."

Sheila und Alex sahen sich an. Beide brachen gleichzeitig in ein erleichtertes Lachen aus. „Vincent muss ihn für dich hierhin gelegt haben", stellte Sheila fest. Sie öffnete vorsichtig die Tür zu ihrer Kabine. Richtig: Victoria lag nicht in ihrem Bett.

Alex umfasste Sheilas Schultern, beugte sich zu ihr hinab und küsste sie zärtlich.

„Offenbar schlafen die beiden gemeinsam in meiner Kabine", murmelte er dann, als könne er es immer noch nicht recht fassen.

„Wahrscheinlich wollten sie uns einen Gefallen tun", überlegte Sheila. „Aber woher wussten sie, dass wir ..."

„Sie sind eben sehr nette und weise Leute", sagte Alex. „Und sie haben selbst auch ein wenig Vergnügen verdient, meinst du nicht?"

Sheila nickte, ergriff Alex' Hand und zog ihn mit sich zu ihrem Bett.

„Warte." Er wandte sich noch einmal um, um seinen Seesack in die Kabine zu holen.

Sheila hatte unterdessen schon begonnen, ihre nasse Kleidung auszuziehen. Statt ihrem Beispiel zu folgen, nahm Alex ein Handtuch und trocknete Sheila ab, ohne dass sie ihn darum gebeten hatte. Es war eine so fürsorgliche Geste. Sie konnte sich nicht erinnern, jemals so verwöhnt worden zu sein.

Als sie dann im Bett lag und sich an Alex schmiegte, der sich inzwischen ebenfalls entkleidet hatte, fühlte sie sich so glücklich und geborgen, dass sie zu träumen meinte.

Jeder genoss die Nähe des anderen. Lange schwiegen sie, bis Alex schließlich leise sagte: „Es ist wunderschön, so mit dir hier zu liegen."

Sheila seufzte zufrieden.

„Ich freue mich schon darauf, neben dir wach zu werden."

„Hm ..."

„Wenn ich schnarche, darfst du mich hinauswerfen."

„In Ordnung."

„Wenn Vincent etwa auf die Idee kommen sollte, uns um fünf zu wecken, um nach diesem Schatz zu suchen, dann werde ich ihn wahrscheinlich verprügeln."

„Ich helfe dir dabei", murmelte Sheila schläfrig.

Alex gab ihr einen letzten Kuss auf die Nasenspitze, ehe auch er müde die Augen schloss.

Entgegen allen Befürchtungen klopfte Victoria erst um acht an Sheilas und Alex' Tür. Für die beiden war allerdings auch das noch viel zu früh. Sie waren während der Nacht immer wieder wach geworden, hatten staunend und glücklich den anderen betrachtet und waren erst gegen Morgen richtig eingeschlafen.

„Wir warten bereits seit zwei Stunden auf euch. Wann wolltet ihr denn endlich aufstehen, ihr Schlafmützen?" rief Victoria durch die Tür.

Mit einem Ruck richtete Alex sich auf und ließ sich dann wieder in die Kissen zurücksinken. „Sag ihr, dass sie uns in Ruhe lassen soll", flüsterte er Sheila zu.

„Ich habe nicht die Absicht, mein Bett vor zwölf Uhr zu verlassen", teilte Sheila ihrer Tante mit.

„Was? Das ist ganz unmöglich. Ihr müsst aufstehen. Vincent braucht Alex' Hilfe."

„Alex? Der ist doch in der letzten Nacht am Strand zurückgeblieben", erklärte Sheila.

„Wie bitte?" fragte Victoria beunruhigt.

„Er hat sich mir gegenüber wirklich unverschämt verhalten.

Deshalb habe ich ihn zurückgelassen und bin allein mit dem Dinghi zum Boot zurückgerudert. Ein Glück übrigens. Wo hätte er schließlich schlafen sollen?“

Victoria war zu entsetzt, um etwas zu entgegnen. Also fuhr Sheila fort: „Was habt ihr euch eigentlich dabei gedacht, euch wie zwei Teenager zu benehmen. Ich finde, dass du etwas zu alt bist für solche Eskapaden, und Vincent übrigens auch.“

Alex hatte unterdessen nur mit Mühe das Lachen unterdrücken können. Doch die merkwürdigen Geräusche, die er dabei von sich gab, entgingen Victoria nicht. Mit einem Ruck riss sie die Tür auf.

Jetzt war sie es, die vor lauter Erleichterung über den Anblick, der sich ihr bot, in Gelächter ausbrach. Sheila und Alex hielten sich eng umschlungen und wirkten sehr glücklich.

„Na so was!“ rief Victoria.

Neugierig trat nun auch Vincent ins Zimmer. „Guten Morgen“, grüßte er freundlich. „Wolltet ihr zwei Turteltauben nicht aufstehen? Das Frühstück ist fertig.“

„Schick die beiden weg“, forderte Alex Sheila auf.

Sie öffnete den Mund, doch Vincent kam ihr zuvor. „Wann können wir mit euch rechnen?“

„Gegen zwölf.“

Victoria verzog unwillig das Gesicht. „Sagen wir lieber gegen neun.“

„Nicht vor elf“, widersprach Alex.

„Nicht nach zehn“, erklärte Vincent entschieden.

„Na gut“, murmelten Sheila und Alex, ehe sie sich noch enger aneinander schmiegten.

Victoria und Vincent warfen sich einen belustigten Blick zu und ließen sie dann allein.

Sheila legte den Kopf auf Alex’ Brust, schloss die Augen und seufzte zufrieden. „Am liebsten möchte ich den ganzen Tag im Bett verbringen.“

„Ich auch, Darling. Hast du gut geschlafen?“

„Hm."

„Ich mag dein Haar, Liebes." Alex begann mit Sheilas kastanienbraunen Locken zu spielen. „Ich mag deinen Körper, deinen Humor und deine temperamentvolle Art. Und ich möchte gern wissen, was die kleine Tätowierung auf deiner Brust zu bedeuten hat."

Sheila öffnete die Augen und starrte Alex an. „Sie hat gar nichts zu bedeuten", erklärte sie schließlich, wobei ihre Stimme nichts von dem Aufruhr verriet, der in ihrem Inneren tobte.

„Aber Darling, natürlich hat eine Tätowierung eine Bedeutung. Komm, lass mich sie wenigstens einmal genau anschauen." Sie schüttelte den Kopf und presste die Decke fest an sich. Alex lachte. „Sei nicht albern, Sheila. Hast du etwa gedacht, ich würde sie nicht bemerken? Letzte Nacht habe ich jeden Millimeter deines Körpers erforscht. Allerdings, viel sehen konnte ich im Dunkeln natürlich nicht."

Sheila biss sich auf die Lippe. Sie wusste nun schon, dass es keinen Zweck hatte, sich mit Alex auf einen Streit einzulassen. Zum Schluss würde er doch alles erreichen, was er sich vorgenommen hatte. War es nicht wirklich albern, sich wegen der kleinen Rose aufzuführen wie ein schamhafter Teenager?

Sanft zog Alex die Decke beiseite. Sein Blick wanderte von Sheilas Füßen bis zu ihren Hüften, dann über ihre schmale Taille bis hinauf zu ihren Brüsten.

„Wie schön du bist", murmelte er.

Seine Finger strichen zärtlich über ihre weiche Haut und blieben auf der kleinen Tätowierung liegen. Er beugte sich über sie, um sie genau betrachten zu können.

„Eine Rose", stellte er erstaunt fest „Hast du sie schon lange?"

„Schon seit einer halben Ewigkeit."

„Warum hast du dich tätowieren lassen?"

„Es war einfach eine dumme Idee ..."

„Heißt das, dass dir die Rose nicht mehr gefällt?"

Sheila war den Tränen nahe. Sie konnte nur stumm nicken.

Alex küsste die Tätowierung sanft. „Die Rose gehört dir. Sie symbolisiert ein verborgenes Stück deines Wesens. Ich ..."

Sheila ließ ihn nicht ausreden. „Deck mich wieder zu", bat sie.

Er gehorchte sofort. „Schade", murmelte er dabei. „Ich hätte dich gern noch ein wenig angesehen. Du bist die schönste Frau, die ich kenne. Dein Anblick lässt mein Herz schneller schlagen. Oh Darling, wie ich dich begehre."

Er fuhr fort, sie zu streicheln und zu küssen. Es dauerte nicht lange, bis auch Sheila über dem brennenden Verlangen, das er in ihr zu wecken wusste, alles andere vergaß. Leidenschaftlich erwiderte sie seine Liebkosungen.

Als er schließlich eins mit ihr wurde, war ihr, als habe sie endlich ihr Ziel gefunden. Ja, in diesem Moment zweifelte sie nicht daran, dass sie zu ihm gehörte. Niemand hatte sie jemals so glücklich gemacht wie er. Sie klammerte sich an ihn, flüsterte ihm Worte der Liebe ins Ohr und ließ sich widerstandslos auf den Wogen der Lust davontragen, bis sie gleichzeitig mit Alex den Höhepunkt erreichte. Einen Höhepunkt, der so vollkommen war, dass sie meinte, die Welt müsse aufhören, sich zu drehen.

Es war Alex, dessen Stimme sie schließlich in die Wirklichkeit zurückholte. „Sheila, ich liebe dich", gestand er ihr. „Ich weiß, dass du Geheimnisse vor mir hast, aber ich liebe dich. Es kümmert mich nicht, wie du früher gelebt und was du einst getan hast. Ich liebe dich, ich liebe dich so wie du bist."

Aus großen Augen schaute Sheila ihn an. „Ich liebe dich auch", murmelte sie. Gleichzeitig fragte sie sich jedoch, ob diese Liebe überhaupt eine Zukunft haben könne. Mit einemmal hatte sie Angst vor den leidenschaftlichen Gefühlen, die Alex in ihr wachgerufen hatte.

Als Sheila und Alex wie verabredet um zehn an Deck erschienen, hatte es aufgehört zu regnen. Allerdings war der Himmel noch ebenso bedeckt wie in der Nacht zuvor. Daher hatte Vincent keine Möglichkeit gehabt, ihre Position mit dem Sextanten zu bestimmen.

Nachdem die vier Schatzsucher die Bucht eingehend mit der alten Karte verglichen hatten, kamen sie zu der Überzeugung, dass sie wahrscheinlich ihr Ziel wirklich erreicht hatten. Sie luden Spitzhacke und Spaten ins Dinghi und ruderten an Land.

„Jetzt müssen wir als Erstes die Felsrose finden", stellte Vincent voller Tatendrang fest. „Sie müsste sich etwa in der Mitte der Bucht nicht weit vom Strand befinden. Am besten teilen wir uns und suchen die rechte und die linke Seite getrennt ab."

Die anderen erklärten sich mit seinem Plan sofort einverstanden. Selbst Sheila war jetzt aufgeregt, trotz aller Zweifel, die sie an der Existenz des Schatzes hatte. Gemeinsam überquerten die vier den Sandstrand, um sich dort, wo die ersten Palmen wuchsen, zu trennen. Natürlich schloss Victoria sich Vincent an, während Alex Sheila bei der Hand fasste und sie mit sich fortzog.

Affen folgten ihnen, als sie nach ihrem Weg unter den Palmen suchten. Ab und zu sahen sie einen bunten Papagei, auf den Sheila Alex jedes Mal voller Begeisterung aufmerksam machte, bis Alex plötzlich sagte: „Pass auf, dass du nicht auf einen Alligator trittst, Sheila."

Sie schaute ihn erschrocken an. „Müsste die Gegend für Alligatoren nicht viel sumpfiger sein?"

„Natürlich. Aber hast du nicht bemerkt, dass der Sumpf dort hinten schon beginnt?" neckte Alex sie, um gleich darauf auszurufen: „Heh, dieser Felsen sieht doch genau wie eine Rose aus!"

„Hm ...", meinte Sheila zweifelnd. „Lass uns lieber noch ein wenig weitersuchen."

Schließlich hatten sie mehrere Felsbrocken entdeckt, die man mit etwas Phantasie für steinerne Rosen hätte halten können. Keiner war allerdings so groß und stand so deutlich sichtbar zwischen den Tropenpflanzen wie der erste.

„Gut", entschied Alex, „wir wollen den anderen Bescheid sagen."

Victoria winkte ihnen schon von weitem zu. „Wir haben die Felsrose gefunden!" rief sie begeistert.

Alex und Sheila schauten sich an und brachen in lautes Lachen aus.

10. KAPITEL

Nachdem Sheila und Alex berichtet hatten, dass auch sie der Überzeugung waren, den richtigen Felsen gefunden zu haben, begab sich die kleine Gruppe der Schatzsucher erst zu der einen, dann zu der anderen Felsrose.

„Hm", überlegte Victoria laut, „jede könnte die Richtige sein."

„Oder keine", gab Sheila zu bedenken.

Alex wischte sich mit dem Zipfel seines T-Shirts den Schweiß von der Stirn. Obwohl die Sonne nicht durch die Wolkendecke drang, war es entsetzlich heiß. „Wenn ihr mich fragt", begann er, „so gibt es hier in der Nähe noch mindestens ein halbes Dutzend Felsen, die einer Rose ähneln."

Die drei anderen warfen ihm gleichzeitig so böse Blicke zu, dass er sich unterbrach. „Nun gut", versuchte er, sie zu beruhigen, „die beiden Felsen, die wir bisher in die nähere Wahl gezogen haben, erinnern tatsächlich am meisten an eine Rose. Was meinst du, Vincent, sind sie von den Naturgewalten oder von Menschenhand geformt worden?"

„Selbst ein unbegabter Künstler", erklärte Vincent, „hätte wohl eine größere Ähnlichkeit mit einer Rose zustande bringen können. Nach allem, was ich über Cummins und seinen Schatz weiß, muss es sich um einen von der Natur geformten Stein handeln."

„Gibt die Karte uns vielleicht irgendeinen Hinweis darauf, welcher der richtige Felsbrocken sein könnte?" erkundigte sich Victoria.

Vincent faltete die Schatzkarte auseinander, und alle beugten sich darüber. Nach einer Weile sahen sie wieder auf. „Die Felsrose müsste sich genau in der Mitte der Bucht befinden", stellte Victoria fest. „Aber da es dort keine gibt, muss wohl einer der beiden Steine, die wir entdeckt haben, der richtige sein. Wir müssen eine Entscheidung treffen."

Die vier stritten eine Zeit lang darüber, welcher der beiden Felsen einer Rose ähnlicher sah. Noch einmal schauten sie sich beide Steine genau an. Als sich dennoch keine Einigung erzielen ließ, schlug Victoria vor, eine Münze zu werfen.

Alle nickten, und Vincent begann, in seinen Taschen nach einem Geldstück zu suchen. Er hatte keins. Auch Sheila, Victoria und Alex hatten all ihr Geld auf dem Schiff zurückgelassen. Schließlich zog Alex ein kleines Messer aus seiner Hosentasche. „Ich werde es um seine eigene Achse drehen, und wir graben bei dem Felsen, auf den die Messerspitze zeigt", sagte er.

Sheila und Victoria warfen sich einen zweifelnden Blick zu, erklärten sich aber dann doch mit Alex' Vorschlag einverstanden. Zu Sheilas Erleichterung wies das Messer auf den Felsen, der nach ihrer Meinung einer Rose am ähnlichsten sah.

Victoria, die nicht Sheilas Ansicht war, zeigte sich im ersten Moment etwas enttäuscht, griff dann aber voller Tatendrang nach der Karte und las: „Von der Felsrose aus siebzehn Schritte nach Westen."

„Wie lang ist ein Schritt?" erkundigte sich Sheila.

„Es muss wohl ein normaler Männerschritt gemeint sein", überlegte Vincent. „Cummins war nach allem, was wir über ihn wissen, weder besonders klein noch besonders groß. Alex, wenn du nicht zu kräftig ausschreitest, könntest du die siebzehn Schritte für uns abzählen."

„Nein", widersprach Victoria. „Alex hat viel zu lange Beine. Und da Vincents auch nicht viel kürzer sind, denke ich, dass es am sinnvollsten ist, wenn Sheila die Strecke abmisst. Sie muss natürlich recht große Schritte machen."

Die Männer nahmen den Vorschlag an, und Sheila ging los. Nach fünfzehn Schritten allerdings stand sie vor einer riesigen Bromeliastaude. „Hier kann ich nicht weiter. Was kommt nun?" fragte sie.

„Zwanzig Schritte nach Süden", las Victoria vor.

Sheila ging los, fügte irgendwann die beiden noch fehlenden Schritte nach Westen ein. Sie musste ein undurchdringliches Dickicht umrunden und hatte schließlich den Punkt erreicht, den alle für den richtigen hielten.

„Und jetzt noch einundzwanzig Schritte nach Südwesten", teilte Victoria ihr mit.

„Mir erscheint das alles sehr ungenau", beschwerte Sheila sich.

„So hat man damals eben Richtungen und Entfernungen festgelegt", meinte Alex beruhigend. „Komm, wir wollen es wenigstens versuchen."

Mit dem Kompass in der Hand gehorchte Sheila. Nach einigen Umwegen, die große Pflanzen und Felsbrocken nötig machten, hatte sie schließlich ihr Ziel erreicht.

„Hier muss es sein", stellte Vincent fest. Seine Begeisterung ließ ihn vergessen, wie ungenau die Angaben auf der Schatzkarte waren und wie groß die Wahrscheinlichkeit sein musste, dass sie sich am falschen Platz befanden. „Lasst uns mit der Arbeit beginnen!"

Sheila betrachtete den festen Sand unter ihren Füßen mit weniger Begeisterung. „Der Schatz kann – wenn er überhaupt vorhanden ist – überall in einem Umkreis von mindestens drei

Schritten vergraben sein. Es wäre einfacher, wenn wir einen Metalldetektor hätten."

„Einen Metalldetektor?" Vincent warf ihr einen tadelnden Blick zu. „Es wäre nicht stilecht, so ein modernes Gerät zu benutzen. Nein, das würde ich nie tun."

„Alte Schatzsucher arbeiten heute mit derartigen Hilfsmitteln", erklärte Sheila.

Alex verhinderte eine weitere Auseinandersetzung mit der Feststellung, dass sie sowieso keinen Detektor hatten. „Aber im Dinghi warten Spitzhacke und Spaten auf uns, die sollten wir holen."

Gemeinsam machten sich die vier auf den Weg zum Strand, wo sich im Boot neben den Werkzeugen auch ein Proviantkorb befand, den Victoria vorsorglich mit allen möglichen Leckerbissen gefüllt hatte. Im Augenblick war niemand besonders hungrig, doch in der schwülen Witterung wurden alle vom Durst geplagt. Das Mineralwasser, das Victoria mitgenommen hatte, war inzwischen zwar warm geworden, wirkte aber dennoch erfrischend.

Nachdem alle getrunken hatten, schulterten die Männer das Werkzeug. Man hatte beschlossen, dass jeweils zwei graben sollten, während die anderen neue Kräfte sammelten. Die Arbeit war in dem tropischen Klima sehr anstrengend und keinesfalls angenehm. Immer wieder entfernte sich der eine oder andere, um sich beim Schwimmen in der Bucht den Schweiß abzuspülen.

Gegen fünfzehn Uhr hatten die vier mit vereinten Kräften ein tiefes Loch ausgehoben, aber keine Spur von einem vergrabenen Schatz gefunden. Alex, dessen Kopf gerade noch über den Rand der Grube schaute, ließ den Spaten entmutigt sinken.

„Wie lange wollen wir noch weitermachen, ehe wir aufgeben?" fragte Sheila.

Victoria schaute von einem zum anderen. „Irgendwo hier in

der Nähe muss sich der Schatz befinden. Vielleicht haben wir die Schritte nicht genau genug abgemessen, oder ..."

„Wir können schließlich nicht sicher sein, dass es hier überhaupt einen Schatz gibt", fiel Sheila ihr ins Wort. „Wir haben von Anfang an gewusst, dass die Karte möglicherweise nicht echt ist."

Erschöpft wischte Alex sich mit dem Handrücken den Schweiß von der Stirn. „Eine gewisse Ungenauigkeit beim Abmessen haben wir ja bereits berücksichtigt. Wir haben ein riesiges Loch gegraben. Ich bezweifle, dass wir hier noch etwas finden."

Victoria seufzte.

„Wahrscheinlich haben wir uns für den falschen Felsbrocken als Ausgangspunkt entschieden", fuhr Alex fort. „Wir sollten noch einmal bei der anderen Felsrose beginnen. Sheila, würdest du die Strecke wieder für uns abgehen?" Damit kletterte er aus der Grube.

Sheila erklärte sich sofort mit seinem Vorschlag einverstanden. Gespannt beobachteten die anderen, wie sie erneut den Anweisungen der Karte folgend nach Westen, Süden und Südwesten schritt. Schließlich blieb sie staunend stehen. Sie hatte den ersten Felsen erreicht.

„Das kann doch nicht wahr sein ...", murmelte Victoria.

Und Vincent sagte: „Dieser Cummins war offenbar ein Mann mit Humor. Außerdem ist es ihm zweifellos gelungen, die Sache äußerst interessant zu gestalten."

„Da hast du allerdings Recht", spottete Alex.

Vincent ließ sich von Alex' Ton nicht beeindrucken. „Ich hole das Werkzeug", bemerkte er.

„Wir wollen doch nicht etwa heute noch anfangen, ein zweites Loch zu graben?" rief Victoria aus.

„Es ist erst vier, und ich bin gespannt, was wir hier finden werden", gab Vincent zurück.

Alex hatte sich unterdessen bereits abgewandt, um Hacke und Spaten, die noch neben dem ersten Loch lagen, zu holen.

Sheila lief ihm nach und griff nach seiner Hand. „Meinst du nicht, dass es wirklich schon zu spät ist, um jetzt noch einmal von vorn zu beginnen?“

„Ich bin genauso neugierig wie Vincent auf das, was uns bei dem Felsen erwartet“, erwiderte Alex lachend.

„Bist du denn gar nicht erschöpft nach dem anstrengenden Graben?“ wunderte Sheila sich.

„Doch“, gab Alex zu, „aber wenn wir heute noch fertig werden, haben wir morgen Zeit für andere Dinge.“ Dabei schaute er Sheila so liebevoll an, dass es ihr heiß und kalt den Rücken hinunterlief. „Außerdem sieht es so aus, als gäbe es heute noch Regen. Wir müssen uns also beeilen, wenn wir den Schatz heben wollen.“

Zweifellos tat Alex sein Bestes, um dieses Ziel zu erreichen. Er verrichtete den größten Teil der Arbeit, denn nicht nur die Frauen waren müde. Auch Vincent musste immer häufiger Pausen einlegen, weil ihn das Graben in der schwülen Tropenluft zu sehr anstrengte.

Dann begann es tatsächlich zu regnen. „Lasst uns aufhören“, drängte Sheila die anderen.

Nur Alex widersprach. „Der Regen wird den Sand wieder in das Loch waschen, und morgen müssen wir dann noch einmal von vorn anfangen. Nein, ich mache weiter.“ Entschlossen warf er eine Schaufel nassen Sand aus dem Loch.

Der Regen wurde heftiger. Abwechselnd versuchten alle, Alex zum Aufgeben zu bewegen, aber er grub weiter. Schließlich setzten Sheila, Victoria und Vincent sich neben die Grube und schauten Alex schweigend bei der Arbeit zu.

Eine Viertelstunde verging, aber noch immer war keine Spur von einem Schatz zu entdecken. Plötzlich sah Sheila jedoch eine Bewegung, die sie laut aufschreien ließ.

„Vorsicht, Alex!“

Zu spät. Der Fels war auf dem nassen Sand ins Rutschen gekommen. Alex sprang zur Seite, fasste mit den Händen nach dem Rand der Grube und versuchte, sich herauszuziehen. Doch er war nicht schnell genug. Sein rechtes Bein wurde zwischen dem nassen Sand und dem Felsen eingeklemmt.

„Oh Gott!“ entfuhr es Victoria. Zusammen mit Sheila und Vincent drückte sie mit aller Kraft gegen den Felsbrocken. Er rührte sich nicht

Alex’ Gesicht war grau geworden, und er stöhnte vor Schmerz. Auch Vincent war blass. Trotzdem verlor er die Nerven nicht. Mit ruhiger Stimme gab er den Frauen Anweisungen, wie sie sich gegen den Felsen stemmen sollten.

Wieder drückten alle mit ihrer ganzen Kraft. Doch nichts geschah.

Schließlich gaben sie auf. Vincent schüttelte mutlos den Kopf. „Unsere einzige Chance wäre, einen Hebel anzusetzen. Nur, wir haben nichts, was sich dafür eignet“, stellte er fest.

Sheila konnte keinen Blick von Alex’ Gesicht wenden, das deutlich die Qualen widerspiegelte, die er empfand. „Auf dem Boot muss es doch irgendetwas geben, das wir verwenden können“, beschwor sie Vincent.

Alex griff nach Sheilas Hand. „Es ist nichts auf dem Boot, was wir als Hebel benutzen könnten“, erklärte er. „Ihr werdet Hilfe holen müssen.“

Vincent war offenbar zu demselben Schluss gelangt. „Komm“, forderte er Victoria auf, „wir wollen ein paar Dinge von dem Schiff holen. Wirst du so lange bei Alex bleiben, Sheila?“

Sie nickte, und Vincent und Victoria machten sich eilig auf den Weg.

Alex hatte den Kopf erschöpft gegen den Rand der Grube gelehnt. Sheila strich ihm mit einer zärtlichen Geste das nasse Haar aus der Stirn. „Wie fühlst du dich?“ fragte sie besorgt. „Meinst du, dass du dir etwas gebrochen hast?“

„Hm. Wenn mich nicht alles täuscht, ist mein Bein an mindestens drei Stellen gebrochen." Er stöhnte auf und presste Sheilas Hand fester. „Bleib bei mir, ganz nah", bat er.

Lange schauten sie sich schweigend an. Es regnete noch immer. Von Vincent und Victoria war nichts zu sehen. Dann setzte die Dämmerung ein. Sheilas Herz klopfte vor Angst immer schneller.

Da tauchten Vincent und Victoria aus der Dunkelheit auf. Sie trugen einen Korb voller Lebensmittel, zwei Regenponchos und Laternen. Vincent kniete neben seinem Neffen nieder.

„Alex", begann er, „natürlich beeilen wir uns, so sehr wir können. Trotzdem wird es eine Zeit lang dauern, bis wir zurück sind. Wir haben vom Schiff Schmerztabletten für dich mitgebracht. Es wäre sinnlos zu versuchen, sich wie ein Held zu benehmen. Schluck die Tabletten, wenn du den Schmerz nicht mehr ertragen kannst. Hörst du?"

Alex nickte.

Sheila schloss zum Abschied Victoria und auch Vincent in die Arme. „Macht schnell", war alles, was sie über die Lippen brachte.

Dann war sie wieder mit Alex allein. „Kann ich irgendetwas für dich tun?" fragte sie ihn. „Möchtest du vielleicht etwas essen oder trinken?"

„Später", gab er zurück. Seine vom Schmerz verzerrte Stimme klang fremd.

Wieder schwiegen sie lange. Dann stieß Alex einen unterdrückten Fluch aus.

„Dein Bein?" erkundigte Sheila sich ängstlich.

„Es tut höllisch weh."

„Diese schreckliche Rose ... Ich wusste, dass sie uns kein Glück bringen würde."

„Unsinn. Nur meine eigene Unachtsamkeit hat mich in diese Lage gebracht. Ich war so darauf versessen, den Schatz zu finden, dass ich darüber alles andere vergaß."

Er legte Sheila die Hand in den Nacken und zog ihren Kopf

zu sich herunter. „Ich bin so froh, dass du bei mir bist“, murmelte er. „Küss mich, Darling.“

„Ich wünschte, ich könnte mehr für dich tun“, flüsterte sie, ehe sie seine Bitte erfüllte.

Später bat Alex Sheila, ihm etwas zu trinken zu geben. Sie fand eine Flasche Wein, öffnete sie und reichte sie Alex. „Willst du auch etwas essen?“

„Nein.“ Er trank in großen Schlucken.

„Hast du vor, dich zu betrinken? Glaubst du, das hilft gegen den Schmerz?“

„Ich hoffe es.“ Er setzte die Flasche erneut an.

Einen Moment lang verriet sein unnatürlich blasses Gesicht sehr deutlich, wie schlecht es ihm ging, und eine Woge des Mitgefühls überschwemmte Sheila. Sie hatte schreckliche Sorge um ihn. „Wenn ich dir nur irgendwie helfen könnte, Alex.“

„Du könntest mir etwas erzählen“, bat er.

„Erzählen? Ja, was denn?“

„Sprich einfach über dich.“

„Da gibt es nicht viel zu sagen.“

„Ich möchte mehr über deine Vergangenheit wissen. Wie warst du früher, Sheila? Wie hast du gelebt? Wovon hast du als junges Mädchen geträumt?“

„Ich habe ...“, begann Sheila. Dann unterbrach sie sich. Eigentlich hatte sie Alex eine ausweichende Antwort geben wollen. Aber als ihre Blicke sich kreuzten, begriff sie, dass er nicht locker lassen würde, bis er die Wahrheit erfahren hatte. „Warum ist dir das so wichtig?“ erkundigte sie sich.

„Weil ich dich liebe“, erwiderte er kurz.

Sanft fuhr sie mit der Hand durch sein nasses Haar, folgte mit dem Finger den Linien seines Gesichts, küsste ihn schließlich voller Zärtlichkeit. „Ich war nicht darauf vorbereitet, einem Mann wie dir zu begegnen“, murmelte sie.

„Bist du denn nicht glücklich darüber, dass wir uns kennen gelernt haben?“

„Im Moment bin ich eher verwirrt und ängstlich“, gestand sie ihm, ehe sie ihn erneut küsste.

Als sie seinen Mund schließlich freigab, überfiel ihn der Schmerz mit neuer Gewalt. „Ah, ich kann es kaum aushalten“, klagte Alex. „Ich bin überzeugt, dass mein Bein völlig zerschmettert ist. Bitte, erzähl mir ein bisschen. Das lenkt mich wenigstens ab.“

„Ich würde dir ja so gern helfen ...“

„Wahrscheinlich werde ich mein Leben lang hinken.“

„Oh Alex, so etwas darfst du nicht einmal denken!“ rief Sheila erschrocken aus.

„Sag mir lieber, dass es dich nicht stören würde.“

„Wenn du nicht wieder gesund würdest? Das wäre schrecklich!“

„Sag mir, dass du mich auch liebst, wenn ich mein Bein verliere.“

„Ich würde dich selbst dann lieben, wenn du beide Beine verlörest.“

„Du liebst mich also, Sheila?“

„Natürlich, du Dummkopf“, gab sie zurück. Dann weiteten sich ihre Augen einen Moment lang vor Erstaunen. Ja, sie liebte ihn, auch wenn sie es sich bisher nicht hatte eingestehen wollen. „Ja“, wiederholte sie ruhiger, „ich liebe dich, Alex.“

„Ist das auch die Wahrheit?“ vergewisserte er sich.

Sheila nickte. „Wenn es Liebe ist, dass man einen Mann mag, obwohl er die unmöglichsten Sachen tut, wenn es Liebe ist, dass man an nichts anderes mehr denken kann als an ihn, wenn es Liebe ist, dass man die Schmerzen, die der andere zu ertragen hat, am eigenen Leib spürt, dann, Alex, dann liebe ich dich.“

Er seufzte auf. „Oh Darling ...“ Er zog Sheila fest an sich und barg den Kopf an ihrer Schulter.

Eine Zeit lang hielten sie sich eng umschlungen, ohne ein Wort zu wechseln. Dann fühlte Sheila, wie Alex von einer neuen Welle des Schmerzes geschüttelt wurde.

„Erzähl mir von dir“, bat er mit unsicherer Stimme.

Inzwischen war Sheila klar geworden, dass es keinen Zweck hatte, ihm irgendetwas zu verschweigen. Sie liebte ihn, das konnte sie nicht leugnen. Da er sie ebenfalls liebte, hatte er ein Recht darauf, alles über sie zu erfahren.

Einen Moment lang schloss sie die Augen. Noch immer fiel es ihr nicht leicht, über ihre Vergangenheit zu sprechen. Sie holte tief Luft und begann.

Sie erzählte ihm über ihre Kindheit mit Shannon, über die Jahre, in denen sie sich ihren Eltern immer mehr entfremdet hatte und von der Vorstellung besessen gewesen war, ein ganz anderes Leben als sie führen zu müssen. Sie berichtete von ihrer Collegezeit, von ihren Beziehungen zu den verschiedensten Männern, von ihrer Art, jede Verantwortung zu meiden.

Nachdem sie erst einmal angefangen hatte zu sprechen, sprudelte alles aus ihr heraus. Sie wollte keine Geheimnisse mehr vor Alex haben.

Alex hörte ihr zu, ohne sie zu unterbrechen. Aber selbst die Spannung, mit der er ihrer Geschichte lauschte, konnte ihn nicht ganz von seinen Schmerzen ablenken. Mehr als einmal konnte er ein Stöhnen nicht unterdrücken. Daraufhin reichte Sheila ihm eine Schmerztablette oder die Flasche Wein, ehe sie fortfuhr zu erzählen.

Als sich Sheilas Bericht dem Ende näherte, wurde ihre Stimme leiser und leiser. Einmal konnte sie sogar in Erinnerung an das Schreckliche, das sich zugetragen hatte, gar nicht weitersprechen. Tränen stiegen ihr in die Augen, und unwillkürlich ballte sie die Hände zu Fäusten.

„Du warst bei Andre, als du einen Anruf von Shannon erhieltest. Und dann? Was geschah dann?“ hakte Alex nach.

Sheila schluckte.

„Shannon befand sich in großen Schwierigkeiten. Sie hatte eine Zeit lang bei einem von Andres Freunden gelebt, einem gewissen Jeff. Durch diesen hatte sie dann wieder einen anderen jungen Mann kennen gelernt, der, wie sich schließlich später herausstellte, dem Rauschgiftdezernat angehörte. Arme Shannon ... Sie war zu jenem Zeitpunkt erst achtzehn, und natürlich hatte sie nie gelernt, sich vor solchen Männern wie Jeff zu hüten. Er wurde verhaftet, und auch Shannon wurde wegen Kokainbesitzes vor Gericht gestellt. Dabei hatte sie nie selbst geschnupft."

„Und du machtest dir natürlich die schlimmsten Vorwürfe."

„Ja. Schließlich hatte ich Shannon in diese Situation gebracht. Durch mich hatte sie Andre kennen gelernt, ohne den sie Jeff nie begegnet wäre. Ich hätte mich zumindest vergewissern müssen, was für ein Mensch dieser Jeff war."

Sheila schwieg einen Moment, ehe sie erklärte: „Ich hatte alles falsch gemacht, was sich nur falsch machen ließ. Rebellion, Abenteuer, Sex ... Wir lebten nur für unser Vergnügen und drückten uns vor den Folgen. Eigentlich hätte ich an Shannons Stelle verhaftet werden müssen."

„Quäl dich nicht unnötig", versuchte Alex, sie zu beruhigen. „Was geschah denn weiter mit Shannon?"

„Victoria besorgte ihr einen guten Anwalt, der erreichte, dass ihre Strafe zur Bewährung ausgesetzt wurde. Sie brauchte glücklicherweise ihr Studium nicht abzubrechen und machte schließlich ihr Examen in Kommunikationswissenschaften. Inzwischen hat sie eine Stelle in Hartford, mit der sie sehr zufrieden ist."

Alex unterdrückte ein Stöhnen. Die Schmerzen in seinem Bein schienen von Minute zu Minute stärker zu werden. Er musste sich unbedingt auf etwas anderes konzentrieren. „Ich glaube fast, dass Shannon bei all dem mehr Glück gehabt hat als du", stellte er fest.

„Wie meinst du das?"

„Sie brauchte ihre Strafe nicht abzusitzen. Du aber hast dich selbst zu lebenslanger Bestrafung verurteilt."

„Nein“, widersprach Sheila, „ich habe mich nur entschlossen, nicht mehr der Verantwortung aus dem Weg zu gehen und nichts Unvernünftiges mehr zu tun.“

„Findest du es denn vernünftig, mich zu lieben?“

Darauf wusste Sheila nichts zu erwidern.

„Denkst du, dass ich vernünftig und verantwortungsbewusst handle?“ fragte Alex weiter.

„Ja“, antwortete Sheila rasch, um dann leiser hinzuzufügen: „Jedenfalls fast immer ...“

„Und das reicht dir?“

„Es macht mir Angst, dass du manchmal so spontan, unbeschwert und leichtsinnig bist“, gestand Sheila.

„Trotzdem magst du auch diese Seite meines Wesens, nicht wahr?“

Sie nickte.

„Dann hör auf, dir deshalb Sorgen zu machen. Wir sind beide erwachsene Menschen. Du hast dich sehr verändert, seit du dein wildes Leben aufgegeben hast. Auf eines aber kannst du nicht verzichten: auf einen Mann, den du interessant findest. Ist dir eigentlich klar, warum du bisher keinen kennen gelernt hast, den du hättest lieben können? Weil du Angst davor hattest, mit jemandem zusammen zu sein, der sich nicht ständig von seinem Verstand leiten lässt. Dabei sind Gefühle so wichtig! Du brauchst Spontanität, Unbeschwertheit und manchmal ein wenig Leichtsinn. Du brauchst jemanden wie mich. Siehst du das ein?“

„Ich weiß nicht“, murmelte Sheila.

„Natürlich weißt du es“, widersprach Alex. „Du brauchst kein schlechtes Gewissen zu haben, weil wir im Bett jede Vernunft und Zurückhaltung vergessen. Was ist denn daran so schlimm? Schließlich sind wir am nächsten Morgen wieder ganz normale, verantwortungsbewusste, vernünftige Menschen.“

Er unterbrach sich und stöhnte laut auf.

„Oh Gott“, rief Sheila, „was kann ich denn nur tun, um dir zu helfen, Alex?“

„Sprich weiter. Lenk mich von diesen wahnsinnigen Schmerzen ab.“

Sie nickte heftig. „Was du da eben über uns und unsere Beziehung gesagt hast, leuchtet mir ein. Dennoch bin ich mir nicht sicher, dass wir richtig handeln.“

„Hast du Vertrauen zu mir?“

„Ja.“

„Und liebst du mich?“

„Ja, Alex.“

„Dann solltest du nicht daran zweifeln, dass wir uns richtig verhalten haben. Es war doch schön für dich, nicht wahr? Warst du nicht in meinen Armen glücklich?“ Er zog sie fester an sich und stöhnte erneut vor Schmerz auf, ehe er fortfuhr, ihr die Zukunft in den leuchtendsten Farben zu schildern.

Schließlich griff Alex nach der Weinflasche und trank. Seine Stirn war schweißbedeckt, und seine Stimme verriet deutlich, wie sehr er litt.

„Du solltest nicht soviel reden“, meinte Sheila besorgt. „Es strengt dich zu sehr an.“

„Nein, nein, es hilft mir, die Schmerzen zu vergessen. Auch der Wein hilft. Und natürlich deine Nähe. Sheila, willst du mich heiraten?“

„Ich ...“ Sie war zu überrascht, um eine Antwort zu geben. „Es wäre wunderbar, wenn du meine Frau würdest. Ich liebe dich.“ „Aber Alex“, gab Sheila, die ihre Fassung wiedergewonnen hatte, zu bedenken, „wie kannst du mich unter diesen Umständen bitten, dich zu heiraten? Wenn es dir wieder besser geht, wenn wir wieder in den USA sind, wenn uns der Alltag wieder einfängt, dann wirst du es vielleicht bedauern, mich darum gebeten zu haben. Dies ist eine Ausnahmesituation. Wir sollten jetzt keine so weit reichenden Entscheidungen treffen.“

„Meine Gefühle für dich werden sich nicht ändern“, entgegnete Alex. „Ich weiß, dass ich dich liebe. Du schenkst mir alles, was ich mir je erträumt habe. Du bist die Frau, auf die ich gewartet habe. Du bist wunderbar. Intelligent, humorvoll, zärtlich, verantwortungsbewusst, selbstständig und temperamentvoll ... Ich möchte gern Kinder mit dir haben, Sheila. Ich möchte mein ganzes Leben mit dir teilen. Ich freue mich auf die Zukunft mit dir.“

Sheila, die sich hingebungsvoll an ihn geschmiegt hatte, spürte plötzlich, wie er erneut vor Schmerz zu zittern begann. „Alex, nimm doch noch eine Tablette“, beschwor sie ihn.

Er schüttelte den Kopf. „Mach lieber noch eine Flasche Wein auf.“

Sie kam seiner Bitte nach. „Gibt es denn sonst gar nichts, was ich für dich tun kann?“ fragte sie, als sie ihm den Wein reichte.

„Doch, versprich mir, meine Frau zu werden.“

„Ja, ja, ich verspreche es.“

„Ah, jetzt geht es mir schon viel besser.“ Er nahm einen weiteren Schluck aus der Flasche und zog Sheila dann wieder an sich. „Ich werde durchhalten“, murmelte er wie zu sich selbst.

„Wo bleiben Vincent und Victoria nur?“ Sheila ließ den Blick über die Bucht schweifen.

„Es dauert eine Weile, bis sie Limon erreichen. Und dort müssen sie erst ein Rettungsteam finden“, erklärte Alex, ehe er erneut die Flasche an die Lippen hob. „Wir beide werden noch eine Weile durchhalten müssen.“

Sheila begriff, dass er die Schmerzen wirklich kaum noch ertragen konnte. „Wo werden wir wohnen, wenn wir verheiratet sind?“ fragte sie ihn, um ihn abzulenken.

„Wir kaufen ein Haus in der Mitte zwischen New York und Philadelphia, damit du deinen Job nicht aufzugeben brauchst. Obwohl du natürlich nicht arbeiten musst, wenn du nicht magst. Ich verdiene genug für uns zwei und noch mindestens drei Kinder und einen Hund."

Sie fuhr ihm sanft mit der Hand durchs Haar. „Und jede Nacht werden wir uns lieben und dann zusammen einschlafen", flüsterte sie.

So schmiedeten sie noch viele Stunden lang Pläne für die Zukunft. Immer wieder gestanden sie sich ihre Liebe. Trotzdem war es eine schreckliche Nacht. Viel zu oft geschah es, dass Alex vor Schmerzen nicht mehr weitersprechen konnte. Sheila tat alles, was sie konnte, um ihm zu helfen. Aber wie wenig war das ...

Der Morgen dämmerte bereits, als laute Geräusche verkündeten, dass Hilfe nahte. Zwei Helikopter landeten auf dem Strand. Noch einmal schloss Sheila Alex fest in die Arme. „Ich liebe dich", versicherte sie ihm, ehe sie sich erhob und der Rettungsmannschaft entgegenlief.

„Sie kamen also mit zwei Hubschraubern?" fragte Deirdre gespannt.

Victoria nickte. „In einem befand ich mich zusammen mit Vincent und zwei Ärzten, mit dem anderen waren die Leute geflogen, die den Felsen fortrollen mussten."

Leah erschauderte. „Alex muss halb wahnsinnig vor Schmerzen gewesen sein."

„Er war tatsächlich nicht ganz bei sich. Aber das kann auch an dem Wein gelegen haben, den er während der Nacht getrunken hatte. Jedenfalls überstand er den Transport nach Limon recht gut. Dort verbrachte er noch ein paar Tage im Krankenhaus, wo sein Bein zuerst einmal, so gut es ging, versorgt wurde. Vincent arrangierte unterdessen alles für den Rückflug in die USA. Hier ist Alex inzwischen zwei Mal operiert worden, und in der kommenden Woche muss nochmals ein Eingriff stattfinden.

„Wird er wieder ganz gesund werden?" wollte Deirdre besorgt wissen.

„Die Ärzte rechnen fest damit. Aber selbst wenn die Aussichten schlechter wären, würde Alex nicht aufgeben. Er ist eine Kämpfernatur, ein richtiger Mann."

Deirdre lehnte sich bequem zurück. Es war ein angenehm warmer Tag, wie man ihn Ende August selten in New York erlebte, gerade das richtige Wetter, um den Nachmittag in Victorias Dachgarten zu verbringen.

„Wann haben die beiden geheiratet?" fragte Leah.

Victoria lächelte. „Vier Tage nach unserer Ankunft hier. Die Zeremonie war ganz einfach, und Sheila und Alex hatten nur die engsten Verwandten eingeladen. Es war wunderschön. Noch nie habe ich Sheila so glücklich gesehen. Und als Alex ihr die Rose schenkte, da ..." Vor Rührung konnte Victoria einen Moment lang nicht weitersprechen.

„Also da sagte er ..." Victoria holte noch einmal tief Luft. „Er sagte: Diese frisch gepflückte Rose soll das Symbol dafür sein, dass wir gemeinsam neu anfangen."

Weder Leah noch Deirdre kannten den tieferen Sinn dieser Bemerkung, dennoch waren beide beeindruckt. Die Szene hatte etwas Romantisches an sich, das den beiden Frauen gefiel.

Deirdre seufzte auf und meinte dann: „Victoria, du hast es wieder einmal geschafft. Mit deiner Hilfe ist ein neues Paar in den Hafen der Ehe eingelaufen."

Als Victoria sie und Leah einlud, hatte keine der jungen Frauen geahnt, was sich während der Schatzsuche zugetragen hatte. Jetzt konnte Leah es kaum erwarten, ihrem Mann die Neuigkeit zu überbringen. Allerdings gab es noch etwas, was sie wissen wollte. „Wie verstehst du dich mit Vincent?" erkundigte sie sich.

Victoria lachte. „Ganz gut."

„Ist das alles, was du zu sagen hast?" hakte Deirdre nach. „Neil wird keine Ruhe geben, ehe ich ihm nichts Genaueres über eure gemeinsame Reise erzählt habe."

Auch Leah drängte Victoria, mehr über ihre Beziehung zu Vincent zu verraten.

„Ich weiß, dass ihr mich verheiraten wollt", erklärte Victoria schließlich. „Aber ihr hättet wissen müssen, dass ich in meinem Alter nicht noch einmal heiraten würde. Immerhin kann ich euch insofern beruhigen, als wir bereits den nächsten gemeinsamen Urlaub geplant haben. Und im kommenden Jahr wollen wir noch einmal nach Costa Rica, um den Schatz endlich zu heben."

– ENDE –

Diana Palmer

Traumfrauen und starke Männer

Sterne über dem Broadway
Evelyn hat die Rolle! Doch wie wird es sein, zusammen mit David zu arbeiten? Er ist der Autor, Regisseur – und der einzige Mann, den sie jemals geliebt hat. Damals zerbrach ihre Beziehung an seinem Ehrgeiz. Jetzt hat er es geschafft. Ist er nun frei für die Liebe mit ihr?

Traumfrau mit kleinen Fehlern
Mit jedem hitzigen Wortgefecht, das die Autorin Margie und der Unternehmer Cal Van Dyne sich liefern, wird deutlicher, was jeder für sich von Anfang an gespürt hat: Zwischen ihnen herrscht eine unglaublich erotische Anziehungskraft ...

Starker Mann – ganz schwach
Auf der Ranch ihrer Patentante Janet werden Marjorie und ihre kleine Tochter Becky kühl empfangen: Janets Sohn Greg passt ihre Anwesenheit nicht. Doch je distanzierter Marjorie sich ihm gegenüber verhält, desto größer wird für Greg die Versuchung ...

Band-Nr. 25048
6,95 € (D)
ISBN 3-89941-059-9

MIRA®

Band-Nr. 25049
6,95 € (D)
ISBN 3-89941-060-2

Stella Cameron

Tödliches Gift

Als die junge Historikerin Kristin Wallace ins malerische Lyme Regis kommt, um Nachforschungen über den adligen Zweig von Charles Belmains Familie anzustellen, scheint gerade das jemand mit allen Mitteln verhindern zu wollen. Der überraschende Tod eines alten Archivars und verbrannte Unterlagen machen Charles misstrauisch: Ist Kristin, die ihn mit jedem Tag mehr fasziniert, ganz unbeabsichtigt einem dunklen Geheimnis auf der Spur?

MIRA®

Nora Roberts
Cordina's Royal Family
„Eine königliche Affäre"

Prinzessin Gabriella de Cordina und Reeve MacGee – eine bezaubernde Romanze der Erfolgsautorin Nora Roberts.

Band-Nr. 25029
ISBN 3-89941-037-8
6,95 € (D)

Nora Roberts
Cordina's Royal Family
„Ein königlicher Kuss"

Ein Herz und eine Krone: Schauspielerin verliebt sich in Kronprinz – Happy End nicht ausgeschlossen.

Band-Nr. 25039
ISBN 3-89941-050-5
6,95 € (D)

Vorschau
Dieser Roman erscheint
im Juli 2003

Band-Nr. 25056
6,95 € (D)
ISBN 3-89941-071-8

Nora Roberts

Cordina's Royal Family
„Eine königliche Hochzeit“

Normalerweise hat Prinz Bennett, der nicht ganz zu Unrecht als Playboy-Prinz bekannt ist, kein Problem damit, eine junge Dame für sich zu gewinnen. Aber Lady Hannah Rothchild, neue Gesellschafterin am Hof, ist eine echte Herausforderung: kühl, elegant und zurückhaltend denkt sie offensichtlich gar nicht an einen Flirt. Prinz Bennett ahnt nicht, warum Hannah wirklich in Cordina ist: Als Agentin hat sie den Auftrag, die fürstliche Familie vor einem Attentat zu bewahren. Alle Sinne muss sie beisammen haben - und darf nicht von der Liebe mit dem königlichen Verführer träumen ...

MIRA®